绣像私藏版

中国禁书文库

马松源◎主编

线装書局

图书在版编目(CIP)数据

中国禁书文库.11/马松源主编.—北京:线装书局,2010.3

ISBN 978-7-5120-0092-6

Ⅰ.①中… Ⅱ.①马… Ⅲ.①古典文学-作品综合集-中国 Ⅳ.①I212.01

中国版本图书馆 CIP 数据核字(2010)第 027198 号

中国禁书文库

主　　编：马松源

责任编辑：崔建伟　赵　鹰

封面设计：博雅圣轩工作室

出版发行：线装书局

地　　址：北京市鼓楼西大街 41 号(100009)

　　　　　电话：010-64045283

　　　　　网址：www.xzhbc.com

印　　刷：北京彩虹伟业印刷有限公司

字　　数：3600 千字

开　　本：787×1092 毫米　1/16

印　　张：336

彩　　插：8

版　　次：2010 年 3 月第 1 版 2010 年 3 月第 1 次印刷

印　　数：1-1000 套

书　　号：ISBN 978-7-5120-0092-6

ISBN 978-7-5120-0092-6

9 787512 000926 >

定　　价：4680.00 元(全十二卷)

目　录

海外藏禁书

第一篇　流失海外的独藏足本

《八洞天》

《风柳情》

中国禁书文库

目录

三

第二篇　海外藏绣像绝世孤本

《风月梦》

四

中国禁书文库

目录

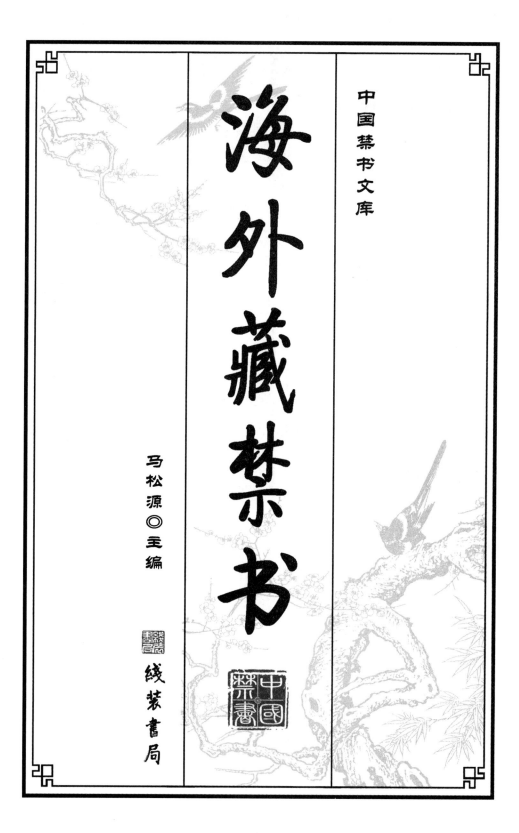

中国禁书文库

海外藏禁书

马松源◎主编

线装书局

流失海外的独藏足本

中国禁书

第一篇

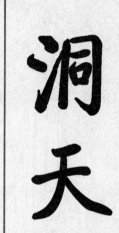

八洞天

[清]笔炼阁主人 撰

卷一 补南陔

收父骨千里遇生父　裹儿尸七年逢活儿

诗曰：

> 新燕长成各自飞，巢中旧燕望空悲。
> 燕悲不记为雏日，也有高飞舍母时。

这首诗，将白乐天《咏燕》古风一篇，约成四句，是劝人行孝的。常言："养子方知父母恩。"人家养个儿子，不知费多少心力，方巴得长成。及至儿子长成，往往反把父母撇在一边。那时父母嗔怪他不孝，却不思自己当初为子之时，也曾蒙父母爱养，正与今日我爱儿子一般。我当日在父母面上，未曾尽得孝道，又何怪儿子今日这般待我！所以，白乐天借燕子为喻，微劝世人。然虽如此，也有心存孝念，天不佐助的，如皋鱼所言："子欲养而亲不在。"又有那父母未亡，自己倒先死了，不唯不能养亲，反遗亲以无穷之痛，如卜子夏为哭子而丧明，岂非人伦中极可悲之事！

如今待在下说一丧父重逢、亡儿复活的奇遇，与列位听。

话说宋仁宗时，河北贝州城中有一秀士，姓鲁名翔，字翔甫，娶妻石氏，夫妇同庚，十六岁婤了姻。十七岁即生一子，取名鲁惠，字恩卿，自小聪俊，性格温良，事亲能孝。鲁翔亲自教他读书作文。他过目成诵，点头会意，年十二即游庠入泮。鲁翔自己却连走数科不第，至儿子入泮时，他已二十九岁，那年才中了乡榜。明年幸喜联捷，在京候选。春选却选他不着，直要等到秋选。鲁翔因京寓寂寞，遂娶一妾。那女子姓咸，小字楚娘，极有姿色。又知书识字，赋性贤淑。有词为证：

红白非脂非粉，短长难减难增。等闲一笑十分春，撒下半天丰韵。停当
身材可意，温柔性格消魂。更兼识字颇知文，记室校书偏称。

　　鲁翔甚是宠爱。到得秋选，除授广西宾州上林县知县。领了文凭，带了楚娘，一
同归家。

　　石氏见丈夫才中进士，便娶小夫人，十分不乐。只因新进士娶妾，也算通例，不
好禁得他。原来士子中了，有四件得意的事：

　　　　起他一个号，刻他一部稿。
　　　　坐他一乘轿，讨他一个小。

　　当下鲁翔唤楚娘拜见夫人。楚娘极其恭谨。石氏口虽不语，心下好生不然，又闻她已
有了三个月身孕，更怀醋意。因问鲁翔道："你今上任，可带家眷同行么？"鲁翔道：
"彼处逼近广南，今反贼侬智高正在那里作乱。朝廷差安抚使杨畋到彼征讨，不能平
定。近日方另换狄青为安抚，未知可能奏效。我今上任，不可拖带家眷，只着几个家
人随去。待太平了，来接你们罢！"石氏笑道："我不去也罢，只是你那心爱的人，若
不同去，恐你放心不下。"鲁翔也笑道："夫人休取笑，安见夫人便不是我心爱的。"又
指着楚娘道："她有孕在身，纵然路上太平，也禁不得途中劳顿。"这句话，鲁翔也只
是无心之言。哪知石氏却作有心之听，暗想道："原来他只为护惜小妮子身孕，不舍得
她路途跋涉，故连我也不肯带去，却把地方不安静来推托。"转展寻思，愈加恼恨。
正是：

　　　　一妻无别话，有妾便生嫌。
　　　　妻妾争光处，方知说话难。

　　鲁翔却不理会得夫人之意，只顾收拾起身。那上林县接官的衙役也到了。鲁翔唤两个
家人跟随，一个中年的叫做吴成，一个少年的叫做沈忠，其余脚夫数人。束了行李，
雇了车夫，与石氏、楚娘作别出门。公子鲁惠，直送父亲至三十里外，方才拜别。鲁
翔嘱咐道："你在家好生侍奉母亲。楚娘怀孕，叫她好生调护。每事还须你用心看顾！"
鲁惠领命自回。

　　鲁翔在路晓行夜宿，趱程至广西地界。只见路人纷纷都说，前面贼兵猖獗，路上

难走。鲁翔心中疑虑，来到一馆驿内，唤驿丞来细问。驿丞道："目今侬智高作乱，新任安抚狄爷领兵未到。有广西钤辖使陈曙轻敌致败，贼兵乘势抢掠，前途甚是难行。上任官员如何去得！老爷不若且消停几日，等狄爷兵来，随军而进，方保无虞。"鲁翔道："我恁限严急，哪里等得狄爷兵到！"沉吟一回，想出一计道："我今改换衣装，扮作客商前去，相机而行，自然没事。"当晚歇了一宿。次日早起，催促从人改装易服。只见家人吴成，把帕子包着头，在那里发颤，行走不动。原来吴成本是中年人，不比沈忠少年精壮，禁不起风霜，因此忽然患病。鲁翔见他有病，不能随行，即修书一封，并付些盘费，叫他等病体略痊，且先归家。自己却扮作客商，命从人也改了装束，起身望前而去。正是：

只为前途多虎豹，致令微服混鱼龙。

不说鲁翔改装赴任，且说吴成拜别家主，领了家书，又在驿中住了一日。恐公馆内不便养病，只得挨回旧路，投一客店住下，将息病体。不想一病月余，病中听得客房内往来行人传说："前路侬家贼兵，遇着客商，杀的杀，掳的掳，凶恶异常。"吴成闻此信，好不替主人担忧。到得病愈，方欲作归计，却有个从广南来的客人，说道："今狄安抚杀退侬智高，地方渐平。前日被贼杀的人，狄爷都着人掩其尸骸。内有个赶任的知县，也被贼杀在柳州地方。狄爷替他买棺安葬，立一石碑记着哩！"吴成惊问道："可晓得是哪一县知县，姓什名谁？"客人道："我前日在那石碑边过，见上面写的是姓鲁，其余却不曾细看。"说罢，那客人自去了。吴成哭道："这等说，我主人已被害也！"又想："客人既看不仔细，或者别有个鲁知县，不是我主人，也不可知？我今到彼探一实信才好。奈身边盘缠有限，又因久病用去了些，连回乡的路费还恐不够，怎能前进！"寻思无计，正呆呆地坐着。

忽听得有人叫他道："吴大叔，你如何在此？"吴成抬头一看，原来那人也是一个宦家之仆，叫做季信，平日与吴成相识的。他主人是个武官，姓昌名期，号汉周，亦是贝州人，现任柳州团练使。当下吴成见了季信，问他从何处来，季信道："我主人蒙狄安抚青目，向在他军中效用，近日方回原任。今着我回乡迎接夫人、小姐去，故在此经过，不想遇着你。可怜你家鲁爷遇此大难，你老人家又怎地逃脱的？"吴成大惊道："我因路上染病，不曾随主人去。适间闻此凶信，未知真假？欲往前探看，又没盘费。你从那边来，我正要问你个实信。你今这般说，此信竟是真的了！"季信道："你还不知么？你主人被贼杀在柳州界上，身边带有文凭。狄安抚查看明白，买棺安葬，立碑为记，好等你家来扶柩。碑上大书：'赴任遇害上林知县鲁翔葬此。'我亲眼见过，怎么不真！"吴成听罢，大哭道："老爷呀！早知如此，前日依着驿丞言语，等狄爷兵来同走也罢。哪里说起冒险而行，致遭杀身之祸。可惜新中个进士，一日官也没做，弄出这场结果！"季信劝道："你休哭罢，家中还要你去报信，不要倒先哭坏了。快早收拾回去。盘费若少，我就和你作伴同行。"吴成收泪称谢，打点行囊，算还房钱，与季信一同取路回乡。时已残冬，在路盘桓两月，至来年仲春时候，方才抵家。

且说家中自鲁翔出门后，石氏常寻事要奈何楚娘，多亏公子鲁惠解劝，楚娘甚感之。鲁惠闻广西一路兵险难行，放心不下，时常求签问卜。这日正坐在书房，听说吴成归了，喜道："想父亲已赴任，今差他来接家眷了！"连步忙出，只见吴成哭拜于地。举家惊问，吴成细将前事哭述一遍，取出家书呈上，说道："这封书，不想就做了老爷的遗笔！"鲁惠此时心如刀割，跌脚捶胸，仰天号恸。拆书观看，书中还说："我上任后，即来迎接汝母子。"末後，又叮嘱看顾楚娘孕体。鲁惠看了，一发心酸，哭昏几次。石氏与楚娘，都哭得发昏章第十一。正是：

> 指望一家同赴任，谁知千里葬孤魂。
> 可怜今日途中骨，犹是前宵梦里人。

当日家中都换孝服，先设虚幕，招魂立座，等扶柩归时，然后治丧。鲁惠对石氏道："儿本欲便去扶柩，但二娘孕体将产，父亲既嘱咐孩儿看顾，须等她分娩，方可放心出门。"石氏道："都是这妖物脚气不好，剋杀了夫主。如今还要她则什？快叫她转嫁人罢！"鲁惠道："母亲说哪里话，她现今怀孕在身，岂有转嫁之理？"石氏道："就生出男女来，也是剋爷种，我决不留的！"鲁惠道："母亲休如此说。这亦是父亲的骨血，况人家遗腹子尽有好的，怎么不留！"石氏谆是恨恨不止。楚娘闻知，心中愈苦，思欲自尽，又想："生产在即，待产过了，若夫人必欲相逼，把前生孩子托付大公子，然后自寻死路未迟。"不隔数日，早已分娩，生下个满抱的儿子，且自眉清目秀。鲁惠见了，苦中一乐，就与他取名为鲁意，字思之，取思亲之意。只有石氏甚不喜欢，说道："我不要这逆种，等他满了月，随娘转嫁去罢！"鲁惠见母亲口气不好，一发放不下念头，恐自己出门后，楚娘母子不保，有负亡父之托。正在踌躇，不想鲁意这小孩，就出起痘花来。鲁惠延医看视，医人说要避风。鲁惠吩咐楚娘好生拥护。石氏却睬也不睬，只日逐在丈夫灵座前号哭。楚娘本也要哭，因恐惊了孩子，不敢高声，但背地吞声饮泣。石氏不见她哭，只道她没情义，越发要她改嫁了。过了两日，鲁意痘花虽

稀，却不知为什，忽然手足冰冷，瞑目闭口，药乳俱不进，挨了半晌，竟直挺挺不动了。楚娘放声大哭。正是：

> 哭夫声复吞，恐惊怀中子。
> 夫亡子又亡，号啕不可止。

楚娘哭得昏沉，鲁惠也哭了一场。石氏道："不必哭，死了倒干净！"便吩咐家人吴成："未满月的死孩，例不用棺木。快把蒲包包着，拿去义坛上掩埋。"楚娘心中不忍，取出绣裙一条，上绣白凤二只。楚娘裂做两半条，留下半条，把半条裹了孩子，然后放入蒲包内。鲁惠也不忍去送，就着吴成送去。吴成领命携至义坛上。那坛上住着个惯替人家埋尸的，叫做刘二，说道："今日星辰不利，埋不得。且放在我家屋后，明日埋罢。"吴成见说星辰不利，不敢造次，只得依言放下。到明日去看时，却早埋好在那里了。吴成道："怎不等我们来看埋？"刘二道："埋人的时辰是要紧的。今日利在寅卯二时，等你不及，我先替你埋了，难道倒不好？"吴成道："也罢！"遂取些酒钱赏了刘二，自去回复主命不题。

且说楚娘夫亡子死，日夕悲啼。石氏道："你今孩子又死，没什牵挂了，还不快转嫁罢！"楚娘哭道："妾受先老爷之恩，今日正当陪侍夫人一同守节。就使妾有二心，夫人还该正言切责，如何反来相逼！"石氏道："你不要今日口硬，日后守不得，弄出不伶不俐的事来，倒坏我家风。"楚娘见夫人出言太重，大哭起来，就要寻死觅活。鲁惠再三劝解，又劝石氏道："二娘有志守节，是替我家争气的事。母亲正该留她陪侍，何必强她！"石氏道："我眼里着不得这样人。你若要她陪侍我，却不是要气死我了！"鲁惠听说，踌躇半晌，乃对楚娘道："二娘，你既不肯改节，母亲又不要与你同居。依我愚见，不如去出了家罢，但不知你情愿否？"楚娘道："夫人既不相容，妾身情愿出家。只恐没有可居的庵院？"鲁惠道："你若肯出家，待我寻个好所在送你去！"便吩咐吴成，要寻一清净庵院，送二娘去出家。吴成道："本城中有个女真观，名为'清修院'，乃是九天玄女的香火。小人亡故的母亲，曾在那里出家过来。内中道姑数人，都是老成的。二娘若到这所在去，倒也稳便。"鲁惠闻言，即亲往观中访看，见这些道姑，果然都是朴实有年纪的，遂命吴成通知来意。道姑见说是鲁衙小夫人要来出家，不敢不允。鲁惠择了吉日，备下银米衣服之类，亲送楚娘到观中去。楚娘哭别了灵座，欲请夫人拜别，夫人不要相见。楚娘掩泪登车，径往清修院中去了。石氏那时方才拔去眼中之钉。正是：

白鹤顶中一点血，塍蛇口内几分黄。

两般毒物非为毒，最毒无如妒妇肠。

不说楚娘在道观出家，且说鲁惠既安顿了楚娘，便收拾行装，哭别母亲，仍唤吴成随着，起身出门往柳州扶柩。只因心中痛念先人，一路水绿山青，鸟啼花落，适增鲁孝子的悲感。不则一日，来至柳州地面，问到那埋柩的所在。只见荒冢垒垒，其中有一高大些的，前立石碑，碑上大书鲁翔名字。鲁惠见了，痛入心脾，放声一哭，天日为昏。吴成亦哭泣不止。路傍观者，无不堕泪。鲁惠命吴成买办香纸酒肴，就冢前祭奠，伏地长号。

正哭得悲惨，忽有旌旗伞盖，拥着一位官人乘马而来，行至冢前，勒住马问："哭者何人？"鲁惠还只顾啼哭，未及回答。吴成恰待上前代禀，只见那官人马后随着一人，却就是前日途中相遇的季信。吴成便晓得这官人即团练使昌期，遂禀道："此即已故鲁爷的公子，今特来扶柩。小人便是鲁家的苍头。"昌期忙下马道："既是同乡故宦之子，快请来作揖。"吴奄扶起鲁惠，拭泪整衣，上前相见。昌期见他一表非俗，虽面带戚容，自觉丰神秀异，暗暗称羡。问慰了几句，因说道："足下少年，不辞数千里之跋涉，远来扶柩，足见仁孝。但来便来了，扶柩却不容易。约计道里舟车之费，非几百金不可。足下若囊无余资，难以行动。"鲁惠哭道："如此说，先人灵柩无还乡之日矣！"昌期道："足下勿忧，令先尊原系狄公所葬。足下欲扶柩，须禀知狄公。今狄公驻节宾州，足下也不必自去禀他，且只暂寓敝署。等学生替你具文详报，并述足下孝思，狄公见了，必有所助。学生亦当以薄赙奉敬。那时足下方可徐图归计耳！"鲁惠拜谢道："若得如此，真生死而肉骨也。"昌期便叫左右备马与鲁惠乘坐，并吴成一同带至衙中。鲁惠重复与昌期叙礼。昌期置酒款待，鲁惠因哀痛之余，酒不沾唇。昌期也不忍强劝。次日，正待具文申详狄公，忽衙门上传进邸报，探得河北贝州有妖人王则等作乱，窃据城池，势甚猖獗。昌期忙把与鲁惠看道："贝州是尔我家乡，今被妖人窃据，归路不通。学生家眷，幸已接到。不知足下宅眷安否？扶柩之事，一发性急不得。狄公处且不必申文去罢！"鲁惠惊得木呆，哭道："不肖终鲜兄弟，只有孀母在堂，没人侍奉，指望早早扶柩回乡，以慰母心。不能事父，犹思事母。不料如今死父之骸骨难还，生母之存亡又未卜，岂不可痛！"昌期劝道："事已如此，且免愁烦。天相吉人，令堂自然无恙。妖人作乱，朝廷不日当遣兵讨灭。足下且宽心住此读书，待平定了，扶柩回去未迟。"鲁惠无奈，只得住下。正是：

一伤死别一生离，两处睽违两地悲。

黄土南埋肠已断，白云北望泪空垂。

　　鲁惠在昌衙住了多时，昌期见他丰姿出众，又询知其尚未婚聘，且系同乡，意欲与他联头姻事。原来昌期有女无子，夫人元氏近日在家新得一子，乳名似儿，年甫一岁，与女儿月仙同携至任所。那月仙年已十四，才色绝伦，性度端雅。昌期爱之如宝，常思择一侍婿。今见鲁惠这表人物，欲与联姻，但不知内才若何，要去试他一试。说话的，你道昌期是个武弁，那文人的学问深浅，他哪里试得出？看官不知，那昌期原是弃文就武的，胸中尽通文墨。所以前日安抚狄青取他到军中参赞，凡一应檄文、告示、表章、奏疏，都托他动笔。今欲面试鲁惠，却是不难。当日步至书斋，要与鲁惠攀话，细探其所学。只见鲁惠正取着一幅素笺，在那里写些什么，见昌期来，忙起身作揖。昌期看那素笺上，草书夭娇，墨迹未干，便欢喜道："足下字学大妙。"鲁惠道："偶尔涂鸦，愧不成字。"一头说，一头便要来收藏。昌期却先取在手中，道："此必足下所题诗词，何妨赐览。"鲁惠道："客馆思亲，和泪写此，不堪入览。"昌期道："学生正欲请教。"遂展笺细看，乃七言律一首，云：

荷蒙下榻主人贤，痛我何心理简编。

《莪蓼》有诗宁可读，《陔》《华》欲补不成篇。

死悲椿树他乡骨，生隔萱帏故国天。

石砚杨花点点落，未如孤子泪无边。

昌期称赞道："仁孝之言，一字一泪。容学生更细吟之。"鲁惠道："拙句污目，敢求斧正。"昌期道："学生当依韵奉和。"说罢，把诗笺袖入内来，想道："鲁生诗又好，字又好，其才可知。若以为婿，足称佳选。但女儿自负有才，眼界最高。我今把此诗与她看，要她代我和一首，看她如何说？"便叫丫鬟请小姐来。那小姐果然生得如何？

眸凝秋水，黛点春山。湘裙下覆一双小小金莲，罗袖边露一对纤纤玉笋。端详举止，素禀郝法钟仪；伶俐心情，兼具林风闺秀。若教玩月，仿佛见嫦娥有双；试使凌波，真个是洛神再世。

常怜幼弟颜如玉，目秀眉清迥出俗。今日见乔才，依稀类此孩。萍踪忽合处，状貌何相似？疑是一爹娘，偶然拆雁行。

题毕，把来夹在针线贴中，放过一边。

　　次日，夫人偶至月仙房中，适值月仙绣倦，隐几而卧。夫人不惊醒他，但翻玩其所绣双凤图，忽见针线贴中，露出个花笺角儿。取出一看，上有词一阕，正是女儿笔迹。便依旧放好，密呼小鬟问之，晓得她昨日曾窃窥鲁生，故作此词。因想："她平时最爱幼弟生得清秀，今以鲁生状貌与之相类，却不是十分中她意了？此姻不可错过。"是晚昌期回衙，夫人把女儿题词之事说知。昌期欢喜，随取了诗扇并原笺，到书斋中见了鲁惠，说道："足下阳春一曲，属和殊难。学生聊步尊韵，幸勿见哂。"鲁惠看罢，极口称谢。昌期又说了些闲话，因从容问道："足下质美才高，宜早中东床之选，却为何至今尚未婚聘？"鲁惠道："寒家本系儒素，不肖又髫稚无知，安敢遽思射雀！"昌期道："足下太谦了，从来才士不轻择偶，犹才女之不轻许字。古云：'男子生而原为之有室，女子生而原为之有家。'但只这些平常男女，倒容易替他寻家觅室；偏是有才貌的，其遇合最难。即如学生有一女，亦颇不俗，欲求一佳婿，甚难其人！"鲁惠道："令爱名闺淑质，固难其配，然以先生法眼藻鉴，必得佳偶。"昌期笑道："学生眼界亦高，今见足下，不觉心醉。"鲁惠逊谢道："过蒙错爱，使不肖益深愧赧！"昌期道："足下勿过谦，我实蓄此心已久。今不妨直告足下，不识足下亦有意乎？"鲁惠忙起揖谢道："蒙先生如此见爱，感入五中。但娶妻必告父母，今不肖父遭惨变，母隔天涯，方当寝苫枕块、陟屺望云之时，何忍议及婚日！"昌期道："尊君既捐馆，足下便可自作主张。日后令堂知道，谅亦必不弃嫌。"鲁惠垂泪道："不肖以奔丧扶柩而来，婚姻之事，断非今日所忍议。尊谕铭刻在心，待回乡之日，请命于母，即来纳聘，不敢有负。"昌期道："足下仁孝如此，愈使我敬爱！今日一言已定，金石不渝矣！"言罢，即作别入内，将这话述与夫人听了。夫人也赞他仁孝。月仙闻知，亦暗暗称其知礼。正是：

　　　　方当泣麟悲凤，何心驾鹊乘鸾。

　　　　纵使苦中得乐，也难破涕为欢。

自此昌期夫妇愈敬鲁惠，待之益厚，竟如子婿一般。鲁惠十分感激，但贝州妖人久未

平定，归期杳隔，逢时遇节，惟有向冢前哭拜而已！

　　光阴迅速，不觉一住五年。鲁惠年已十八，学识日进，只是悲死念生，时时涕泣。一日正在衙斋闷坐，忽昌期来说道："近日侬智高已败死，其部将以众投降，寇氛已平。昨狄安抚行文来，要我去议什军情事，又要我作平贼露布一篇。我想这篇大文，非比泛常，敢烦足下以雄快之笔，代为挥洒！"鲁惠道："弱笔岂堪捉刀，还须先生自作。"昌期道："必欲相求，幸勿吝教！"鲁惠推辞不过，便磨墨展纸，笔不停挥，顷刻草成露布一篇。其文雄快无比。正是：

　　　　狭巷短兵相接处，沈郎雄快无多句。
　　　　岂若鲁生今日才，雄文快笔通篇是。

　　昌期大喜称谢，随亲自录出。别了鲁惠，即日起身，至宾州参见狄公。原来狄公杀败侬智高，尽降其众，并日前被掳去的人，俱得逃回。狄公恐有贼党混入其中，都教软监在宾州公所。特取昌团练到来，委他审问。果系良民，方许各归原籍。当下昌期见了狄公，呈上露布，狄公看罢，大赞道："团练雄才，比前更胜十倍！"昌期道："不敢相瞒，此实非卑职所作，乃一书生代笔的。"狄公惊道："何物书生，雄快乃尔！"昌期把鲁惠的来因并其孝行高才，细述一遍。狄公喜道："才子又是孝子，实不易得。我当急为延访。"遂命昌期修书一封，又自差偏将一员，速至柳州，立请鲁生来相见。

　　鲁惠接了昌期书信，备知狄公雅意，不敢违慢，即命吴成随了，与来人同至宾州安抚衙门，以儒生礼进见。鲁惠拜谢狄公收葬父骨之恩。狄公赞他代作露布之妙，命坐看茶。问答之间，见他言词敏捷，且仪表堂堂，不觉大喜，便道："我军中正少个记室参军，足下不嫌卑末，且权在此佐我不及。即日当表荐于朝，以图大用。"鲁惠辞道："愚生父母死别生离，方深悲痛，无心仕进。"狄公道："足下服制已满，正当奋图功名，以尽显亲之事，不必推辞！"遂命左右取参军冠带与鲁生换了。鲁惠不敢过却，只得从命。狄公置酒后堂，并传昌团练到来，与鲁参军会饮。饮酒间，狄公问起鲁惠曾婚娶否？昌期便把昔日欲招他为婿，他以未奉亲命为辞的话说了。狄公道："参军与团练本系同乡，且久寓其署，此姻自不容辞。况相女配夫，以参军之才，而团练欲以女为配，其令爱必是闺中之秀了！"昌期道："小女不敢云闺秀，然亦不俗。卑职因见她无心中称赞参军的佳咏，故有婚姻之议。"鲁惠道："令爱几曾见过拙句。"昌期笑道："不但见过，且曾和过。不但小女见过尊咏，足下也曾见过小女和章。昔日那扇上的诗与字，实俱小女所作，非学生之笔也。"鲁惠惊讶道："原来如此，怪道那字体妍媚，不像先生的翰墨。"狄公便问："什么诗扇"？昌期将二诗一一念出。狄公赞道："才士才女，正当作配。老夫为媒，今日便可联姻，参军不必更却。"鲁惠还欲推辞，一来感昌期厚恩，二来蒙狄公盛意，三来也敬服小姐之才，只得应允。乃取身边所带象牙环一枚，权为聘物。昌期亦以所佩碧玉猫儿坠答之。约定扶柩归后，徐议婚礼。正是：

> 象环身未还，玉坠姻先遂。
> 贵人执斧柯，权把丝萝系。

鲁惠当日就住在狄公府中，昌期自去公馆审理逃回人口。

次日，鲁惠问起狄公如何败死侬知高，狄公道："据军士报称，此贼自投山涧中溺死，其尸已腐，不可识认。因有他所穿金甲在山涧边，以此为信。"鲁惠沉吟道："据愚生看来，此贼恐还未死。"狄公点头道："吾亦疑之，但今无可踪迹。且贼众已或杀或降，即使贼首逃脱，亦孤掌难鸣，故姑宽追捕耳。"鲁惠道："然虽如此，擒贼必擒其主。愚闻此贼巢穴向在大理府，今若逃至彼处，啸聚诸蛮，重复作乱，亦大可忧。还宜觅一乡导，遣兵直穷其穴为是。"

正议间，忽报昌团练禀事。狄公召进，问有何事？昌期道："其事甚奇，卑职审问逃回人口，内有一人自称是上林知县鲁翔。"鲁惠听说，大惊道："不信有这事！"狄公亦惊道："鲁知县已死，文凭现据，如何还在？既如此，前日死的是谁？"昌期道："据他说，死的是家人沈忠。当日为路途艰险，假扮客商而行。因沈忠少年精壮，令其跨刀防护，文凭也托他收藏。不意路遇贼兵，见沈忠跨刀，疑是兵丁，即行杀死。余人皆被掳去，今始得归还。有同被掳的接官衙役，口供亦同。卑职虽与鲁翔同乡，向未识面，不知真伪，伏候宪裁。"狄公道："这不难，今鲁参军现在此，教他去识认便了。"昌期道："他又说有机密事，要面禀大人。卑职现带他在辕门伺候。"狄公即命唤进。鲁惠仔细一看，果然是父亲鲁翔，此时也顾不得狄公在上，便奔下堂来，抱住大哭。鲁翔见了儿子，也相抱而哭。狄公叫左右劝住，细问来历。鲁翔备言前事，与昌期所述一般。又云："侬智高查问被掳人口中有文人秀士及有职官员，即授伪爵。知县不肯失身，改易名姓，甘为俘囚。"狄公道："被掳不失身，具见有守。"又问："有何机密事要说？"鲁翔道："侬贼战败，我军获其金甲于山涧之侧，误认彼已死。不知此贼解甲脱逃，现在大理府中，复谋为乱。知县在贼中深知备细。今其降将，实知其事。

大人可即用为乡导，速除乱本，勿遗后患。"狄公听了，回顾鲁惠道："果不出参军所料。参军真智士，而尊父实忠臣也！"遂传令遣兵发将，星夜至大理府，务要追擒贼首侬智高。其降将姑免前此知而不首之罪，使为乡导自赎。一面令昌期回柳州任所，将前所立鲁翔墓碑仆倒；一面拨公馆与鲁翔父子安歇。鲁翔谢了狄公，与鲁惠至公馆。此时鲁惠喜出望外，正是：

> 树欲静而风忽宁，子欲养而亲仍在。
> 终天忧恨一朝舒，数载哀情今日快。

当下家人吴成也叩头称贺。少顷，昌期也来贺喜，说起联姻的事，鲁翔欢喜拜谢。昌期别过，自回柳州任所去了。鲁家父子相聚，各述别后之事。鲁翔闻家乡又寇警，不知家眷如何？又闻幼子不育，楚娘出家，未免喜中一忧。

过了几日，那发去大理府的兵将，果然追获侬智高解赴军前。狄公斩其首级，驰送京师献捷，表奏鲁翔被掳不屈，更探得贼中情事来报，其功足录；鲁惠孝行可嘉，才识堪用。叙功本上，又高标昌朝名字。不一日，圣旨倒下：狄青加升枢密副使，班师回京；鲁翔加三级，改选京府太守；鲁惠赐进士第，除授中书舍人；昌期升任山西指挥使。各准休沐一年，然后供职。恩命既颁，狄公即择日兴师，恰有邸报报到：朝廷因贝州妖人未平，特命潞国公文彦博督师征讨去了。狄公对鲁翔道："文潞公老成练达，旌旗所指，小丑必灭。贤乔梓与昌指挥使既奉旨休沐，可即同归。返旆之日，潞公当已奏捷矣。"

鲁翔大喜，即与鲁惠辞谢狄公，至柳州昌期任所，商议欲先教鲁惠与月仙小姐成婚，以便同行。鲁惠哭道："母亲存亡未卜，为子的岂忍先自婚娶！"鲁翔见他孝思诚至，不忍强他。遂别了昌期，主仆三人起身先行。昌期领了家眷，随后进发。鲁翔等慢慢行至半途，早闻贝州妖贼被文潞公剿灭，河北一路已平，即趱程前进。鲁惠此时巴不得一翅飞到贝州，看母亲下落。正是：

> 已喜父从天外得，还愁母向室中悲。

话分两头，且说石氏夫人自儿子去后，日夜悬望，不意妖人王则勾结妖党，据城而叛。那王则原是州里的衙役，因州官剋减兵粮，激变军心，他便恃着妻子胡永儿、丈母圣姑姑的妖术，乘机作乱。据城之后，纵兵丁打粮三日，城中男妇，一时惊窜。

且喜这班妖人，都奉什么天书道法的，凡系道观，不许兵丁混入。因此男妇都望着道观中躲避。那些道士道姑，又恐惹祸，认得的便留了几个，不认得的一概推出。当下石氏值此大乱，只得弃了家业，与僮仆妇女辈一齐逃奔。恰遇兵丁冲过，石氏随着众人避入小巷。及至兵丁过了，回看僮妇辈都已失散。独自一个，一头哭，一头走，见有一般逃难的妇女说道："前面女贞观中可避。"石氏随行逐队，奔至观前，只见个老道姑正在那里关门。石氏先挨身而入，众妇齐欲挨入。道姑嚷道："我这里躲的人多了，安着你们不下！"众妇哪里肯去。道姑道不由分说，竟把门关上。只有石氏先挨在里面，抵死不肯出去。道姑道："你要住，也须问我观主肯不肯？"石氏道："我自去拜求你观主。"便随着老道姑走进法堂。果然先有许多避难的女人，东一堆西一簇地住着。法堂中间，有一少年美貌的道姑端坐在云床上，望之俨如仙子。石氏方欲上前叩求，仔细一看，呀！那道姑不是别人，却就是咸氏楚娘。原来此观即清修院，楚娘自被石氏逼逐至此出家，众道姑见她聪明能事，因遂推她为主，每事要请问她。不想石氏今日恰好避将入来，与她劈面相逢，好生惭愧。看官，你道当初石氏把她怎般逼逐，如今倒来相投，若楚娘是个没器量的，就要做出许多报复的光景来了。哪晓楚娘温厚性成，平日只感夫主之恩，公子之德，并不记夫人之怨。那日见石氏避难而来，忙下云床拜见，婉言问慰。石氏告以相投之意，楚娘欣然款留。石氏倒甚不过意。有词为证：

逢狭路，无生路，夫人此日心惊怖。旧仇若报命难全，追悔从前予太妒。

求遮护，蒙遮护，何意贤卿不记过？冤家今变作恩人，服彼汪洋真大度！

三日后，外面打粮的兵已定，观中避难妇女渐皆归去。石氏也想归家，不料家中因没人看守，竟被兵丁占住，无家可归。亲戚亦俱逃散，无可投奔。石氏号啕大哭。楚娘再三劝道："夫人且住在此，安心静待，不必过伤！"石氏感谢，权且住下。不意妖人闻各道观俱容留闲人在内躲避，出示禁约。兵丁借此为由，不时敲门打户的来查问。众道姑怕事，都劝楚娘打发石氏出去。石氏十分着急，楚娘心生一计，教石氏换了道装，也扮作道姑，掩人了耳目。然虽如此，到底怀着鬼胎。却喜妖母圣姑姑是极奉九天玄女的，一日偶从观前经过，见有玄女圣像，下车瞻礼。因发告示一道，张挂观门，不许闲人混扰。多亏这机缘，观中没人打搅，不但石氏得安心借住，连楚娘也得清净焚修。正是：

魔头化作好星辰，霜雪丛中一线春。

岂是妖狐能护法，只因天相吉人身。

石氏借住观中，并丈夫灵座亦设在观中，日夕拜祷，愿孩儿鲁惠路途安稳，早得还乡。楚娘亦不时祷告。直至五年之后，文潞公统兵前来，方灭了妖贼，恢复城池。破城之日，即出榜安民，城中安堵。此时石氏意欲归家，奈房屋被乱兵作践了几年，甚费修理，婢仆又都散失，难以独居。只是仍住观中，候鲁惠回来计议。

却说鲁家主仆三人，星夜赶回贝州。但见一路荒烟衰草，人迹甚稀，确是乱离后的景象，不胜伤感。到得家中，仅存败壁颓垣，并没个人影。欲向邻里问信，亦无一人在者。鲁惠见这光景，只道母亲凶多吉少，放声大哭。鲁翔道："且莫哭，你说楚娘在什么道观中出家，今不知还否？若彼还在，必知我家消息，何不往问之！"鲁惠依命，遂一齐奔至清修院来。那日恰值下元令节，楚娘在观中设斋追荐夫主，正与石氏在灵座前拜祭。忽叩门声甚急，老道姑开了门。鲁翔先入，石氏看见，吃了一惊，大叫道："活鬼出现了！"举步欲奔，却早吓倒在地。还是楚娘有些胆识，把手中拂子指着鲁翔道："老爷阴灵不泯，当早生天界，不必白日现形，以示怪异。"鲁翔道："哪里说起，我是活人。"随后鲁惠、吴成也到。鲁惠见母亲在此，方才大喜，忙上前扶起道："母亲勿惊，孩儿在此。父亲已生还。前日凶信，乃讹传耳！"石氏与楚娘听说，才定了心神。四人相对大哭。哭罢，即撤去灵座，各诉别后之事，转悲为喜。众道姑莫不啧啧称异。正是：

只道阴魂显圣，谁料真身复还。

岂比鹤归华表，宛如凤返丹山。

鲁翔收拾住房，重买婢仆，多将金帛酬谢道姑，接取夫人归家，并欲接楚娘回去。楚娘不肯道："我今已入玄门，岂可复归绣阁。"石氏道："当初都是我不明道理，致你身入玄门。五年以来，反蒙你许多看顾，使我愧悔无及。今日正该同享荣华，你若不肯同去，我又何颜独归！"鲁翔道："夫人既如此说，你不可推却。"鲁惠又再三敦请，楚娘方允诺，拜了神像，谢了道伴，改装同归。自此石氏厚待楚娘，不似前番妒忌了。

过了几日，昌期家眷亦归。鲁翔择吉行礼，迎娶月仙小姐与鲁惠成婚。昌家奁具之丰，鲁家花烛之盛，自不必说。合卺后，鲁惠细觑仙姿，真个似玉如花。月仙见鲁惠紫袍纱帽，神采焕发，比前身穿缟素、面带愁容时，又大不同。二人你贪我悦，双双同入罗帏，枕边叙起昔年题诗写扇之事，愈相敬爱。此夜恩情，十分美满。正是：

> 双联双玉，喜见三星。昔日重泉有泪，未眼求凰；今朝风树无悲，欣然跨凤。向者赠诗，已识天朝升孝秀；兹焉应谶。果然帝里达声名。淑女主蘋蘩，庆与椿庭并永；佳人缔萝茑，乐偕萱树俱深。枝称连理正相宜，结缡同心真不爽。

不说鲁惠夫妻恩爱，且说楚娘出家过了一番，今虽复归，尘心已净，凡事都看得恬淡了。只有亡儿鲁意，时常动念。那裹尸剩下的半条白凤裙，一向留着，每每对之堕泪。一日因昌家有人来问候小姐，说起昌期身边有个宠婢怀孕，前夜已生一子，老夫妇两个甚是欢喜。楚娘闻知，又触动了思念亡儿的念头，便取出那半条凤裙来看了流涕。正悲伤间，适月仙进房来闲话，楚娘拭泪相迎。月仙一见此裙，即取来细细展玩，口中嗟呀不已，问道："这半条裙是哪里来的？"楚娘道："原是我自穿的。七年前裂下半条，裹了亡儿去，留此半条以为记忆。"月仙听说，连声道奇。楚娘道："有何奇处？"月仙道："我也有半条，恰好与此一样的。"便叫丫鬟快去取来看。少顷取至，楚娘展开细看，好生惊讶。再把那半条来一配，恰正是一条。大惊道："这分明就是我裹儿的，如何却在小姐处？"月仙道："便是有这些奇处！"楚娘道："此必当日掩埋亡儿之时，被人偷此半裙去卖，因而宅上卖得！"月仙摇头道："我家买的，正不独一裙！"楚娘道："还有何物？"月仙沉吟半晌，问道："当时小叔死了，拿去何处掩埋的？"楚娘道："着吴成拿去议坛上掩埋的。"月仙道："二娘可曾自去看埋？"楚娘道："我那时生产未满月，不便出门。大公子亦不忍去看，只着吴成送去。又值这日星辰不利，不曾埋，放在坛上人家屋后。明日去埋时，那坛上人已替我家埋好了。"月仙又问道："这坛上埋人的，可是叫刘二？"楚娘想了一想道："记得当初吴成来回复，正说是什么刘二。小姐问他则什？"月仙听罢，拍掌道："奇哉，奇哉！如此说起来，莫非小叔竟不曾死！"楚娘大惊道："如何不曾死？"月仙道："不瞒二娘说，我那幼弟似儿，实非我父母所生。当初母亲未至爹爹任所之时，有个常来走动的赵婆，抱一个两三月的小孩子来，说是义坛上人刘二所生，因无力养育，要卖与人。母亲见他生得清秀，自己又无子，遂将钱十五贯买了，取名似儿，雇个乳娘领着，携至爹爹任所。爹爹甚喜之，竟如亲生一般。今年正是七岁，且自聪明可爱，这半条凤裙就是裹那孩子来的。因我爱这凤儿绣得好，故留我处。今裙既系二娘之物，孩子又从刘二处来，莫非我家的似儿就是你的亲儿么？"楚娘听言，半信半疑道："想刘二当初只为要偷这半条裙，故不等我家人去看埋，竟先埋了。如今裙便是我的，孩子或者原是他的也未可知。"月仙道："二娘勿疑，此子必非刘二所生！只看他相貌与我相公无二，若非兄弟，何相像至此。但不知既死如何复生？此中必更有故。今只唤那刘二与赵婆来问，便知端的。"楚娘道："说得是！"遂把这话述向鲁翔与夫人听了，月仙也对鲁惠说知，俱各惊异。忙令吴成去唤刘二，月仙亦传谕家人季信要唤那赵婆。次日，季信回复："赵婆已死。"吴成却寻得刘二来。鲁翔、鲁惠细细问之，果然那昌家公子，就是鲁家人公子重活转来的。

看官听说：一个未满月的孩子，出痘死了，如何又会活？即使活了，那刘二怎不来鲁衙报喜讨赏，却把去卖与人？原来其中有个缘故。凡痘花都要避风，偏有一种名"紫金痘"者，倒要透风。若透了些风，便浆满气足，不药而愈，若只藏他在暖房，风缝不透，反弄坏了。这种奇痘出的也少，就有出的，医人也不识。昔有神医叫做周广，能识此痘，可惜不曾明白传示后人，所以人多未晓。当日鲁意出的，正是此种痘，被医生误事，只顾教他避风，弄得昏晕了去。倒亏这一昏晕，人只道他已死，把蒲包包了，拿去义坛上，又不便埋，放在刘二屋后，那时的风却也透得爽利了。到晚间，刘二忽闻屋后孩子哭声，吓了一跳，急呼老婆同去看，只见蒲包在那里动。解开看时，那孩子已活。大家都道奇怪。刘二叫老婆抱起，正待要去报知鲁衙，恰值他相识的赵媒婆走来，说知其故。赵婆说："吾闻鲁家大夫人妒忌，此儿是小夫人所生，原是要他死不要他活的。今若抱去还他，不讨得好，反断送了孩子。不如瞒着鲁家，待我替你另寻个好人家抚养去，倒赚得几贯钱。"刘二依言，把孩子付老婆乳哺，一面将空蒲包埋了，瞒过吴成。隔了月余，孩子痘花平复，越长得清秀了。赵婆晓得昌衙夫人无子，遂把此子仍用绣裙裹去，只说是刘二养的，卖与昌家，得钱十五贯，自取了五贯，把十贯与了刘二。后来赵婆已死，刘二也移居城外。不想今日被吴成寻着，扯来见主人质问此事。刘二料瞒不过，只得把前后事情，备细说出。举家欢诧。鲁翔倒又把五贯钱，赏了刘二去。随即取了这两半幅裙，同着鲁惠，往见昌期，备言前事。昌期惊叹道："死而复生，离而又合，千古奇事。不意多见于君家父子兄弟之间，真可庆幸。"遂入内与夫人说知，呼似儿出堂拜见。

却说这似儿年虽幼稚，性极颖悟，向来不知自己是螟蛉子。近因昌期生了个幼儿，家人们私语道："此才是真公子，不是假公子了。"这句话落在似儿耳中，不觉惊疑，想道："我既是假公子，我的真父母何在。"又想："姐夫鲁惠千里奔丧，却遇生父。不知我亦有父母重逢之日否？"正疑想间，忽闻昌期叫他出去拜见亲爹，又闻说姐夫的父亲就是他的父亲，大惊大喜，忙奔出堂，望着鲁翔便拜。鲁翔抱他起来，坐于膝上，仔细一看，果然与大儿子鲁惠面庞相像。鲁惠向在昌衙时，曾见过似儿，无心中不道他与己同貌，今日细看，方知酷肖。父子兄弟，意外重逢，好不欢喜。昌期设宴庆贺。宴罢，便叫把轿来送似儿归去。鲁翔道："久蒙抚育，不忍遽去。今暂领归拜母，仍当趋侍左右。"昌期笑道："令郎久离膝下，今日正当珠还合浦，岂可复使郑六生儿盛九当乎！"鲁翔听说也笑起来，遂命似儿拜谢了恩父恩母，领归家中。楚娘见了，又喜又悲，一时哭笑都有。石氏也抚摩欢喜。月仙道："二娘，你看他兄弟二人，可不是一般面貌么？我昔年曾题一词，末云：'疑是一爹娘，偶然拆雁行。'不想竟猜着了。"众人听说，尽皆称异。正是：

奇情种种，怪事咄咄。冢中非父，不难将李代桃；包内无儿，幻在以虚作实。偶然道着拆雁词，猜得如神；忽地相遭半凤裙，凑来恰一。嫂子就是姐姐，亲外加亲；姊丈竟是哥哥，戚上添戚。幼弟莫非小叔，月仙向本生疑；舅爷与我同胞，鲁惠今才省得。再来转世未为奇，暗里回生料不出。

当日大排喜筵，合家称贺。自此似儿仍名鲁意，原常到昌家来往。

至明年，鲁昌二家，各携家眷赴任。鲁翔做了三年官，即上表乞休，悠游林下，训课幼子。鲁惠以狄公荐，累迁至龙图阁待制，母妻俱膺封诰。鲁意勤学孝弟，有阿兄之风，年十六即成进士，联姻贵室，后来功名显达。楚娘亦受荣封。昌期官至经略，以军功子孙世袭指挥使，与鲁家世为姻好。

这段话，亲能见子之荣，子能侍亲之老，孝子之情大慰。《诗经·南陔》之篇，乃孝子思养父母而作。其文偶阙，后来束皙虽有补亡之诗，然但补其文，未能补其情。今请以此补之，故名之曰"补陔阙"。

卷二　反芦花

幻作合前妻为后妻　巧相逢断母是亲母

诗曰：

　　当时二八到君家，尺素无成愧梟，今日对君无别语，莫教儿女衣芦花。

　　此诗乃前朝嘉定县一个妇人临终嘱夫之作。末句"衣芦花"，用闵子骞故事。其夫感其词意痛切，终身不续娶。

　　这等说起来，难道天下继母都是不好的？平心而论，人子事继母有事继母的苦；那做继母的亦有做继母的苦。亲生儿子，任你打骂也不记怀。不是亲生的，慈爱处便不记，打骂便记了。管他，既要淘气；不管他，丈夫又道继母不着急，左难右难。及至父子之间，偶有一言不合，动不动道听了继母。又有前儿年长，继母未来时，先娶过媳妇，父死之后，或继母无子，或有子尚幼，倒要在他夫妻手里过活。此岂非做继母的苦处。所以，尽孝于亲生母不难，尽孝于继母为难。试看二十四孝中，事继母者居其半。然虽如此，前人种树后人收，前妻吃尽苦辛，养得个好儿子，倒与后人受用。自己不能生受他一日之孝，深可痛惜！

　　如今待在下说一人，娶第三个浑家，却遇了第一个妻子；他孩儿事第二个继母，重逢了第一个亲娘。

　　这件奇事出在唐肃宗时。楚中房州地方，有个官人姓辛名用智，曾为汴州长史。夫人孟氏，无子，只生一女，小字端娘，丰姿秀丽，性格温和，女工之外，更通诗赋。父母钟爱，替她择一快婿，是同乡人，复姓长孙，名陈，字子虞，风流倜傥，博学多才。早岁游庠，至十七岁，辛公把女儿嫁去，琴瑟极其和调，真好似梁鸿配了孟光、相如得了文君一般，说不尽许多恩爱。有词为证：

连理枝栖两凤凰，同心带绾二鸳鸯。花间唱和莺儿匹，梁上徘徊燕子双。
郎爱女，女怜郎，朝朝暮暮共徜徉。天长地久应无变，海誓山盟永不忘。

毕姻二年后，生下一子，乳名胜哥，相貌清奇，聪慧异常。夫妻二人甚喜。

　　只是长孙陈才高命蹇，连试礼闱不第。到二十七岁，以选贡除授兴元郡武安县儒学教谕，带了妻儿并家人辈同赴任所。在任一年，值本县知县升去了，新官未到，上司委他权署县印。不相时运不济，才署印三月，恰遇反贼史思明作乱，兵犯晋阳。朝廷命河北节度使李光弼讨之。史思明抵挡不住，战败而奔。李节度从后追击，贼兵且战且走，随路焚劫，看看逼近武安县。一日几次飞马报到，长孙陈正商议守城，争奈本县的守将尚存诚十分怯懦，一闻寇警，先弃城逃去，标下兵丁俱奔散。长孙陈欲点民夫守城时，那些百姓已都惊慌，哪里还肯上城守御。一时争先开城而走，连衙役也都走了。长孙陈禁约不住，眼见空城难守，想道："我做教谕，原非守城之官。今署县印，便有地方干系，若失了城，难免罪责。"又想："贼兵战败而来，怕后面官兵追赶，所过州县，必不敢久住。我且同家眷，暂向城外山僻处避几日，等贼兵去了，再来料理未迟！"遂改换衣妆，将县印系于臂上，备下快马一匹，轻车一辆，自己乘马，叫辛氏与胜哥坐了车子，把行李及随身干粮都放车子上，唤两个家僮推车。其余婢仆，尽皆步行。出得城门，看那些逃难百姓扶老携幼地奔窜，真个可怜。但见：

乱慌慌风声鹤唳，闹攘攘鼠窜狼奔。前逢堕珥，何遑回首来看；后见遗簪，哪个有心去拾。任你王孙公子，用不着缓步徐行；恁她小姐夫人，怕不得鞋弓袜小。香闺冶女，平日见生人，吓得倒退，到如今挨挨挤挤入人丛；富室妖儿，常时行短路，也要扛抬，至此日哭哭啼啼连路跌。觅人的爹爹妈妈随路号呼，问路的伯伯叔叔逢人乱叫。夫妻本是同林鸟，今番各自逃生；娘儿岂有两般心，此际不能相顾。真个宁为太平犬，果然莫作乱离人。

　　行不数里，忽闻背后金鼓乱鸣，回望城中，火光烛天。众逃难的发喊道："贼来了！"霎时间，狂奔乱走。一阵拥挤，把长孙陈的家人们都冲散。两个推车的，也不知去向。只剩下长孙陈与辛氏、胜哥三人。长孙陈忙下马，将车中行李及干粮移放马上，要辛氏抱着胜哥骑马，自己步行相随。辛氏道："我妇人家怎能骑马？还是你抱了孩儿

骑马，我自步行罢！”长孙陈道：“这怎使得！”三回五次催辛氏上马，辛氏只是不肯。长孙陈只得一手挽着妻子，一手牵马而行。不及数十步，辛氏早走不动了。长孙陈着急道：“你若不上马快走，必为贼兵追及矣！”辛氏哭道：“事势至此，你不要顾我罢！你只抱了胜哥，自上马逃去，休为我一人所误！”胜哥大哭道：“母亲怎说这话！”长孙陈也哭道：“我怎割舍得你，我三人死也死在一处！”一面说，一面又行了几步。走到一个井亭之下，辛氏立住了，哭对丈夫道：“你只为放我不下，不肯上马。我今死在你前，以绝你念。你只保护了这七岁的孩子逃得性命，我死瞑目矣！”言讫，望着井中便跳。说时迟，那时快，长孙陈忙去扯时，辛氏早已跳下井中去了。正是：

> 马上但求全弱息，井中拚得葬芳魂。

慌得胜哥乱哭乱叫，也要跳下井去。长孙陈双手抱住了孩儿，去望那井中，虽不甚深，却急切没做道理救她，眼见不能活了，放声大哭。

正哭时，后面喊杀之声渐近。只得一头哭，一头先抱胜哥坐在马上。自己随后也上了马，又将腰带系住胜哥，拴在自己腰里扎缚牢固，把马连加数鞭，望着山僻小路跑去。听后面喊声已渐远，惊魂稍定。走至红日沉西，来到一个败落山神庙前。长孙陈解开腰带，同胜哥下马，走入看时，先有几个人躲在内，见长孙陈牵马而来，惊问何人。长孙陈只说是一般避难的，解下马上行李，叫胜哥看守着，自己牵马去吃了草，回来系住马，就神座傍与胜哥和衣而卧。胜哥痛念母亲，哭泣不止。长孙陈心如刀割，一夜未曾合眼，天明起身寻些水净了脸，吃了些干粮，再喂了马，打叠行李，正待去探听贼兵消息，只见庙外有数人奔来，招呼庙里躲难的道：“如今好了，贼兵被李节度大兵追赶，昨夜已尽去。城中平定，我们回去罢！”众人听说，一哄都去了。

长孙陈想道：“贼兵退去，果不出吾所料！”遂与胜哥上马，仍回旧路，行过山口，将上官塘，胜哥要下马解手。长孙陈抱了他下来，系马等他，却望见前面路旁有榜文张挂，众人拥着看。长孙陈也上前观看，只见上写道：

> 钦命河北节度使李，为晓谕事，照得本镇奉命讨贼，连胜贼兵。贼已望
> 风奔窜，其所过州县，该地方官正当尽心守御。乃武安县署印知县长孙陈及
> 守将尚存诚，弃城而逃，以至百姓流离，城池失守，殊可痛恨。今尚存诚已
> 经擒至军前斩首示众，长孙陈不知去向，俟追缉正法。目下县中缺官失印，
> 本镇已札委能员，权理县事，安堵如故。凡尔百姓逃亡在外者，可速归复业，

毋得观望，特示。

长孙陈看罢大惊，回身便走。胜哥解手方完，迎问道："什么榜文？"长孙陈不及回言，忙抱着胜哥，依旧上马拴缚好了，加鞭纵辔，仍望山僻小路乱跑。穿林过岭，走得人困马乏，臂上系的印，也不知失落何处了。奔至一溪边，才解带下马，牵马去饮水，自己与胜哥也饮了几口。胜哥细问惊走之故，长孙陈方把适间所见榜文述与他听了。胜哥道："城池失守，不干爹爹事。爹爹何不到李节度军前，把守将先逃之事禀告他。"长孙陈道："李节度军法最严。我若去，必然被执。"胜哥道："既如此，今将何往？"长孙陈道："我前见邸报，你外祖辛公新升阆州刺史。此时想已赴任，我待往投奔他。一来把你母亲的凶信报知，二来就求他替我设法挽回。若挽回不得，变易姓名，另图个出身！"说罢，复与胜哥上马而行。正是：

> 井中死者不复生，马上生人又惧罪。
>
> 慌慌急急一鞭风，重重叠叠千行泪。

行了一程，已出武安县界，来至西乡县地方。时已抵暮，正苦没宿处，遥望林子里有灯光射出。策马上前看时，却是一所庄院，庄门已闭。长孙陈与胜哥下马，轻轻叩门。见一老妪，携灯启户，出问是谁？长孙陈道："失路之人，求借一宿，幸勿见拒！"老妪道："我们没男人在家，不便留宿。"长孙陈指着胜哥道："念我父子俱在难中，望乞方便！"老妪道："这等说，待我去禀复老安人则个。"言毕，回身入内。少顷，出来说道："老安人闻说你是落难的，又带个儿子在此，甚是怜悯，叫我请你进去，面问备细，可留便留。"长孙陈遂牵着马，与胜哥步入庄门，见里面草堂上点起灯火，庭前两株大树。长孙陈系马树下，与胜哥同上草堂，早见屏后走出个中年妇人来。老妪道："老安人来了！"长孙陈连忙施礼，叫胜哥也作了揖。老安人道："客官何处人，因何到此？"长孙陈扯谎道："小可姓孙，是房州人。因许下云台山三元大帝香愿，同荆妻与小儿去进香。不想路遇贼兵，荆妻投井而死，仆从奔散，只逃得愚父子性命。"老安人道："如此却可伤了。敢问客官何业？"长孙陈道："小可是读书人。因累举不第，正要乘进香之便，往阆州投奔个亲戚。谁料运蹇，又遭此难！"老安人道："原来是位秀士，失敬了！"便叫老妪看晚饭。长孙陈谢道："借宿已不当，怎好又相扰？"因问："贵庄高姓？老安人有令郎否？"老安人道："先夫姓甘，已去世五载。老身季氏，不幸无儿，只生一女。家中只有一老苍头、一老妪并一小厮。今苍头往城中

纳粮未回，更没男人在家，故不敢轻留外客。通因老妪说客官是难中人，又带个令郎在此，所以不忍峻拒。"正说间，小厮捧出酒肴，排列桌上。老安人叫声客官请便，自进去了。长孙陈此时又饥又渴，斟酒便饮。胜哥却只坐在旁边吞声饮泣。长孙陈拍着他的背道："我儿，你休苦坏了身子，还勉强吃些东西！"胜哥只是掩泪低头，杯箸也不动。长孙陈不觉心酸，连自己晚饭也吃不下了，便起身把被褥安放在堂侧榻上，讨些汤水净了手脚，又讨些草料喂了马，携着胜哥同睡。胜哥哪里睡得着，一夜眼泪不干。长孙陈只因连日困乏，沉沉睡去。次早醒来，看胜哥时，浑身发热，只叫心疼。正是：

> 孝子思亲肠百结，哀哉一夜席难贴。
> 古人啮指尚心疼，何况中途见惨烈。

长孙陈见儿子患病，不能行动，惊慌无措。甘母闻知，叫老妪出来说道："客官，令郎有病，且宽心住此，将息好了去，不必着忙。"长孙陈感激称谢。又坐在榻前，抚摩着胜哥，带哭地说道："你母亲只为要留你这点骨血，故自拚一命。我心如割，你今若有些长短，连我也不能活了！"口中说着，眼中泪如雨下，却早感动了里面一个人。

你道是谁？就是甘母的女儿。此女小字秀娥，年方二八，甚有姿色，亦颇知书。因算命的说他，婚姻在远不在近，当为贵人之妻；故凡村中富户来求婚，甘母都不允，立意要她嫁个读书人。秀娥亦雅重文墨，昨夜听说借宿的是个秀士，偶从屏后偷觑，却也是天缘合凑，一见了长孙陈相貌轩昂，又闻他新断弦，心里竟有几分看中了他。今早又来窃窥，正听得他对胜哥说的话，因想他伉俪之情如此真笃，料非薄幸者，便一发有意了。只不好对母亲说，乃私白老妪，微露其意。老妪即以此意告知主母，又撺掇道："这正合着算命的言语了。那客官是远来的，又是秀士，必然发达。小姐有心要嫁他，真是天缘前定。"甘母本是极爱秀娥，百依百顺的，听了这话，便道："难得她中意，我只恐她不肯为人继室；她若肯时，依她便了。但我只一女，必须入赘，不知那人可肯入赘在此。"

正待使老妪去问他，恰好老苍头从县中纳粮回来，见了长孙陈，便问："此位何人？"老妪对他说知备细。苍头对长孙陈道："昨李节度有宪牌行到各州县，捱查奸细。过往客商，要路引查验。客官若有路引，方好相留，如无路引，不但人家住不得，连客店也去不得！"长孙陈道："我出门时，只道路上太平，不曾讨得路引，怎么处？"苍头道："宪牌上原说在路客商，若未取原籍路引者，许赴所在官司禀明查给。客官可就

在敝县讨了路引罢。"长孙陈道："说得是!"口虽答应，心愈忧疑。正是：

欲求续命线，先少护身符。

当晚胜哥病势稍宽，长孙陈私语他道："我正望你病好了，速速登程，哪知又要起路引来，教我何处去讨?"胜哥道："爹爹何不捏个鬼名，到县中去讨。"长孙陈道："这里西乡与我那武安县接壤，县中耳目众多，倘识破我是失机的官员，不是要处!"父子切切私语，不防老苍头在壁后听得了，次早入内，说与甘母知道。甘母吃了一惊，看着女儿道："那人来历如此，怎生发付他?"秀娥沉吟半晌道："他若有了路引，或去或住，都不妨了。只是他要在我县中讨路引却难，我们要讨个路引与他倒不难。"甘母道："如何不难?"秀娥道："堂兄甘泉现做本县押衙，知县最信任他，他又极肯听母亲言语的。今只在他身上要讨个路引，有何难处!"甘母道："我倒忘了，便叫苍头速往县中请侄儿甘泉来!"一面亲自到堂前，对长孙陈说道："官人休要相瞒，我昨夜听得你自说是失机官员。你果是何人?实对我说，我倒有个商量。"长孙陈惊愕了一回，料瞒不过，只得细诉实情。甘母将适间和女儿商量的话说了，长孙陈感激不尽。

至午后，甘泉骑马同苍头到庄。下马登堂，未及与长孙陈相见，甘母即请甘泉入内，把上项话细说一遍，并述欲招他为婿之意。甘泉一一应诺，随即出见长孙陈，叙礼而坐。说道："尊官的来踪去迹，适间家叔母已对卑人说知。若要路引，是极易的事。但家叔母还有句说话。"长孙陈道："有何见教?"甘泉便把甘母欲将女儿秀娥结为婚姻之意，从容言及。长孙陈道："极承错爱，但念亡妻惨死，不忍再娶!"甘泉道："尊官年方壮盛，岂有不续弦之理? 家叔母无嗣，欲赘一佳婿，以娱晚景。若不弃嫌，可入赘在此。纵是令郎有恙，不能行路，阆州之行且待令郎病愈，再作商议何知?"长孙陈暗想："我本不忍续弦，奈我的踪迹已被他们知觉，那甘泉又是个衙门员役，若不从他，恐反弄出事来!"又想："我在难中，蒙甘母相留，不嫌我负罪之人，反欲结为姻眷，此恩亦不可忘!"又想："欲讨路引，须央浼甘泉。必从其所请，他方肯替我出力!"踌躇再四，乃对甘泉道："承雅意惓惓，何敢过辞! 但入赘之说未便，一者亡妻惨死，未及收殓，待小可到了阆州，遣人来收殓了亡妻骸骨，然后续弦，心中始安；二者负罪在身，急欲往见家岳，商议脱罪复官之计，若入赘在此，恐误前程大事。今既蒙不弃，只留小儿在此养病，等小可阆州见过岳父，然后来纳聘成婚罢!"甘泉听说，即以此言入告甘母。甘母应允，只要先以一物为聘。长孙陈身边并无他物，只有头上一只金簪，拔下来权为聘礼。甘泉以小银香盒一枚回敬。正是：

已于绝处逢生路，又向凶中缔新姻。

婚议既定，长孙陈急欲讨路引。甘泉道："这不难，妹丈可写一个禀揭来，待我持去代禀县尊，即日可得。"长孙陈便写下一个禀揭，只说要往云台山进香的，捏个姓名叫做孙无咎，取前程无咎之意。甘泉把禀揭袖了，作别而去。却说胜哥卧在榻上，听得父亲已与甘家结婚，十分伤感。到晚间，重复心疼，发热起来。长孙陈好生忧闷，欲待把自己不得不结婚的苦情告诉他，又恐被人听得，不敢细说。至次日，甘泉果然讨得路引来了。长孙陈虽然有了路引，却见胜哥的病体沉重，放心不下，只得倒住着替他延医服药。又过了好几日，方渐渐痊可。长孙陈才放宽了心，打点起身。甘母治酒饯行，又送了些路费。长孙陈请甘母出来，下了四拜，说道："小儿在此，望岳母看顾！"甘母道："如今是一家骨肉了，不劳叮嘱。"长孙陈又吩咐胜哥道："你安心在此调养病体，切莫忧煎。我一至阆州，即遣人来接你。"胜哥牵衣啼哭，长孙陈挥泪出门，上马而去。甘泉也来送了一程，作别自回。长孙陈虽缔新姻，心中只痛念亡妻，于路口占《忆秦娥》词一首云：

　　风波里，舍车徒步身无主。身无主，挤将艳质，轻埋井底。留卿不住看卿死，临终犹记伤心语。伤心语，嘱予珍重，把儿看觑。

长孙陈在路晓行夜宿，但遇客店，看了路引并无阻滞。一日，正在一个客店里买饭吃，只见有个公差打扮的人，也入来买饭。店主人问他是哪里来的，那人向胸前取出一个官封来，说道："我是阆州刺史衙门，差往李节度军前投递公文的。"长孙陈听了，暗喜道："莫非我丈人知我失机，要替我挽回，故下书与李节度么？"便问那人道："阆州辛老爷，有何事要投文与李节度？"那人道："如今辛老爷不在阆州了。这公文不是辛老爷的，也不知为着什事？"长孙陈惊问道："辛老爷哪里去了？"那人道："辛老爷才到任，却因朝中有人荐他，钦召入京去了。如今是本州佐贰官掌印哩！"长孙陈听说，惊呆了半响。想道："这却怎处？"岳父已入京，我去阆州做什？逃罪之人，又不敢往京中去，况与路引上不对。欲仍回甘家，又没有阆州打回的路引。"此时真个进退两难。正是：

　　羝羊不退又不遂，触在藩篱怎得休！

当晚只得且在客店中歇宿，伏枕寻思，无计可施。正睡不着，只听得隔壁呻吟之声，一夜不绝。次早起来，问店主人道："隔房歇的是何人？"店主人道："是一位赴任官员。因路遇贼兵，家人及接官衙役都被杀，只逃得他一人，借我店里住下，指望要到附近州县去讨了夫马，起送赴任。哪知又生起病来，睡倒在此。"长孙陈听说也是个被难官员，正与自己差不多的人，不觉恻然，便叫店主人引到他房里去看。只见那人仰卧在床，见长孙陈入来，睁睛一看，叫道："阿呀！你是子虞兄，缘何到此？"长孙陈倒吃一惊，定眼细看，果然是认得的，只因他病得形容消瘦，故一见时认不出，那人却认得长孙陈仔细。你道那人是谁？原来是长孙陈一个同乡的好友，姓孙，名去疾，字善存，年纪小长孙陈三岁，才名不相上下。近因四川节度使严武闻其才，荐之于朝，授夔州司户，领凭赴任。他本家贫未娶，别无眷属携带，只有几个家僮并接官衙役相随。不想中途遇贼，尽被杀死。他幸逃脱，又复患病羁留客店。当下见了长孙陈，问道："闻兄在武安县……。"长孙陈不等他说完，忙摇手道："禁声！"孙去疾便住了口。长孙陈遣开了店主人，方把自己的事告诉他。孙去疾也自诉其事，因说道："如今小弟有一计在此。"长孙陈问何计？孙去疾道："兄既没处投奔，弟又抱病难行。今文凭现在，兄可顶了贱名，竟往夔州赴任。严节度但闻弟名，未经识面，接官衙役又都被杀。料无人知觉！"长孙陈道："多蒙厚意，但此乃兄的功名，小弟如何占得！况尊恙自当痊可。兄虽欲为朋友地，何以自为地！"孙去疾道："贱恙沉重，此间不是养病处。倘若死了，客店岂停棺之所。不若弟倒顶了孙无咎的鬼名，只说是孙去疾之弟。兄去上任，以轻车载弟同往。弟若不幸而死，乞兄殡殓，随地安葬。如幸不死，同兄到私衙慢慢调理，岂不两便！"长孙陈想了一想道："如此说，弟权且代庖。候尊恙全愈，禀明严公，那时小弟仍顶孙无咎名字，让兄即真便了。"计议已定，恐店主人识破，即雇一车，将孙去疾载至前面馆驿中住下。然后取了文凭，往地方官处讨了夫马，另备安车，载了去疾，竟望夔州进发。正是：

> 去疾忽然有疾，善存几不能存。
> 无咎又恐获咎，假孙竟冒真孙。

不一日，到了夔州，坐了衙门。孙去疾幸不死，即于私衙中，另治一室安歇，延医调治。时严公正驻节夔州，长孙陈写着孙去疾名字的揭帖，到彼参见。严公留宴，因欲试其才，即席命题赋诗，长孙陈援笔立就。严公深加叹赏，只道孙去疾名不虚传，

哪知是假冒的。以后又发几件疑难公事来审理，长孙陈断决如流，严武愈加敬重。长孙陈莅任半月，即分头遣人往两处去：一往武安城外井亭中，捞取辛氏夫人骸骨殡殓，择地权厝，另期安葬；一往西乡城外甘家，迎接公子胜哥，并将礼物书信寄与甘泉，就请甘母同着秀娥至任所成婚。一面于私衙中，设立辛氏夫人灵座。长孙陈公事之暇，除却与孙去疾闲话，便对着那灵座流涕。一夕独自饮了几杯闷酒，看了灵座，不觉痛上心来，又吟《忆秦娥》词一首云：

> 黄昏后，悲来欲解全凭酒。全凭酒，只愁酒醒，悲情还又。
> 新弦将续难忘旧，此情未识卿知否？卿知否，唯求来世，天长地久。

吟罢，取笔写出，并前日路上所吟的，也一齐写了，常取来讽咏嗟叹。正是：

> 痛从定后还思痛，欢欲来时不敢欢。
> 此日偏能忆旧偶，只因尚未续新弦。

这几日，甘家母女及胜哥都接到。甘母、秀娥且住在城外公馆中，先令苍头、老妪送胜哥进衙。长孙陈见胜哥病体已愈，十分欢喜，对他说了自己顶名做官之故。领他去见了孙去疾，呼为老叔，又叫他拜母亲灵座。胜哥一见灵座，哭倒在地。长孙陈扶他去睡了。次日，衙中结彩悬花，迎娶新夫人。胜哥见这光景，愈加悲啼。长孙陈恐新夫人来见了不便，乃引他到孙去疾那边歇了。少顷，秀娥迎到，甘母也坐轿进衙。长孙陈与秀娥结了亲，拜了甘母，又到辛氏灵座前拜了，然后迎入洞房。长孙陈于花烛下觑那秀娥，果然美貌。此夜恩爱，自不必说。有一曲《黄莺儿》，单道那续娶少妇的乐处：

> 幼妇续鸾胶，论年庚儿女曹，柔枝嫩蕊怜她少。憨憨语娇，痴痴笑调，
> 把夫怀当做娘怀倒。小苗条，抱来膝上，不死也魂销。

当夜，胜哥未曾拜见甘氏，次日又推病卧了一日。至第三日，方来拜见，含泪拜了两拜，到第三拜，竟忍不住哭声。拜毕，奔到灵座前放声大哭。他想自己母亲惨死未久，尸骸尚未殓，为父的就娶了个新人，心中如何不痛？长孙陈也觉伤心，流泪不止。甘氏却不欢喜，想道："这孩儿无礼。莫说你父亲曾在我家避难，就是你自己病

体，也亏在我家将息好的。如何今日这般做张智，全不看我继母在眼里！"口虽不言，心下好生不悦。自此之后，胜哥的饥寒饱暖，甘氏也不耐烦去问他，倒不比前日在他家养病时的亲热了。胜哥亦只推有病，晨昏定省，也甚稀疏。又过几日，差往武安的人回来，禀说井中并无骸骨。长孙陈道："如何没有？莫非你们打捞不到。"差人道："连井底下泥也翻将起来，并没什骸骨！"长孙陈委决不下。胜哥闻知，哭道："此必差去的人不肯用心打捞，须待孩儿自去！"长孙陈道："你孩子家病体初愈，如何去得？差去的人，量不敢欺我。正不知你娘的骸骨哪里去了？"胜哥听说，又到灵座前去痛哭，一头哭，一头说道："命好的直恁好，命苦的直恁苦！我娘不但眼前的荣华不能受用，只一口棺木，一所荒坟，也消受不起！"说罢又哭。长孙陈再三劝他。甘氏只不开口，暗想："他说命好的直恁好，明明妒忌着我。你娘自死了，须不是我连累的，没了骸骨，又不是我不要你去寻，如何却怪起我来！"转展寻思，愈加不乐。正是：

> 开口招尤，转喉触讳。
>
> 继母有心，前儿获罪。

说话的，我且问你：那辛氏的骸骨，既不在井中，毕竟哪里去了？看官听说：那辛氏原不曾死，何处讨她骸骨？她那日投井之后，贼众怕官兵追杀，一时都去尽。随后便是新任阆州刺史辛用智领家眷赴任，紧随着李节度大兵而来，见武安县遭此变乱，不知女儿、女婿安否。正想要探问，恰好行至井亭下，随行众人要取水吃，忽见井中有人，好像还未死的，又好像个妇人。辛公夫妇只道是逃难民妇投井，即令救起。众人便设法救起来。辛公夫妇见了，认得是女儿端娘，大惊大哭。夫人摸她心头还热，口中有气，急叫随行的仆妇养娘们，替她脱下湿衣，换了干衣，扶在车子上。救了半晌，辛氏渐渐苏醒。辛公夫妇询知其故，思量要差人去找寻女婿及外甥，又恐一时没处寻，迟误了自己赴任的限期，只得载了女儿同往任所。及到任后，即蒙钦召，星夜领家眷赴京，一面着人到武安打探。却因"长孙陈"三字，与"尚存诚"三字声音相类，那差去的人粗莽，听得人说"尚存诚失机被杀"，误认做长孙陈被杀，竟把这凶信回报。辛氏闻知，哭得发昏，及问胜哥，又不知下落，一发痛心。自想当日拚身舍命，只为要救丈夫与儿子，谁知如今一个死别，一个生离，岂不可痛！因作《蝶恋花》一词，以志悲思云：

> 独坐孤房泪如雨，追忆当年，拚自沉井底。只道妾亡君脱矣，哪知妾在

君反死。君既死兮儿没主，飘泊天涯，更有谁看取！痛妾苟延何所济，不如仍赴泉台去。

辛氏几度要自尽，亏得父母劝住。于是，为丈夫服丧守节，又终日求神问卜，讨那胜哥的消息。真个望儿望得眼穿，哭夫哭得泪干，哪知长孙陈却与甘氏夫人在夔州受用。正是：

　　　各天生死各难料，两地悲难两不同！

不说辛氏了随父在京，且说长孙陈因不见了辛氏骸骨，心里惨伤，又作《忆秦娥》词一首，云：

　　　心悲悒，香消玉碎无踪迹。无踪迹，欲留青冢，遗骸难觅。
　　　风尘不复留仙骨，莫非化作云飞去。云飞去，天涯一望，泪珠空滴。

长孙陈将此词并前日所题两词，并写在一纸，把来粘在辛氏灵座前壁上。甘氏走来见了，指着第一首道："她叮咛你将儿看觑。你的儿子，原得你自去看觑他。我是继母，不会看觑他的！"又指着第二首道："你只愿与前妻'天长地久'，娶我这一番，却不是多的了！"看到第三首，说道："你儿子只道无人用心打捞骸骨，你何不自往天涯去寻觅！"说罢，变色归房。慌得长孙陈忙把词笺揭落了，随往房中看时，见甘氏独坐流泪。长孙陈陪着笑脸道："夫人为何烦恼？"甘氏道："你只想着前夫人，怪道胜哥只把亲娘当娘，全不把我当娘。"长孙陈道："胜哥有什触犯你，不妨对我说。"甘氏道："说他怎的！"长孙陈再问时，甘氏只是低头不语。长孙陈急得没做道理处。原来长孙陈与甘氏的恩爱，比前日与辛氏的恩爱，又添了一个"怕"字。世上怕老婆的，有几样怕法：有"势怕"，有"理怕"，有"情怕"。"势怕"有三：一是畏妻之贵，仰其阀阅；二是畏妻之富，资其财贿；三是畏妻之悍，避其打骂。"理怕"亦有三：一是敬妻之贤，景其淑范；二是服妻之才，钦其文采；三是量妻之苦，念其食贫。"情怕"亦有三：一是爱妻之美，情愿奉其色笑；二是怜妻之少，自愧屈其青春；三是惜妻之娇，不忍见其频顣。今甘氏难中相识，又美少而娇，大约"理怕"居半，"情怕"居多。有一曲《桂枝香》说那怕娇妻的道：

爱她娇面，怕她颜变。为什偻首无言，慌得我意忙心乱，看春山顿锁。

春山顿锁，是谁触犯？忙陪欢脸，向娘前，直待你笑语还如故，才教我心儿放得宽。

这叫做因爱生怕。只为爱妻之至，所以妻若蹙额，他也皱眉；妻若忘餐，他也废食。好似虞舜待弟的一般，像忧亦忧，像喜亦喜。又好似武王事父的一般，文王一饭亦一饭，文王再饭亦再饭。

闲话少说，只说正文。当下长孙陈偎伴了甘氏半晌，却来私语胜哥道："你虽痛念母亲，今后却莫对着继母啼哭。晨昏定省，不要稀疏了！"胜哥不敢违父命，勉强趋承。甘氏也只落落相待。一个面红颈赤，强支吾地温存，一个懒语迟言，不耐烦地答应。长孙陈见他母子二人终不亲热，亦无法处之。胜哥日常间倒在孙去疾卧室居多。此时孙去疾的病已全愈。长孙陈不忍久占其功名，欲向严武禀明其故，料严公爱他，必不见罪。乃具申文，只说自己系孙去疾之兄孙无咎，向因去疾途中抱病，故权冒名供职，今弟病已痊，理合避位。向日朦胧之罪，仗乞宽宥。严公见了申文，甚是惊讶，即召孙去疾相见，试其才学，正与长孙陈一般。严公大喜道："二人正当兼收并用。"遂令将司户之印，交还孙去疾，其孙无咎委署本州司马印。一面奏请实授。于是，孙去疾自为司户，长孙陈携着家眷，迁往司马署中，独留胜哥在司户衙内，托与去疾抚养教训，免得在继母跟前，取其厌恶。此虽爱子之心，也是惧内之意。只因碍着枕边，只得权割膝下，正合着《琵琶记》上两句曲儿道："你爹行见得好偏，只一子不留在身边。"甘氏离却胜歌之后，说也有，笑也有，不似前番时常变脸了。

光阴迅速，不觉五年。甘氏生下一女一子：女名珍姑，子名相郎，十分欢喜。哪知乐极悲生，甘母忽患急病，三日暴亡。甘氏哭泣蹦踊，哀痛之极，要长孙陈在衙署治丧。长孙陈道："衙署治丧，必须我答拜。我官职在身，缌麻之丧，不便易服。今可停柩于寺院中，一面写书去请你堂兄甘泉来，立他为嗣，方可设幕受吊。"甘氏依言，将灵柩移去寺中。长孙陈修书遣使，送与甘泉，请他速来主持丧事。甘泉得了书信，禀过知县，讨了给假，星夜前来奔丧。正是：

此虽敦族谊，亦是趋势利。

贵人来相召，如何敢不去。

甘泉既到，长孙陈令其披麻执杖，就寺中治丧。夔州官府并各乡绅，看司马面上，都

来致吊。严公亦遣官来吊，孙去疾也引着胜哥来拜奠。热闹了六七日，极为光荣。却不知甘氏心上还有不足意处：因枢在寺中，治丧时自己不便到幕中哭拜；直至甘泉扶枢起行之日，方用肩舆抬至灵前奠别，又不能够亲自还乡送葬。为此每日哀痛，染成一病，恹恹不起。慌得长孙陈忙请医看视，都道伤感七情，难以救治。看看服药无效，一命悬丝。常言道："人之将死，其言也善。"甘氏病卧在床，反复自思："吾向嗔怪胜哥哭母，谁想今日轮到自身。吾母亲抱病而亡，有尸有棺，开丧受吊，我尚痛心；何况他母死于非命，尸棺都没有，如何教他不要哀痛！"又想："吾母无子，赖有侄儿替他服丧。我若死了，不是胜哥替我披麻执拂，更有何人？可见生女不若生男，幼男又不若长男。我这幼女幼子，干得什事？"便含泪对长孙陈道："我当初错怪了胜哥，如今我想他，可速唤来见我。"长孙陈听说，便道："胜哥一向常来问安，我恐你厌见他，故不使进见。你今想他，唤他来便是。"说罢，忙着人到孙去疾处将胜哥唤到。胜哥至床前见了甘氏，吃惊道："不想母亲一病至此！"甘氏执着胜哥的手，双眼流泪道："你是个天性纯孝的，我向来所见不明，错怪了你。我今命在旦夕，汝父正在壮年，我死之后，他少不得又要续娶。我这幼子幼女，全赖你做长兄的看顾。你只念当初在我家避难时的恩情，切莫记我后来的不是罢！"说毕，泪如泉涌。胜哥也流泪道："母亲休如此说。正望母亲病愈，看顾孩儿。倘有不讳，这幼妹幼弟，与孩儿一父所生，何分尔我！纵没有当初避难的一段恩情，孩儿在父亲面上推爱，岂有二心！"甘氏道："我说你是仁孝的好人。若得如此，我死瞑目矣！"又对长孙陈道："你若再续娶后妻，切莫轻信其语，撇下了这三个儿女！"长孙陈哭道："我今誓愿终身不续娶了！"甘氏含泪道："这话只恐未必！"言讫，瞑目不语，少顷即奄然而逝。正是：

自古红颜多薄命，琉璃易破彩云妆。

长孙陈放声大哭，胜哥也大哭。免不得买棺成殓，商议治丧。长孙陈叫再买一口棺木进来，胜哥惊问何故，长孙陈道："汝母无尸可殓，今设立虚枢，将衣冠殓了，一同治丧，吾心始安。"胜哥道："爹爹所见极是。"便于内堂停下两枢，一虚一实。幕前挂起两个铭旌，上首的写："元配辛孺人之枢"，下首的写："继配甘孺人之枢"。择日治丧，比前甘母治丧时，倍加热闹。但丧牌上还是孙无咎的出名。原来唐时律令：凡文官失机后，必有军功，方可赎罪。长孙陈虽蒙严武奏请，已实授夔州司马之职，然不过簿书效劳，未有军功，故不便改正原名。恰好事有凑巧，夔州有山寇窃发，严公遣将征剿，司马是掌兵的官，理合同往。长孙陈即督同将校前去。那些山寇，不过乌合之众，长孙陈画下计策，设伏击之，杀的杀，降的降，不几日，奏凯而还。严公嘉其功，将欲表奏朝廷。长孙陈那时方说出自己真名姓，把前后事情一一诉明，求严武代为上奏。严公即具疏奏闻。奉旨：孙无咎既即系长孙陈，准复原姓名，仍论功升授工部员外。正是：

　　　　昔年复姓只存一，今日双名仍唤单。

　　长孙陈既受恩命，便一面遣人将两柩先载回乡安厝；一面辞谢严公，拜别孙去疾，携着三个儿女并仆从等进京赴任。此时辛用智正在京师为左右拾遗之职，当严公上表奏功时，已知女婿未死，对夫人和女儿说了，俱各大喜。但不知他可曾续娶，又不知胜哥安否？遂先使人前去，暗暗打听消息。不一日，家人探得备细，一一回报了。夫人对辛公道："偏怪他无情。待他来见你，且莫说女儿未死，只须如此如此，看他如何？"辛公笑而诺之。过了几日，长孙陈到京，谢恩上任后，即同着胜哥往辛家来。于路先叮嘱胜哥道："你在外祖父母面前，把继母中间这段话，隐瞒些个。"胜哥应诺。既至辛家，辛公夫妇出见。长孙陈哭拜于地，诉说妻子死难之事。胜哥亦哭拜于地。辛公夫妇见胜哥已长成至十二三岁，又悲又喜。夫人扶起胜哥，辛公也扶起长孙陈说道："死生有命，不必过伤！且请坐了。"长孙陈坐定，辛公便问道："贤婿可曾续弦？"长孙陈道："小婿命蹇，续弦之后，又复断弦。"辛公道："贤婿续弦，在亡女死后几年？"长孙陈踌躇道："就是那年。"夫人便道："如何续得恁快！"长孙陈正待诉告甘家联姻的缘故，只见辛公道："续弦也罢了。但续而又断，自当更续。老夫有个侄女，年貌与亡女仿佛，今与贤婿续此一段姻亲何如？"长孙陈道："多蒙岳父厚爱，只是小婿已誓不再续矣！"夫人道："这却为何？"长孙陈道："先继室临终时，念及幼子幼女，其言哀惨，所以不忍再续。"辛公道："贤婿差矣！若如此说，我女儿惨死，你一发不该便续弦了。难道亡女投井时，独不曾念及幼子么？贤婿不忍负继夫人，何独忍负亡女乎？吾今以侄女续配贤婿，亦在亡女面上推情，正欲使贤婿不忘亡女耳！"长孙陈满面通红，无言可答，只得说道："且容商议。"辛公道："愚意已定，不必商议！"长孙陈不敢再言，即起身告别。辛公道："贤婿新莅莅任，公事烦冗，未敢久留。胜哥且住在此，尚有话说。"长孙陈便留下胜哥，作别自回。辛公夫妇携胜哥入内，置酒款之，问起继母之事，胜哥只略谈一二。辛公夫妇且不教母子相见，也不说明其母未死，只说道："吾侄女即汝母姨，今嫁汝父，就如你亲母一般。你可回去对汝父说，叫他明日纳聘，后日黄道吉日，便可成婚。须要自来亲迎。"说毕，即令一个家人同一

个养娘，送胜哥回去。就着那养娘做个媒妁。胜哥回见父亲，备述辛公之语。养娘又致主人之意。长孙陈无可奈何，只得依他纳了聘。至第三日，打点迎娶。先于两位亡妻灵座前祭奠，胜哥引着那幼妹幼弟同拜。长孙陈见了，不觉大哭。胜哥也哭了一场，那两个小的，不知痛苦，只顾呆着看。长孙陈愈觉惨伤，对胜哥道："将来的继母，即汝母姨，待妆自然不薄。只怕苦了这两个小的！"胜哥哭道："甘继母临终之言，何等惨切。这幼妹幼弟，孩儿自然用心调护。只是爹爹也须立主张。"长孙陈点头滴泪。

黄昏以后，准备鼓乐香车，亲自乘马到门奠雁。等了一个更次，方迎得新人上轿。正是：

> 丈人这般耍，女婿赛吃打。
>
> 只道亲上亲，谁知假中假。

新人进门拜了堂，掌礼的引去拜两个灵座，新人立住不肯拜。长孙陈正错愕间，只听得新人在兜头的红罗里，大声说起话来道："众人退后，我乃长孙陈前妻辛氏端娘的灵魂，今夜附着新人之体来到此间，要和他说话。"众人大惊，都退走出外。长孙陈也吃一惊，倒退数步。胜哥在傍听了，大哭起来，忙上前扯住，要揭起红罗来看。辛氏推住道："我怕阳气相逼，且莫揭起！"长孙陈定了一回，说道："就是鬼，也说不得也！"上前扯住哭道："贤妻，你灵魂向在何处？骸骨如何不见？"辛氏挥手道："且休哭，你既哀痛我，为何骨肉未冷，便续新弦？"长孙陈道："本不忍续的，只因在甘家避难，蒙她厚意倦倦，故勉强应承。"辛氏道："你为何听后妻之言，逐胜儿出去！"长孙陈道："此非逐他，正是爱他。因为失欢于继母，恐无人调护，故寄养在孙叔叔处。"辛氏道："后妻病故，你即治丧。我遭惨死，竟不治丧。直待等着后妻死了，趁她的便，一同设幕，是何道理？"长孙陈道："你初亡时，我尚顶孙叔叔的名字，故不便治丧。后来孙无咎虽系假名，却没有这个人，故可权时治丧。"辛氏道："甘家岳母死了，你替她治丧。我父母现在京中，你为何一向并不遣人来通候！"长孙陈道："因不曾出姓复名，故不便遣人通候。"辛氏道："这都罢了！但我今来要和你同赴泉台，你肯随我去么？"长孙陈道："你为我而死，今随你去，固所甘心，有何不肯！"胜哥听说，忙跪下告道："望母亲留下爹爹，待孩儿随母亲去罢！"辛氏见胜哥如此说，不觉堕泪，又见丈夫肯随她去，看来原不是薄情的。因说道："我实对你说，我原非鬼，我即端娘之妹也。奉伯父之命，叫我如此试你！"长孙陈听罢，才定了心神。却又想新嫁到的女儿，怎便如此做作，听她言语，宛是前妻的声音。莫非这句话，还是鬼魂在那里哄我。

正在疑想，只见辛氏又道："伯父吩咐教你撤开甘氏灵座，待我只拜姐姐端娘的灵座！"长孙陈没奈何。只得把甘氏灵座移在一边。辛氏又道："将甘氏神主焚化了，方可成亲！"长孙陈道："这个说不去！"胜哥也道："这怎使得？"辛氏却三回五次催逼要焚。长孙陈此时一来还有几分疑她是鬼，二来便做道新人的主见，却又碍着她是辛公侄女，不敢十分违拗。只得含着泪，把甘氏神主携在手中，方待焚化。辛氏叫住道："这便见得你的薄情了。你当初在甘家避难，多受甘氏之恩，如何今日听了后妻，便要把她的神主焚弃？你还供养着。你只把辛氏的神主焚了罢！"长孙陈与胜哥听说，都惊道："这却为何？"辛氏自己把兜头的红罗揭落，笑道："我如今已在此了，又立我的神主则什？"长孙陈与胜哥见了，俱大惊。一齐上前扯住，问道："毕竟是人是鬼？"辛氏那时方把前日井中被救的事说明。长孙陈与胜哥如梦初觉。夫妻母子，抱头大哭。正是：

<blockquote>本疑凤去秦台杳，可意珠还合浦来。</blockquote>

三人哭罢，方酌酒相庆。

胜哥引着幼妹幼弟拜见了母亲，又对母亲述甘氏临终之语，望乞看视这两个小的。辛氏道："这个不消过虑。当初我是前母，甘氏是继母，如今她又是前母，我又是继母了。我不愿后母虐我之子，我又何忍虐前母之儿！"长孙陈闻言，起身称谢道："难得夫人如此贤德。甘氏有灵，亦铭刻于泉下矣！"因取出那三首《忆秦娥》词来与辛氏看，以见当日思念她的实情。辛氏把那《蝶恋花》一词与丈夫看。自此夫妻恩爱，比前更笃。

至明年，孙去疾亦升任京职，来到京师，与长孙陈相会。原来去疾做官之后，已娶了夫人，至京未几，生一女。恰好辛氏亦生一子，即与联姻。辛氏把珍姑、相郎与自己所生二子一样看待，并不分彼此。长孙陈的欢喜感激不可言尽，正是：

<blockquote>稽首顿首敬意，诚欢诚忭恩情。
无任瞻天仰圣，不胜激切屏营。</blockquote>

看官听说，第四个儿子，却与第一个儿子是同胞，中间反间着两个继母的儿女，此乃从来未有之事。后来甘泉有个侄女，配了胜哥。那珍姑与相郎，又皆与辛家联姻。辛、甘两家，永为秦晋，和好无间。若天下前妻晚娶之间，尽如这段话文，闵子骞之衣可以不用，嘉定妇之诗可以不作矣。故名之曰《反芦花》。

卷三　培连理

断冥狱推添耳书生　代贺章登换眼秀士

诗曰：

> 野草青青土一丘，千年埋骨不埋羞。
>
> 殷勤寄语人间妇，自古糟糠合到头。

此诗是方正学先生过朱买臣妻之墓而作，劝世间妇人休嫌丈夫贫贱。且莫说贫贱的有时富贵，纵使终身不富贵，也该到头相守。倘必希图他年富贵，勉强守着目前贫贱，就不是个有意思的妇人了。朱买臣之妻若是个意思的，丈夫要去求官，还该阻他，不要他去。你道汉武帝时的官，可是容易做的？买臣只为贪着功名，后来坐张汤事，惧罪自杀。皆缘妻子嫌他贫贱，激他走这条路，岂非为妻子所误！假如妻子肯到头守着糟糠，丈夫也便到头守着贫贱，何至贪求富贵，以至刑戮。所以方正学诗中，并不较量富贵不富贵，更不提起会稽太守马前泼水之事，只说"糟糠合到头"。然天下妇人，不嫌丈夫贫贱的还有，不嫌丈夫废疾的却难。富贵危险，或不知贫贱安稳。若说废疾人，倒胜过五官具足的，这却谁个肯信？

如今待在下说一奇女子，不但不嫌丈夫贫贱，并不嫌丈夫废疾。才女爱才子，就如才子爱才子一般；夫妻相爱，竟像朋友相识。后来神明灵应，把废疾忽变好了。

此事出在明朝洪武年间，南直扬州府有个秀才，姓莫名豪，字千英，丰姿秀美，文才敏捷，赋性豪爽。不幸父母双亡，家道萧索，胸中虽有才，手中却乏钞。人情只重有"贝"字的才，不重没"贝"字的才。所以年近二十，未谐姻眷。只结交得一个好朋友，那人姓闻名聪，字作谋，学识渊博，议论雄快，与莫豪是至交。时常相叙，

攀今吊古，谈起来便是竟日。闻聪常说：人不当以成败论英雄，设使少康若败，便是有穷的多士多方；武庚若成，便是有商的一成一旅。可笑世人识见浅薄，见伯夷指武王为暴，便道奇怪，不敢真个认他为暴；见武王指洛民为顽，便都说是顽了。又常言短丧之制，不是汉文帝始，是汉景帝始。文帝素性谦恭，当其践位，有让三让再之文；劝其立储，有重我不德之诏，故临终亦自谦德薄，遗命短丧。文帝虽如此谦恭，在景帝自当尽礼。若云父命宜从，则辞践位，即不该践位；辞建储，即不该建储，连景帝也不必立了。奈何独从其短丧之命，这不是短丧自景帝起的。又常论断王导为奸臣，温峤为逆子。嵇绍虽忠，未能全孝，不如有向北坐的王裒；王祥虽孝，有缺于忠，不如必在汶上的闵字。如此妙论，不一而足。莫豪深加叹服。但那闻聪有一件酷好的事，是仙家修炼之术。妻室也不肯娶，常闭户独坐，做那养真运气的工夫。原来做这工夫，须要有传授，若得法便好，若不得法，反要弄出病来。闻聪无师之学，未从其法，竟把一双耳朵弄聋了。却又有一件奇事，时常梦到阴司，替冥官断狱，梦中听讼，耳却不聋，及至醒来，依然聋了。闻聪自笑道："昔有仆夫夜梦为王，日间虽劳，梦中却乐。吾今虽聋，又何病焉！"人有不信他的，都道他是鬼话，又见他耳聋，是个残疾人，不甚敬重他。只有莫豪始终钦服，常对他说道："《史记·屈原传》云：王听之不聪。楚怀王何当耳聋，只为心里不聪，便与耳聋一般。据我看来，世人皆聋，唯兄不聋耳。"因即题诗一首云：

岂惟耳目有聋盲，心不聪明病与均。

人世即今多耳目，能闻能见几何人。

莫豪正与闻聪说得着，不想闻聪自恨修炼不得法，欲出外遍求仙方，遂别了莫豪，往临安天目山访道去了。

莫豪自闻聪别后，甚觉寂寞，虽还有几个朋友，都不甚相契。其间有一人，姓黎名竹，号淇卿，因他头有癞疮，光秃无发，人便顺口叫他"癞黎"，又叫他"癞竹"，又叫他"黎和尚"。那人本是个包揽词讼的秀才。莫豪原与他意气不合，他却偏要强来亲近，每年呈词手谒，及与人争辩的书札，便把来与莫豪看。莫豪见他文字不济，忍不住替他改削了几次。外人见了莫豪改削过的，都交口称赞。黎竹大喜，后来便竟求莫豪代作，也略把些润笔之资相送。又知莫豪好饮，常置酒相款。因此，莫豪亦不复拒之。一日，黎竹与莫豪对酌，因说道："吾兄善于诙谐，嬉笑怒骂，皆成文章。小弟昨日受了一个驼背人的气，求兄做一首驼背的诗去嘲他。"莫豪乘着酒兴，随口念道：

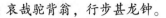

哀哉驼背翁，行步甚龙钟。

遇客先施行，无人亦打躬。

有心寻地孔，何面见苍穹。

仰卧头难着，俯眠腹又空。

虾身窄且缩，鼋背耸还丰。

雨不沾怀内，臀常晒日中。

娶妻须叠肚，搂妾怎偎胸。

桦石差堪拟，断环略可同。

小桥称雅号，新月笑尊容。

赴水如垂钓，悬梁似挂弓。

生来偏局促，死去也谦恭。

黎竹听罢，不觉大笑，便取笔写出，袖着去了。一日，又来对莫豪说道："前日嘲驼背的诗甚妙，今日还要做首嘲齆鼻与瘪鼻的诗。兄可肯做么?"莫豪笑道："就做何妨!"便又带笑念出两首诗来。其嘲齆鼻的诗道:

齆鼻是前缘，夜来开口眠。

读书声不出，讲话语难传。

闻香全不觉，遇臭竟安然。

一事差堪用，教他看粪船。

其嘲瘪鼻的诗道:

世间瘪鼻最蹊跷，形得眼高嘴又高。

将去面光浑不碍，打来巴掌任横超。

踏平鬼脸差堪拟，跌匾尿瓶略可描。

面孔分明如屁股，中间反嵌一条槽。

莫豪念毕，笑得黎竹眼睛没缝，又牢牢地记着。莫豪笑道："兄只顾要嘲人，全不想自己亦有可嘲之处。吾闻外人嘲兄为'黎和尚'。如今待小弟替兄解嘲何如?"说罢，便取笔写出几段笑话，乃是《和尚笑鬎鬁》与《鬎鬁答和尚》的谑语。《和尚笑鬎鬁》云：

> 两头一样光，甘苦不相当。
> 我光是披剃，你光因鬎疮。
> 一样两光头，我净你却垢。
> 走到人前去，嫌你腥臊臭。
> 和尚解风流，能将信女勾。
> 妇人喜和尚，不喜鬎鬁头。

《鬎鬁答和尚》云：

> 只言和尚斩六根，发去哪知根尚存。
> 头尚破除惟我净，光光不剩一丝痕。
> 天风吹落满头芳，谁道轮老我洁郎。
> 一顶梅花浑似雪，鬎鬁头上放毫光。
> 人见秃驴吐涎去，只因和尚不吉利。
> 时来晓夜要搔疮，唯有鬎鬁最利市。
> 偷香手段秃驴高，我辈风情也不饶。
> 谁道妇人不喜鬎，世间唯有鬎鬁骚。

莫豪写毕，抚掌大笑。黎竹看了，也禁不住笑，心里虽怪他尖酸，却因常要求他文字，只得忍耐，欲待也做几句嘲他，又做不出什么。

过了几日，莫豪因饮多了新酒，染患目疾，闷坐在家。黎竹叩门而来，相见问候毕，袖中取出一纸，说道："弟闻尊目有恙，特觅一妙方在此。"莫豪接来张眼看时，上写道：

> 木贼草去两头，何首乌用其尾，败龟板取其中。

莫豪见了，变色说道："兄怎生这等骂我！"黎竹道："如何是骂兄？"莫豪道："'木贼草'去了两头是'贼'字，'何首乌'只用其尾是'乌'字，'败龟板'只取中间的

'龟'字。骂我'贼乌龟',是何道理?"黎竹道:"木贼草、何首乌,都是眼科中妙药,龟板也是滋阴的,正对兄目疾,休猜差了。"

莫豪道:"兄莫乱道,这方决不是你写的。必是哪个教你写的,你实对我说。"黎竹被逼问不过,只得说道:"其实是一个家表弟教我写的。"

莫豪道:"令表弟好没道理,他姓什名谁?"黎竹道:"他是家姑娘之子,姓晁。"莫豪道:"向来不闻兄有这个表弟?"黎竹道:"因他年纪尚幼,故一向不曾说起。"

莫豪道:"他与我素不相识,何故便如此恶谑!"黎竹笑道:"他闻小弟被兄嘲笑,故代为奉答耳!"莫豪道:"小子太弄聪明,待我也答他几句。"便叫黎竹代写,自己信口念道:

> "木"除"草"去用中央,"贼"善医人贼亦良。
> "何首"取梢"龟"取腹,乌龟肚里有奇方。

黎竹代写罢,笑道:"他把个哑谜儿嘲兄,如今反被兄嘲了。"莫豪道:"这只算答他,我今也把个哑谜儿嘲他几句,看他如何答我?"便又念出四句道:

> 上有两山横对,下有半朵桃花。
> 或作缩头龟子,鼋鼍不甚争差。

念毕,又教黎竹写了,"一并拿去与你那表弟看。"黎竹道:"这是什么哑谜?"莫豪道:"兄莫管,只问令表弟可猜得出!"黎竹含笑而去。次日,又来说道:"兄昨日的哑谜,家表弟一猜便着,道是嘲他姓的'晁'字,他细细解与我听说:'两山横对',是上面'曰'字;'半朵桃花',是下面'兆'字;'龟子'、'鼋鼍'者,因古体'晁'字,是'曰'字下加'黾'字,其形与'鼋''鼍'等字相类耳!"莫豪笑道:"亏他猜,却也聪明。"黎竹袖出一纸道:"他今也把尊姓的'莫'字,答嘲几句在此,也教我写来与兄看哩!待我念来你听。"说罢,便看着纸上念道:

> 似"美"不是美,如"英"不是英。
> 纵使胸中有"子曰",可怜徒作"草"间"人"。

莫豪听罢,倒欢喜起来,说道:"令表弟才思敏给,是一个极聪明的人。"黎竹笑道:

"他怎般嘲你，你倒喜他。"莫豪道："兄不晓得，赞得不通，赞亦没趣，嘲得好时，嘲亦快意。你有这等一个聪明表弟，如何不同他来与我一会？"黎竹道："家姑娘早寡，只生此子。因他年幼，爱之如处女，只教他闭户读书，不要他接见朋友！"莫豪道："他今几岁了？"黎竹道："才十六岁。"莫豪道："十六岁也不为年幼了，如何不要他见客？既是他不肯来，待小弟目疾稍愈，先去拜他。"黎竹道："家姑娘性极板执，吾兄就去，也未必肯放表弟出来接见，反要怪小弟牵引多事。不如且消停几时，等他成人后，相交未迟。"莫豪沉吟道："也罢，令表弟既不可即见，待小弟把他嘲我的言语，再破几句，看他可能更答否？"黎竹道："这个使得，待我再替兄写去与他看。"莫豪便又念道：

　　似"美"正是美，如"英"正是英。

　　"人"虽伏"草"下，其人是"大人"。

黎竹写来袖着，作别去了。停了几日，又到那晁家来。

　　看官，你道那晁家表弟是谁？原来不是黎竹的表弟，乃是黎竹的表妹。黎竹姑夫晁育华，只生此女，小字七襄，姿容仿佛天仙，聪明胜过男子。身边有个侍儿，名唤春山，年纪比七襄小两岁，也生得娉婷伶俐，颇知文墨。七襄与她如姊妹一般相爱。不幸晁育华早逝。母亲黎氏，孀居无倚，欲招赘一个女婿在家，却急切难得个快婿，常托黎竹替他留心选择。这黎竹若是个有意思的，便该想佳人必须配才子，才如莫豪，正堪与七襄作配，况又是你的相知，这段美姻缘，便急急该替他玉成了。争奈黎竹是势利小人，他与本城一个富家子弟古淡月相好。那古淡月断弦未续，欲求七襄为继室。黎竹有心要做这头媒，怎肯把表妹作成穷朋友。所以，在莫豪面前，只说是表弟，并不说是表妹。正是：

　　佳人与才子，理合联姻契。

　　表兄不玉成，诈称妹作弟。

黎竹对莫豪便不说实话，及到晁家，却又常把莫豪做的文字与七襄看。七襄深服其才，又知他尚未联姻，甚有相慕之意。因闻其善谑，故也替黎竹写个药方儿去嘲他。却被莫豪答嘲过来，七襄见了，口中虽埋怨黎竹不该说出"晁"字，被他轻薄，心里却愈爱莫豪的聪明，因也把"莫"字来嘲几句，看他怎生回答。及见了莫豪的答语，一发欢喜。黎竹道："他还要你再答，你不可弱与他。"七襄道："答之何难!"随又将"莫"字再做几句道：

> 有言可陈谟，无金不成镆。
>
> 摹拟手空挥，摸索才终落。
>
> 若应募卒力不堪，欲作幕宾巾折角。

七襄这几句，正道破了莫豪的心事。第一句赞他的才，第二句怜他的贫，第三、第四句叹他沦落不偶，第五句说他不肯弃文就武，第六句说他不屑为门馆先生。此非相嘲，实是相惜。黎竹却不解其中深意，只道是相骂的言语，正要七襄骂断了莫豪，绝了他求见之意，便写将去与莫豪看。此时莫豪目疾已渐愈，一见此语，喜得手舞足蹈；不但爱其巧思，又感其知己，便再三央求黎竹，要他引见。黎竹左支右吾，只不把实话对他说，及问晁家住在哪里，又不肯说出。莫豪乃私问黎家的小童，方才得知了晁家的住处，竟写个眷教弟帖儿自往拜访。到得晁家门首，恰值晁母扫墓回来，正在门前下轿，后面随着个老妪。莫豪等晁母下了轿，进内去了，方走上一步，把帖儿传与那老妪，说道："我莫相公，特来拜望你家大官人。"老妪道："相公莫非差了，我家只有个小姐，并没有官人的。这帖儿不敢领。"莫豪心疑，因问道："宅上可是姓晁？"老妪道："正是晁家。"莫豪道："有个黎相公，可是宅上令亲？"老妪道："他是我家老安人的内侄，时常往来的。"莫豪道："可又来，黎相公说宅上有个十六岁的官人在家。"老妪道："只我家小姐便是十六岁，哪里还有什么官人？相公听错了!"莫豪闻言，才晓得黎竹一向哄他，所云表弟竟是表妹。因又婉言问道："不敢动问宅上小姐，可是知书识字的么？"老妪笑道："我家小姐的才学，只怕比那黎相公倒胜几倍哩!"

　　莫豪听罢，十分惊喜，想道："这等说起来，前日那些巧思妙语，都是这小姐的了。天下有恁般聪慧女郎，我向认她是男子，欲与之为友，今既知是女子，决当与之为配。这媒人就要老黎做便了。"遂急急奔到黎家，要求黎竹做媒。正是：

> 前此只思歌《伐木》，从今方欲咏《夭桃》。

黎竹被莫豪央恳不过，只得假意应承；及见晁母，却并不提起莫豪，反替古淡月议婚。晁母嫌那古淡月是纨绔之子，又是续娶，恐女儿不中意，不肯轻许。黎竹怏怏而归，莫豪来讨回音时，只推姑娘不允。莫豪料黎竹不肯玉成此事，只得另寻别人作伐。访得晁家有个亲戚，姓涂名度，是小姐的表叔，莫豪特地央他去说亲。谁知这人就是前日黎竹要嘲他的驼背翁，人都叫他做驼涂度。他晓得前日嘲他的诗句是莫豪所作，正怪其轻薄，哪里肯替他去说。莫豪没奈何。又寻两个常在晁家走动的媒婆，托他撮合。那两个媒婆，一个叫做疮鼻谢娘娘，一个叫做齄鼻俞妈妈，恰好也是莫豪嘲过她的。黎竹闻知莫豪要央她，便先去打了破句。两个也都不肯去说了。正是：

仙郎无计寻乌鹊，织女何由渡碧河。

莫豪无媒可央，好生忧闷；又闻古淡月家也在那里求亲，恐被他先聘定了去，日往晁家门首探看。一日，也是机缘偶凑，恰好又遇见了那个老妪，莫豪便上前深深地唱了两个肥喏，备述求婚之意。老妪见他来意诚恳，许他代禀主母。莫豪欢喜，再三叮咛称谢而去。老妪即入内对晁母说知，晁母前日在门前下轿时，已曾见过莫豪的相貌，又晓得女儿常赞他的文字，因便使春山去探问七襄的意思。春山极言小姐平日爱慕莫豪之才，今日若与联姻，正中其意。晁母遂欣然依允，令老妪至莫家回复。竟择定纳聘吉日，然后传姑娘之命，教黎竹为媒。黎竹那时不得已，只得做个现成媒人。正是：

月老意中思淡月，冰人心上冷如冰。
非开撮合居间力，自是先通两下情。

　　莫豪纳过了聘，即选定了入赘佳期，打点要做新郎。谁想好事多磨，旧时目疾，忽然复发，比前更甚。两眼红肿，疼痛异常，连忙请医看视。那医人姓邓号起川，是专门眼科，看了莫豪两目，说是外障，不但要服药，还须动手刮去眼中浮肉血筋，方才痊可。莫豪任他刮了几次，肿痛之势虽稍缓，只是两目越觉昏沉了。莫豪见邓起川手段不甚妙，又去请个有名的官医奚仰山来看。那奚仰山听说刮去眼中血肉，便道："目得血而能视，如何反把血来损去，还亏请得我早，若再迟两日，不可救了！今宜速服补血之剂。"莫豪信以为然，连服了他几剂煎药，哪知两目倒添起翳来，心中好不焦躁。此时入赘之期已近，争奈目疾不痊。只得回复晁家，改订吉期。一面急欲另请良医调治，又怕服药无效，特请一个会用针的医家来问他。那人姓乐号居一，高谈阔论，自说针好了多少疑难症候："今看尊目是内障，若把外障来医便差了。只须于两手两足各下一针，其目自愈。"说罢，做张做智的取出针来，先从两手针起。谁想一针才下，莫豪早昏晕了去。乐居一吃了一惊，忙取汤来灌醒，摇头道："晕针的人，下针不得！"

遂辞别而去。莫豪连请了几个医生，都不见效，十分着急。忽一日，黎竹荐一个会灸的和尚来。那和尚法名温风，自言灸法之妙，诸病可立愈。把莫豪背上手脚上都灸到了，末后又在两眼眶之侧灸了一火。这一灸不打紧，莫豪的两眼竟断送在他手里了。看官听说：大约"疾病"二字，"疾"字从"矢"，"矢"最急；"病"字从"丙"，"丙"属火。凡有疾病的，未有不火上升、心焦躁。医者须要平心和气，缓缓而来。不但病人性急不得，医生也性急不得。所以古来神医，或名和，或名缓，观其命名之意，便可知其医法之高。今莫豪急于求愈，医者又急欲奏效，那知火气攻入太阳，其目遂成不救。莫豪常戏言和尚不吉利，今被黎和尚荐一个温和尚来，把他两目弄坏，可怜一个聪明之士，变做残疾之人。正与那好朋友闻聪一聋一瞎，恰成一对。有一篇言语，单说那两的苦处：

> 一个静听不闻雷霆之声，一个熟视不见泰山之形。一个腹中虽具八音，耳边辨不出宫商角徵；一个肚里实兼五色，眼前哪晓得赤白黄青。一个以目为耳，有言必要写与他看；一个以耳为目，有字还须念与他听。一个声在西方，偏去向东侧耳；一个客临南首，却去对北恭身。一个当面骂他，也只是笑；一个挥拳试你，毫不知嗔。一个哑子对他张口，赞道这曲儿唱得甚妙；一个胡子骗他摸嘴，怪道那话儿生得恁横。一个现逢燕语莺歌，何缘领略；一个纵遇花容月貌，没福识荆。可怜害着聋和瞎，枉自夸他聪与明。

凡医道之中，唯目疾最难医，往往反为医所害。目有翳，便不能视。"医"字即用"医"字之头，"医"字下"酉"字又为两丁入目之象，故曰"眼不医不瞎"。

莫豪自灸坏之后，方悟求医之误。于是更不求医，只独坐静养，还指望两目养得转来，把毕姻之期改了又改。看看日复一日，瞳神渐散，竟不能够好了。自想"晁家只有一女，怎肯配我废疾之人。不如及早解了这头姻事，莫要误了人家女儿！"遂叹了两口气，落了两点泪，请原媒黎竹来，对他说情愿退婚，听凭晁家另择佳婿。黎竹闻言，正中下怀。原来古淡月此时还未续弦，黎竹巴不得莫豪退了婚，好再把这头亲事去说，便欣然步至晁家。晁母因闻莫豪坏了双目，正在烦恼，恰好黎竹到来，备述莫豪之言。晁母犹豫未决，走进房中，把这话告知女儿。只见七襄两颊通红，正色说道："共姜之节，死且不移，何况残疾。既已受聘，岂容变更。若母亲从其退婚之说，孩儿情愿终身不嫁！"晁母见女儿言词甚正，便出来细述与黎竹听。黎竹道："嫁丈夫不着，是一世之事。以表妹这等人物，却嫁个残疾人，岂不误了终身。今莫生自愿退婚，又不是姑娘逼他，正该趁水推船，另求佳配。表妹一时执性不从，日后懊悔，便无及矣！"因又说起古淡月仰慕求亲之意。晁母听罢，沉吟未答，只听得七襄在里面啼哭起来。晁母方欲起身去看，只见春山出来说道："小姐说婚姻大事，断难游移。若老安人别有他议，小姐有死而已！"晁母知其立志坚决，不忍违拗，遂回绝了黎竹，再命老妪到莫家，备言小姐守义，不肯退婚之意。莫豪的欣喜感激，自不必说。晁母择个吉期，招赘莫豪过门。成亲之夜，新娘不必搀扶，新郎倒要搀扶；姐便认得郎，郎却不认得姐。正是：

> 巧笑倩兮或可闻，美目盼兮不得见。
>
> 色声两字未能全，新郎受享只一半。

莫豪入赘后，七襄敬顺无违。只是晁母有些放心不下，暗想："招了个双瞽的女婿，功名已没望了，又不曾学得起课算命，做什么生理来养家？"口虽不言，心甚担忧。哪知莫豪文名久播于外，常有人来求他文字。莫豪口念，七襄代写，卖文为活，倒也不寂寞。七襄因劝丈夫道："自今以后，凡寿章诔词之类，赞颂人的文字便做；其一应骂人的文字，切莫做了。从前黎表兄央你代作之文，都是些赌口快的机锋、损阴德的翰墨。常言道：'陷水可脱，陷文不活。'文人笔端，辩士舌端，比武士兵端，更加利害。即君青年丧目，安知非文字造孽所致！"因作绝句二首，念与莫豪听。

其一云：

> 君有奇文天忌之，欲遮世眼使无知。
>
> 却因眼众遮难尽，还令君家眼自迷。

其二云：

> 莫言丧目罪无因，慧业文人孽报真。
>
> 只为君文刺人目，故将目疾答君身。

莫豪深服其言，自后黎竹再把辨揭檄文等项来求代作，便立意谢绝。

过了几时，本城有个乡绅，姓仲名路，号子由，以礼部侍郎致仕在家。父母八旬双寿，曾有人求莫豪代做一篇寿文去称贺。仲路见了，十分赞赏，知是莫豪之笔，正

想要请来相见。忽奉圣旨召他还朝，他为二亲年老，欲上个告养亲的疏。但洪武皇帝不是寻常疏章可以骗得他准的。曾托几个相知朋友代为草创，都不甚好。因想起莫豪长于翰墨，特发个名帖，遣人以肩舆迎请到家，央他代草一疏。说道："今天子性颇严厉，须善为我辞，委曲婉转，方不忤圣意。久仰足下妙才，必能代陈情由。"莫豪领命，遂撰成一疏，中有数联云：

虽国尔忘家，勤王者不遑将母；而忠须移孝，资父者乃能事君。仰思奉主之日正长，俯念侍亲之年无几。朝中广列诸臣，臣虽归而宣力尚多其侣；膝前只唯一子，子既出而终养更有何人？惭负天恩之未答，心恋阙廷；其如亲齿之已衰，悲深屺岵。时非急难，忍学绝裾之太真；梦切瞻依，乞悯望云之仁杰。得推王者孝治天下之思，益圣臣下媚兹一人之志。为亲图报，即酬罔极于靖共；代父感恩，敢忝所生于凤夜。

仲路看到这数联，拍掌赞道："如此正合愚意。若一味乞休，以养亲为辞，便难求准。今妙在句句思亲却句句恋主。言孝更不离忠，为臣即在为子，李密《陈情表》拜下风矣！"当下便先馈润笔五十金，仍以肩舆送归。及疏上之后，果然别个告养亲的本都不准，只有仲路这本批准了。仲路大喜，又送酬仪二百两。自此以后，求文者愈多。又过半载，仲路父母相继而亡，凡奠章行状，皆莫豪所作，仲路又多送酬仪。莫豪家中用度，颇也有余，晁母甚是喜欢。

此时春山年已十六，晁母要寻个好对头嫁他出去。春山不愿别嫁，愿常与七襄作伴。七襄因劝莫豪收为小星。莫豪道："我废疾之人，蒙贤妻不弃，一个佳人尚恐消受不起，何敢得陇望蜀！"七襄见他推辞，心生一计，私与春山说通，等莫豪醉卧，却教春山装作自己，伴他同宿。莫豪只道是七襄，乘醉交欢，颇觉艰涩，好似初婚姻之夜。到得天明，只听得七襄从房外走来，笑道："昨夜好事已成，今番须推辞不得了！"莫豪那时才晓得被妻子捉弄了去，跌足道："你折杀我也。我本薄福人，幸得佳丽，一之为甚，何可再乎！"七襄笑道："你本不认得我，安知我不是她！你又不认得她，安知她不是我！我与她情好无间，你今后何妨以她当我，以我当她。是我是她，只作一人，莫作两人可也。"莫生听说，也笑将起来。正是：

比翼不妨添一翼，三生真个见三星。

自此一夫一妻一妾，情好甚浓。哪知欢合无多，又生离别。忽有个浙江布政司上官德，是徽州人，与仲路是同年，特托他聘个书记。原来明初不设督抚，每省布政司，便是一省之主，公务最紧，做他书记的，须得个有才学之人。仲路受了上官德之托，想道："若要寻好书记，非莫生不可。"遂写书与上官德，力荐莫豪之才，说他目虽盲而心不盲，与左丘、卜氏不相上下。上官德见了书，即遣人赍书币到来，聘请莫豪往浙江杭州任所去。莫豪只得辞了丈母，别了妻妾，以轻舟至上官德任所。上官德与他谈论，见他口似悬河，滔滔不竭，遂深加敬重，凡一应文移告示，都与莫豪参酌。莫豪住过年余，将所得馆谷，遣人送归家中，就报与个平安信息，不在话下。那年正值杭州府遇了灾荒，上官德欲上疏求免本年钱粮，托莫豪做个疏稿。莫豪即构就一篇，其略云：

> 鸿基始开，或未便遽陈灾异；赋式初定，似不容辄议蠲除。然大军之后，必有凶年；永清之余，正须发粟。长沙痛哭，告之明主而何疑；监门绘图，献之盛朝则无罪。救荒既未有奇策，课税宜免其常征。若仅除久欠之银，恐官欠实非民欠；欲真行蠲恤之恶，念蠲旧不若蠲新。

此疏一上，即蒙圣旨批允，于是灾民无不被泽。上官德深赞莫豪词令之妙，能感动天听，那时浙江按察司缺官，上官德兼理其事，因见刑狱繁多，要上个求宽刑狱的疏，也托莫豪代草。莫豪亦即草就，其略云：

> 死不复生，继不复续，重罪固宜矜念；笞或至毙，流或至亡，轻刑亦当轸恤。金赎虽云宽典，贫者奈何？眚灾尽有非辜，吏人莫察。乞追纵囚四百灵狱之风，愿垂刑措四十余年之治。

上官德看了，极其称赞。但此本奏上，未蒙俞允，圣旨批道："这本求宽刑狱，意亦可嘉。但大乱初定，奸宄尚多窜伏，立法宜严。创业与守旧不同。本内引用刑措等语，不合当今时势。不准行。"旨下之后，莫豪对上官德道："圣旨虽则如此，明公若能于刑狱之际，每事从宽，所全实多矣！"上官德从之。凡定罪案，多所矜宥。

莫豪在上官德署中住了二年，宾主之情甚笃。上官德欲请名医替他医治两目。莫豪自料其目已不可救，也不去求医了。忽一夜，睡梦中见一判官模样的神人，对他说道："我奉东狱帝君之命，特来换汝两目。"说罢，便手把莫豪两眼挖出，却并不觉疼

痛。那种人于袖中另取出两双眼睛，安放在莫豪眼腔之内。莫豪梦中吃了一惊，醒将转来，忽觉得眼前一片光亮，定睛看时，只见帐外曙色照窗，室中诸物无不了然在目。喜出望外，慌忙披衣而起，引镜自照，见两目黑白分明，比当初未盲时的双眼，倒觉清爽些。便走出房来，见了上官德，告知其故。上官德也不胜之喜，说道："此事上天怜才，特赐足下以既盲之视。从今以后，功名可得也。"莫豪道："晚生久为废人，今幸得见天日，已出意外，岂敢更望功名？"上官德道："以足下之才，岂有终困牖下之理？"正说间，外堂传报老爷高升了。原来上官德奉旨升授刑部右侍郎，当下接了恩命，即将印务交与署印官员，择日起身进京。是时洪武皇帝建都南京，上官德带领家眷，望南京进发。莫豪欲辞别归家。上官德道："今年正当乡试之期，足下可同我到京，商议进场之事，不必归去。且到前面镇江口上，写封家信，差人到扬州报知宅上便了！"莫豪欢喜从命。上官德遂另拨座船一只，与莫豪乘坐，一齐赴京。正是：

向来望阙嗟无路，今始披云得见天。

话分两头，不说莫豪在杭州起身，且说晁家自莫豪出门后，只接得家信一次，以后更无音信。又闻杭州饥荒，又讹传疫疠盛行，甚是放心不下。至第二年，忽有一人到来，说是浙江布政司差来报信的，道莫相公染患疫疠已死在杭州了，有代笔的遗书一封寄到。晁家吃此一惊不小，拆书观看，书中只叫妻子速速再醮。七襄与春山见了，几乎哭死。看官，你道这假信从何而来？原来是黎竹与古淡月商量下的计策。黎竹怪七襄执拗不肯改配，又怪莫豪毕姻之后，便不肯替他代笔，古淡月又深慕七襄美貌，故乘机设下此计，要哄七襄改嫁。当时，晁母正患病在床，闻了此信，病上添悲，服药无效，鸣呼死了！七襄与春山十分哀痛，家中无主，古淡月又使人来议婚。七襄于新丧重孝之中，忽闻此言，好生悲愤。春山道："相公凶信未知确否？数百里之外，一纸代笔的遗嘱，何足深信？今当遣人往仲乡官处一问，必知实信，且可仗其力，禁绝强暴逼婚之事。"七襄点头道："说得是！"即使人往仲家探问。不想仲路服满起官，已带家眷赴京去了。七襄与春山商议道："相公未有子嗣，设或凶信果真，须是我亲自去扶枢回来。"春山道："小姐若去，妾愿相随。"两个计议已定，等晁母七终之后，即收拾行李，教老姬看守家中，另唤个养娘和一个老苍头随着，买舟竟往杭州。

在路行了几日，来至苏州吴江县地方，因舟子要泊船上岸，偶傍着一只大官船泊住。那官船上人嚷将起来，持篙乱打道："我们有官府内眷在船里，你们什么船，敢泊在此！"老苍头便立向船头上回答道："我们是扬州来的船，要往浙江上官老爷那里去

的，也只有内眷在船里，望乞方便，容我们暂时泊泊罢！"官船上人听说，即收住了篙，说道："我这里便是上官老爷的船了。"苍头睁眼看那官舱口封皮上，却写着刑部右堂，便道："不是，我们是要到上官布政老爷那里去的！"官船上人道："我家老爷正是布政新升刑部的。你们是谁家内眷，要来这里做什么？"苍头听罢，答道："我们是扬州莫相公的家眷，特来探问莫相公消息的。"说声未了，官舱里早传出夫人的旨意来，说道："既是莫相公的内眷，快请过船来相见！"原来这夫人就是上官德的奶奶熊氏，因上官德往岸上拜客去了，泊舟在此，听得船上人争闹，偶向官舱口纱窗内见看，望见小船里有两个戴孝的美貌妇人。后闻说是莫家内眷，正不知他为什涉远而来，因即叫请来相见。当下七襄和春山同过官船，与夫人叙礼毕。夫人问其来意，两个细述家中之事。那夫人却又是个会弄巧的，且不把实话对他说。因向日莫豪曾在官德面前说起家中妻妾之贤，上官德常常述与夫人听，所以夫人今日见了她两个，特地要试她的真心，造出一段假话来。说道："莫先生凶信是真，二位也不消自往浙中，待我家老爷着人去扶柩回来便了。"七襄、春山闻说莫豪真个死了，相对大哭。夫人再三劝住，因从容问道："二位青春正少，将来终身之计若何？"两个一齐答道："矢志守节，有死无二！"夫人道："二位所见差矣，当初莫先生在日，二位不以废疾而弃之，已见高谊。今既物故，何必复守此硜硜之节，自误终身大事乎！近日我家老爷又请得一位幕宾，才貌与莫先生仿佛，未曾婚娶，二位若肯学文君配相如的故事，老身愿为作伐。"七襄垂泪答道："妇之从夫，如臣之事主。今若可负之于死，前亦可弃之于生！夫人此言，断难从命。"夫人再问春山时，亦如此说。正是：

　　松筠节操千秋烈，铁石心肠一样坚。

　　少顷，上官德回船。夫人走出前舱，附耳低言，说知其故。上官德点头称叹道："难得她两个如此贞节，待我如今也去试莫生一试，须要如此如此。"说罢，便到莫豪船上去。原来莫豪的船，离着官船一箭之地停泊。上官德下得船来，莫豪接着闲谈了半晌。上官德一面叫舟子移舟到大船边去，一面对莫豪说道："足下久客在外，旅邸孤单，今有两个新寡的美人，是足下同乡，闻君才貌，愿托终身。老夫特为执柯，未识尊意允否？"莫豪道："多蒙厚爱，但念荆妻不弃残疾，小妾亦有同志。今不肖幸得两目复明，何忍遂负之！"说话间，舟已到大船边了。上官德用手指着中舱，对莫豪道："足下见么？"莫豪抬头一看，果见有两个穿白的佳人，姿容绝世。上官德笑道："这两位佳人，便是老夫欲为足下作伐的了。"莫豪正色道："糟糠不下堂。虽则如云，匪我

思存也。"上官德见他如此，深服其义，然后细把实情告之，说此二美人即足下的一妻一妾。莫豪听罢，倒疑惑起来。他只因向来双瞽，不曾认得妻妾面貌，如今只道上官德因他不肯，故把这话哄他，哪里肯信！正是：

咫尺天涯，隔若河汉。

只为佳人，未经识面。

那边夫人在官船中，也指着莫豪，对七襄与春山道："这位郎君，就是我要替二位作伐的，你道好么？"春山抬头见了，吃了一惊，私对七襄道："此人与相公面庞无二，只差这一双眼睛。"夫人道："我原说与你相公才貌相同。这般好郎君，休要错过！"七襄变色道："纵有子都之美，妾心已如槁木死灰，更难改易！"春山也道："我二人立志不移，夫人幸勿复言。"七襄便起身告辞，仍要到自己船中去。夫人那时方信她两个真心，一把扯住七襄，笑道："老身岂是肯劝人改节的。这位郎君实即尊夫也。"因把莫豪未死，梦遇神灵，开瞽复明的事，对她说了。七襄哪里肯信，对春山道："相公纵使未死，两目久已无救，岂有无端忽明之理。天下少甚面庞厮像的，多应是夫人哄我。"春山也如此猜度，两个都不肯信。正是：

彼此各相猜，不肯信为实。

大人弄虚头，凡戏真无益。

上官德走过官船，请夫人到前舱，大家述了两边言语。夫人道："我们因欲试他，故先把假话哄他。他今倒把假话认做真话，真人认做假人，如何是好？"正踌躇间，只见家人传禀有个三只耳朵的道人，说是莫相公的旧友，特来求见。亏得这个人来替莫豪夫妇做了证盟。

你道那人是谁？原来就是闻聪。他自从入天目山访道之后，依旧时常梦断冥狱。忽一夜，梦一金甲神将，传东岳帝君之命，召他前去。他随着神将来至一座宝殿之下。朝拜毕，帝君传旨宣入殿中赐坐，说道："闻卿善断冥狱。今特召卿来，有话要问。"闻聪道："愿闻圣论。"帝君道："人有三魂，罪孽重者，一魂入地狱受苦，两魂化作两人，在阳世受报。其罚不太重否？"闻聪道："作孽受报，譬如偿债者心须加利。其罚不为重。"帝君道："向有几宗疑案，至今未决。卿试为我决之。"闻聪问是哪几宗公案？帝君道："汉伏后、董妃，为吕后后身，曹操为韩信后身，华歆为鼓越后身，然则曹操、华歆之罪，可末减否？"闻聪道："吕氏以母后杀功臣，诚为过矣！曹操、华歆以人臣杀后妃，罪莫大焉！此宜分别定案。韩信、彭越之功，另以福报报之；曹操、华歆之罪，岂容末减！"帝君道："唐朝王皇后、萧淑妃，又为吕后后身，武则天为戚姬后身，然而武氏之罪，可末减否？"闻聪道："嫡庶尊卑之分，不可不辨。吕氏以母后惨杀妃嫔，固为恶矣！武氏以妃嫔惨杀母后，逆莫大焉！亦当分别定案。戚姬贞洁无瑕，另以善报报之。武氏淫逆之罪，岂容末减！"帝君道："宋徽钦二宗，为太宗后身，金兀术为德昭后身，粘没喝为光美后身，高宗为钱镠王后身，秦桧为赵普后身。钱镠王怨太宗收其土地，故不肯迎还二圣。赵普曾劝太宗自立其子，故以主持和议，不迎二圣为赎罪。然则高宗、秦桧之罪，可末减否？"闻聪道："以人君收降王之土地，不为大过；以子弟而不报父兄之仇，其罪大矣。宋太宗之恶，在背兄灭弟灭侄，而不在收钱氏土地。德昭、光美化为宋之敌国以报之则可，钱镠王化为宋之子弟以报之则不可。高宗之罪，岂容末减！至于秦桧，两世俱为奸臣，当永堕酆都地狱。"帝君道："宋之帝昺为理宗后身，元伯颜为济王竑后身，其事何如？"闻聪道："济王竑之死，其罪在史弥远而不在理宗。"帝君道："韩侂胄、史弥远皆为奸臣，其罪轻重若何？"闻聪道："韩侂胄虽有逐赵汝愚、毁朱晦翁之罪，而有追贬秦桧、追封岳武穆一事可取。史弥远虽有杀韩侂胄之功，而其谋害济王竑之大罪，决不可恕。以权臣逐贤臣，其罪犹轻，以权臣擅废太子而又杀之，其罪至重。韩侂胄已受戮于生前，复剖棺于身后。史弥远幸保首领以没，虽前世曾为高僧，而其罪岂容末减？"帝君听罢，举手称赞道："卿言俱极合理，当即上奏天庭，候旨定夺。"言毕，使人送闻聪下殿。闻聪猛然觉来，其言历历可记。

过了数日，忽又梦帝君相召，闻聪复应召而往。只见帝君下座相迎，礼数比前甚恭，揖闻聪就坐，对他说道："前日卿所言，上帝已皆依议。深嘉卿断狱之明，特命复矣两聪，更赐神耳一只，以优异之。"说罢，只见一个判官用金盘托着一只耳朵，走到闻聪面前。先把他两耳只一拍，然后取盘中这只耳朵安放在他脑后。闻聪正起身拜谢，只见又有一个判官自外而来，捧着两卷文书，跪启帝君道："南直扬州府城隍、浙江杭州府城隍，都有申文到此。"帝君接来拆看，说道："原来为莫豪之事。"闻聪听说莫豪名字，遂问道："莫豪乃臣之好友，未识他有何事？"帝君道："莫豪长于笔舌，善于讥刺，有伤厚道，已经夺其两目，使为瞽人。近日悔过自新，多作造福文字，故两处城隍申文到此，求复其两目之光。今当取他的功过来查，如果功多于过，准与开复。"便教判官取他平日所作的文字来。少顷，只见判官取出一大束文字，放于地上，说道："此是莫豪之过。"又指着手中一小卷文字，说道："此是莫豪之功。"帝君命取平等秤

来权其轻重。却又作怪，那一大束倒轻，那一小卷倒重。闻聪见了，心甚异之，因对帝君道："这两项文字，乞赐一观。"帝君便叫判官送与闻聪看。闻聪接来看时，那一大束文字都是些识弹笑骂之语，那一小卷文字，却是几个疏稿：一是代礼部侍郎仲路告养亲的疏，一是代浙江布政上官德求免钱粮的疏，都蒙圣旨批允的；一是代上官德求宽刑狱的疏，圣旨不准行的。闻聪问道："只此三篇，何以少胜多。那不准行的疏，如何也算是功？"帝君道："告养亲虽系一家之事，'百行孝为先'，其功不小。至于蠲租恤刑，意在全活万民，不论准行与不准行，其功最大。莫豪有此大功，不但当复其明，并当荣其身、昌其后矣！"便吩咐判官道："莫豪两目已坏，不可复救，今可另取二目换之。"判官领命而去，帝君对闻聪道："莫豪所换两目，不过是凡目。卿所添一耳，乃是神耳，无论远近，但心中想着何人，想着何地，便闻此人之言、此地之事。嗣后好生保重，登仙箓不难也。"言毕，起身相送。闻聪醒来，果然两耳不聋了。至明日，脑后发起痒来，忽又生出一只耳朵，好生惊异，遂自称"三耳道人"。想起梦中所云莫豪一事，正不知他几时盲了双目，又几时替人草疏，才一动念。早听得莫豪在浙江布政司衙署中，遂买舟望杭州一路而来。后又听得他在吴江舟次，因即追踪至此。

当日上官德请闻聪至莫豪舟中相会，备述梦中所见所闻，各各叹异。莫豪央闻聪听听自己家中之事。闻聪听了，道："尊嫂、如嫂已在此间，何不相见？"莫豪闻言，方如梦初觉。那时阒动舟中之人。七襄与春山细察情由，方才晓得莫豪开瞽复明，乃是实话。正是：

　　一天疑阵今才破，半晌迷津幸得开。

上官德请莫豪与家眷相会，彼此喜出望外。闻聪辞别莫豪，竟飘然去了。

莫豪自与七襄、春山做了一处，同舟赴京。七襄诉说别后之事，莫豪知晁母已死，十分伤感；又猜这假报死信的，一定是黎、古二人所为，不胜恼恨。因也把梦中换眼的奇异述了一遍。那时仔细端详两个佳人，方才认得一妻一妾的美貌。遂取笔题诗一首，赠七襄云：

　　频年想像意中面，此日端详眼里花。
　　口授每烦挥彩笔，目成今始识仙娃。
　　临妆玉臂莹秋水，贴翠云鬟丽早霞。
　　更向鸾笺窥锦字，银钩笔势恁能差。

七襄看了，亦和韵吟一律，以答之云：

　　开瞽已开双目瞽，看花亦看两枝花。
　　不因体相轻才士，岂以形容重丽娃。

漫道芳姿映冰雪，须知高谊薄云霞。

巫山山外山重见，此后襄王莫认差。

莫豪看罢，深服其诗意之妙。自此三人情好，比前更密。

到了京师，上官德正欲替莫豪开复前程，恰好仲路在京为礼部尚书，闻莫豪两目复明，不胜之喜，便替他注明部册，做了儒士，只等秋闱应试。是年正值洪武皇帝立建文君为皇太孙，群臣俱上贺表。上官德央莫豪撰成一表，随众进上。洪武皇帝遍阅百官贺章，无当意者，独看到上官德表中一联，十分赞赏，亲用御笔加圈。那一联道：

月依日而成明，半协大易之几望；

文继武而益大，洪宣周诰之重光。

原来建文太孙头生得匾，太祖呼之为："半边月儿"。此一联内，把半月合成明字，又以文济武，合着洪武年号。所以太祖看了，龙颜大悦，即召上官德至御前，面加褒奖。上官德奏道："微臣愚陋，何能为此。此实臣客莫豪所作也。"太祖闻奏，即降旨宣召莫豪见贺，钦授为翰林院修撰。不消进得科场，早已做了官了。正是：

忽逢丹诏天还降，早已青云足下生。

莫豪留京一年，告假归乡，葬了晁母，重赏晁家老妪。及访问黎竹时，一年前为人所讼，黜退前程，问了徒罪去了。古淡月家为火所焚，其人亦臣病不起。真个"善有善报，恶有恶报"。后来莫豪因撰文称旨，加官进职，七襄与春山俱受封诰。莫豪时常想念闻聪，却没处寻访他。那时朝中有个异人张邈遢，甚有仙术。莫豪因问他："可认得三耳道人否？"张邈遢道："三耳道人闻聪原系蓬莱仙种，暂谪人间，今尘缘已满，仍返瑶宫去了！"莫豪听说，十分惊异。七襄因劝莫豪急流勇退，不宜久恋官爵。莫豪服其言，即上本告病，退归林下，悠游自得。妻妾各生一子，永乐年间，同举进士。果然"荣其身、昌其后"，闻聪梦中之言，为不虚矣。此虽莫豪改过造福所致，然亦是他妻子不嫌丈夫贫病，一点贞心，感动上天，天特使其夫荣妻贵，培植这一对连理枝。故名之曰《培连理》。

卷四　续在原

男分娩恶骗收生妇　鬼产儿幼继本家宗

诗曰：

> 同气连枝各自荣，些些言语莫伤情。
> 一回相见一回老，能得几时为弟兄。

这四句乃法昭禅师所作偈语，奉劝世人兄弟和好的。人伦有五，而兄弟相处之日最长。君臣遇合，朋友会聚，其迟速难定。父生子，妻配夫，其早者亦必至二十岁左右。唯兄弟则或一二年，或三四年，相继而生，自髫稚以至白首，其相与周旋，多至七八十年之久。若使恩意浃洽，猜忌不生，共乐宁有涯哉！所以《诗经》上说："兄及弟矣，式相好矣，无相犹矣。"或将"犹"字解作"谋"字，或又解作"尤"字。看来不必如此解，竟当作"犹"字解。"犹"者，学样之意，他无礼，我也无知，叫做"相犹"；宁可他无礼，不可我无知，叫做"无相犹"。哥子有不是处，弟子该耐他些，弟子有不是处，哥子也耐他些。若大家看样起来，必至兄弟相争，操戈同室，往往撇却真兄弟，反去结拜假兄弟。不知假的到底是假，真的到底是真！

如今待在下说一个兄弟不睦的，私去收养假子，天教他收着了兄弟的孩儿。

此事出在明朝景泰年间，北直真定府地方有个富户，姓岑，号敬泉。积祖开个绒褐毡货店，生意甚是茂盛。所生二子：长名鳞，字子潜，娶媳鱼氏；次名翼，字子飞，娶媳马氏。敬泉只教长子岑鳞帮做生理，却教次子岑翼学习儒业，请一个姓郏的先生在家教他读书。争奈岑翼资性顽钝，又好游荡。那郏先生欺东翁是不在行的，一味哄骗，只说令郎文业日进，功名有望。敬泉信以为然，每遇考童生，便去赞谋县取府取，连学台那里也去弄些手脚。不知费了多少银子，只是不能入泮。郇先生并不说学生文字不通，只推命运不通，遇合迟速有时，敬泉不以为悔。岑翼至二十岁，生下一子，取名岑金。敬泉因自己年老，长儿尚未有子，次儿倒先得子，十分之喜。亲朋庆贺，演了十来日戏，又不知费了多少银子。郇先生又劝他替儿子纳监，敬泉依命，又费了四五百金，授了例。郇先生自要进京乡试，趁着岑翼坐监之便，盘缠到京。即到京后，只理会自己进场之事，并不拘管岑翼，任凭他往妓馆中玩耍，嫖出一身风流疮。只得在京中养病，延医调治，直待疮愈，然后起身归家。又在中途冒了风寒，回家不上一月，鸣呼死了！敬泉素爱此子，因哀致病，相继而逝。岑翼浑家马氏，在两年之内，也患病而亡。只留得岑金这小孩子，年方三岁，却赖伯父岑鳞收养。

此时岑鳞夫妇尚未生子，就把侄儿当做亲儿一般，到十二岁，便教他学生理。岑金却也伶俐，凡看银色，拨算盘，略一指点，便都晓得。岑鳞甚是欢喜。是年，岑鳞亦生一子，取名岑玉，爱如珍宝。到岑玉六岁时，岑金已十七岁了，买卖精通，在伯父店中替得一倍力。岑鳞与他定下一房媳妇，就是浑家鱼氏的表侄女卞氏，因幼失父母，收养在家，先为义女，后为侄妇。亲上联姻，愈加亲热，虽云侄妇，与亲媳妇一般看待。岑金成亲之后，夫妇也甚相得。鱼氏见丈夫店中有了岑金做帮手，意欲教儿子岑玉习举业。岑鳞道："你只看我兄弟费了父亲多少银子，究竟读书不成，反因坐监弄出病来，送了性命。我们庶民之家，只该安份，莫妄想功名，指望这样天鹅肉吃！"鱼氏听说，就休了这念头。正是：

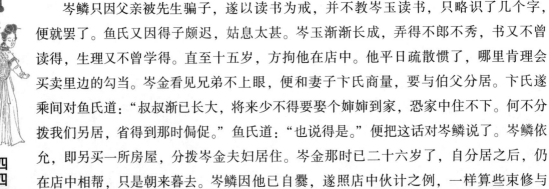

万千空费买书钱，曾未将书读一篇。
早识才非苏季子，何如二顷洛阳田！

岑鳞只因父亲被先生骗子，遂以读书为戒，并不教岑玉读书，只略识了几个字，便就罢了。鱼氏又因得子颇迟，姑息太甚。岑玉渐渐长成，弄得不郎不秀，书又不曾读得，生理又不曾学得。直至十五岁，方拘他在店中。他平日疏散惯了，哪里肯理会买卖里边的勾当。岑金看见兄弟不上眼，便和妻子卞氏商量，要与伯父分居。卞氏遂乘间对鱼氏道："叔叔渐已长大，将来少不得要娶个婶婶到家，恐家中住不下。何不分拨我们另居，省得到那时偏促。"鱼氏道："也说得是。"便把这话对岑鳞说了。岑鳞依允，即另买一所房屋，分拨岑金夫妇居住。岑金那时已二十六岁了，自分居之后，仍在店中相帮，只是朝来暮去。岑鳞因他已自爨，遂照店中伙计之例，一样算些束修与他。如是年余，忽一日，岑金对岑鳞道："侄儿既分居另爨，日费不给，虽承伯父有束修见惠，哪里用度得来？意欲求伯父划些本钱与我，自去营运。"岑鳞听说，沉吟不语。原来岑金向在店中日久，手中已有些私蓄，自分居以来，时常私约主顾在家做买卖。岑鳞已晓得些风声，今日见他忽然要去，心里好生不然。岑金见伯父不应承他，又托人转对岑鳞说。岑鳞便备起一席酒，请众亲友来公同面议。亲友既至，依次坐定。岑鳞开话间向众亲友道："自先父及亡弟去世之时，侄儿尚在襁褓，全是我做伯父的抚养成人，娶妻完聚，又用心教他学生理，才有今日。他要分居，我就买屋与他住。分居之后，我就与他束修，并不曾亏他。不想他今日忽然要去，又要我付本营运。我今已年老，儿子尚小，侄儿若要去时，须写一纸供膳文书与我，按期还我膳金，我然后借些本钱与他去。众亲友在上，乞做个主见。"众亲友未及回言，只见岑金开口道："侄儿向来伯父教养，岂不知感。但祖公公在日，原未曾把家私两分划开；父亲早亡，未曾有所分授。母亲死时，侄儿尚幼，所遗衣饰之类，也不知何处去了！今日伯父自当划一半本钱与侄儿，此是侄儿所应得，何故说借？"岑鳞听了，勃然怒道："你祖公公为要你父亲读书，在你父亲面上费了若干银子；凡请先生及屡次考试，并纳监、坐监诸般费用，都在我店中支取。我都有帐目记着，你还道没有分授么？你祖公公又欠了若干客债，都是我一力挣清。若非我早夜辛勤，勉强撑持，这店业久已开不成了。至于你母亲所遗衣饰，有得几何？把来抵当丧葬之费也不够用。你今日还要向我问么？我向来把亲儿一般待你，你今日怎说出这般没良心的话来？"岑金道："据伯父这般说，家私衣饰都没有了。但侄儿自十二岁下店以后，到十五六岁学成生理，帮着伯父也曾出力过的。自十五岁至廿五岁这几年，束修也该算给。"岑鳞道："你若要算十五岁以后的束修，那十五岁以前抚养婚娶之费，及分居时置买房屋的银两，也该算还我了。"两个你一句，我一句，争论不休。众亲友劝解不住。一个定要写分授文书，不肯说借贷；一个定要说借贷，不肯说分授。众亲友议了多时，商量出个活脱法儿对岑鳞道："总是伯父扶持侄儿，如今也不要说分，也不要说借，竟说付本银若干便了！"于是草就一纸公同议单，先写伯父念侄儿缺本营运，付银几何；后写侄儿感伯父教育婚娶之恩，议贴每年供膳银几何，岑鳞看众亲友面，只得依允。初时只肯付银二百两，岑金嫌少。众亲友又劝岑鳞出了一百两，共写定了三百两，其供膳银写定每年五十两，大家书了花押，然后入席饮酒。席散之时，岑鳞当着众亲友面前取出银子来付与岑金收讫。自此之后，岑金自去开张店面。也是他时来运到，生意日盛一日。岑鳞老店里生意，倒不如他新店里了。正是：

须知世运团团转，安得财源日日来。

岑鳞因去了岑金这帮手，儿子岑玉又不肯用心经营，店中生理日渐淡薄。一日，有几个客商先到岑鳞店里买货，批过了帐，却被岑金私自拉去，照伯父所批之帐，每项明让一二分。那些客商便都在岑金店中取货，把岑鳞的原帐退还了。岑鳞知道侄儿夺了他生意，十分恼怒，赶去发作。岑金只推说客人自要来做交易，并不是我招揽他的。岑鳞闹了一场，只得自回。又过几时，客商渐渐都被新店夺去了。岑鳞告诉众亲友，要与岑金斗气。众亲友来对岑金说，岑金道："这行业原是祖上所传，长房次房大家可做，非比袭职指挥，只有长房做得。常言道：'露天买卖诸人做'。如何责备得我？若说我新店里会招揽客商，他老店里也须会圈留主顾，为何不圈留住了？"众亲友闻言，倒多有说岑金讲得是的。岑金又把这话告诉众客商，再添些撺唆言语，众客商便都说岑鳞不是。岑鳞怼了这口气，无处可申，气成一病，不上半年，郁郁而死。正是：

可怜犹子终非子，望彼帮身反害身！

岑鳞既死，鱼氏与岑玉大哭一场，即遣人至岑金处报知。岑金到伯父家来，伏尸而哭，说道："丧中之费，一应都是我支持，不消伯母与兄弟费心。"当下便先买办衣衾棺椁，请僧诵经入殓。七中治丧开吊，岑金在幕外答拜，礼数甚恭，哭泣甚哀。治丧既毕，即择吉安葬。各项使费，都是岑金应付。众亲友无不称赞岑金的好处，尽道岑鳞儿子没用，多亏这侄儿替他结果送终。谁想丧事毕后，岑金却开了一篇细帐，把从前所费，凭他一个算了两个，竟将伯父前日所付本银三百两，除得干干净净。鱼氏再要索取供膳银两时，也没有了。他说："有本便有利，供膳银原只算这三百两的利钱。今本钱已没有在我处，哪里又讨膳银？"鱼氏此时方知他丧中慨然任费，并非好意。可笑众亲友不知，还把他啧啧称赞。正是：

恶多实际，善有虚名。
人之君子，天之小人。

自此岑家老店已歇。鱼氏想起丈夫明明是侄儿气死的，如今又被他赖了本钱，除了供膳银去，心中怀恨，怎肯甘休？恰好鱼氏有个内侄叫做鱼仲光，向在本府做外郎的，闻知此事，撺掇鱼氏把寡妇出名去告状。岑金探听了这消息，也吃一惊，因晓得鱼仲光是贪财的，便暗地把些贿赂来买嘱他。那鱼仲光得了钱财，便改了口气。鱼氏再请来他商议时，鱼仲光道："我细思此事，不是告状的事，不该恶做，还该善处。可使人对他说：'当初伯父曾把本钱扶持侄儿，如今也要他把本钱扶持兄弟便了'。"鱼氏依言，使岑玉去转托岑金店里两个伙计对岑金说。那两个伙计，向日原在岑鳞店里做过伙计的，一个叫做岑维珍，是与岑鳞通谱的族侄；一个叫做鱼君室，即鱼仲光的叔子，单身无靠，依栖在仲光处，仲光冤他做了贼，逐他出来，在街坊上乞求，岑鳞看不过，收养他在家，后来就教他相帮做生理。到得岑鳞死了，店已歇了，用那两个人不着，两个便都到岑金店中去相帮。岑金见他生意在行，人头又熟，便加了束修，倾心任他。人情势利，只顾眼前，哪个思想昔年的水源木本。岑玉去央他，分明把热气呵在壁上，连连讨了几次回音，都说："你哥哥不肯，无可奈何！"鱼氏只得再请鱼仲光来算计。你道鱼仲光叔子也不肯养的人。哪肯照顾姑娘与表弟。他既得了岑金的财物，便十分亲热，倒与岑金认了表弟兄，往来甚密，把真正表弟反撇在一边了。有一篇言语，单说那势利的人情道：

　　世无弟兄，财是弟兄。人无亲戚，利是亲戚。伯伯长，叔叔短，不过是银子在那里扳谈；哥哥送，弟弟迎，无非是铜钱在那里作揖。推近及远，或得远而忘其所推；因亲及疏，乃弃亲而厚其所及。嫡堂非嫡从堂嫡，真表不密假表密。缘何冷淡？厌他目下缺东西；为甚绸缪？贪彼手中多黄白。但见挥的金，使的银，便觉眼儿红，颈儿赤；不惜腰也折，背也弯，何妨奴其颜，婢其膝。哪晓得父党之外有母，母党之外有妻；只省得万贯之下有千，千贯之下有百。献媚者既转盼改移，受诌者亦立地变易。见他趋之谨，奉之恭，谁管他曾做贼，曾做乞；爱他邀之诚，请之勤，谁管他现为奴，现为役。今日代彼遮瞒，不记从前将他指谪；此时忽尔逢迎，不念当初漠不相识。信乎白镪多功，甚矣青蚨有力！明放着嫡派嫡枝，倒弄得如路如陌。不是他没良心，谁教你不发迹。莫怪炎凉人面，蓦地里四转三回；须知冷暖世情，普天下千篇一律。

　　看官听说：岑金若是个有良心的，虽不肯把本钱借与岑玉，便收他在店中，也像当初伯父教自己的一般，或者也还拘管得转来。谁想他全无半点热肠，只放着一双冷眼，以至岑玉无所事事，终日在三瓦两舍东游西荡，结识了一班无赖做弟兄。无赖中有个郏小一，就是当初岑翼相从的郏先生之子。那郏先生连走了几科不中，抱郁而亡，遗下这个不肖子，也是他当时哄骗主人，不教这生的果报。岑玉与这郏小一尤为亲密。

小一引他去吃酒赌钱，无所不至。鱼氏因自己管儿子不下，指望讨个媳妇来托他拘管，便对几个媒婆说了，叫他替岑玉寻头姻事。谁知那些有女儿的人家，都不肯扳这穷寡妇，须得二房员外岑金出名扳亲，才肯相就。及至有人到岑金家里去访问时，岑金不惟不肯招揽，反打了破句，姻事哪里得成？岑玉又因在赌场中赌钱，闻有公差来捉赌，着了急，奔得慌了，跌坏了脚，人都叫他岑搭脚，一发没有肯把女儿配他了。当时好事的，有一篇十八搭的口号笑他道：

好笑岑搭，非但脚搭，做人浪搭，素性淹搭，说话趷搭，气质赖搭，肚里瞎搭陌搭，口里七搭八搭，但有小人勾搭，更没亲人救搭，弄得溜搭搭，糟搭搭，糊搭搭，贱搭搭。只得到没正经处支揽搭，哪有好人家儿女与他配搭。

大约人家不学好的子弟，正经便不省得，唯有色欲一事不教而能。岑玉年已长大，情窦已开，在未搭脚之先，早结识下一个女子，乃是开赌的宇文周之女顺姐。那宇文周原是个光棍，家中开着赌场。郗小一引着岑玉去赌钱，宇文周常托岑玉替他管稍提头，自己倒到大老官人处帮闲说事，或时吃酒，彻夜不归。他妻子许氏，又常卧病，不耐烦拘管女儿。因此岑玉与这顺姐偷好了，只有郗小一深知其事。岑玉自从跌坏了脚，有好几时不曾到宇文家去。哪知顺姐已有了身孕，恐怕父母知道，私写一封书，央郗小一寄与岑玉，叫他讨一服堕胎的药来。岑玉着忙，便托郗小一赎药寄去。不想药味太猛厉了，胎却堕不成，倒送了顺姐的性命。岑玉闻知，私自感伤，自此也不到宇文家去了。只是少了顺姐这个相知，甚觉寂寞。却又看上了一个年少的收生妇人，叫做阴娘娘。那妇人惯替人家落私胎，做假肚，原是个极邪路的货儿，也时常在岑金家里走动的。岑金妻子卞氏，至今无子，恐怕丈夫要娶妾，也曾做过假肚，托这阴娘娘寻个假儿。争奈那假儿抱到半路就死了，因此做不成。岑玉一来怪这妇人不干好事，二来贪她有些姿色，有心要弄她一弄，私与郗小一计议。小一算出一个法儿来：于僻静处赁下两间空屋，约几个无赖在外边赌钱，却教岑玉假装做产妇，睡在卧室。到三更时分，小一提着灯，竟往阴娘娘家唤她去收生。阴娘娘不知是计，随了就走。小一引她到岑玉卧所，阴娘娘揭帐一看，灯下朦胧，见一个少年妇人包着头，睡在那里。便伸手去候她肚子，却摸着了肚子下这件东西，吓了一跳。有几句笑话说得好：

收孩子的，但见头先生。也有踏莲花生的，是脚先生。也有讨盐生的，是手先生。也有坐臀生的，是屁股先生。见千见万，从不曾见这个先生。

当下岑玉把阴娘娘抱住，剥去衣服，侮弄起来。阴娘娘叫喊时，这空房宽阔，又在僻静巷中，凭你叫喊，没人听得。却又岑玉抽了头筹，其余众无赖大家轮流耍了一回。正是：

> 本摸脐夫人，忽遇裸男子。只道大腹内的孩子要我替他弄出来，谁知小肚下的婴儿被他把我弄进去。这孩子顶门上开只眼，好似悟彻的和尚；那婴儿颈项下一团毛，又像献宝的波斯。不笑不啼，只顾把头乱磕；无鼻无耳，但见满口流涎。紫包挂下，倒有一对双生子在中间；光头撞来，更没半些胎发儿在顶上。不带血，居然赤子；未开乳，便吐白浆。洗手钱没处寻，倒被他着了手；喜裙儿何曾讨，反吃他脱了裙。收生收着这场生，那话弄成真笑话。

当夜众无赖了事之后，悄然把阴娘娘扶至半路撇下。这妇人被那些无赖弄得七伤八损，半晌挣扎不动，挨到天明，勉强步归。欲待寻对头厮闹，争奈在黑夜里认不仔细。只得忍了这场羞耻，耐了这口恶气，准准病了月余，出来收生不得。哪知阴娘娘到一月之后，倒也将息好了，岑玉却因这夜狂荡了一番，又冒了些风寒，遂染了阴症，医药无效，呜呼尚飨了。临终之时，口里连呼"顺姐"不止。鱼氏不胜哀痛，检其卧所，寻出一封束帖来，且自包裹得紧。鱼氏拆开观看，却不识字，不知上面写些什么？正看不出，恰好郏小一来问候，闻知岑玉已死，直入停尸之所来作揖，也下了几点泪。鱼氏与他相见了，问道："你与我亡儿最相知。他临终连呼'顺姐'，这场阴症，多应是什么顺姐寄死他的。你必知其故，可说与我知道。"郏小一道："这阴症别有所感，不干那顺姐的事。不是顺姐害死令郎，倒是令郎害死了顺姐！"遂把岑玉向日与顺姐交好，及顺姐寄书求药，堕胎致死之故，细述了一遍。因说道："顺姐死后，令郎甚是思忆，常对我说：'把她寄来这封书，藏着以为记念。'难道你老人家倒还不晓得么？"鱼氏听说，便取出那封束帖来道："可就是这封书么？"郏小一接来看了道："这正是顺姐寄与令郎的字了！"鱼氏道："上面写些什么？乞念与我听。"郏小一念道：

> 女弟顺姐，字寄岑家哥哥：腹中有变，恐爹娘知道，如之奈何？可速取堕胎药来，万勿迟误。专此。

鱼氏听罢，大哭道："早知如此，我当日遣人对他父母说通了，竟联了这头亲事，不但那顺姐不死，连我亡儿也不至于绝后。"说罢又哭。正是：

> 儿子偷情瞒着母，母亲护短只怜儿。

当下郏小一别去，鱼氏收过柬帖，使人把岑玉死信报知岑金，少不得也要他买棺成殓。

岑金因妻子怀孕将产，送过了殓，忙忙回家。原来卞氏一向做假肚，如今真个有孕了，看看十月满足。忽一夜，岑金梦见一个老妈妈，对他说道："你妻子腹中所有的孩儿不是你的孩儿。你只看城西观音庵后野坟里的孩儿，方是你的孩儿。"岑金猛然惊觉，正听得妻子呻吟道："腹中作痛！"岑金知道是分娩快了，连忙起身，先去家庙中点了香烛，一面叫家人岑孝，快去唤那阴娘娘来收生。岑孝领命，去不多时，来回复道："阴娘娘适才出去遇了鬼，收了什么鬼胎，正在家里发昏，出门不得。城西观音庵左首有个李娘娘，也是收生的，去唤她来罢！"岑金听了"观音庵"三字，正合他梦中所闻，便道："我和你同去。"此时正是七月十三之夜，四更天气，月色犹明。岑金叫岑孝提灯跟着，忙忙走过观音庵，忽听得庵后野坟里有小孩子哭声。岑金惊异，急同岑孝提灯寻看。只见个小孩子卧在一个冢旁，抱起看时，有纸剪的冥衣包裹在身上。岑金又惊又喜，慌忙把孩子抱在怀中，吩咐岑孝自提灯去唤李娘娘，自己抱着孩子，乘着月色，奔到家中。恰好妻子腹中的孩儿已生下地，却早落盆便死了。卞氏正在那里啼哭。岑金忙把这孩子放在她身边，对她说了梦中之事，劝妻子休要烦恼，只说养了双生儿子，死了一个留了一个。家中只有个抱腰的养娘和一个伏侍的老妪，与岑孝三个人知道。岑金吩咐不可泄漏。当下揭去孩子身上纸衣，换了好衣服。却又作怪，那揭下的纸衣，登时变成纸灰了。大家惊异。不一时，李娘娘到来，晓得孩子已经产过，只吃了一顿酒饭，打发去了。岑金因想梦中这老妈妈，必然就是观音菩萨，便把此儿取名岑观保，甚加爱惜。正是：

> 平时做假肚，本不是真胎。
> 今番真有孕，又遇假儿来。

且说鱼氏闻知侄妇卞氏得了双生子，死了一个。嗟叹道："若得二子俱存，我长房承嗣他一个，继了亡儿之后。可惜不能都活。"正不知鱼氏虽这般思想，却不自揣世情浇薄，只顾财利，哪顾道理。你若还像当初富足之时，不消说得，自然有人把儿子送来立嗣，分授家私，还要几房争嗣起来哩！你今家道消乏，纵使岑金真个得了个双生子，谁肯承嗣过来。

闲话休提，只说鱼氏自儿子死后，一发日用不支，把家中所有，吃尽典尽，看看立脚不牢，将住房也出脱了，岑玉灵柩权寄在城西观音庵里，只剩得孑然一身，无处依栖。老主意竟到岑金家里住下，要他养膳送终。岑金此时推却不得，只得收留伯母在家供膳。正是：

> 前既负伯父于死，今难辞伯母于生。
> 不肯收有母之弟，怎能地无子之亲。

光阴荏苒，岑观保渐渐长成。到十五六岁，千伶百俐，买卖勾当，件件精通，比岑金少年时更加能事。岑金与他定亲，就娶了鱼仲光的女儿采娘做了媳妇。原来鱼仲光当初有个妹子，与岑玉年纪相仿，鱼氏曾向他求过亲来。仲光嫌姑娘家贫了，不肯许他，今贪岑金殷富，便把女儿嫁了岑观保。鱼氏见人情势利如此，十分伤感。且喜采娘过门之后，把祖姑鱼氏待得甚好，倒不比父亲把姑娘待得冷淡。观保也极孝顺伯祖母。因此鱼氏倒也得所。哪知岑金反没福消受这一对假儿假妇，忽因一口愤气抱病而亡。你道为着什来？原来店中伙计岑维珍，与家人岑孝同谋，偷了店中若干货物，自己私把门撬开，只推失了贼。岑金心疑，细加查察，访问实情，把岑孝拷打了一顿，又要把岑维珍处治。岑维珍便道："我虽是远族，却还姓岑，就得了岑家东西，也不为过。强如你在野坟里拾着个不知来历的孩子，当做亲儿，要把家私传与他！"岑金被他说破了这段隐情，明知是岑孝泄漏其事，十分恼恨，把二人告官追赃，倒费了些银子，赃又追不出，愤懑之极，怒气伤肝，遂致丧命。正是：

> 伯父为君含愤没，君今亦为愤所激。
> 君之受愤因远兄，伯之受愤是亲侄。

岑金死后，观保丧葬尽礼，把岑维珍与逆奴岑孝俱逐出不用，店中只留鱼君室一人。观保因对人说道："我丈人鱼仲光，向常冤太叔翁鱼君室做贼。哪知冤他做贼的倒不曾做贼，倒是岑维珍做了贼！"自此岑维珍贼名一出，再没有人收用他。维珍怀恨，遂与岑孝两个在外边沸沸扬扬地传说："岑观保是观音庵后野坟里拾的。"观保闻知，心中

甚是猜疑，私问家中养娘和老妪，此语从何而来，养娘、老妪都只含含糊糊，不说明白。观保猜想不出，只得葫芦提过去了。

至十九岁春间，妻子采娘有孕，将欲分娩，又去唤阴娘娘来收生。此时阴娘娘已死了，她的媳妇传授了婆婆这行生理，叫做小阴娘娘。当日岑观保自黄昏以后遣人去唤他，直至天明才来。幸得采娘分娩颇迟，黄昏腹痛，挨到天明，方产下个儿子。洗浴已过，留小阴娘娘吃酒。观保问道："如何夜里来请你，直至天明才到。今幸分娩平安，不然，可不误了事么？"小阴娘娘道："大官人休得见怪，这有个缘故！"观保道："有什缘故？"小阴娘娘道："十九年前七月十三之夜，我亡故的婆婆，收了一个鬼胎，得病而亡。为此□如今夜间再不出来收生的。"观保道："你婆婆如何收了鬼胎？"那小阴娘娘叠着两个指头，说出这件事来，真个可惊可骇！

原来她婆婆老阴娘娘，自从被无赖奸骗之后，凡遇夜里有人来请他，更不独行，必要丈夫或儿子随去。是年七月十三之夜三更时分，忽有一青衣童子提灯而来，说是宇家小娘子要请你去收生。阴娘娘便同了丈夫，随着童子来到城西观音庵后一所小小的房屋里。只见一个丫环出来接住，吩咐童子陪着丈夫在外边坐，自己引着阴娘娘到卧房之内产妇床头，伏侍那产妇生下一个孩儿。洗过了浴，那小娘子脱下自己身上一件衣服，教把孩子裹了，又去枕边取出白银半锭，送与阴娘娘做谢仪。阴娘娘要讨条喜裙儿穿穿，小娘子便在床里取出一条旧裙与她穿了。丫鬟捧出酒肴，请阴娘娘吃。阴娘娘觉得东西有些泥土气，吃不多就住了。又见她房中只有一个丫鬟伏侍，外边也只有这个童子支持，问她："官人在哪里？"都含糊不答。家中冷气逼人，阴娘娘心中疑忌，连忙谢别出门。走到半路，月光之下，看自己腰里束的那条裙竟是纸做的，吃了一惊，慌忙脱下。又去袖中取出那半锭银来看，却也是纸锭。再仔细看时，裙儿锭儿都变成纸灰了。吓得浑身冷汗，跌倒在地。丈夫扶她归家，一病不起，不多几日便死了。正是：

> 前番既遇男装女，今番又遇鬼装人。
> 男扮女兮犹自可，鬼扮人兮却丧身。

是夜，她的丈夫等到天明，再往观音庵后访看，哪里有什么人家，只见一所坟墓，冢边尚留下些血迹，但不见有什孩儿在那里！去问观音庵里和尚，方知这个坟墓是宇文周之女顺姐埋葬在内。想因生前有孕，故死后产儿，只不知所产儿哪里去了。

当下小阴娘娘把这段事情细述了一遍，观保听罢，目瞪口呆，寻思道："我今年十九岁，她说十九年前，正合我的年庚。我是七月十三夜里生的，她说七月十三之夜，又合我的时辰。有人说我是坟墩里抱来的，莫非我就是顺姐所生。只不知父亲又是何人？"正在惊疑，只见伯祖母鱼氏在傍听了那小阴娘娘所言，忽然扑簌簌掉下泪来，观保惊问其故？鱼氏却把昔年岑玉与顺姐通情这段姻缘说知备细，又去取出顺姐当初写与岑玉这封字来看。观保一发惊讶，便再唤养娘和老妪来细问，务要讨个明白。二人料隐瞒不过，只得从实说了。那时观保方才醒悟，抱住鱼氏哭道："原来伯祖母就是我的祖母，亡故的叔叔，就是我的父亲！"鱼氏喜极而悲，也抱着观保而哭，卞氏见他祖母孙儿两下已先厮认，只得也把丈夫昔日梦中之语一一说明。大家欢诧，都道天使其然，依旧收养了岑家的骨血。鱼氏一向无子，今忽有孙。观保一向是假，今忽是真。正是：

> 母未嫁时学养子，学养在生养在死。
> 直待此儿更产儿，方知身出坟墩里。

　　岑观保重谢了小阴娘娘，随即使小报知宇文家里。原来顺姐死后，宇文周知其为堕胎丧命，心甚忿怒，但不知奸夫是谁，只得罢了。因怪女儿不夫而孕，要把她尸首焚弃。其妻许氏不忍，故把她埋在观音庵后荒地上。如今宇文周已死了，没有儿子，只剩老妻许氏，家贫独守，甚是凄凉，闻知这消息，亦甚惊喜。岑观保拜认了外祖母，也迎养于家，就择日把岑玉的灵柩与顺姐合葬了。又感观音菩萨托梦显圣之奇，捐资修理庵院，又舍些银钱与庵中和尚，为香火之资。是年以后，观保又生一子，把来继了次房岑金之后。念卞氏养育之恩，原把她做母亲一般看待。正是：

> 人情使尽千般巧，天道原来巧更深。

好笑鱼仲光当初不肯把妹子配岑玉，谁知今日女儿仍做了岑玉的媳妇，可为亲戚势利之戒。岑金负了伯父的恩，不肯收管岑玉，谁知天教他收了岑玉的儿子，可为弟兄不睦之戒。诗云："鹡鸰在原"以比兄在原之谊，断而不续者多矣。请以此续之，故名之曰《续在原》。

八洞天

四四五三

卷五　正交情

假掘藏变成真掘藏　攘银人代作偿银人

诗曰：

> 世人结交须黄金，黄金不多交不深。
> 纵令然诺暂相许，终是悠悠行路心。

此诗乃唐人张谓所作，是说世间朋友以利交者，往往利尽而交疏。如此说起来，朋友间只该讲道论文，断不该财帛相交了。不知朋友有通财之义，正在交财上见得朋友的真情。不分金，安见鲍叔牙；不分宅，安见邱成子；不指困，安见鲁子敬。每叹念天下有等朋友，平日讲道论文，意气相投，依稀陈、雷复生，王、贡再世；一到财帛交关，便只顾自己，不知朋友为何物，岂不可笑！然富与富交财不难，贫与贫交财不难，常贫的与常富的交财也不难。独至富者有时贫，贫者有时富，先富后贫者未免责望旧交之报，先贫后富者未免失记旧交之恩，一个无时追悔有时差，一个饱时忘却饥时苦，每至彼此交情，顿成吴越。

如今待在下说一个负旧交之人，又为新交所负，及至那负他的新交，又恰好替他报了旧交之德。这事出在明朝正统年间，浙江金华府兰溪县，有个穷汉，姓甄号奉桂，卖腐为业，贫苦异常。常言道："若要富，牵水磨"。豆腐生理，也尽可过活，为何他偏这般贫苦？原来豆腐生理，先赊后现，其业难微，也须本钱多，方转换得来。甄奉桂却因本钱短少，做了一日，倒歇了两日。妻子伊氏，生下一男一女，衣长食阔，又不舍得卖与人家，所以弄得赤条条地。只租得一间屋住，倒欠了大半年租钱。亏得房主人冯员外怜他贫苦，不与他计较。又亏了对门一个好乡邻，姓盛名好仁，他开个柴米油酒店，兼卖香烛纸马等杂货，见奉桂口食不周，他店里有的是柴米，时常赊与奉桂，不即向他索价。奉桂十分感激，常对好仁道："我的女儿阿寿，等她长大了，送来伏侍你家官官。"又常许冯员外道："我儿子阿福，等他长成，送与员外做个书童。"

原来那冯员外叫做冯乐善，本系北京人，侨居兰溪，是个积德的长者。家中广有资财，住着一所大屋，门前开个典铺。那典铺隔壁又有一所大空屋，系是本城一个富户刘厚藏的旧居，其子刘辉穷了，把来典与冯家。冯乐善自得此屋之后，常见里面有鬼物出现，不敢居住，欲转售与人，急切没有个售主，所以空关在那里。只把门前一间小屋，租与甄奉桂开腐店。奉桂常戏对妻子道："这大屋里时常鬼出，莫非倒有财香在内？若肯容我到里面住下，便好掘藏了。"伊氏道："你休胡说。只这一间屋的租钱，也还欠着，怎想住里面大屋？若要住时，除非先掘了藏，才进去住得。"奉桂被妻子说了这几句，也不复再提。过了几时，挨至腊月廿九夜，奉桂睡梦中见一人对他说道："你即日就该掘藏，里面大房子应该是你住了。"奉桂醒来，对妻子说知其梦。伊氏道："你日有所思，夜有所梦，说他怎的？明日是大年夜了，你看家家热闹，打点过年，偏我家过夜的东西也没有。还要说这样痴梦！"奉桂听说，沉吟了半晌，忽然笑将起来道："你休说我痴，我既得此梦，且借掘藏为名，骗几钱银子来过年也好！"伊氏道："怎生骗得银子？"奉桂道："你莫管我，我自有道理。"次早，奉桂做完了豆腐，立在门首，望见对门盛好仁和一个伙计康三老在店里发货。奉桂捉个空走过去，低声问道："盛大官人，你店中纸马里边可有藏神的么？"好仁道："财帛司就是藏神了，你为何问他？莫非那里有什财香落在你眼里，你要去掘藏么？"奉桂扯谎道："有是有些吉兆，只没有钱来祭献藏神。"好仁道："你且许下心愿，待掘了藏，完愿便了。"奉桂道："闻说人家掘藏，若不先祭藏神，就掘着也要走了的。"好仁道："如必要祭，须索费三五钱银子。"奉桂道："便是没讨这三五钱银子处。若得有人扶持我，挪借些儿，待得了彩，加倍还他。"好仁听说，暗想道："这人忽发此言，必非无因。我看乡邻面上，就借几钱银子与他。倘他真个得了手，却不是好？"便对奉桂道："我今借五钱银子与你去祭藏神，待掘了藏，还我何如？"奉桂欢喜道："若得如此，感激不尽。倘得侥幸，加倍奉还。"好仁即取银五钱，付与奉桂收讫。奉桂回家对妻子笑道："过年的东西，已骗在此了！"伊氏问知其故，便道："你虽骗了银子来，看你明年将什么去还他。"奉桂道："这不难。我只说没有藏，掘了个空。盛大官是好人，决不与我计论。若还催讨时，挤得在豆腐帐上退清便了。"伊氏道："虽如此说，也须装个当真要掘藏的模样，他才不疑惑。"奉桂依言，便真个去买了三牲，叫妻子安排起来。又到盛家店里取了纸马香烛，索性再赊了些酒米之类。黄昏以后，将纸马供在地上，排列三牲，点起香烛。

又去盛家借了一把锄头，以装掘藏的光景。正是：

诈装掘藏，扮来活像。

偏是假的，做尽模样。

奉桂正在那里装模作样，却也是他时来运到，合该发财，恰好冯乐善的浑家李氏，因念奉桂是空屋门首住的小乡邻，差一个老妪拿着一壶酒、几碗鱼肉并些节糕果子等物，送到奉桂家来。奉桂夫妇接了，千恩万谢。那老妪见他家里这般做作，问起缘故。奉桂又扯谎道："偶然在一个所在掘了些藏，今夜在此祭藏神，妈妈莫要声张。"老妪听在肚里，忙催他出了盘碗，急急地去了。少顷，奉桂正在门前烧化纸马，只见那老妪又提灯而来，说道："我家老安人闻你掘了藏，特使我来问你：那掘的藏里边，可有元宝么？"奉桂随口笑应道："我有我有。"老妪听说，回身便走。奉桂关了门，正待和妻子吃夜膳，只听得叩门之声。开门看时，却见那老妪一手提着灯，一手捧着一个皮匣，走进门来，把皮匣放在桌上。奉桂问道："这匣儿里是什么东西？"老妪道："这是我家老安人私房积下的纹银，足重一百两，但都是零碎的。今闻你掘得元宝，要问你换两个。"一头说，一头打开匣来看，却是两大包千零百碎的银子。奉桂见了，眉头一皱，计上心来，便道："元宝是有几个，只是我才掘得，须要过了新正初五日，烧了利市，方可取用。况这些散碎银两，今夜也估兑不及。你家老安人若相托，可放在此，待我明日估兑停当，到初六日把元宝送进何如？"老妪道："这也使得。待我回复老安人去。"说罢，自进去了。奉桂欢天喜地，对妻子道："今晓是个大节夜，忽然有这些银子进门，也甚利市。且留它在此过了年，再作计较。"当晓无话。至次日，奉桂先往冯乐善家去拜了年，回到家中，便去匣内取纹银一两，用红纸包好，走过盛好仁家来拜年，就把这银子还他。说道："五钱是还昨日所借，五钱是找清一向所赊的欠帐。"好仁见了，只道他真个掘了藏，便道："恭喜时运到了，昨夜所得几何？"奉桂又扯谎道："托赖福庇，也将就看得过。"说罢，即作别而归，伊氏道："盛家的银子便还了，只看你初六日把什法儿回复冯老安人。"奉桂笑道："你不要忙，我已算计下了。难得这些银子到我手里，也是我一场际遇。我今索性再在其中取了九两，明日只还她九十两，挣得写个十两的借票与她。那冯老安人也是忠厚的，决不怪我。我向因本钱少，故生意淡薄，若得这九两银子做本钱，便可酿些白酒，养些小猪，巴得生意茂盛。那时算还她本利，有何不可？"两个计议已定。至初二日，安排些酒食，请冯家管房的大叔冯义来一坐，又往盛家请他的伙计康三老来同饮。那康三老本是盛家的老亲，好仁

用他在店里相帮，此老性极好酒，见奉桂请他，便走过来与冯义一齐坐地，直饮至酩酊方散。

次早，奉桂正待把些银子到盛家店里去籴糯米，只见盛好仁亲自来答拜，说道："昨日康舍亲倒来相扰了，今日我也备得一杯水酒，屈足下一叙。"奉桂道："昨日因简亵，不敢轻屈大官人。今日怎好反来打扰?"好仁道："乡邻间怎说客话，今日不但吃酒，还有话要说哩。"奉桂只道因他昨日请了康三老，为此答席，不好过却。到了午间，康三老又来相邀。奉桂便同至盛家堂上，见酒肴已排列齐整，并无别客，只请他一个。奉桂谦让再三，然后坐了。三人对饮，酒过数巡，好仁开言道："今日屈足下来，实有一事相托。"奉桂道："大官人有何吩咐?"好仁道："我有个敝友卜完卿，常往北京为商，三年前曾问我借白银二百两，不想至今不见回来。有人传说他在京中得业，归期未定。我担搁不起这宗银子，意欲亲往京中取讨，奈家下乏人看管，小儿既在学堂读书，而舍亲又年老了，为此放心不下，难以脱身。今足下既交了财运，这豆腐生理不是你做的了，敢烦你在我店中看看。我还积蓄得纹银三百两，要置些杂货在本地发卖，足下正当交运之时，置货自然得价，也烦你替我营运。若蒙允诺，我过了正月十五日，便要起身赴京，等回家时算结帐目，定当重重奉酬。"奉桂听说，喜出望外，满口应承道："向蒙大官人周济之恩，今日自当效劳。"好仁欢喜，再劝奉桂饮了几杯。席终后，即将店中帐簿并三百两银子都取出来，付奉桂收明。奉桂接那银子来看时，恰好是六个大元宝，一发欣喜无限。暗想道："难得这元宝来得凑巧，就好借他来还冯老安人了。"当下交明帐目，收了银子，作别归家。与伊氏说知其事，大家欢喜。正是：

> 绝处逢生，无中忽有。只骗几钱银过年，顿然一百两应口。只求十两银
> 作本，更遇三百金凑手。真个时运到来，不怕机缘不偶。

至初六日，冯家老妪来讨回音，奉桂便将两个元宝交与送进。李氏大喜，遂将奉桂掘藏的话对丈夫说了。冯乐善沉吟一回，便吩咐家人冯义，叫他对奉桂说："你今手中既有了银了，这一间屋不是你住的。我这所大空房的一向没售主，你如今得了罢。我当初原典价五百两，今只要典三百两，先交二百两，其余等进房后找足何如?"冯义传着主人之命，来对奉桂说知。奉桂此时也亏他胆大，竟慨然应允，约定正月二十日成交。过了十五日，盛好仁已起身赴京去了。至二十日，奉桂竟把剩下这四个元宝作了屋价，与冯家立契，作中就央康三老。奉桂在康三老面前，只说元宝大锭，不便置

买杂货，我今使了去，另换小锭儿来用。康三老听信不疑。奉桂是日成交，即于是夜进屋。真是机缘凑巧，合该发迹。那夜黄昏时分，后厅庭内忽现出一个白盔白甲的神人，向墙下钻入。奉桂见了，便与伊氏商议。至次夜，真个祭了藏神，掘将起来。掘不多几尺，早掘着了银子，约有五千余金。原来这银子本是昔年刘厚藏私埋下的。他见儿子刘辉不会作家，故不对他说，到得临终时说话不出，只顾把手向地下乱指。刘辉不解其意，不曾掘得，哪知今日倒富了别人。正是：

> 积累锱铢满甕头，不知费尽几多谋。
> 马牛不为儿孙做，却为他人作马牛。

奉桂弄假成真，应梦大吉。过一两日，便找清了典房价一百两。又将银置卖家伙，无所不备。一样衣温食美，驱奴使婢。每月只到盛好仁店里点看一两次。自己门前开起一个典铺，家中又堆塌些杂货，好不兴头。一时人都改口叫他做"甄员外"，都说甄员外在新屋里又掘了藏。这话传入原主刘辉耳内，他想："这银子明明是我父亲所藏，如何倒造化了此人？"心中快快，便来对冯乐善说道："在下向年所典房屋，原价八百金，今只典得老丈五百两，尚少三百两之数。一向闻得空关在那里，故不好来说，今既有了售主，该将这三百两找完了。"冯乐善道："舍下转典与甄家，价正三百金，原典价尚亏二百两，哪里又要加金？足下此言，须去对甄家说。"便唤家人冯义引刘辉到甄家。奉桂出迎，与刘辉叙礼而坐，冯义立在一边。刘辉备言欲找绝房价之意。奉桂道："兄与舍下不是对手交易。舍下典这屋未及半年，岂有就加绝之理！"刘辉道："老丈虽只典得半年，舍下典与冯家已多时了。常言：'得业者亏'，况闻老丈在这屋中甚是发财，今日就找清原价亦不为过。"奉桂道："兄言差矣！凡事要通个理，管什发财不发财。"刘辉未及回言，冯义在旁见奉桂大模大样，只与刘辉坐谈，全不睬着他，甚不似前日在豆腐店里与他对坐吃酒的光景了，心怀不平，便插口道："我家主人原典价尚亏二百两，今日宅上且把这项银子找出，待我家应付刘宅何如？"奉桂道："就是这二百两，也须待三年后方可找足，目下还早哩！"刘辉再要说时，冯义把眼看着刘辉说道："今日既讲不来，刘官人且请回，另作计议罢。"刘辉使起身作别。奉桂送至门首，把手一拱，冷笑一声，踱进去了。正是：

> 银会说话，钱会摆渡。
> 财主身分，十分做作。

冯义心恨奉桂，遂撺掇刘辉告状。刘辉原是个软耳朵的，便将霸产坑资事，告在县里，干证便是冯义。奉桂闻知，随即请几个讼师来商议。你道这些讼师岂是肯劝人息讼的？都说："员外将来正要置买田房，若都是这般告加绝起来，怎生管业？今日第一场官司，须打出个样子，务要胜他。但县公处必得个要紧分上去致意他便好！"奉桂从其言，访得本城一个乡绅郤待徵是知县的房师。那郤待徵曾为兵部职方司主事，因贪被劾，闲住在家。有闲汉段玉桥，在他家往来极熟。奉桂便将银百两，央玉桥送与待徵，求他写书致意知县。待徵收了银子，说道："我虽出了书帖，县公处原须周到。"奉桂依命，又将五十金托人送与知县。那边刘辉也央人到知县处打话，若断得五百两，情愿将百金相送。谁知赊的不若现的，况奉桂又多了个分上，到对簿时，知县竟把刘辉叱喝起来道："甄家典屋未及半年，你又非对手交易，如何便告他！"刘辉道："小人是原主。产动归原，理合将原价找付。况此屋是小人祖产，他在里边掘了藏，多管是小人父亲所藏之物。"知县喝道："胡说！掘藏有何对证？纵使他掘了藏，与你何干？既是你父亲所藏之物，你弃屋之前，何不自己掘了去？这明是觊觎他殷富，希图诈他？"刘辉见知县词色不善，不敢再辨。知县又把甄奉桂的诉状来看，见内中告着冯义指唆，便唤冯义上来，骂道："我晓得都是你这奴才唆讼！"遂拨下两根签喝打，冯义再三求告，方才饶了。看官听说：大约讼事有钱则胜，无钱则败。昔人有一首咏半文钱的诗说得好：

> 半轮明月掩尘埃。依稀犹见开元字。
> 遥想清光未破时，买尽人间不平事。

奉桂讼事胜了，扬扬得意。谁想知县闻了掘藏之说，动了欲心，要请益起来，不肯便出审单。奉桂又送了五十两，审单才出。郤等徵也托段玉桥来请益，奉桂只得又补送了百金。两处算来有三百两之数，杂项使费在外。奉桂若肯把这些银子加在屋上，落得做了好人，银子又不曾落空。哪知财主们偏不是这样算计，宁可斗气使闲钱，不肯省费干好事。当下刘辉因讼事输了，倒来埋怨冯乐善道："都是你家尊使骗我告状，弄得不伶不俐，我和你是对手交易，你该把原价三百金找付我。待三年后，你自向甄家取偿便了。"冯乐善是个好人，吃他央逼不过，只得把三百两银子应付刘辉去了。正是：

得业偏为刻薄事，弃房反做吃亏人。

奉桂自此之后，想道："拥财者必须借势。我若扳个乡绅做了亲戚，自然没人欺负了。"因对段玉桥说，要与郤待徵联头姻事。玉桥得了这话，忙报知待徵。原来待徵只有一子，已娶过媳妇，更没幼子幼女了。却□贪着奉桂资财，便私与夫人郁氏商量："只说有个小姐在家，等他送聘后，慢慢过继个女儿抵当他，有何不可？"计议定了。便把这话嘱咐段玉桥，叫他不可泄漏。玉桥怎敢不依，即如命回复奉桂，择吉日行礼。正是：

未及以假代真，先自将无作有。如此脱空做法，险矣媒人之口。不惟不论真假，亦可不问有无。如此趋炎附势，哀哉势利之夫！

奉桂选了吉日，先往郤家拜门。待徵托病不出。次日，只把个名帖托段玉桥来致意。到行聘之日，奉桂送财礼银四百两，其余簪钗绸缎等物俱极丰盛。郤家回盘不过意而已矣。联姻以后，奉桂心上必要郤乡宦到门一次，以为光荣，与段玉桥商议设席请他。先于几日前下了个空头请帖，候他拣定了一日，然后备着极盛的酒席，叫了上好的梨园，遍请邻里亲族做陪客。只有冯乐善托故不到，其余众陪客都坐在堂中等候。看看等了一个更次，并不见郤乡宦来，奉桂连遣人邀了几次，只见段玉桥来回复道："郤老先生因适间到了个讨京债的，立等要二百金还他，一时措处不出，心中烦闷，懒得赴席。特托我来致意。"奉桂听罢，便扯玉桥过一边，附耳低言道："今日我广招众客，专候郤亲翁到来，若不来时，可不羞死了我。他若只为二百两银子，何必烦闷，待我借与他就是。"玉桥道："若有了二百两时，我包管请他来便了。"奉桂连忙取出银子，付与玉桥悄然袖去，又叮嘱一定要请他到来，替我争些体面。玉桥应诺而去。又等了半晌，方才听门前热闹，传呼"郤老爷到了！"奉桂迎着，十分恭谨，先在茶厅上交拜了，随唤儿子出来拜见岳翁。此时甄阿福已称小大官人，打扮得十分齐整，出来拜了待徵四拜。然后请至大厅上与众亲友相见。玉桥指着众亲友，对待徵道："列位在此候久了。老先生不消逐位行礼，竟总揖了，就请坐席罢。"待徵便立在上肩作了一揖。奉桂定他首席坐下，其余依次而坐。演起戏来，直饮至天明方散。次日，奉桂又送席敬二十四两。待徵只将色缎二端、金簪一只，送与女婿作见面之礼。奉桂见待徵恁般做作，正想把女儿阿寿也扳个乡绅，敌住郤家，不想此女没福，患病死了。奉桂只得专倚着郤家行动，凡置买田房，都把郤衙出名，讨租米也用郤衙的租由，收房钱也用郤衙的告示。待徵见他产业置得多了，却拣几处好的竟自管业，说道："我权替你掌管，等女婿长大，交付与他。"奉桂怎敢违拗，只得拱手奉之。正是：

　　假掘藏弄假成真，虚会租变虚作实。
　　卖菜佣强附丝罗，欺心汉人过盗贼。

奉桂虽被郤家取了些产业去，却正当时运亨通之际，生息既多，家道日丰。

　　光阴迅速，不觉已是三年。冯乐善要来讨这五百两房价了，奉桂只肯找还原典价二百两，其应付刘家的三百两竟不肯认。冯乐善使人往复再三，奉桂只将郤乡宦装头，说道："此屋已转售与郤舍亲，你若要加绝，须向郤衙讲。"冯乐善真个写了名帖，去上复郤待徵，不想到门几次，不得一见，乐善忿了口气，说道："他倚着乡绅亲戚来欺负我，难道我就没有个做官的亲戚么？"原来冯乐善有个妻兄李效忠，现为京衙千户。乐善正欲遣人到京，求李效忠写书致意郤待徵，讨这项银子。谁想"天有不测风云，人有旦夕祸福"。忽一夜，因家中丫鬟不小心失误了火，延烧起来。众人从睡梦中惊醒，是夜风势又急，火趁风威，扑救不及，大家只逃得性命。从来失火比失盗更利害，然却是人不小心，不干火事。有一篇《火德颂》为证：

　　火本无我，因物而生。物若灭时，火亦何存。祝融非怒，回禄非嗔。人之不慎，岂火不仁！苟其慎之，曲突徙薪。火烈民畏，鲜死是称。用为烹饪，火德利民。庭燎照夜，非火不明。洪炉躯寒，非火不温。燧人之功，功垂古今！

　　却把盛好仁家亦被烧在内。只有甄奉桂家，亏得救火人多，松墰了一带房屋，不曾烧着。次日火熄后，被烧之家，各认着自己屋基，寻觅烧剩的东西。冯家有个藏金银的库楼，不合倒在甄家地基上，冯家要来寻觅时，奉桂令人守着，不许寻觅。冯乐善与他争论不过，只得忍气吞声，自家瓦砾场中只寻得些铜锡等物，其余一无所有。县中又差人出来捉拿火头，典铺烧了，那些赎当的又来讨赔，冯乐善没奈何，把家中几个丫鬟都卖了，还不够用，只得把这屋基来卖。奉桂又将郤衙出名，用贱价买了。乐善把卖下的银子都用尽了，奴仆尽皆散去，只剩得夫妻二口，并一个十三岁的女儿小桃，一个九岁的儿子延哥，共只四人。他本是北京籍贯，并没亲戚在兰溪，一时无可投奔。亏得一个媒妪许婆，常时在他家走动的，因看不过，留他到家中住了。冯乐善与妻子计议，要到北京投奔李效忠，怎奈身边并无盘费。许婆听说，便道："此时哪里去措处盘费。我倒有个计较在此，只怕员外安人不肯。"乐善道："有何计较？"许婆道："本城有个姓过的寡妇，惯收买人家十二三岁的女孩儿，养得好了，把来嫁与过往乡绅或本处大户做偏房外宅。员外若肯把这位小娘权寄养在她家，倒可取得几十两银子做盘费。她要嫁与人时，也须等到十五六岁。员外若到京中见了李爷，弄得些银两，只在一两年内便回来取赎了去，有何不可？"乐善夫妇听罢，本是舍不得女儿，寻思无计可施，只得权从此策，便教许婆去约那过寡妇来看。过寡妇一见小桃十分中意，愿出银四十两，即日交了银子，便要领去。乐善夫妇抱着小桃，痛哭一场。临别时，小桃叮嘱爹娘："见了舅舅之后，千万就来赎我。"乐善夫妇含泪允诺。正是：

> 忍把明珠掌上离，只因资釜客中虚。
>
> 可怜幼女从今后，望断燕京一纸书。

　　话分两头。不说冯乐善夫妇有了银子，自和幼儿延哥往北京投奔李效忠去了。且说小桃到了过寡妇家，不上一月，就有个好机会来。也是她的造化，原来此时郤待徵已起身赴京谋官复职，临行时吩咐夫人郁氏，叫她差人密访小人家女儿，有充得过小姐的，过继她来抵当甄家这头姻事。夫人领诺，密差家人在外寻访，奈急切没有中意的。郤家有个养娘，向与过寡妇相熟。一日偶至过家，见了小桃，十分赞叹，回来报与夫人知道。夫人即命肩舆抬小桃到家来看，果然姿容秀美，举止端庄，居然大家体段，又且知书认字，心中大喜。问知原价四十金，即加上十两，用五十金讨了。认为义女，命家中人都呼为小姐。正是：

> 今日得君提提起，免教人在污泥中。

　　不说小桃自在郤家为义女，且说盛好仁家自对门失火之夜，延烧过来，店中柴油纸马，都是引火的东西，把房屋烧得干干净净。盛好仁又不在家，其妻张氏并儿子俊哥，及康三老和一个丫鬟、一个养娘共五口，没处安身。甄奉桂便把自己房屋出空两间，与他们住了，又送些柴米衣服与他。一面唤匠工把自己扒堆的房屋，并所买冯家的地基一齐盖造起来，连盛家的地基也替他盖造。奉桂有了银子，砖瓦木石，咄嗟而办，不够两月，都造得齐整，仍请盛家一行人到所造新屋里居住。张氏甚是盛激，只道奉桂待冯家刻薄，待我家却这等用情。不想过了一日，奉桂袖着一篇帐目，来与康三老算帐。康三老接那帐目看时，却是销算前番所付三百两银子。上面逐项开着，只算得一分起息，每年透支银若干，又造屋费去银若干，连前日在他家里暂住这两月的盘费也都算在内，把这三百两本银差不多算完了，只余得十来两在奉桂处。康三老道："当初盛舍亲相托之意，本欲仰仗大力，多生些利息。若只一分起利，太觉少些！"奉桂变色道："一向令亲把这银冷搁在家，莫说一分利息，就是半分利息也没处讨。在下一时应承了去，所置货物，不甚得价，只这一分利息我还有些赔补在内。"康三老道："闻老丈财运亨通，每置货物，无不得利，怎说这没利息的话。"奉桂道："说也不信，偏是令亲的银子去置货，便不得利。我今也有置货脱货的细帐在此！"说罢，又向袖中摸出一篇帐来。康三老接来看时，也逐项开着，果然利息甚微，有时比本钱倒欠些。看官听说：难道偏是盛好仁这般时运不济？大约置货的，东长西折，有几件得价，自然也有一两件不得价，若通共算来，利息原多。今奉桂将得价的都划在自己名下，把不得价的都留在他人名下。康三老明晓得他是欺心帐目，因盛好仁又不在家，与他争论不得，只得勉强答应道："老丈帐目，自然不差。但目下回禄之后，店中没银买货。乞念旧日交情，转移百来两银子做本钱，待舍亲回来，自当加利奉还。"奉桂道："本该从命，奈正当造屋多费之后，哪里兑得出银子？若必要借，除非你把这新屋写个抵契，待我向舍亲处转借与你何如？"说罢，便起身作别去了。康三老把上项话细述与张氏听。张氏方知奉桂不是好人，当初丈夫误信了他。大凡银子到了他人手中，便是他人做主，算不得自己的了。所以施恩与人、借物与人的，只算弃舍与他才好，若要取价责报起来，往往把前日好情反成嫌隙。有一篇古风为证：

> 长者施恩莫责报，施恩责报是危道。昔年漂母教淮阴，微词含意良甚深。尽如一饭千金答，灭项与刘报怎慊？所报未盈我所期，恃功觖望生嫌疑。嫌疑彼此怖难弭，遂令杀机自此起！可怜竹帛动皇皇，犹然鸟尽嗟弓藏。何况解推行小惠，辄望受者铭五内？望而后应已伤情，望而不应仇怨成。思至成仇恩何益，不唯无益反自贼。富因好施常至贫，拯贫如我曾无人。损己利人我自我，以我律人则不可。先富后贫施渐枯，有始无终罪我多。求不见罪已大幸，奈何欲皮相答赠。世情凉薄今古同，愿将德色归虚空！

当下张氏没奈何，只得依着奉桂言语，叫康三老把住居的屋写了空头抵契去抵银。奉桂却把银九十两作一百两，只说是邰衙的，契上竟写抵到邰衙，要三分起息算，说是邰衙放债的规矩。康三老只得一一如命。张氏把这项银子，取些来置买了动用家伙并衣服之类，去了十数金。其余都付康三老置货，在店中发卖。哪知生意不比前番兴旺。前番奉桂还来替他照管，今算清了本利之后，更不相顾，凭康三老自去主张。三老年高好酒，生意里边放缓了些，将本钱渐渐消折。奉桂又每月使邰家的大叔来讨利银，三老支持不来，欠了几个月利钱。奉桂便教邰家退还抵契，索要本银；若没本银清还，便要管业这屋。三老没法支吾，张氏与三老商议道："我丈夫只道这三百两银子在家盘利，付托得人，放心出去，今已三年，还不回家。或者倒与卜完卿在京中买卖得利，所以不归。我今没有银子还邰家，不如弃了这房屋，到京中去寻取丈夫罢。"三老道："也说得是。"便将抵契换了典契，要邰家找价。奉桂又把所欠几个月利钱，利上加利的一算，竟没得找了。只叫邰家的人来催赶出屋。张氏只得叫康三老将店中所剩货物并粗重家伙都变卖了，连那个丫鬟也卖来凑做盘费，打发了养娘去，只与康三老并儿子俊哥三个人买舟赴京。谁想福无双至，祸不单行。舟至新庄闸地方，忽遇大风，把船打翻，人皆落水。亏得一只渔船上，把张氏并康三老捞救起来。三老已溺死，只留得张氏性命，俊哥却不知流向哪里，连尸首也捞不着了。正是：

> 前番已遭火灾，今日又受水累。
>
> 不是旅人号啕，却是水火既济。

张氏行囊尽漂没，孩儿又不见了，悲啼痛哭，欲投河而死。渔船上人再三劝住，送她到沿河一个尼庵里暂歇。那尼庵叫做宝月庵，庵中只有三四个女尼，庵主老尼怜张氏是个异乡落难的妇人，收留她住下。康三老尸首，自有地方下买棺烧化。

你道那俊哥的尸首何处去了？原来他不曾死，抱着一块船板，顺流滚去一里有余。滚至一只大船边，船上人见了，发起喊来，船里官人听得，忙叫众人打捞起来。那官人不是别人，就是邰待徵。你道邰待徵在京中谋复官职，为何又到此？原来那年是景泰三年，朝中礼部尚书王文是待徵旧交，为此特地赴京，欲仗其力，营谋起用。不想此时少保于谦当国，昔日待徵罢官，原系少保为御史时劾他的，王文碍着于少保，不好用情。待徵乘兴而来，败兴而返，归舟遇风，停泊在此。当下捞着俊哥，听他声口是同乡人，又见他眉清目秀，便把干衣服与他换了。问其姓名，并被溺之故，俊哥将父亲出外，家中遇火，奉桂负托，邰家逼债，以致弃家寻亲，中途被溺，母子失散的事，细细述了。待徵听罢，暗想道："原来甄奉桂倚着我的势，在外恁般胡行。我今回去与他计较则个。"因对俊哥道："我就是邰乡宦，甄奉桂是我亲家。放债之事，我并不知，明日到家，与你查问便了。"俊哥含泪称谢。待徵道："你今年几岁了？"俊哥道："十四岁。"待徵又问："曾读书么?"俊哥道："经书都已读完,今学做开讲了。"待徵道："既如此,我今出个题目,你做个破题我看。"便将溺水为题,出题云："今天下溺矣。"俊哥随口念道："以其时考之滔滔者,天下□是也。"待徵听了,大加称赏,想道："自家的公子一窍不通,不能入泮,只纳得个民监。难得这孩子倒恁般聪慧。"便把俊哥认为义儿,叫他拜自己为义父。俊哥十分感激,只是思念自己父母,时常吞声饮泣。待徵就在舟中教他开笔作文。俊哥姿性颖悟,听待徵指教,便点头会意,连做几篇文字,都中待徵之意,待徵一发爱他。带到家中,叫他拜夫人为义母,备言其聪慧异常,他年必成大器。夫人也引冯小桃来拜见了待徵,说知就里。待徵大喜,又说起甄奉桂借势欺人之事。夫人道："冯小桃也对我说,她家也受了甄奉桂的累。"待徵道："奉桂如此欺人,不可不警戒他一番!"夫人道："闻说他近日在家里患病哩。"

正说间,家人来报:甄奉桂患病死了。你道奉桂做财主不多年,为何就死了?原来他患了背疽,此乃五脏之毒,为多食厚味所致;二来也是他忘恩背义,坏了心肝五脏,故得此忌症。不想误信医生之言,恐毒气攻心,先要把补药托一托,遂多吃了人参,发肠而殂。看官听说:他若不曾掘藏,到底做豆腐,哪里有厚味吃,不到得生此症。纵然生此症,哪里吃得起人参,也不到得为医生所误。况不曾发财时,良心未泯,也不到得忘恩背义,为天理所不容。这等看起来,倒是掘藏误了他了。正是:

> 背恩背德,致生背疾。
> 背人太甚,背世倏忽。

奉桂既死,待徵替他主持丧事。一候七终,便将甄阿福收拾来家,凡甄家所遗资产,尽数收管了去,以当甄阿福目下延师读书,并将来毕姻之费。只多少划些供膳银两,并薄田数十顷,付与伊氏盘缠。伊氏念丈夫既死,儿子又不在身边了,家产又被邰家白占了去,悲愤成疾,不够半年,也呜呼尚飨。邰待徵也替她治了几日丧,将他夫妇二枢买地殡葬讫,便连住居的房屋一发收管了。

是年甄阿福已十四岁,与盛家俊哥同庚,待徵请个先生,教他两个读书,就将乳名做了学名。一个叫做甄福,一个叫做盛俊,那甄福资性顽钝,又一向在家疏散惯了,哪里肯就学。先生见他这般不长进,钻在他肚里不得。每遇主翁来讨学生文字看,盛俊的真笔便看得,甄福却没有真笔可看。先生恐主翁嗔怪,只得替他改削了些,勉强支吾过去。光阴迅速,不觉二年有余。甄福服制已满,免不得要出去考童生了。待徵只道他黑得卷子的,教他姓了邰,叫做邰甄福,与盛俊一同赴考。府县二案,盛俊都取在十名内，却是真才。甄福亏了待徵的荐书，认做嫡男，也侥幸取了。待徵随又写书特致学台，求他作养。那学台姓丙名官，为人清正，一应荐牍，俱不肯收。待徵的书，竟投不进。到临考时，甄福勉强入场，指望做个传递法儿，诸人代笔。奈学台考规甚严，弄不得手脚，坐在场中一个字也做不出。到酉牌时分，卷子被撤了上去。学台把那些撤上来的卷，逐一检视，看到甄福的卷子，你道怎生模样？但见：

薛鼓少文，白花缺字。琴以希声为贵，棋以不着为高。《论语》每多门人之句，恐破题里圣人两字便要差池；《中庸》不皆孔子之言，怕开讲上夫子以为写来出丑。《大学》"诗云"，知他是"风"是"雅"；《孟子》"王曰"，失记为齐为梁。寻思无计可施，只得半毫不染。想当穷处，"子曰"如之何如之何；解到空时，"佛云"不可说不可说。好似空参妙理，悟不在字句之中；或嫌落纸成尘，意自存翰墨之表。伏义以前之《易象》画自何来；获麟以后之《春秋》笔从此绝。真个点也不曾加，还他屁也没得放。

学台看了大怒，喝骂甄福道："你既一字做不出，却敢到本道这里来混帐，殊为可恶！"叫一声皂隶："打"众皂隶齐声吆喝起来，吓得甄福魂飞魄散。亏得旁边一个教官，跪过来禀道："此童乃兵部主事邰老先生的令郎，念他年纪尚小，乞老大人宽恕。"宗师听说，打便饶了。怒气未息，指着甄福骂道："你父亲既是乡绅，如何生你这不肖！我晓得你平日必然骗着父亲，你父亲只道你做得出文字，故叫你来考。我今把这白卷送与你父亲看去。"说罢，便差人押着甄福，把原卷封了，并一个名帖送到邰待徵处。一时哄动了兰溪合县的人，都道豆腐的儿子，只该叫他在豆腐缸边玩耍，如何邰乡宦把他认为己子，叫他进起考场来？有好事的便做他几句口号道：

墨水不比豆腐汁，磨来磨去磨不出；卷子不比豆腐帐，写来写去写不上；砚池不比豆腐匝，手忙脚乱难了结；考场不比豆腐店，惊心骇胆不曾见。

邰待徵见了这白卷，气得发昏，责骂甄福"削我体面"，连先生也被发作了几句。先生便把甄福责了几板，封锁在他书房里，严加督课。不上半月，甄福捉个空，竟私自掇开了门，不知逃向哪里去了。待徵使人各处寻访，再寻不见，只得叹口气罢了。正是：

欺心之父，不肖之子。

天道昭昭，从来如此。

又过了半月，学台发案，盛俊取了第一名入泮，准儒士科举应试。待徵十分欢喜，与夫人商议道："我叫他为子，到底他姓盛，我姓邰，不如招他为婿，倒觉亲切。今甄家这不肖子既没寻处，我欲把冯小桃配与盛俊。夫人以为何如？"夫人道："我看小桃这等才貌，原不是甄福的对头。纵便甄福不逃走，我也要再寻一个配她。相公所言正合我意。"计议已定，待徵就烦先生为媒，择个吉日，要与他两个成婚。盛俊对先生说："要等乡试过了，然后毕姻。"待徵一发喜他有志气，欣然依允。到得秋闱三场毕后，放榜之时，盛俊中了第五名乡魁。邰家亲友都来庆贺。盛俊赴过鹿鸣宴，待徵即择吉日与他完婚。正是：

　　蟾宫方折桂，正好配嫦娥。
　　大登科之后，又遇小登科。

是年盛俊与冯小桃大家都是十七岁，花烛之后，夫妻恩爱，自不必说。只是喜中有苦，各诉自己心事。盛俊方知小桃是冯氏之女，不是邰待徵所生。小桃道："我自十三岁时，先到过寡妇家，爹妈原约一两年内便来取我，谁想一去五年，并无音耗。幸得这里恩父恩母收养，今日得配君子。若非这一番移花接木，可不误了我终身大事。正不知我爹娘怎地便放心得下，一定路途有阻，或在京中又遭坎坷，真个生死各天，存亡难料。"说罢，泪如雨下。盛俊也拭泪道："你的尊人还是生离，我的尊人怕成死别。我当初舟中遇风，与母亲一同被溺。我便亏这里恩父救了，正不知母亲存亡若何？每一念及，寸心如割。今幸得叨乡荐，正好借会试为由，到京寻访父母，就便访你两尊人消息。"小桃听说，便巴不得丈夫连夜赴京。有一支《玉花肚》的曲儿为证：

　　谓他人父，一般般思家泪多。喜同心配有文鸾，痛各天愧彼慈乌。儿今得便赴皇都，女亦寻亲嘱丈夫。

盛俊一心要去寻亲，才满了月，即起身赴京，兼程趱路。来到向日覆舟之处，泊住了船，访问母亲消息。那些过往的船上，那里晓得三年以前之事。盛俊又令人沿途访问，并无消耗。一日，自到岸上东寻西访，恰好步到那宝月庵前，只见一个老妈妈在河边淘了米，手拿着米箩，竟走入庵中。盛俊一眼望去，依稀好像母亲模样，便随后追将入去。不见了老妈妈，却见个老尼出来迎住，问道："相公何来？"盛俊且不回她的话，只说道："方才那老妈妈哪里去了？你只唤她出来，我有话要问她。"老尼道："她不是这里人，是兰溪来的。三年前覆舟被难，故本庵收留在此。相公要问怎么？"盛俊听说，忙问道："她姓什么？"老尼道："她说丈夫姓盛，本身姓张。"盛俊跌足大叫道："这等说，正是我母亲了！快请来相见。"老尼听说，连忙跑进去引那老妈妈出来。盛俊一见母亲，抱住大哭。张氏定睛细看了半晌，也哭起来。说道："我只道你死了，一向哭得两眼昏花。你若不说，就走到我面前，也不认得了。不想你今日这般长成。一向在何处？今为何到此？"盛俊拜罢，立起身来，将上项事一一说明。张氏满心欢喜，以手加额。尼姑们在旁听了，方知盛俊是上京会试的新科举人，加意殷勤款待。张氏也诉说前事。盛俊称谢老尼收留之德，便叫从人取些银两来谢老尼。即日迎请张氏下船，同往京师寻父。正是：

从前拆散风波恶，今日团圆天眼开。

盛俊与母亲同至京师，寻寓所歇下了，便使人在京城里各处访问父亲盛好仁的消息。只见家人引着一个人来回复道："此人就是卜完卿的旧仆。今完卿已死，他又投靠别家。若要知我家老相公的信，只问他便知。"盛俊便唤那人近前细问，那人道："小人向随旧主卜官人往土木口卖货，祸遭兵变，家主被害。小人只逃得性命回来，投靠在本城一个大户安身。五年前盛老相公来时，小人也曾见过。老相公见我主人已死，人财皆失，没处讨银。欲待回乡，又没盘费。幸亏一个嘉兴客人戴友泉，与老相公同省，念乡里之情，他恰好也要回乡，已同老相公一齐归去了。"盛俊道："既如此，为何我家老相公至今尚未回乡？"那人道："戴家人还有货物在山东发货，他一路回去，还要在山东讨帐，或者老相公随他在山东有些担搁也未可知。"盛俊听罢，心上略放宽了些。打发那人去了，又令人到李效忠处访问冯乐善夫妻的下落。家人回报道："李千户自正统末年随驾亲征，在土木口遇害，他奶奶已先亡故，又无公子，更没家眷在京。那冯员外的踪迹并无人晓得。"盛俊听了，也无可奈何，且只打点进场会试。三场已过，专候揭晓。

盛俊心中烦闷，跨着个驴儿出城闲行。走到一个古庙前，看门上二个旧金字，乃是"真武庙"。盛俊下驴入庙，在神前礼拜已毕，立起身来，见左边壁上挂着一扇木板，板上写着许多签诀。盛俊便去神座上取下一副签来，对神祷告。先求问父亲的消息，却得了个阳圣圣之签，签诀云：

功名有成，谋望无差。

若问行人，信已到家。

盛俊见了，想道："若说信已到家，莫非此时父亲已到家中了？"再问冯家岳父母的消息，却得了三圣之筶。筶诀云：

家门喜庆，人口团圆。

应不在远，只有目前。

　　盛俊寻思道："若说父亲信已到家，或者有之。若说岳父母应在目前，此时一些信也没有，目前却应些什么？"正在那里踌躇猜想，只见一个老者从外面走入庙来，头带一顶破巾，身上衣衫也不甚齐整，走到神前纳头便拜，口里唧唧哝哝不知道说些什么，但依稀听得说出个"冯"字。盛俊心疑，定睛把那老者细看。盛俊幼时曾认得冯乐善，今看此老面庞有些相像，但形容略瘦了些，须髯略白了些。盛俊等他拜毕，便拱手问道："老丈可是姓冯？可是兰溪人？"那老者惊讶道："老汉正是姓冯，数年前也曾在兰溪住过。足下何以知之？"盛俊听说，忙上前施礼道："岳父在上，小婿拜见。"慌得那老者连忙答礼道："足下莫认错了。天下少什同乡同姓的！"盛俊道："岳父台号不是乐善吗？"那老者道："老汉果然是冯乐善，但哪里有足下这一位女婿？"盛俊道："岳父不认得盛家的俊哥了么？盛好仁就是家父，如何忘记了？"乐善听说，方仔细看着盛俊道："足下十来岁时，老汉常常见过，如今这般长成了，叫我如何认得？正不知足下因什到此？那岳父之称又从何而来？"盛俊遂把前事细述了一遍。喜得乐善笑逐颜开，也把自己一向的行藏，说与盛俊知道。正是：

人口团圆真不爽，目前一半筶先灵。

原来冯乐善当日同了妻儿，投奔李效忠不着，进退两难。还亏他原是北京人，有个远族冯允恭，看同宗面上，收留他三口儿在家里。那冯允恭在前门外开个面店，乐善帮他做买卖，只好糊口度日，哪里有重到兰溪的盘缠？又哪里有取赎女儿的银子？所以逗留在彼，一住五年。夫妇两个时常想着女儿年已及笄，不知被那过寡妇送在什么人家，好生烦恼。是日，乐善因替冯允恭出来讨赊钱，偶在这庙前经过，故进来祷告一番，望神灵保祜，再得与女儿相见，不想正遇着了女婿。当下盛俊便随他到冯允恭家里，见了允恭，称谢他厚情，请岳母出来拜见了，并见了小舅延哥。是日即先请岳母到自己寓所，与母亲同住，暂留乐善父子在允恭家中。等揭晓过了，看自己中与不中，另作归计。过了几日，春闱放榜，盛俊又高中了第七名会魁，殿试二甲。到得馆选，又考中了庶吉士。

正待告假省亲，不料又有一场忧事。是年正是天顺元年，南宫复位，礼部尚书王文被石亨、徐有贞等诬他迎立外藩，置之重典，有人劾奏郤待徵与王文一党，奉旨：郤待徵纽解来京，刑部问置，家产籍没。盛俊闻知此信，吃了一惊，只得住在京师，替待徵营谋打点。盛俊的会场大座师是内阁李贤，此时正当朝用事。盛俊去求他周旋，一面修书遣人星夜至兰溪，致意本县新任的知县，只将郤待徵住居的房屋入官，其余田房产业只说已转卖与盛家，都把盛家的告示去张挂。那新任知县是盛俊同年，在年谊上着实用情。到得郤待徵纽解至京，盛俊又替他在刑部打点，方得从宽问拟。至七月中，方奉圣旨：郤待徵革职为民，永不叙用，家产给还。那时盛俊方才安心，上本告假省亲，圣旨准了。正待收拾起程，从山东一路而去，忽然家人到京来报喜信，说太老爷已于五月中到家了。盛俊大喜。原来盛好仁随了戴友泉到山东，不想山东客行里负了戴友泉的银子，讨帐不清，争闹起来，以致涉讼。恰值店里死了人，竟将假人命图赖友泉，大家在山东各衙门告状，打了这几年官司。盛好仁自己没盘费，只得等他讼事结了，方才一齐动身。至分路处，友泉自往嘉兴，好仁自回兰溪。此时正是五月中旬。好仁奔到自家门首，只见门面一新，前后左右的房屋都不是旧时光景，大门上用锁锁着。再看那些左邻右舍，都是面生之人，更没一个是旧时熟识，连那冯员外家也不见了。心里好生惊疑，便走上前问一个邻舍道："向年这里有个盛家，今在哪里去了？"那邻舍也是新住在此的，不知就里，指着对门一所新改门面的大屋说道："这便是新迁来的盛翰林家。"好仁道："什么盛翰林？"那人道："便是郤乡宦的女婿，如今郤乡宦犯了事，他的家眷也借住在里边。"好仁道："我问的是开柴米油酒店的盛家。"那人道："这里没有什么开店的盛家。"好仁又问道："还有个姓甄的，向年也住在此，如今为何也不见了？"那人道："闻说这盛翰林住的屋，说是什么甄家的旧居。想是那甄员外死了，卖与他家的。"好仁听罢，一发不明白。正在猜疑，只见那对门大屋里走出两三个青衣人，手中拿着一张告示，竟向那边关锁的屋门首把告示粘贴起来，上写道：

翰林院盛示：照得此房原系本宅旧居，向年暂典与郤处。今已用价取赎，仍归本宅管业。该图毋得混行开报。时示。

好仁看罢，呆了半晌，便扯住一个青衣人问道："这屋如何被邰家管业了去？今又如何归了你们老爷？"只见那青衣人睁着眼道："你问他则什？你敢是要认着邰家房产，去报官么？我家老爷已与本县大爷说明了，你若去混报，倒要讨打哩！"好仁道："你们说的是什么话？我哪晓得什么报官不报官。只是这所房屋，原系我的旧居，如何告示上却说是你家老爷的旧居？又说向曾典与邰家，这是何故？"青衣人道："一发好笑了。我家老爷的屋，你却来冒认。我且问你姓什名谁？"好仁道："我也姓盛，叫做好仁。五六年前出外去了，今日方归，正不知此屋几时改造的？我的家眷如何不住在里面？"青衣人听了，都吃一惊，慌忙一齐跪下叩头道："小的们不知是太老爷，方才冒犯了，伏乞宽恕。"好仁忙扶住道："你们不要认错了，我不是什么太老爷。我哪有什么翰林儿子？"青衣人道："原来太老爷还不晓得。"遂把上头事细细禀明。好仁此时如梦初觉，真个喜出望外。青衣人便请好仁到对门大宅里，报与夫人冯氏知道。小桃大喜，便出堂来拜见了公公。那时邰家住居已籍没入官。所以小桃引着邰家眷属，都迁到甄家旧屋里暂住。当下小桃收拾几间厅房，请好仁安歇。好仁遂修书遣人至京，报知儿子。盛俊看了书信，又问了来人备细，欢喜无限。正是：

　　　　果然灵签无差错，真个行人已到家。

　　当下盛俊唤了两只大船，一只船内请母亲与岳母及小舅乘坐，一只船内自己与邰待徵、冯乐善乘坐。乐善见了待徵，称谢他将女儿收养婚配之德。因诉说往年甄奉桂倚仗贵戚，欺负穷交，攘取库楼资财，勒挣住房原价许多可笑之处。待徵道："这些话，不佞已略闻之于令爱，但此皆奉桂与小僮辈串通做下的勾当。就是令婿，亦深受其累。如今天教不佞收养两家儿女，正代为奉桂补过耳。不佞今番归去，当取奉桂名下之物，归与两家，还其故主。"盛俊道："不肖夫妇俱蒙大人抚养，既为恩父，又为恩岳，与一家骨肉无异，何必如此较量！"待徵道："不佞近奉严旨，罪几不测。今幸得无恙，皆赖你周旋之力，亦可谓相报之速矣！"盛俊逡巡逊谢。

　　不一日，待徵到家。此时住房已奉旨给还，便将家眷仍旧迁归。向来所占甄家赀产，尽数分授与盛俊夫妇。盛俊便划几处产业与冯乐善，以当库楼中所赖之物。又把冯家旧宅，并甄家住居的屋，仍欲归还乐善，自己要迁到对门旧居中去。乐善见他旧居狭隘，遂把甄家的住房送与盛俊，以当女儿的嫁资。自此冯家依旧做了财主，盛家比前更添光彩。至于好仁夫妻重会，小桃父母重逢，骨肉团圆，合家喜庆，自不必说。正是：

冯家财宝甄家取，甄氏田房郐氏封。

谁识今朝天有眼，郐还归盛盛归冯。

　　冯乐善前番失火之后，童仆皆散。今重复故业，这班人依旧都来了。老奴冯义亦仍旧来归，又领一个儿子、一个媳妇也来叩头投靠服役。乐善问道："你一向没儿子的，今日这对男妇从何而来？"冯义道："这儿子是路上拾的。小人向随刘官人出外做些买卖，偶见这孩子在沿途行乞，因此收他为儿，讨了个媳妇。"乐善听说，就收用了，也不在意里。次日，恰好盛俊到冯家来，一见冯义的儿子，不觉吃惊。你道他是何人？原来就是甄奉桂之子甄福。盛俊想着当初与他同堂读书几年，不料他今日流落至此，好生不忍，便对乐善说知，另拨几间小屋与他夫妇住下，免其服役。可怜甄奉桂枉自欺心，却遗下这个贱骨头的儿子，这般出丑。当初曾将他许与冯员外做书童，今日果然应了口了。又曾将女儿阿寿许与盛俊，今女儿虽死，那冯小桃原系抵当他儿子婚姻的，今配了盛俊，分明把个媳妇送与他了。正是：

　　　　向后欺心枉使去，从前誓愿应还来。

　　盛俊钦假限期已满，将欲起身赴京，因念当时甄家掘藏，原在刘家屋内掘的，今闻刘辉收心做生理，不比从前浪费，便叫冯义去请他来，划一宗小产业与他，以当加绝不产之物。又念戴友泉能恤同里，遣人把银二百两往嘉兴谢了他。然后与家眷一同起身入京。到前覆舟之处，又将百金施与宝月庵，就在庵中追荐了康三老。及到京师，又将银二百两酬谢冯允恭。真个知恩报恩，一些不歹。至明年，朝廷有旨，追录前番随征阵亡官员的后人。盛俊知李效忠无子，就将小舅冯延哥姓了外祖的姓，叫做李冯延，报名兵部一体题请，奉旨准袭父爵。冯乐善便也做了封翁，称了太爷。后来盛、冯两家子孙繁衍。可见好人自有福报，恶人枉使欺心。奉劝世人切莫以富欺贫，以贵欺贱。古人云："一富一贫，乃见交情；一贵一贱，交情乃见！"故这段话文，名之曰《正交情》。

卷六　明家训

匿新丧逆子生逆儿　惩失配贤舅择贤婿

诗曰：

> 犁牛骍角偶然事，恶人安得有良嗣？
>
> 檐头滴水不争差，父如是兮子如是。

此诗乃宋朝无名氏所作。依他这等说，顽如瞽瞍为什生舜，圣如尧舜为什生不肖的丹朱、商均？凶如伯鲧为什生禹？养志的曾参又何以生不能养志的曾元？不知瞽瞍原是个极古道的人。假如今日人情恶薄，势利起于家庭，见儿子一旦富贵，便十分欣喜。偏是他全不看富贵在眼里，凭你儿子做了附马，做了宰相，又即日要做皇帝了，他只是要焚之杀之而后快。直待自己回心转意，方才罢休。此老殊非今人可及，如何说他是顽父？若论丹朱、商均，也都是能顺父命的孝子。诚以近世人情而论，即使一父之子，分授些少家产，尚要争多竞少。偏是他两个的父亲，把天大基业不肯传与儿子，白白地让与别人，他两个并无片言。所以《书经》云："虞宾在位"是赞丹朱之让；《中庸》云："子孙保之"，是赞商均之贤。如何说他是不肖？又如伯鲧也是勤劳王事的良臣。从来治水最是难事，况尧时洪水，尤不易治，非有凿山开道、驱神役鬼的神通，怎生治得？所以大禹号为神禹。然伯鲧治了九年，神禹也治了八年。伯鲧只以京师为重，故从太原、岳阳治起，神禹却以河源为先，故从积石、龙门治起。究竟《书经·禹贡》上说："既修太原，至于岳阳"，也不过因鲧之功而修之；《礼记·祭法》以死勤事则祀之。夏人郊鲧而宗禹。伯鲧载在祀典，如何把他列于四凶之中，与共工、驩兜、有苗一例看？至于曾参养曾皙曾元养曾参，皆是依着父亲性度。曾皙春

风沂水，童冠与游，是个乐群爱众、性喜阔绰的。故曾参进酒肉，必请所与，必曰有余。曾参却省身守约，战战兢兢，是个性喜收敛、不要儿子过费的。故曾元进酒肉，不请所与，不曰有余。安见曾参养志，曾元便不是养志者？今人不察，只道好人反生顽子，顽父倒有佳儿，遂疑为善无益，作恶不妨。

如今待在下说一个孝还生孝、逆还生逆的报应，与众位听。

话说明朝正德年间，南直常州府无锡县，有一个人姓晏名敖，字乐川。其父晏慕云，赘在石家为婿，妻子石氏，只生得晏敖一个。晏敖的外祖石佳贞，家道殷富，曾纳个冠带儒士的札付，自称老爹。只因年老无子，把晏敖当做儿子一般看待，延师读书，巴不得他做个秀才。到得晏敖十八岁时，正要出来考童生，争奈晏慕云夫妇相继而亡，晏敖在新丧之际，不便应考；石佳贞要紧他入泮，竟把他姓了石，改名石敖，认为己子，买嘱廪生，朦胧保结，又替他夤缘贿赂，竟匿丧进了学。到送学之日，居然花鼓吹，乘马到家。亲友都背地里讥笑，佳贞却在家中设宴庆喜。哪知惹恼了石家一个人，乃是佳贞的族侄石正宗。他怪佳贞不立侄儿为嗣，反把外甥为嗣，便将晏敖匿丧事情具呈学师，要他申宪查究。晏敖着了急，忙叫外祖破些钞，在学师处说明了；又把些财帛买住石正宗，方得无事。是年佳贞即定下一个方家的女儿与晏敖为妻，也就乘丧毕姻，一年之内，便生下一子，取名奇郎。正是：

> 合着《孟子》两句，笑话被人传说：
> 不能三年之丧，而缌小功之察。

晏敖入泮、毕姻、生子，都在制中。如此灭伦丧理，纵使有文才也算文人无行，不足取了。何况他的文理又甚不济，两年之后，遇着宗师岁考，竟考在末等了。一时好事的把《四书》成句做歇后语，嘲他道：

> 小人之德满腹包，焕乎其有没分毫。
> 优优大哉人代出，下士一位君自招。

晏敖虽考了末等，幸亏六年未满，止于降社。到得下次岁考，石佳贞又费些银子，替他央个要紧分上，致意宗师，方得附在三等之末，复了前程。

你道外祖待他如此恩深，若论为人后者为之子，他既背了自己爹娘，合应承奉石家香火了，哪知从来背本忘亲之人，未有能感恩报德的，所谓"自家骨肉尚如此，何况他人隔一枝。"他见石佳贞年老，便起个不良之心，想道："外祖死后，石家族人必要与我争论，不若乘外祖存日，取了些东西，早早开交。"遂和妻子方氏商议，暗暗窃取外祖赀财，置买了些田产，典下一所房屋，凡一应动用家伙俱已完备。忽然一日，撇了外祖，领了方氏并奇郎，搬去自己住了。石佳贞那时不由不恼，便奔到学里去告了一张忤逆呈子。学师即差学役拘唤晏敖来问，晏敖许了学役的相谢，就央他去学师处祢缝停当，又去陪了外祖的礼。石佳贞到底心慈，见他来陪礼，也就不和他计较了。到得事完之后，学役索谢，晏敖竟拔短不与，学役怀恨在心。过了两年，时值荒旱，县官与学师都到祈雨坛中行香，就于坛前施官粥赈济饥民。此时石佳贞家道已渐消乏，又得了风癫之症，日逐在街坊闲撞。那日戴了一顶破巾，穿了一件破道袍，走到施粥所在，分开众人，大声叫道："让我石老爹来吃粥。"不提防知县在坛前瞧见了，回顾学师道："此人好奇怪，既自称老爹，怎到这里来吃粥？"学师未及回答，学役早跪上前禀道："此人叫做石佳贞，曾为冠带儒士，故自称老爹。乃是本学生员石敖的父亲。"知县惊讶道："这一发奇怪了，儿子既是秀才，如何叫父亲出来吃官粥？他儿子如今可还在么？"学役道："现在。"知县又问道："那秀才家事何如？"学役道："他有屋有田，家事丰足。只因与父亲分居已久，故此各不相顾。"知县听罢，勃然变色，对学师道："这等学生，岂可容他在学里！当申参学宪，立行革黜为是！"学师唯唯领命。这消息早有人传与晏敖知道。晏敖十分着急，连忙央人去止住学中参文。一面恳求本族几个姓晏的秀才出来，到县里具公呈，备言："石敖本姓晏，石佳贞乃其外祖，幼虽承嗣，今已归宗。"并将佳贞患病风癫之故说明，又寻个分上去与知县讲了。知县方才批准呈词，免其申参。正是：

　　　逃晏归石，逃石归晏。
　　　推班出色，任从其便。

晏敖此番事完之后，所许众族人酬仪虽不曾赖，却都把铜银当做好银哄骗众人。原来晏敖有一件毛病，家中虽富，最喜使铜，又最会倾换铜银，人都叫他做"晏寡铜"。正是：

　　　做人既无人气，使银亦无银意。
　　　假锭何异纸钱，阳世如逢鬼魅。

过了半年，石佳贞患病死了。晏敖不唯不替他治丧，并不替他服孝，只怂石正宗料理后事。到开吊时，只将几两铜银，封作奠金送去。正宗怒极，等丧事毕后，便具词告县，说晏敖今日既不为嗣父丧服，当年何不为本生父母守制？因并称前年曾有首他匿丧入泮的呈词在学中可证。这知县已晓得晏敖是可笑的人，看了石正宗状词，即行文到学里去查。那些学役，谁肯替他隐瞒，竟撺掇学师将石正宗的原首呈送县。知县临审之时，再拘晏家族人来问，这些族人因晏敖前日把铜银骗了他，没一个喜欢的，便都禀说："晏敖当日制中入泮是有的，但出嗣在先，归宗在后。"知县道："本生父母死，则曰出嗣；及至嗣父死，又曰归宗。今日既以归宗为是，当正昔年匿丧之罪了。"晏敖再三求宽，知县不理，竟具文申宪。学院依律批断："仰学除名。"正是：

青衿不把真金使，"寡铜"仍作白童身。

自此晏敖与石家断绝往来，却不想晏慕云夫妇的灵柩，向俱权厝在石家的坟堂屋里，今被石正宗发将出来，撇在荒郊。晏敖没奈何，只得将二柩移往晏家祖坟上。一向晏敖以出嗣石家，自己祖坟的地粮并不纳一厘，都是长房大兄晏子开独任，今欲把两柩葬在祖坟，恐晏子开要他分任坟粮，便只说是权时掩埋，不日将择地迁葬。那晏子开是个好人，更不将坟粮分派与他，怂他拣坟上隙地埋葬两柩。晏敖便自己择了一日，也不相闻族人，也不请地师点穴，只唤几个工匠到坟上来，胡乱指一块空地，叫掘将下去。哪知掘下只二尺来深，便掘着了一片大石。众工匠道："这里掘不下，须另掘别处。"晏敖吝惜工费，竟不肯另掘，便将两柩葬在石上。那石片又高低不等，两柩葬得一高一低，父柩在低处，母柩在高处，好像上马石一般，有几句口号为证：

父赘于石，母产于石。生既以石为依，死亦以石为息。
高石葬母，低石葬父。为什妻高于夫？想因入赘之故。

晏子开闻知晏敖这般葬亲之法，十分惊怪，只道他果然迁葬在即，故苟且至此。不想过了年余，绝不说起迁葬，竟委弃两柩于石块之上了。

你道晏敖如此灭弃先人，哪里生得出好儿子来？自然生个不长进之子来报他。那时制中所生的奇郎，已是十三岁了。晏敖刻吝，不肯延师教子，又不自揣，竟亲自去教他。哪知书便教不来，倒教成了他一件本事，你道是什事？原来晏敖平日又有一样所好，最喜的是赌钱，时常约人在家角牌。他平日惯使铜银，偏是欠了赌帐，哪肯把好银来还？常言道："上行下效"。奇郎见父亲如此，书便不会读，偏有角牌一事，一看便会。有一篇口号说得好：

> 书齐工课，迥异寻常。不习八股，却学八张。达旦通宵，比棘闱之七义，更添一义；斗强赌胜，舍应试之三场，另为一场。问其题则喻梁山之君子；标其目则率水浒之大王。插翅虎似负嵎之逐于晋；九尾龟岂藻枨之居于臧。空没一文，信斯文之已丧于家塾；百千万贯，知一贯之不讲于书堂。所谓尊五美、四赏一百老；未能屏四恶、三剧二婆娘。兼之礼义尽泯，加以忠信俱亡。较彼盗贼，倍觉颠狂。分派坐次，则长或在末席，少或在上位，断金亭之尊卑，不如此之紊乱；轮做庄家，则方与为兄弟，忽与为敌国，蓼儿洼之伯仲，不若是之无良。算帐每多欺蔽，色样利其遗忘。反不及宛子城之同心而行劫，大异乎金沙滩之公道而分赃。子弟时习之所悦而若此，父师教人之不倦为堪伤！

晏敖之妻方氏，见儿子终日角赌，不肯读书，知道为父的管他不下，再三劝晏敖请个先生在家教他。晏敖被妻子央逼不过，要寻个不费钱省事的先生。恰有族兄晏子鉴，与他同住在一巷之内。那晏子鉴本是个饱学秀才，只因年纪老了，告了衣巾，当年正缺了馆。晏敖便去请他到来，又不肯自出馆谷，独任供膳，却去遍拉邻家小儿来附学，要他们代出束修，轮流供给，自己只出一间馆地，只供一顿早粥。晏子鉴因家居甚近，朝来暮归，夜膳又省了。你道这般省事，那一间馆地也该好些。谁知晏敖把一间齐整书房，倒做了赌友往来角牌之所，却将一间陋室来做馆地，室中窗槛是烂的，地板又是穿的。子鉴见馆地恁般不堪，乃取一幅素笺，题诗八句，粘于壁上。其诗云：

> 山光映晓窗，树色迎朝槛。
> 早看曙星稀，晚见落霞烂。
> 名教有乐地，修业不息版。
> 应将砚磨穿，莫使功间断。

晏敖走来见了此诗，不解其意，只道是训诲学生的话头。哪知附徒中倒有个聪明学生，叫做晏述，即晏子开之子，因子开新迁到这巷中居住，故就把儿子附在晏敖家里，相从晏子鉴读书。此子与奇郎同庚，也只十三岁，却十分聪俊，姿性过人。看了子鉴所题，便私对奇郎道："先生嫌你家馆地不好，那八句诗取义都在末一字，合来乃是说'窗槛稀烂，地板穿断'也。"奇郎听说，便去说与父亲知道，只说是我自己看出来的。晏敖深喜儿子聪明，次日即唤匠人来把地板略略铺好，烂窗槛也换了。因笑对子鉴说道："如今窗槛已不稀烂，地板已不穿断，老兄可把壁上诗笺揭落了罢！"子鉴惊问晏敖何以知之，晏敖说是儿子所言。子鉴暗忖道："不想此儿倒恁般有窍，真个犁牛之子骍且角了。主人虽不足与言，且看他儿子面上，权坐几时。"因此子鉴安心坐定。谁想晏敖刻吝异常，只供这一顿早粥，又不肯多放米粒在内，纯是薄汤。子鉴终朝忍饿，乃戏作一篇《薄粥赋》以诮之。其文曰：

> 浩浩乎白米浑汤，水光接天。纵一苇之所知，临万顷之茫然。吹去禹门三级浪，波撼岳阳；吸来平地一声雷，气蒸云梦。雅称文人之风，可作先生之供。更喜其用非一道，事有兼资。童子缺茶，借此可消烦渴；馆中乏镜，对之足鉴须眉。一瓢为饮，贫士之乐固然；没米能炊，主人之巧特甚。视太羹而尤奇，比玄酒而更胜。独计是物也，止宜居尤之孝子，以及初起之病夫。水浆少入于口，谷气唯恐其多。又或时值凶荒，施食道路，吏人侵蚀其粢粮，饥民略沾其雨露；甚或垂仁犴狴，饷彼罪牢，狱卒攘取其粟粒，囚徒但餂其余膏。西席何辜，到比于此！吁嗟徂兮，命之哀矣！

晏述见了这篇文字，回家念与父亲晏子开听了。子开十分嗟讶，量道晏敖不是个请先生的，便邀子鉴到自己家里去坐。晏敖正怪子鉴嘲笑他，得子开请了去，甚中下怀，落得连这一顿薄粥也省了，倒将儿子奇郎附在子开家里读书。子开独任供膳，并不分派众邻，只教众邻在束修上加厚些。到得清明节近，这些众邻果然各增了些束修送来，只有晏敖只将修金三钱相送。子鉴拆开看时，却是两块精铜，因暗笑道："我一向闻他雅绰以'寡铜'为号，曾央族人到县中具了公呈，后却以铜银谢之。我因从来足迹不入公门，未尝与闻其事，不曾领教他的铜银。今日看起来，'寡铜'之号，诚不虚矣。"便将原银付与奇郎，叫他璧还了父亲。因即出一对，命奇郎对来。其对云：

> 三币金银铜，下币何可乱中币；

奇郎迁延半晌，耳红面赤，不能成对。少顷，子鉴偶然下阶闲步了片刻，回身来看时，奇郎已对成了。道是：

四诗风雅颂，正诗不妨杂变诗。

子鉴看了，疑惑道："对却甚好，只怕不是你对的。我一向命你做破承开讲，再不见你当面立就。每每等我起身转动，方才成文。此必有人代笔。"奇郎硬赖道："这都是我自做的。有谁代笔？"子鉴道："既如此，你今就把自己这对句解说与我听，风雅颂三样如何叫做四诗？诗中又如何有正有变？"奇郎通红了脸，回答不出。子鉴要责罚起来，奇郎只得招称是晏述代作的，"一向破承开讲，都是他所为，连前日壁上所题诗笺，也是他猜出教我的。"子鉴听罢，便唤过晏述来，指着奇郎对他说道："彼固愚顽，不足深责。你既如此聪慧，为何替人代笔，欺诳师长？"晏述逡巡服罪。子鉴沉吟一回，说道："也罢，我今就将使铜银为题，要用《四书》成语做一篇八股文字，你若做得好时，饶你责罚。"晏述欣然领命，展纸挥毫，顷刻而就。其文曰：

善与人同（铜），是人之所恶也。甚矣形色（银色），不可罔也。出内之吝，一介不以与人，则亦已矣，何必同（铜）！孔子曰：恶似而非者，恶莠，恐其乱苗也；恶紫，恐其乱朱也。岂谓一钩金辨之弗明，可以为美乎？将为君子焉，莫之或欺；小人反是，诈而已矣。何也？君子喻于义，以币交，有所不足，补不足，然后用之，不然，曰未可也。小人喻于利，悖而出，如不得已，恶可已，则有一焉，无他，曰假之也。然则有同（铜）乎？曰有。若是其甚与？曰然。欺人也，无恻隐之心，非人也。知之者，行道之人弗受；不知者，斯受之而已矣，比其□也，则曰我无事也。斯君子受之，而谁与易之？斯人也，无羞恶之心，非人也。不知者，可欺以其方；知之者，执之而已矣。当是时也，皆曰蹠之徒也。有司者治之，其为士者笑之。以若所为，其交也以道，其馈也以礼，无实不详，不成享也；却之为不恭，岂其然乎？以若所为，于宋馈七十镒，于薛馈五十镒，虽多无益，不能用也；周之则可受，岂谓是与？彼将曰：如用之，其孰能知之？惠而不费，乐莫大焉。君子曰：明辨之，乡人皆恶之；亡而为有，不可得已。而今而后，所藏乎身，多寡同（铜）。如之何则可？曰：是不难。惜乎不能成方员，方员之至（铸）也，夫然后行。

子鉴看毕，大赞道："妙妙，通篇用四书成语，皆天造地设，一鉴尤为绝倒。"遂对子

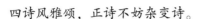

开极称晏述之才，说他后来必成大器。又想：晏敖父子俱无足取，正待要拒绝他。

恰值清明节日，子开买舟扫墓，设酌舟中，邀请子鉴并约晏敖同行。三人到得墓所，只见晏敖父母所葬之处，因两柩高置石上，且当日又草草掩埋，不甚牢固，今为风雨所侵，棺木半露。子鉴见了这般葬法，问知其故，不觉骇然。子开不忍见棺木露出，即呼坟丁挑土来掩好。坟丁依命，掩盖停当，来向晏敖讨些犒赏钱。晏敖只推不曾带得，分文不与，又是子开代出一贯钱与之。子鉴极口催他迁葬，晏敖但唯唯而已。及至归舟之时，偶见岸上小梅数株，晏敖便叫泊船上岸，身边取出五钱银子，去唤那种树的人来买下，叫他即日携到家里来种。子开见了，惊问道："方才坟丁替你修了墓讨犒赏，你推没钱，如今买梅树便有钱了。却不是爱草木而轻父母么？"子鉴亦心中愤然，因冷笑道："活梅树可爱，死椿萱不足惜了！"晏敖听说，也竟不以为意。子鉴归家，作《哀梅赋》一篇以诮之云：

> 哀尔梅花，宜配幽人。昔汉梅福，是尔知音。在唐留赋，则有广平。宋之契友，和靖先生。夫何今日，遇非其伦。灭亲之子，亡慕清芬！观其不孝，知其不贞。以彼况尔，如获与薰。气味既别，难与同群。尔命不犹，尔生不辰。尔宜收华，尔宜掩英。慎勿吐芳，玷尔香名！

自此子鉴深恶晏敖之为人，与他断绝往来，连奇郎也不要他再来附学了。意中只器重晏述聪慧。又见他父亲子开天性仁孝，凡遇父母忌辰必持斋服孝，竟日不乐。又好行方便，每见晏敖门首有来换铜银的，晏敖不肯认，那些小经纪人十分嗟怨，子开看不过，常把好银代他换还，或钱方或公数，不知换过了多少。子鉴因想："如此积善之家，后人必发。"便有心要与晏述联姻。你道子鉴与晏述是同宗伯侄，如何却想联姻？原来子鉴有个甥女祁氏，小字瑞娘，幼失父母，养于舅家。子鉴妻已亡过，家中只有一个乳母郑姬，与瑞娘作伴。那瑞娘年纪正与晏述相当，才貌双美，子鉴久欲择一佳婿配之。今番看得晏述中意，常把晏述的文字袖归与她看。瑞娘亦深服其才，每向乳母郑姬面前称赞。子鉴探知甥女意思，正要遣媒议亲，恰好有个惯来走动的媒妪孙婆到来，子鉴方将把这话对她说。只见那孙婆袖中取出一张红纸来，说道："有头亲事，要央老相公到馆中晏子开官人处玉成则个！"子鉴接那红纸看时，上写道：

> 禹龙门女，年十四岁。

子鉴看了，问其缘故，孙婆道："这禹家小娘，小字琼姬，美貌不消说起，只论她的文才，也与你家小姐一般。今老身要说与子开官人的儿子为配。只因他不是禹龙门的亲女，是把侄女认为己女的，子开的夫人嫌她没有亲爹妈，故此不允。今求老相公去说一说，休错过了这头好亲事。"子鉴听罢，暗想道："禹家以侄女为女，子开的夫人尚不肯与她联姻，何况我家是甥女，这亲事也不消说了。"因便不提起瑞娘姻事，只回复孙婆道："既是他内里边不允，我去说也没有。"言罢，自往馆中去了。

孙婆只不动身，对着瑞娘，盛夸琼姬之才，说个不住。瑞娘心中不以为然，想道："不信女郎中又有与我一般有才的，且待我试她一试。"便取过一幅花笺，写下十二个字在上，把来封好，付与孙婆道："我有个诗谜在此，你可拿与禹家小姐看。若猜得出，我便服她。"孙婆应诺，接了笺儿，就到禹家去，把瑞娘的话，述与琼姬听了。原来琼姬一向也久闻瑞娘之名，今闻孙婆之语，忙折笺儿来看，只见那十二个字写得稀奇：

风吹架乌啅花亭送游晋路春此十二字内藏七言诗四句

琼姬也有个天姿敏慧，见了这十二字，只摹拟了片刻，便看了出来。遂于花笺之后，写出那四句诗道：

大风吹倒大木架，小鸟啅残小草花。

长亭长送游子去，回路回看春日斜。

琼姬写毕，又书数语于后云："此谜未足为异。昔长亭短景之诗，苏东坡已曾有过。今此诗未免蹈袭。如更有怪怪奇奇新谜，幸乞见示。"写罢，也封付孙婆拿去。孙婆随即送至瑞娘处。瑞娘看了，赞叹道："果然名不虚传。她道我摹仿东坡，我今再把个新奇的诗谜，叫她猜去。"便又取花笺一幅，只写四个字在上，封付孙婆，央她再送与琼姬。孙婆接来袖了，说道："待我明日送去。"至明日，真个又把去与琼姬看。琼姬拆开看时，这四字更写得奇：

闲树夜灯此四字内藏五言诗四句

琼姬看罢，又猜个正着。即于花笺后，写出那四句五言诗，道：

间门月影斜，村树木叶脱。

夜长人不来，灯残火半灭。

琼姬写讫，对孙婆道："这诗谜委实做得妙。不是她也不能做，不是我也不能猜。"孙婆道："你既这般猜得快，何不也写些什么去难她一难？"琼姬笑道："你也说得是。我若不也写几个字去，她只道我但能猜，不能做了。"说罢，便也取一幅花笺，也只写四个字在上，连那原笺一齐封好，叫孙婆拿去与瑞娘看。瑞娘先见她猜着了五言诗，已十分钦服，及看她所写的诗谜，却也奇怪：

召盱株桥此四字内亦藏五言诗四句

瑞娘看了，笑道："亏她又会猜，又会做。我既能做，岂不能猜？"遂亦于花笺后，写出四句道：

残照日已无，半明月尚缺。

小楼女何处，断桥人未合。

瑞娘写毕，付与孙婆持去回复了琼姬。自此以后，两个女郎虽未识面，却互相敬爱，胜过亲姊妹一般。

忽一日，孙婆来对瑞娘说道："可惜禹家这一位小娘，却被不干好事的媒人害了。现今在那里生病哩！"瑞娘惊问其故。原来禹龙门之妻也姓方，与晏敖之妻正是姊妹。晏敖自被子鉴回了奇郎出学堂来，仍旧自己去教他。奇郎却抄着前日晏述代作的文字，哄骗父亲。晏敖原是看不出好歹的，把儿子的假文字东送西送请教，别人都十分赞赏。因便误认儿子学业大进，向人前夸奖不已。有个青莲庵里的和尚，法名了缘，与晏敖交好，晏敖常到庵里做念佛会。禹龙门也是会中人，因此了缘从中撮合，叫他两襟丈亲上联亲。龙门便与妻子商议，竟把侄女许了奇郎，受了晏家的聘。他也只道奇郎果然聪慧能文，将来必有好日。哪知是真难假，是假难真，奇郎的本相渐露。初时还把假文骗着父亲，后来竟抛弃书本，终日在街坊赌博。晏敖好赌，还是铺了红毯，点了画烛，与有钱使的人在堂中坐着赌的。奇郎却只在村头巷口，与一班无赖小人沿街而赌，居地而博，十分可笑。这风声渐渐吹入琼姬耳内，你道琼姬如何不要气！那孙婆

又因自己不曾做得媒人，常在她面前跌足嗟叹，一发弄得琼姬不茶不饭，自恨父母双亡，被伯父伯母草草联姻，平白地将人断送。气恼不过，遂致疾病缠身。瑞娘闻知这消息，也替她懊恨。常使乳母郑姬去问候，再三宽慰她。哪知心底病难医，不够一年，呜呼死了。临终时把自己平日所作诗文，尽都烧毁，不留一字。正是：

父亡母丧愁难诉，地久天长恨不穷。

瑞娘闻知琼姬凶信，也哭了一场。常言道："同调相怜，同病相惜。"她想："自己文才与琼姬不相上下，偏是有才的女郎恁般命薄！"又想："自己也是螟蛉之女，没有亲爹妈着急，正不知后来终身若何？"转展思量，几乎也害出病来。因赋曲一套以挽琼姬，其曲云：

[二郎神] 难禁受，恶姻缘，问何人谱就。敢则是月下模糊多错谬。少甚么痴钗笨粉，得和文士为俦。为何偏将贤媛锢，忌才天想来真有。从今后，愿苍苍莫生才女风流！

[前腔] 换头休休，红颜薄命，每多偃蹇，恨不生来愚且丑。只挥毫染翰，便为消福根由。宜入空门离俗垢。生生的将淑女葬送河洲，鸳鸯偶，是前生几时结下冤仇！

[黄莺儿] 诗谜记相酬，痛当时，谶早留。小楼有女今存否？斜阳已收，缺月一钩，半明不是圆时候。鹊桥秋，将人隔断，未得合牵牛。

[前腔] 无地可言愁，哑吞声，慵启口。有谁知你眉痕皱。椿庭已休，萱帏弃久，移花莫惜花枝瘦。似萍浮，又遭风浪，灭没在汀洲。

[猫儿堕] 明珠万斛，泣付与东流。绿绮琴无司马奏，《白头吟》向什人投？怀羞，一炬临终，泪抛红豆！

[前腔] 遥思仙佩，疑赴碧云头。恨未生前一握手，神交除往梦中求。悲忧，女伴知音，从今无有。

[尾声] 天上曾闻赋玉楼，岂修文员缺，欲把裙钗凑。因此上燕冢空余土一坯。

子鉴见了甥女所作之曲，也不觉掉下泪来。瑞娘又把前日共猜诗谜之事，对子鉴说了。子鉴到馆中说与子开知道，大家叹惜。子鉴道："这般不肖子，替他联什么姻？

害别人家的女儿。"子开道:"也是禹龙门不仔细。常言道'相女配夫'。为什草草联姻,送了侄女性命。"晏述在旁听了,懊恨自己当初不曾与她联姻,乃私自赋诗二绝以挽之:

> 女郎不合解文章,难许鹪鹩配凤凰。
> 焚砚临终应自悔,不如顽钝可相忘。其一
> 九天仙女降天关,一夕飞符忽召还。
> 惆怅人琴归共尽,不留遗笔在人间。其二

晏述题罢,放在案头。却被子鉴看见,知他有怜惜才女之意,正要把瑞娘姻事亲自对子开说。恰好晏述闻知瑞娘所猜诗谜,深慕其才,便去告禀母亲陈氏,务要联此佳配。陈氏是极爱晏述的,听了这话,即与丈夫商议,遣孙婆做媒。子鉴亦令乳母郑妪到子开家中来撮合。子开欣然允诺,择日行聘。

是年晏述已十五岁了,到来年十六岁入泮,十七岁毕姻。合卺之后,夫妻极其恩爱。过了几日,晏述正坐在书房中看书,只见郑老妪拿着三幅纸,走来说道:"我家小姐说,官人善集《四书》成语为文,又会代人作对。今有几个四书上的谜儿,要官人猜,又有个对儿,也要求官人对。"晏述接那三幅纸来看时,第一幅上写着一个对道:

> 孔子为邦酌四代,虞夏殷周;

晏述看了不假思索,就提起笔来写道:

> 姬公施事兼三王,禹汤文武。

对毕,再取第二幅纸来看,却是六句四书,隐着六个古人。晏述一一都猜着了,就于每句四书之下,注明古人的姓名:

> 使天下仕者皆欲立于王之朝　来俊臣
> 武王伐纣　周兴
> 后世子孙必有王者矣　太公望
> 太甲颠覆汤之典刑　长孙无忌

　　自反而缩虽千万人吾往矣　　直不疑

　　朋友之交也　　第五伦

晏述猜毕，说道："六谜俱妙，至末后第五伦一句，尤为巧合。"说罢，再看第三幅纸，只见上写道：

　　国士无双　　内隐《四书》一句

晏述看了，却一时猜想不出，走来走去，在那里踟蹰。郑妪却先将那两幅纸去回复瑞娘。少顷，又来传语道："小姐说前二纸，官人都已中式。何难这一句，只想这句是谁人说的，是说哪一个？便晓得了。"晏述恍然大悟道："'国士无双'是萧何说韩信的，正合着《四书》上'何谓信'一句。我今番猜着了。"便取笔写出，付与郑妪持去。自己也随后步入房来，见了瑞娘，深赞其心思之巧。瑞娘亦深喜晏述资性之捷，互相叹羡。正是：

　　彼此相宜凤与凰，女郎亦足比才郎。

　　五伦夫妇兼朋友，国士今朝竟有双。

　　自此晏述所作之文，常把来与瑞娘评阅，俱切中窍要。晏述愈加叹服，把妻子当做师友一般相待。至十八岁秋间去应了乡试，回到家中写出三场文字，送与子鉴看。子鉴称赏，以为必中。再把与瑞娘看时，瑞娘道："三场都好，但第三篇大结内有一险句，只怕不稳。"及至揭晓之时，晏述中在一百二十七名。原来晏述这卷子，房师也嫌他第三篇大结内有险句碍眼，故取在末卷。不想大主考看到此句，竟不肯中他，欲取笔涂抹。忽若有人拿住了笔，耳中如闻神语云："此人仁孝传家，不可不中！"主考惊异，就批中了。当下晏述去谢考，房师、座师对他说知其事。晏述知是父亲积德所致，十分感叹，又深服瑞娘会看文字。正是：

　　俊眼衡文服内子，慈心积德赖尊君。

　　晏述中举之后，亲戚庆贺热闹了几日。子开得意之时，未免饮酒过度，发起痰火病来。晏述朝夕侍奉汤药，且喜子开病体渐愈。晏述只是放心不下，意欲不去会试。

子开再三劝他起身，晏述迫于父命，只得勉强赴京。不想出门后，子开病势又复沉重起来。瑞娘连忙写书寄与晏述，说"功名事小，奉亲事大"，遣人兼程赶去唤他回家。哪知所差的家人将及赶上，忽然中途患病，行动不得，及至病好，赶到京师寓所，已是二月十五日了。场事已毕，晏述出场，方见妻子手书，便不等揭晓，星夜赶归。到得家中，只见门前已高贴喜单报过进士了。子开病体亦已霍然。若非天使家人中途患病，报信羁迟，几乎错过了一个进士。可见：

　　人心宜自尽，天道却无差。

　　话分两头。不说晏子开一家荣庆，且说晏敖当初把儿子奇郎与禹家联姻时，其妻方氏取出私蓄的好银六十两，封作财礼送去。后来琼姬既死，晏敖索得原聘银两，方氏仍欲自己收藏，晏敖不肯，方氏立逼着要，晏敖便去依样倾成几个铜锭，搋换了真银。方氏哪里晓得，只道是好银，恐奇郎偷去赌落，把来紧藏在箱中。不想奇郎倒明知母亲所藏之银是假的，真银自在父亲处，因探知父亲把这项银子藏在书房中地板下，他便心生一计，捉个空去母亲箱中偷出假银，安放在父亲藏银之处，把真银偷换出来做了赌本，出门去赌了。方氏不见了箱中银子，明知是儿子偷去，却因溺爱之故，恐声张起来倒惹恼了晏敖，只索忍气吞声的罢了。又过几时，晏敖为积欠历年条银五十余两，县中出牌催捉，公差索要使费，晏敖哪里肯出。公差便立逼完官，晏敖一时无措，只得要取这六十两头来用。那日已是抵暮时候，公差坐着催逼。晏敖忙在书房地板下取出银子，急急地兑准，把剩下的几个锭也带在身边，以便增添。同了公差，奔到县前投纳。他只道这银子是搋换妻子的，哪知又转被奇郎搋换去了。当初只为要骗妻子，把这些假锭弄得与真锭一般无二。今日匆忙中哪里看得出，竟把去纳官，却被收吏看出是铜锭，扭上堂去禀官。知县正在堂比较，看了假银，勃然大怒，喝叫扯下去打。只见晏敖身边又掉出一包银子来，知县叫取上来看时，却又是几个铜锭，愈加恼怒。那押催的公差，因怪晏敖没使费与他，便跪下禀道："这晏敖是惯使铜的，外人都叫他是'晏寡铜'。"知县听了，指着晏敖大骂。当下把晏敖打了二十板，收禁监中。方氏在家闻知此信，吃惊不小，忙使人去赌场里报与奇郎知道。奇郎明知是自己害了父亲，恐父亲日后要与他计较，便也不归家，竟不知逃向哪里去了。

　　晏敖在监中既不见儿子来看他，又打听得知县要把他申解上司，说他欺君误课，当从重治罪。一时慌了手脚，只得写出几纸经帐，叫家中急把田房尽数变卖银两来使用。原来晏敖向虽小康，只因父子俱好赌，家道已渐消乏。今番犯了事变卖田房，却

被石正宗乘其急迫，用贱价买了，连家中动用的什物，也都贱买了去。说道："他这些田房什物，当初原是窃取石家赀财置买的，今日合归石家。"当下交了银子，便催促方氏出屋。方氏回说等丈夫归来，方可迁居。此时晏敖僮仆已散，方氏只得拿着变卖田房的银子，亲往监中，一来看视丈夫，二来恐丈夫要讨她所藏的六十金来用，因欲要当面说明失去之故，到得监里。晏敖见了妻子，便问："奇郎何在？"方氏道："自从你吃官司之后，并不见他回来。"晏敖跌足道："这畜生哪里去了？我正要问他：我藏的好银子，如何变做铜银？一定是这畜生做下的手脚，害我受累。"方氏道："你银子藏在哪里？如何是奇郎弄的手脚？"晏敖道："你不晓得我银子藏在书房中地板下，明明是好银，如何变了铜？不是这畜生偷换去是谁？"方氏道："这也未必是他，你且休错疑了。只是我藏的这六十两，却被他拿了去。若留得在时，今日也好与你凑用。"晏敖惊问道："你这六十两，几时被他拿去的？"方氏道："他也不曾问我，不知他几时拿去的。一向怕你要气，故不曾对你说。"晏敖听罢，跌脚叫道："是了，是了。如此说起来，这假银是我骗你的，不想如今倒骗了自己了。"方氏闻知其故，埋怨丈夫："当初如何骗我？"晏敖也埋怨她："既不见了银子，如何护短，不对我说！若早说时，我查究明白，不到得今日惹出祸来。"两下互相埋怨不已。正是：

> 初时我骗妻，后来子骗我。
> 人道我骗官，哪知我骗我。

当下方氏把变卖下的银子，交与晏敖收了。自己走出监门，正待步回家中，不想天忽下微雨，地上湿滑。方氏是不曾走惯的，勉强挨了几步，走到一条青石桥上，把不住滑，一个脚错，扑通的跌下水去。过往人看见，连忙喊救，及至救起时，已溺死了。正是：

> 溺于水者犹可生，溺于爱者不能出。
> 尔为溺爱伤其身，非死于水死于溺。

方氏既死，自有地方买棺烧化。晏敖知妻子已死，家破人亡，悲哀成疾。到得使了银子，央了分上，知县从轻释放，扶病出监，已无家可归，只得往青莲庵投奔了缘和尚。了缘念昔日交情，权留他在庵中养病。那时晏敖已一无所有，只剩得日常念佛的一串白玉素珠。这串素珠当初也是把铜银子哄骗来的，晏敖极其珍惜，日日带在臂

上。今日不得已，把来送与了缘，为自己医药薪水之费。了缘见是他所爱之物，推辞不受。过了数日，晏敖病势日增，无可救治，奄奄而死。

原来晏敖有事之际，正值晏述赴京，子开病笃，故不相闻问。到得他死时，子开病已少愈，闻知其事，念同宗之谊，遣人买办衣衾棺木，到庵中成殓。临殓时，了缘把这串白玉素珠也放入棺中。殓毕，即权厝于庵后空地之上。又过两三日，忽见奇郎来到庵中，见了了缘和尚，自言一向偶然远出，今闻父死，灵柩权厝此间，乞引去一拜。了缘引他到庵后，奇郎对着父柩哭拜了一番。了缘留他吃了一顿素饭，把他父亲死状说了一遍。因劝他收心改过，奇郎流涕应诺。问起父亲怎生入殓的，了缘细细述与他听了。奇郎一一听在肚里。到晚间，只说要往子开处拜谢，作别而去。是夜四更以后，了缘只听得庵后犬吠之声。次日早起，走到庵后看时，只见晏敖的尸首已抛弃于地，棺木也不见了，有两只黄犬正在那里争食人腿哩！了缘吃了一惊，忙叫起徒弟们来，先把芦蓆掩盖了死尸，一面奔到子开家中去报信，子开大骇，急差家人来看，务要查出偷棺之贼，送官正法。家人来看了，却急切没查那贼处。挨到午牌以后，只见几个公差缚着三个人，来到庵后检看发尸偷棺的事。数中一人，却正是奇郎。原来奇郎有两个最相知的赌友，一个党歪头，绰号党百老，一个斗矮子，绰号斗空帑，三人都赌剧了，无可奈何。奇郎因想父亲虽死，或者还有些东西遗在青莲庵里，故只托言要拜谒父柩，到庵里来打探。及细问了缘，方晓得父亲一无所遗，只剩一串白玉素珠，已放在棺中去了。那时玉价正贵，他便起了个大逆不道之念，约下斗、党二人，乘夜私至庵后，橇开棺木，窃取了素珠。这斗、党二贼又忒不良，见棺木厚实，便动了火，竟抬出死尸，将棺木杠去，就同着奇郎连夜往近村镇上去卖。却被地方上人看出是偷来的尸棺，随即喝住，扭到本处巡检司去。巡检将三人拷问，供出实情。遂一面申文报县，一面差人押着三人来此相验。这也是晏敖当初暴露父母灵柩之报。一时好事的编成几句口号云：

　　人莫赌剧，赌剧做贼。小偷不已，行劫草泽。宛子为城，蓼儿作窟。昔袭其名，今践其实。然而时迁盗冢，岂发乃翁之棺；李逵食人，犹埋死母之骨。奈何今之学者，学古之盗而弗如；只缘后之肖子，肖前之人而无失。莫怪父尸喂黄犬，谁将亲柩委白石？信乎肯构肯堂，允哉善继善述。不传《孝经》传赌经，纵念《心经》《法华经》，忏悔不来；不入文场入赌场，遂致法场检尸场，相因而及。

巡检把那三人解县，知县复审确实，按律问拟：奇郎剖父棺，弃父尸，大逆不道，比寻常开棺见尸者罪加三等；斗、党二人，亦问死罪。晏子开自着人另买棺木，将晏敖残骸，依旧收殓。晏述归家，闻知此事，十分嗟叹。奇郎自作之孽，晏述也救他不得，只索罢了。但将晏慕云夫妇两柩改葬坟旁隙地，免至倾欹暴露于乱石之上，不在话下。

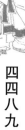

　　且说晏述因闻父病，急急归家，不及殿试。哪知是年正德皇帝御驾出游，殿试改期九月，恰好凑了晏述的便。至九月中，晏述殿试三甲，选了知州。三年考满，升任京职。父母妻俱得受封，伯父晏子鉴亦迎接到京，同享荣华。是年，瑞娘生下一个聪明的儿子，却正是禹琼姬转世。你道为何晓得是琼姬转世？原来禹龙门妻方氏，为联差了侄女的姻事，送了她性命，十分懊悔，不上一年，抱病而亡。龙门见浑家已死，又无子息，竟削了发，做了个在家和尚。时常念经礼忏，追荐亡妻并侄女。忽一夜，梦见琼姬对他说道："我本瑶池侍女，偶谪人间，今已仍归仙界，不劳荐度。但念晏述夫妇曾作诗歌挽我，这段情缘不可不了，即日将托生他家为儿，后日亦当荣贵。"龙门醒来，记着梦中之语，留心打听。过了几日，果然闻得晏述在京中任所，生了一个公子。正是：

　　　　孝子自当有良嗣，仙娃更复了凡缘。

　　看官听说，晏敖死无葬地，只为丧心之故；晏子开儿孙荣贵，皆因仁孝所致。奉劝世人，为仁人孝子，便是做样与儿孙看，即所以教训子孙也。听了这段话文，胜听周公日挞、昔孟母三迁之事，故名之曰《明家训》。

卷七 劝匪躬

忠格天幻出男人乳　义感神梦赐内官须

诗曰：

黄山黄水志春申，山水千年属楚臣。

只问储君谁为脱，故应消得此名称。

此诗亦前代无名氏所作，是赞美春申君的。战国时有四君名重一时：魏有魏无忌，为信陵君；赵有赵胜，为平原君；齐有田文，为孟尝君；楚有黄歇，为春申君。那春申君曾随楚顷襄王的太子出质于秦。顷襄王病笃，太子欲求归国，秦王拘留之，不肯遣归。春申君乃密令太子易服改妆私自逃回，自己却住在馆驿中待罪。秦王初时大怒，欲杀春申君，既而念太子已走，杀之无益，赦而遣之。顷襄王既死，太子幸早归国，遂得嗣位，是为考烈王。此皆春申君之力。较之蔺相如完璧归赵，其功更大。至今江南奉春申君为土谷之神，香火不绝。其墓在江阴县君山下。谓之君山者，正因春申君之墓在彼故也。江南又有黄山黄水，亦皆后人思念春申君，故即以其姓为山水之名，只论他当时拼着性命脱逃太子一事，便消受得千年香火了。今人不肯为忠义之事，只因惜着此身，恐救了别人，害了自己。又恐天不佐助，谋事不密，自己死而无益，连所救之人，亦不能保。所以，把忠义的念头都放冷了。

今待在下说一个忠肝义胆、感格天神，有两段奇奇怪怪的报应。

说话南宋高宗时，北朝金国管下的蓟州丰润县，有个书生姓李名真，字道修，博学多才，年方壮盛，却立志高尚，不求闻达，隐居在家，但以笔墨陶情，诗词寄傲。他闻得往年北兵南下，直取相、濬等处，连舟渡河，宋人莫敢拒敌，因不胜感悼。又闻南朝任用奸臣秦桧，力主和议。本国兀术太子为岳将军所败，欲引兵北还，忽有一书生叩马而谏，说道："未有奸臣在内，而大将能立功于外者。岳将军性命且未可保，安望成功？"兀术省悟，遂按兵不退。果然岳将军被秦桧召归处死。自此南朝更不能恢复汴京、迎还二帝了。李真因又不胜感悼。遂各赋一诗以叹之，一曰《哀南人》，一曰《悼南事》。其《哀南人》一绝云：

> 八公草木已摧残，此日秦兵奏凯还。
> 最惜江南诸父老，临风追忆谢东山。

其《悼南事》一绝云：

> 书生叩马挽元戎，预料南军必丧功。
> 恨杀奸回误人国，徒令二帝泣西风。

李真把此二诗写在一幅纸上，自己吟讽了两遍，夹在案头一本书内，也不在话下。

哪知有个同窗朋友叫做米家石，此人本是个奸险小人，面目可憎，语言无味，李真心厌之。他却常要到李真家里来，李真不十分睬他。米家石见李真待得他冷淡，心中甚是不悦。一日与李真在朋友公席间会饮，醉后互相嘲谑。李真即将米家石的姓名为题，口占一诗诮之云：

> 元章袖出小山峰，袍笏徒然拜下风。
> 若教点头浑不解，可怜未得遇生公。

众朋友听了此诗，无不大笑。米家石知道嘲他是顽石，且又当着众友面前讥诮他，十分恼恨。外面却佯为不怒，付之一笑，心里却想要寻些事故，报这一口怨气。一日，乘李真不在家，闯入书斋，翻看案头书集。也是合当有事，恰好捡着那幅《哀南人》、《悼南事》的诗笺，米家石见了，眉头一皱，恶计顿生。想道："此诗是李真的罪案，我把去出首，足报我之恨了！"便将诗笺袖过，奔到家中，写起一纸首呈，竟说："李真私题反诗，其心叵测。"把首呈并诗笺一齐拿到蓟州城中，赴镇守都督尹大肩处首告。那尹大肩乃米家石平时钻刺熟的，是个极贪恶之人，见了首呈并诗笺，即差人至丰润县，把李真提拿到蓟州，监禁狱中，索要贿赂，方免参究。李真一介寒儒，哪有财帛与他。尹大肩索诈不遂，竟具本申奏朝廷。那时朝中是丞相业厄虎当国，见了尹大肩的参本，大怒道："秦桧是南朝臣子，尚肯心向我朝，替我朝做奸细；李真这厮是本国人，如何倒心向南朝，私题反诗？十分可恶！"便票旨："将李真就彼处处斩，其家产籍没，妻子入宫为奴。出首之人，官给赏银二百两。"这旨意传到蓟州，尹大肩即奉旨施行，一面地去狱中绑出李真，赴市曹处决；一面行文至丰润县，着落县官给赏首人，并籍没李真家产，提拿他妻子入宫。原来李真之妻江氏，年方二十岁，贤而有识，平日常劝丈夫："谨慎笔墨，莫作伤时文字。"又常说："米家石是歹人，该存心相待，不该触恼他。"李真当初却不曾听得这些好话，至临刑之时，想起妻言，追悔无及，仰天大哭。正是：

> 夫人不言，言必有中。
> 非夫人恸，而谁为恸。

却说江氏只生得一子，乳名生哥，才及两月。家中使唤的，只有一个十二岁的丫鬟，并一个苍头，叫做王保。那王保却是个极有忠肝义胆的人，自主人被捉之后，他便随至蓟州城中，等候消息。一闻有提拿家口之信，遂星夜兼程赶回家，报与主母知道，叫她早为之计，若公差一到，便难做手脚了。江氏闻此凶信，痛哭了一场，抱着生哥对王保说道："官人既已惨死，我便当自尽，誓不受辱。但放这小孩子不下，你主人只有这点骨血，你若能看主人之面，好生保全了这个孩儿，我死在九泉之下，亦得瞑目矣！"王保流泪领诺。是夜黄昏以后，江氏等丫鬟睡熟，将生哥乳哺饱了，交付与王保。又取了一包银两、几件簪钗，与王保做盘费。自却转身进房，悬梁自缢而死。有诗为证：

> 红粉拚将一命倾，夫兮玉碎妇冰清。
> 愿随湘瑟声中死，不逐胡笳拍里生。

王保见主母已死，望空哭拜了几拜，抱着生哥，正待要走，却又想道："我若只这般打扮，恐走不脱，须改头换面，方才没人认得。"想了半晌，生出一计，走入自己房中，将一身衣服都脱下，取出亡妻所存的几件衣来穿了，头上脚下都换了女装。原来王保是个太监脸儿，一些髭须也没有的，换做女人装束，便宛然一个老妪形状了。当下打扮停妥，取了银两并簪钗，抱了幼主，开了后门，连夜逃去。

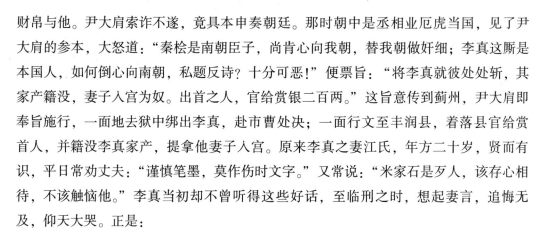

至次日，县官接了尹大肩的文书，差人来捉拿家属时，只拿得个丫鬟到官。及拘邻舍审问，禀称李真有个两月的孩儿生哥，并家人王保，不知去向。县官一面差人缉捕，一面将丫鬟官卖，申文回报督府。江氏尸首，着落该地方收殓。那时本城有个孝廉花黑，平日与李真并未识面，却因怜李真的文才，又重江氏的贞烈，买棺择地，将江氏殡葬。又遣人往蓟州收殓了李真尸首，取至本县与江氏合葬在一处。正是：

> 不识面中有义士，最相知者是奸人。

且说王保自那夜逃走出门，等到五更，挨出了城，望村僻小路而走，一口气走上一二十里。肚里又饥，口里又渴，生哥又在怀中啼哭，只得且就路旁坐了一回，思量要取些碎银，往村中买点心吃。伸手去腰里摸时，只叫得苦。原来走得慌急，这包银子和几件簪钗，都不知落在哪里了。王保那时抱着生哥大哭，一头哭，一头想道："莫说盘费没了，即使有了盘费，这两个月的孩子，岂是别样东西可以喂得大的？必须得乳来吃方好。如今却何处去讨？若保全不得这小主人，可不负了主母之托！"寻思无计，立起身来，仰天跪着，祝告道："皇天可怜，倘我主人不该绝后嗣，伏愿凶中化吉，绝处逢生！"说也奇怪，才一祝罢，便连打几个呕，顿觉满口生津，也不饥也不渴了。少顷，又忽觉胸前一阵酸疼，两乳登时发胀。王保解开衣襟看时，竟高突突的变了两只妇人的乳，乳头上流出浆来。王保吃了一惊，忙把乳头纳在生哥口中，只听得骨都都的咽，好像呼满壶茶的一般。真个是：

> 口里来不及，鼻里喷而出。
> 左只吃不完，右只满而溢。

当下喜得王保眉花眼笑，以手加额道："谢天谢地。今番不但小主人得活，我既有了乳，也再没人认得我是男身了。"便一头袒着胸，看生哥吃乳，一头拔步前行，只向村镇热闹所在，随路行乞将去，讨得些饭食点了心。看看日已沉西，正没投宿处，远望前面松林内露出一带红墙，像是一所庙宇，便趋步向前。比及走到庙门首，天已昏黑。王保入庙，抱着小主，就拜台上和衣而卧。因身子困倦，一觉直到天明。爬将起来，看那神座上，却有两个神像，座前立着两个牌位，牌上写得分明，却是春秋晋国赵氏家臣程婴、公孙杵臼两个的神位。王保看了，倒身下拜，低声祷告道："二位尊神是存赵氏孤儿的，我王保今日也抱着主人的孤儿在此，伏望神力护佑！"拜罢起身，抱了生哥，走出庙来。看庙门匾额上，有三个金字，乃是"双忠庙"。王保自此竟把这庙权作栖身之地，夜间至庙中宿歇，日里却出外行乞。有人问他时，不惟自己装做妇人，连生哥也只说是个女子。他取程婴存孤之意，只说："我姓程，叫做程寡妇，女儿叫做存奴，是我丈夫遗腹之女。我今口食不周，不愿再嫁人，又不愿去人家做养娘。故此只在村坊上求乞。"众人听了这话，多有怜他的，施舍他些饭食，倒也不曾忍饿。正是：

> 既把苍头冒妇人，又将赤子做幼女。
> 等闲不肯到人家，只恐藏头又露尾。

那时官府正行文各乡村缉捕王保及生哥，亏得他已改换女装，又变了两只大乳，因得安然无事。

王保行乞，过了数日。忽一日早起，才走出那双忠庙门，只见一个道人，皂袍麻履，手持羽扇，徐步而来，看着王保说道："你且慢行，我有话对你说。"王保见那道人生得清奇古怪，童颜鹤发，飘飘然有神仙气象，便立住了脚，问道："师父要说什么？"道人道："我看你不是行乞的，这庙中也不是你安身之处。我传你个法儿，教你不消行乞何如？"王保道："如此甚妙。但不知师父传什法儿与我？"那道人不慌不忙，去袖里取出个小小盒儿，递与王保道："这盒内有丹药一粒，名为银母。你可把此盒贴肉藏好，每朝可得银三分，足够你一日之用。"王保接了，忙跪下拜谢。道人道："你且休拜，可随我来。"王保便抱了生哥，随着道人，走了半里多路，到一个茅庵门首。门上用锁锁着，道人取钥匙来开了，引王保入内。说道："这里名留后村。此庵是我盖造的，庵中锅灶碗碟、床榻桌椅之类都有。我今将往别处云游，这庵竟让与你安身。七年之后，我再当来相会也。"言讫，转身出庵便走。王保再要问时，那道人步履如飞，转眼间已不见了。王保看那茅庵两旁，右边却是空地，左边有一带人家。再入庵内细看时，却是两间草房，外面一间排着锅灶，里面一间，设着一张木榻，榻上被褥都备。榻前排列木桌木椅，桌上瓦罐内，还有吃不尽的饭。王保十分欣喜，这一日就不消出外乞食了。当晚有几个邻舍来问道："这茅庵乃是两月前一个道人来盖造在此的，如何今日却是你来住？"王保道："便是那师父哀怜我没处栖身，故把这庵儿舍与我住，他自往别处云游去了。"众邻舍听说，也便由他住下。王保过了一夜，次早开那丹盒来看，果然有白银一小块在内。取等子称时，恰重三分。自此每日用度不缺。

光阴荏苒，不觉过了几个年头，生哥已渐长成，不吃乳，只吃粥饭了。却又作怪，才得生哥长大，那银母丹盒内每日又多生银三分，共有六分之数，足供两人用度。王

保欣喜无限，便每日节省下一分半分，积少成多，把来做些女衣与生哥穿着，只不替他缠小脚，穿耳朵眼。邻舍问时，王保扯谎道："前日那道人说他命中有华盖，应该出家的。故不与他缠足穿耳。"众邻舍信以为然，并不晓得生哥是个男子。每遇岁时伏腊，王保祭祀主人主母，悲号痛哭。邻舍问之，只说是祭奠亡夫与亡夫的前妻。众邻舍都道他有情义，甚敬服他，哪知不是节妇哭夫，却是义仆哭主。

王保又每遇朔望，必引着生哥到双忠庙去拈香。一日，正烧过了香，走出庙门，忽遇前番那个道人。此时生哥已是八岁，恰好是七年之后了。王保一见，慌忙下拜。道人道："你莫拜，我特来求你施舍。"王保道："师父休取笑，我母女一向吃的住的，也都是师父施舍的，如何今日倒说要求我施舍？"道人指着生哥，对王保道："我不要你施舍别的，你只把这孩子舍与我做了徒弟罢。"王保道："先夫只有这点骨血，怎好叫他出家？"道人道："你对人扯谎，便道我说他该出家。今日我真个要他出家，你又不肯么？"王保无言可答。道人笑道："我特来试你，你不肯把这孩子舍与我，正见你的忠心。我今也不要他出家，只要他随我去学些剑术。"王保道："学剑恐非女孩儿之事。"道人笑道："你在我面前，也说假话吗？他女子学不得剑，你男人如何有了乳？"王保见说破了他的底蕴，吓得只顾磕头。道人扶了他起来，说道："我要教这孩子的剑术，将来好为父报仇。目下当随我入山，五年之后再送来还你。"说罢，袖中取出两个白丸，望空一掷，却变了两把长剑。道人接在手中，就庙门前舞将起来。但见寒光一

片，冷气侵人，分明是瑞雪纷飞，霜花乱滚。王保看得眼花。比及寒光散处，道人不见了，连生哥也不见了。王保惊得痴呆了半晌，寻思道："这道人是个活神仙。我当初遇见他时，他说七年后来相会，今七年之后，准准到来。方才他说五年后送幼主来还我，定非虚言。我只得且安心等到五年后，看是如何！"当日独自回到庵中。邻舍问他女儿何在，王保道："适才遇见前年那个道人，领他去教习经典了。约定五年后送来还我。"邻舍道："游方道人哪有实话？你被他哄了女儿去了！"王保道："他舍庵与我住的，决不哄我。"众邻舍胡猜乱想，也有说这道人不好的，也有说这道人好的。王保心里明白，更不猜疑。正是：

桥边得遇赤松子，圯上休疑黄石公。

自此，王保独处庵中。弹指光阴，看看已及五载。那时北朝正值海陵王为帝，尹大肩升做京营统制，甚见宠幸。米家石求他荐引，也得授皇城大使之职。二人遂逢迎上意，劝海陵广选民间女子以充后宫。海陵准奏，即差二人为采选使，先往蓟州一路

选去。凡十三岁以外，十六岁以内者，皆在所选。二人奉了钦差，遂借端索诈民间贿赂，有钱的便免了，没钱的便选将去，不论城市村坊，搜求殆遍。又大张告示道："圣旨到日，即停止民间嫁娶。"于是，人家有女儿的，无不哭哭啼啼，惊慌无措。王保见了这些光景，心中暗忖："我家这假女子，亏得那道人先领了去。若还在此，今年恰是十三岁，正在选中，却怎地支吾？"正是：

> 即以男为女，难言女是男。
> 若非先避去，怎免这逃遭？

村坊上忙乱了两三个月，忽有人传说尹、米二人尽皆杀了。你道为何？原来米家石私息于选到女子中，挑取美貌的留下数人，自己受用。尹大肩闻知，恐怕日后被海陵王察出，连累着他，遂先具密疏奏闻。海陵大怒，即传旨将米家石就所在地方阉割了，逐归原籍。过了几日，忽一夜，尹大肩在公馆中被人杀死，失去首级，榻前粉壁上大书七个血字道："杀人者米家石也。"手下人报知地方官，以其事奏闻。海陵王怒甚，即将米家石处斩，收他妻子入宫为奴。正是：

> 邪党还为邪党害，恶人自有恶人磨。

王保闻知这消息，私自庆幸道："且我主人两个仇家，都被杀了。真个天理昭昭，果报不爽。"又过月余，闻得朝廷差太监颜权持节到来，停罢选女之事，将选过女子悉还民间。一时村坊市镇，欢声载道。王保寻思道："我小主人即躲过这番灾难，此时若归，泰然无事矣！"

只是看了腊尽春回，又交过一个年头，屈指算来，生哥已是十四岁了，却不见那道人送来。王保终日盼望。常往双忠庙去拜祝。一日，走至庙中，忽见那道人已同着生哥坐在里面。王保又惊又喜，看生哥时，披发垂肩，已十分长成，依然是女子打扮。王保望着道人磕头礼拜道："多感仙翁大恩，真个并不失信。"道人指着生哥对王保道："我教会他剑术，已报了父仇。但目下还出头不得，你可仍保护他到庵中住下。待十日后，有一个姓须的画师，到你茅庵左侧居住。你可叫他到彼学画，将来自有奇遇。须依我言，不得有误！"言毕，走出庙门，长啸一声，腾空而去。有诗为证：

> 遨游仙界在虚空，来似风兮去似风。

只为忠心如铁石，故能白日致仙翁。

王保见了，望空连拜了数拜。回身抱着生哥问道："你去了这五六年，一向在哪里？"生哥道："我在那边也不记年月，但觉不多几时，怎说是五六年？"王保道："想必是仙家一日，抵得凡间几时了。你且说仙翁领你到什么去处？那仙翁姓什名谁？可细述与我听。"生哥道："我自从那日看仙翁舞剑，忽见一道白光将我身子裹住，耳边如闻风雨之声，到得白光散了，定睛一看，身子却立在一个石洞里边，洞中石床石椅、笔墨诗书等物都备。仙翁把男衣与我换了，着几个青衣童子伏侍我。每日与我饮食，又不见他炊煮，不知是哪里来的？仙翁常有朋友往来，都呼之为碧霞真人。这洞也叫做碧霞洞。仙翁先教我读书，后教我学剑。初学剑之时，命我在石崖上奔走跳跃，习得身子轻了，然后把剑法传我，有咒有诀，可以剑里藏身，飞腾上下。觉得纯熟之后，常书符在我臂上，教往某处取某人头来。我捏决念咒，往来数百里之外，只须顷刻。记得几日前，命我到一个去处，杀了一人，取其首级。又命我书七字于壁上，道'杀人者米家石也。'仙翁说：'此人是你杀父之仇，你今杀了此人，父仇已报，可送你回去了。'便教我仍旧改作女装。我对仙翁说：'我一向但认得母亲，并不曾认得父亲，也并不见母亲说起父亲的事。正不知我父亲怎生死的？我又如何要男人女扮？'仙翁说：'你只回去问你那母亲，便知端的。'说罢，遂把我送到此间。母亲，如今快把这些事情，说与我知道！"

王保听说，不觉涕泗横流，呜呜咽咽地哭将起来，说道："我不是你母亲。你母亲也是死于非命的。"生哥闻言，放声大哭，扯着王保问道："你快与我说个明白！"王保正待要说，却又住了口。走出庙门四下一望，见没有人，然后再入庙中，对生哥道："此事声张不得的。你且住了哭，坐定了，待我说来。"当下生哥拭泪而坐，王保站立在旁，把李真夫妇惨死始末，并自己男扮女装，保护幼主一段情由，细细诉出。生哥听罢，哭倒在地。正是：

十年遁迹一孤儿，失记分离两月时。
前此犹疑慈侍下，谁知怙恃已双悲。

王保扶起生哥，说道："今日既已说明，小人不该乔装假母，本当即正主仆之分，但方才仙翁有言，目下不是出头日子，小主切勿露圭角，还须仍旧扮做女儿，呼小人为母，以掩众人耳目。"生哥道："我若无你保护，性命早已休了。多亏你一片忠诚，致使神仙感应。我就拜你为母也不为过。"说罢，便拜将下去。慌得王保连忙叩头道："不要折杀了小人。自今以后，只要在人前假装母女便了。"当日主仆两个回到庵中，依然母女相呼。邻舍见了，只道程寡妇的女儿已归，且又恁地长成，大家都替他欢喜。

　　数日后，间壁一个旧邻迁移了去，空下两间房屋，果然有个姓须的人领着儿子来租住了。那姓须的不是别人，却就是太监颜权。原来前日海陵王并没有停罢选女之旨，特命颜权来代尹大肩之任，收取女子到京。哪知颜权是个极慈心极义气的太监，他竟乘此机会，倒矫旨将众女给还民间。因此番自料回朝必然被戮，乃于半路里遣开从人，微服遁走，恰好也走到双忠庙里去宿歇。睡至五更，忽见庙中灯烛辉煌，一个青衣童子走来把颜权按住，口中说道："我奉神人之命，赐你须髯一部，以避灾难。"一头说，一头把一只金针去颜权颏下刺了半晌。又向袖中取出一把须髯，插在他颏下。插毕，童子脱下身上青衣，并脚上鞋袜，放于地上，吩咐道："这东西你可收着，明日好去救一个人。"颜权忙爬起来，扯住童子问道："还要我救什么人？"童子更不回言，只用手一推，颜权跌了一跤，猛然惊醒，却是南柯一梦。伸手去嘴上一摸，果然有三绺须髯，约长尺许，须根里尚觉有些酸痒，好生奇异。直至天明，又真见有一件青衣并鞋袜在地上，一发惊怪。起身拜谢了神明，就地上取了青衣并鞋袜，走出庙门，料道嘴上有了须没人认得他是太监了，大着胆向前行去。走不上数步，忽闻路旁有啼哭之声，颜权看时，却是个十一二岁的小女子，坐在地下啼哭，虽则敝衣乱发，丰姿却甚不凡。颜权问其来历，女子初时不肯说。颜权用好言再三慰问，女子方才说道："我乃蓟州玉田县人氏。父亲廉国光，官为谏议大夫，因直言忤旨，身被刑戮，家产籍没。近又有旨收妻女入宫。幸我母亲向已亡过。我被统制尹大肩拘捉，与所选民间女子一齐封置公馆。今众女奉旨放回，各有父母领去，唯我无家可归，流落在此，所以啼哭。"颜权听罢，想起昨夜梦中之言，又想廉谏议的忠节可敬，又想起自己原籍也是玉田县人，正与此女同乡，我当设法救她。当下便算出一条计策，领着这女仍回身至双忠庙里。先把自己的来历低声诉与她听了，因对她说道："我和你都是避罪之人，我昨梦神人教我今日救一个人，想就是你了。我今欲救你，你当认我为义父。但你既是罪人之女，未经赦免，出头不得。昨夜神人赐我男人衣履一副，想要教你女扮男装，方保无虞。你今就改扮了男子，与我同行何如？"那女听说，忙起身拜谢。颜权叫她拜了神像，把青衣鞋袜与她换了。问她叫什名字，今年几岁了？女子道："我小字冶娘，年方十三岁。"颜权道："我今呼你为儿，把冶娘去了两点，改名台官罢。"冶娘欢喜领诺。正是：

那边两两男装女，此处双双雌化雄。

一样稀奇古怪事，变难相反幻相同。

颜权携着这假男儿，想道："客店里不是安身处，要在村坊上租两间房屋居住。"恰好寻着那庵旁空屋住下。他因自己生了须，便托言姓须。只说从玉田县携儿到此，投奔亲戚不着，回乡不得，只得在此权住。身边虽带有些银两，不敢浪用，要寻个长久度日之计。冶娘便道："义父不须忧虑。我幼时书也读过，针指也习过，还学得一件技艺是丹青，常画些山水花草，至于传神写像，也都会得。我今就卖画为活也好。"颜权道："如此甚妙！"便入城去买了些纸笔并颜色之类，先叫冶娘画些山水花草，果然画得好。又叫她画自己的一个有须的形像，却又酷肖。颜权大喜，便挂起传神卖书的招牌。外人闻留后村须家，有个十三岁的小儿善于丹青，便都来求他的画。但若有人要请她到家去，冶娘即托故不去，只坐在家中卖画，取些笔资度日，甚不寂寞。

王保住在间壁，见那须客人的孩儿善画，因记起仙翁之言，便来拜望颜权，要将生哥送过去，求他孩儿指教丹青。颜权只道生哥真是女郎，想道："我的假子也是女身，女郎与女郎相处有何妨碍！"遂慨然应允。王保心里也道："生哥原是男身，便与他家孩儿亲近也不妨事。"自此早去暮回，冶娘与生哥姊弟相称，两下甚是情投意合。那时海陵王闻颜权矫旨放回众女，十分震怒，书影图形的缉捕颜权，又欲遣官重选女子入京。幸得有人出使南朝回来，盛称南朝子女胜于北地。海陵王遂有兴兵南下之意，故把重选女子之事停搁了。因此生哥虽假扮女郎，却安然无恙。一日，生哥至冶娘处学画，恰值颜权他出。冶娘闲话之间，对生哥说道："姐姐姿性敏捷，丹青之道，略加指点，便都晓得。如今姐姐的画已与小弟不相上下，将来必然胜我十倍。恁般颖悟，不识幼时也曾读书否？"生哥道："也颇知一二。然我辈女流，读书原非所重。若贤弟少年才隽，必然精于词翰，何不以文章求仕进，乃仅以丹青自见乎？"冶娘道："君子藏器待时，此时岂吾辈仕进之日。恐文章不足以取功名，适足以取祸患耳！"生哥听了这句话，想起自己父亲亦以诗文小故被奸人陷害，触动了一腔悲愤，不觉悚然而起，对冶娘道："我幼遇异人，学得一件本事，多时不曾试演。今日演一个与贤弟看。"说罢，向袖中取出一个白丸，走到庭前，望空一掷，化成一把长剑。生哥接剑在手，就庭前舞将起来。初时犹见个人影在白光里，后来但见白光，不见人影，及至舞完，依然一个白丸在手，并不知剑在哪里。冶娘惊得呆了，说道："不想姐姐有这般本事，真是女中丈夫。若教改换男妆，秦木兰当拜下风矣！"因遂题诗一首以赠之，云：

剑锷簇芙蓉，寒光射碧空。

霜飞如舞雪，电走似驱风。

腾跃出还没，往来西复东。

隐娘今再见，不数薛家红。

冶娘把这诗写在一幅纸上，与生哥看。生哥十分叹赏，因笑道："我说贤弟高才，必精于词翰，但你方才道我像丈夫气概，我今看你这字体柔妍，倒像女子的笔墨。我也有俚言奉赠。"因即于纸后，题《西江月》词云：

体学夫人字美，文兼幼妇词芳。纤纤柔翰谱瑶章，不似儿郎笔仗。雅称君家花貌，依稀冶女风光。若教易服作宫装，奉引昭容堪况。

冶娘看毕，见词中之意，险些儿道破她是女子，不觉面色微红，笑说道："姐姐如何把女子来比我？我看姐姐倒全无女子气象，如今不要叫你姐姐，竟叫了你哥哥罢。"因又题一绝以戏之云：

羡尔英雄大丈夫，应教弟弟唤哥哥。
他年姊丈相逢处，也作埙篪伯仲呼。

生哥看了，笑道："你若呼我为哥哥，我也呼你为妹妹。"因亦口占一绝以答之云：

爱你才郎似女郎，几疑书室是闺房。
他年弟妇相逢处，伉俪应同姊妹行。

当下大家戏谑了一回，生哥自归家去了，他只道须家的台官是男人女相，冶娘也只道程家的存奴是女人男相，两下都不知是假的。

一日，正当清明节日，生哥那日不到冶娘家来，自与王保在家中祭奠亡亲。有一曲《江儿水》，单道生哥那日祭奠亡亲的痛苦：

闭户谋禋祀，孤儿泪涌潮。从前未识爹名号，向来错把娘亲叫。穷民如我真无告，若没个苍头相保，纵遇春秋，一陌纸钱谁讨？

那日，冶娘也对颜权说，要祭奠父母灵魂。颜权买些纸钱及祭品安放在家，自己往双忠朝里烧香去了。冶娘闭上了门，独自一个在室中祭奠先灵，吞声饮泣。也有一曲《江儿水》，说那冶娘此时的痛苦：

幼女私设祭，吞声泪暗流。纸牌不设魂来否？望空默祝灵间否？改装易服亲知否？伯道可怜无后。愿把裙钗，权当儿郎消受。

冶娘终是女子家，不敢高声痛哭，静悄悄地祭奠完了，只听得间壁生哥家里哀号之声。冶娘向壁缝里张时，原来他家还在那里设祭。只见那存奴跪在前面，他的母亲程寡妇倒跪在后面，叩头流涕，存奴哭倒于地。他的母亲去扶他，口中喃喃地劝个不住。冶娘听得不甚分明，只听得他叫："小官人"三字。又见存奴祭毕而起，却望上作了个揖。冶娘看了，好生惊疑。想道："他们这般光景，甚是蹊跷。我一向疑存奴像个男子，莫非也与我一般是改头换面乔装扮的？待我明日试他一试。"当晚无话。

次日，生哥又到冶娘家来。冶娘等颜权出去了，以言挑生哥道："姐姐如此聪明，必然精于女工，为何再不见你拈针刺绣，织锦运机，把薛夜来、苏若兰的本事做与小弟一看？"生哥道："我因幼孤，母亲娇养，不曾学得刺绣之事。"冶娘笑道："如何题诗舞剑却偏学了？我知你女工必妙，若遇着个女郎，定然把组绣之事做将出来。今在小弟面前，故只把男子的伎俩来夸示我耳。"生哥道："丹青与组绣，正复相类，莫非吾弟倒善于组绣么？"冶娘道："我非女子，哪知组绣？你是女子，倒俨然习男子之事，却反把女工问起我来？"生哥笑道："你道自己不是女子么？只怕女子中倒没有你这个伶俐人物。"冶娘也笑道："姐姐本是女子，却倒像个男子，也还怕男子中倒没有你这样倜傥人才。"因指着纸上所书画红拂私奔的图像，对生哥说道："姐姐若学红拂改换男装，莫说夜里私奔，就是日里私奔，也没人认得你是女子！"生哥笑道："你叫我私奔哪个？我若做了红拂，除非把你当个李靖。"冶娘见他说得入港，便又指着画上鸳鸯对生哥道："我和你姊弟相称，就如雁行一般，恐雁行不若鸳鸯为亲切，姐姐虽长我一岁，倘蒙不弃，待我对爹爹说了，结为夫妇何如？"生哥听罢，低头不语了半晌，忽然两眼流泪。冶娘惊问道："姐姐为何烦恼，莫非怪我语言唐突么？"生哥拭泪答道："我的行藏，无人能识。既蒙吾弟如此错爱，我今只得实说了。"便去桌上取过一幅纸来，援笔题诗一绝云：

改装易服本非真，为乏桃源可避秦。

若欲与君为伉俪，愿天真化女人身。

冶娘见诗，大惊道："难道你真个不是女子是男子么？你快把自己的来历实说与我知道！"生哥便悄悄把上项事细述了一遍，叮嘱道："吾弟切勿泄漏！"冶娘甚是惊异，因笑道："我一向戏将姐姐比哥哥，不想真个是哥哥了。"生哥道："我向只因假装女子，不好与吾弟十分亲近。今既说明，当与你把臂促膝，为联床接席之欢。"说罢，便走过来与冶娘并坐，又伸手去扯她的臂。慌得冶娘通红了脸，连忙起身，逡巡避开。生哥笑道："贤弟虽貌似女子，又不是真正女子，如何做出这般羞涩之态？"冶娘便道："你道我不是女子，真是男子么？你既不瞒我，我又何忍瞒你？"便也取过纸笔，和诗一绝云：

姊不真兮弟岂真？亦缘无地可逃秦。

君如欲与为兄弟，愿我真为男子身。

生哥看了诗，也失惊道："不信你倒是女子。你也快把你的来历说与我听！"冶娘遂也将前事述了一遍。生哥亦摇首称奇，因说道："我与你一个女装男，一个男装女，恰好会在一处。正是天缘凑合，应该作配。你方才说雁行不若鸳鸯，自今以后不必为兄弟，直当为夫妇了。"冶娘道："兄果有此心，当告知我养父，明明配合，不可造次。"

正说间，颜权回家来了。生哥亦即辞归，把这段话告知王保。这边冶娘也把生哥的话，对颜权说了。大家叹异。

次日，王保来见颜权，商议联姻。颜权慨然应允。在众邻面前，只说程家要台官为婿，须家要存奴为媳。央邻舍里边一个老婆婆做了媒妁，择下吉日，先迎生哥过门。王保把屋后墙壁打通了，两家合为一家。邻舍中有几个轻薄的，胡猜乱想。有的道："十四五岁的儿女，一向原不该教她做一处。今日替她联了姻，倒也稳便。若不然，他们日后竟自己结亲起来，就不雅了。"有的道："程寡妇初时要女儿出家，如何今日又许了须家的台官？想必这妈妈先与须客人相好了，如今两亲家也恰好配了一对。"王保由他们猜想，只不理他。时光迅速，早又过了两年。生哥已是十七岁，冶娘已是十六岁了，颜权便替他择吉毕姻。拜堂时，生哥仍旧女装，冶娘仍旧男装，新郎倒是高髻云鬟，娘子倒是青袍花帽，真个好笑。但见：

红罗盖却粉郎头，皂靴套上娇娘足。作揖的是新妇，万福的是官人。只道长女配其少男，哪知巽却是震，艮却是兑；只道阳爻合乎阴象，谁识乾反是地，坤反是天。白日里唱随，公然颠倒粉去；黑夜间夫妇，暗地较正转来。没鸡巴的公公，倒娶了有鸡巴的子舍；有阳物的妈妈，倒招了个没阳物的东床。只恐新郎的乳渐高，正与假婆婆一般作怪；还怕新娘的须欲出，又与假爹爹一样蹊跷。麋边鹿，鹿边麋，未识孰麋孰鹿；凤求凰，凰求凤，不知谁凤谁凰。一场幻事是新闻，这段奇缘真笑柄！

是夜颜权便受了二人之拜，掌礼的要请王保出来受礼，王保哪里敢，只推腹痛先去睡了。生哥与冶娘毕姻之后，夫妻恩爱，自不必说。但恨阴阳反做，不能改装易服，出姓复名。

哪知事有凑巧，既因学画生出这段姻缘，又因买画引出一段际遇。你道有何际遇？原来那时孝廉花黑已中过进士，选过翰林，却因与丞相业厄虎不睦，致仕家居。他的夫人蓝氏要画一幅行乐图，闻得留后村须家的媳妇程存奴善能传神，特遣人抬着轿儿来请，要邀到府中去面画。冶娘劝生哥休去。生哥因念花黑有收葬他父母大恩，今日不忍违他夫人之命，遂应召而往。那夫人只道生哥真是个女子，直请至内堂相见。叙礼毕，吃了茶点，便取出一方白绢，教生哥写照。生哥把夫人再细看了一回，援笔描画起来。顷刻间画成一个小像，真乃酷肖。夫人看了欢喜，唤众女使们来看，都道像得紧。夫人大喜，十分赞叹。因又对生哥道："我先母蓝太太的真容，被我兄弟们遗失了，今欲再画一幅，争奈难于摹仿。我今说个规模与你，就烦你一画。若画得像时，更当重谢。"生哥领诺。夫人指着自己面庞，说那一处与我先母相同，那一处与我先母略异。生哥依她所言，悬空画出一个真容。却也奇怪，竟画得俨然如生。夫人看了，拍掌称奇。一头赞，一头再看，越看越像，便如重见了母亲一般，不觉呜咽涕泣起来。生哥在傍见夫人涕泣，也不觉泪流满面。夫人怪问道："我哭是因想念先母，你哭却是为何？"生哥拭泪答道："妾幼丧二亲，都不曾认得容貌。今见夫人补画令先慈之像，因想妾身枉会传神，偏无二亲可画，故不禁泪落耳！"说罢，又流泪不止。正是：

孤儿触景泪偏多，尔有母兮我独无。

纵使传神异样巧，二亲形像怎临摹。

夫人听说，问道："我闻小娘子的母亲尚在，如何说幼丧二亲？"生哥忙转口道："夫人听错了。妾自说幼丧父亲。"夫人道："我如何会听错？你方才明明说幼丧二亲。莫非你不是程寡妇亲生的？可实对我说！"生哥暗想："花公是个有情义的人，我今就对他夫人实说来历，料也不妨。"因叉手向前说道："夫人在上，当初我父亲蒙花老爷厚恩，今日在夫人面前怎敢隐瞒？但须恕我死罪，方才敢说！"夫人道："又奇怪了！我与你家素不相识，我家当初有何恩？你今日又有何罪？"生哥道："乞夫人屏退左右，容我细禀！"夫人便叫女使们退避一边。生哥先说自己男扮女装，本不当直入内室，因不敢违夫人之命，勉强进来，罪该万死。然后从头至尾，把改装避难的缘故，细细告陈，并将妻子冶娘的始末根由一发说了。夫人听罢，十分惊异。便请花黑进来对他说知其事，叫与生哥相见，花黑亦甚惊异。

正叹诧间，家人传禀说："报人在外，报老爷原官起用了。"原来此时海陵王因御驾南征，中途遇害。丞相业厄虎护驾在彼，亦为乱军所杀。朝中更立世宗为帝。这朝人主极是贤明，凡前日触忤了海陵王、业厄虎被杀的官员，尽皆恤赠，录其后人；其余被黜被逐的，都起复原官。因此花黑亦以原官起用。当下花黑闻此恩命，便对生哥道："当今新主贤明，褒录海陵时受害贤臣的后人，廉谏议亦当在褒录之例。你今既为廉公之婿，廉公无子可录，女婿可当半子。至于令先尊题诗被戮一事，我当特疏奏白其冤。你不惟可脱罪，还可受封。"生哥谢道："昔年既蒙恩相收葬先人骸骨，今日又肯如此周全，此恩此德，天高地厚。"说罢，倒身下拜，正是：

得蒙君子垂青眼，免使穷人陷黑冤。

生哥拜谢了花公夫妇，回到家中，说知其事。冶娘与颜权、王保俱各惊喜。花黑即日起身赴京。陛见时，即上疏白李真之冤，说："他所题二诗，一是叹南朝无人，一是叹南朝未尝无人，只为奸臣所误，并无一语侵犯本朝。却被奸贪小人，朋谋陷害，非辜受戮，深为可悯。其妻江氏，洁身死节，尤宜矜恤。况今其子生哥，现配先臣廉国光之女，国光无子，当收录伊婿，以酬其忠。"因又将王保感天赐乳，颜权梦神赐须之事，一一奏闻。世宗览奏，降旨："赐生哥名存廉，授翰林待诏。封冶娘为孺人。王保忠义可嘉，授太仆丞。太监颜权召还京师，授为六宫都提点。"命下之后，生哥与冶娘方才改正衣装。一个大乳的苍头，一个长须的内相，也都复了本来面目。一时传作奇谈。正是：

前此阴阳都是假，今朝男女尽归真。

众人受了恩命，各各打点赴京。生哥独上一疏道："臣向因患难之中，未曾为父母守制。今欲补尽居丧之礼，庐墓三年，然后就职。"天子嘉其孝思，即准所奏。生哥遂同冶娘披麻执杖，至父母墓所，备下三牲祭品，望冢前拜奠。想起二亲俱死于非命，生前未曾识面，死后有缺祭扫，直至今日方得到土堆边一拜，哀从中来，伏地痛哭，哭得路旁观者，无不凄惶。有一曲《红衲袄》为证：

> 徒向着土堆前列酒卮，恨不曾写真容留作记。纵则向梦儿中能相会，痛杀我昧平生怎认伊？想当初两月间无知识，到如今十年余空泪垂。除非是起死回生，一双双学丁令还灵也，现原身使我知。

王保闻得生哥夫妇都在墓所，便也于未赴任之前，备着祭礼，到墓前来设祭。那时王保冠带在身，及到墓前，即呼从人："取青衣小帽过来，与我换了。"生哥问道："这是何故？"王保哭道："我王保当初受主母之托，保护幼主。今日特来此复命。若顶冠束带，叫墓中人哪里认得？"生哥听说，不觉大哭。王保换了衣帽，向冢前叩头哭告道："主人主母在上，小人王保昔年在苏州城中时，因急欲归报主母消息，未及收残主人尸首。及至主母死后，小人又急忙保护幼主，避罪而逃，也不及收殓尸首，又不及至墓前一拜。今日天幸，得遇恩赦，小人才得到此。向蒙皇天赐乳，仙翁庇祐，我主仆二人得以存活。今幸大仇已报，小主人已谐婚配，又得了官职。未识主人主母知道否？倘阴灵不远，伏乞照鉴！"一头拜，一头说，一头哭。从人见之，尽皆下泪。也有一曲《红衲袄》为证：

> 想当初托孤儿在两月时，今日里纵生逢怕也难识取。我若再换冠袍来行礼，教你墓中人怎认予？几年间变男身为乳姬，只这领旧青衣岂是易着的。痛从前春去秋来，不能够一拜坟头也，禁不住洒西风血泪垂。

王保祭毕，才换了冠带，恰值颜权也来祭奠。王保等他奠罢，一同别了生哥夫妇，再备祭品，同颜权到双忠庙去拜祭了一番。颜权又将庙宇重修，神像再塑，然后与王保一齐赴京。生哥自与冶娘庐墓。又闻朝廷有旨，着玉田县官为廉国光立庙，岁时致祭。生哥遂同冶娘到彼处拜祭了，复回墓所。三年服满，然后起身赴京，谢恩到任。

在京未久，忽闻塘报，赵州临城县有妖妇牛氏结连山寇作乱，势甚猖獗。你道那妖妇是谁？原来就是尹大肩之妻。尹大肩原系临城人，他存日恃着海陵王宠幸，作恶多端。近来被人告发，世宗有旨籍没其家。不想他妻子牛氏，颇知妖术，遂与其子尹彪，逃入太行山中，啸聚山贼作乱，自称"通圣娘娘"。地方官遣兵追捕，反为所败。生哥闻知此事，激起一片雄心，说道："此是我仇人的妻子，我正当手刃之！"遂上疏自请剿贼。天子准奏，命以翰林诏兼行军千户，领兵三千前往临城，讨平妖寇。生哥奉旨，星夜督师前进。牛氏统领贼众，据着个险峻的高岭，立下营寨。方待要用妖法来迎敌，哪知生哥自有碧霞真人所传的剑术在身，便不等交锋，先自飞腾上岭，挥剑斩了牛氏并尹彪首级，然后驱兵直捣贼巢。贼众无主，逃者逃，降者降，寇氛悉平，奏凯回朝。天子喜其功绩，升为中书右丞兼枢密副使，并追赠其父李真与其母江氏。

　　生哥感泣谢恩，归到私署。是夜即得一梦，梦见一个金幞绯衣的官长，一个凤冠霞帔的夫人，对生哥说道："我二人是你父母。上帝怜我二人，一以文章被祸，一以节烈捐躯，已脱鬼录，俱得为神。不但受人主之恩，又膺天帝之庞。你可善自宽解，不消哀念我二人了！"生哥醒来，记着梦中所见父母的形貌，画出两个真容，去唤王保来看。王保见了，吃了一惊，说道："与主人主母生前容貌，一般无二。"生哥大喜，便把来装裱好了，供养在家庙中。正是：

　　　　忠贞既可格天地，仁孝犹能致鬼神。

　　王保做了三年官，即弃了官职，要去寻访碧霞真人，入山修道。竟拜别了生哥夫妇，仍旧怀了这粒银母灵丹，飘然而去。生哥思念其忠，也画他一个小像，立于李真之侧，一样岁时展祭。又画碧霞真人之像，供养于旧日茅庵中，亦以王保配享。后来花黑出使海上，遇见王保童颜鹤发，于水面上飞身游行。归来述与生哥听了，知其已得成仙。颜权出入宫中，人都呼他为须太监，极蒙天子庞眷，寿至九十七而终。冶娘替他服丧守孝，也把他的真容来供养。这是两人忠义之报。

　　看官听说，人若存了一片忠心、一团义气，不愁天不佐助，神不效灵。试看奴仆、宦竖尚然如此，何况士大夫？《易》曰："王臣蹇蹇，匪躬之故。"所以这段话文，名曰《劝匪躬》。

卷八 醒败类

两决疑假儿再反真 三灭相真金亦是假

诗曰：

> 无相之中相忽生，非非是是几回争。
> 到头有相归无相，笑杀贪人梦未醒。

此四句乃惺禅师所作偈语，奉劝世人凡事休要着相。大抵若相的人，都为着贪嗔痴三字。贪嗔总谓之痴，嗔痴总由于贪。贪人之财是贪，贪天之福亦是贪。贪而不得，因而生嗔。嗔人是痴，嗔天尤痴。究竟有定者不可冒，无定者不可执。知其有定，贪他做什么？知其无定，又贪他做什么？

如今待在下说一段醒贪的话文，与众位听！

话说后五代周世宗时，河南归德府城中有一个人，姓纪名衍祚，家道小康，年近四十，未有子嗣。浑家强氏，性甚嫉妒，不容丈夫蓄妾。只有一个婢子，名唤宜男，年已十六，颇有几分姿色。强氏恐丈夫看上了她，不许她梳好头，裹小脚。又提防严密，一毫也不肯放空。纪衍祚有个侄儿叫做纪望洪，正是他的亡兄纪衍祀所生。此人幼为父母娇养，不事生理，终日嫖赌，十分无赖。父母死了，做叔父的一发管他不下。其妻陈氏，有些衣饰之类，也都被他荡尽了。亏得他丈人陈仁甫收拾女儿回去，养在家里。纪衍祚见侄儿这般不肖，料道做不得种，便把立侄为嗣的念头灰冷了。哪知望洪见叔父无子，私心觊觎他的家产，只道叔父不看顾他，屡次来要长要短。及至衍祚资助他些东西，又随手而尽，填不满他的欲壑，诛求无厌。强氏因对丈夫说道："只为

你没有儿子，故常受侄儿的气。我前年为欲求子，曾许下开封府大相国寺的香愿，不曾还得。我今要同你去完此香愿，你道何如？"衍祚道："入寺烧香，原非妇人所宜。况又远出，殊为不便。你若要求子，只在家中供养佛像，朝夕顶礼便了！"强氏听了这话，便要丈夫供起佛像来。不要木雕泥塑，定要将铜来铸，又要放些金子在内，铸一尊渗金的铜佛，以为恭敬。衍祚依她言语，将好铜十余斤，再加黄金数两在内，寻一个高手的铸铜匠人叫做容三，唤他到家铸就一尊渗金铜的佛像，其好似纯金的一般光彩夺目。强氏把来供在一间洁净房内，终日焚香礼拜，祈求子嗣。

看看将及一年，并没有生子的消息。衍祚老妻子不能有孕，心里便暗暗看中了宜男这个丫头。她虽不梳头，不缠脚，然只要她的下头，哪管她的上头；只要她的坐脚，哪管她的走脚。常言道："只有千人做贼，没有千人防贼。"恁你浑家拘管得紧，衍祚却等强氏夜间睡着了，私去与宜男勾搭。正是：

　　　任你河东吼狮子，哪知座下走青鸾。

从来惧内的半夜里私偷丫鬟，其举足动步，都有个名号：初时伏在枕上听妻子的鼻息，叫做"老狐听冰"；及听得妻子睡熟，从被窝中轻轻脱身而出，叫做"金蝉脱壳"；黑暗里坐在床沿上，把两脚在地上摸鞋子，叫做"沧浪濯足"；行走时恐暗中触着了物件，把两手托在前面而行，叫做"伯牙抚琴"；到得丫鬟卧所，扭扭捏捏，大家不敢做声，叫做"哑子相打"；恐妻子醒来知觉，疾忙了事，叫做"蜻蜓点水"；回到妻子床上，依着轻轻钻入被窝，叫做"金蛇归穴"。

闲话休提，且说纪祚衍虽然偷得宜男，却是惊心动胆，不能舒畅。正想要觅个空儿，与她偷一个畅快的，恰好遇着个机会。原来强氏因持斋奉佛，有个尼姑常来走动。那尼姑俗家姓毕，法名五空，其庵院与城南隆兴寺相近，因与寺中一个和尚相熟。这隆兴寺中有两个主持：一名静修，一名惠普。静修深明禅理，不喜热闹，常闭关静坐。惠普却弄虚头，讲经说法，笑虚男女，特托五空往大家富户说化女人布施作缘。因此五空也来劝强氏去听经。是时正值二月二十九日，观音大士诞辰，寺中加倍热闹。强氏打点要去随喜。衍祚本不要妻子入寺烧香的，却因有宜男在心，正好乘强氏出外去了，做些勾当，便不阻当她。只预先一日，私嘱宜男，教她推说腹痛，睡倒了。至次日，强氏见宜男抱病，不能跟随，便只带家人喜祥夫妇跟去，留下一个十二岁的小厮兴儿，与宜男看家。衍祚初时也随着妻子一同入寺，及到法堂，男东女西，分开坐下，等候慧普登座讲经。衍祚便捉空从人丛里闪将归来，与宜男欢会一番，了其心愿。

但见：

老婆入寺，为看清净道场；丈夫归家，也是极乐世界。一个化比丘身，对世尊五体投地；一个现欢喜相，把丫鬟两脚朝天。从前黑夜中，匆忙勾当，只片时雨散云收；如今白日里，仔细端详，好一歇枝摇叶摆。向怪作恶的龟山水母，并不放半点儿松；何幸好善的狮子吼佛，也落下一些儿空。仗彼观音力，勾住了罗刹夜叉；多赖普门息，作成了高唐巫峡。一向妻子坐绣房持咒，倒像替丈夫诵了怕婆经；今日老荆入佛寺听经，恰似代侍儿念了和合咒。全亏我佛开方便，果然菩萨会慈悲。

衍祚了事之后，唤过小厮兴儿来，吩咐道："大娘归时，切不可说我曾来家！"吩咐毕，悄地仍到寺前，恰好接着强氏轿子，一同回来。强氏并不晓得丈夫方才的勾当。

哪知宜男此会已得了身孕，过了月余，但觉眉低眼慢。强氏见得有些跷蹊，便将宜男拷问起来。宜男只得吐出实情。强氏十分恼怒，与丈夫厮闹。衍祚惧怕妻子，始初不敢招承，后被逼问不过，只得承认了。强氏捶台拍桌，大哭大骂，要把宜男卖出去。正是：

夫人会吃醋，吃醋枉吃素。
自己不慈悲，空拜慈悲父。

强氏自此每日辱骂宜男，准准地闹了一两个月。一日走进佛堂烧香，却对着这尊铜佛像，狠狠地数说道："佛也是不灵的。我这般求你，你倒把身孕与这贱婢，却不枉受我这几时香火了！"一头拜，一头只顾把佛来埋怨。

却也作怪，强氏那日说了这几句，到明日再进佛堂烧香时，供桌上早不见了这尊铜佛。强氏吃了一惊，料必被人盗去。家中只有喜祥夫妇并兴儿、宜男四个人，强氏却要把这盗佛的罪名坐在宜男身上，好打发她出去。宜男哪里肯招承，强氏正待要拷打宜男，却早有人来报铜佛的下落了。那报事的乃是本城富户毕员外的家人，叫做吉福。原来这尊铜佛在毕员外家里。你道是哪个盗去的？却就是喜祥这厮盗去的。他闻得主母对着佛像口出怨言，是夜便悄地将铜佛偷了，明早拿到毕员外家去卖了十两银子。这毕员外叫做毕思复，为人最是贪财。尼姑五空就是他的嫡堂姑娘，他常听得姑娘说："纪家有个渗金的铜佛，铸得十分精美。"今恰遇喜祥盗将来卖与他，他便把贱价得了。家人吉福知道是喜祥偷来卖的，要分他一两银子，喜祥不肯，吉福怀恨，因此到纪家报信。及至纪衍祚问他盗佛的是谁？吉福却又不肯实说。衍祚也八分猜是喜祥，只因喜祥是妻子的从嫁家人，妻子任之为心腹，每事护短，做不敢十分盘问。只将五钱银子，与吉福做了赏钱。再将银十两，就差喜祥到毕家去赎。吉福又私嘱喜祥道："我在你主人面前不曾说你出来，你见了我主人，也切不可说是我来报信的。"喜祥应诺。见了毕思复，只说家中追究得紧，故此将银来赎。毕思复正贪这尊渗金铜佛买得便宜，不舍得与他赎去。心生一计，只推银色不足，要他去增补，却私与吉福商量，连夜唤那铸佛匠人容三到家，许他重赏，教他这样铸成一尊纯铜佛像，要与渗金的一般无二。纪家补银来赎时，又推员外不在家，一连捱迟了好几日，直等容三铸假像来搠换了，然后与他赎去。那真的却把来自己供养。正是：

贪金暗把奸谋使，奉佛全无好善心。

衍祚得了佛像，并不知是假的，依前供在佛堂中。

强氏见佛已赎还，那盗佛的罪名，加不得在宜男身上了，却只是容她不得，终日寻闹，非打即骂。衍祚看了这般光景，料道宜男难以容身，私与喜祥计议，要挽一个人来讨她去暗地养在外宅。哪知喜祥这奴才倒把主人的话，一五一十都对主母说了。强氏大怒，问喜祥道："这老无耻恁般做作，叫我怎生对付他？"喜祥献计道："主母要卖这丫头，不可卖与小家，恐主人要去赎；须卖与豪门贵宅，赎不得的去处，方杜绝了主人的念头。"强氏听计，便教嘱咐媒婆，寻个售主。过了几日，尼姑五空闻知这消息，特来做媒，要说与侄儿毕思复为妾。原来毕思复也是中年无子，他的妻子单氏极是贤淑，见丈夫无子，要替他纳个偏房。五空因此来说合。强氏巴不得宜男离眼，身价多少也不论，但恐丈夫私自去赎了。五空道："这不消虑得。我家侄儿曾做过本城呼延府尉的干儿，今在你官人面前，只说是呼延府里讨去便了。"强氏尚在犹豫，五空晓得强氏极听喜祥言语的，便私许了喜祥二两银子，喜祥遂一力撺掇主母允了。乘衍祚下乡收麦不在家中，强氏竟收了毕家银十六两，叫他即日把轿来抬了宜男去。喜祥又恐宜男不肯去，却哄她道："主人怕大娘不容你，特挽五空师父来说合，讨你出去，私自另住。"宜男信以为然，恁他们簇拥上轿，抬往毕家去了。衍祚归家，不见了宜男，问喜祥时，只说呼延府中讨去了。衍祚不胜懊恨，又惧怕老婆，不敢说什么，唯有仰天长叹而已！正是：

侯门一入深如海，从此萧郎是路人。

不说衍祚思念宜男，无计可施。且说宜男到了毕家，方知主母把她卖了，放声大哭，欲待寻死，又惜着自己的身孕。正没奈何，不想吉福打听得宜男是有孕的，便对主人备言其故，说道："主人被五空师太哄了！"毕思复即请过五空来，把这话问他。五空道："并没此事，是谁说的？"思复道："是吉福说的。"五空道："他因不曾得后手，故造此谤言。你休听他！"思复将信将疑，又把这话对浑家说，叫她去盘问宜男。此时宜男正哭哭啼啼，不愿住在毕家，竟对单氏实言其事，说道："我自二月里得了胎，到如今五月中旬，已有了足三个月身孕。今虽被主母卖到这里，此身决不受辱。伏乞方便，退还原主则个！"单氏将此言对丈夫说知。思复道："我真个被五空姑娘哄了。今当退还纪家，索取原价。"单氏道："他家大娘既不相容，今若退还，少不得又要卖到别家去。不如做好事收用了她罢！"思复道："若要留她，须赎些堕胎药来与她吃了，出空肚子，方好重新受胎。"单氏沉吟道："这使不得。一来堕胎是极罪过，你自己正要求子，如何先堕别人的胎？二来堕胎药最利害，我闻怀孕过了两月，急切难堕，倘药猛了些，送了她的命，不是耍处。三来就堕了胎，万一服过冷药，下次不服受胎，岂不误事？不若待她产过了，那时是熟肚，受胎甚便，回来还有个算计。你一向艰于得子，她今到我家，若七个月之后就产了，那所产的男女便不要留；倘或过了十个月方产，便可算是我家的骨血，留他接续香烟，有何不可？"思复听了，点头道："也说得是。"便把宜男改名子姐，叫她在房里歇下。宜男是夜恐思复去缠她，将衣带通缚了死结，和衣而卧。至黄昏以后，思复睡在浑家床上，忽然腹痛起来，连起身泻了几次。到明日，神思困倦，起身不得。延医看视，医人道："不但腹疾，又兼风寒，须小心调理。"单氏只疑丈夫夜间起身时，已曾用过宜男，或者害了阴症。哪知思复并不曾动弹，只因连起作泻，冒了些风，故两病交攻，直将息了两三个月，方才稍可，尚未能全愈。宜男因此幸得不受点污，日日去佛堂中拜佛，愿求腹中之孕至十三个月方产，便好替旧主人留下一点骨血。这也是她不忘旧主的一片好心。有诗为证：

　　侍儿含泪适他门，不望新恩忆旧恩。
　　况复留香原有种，忍同萍草去无根。

单氏见宜男日日礼佛，便指着佛像对她说道："这尊铜佛，原是你旧主人家里来的。"宜男道："我正疑惑这尊佛与我主人家里的一般，原来就是这一尊。但当日被人偷来卖在这里，我家随即赎归，如何今日还有？"单氏便把喜祥偷卖，吉福商量搠换的话一一说了。宜男嗟叹道："我始初只道我主人佛便赎了去，人却不能赎去。谁知佛与我也是一般，只有来的日，没有去的日。"因也把吉福报信讨赏钱的话，对单氏说了。单氏随即唤吉福来骂道："你这不干好事的狗才，家主前日买了铜佛，你如何便去纪家报信？你既去报信，骗了纪家的赏钱，如何又搧掇主人搠换他的真佛？我若把你报信的事对家主说知，怕不责罚你一场！今恐他病中惹气，权且隐过，饶你这狗才！"当下吉福被单氏骂得垂首无言，心里却又起个不良之念，想道："既说我不干好事，我索性再走个道儿。"便私往铜匠容三家里去，与他商量，要他再依样铸一尊铜佛，把来搠换那尊渗金的来熔化了，将金子分用。容三应允，便连夜铸造起来。他已铸过这佛两次，心里甚熟，不消看样，凭空铸就一尊，却是分毫无二。吉福大喜，遂悄地拿去，偷换了那尊渗金的真佛，到容家来熔化，指望分取其中的金子。不想这尊佛却甚作怪，下了火一日，竟熔不动分毫。两个无计奈何，商量了一回，只得把这尊佛拿到呼延府里去当银十两，大家分了。正是：

　　　　偷又逢偷，诈又逢诈。

　　　　行之于上，效之于下。

　　单氏与宜男并不知佛像被人偷换去，只顾烧香礼拜，宜男便祷求心事，单氏却祈保丈夫病体。谁想思复身子恰才好些，又撞出两件烦恼的事来，重复增病。你道为何？原来思复平昔极是势利有两副衣妆、两副面孔：见穷亲戚，便穿了旧衣，攒眉皱目，对他愁穷；见富贵客，便换了好衣，胁肩谄笑，奔走奉承。他有个嫡堂兄弟毕思恒，乃亡叔毕应雨之子，为人本分，开个生药铺，只是本少利微，思复却并不肯假借分毫。那纪望洪的丈人陈仁甫，就是思复的母舅，家贫无子，只生一女，又嫁女婿不着，自养在家，思复也并不肯看顾他。只去趋奉本城一个显宦呼延仰。那呼延仰官为太尉，给假在家，思复拜在他门下，认为干儿，馈送甚丰，门上都贴着呼延府里的报单。三年前有个秀才毕东厓，向与毕思恒相知，因特写个宗弟帖儿，到思复家里来拜望。思复道是穷秀才，与他缠不得的，竟璧还原帖，写个眷侍教生的名帖答了他。毕东厓好生不悦。不想今年应试中了进士，归家候选。恰值呼延仰被人劾奏，说他私铸铜钱，奉旨着该地方官察报。思复恐累及了他，忙把门上所贴呼延府里的报单都揭落了。瞒着兄弟毕思恒，私去拜见毕东厓，要认了族兄，求他庇护。毕东厓想起前情，再三作难。思复送银二百两，方买得一张新进士的报单，贴在门上。不隔几时，呼延仰铸钱

一事，已得弥缝无恙。毕东厘却被人劾奏，说试官与他有亲，徇私中式，奉旨着该部查勘。东厘要到部里去打点，缺少些使费，特央人到思复处告借百金。思复分毫不与，说道："我前日已有二百金在他处，如今叫他余了一百两，只先还我一百两罢。"东厘大怒，遂与思复绝交。又过几时，东厘查勘无恙，依然是个新进士。本府新到任的金判卞芳胤，正是东厘的同年。思复却为遣吉福出去讨债，逼死了一个病人，被他家将人命事告在金判台下。思复病体初痊，恐尸亲到家啰唕，只得权避于毕思恒家中，就央思恒致意东厘，求他去卞公处说分上。东厘记着前恨，诈银五百两，方才替他完事。

　　思复受了这场气，闷闷而归，正没好心绪，又值尼姑五空来向他讨银子。原来五空当初曾将银百两，托付思复盘利，今见他为了官司，恐银子耗费了，后来没处讨，故特来取索。思复焦躁道："哪见得我就还不起了，却这般着急？出家人要紧银子做什？况姑娘的银子，侄儿也拿得的。我今竟赖了不还，却待怎么？"五空听说，嚷将起来道："你怎说这般欺心的话？姑娘的银子好赖，出家人的银子，倒没得到你赖哩！"当下嚷闹了一回，单氏再三劝开。五空暗想："我当初不把银子借与穷侄思恒，特把来付与富侄思复。只道万无一失，谁知今日富的倒这般欺心，却不反被思恒非笑么？"心中十分愤怒。她平日也常到呼延府里走动的，因把这话告诉了太尉的小夫人，方待要央她府里的人去讨。恰好思复又犯了一件事，正落在呼延太尉手里：时值秋尽冬初，思复到庄上养病，就便收租，有个顽佃叫做陶良，积欠租米不还，思复把他锁在庄里。哪知陶良的妻子却与吉福有私，吉福竟私开了锁，放走陶良，倒叫他妻子来庄里讨人；又指引她去投了呼延太尉。呼延仰正因前日有事之际，思复便撇却了干爷，心甚不乐。今日思复为了事，他便乘机包揽，也索要五百金，方保无虞。思复只得变卖些产业，凑得五百两奉送。又被太尉于中除去一百两，还了五空，只算收得四百两。思复没奈何，只得把庄房也典了，再凑百金，送与太尉，方才罢休。思复气得发昏，扶病归家，又跌了一跌，中了风，成了个瘫痪之疾，卧床不起。可怜一个财主，弄得贫病交并。当初向亲戚愁穷，今番却真个穷了。有诗为证：

　　　　贫者言贫为求援，富者言贫为拒人。

　　　　一是真兮一是假，谁知弄假却成真。

　　思复卧病了四五个月，不觉又是来年季春时候，宜男方产下一个孩儿。自旧岁二月中受胎，至是年三月中生育，算来此孕果然是十二个月方产的了。单氏不知就里，只道她旧年五月中进门，至今生产恰好十月满足，好生欢喜。对丈夫道："这是我家的子息无疑了。"思复在枕上摇头道："这不是我生的。我自从纳妾之夜，便患病起来，一向并未和她沾身。这孩子与我一些相干也没有。"单氏低言道："你今抱此不起之疾，眼见得不能够养儿子的。你看如今周朝皇帝，也是姓柴的顶受姓郭的基业，何况我庶民之家，便将差就错，亦有何碍？"思复沉吟道："且再商量。"又过了月余，为家中少银用度，只得将这尊铜佛去熔化，指望取出金子来用。不想熔将起来竟是纯铜，全无半点金子在内。思复惊讶，唤过宜男来问时，宜男道："我当初亲见旧主人将黄金数两放入里边铸就的，如何没有？"思复只疑当日搠换的时节拿错了，再叫吉福来询问。吉福道："并不曾拿错。"单氏胡猜乱想，对丈夫道："多应是神佛有灵，不容你搠换那尊真的，竟自己归到纪家去了。"思复听说，心里惊疑，愈觉神思恍惚。忽又闻呼延仰被人首告他交通辽国，奉旨提解来京，从重问罪，家产籍没入官。思复因曾做过他的干儿，恐祸及其身，吃这一惊不小，病体一发沉重起来。看看一命悬丝，因请母舅陈仁甫与兄弟毕思恒来，嘱托后事。指着宜男对二人道："此人进门之后，我并不曾近她，今所生之子，实非吾子。我一向拜假父、认假兄，究竟何用？今又留这假子做什么？我死之后，可叫纪家来领了他母子二人去。我今只存下薄田数十亩，料娘子是妇人家，怎当得粮役之累？我死后，也求母舅作主，寻个好头脑，叫她转嫁了罢。所遗薄田并脚下住房，都交付与思恒贤弟收管。我一向虽不曾照顾得贤弟，乞念手足之情，代我料理粮役，我死瞑目矣！"说罢，便奄然而逝。正是：

　　人当将死言必善，鸟到临终鸣也哀。

　　单氏哭得死去活来，仁甫与思恒再三解劝。单氏含泪道："丈夫叫把宜男母子送还纪家，这还可听。至若叫我转嫁，此是他的乱命，我宁死不从！"思恒道："嫂嫂若有志守节，这是极争气的事。凡家中事体，我自替你支持便了。"当日殡殓之后，单氏便将一应文书帐目交付思恒。又将自己钗簪之类，叫他估价变卖，营运度日。思恒便亲到乡间踏勘田亩，一向被吉福移熟为荒、作弊减额的，都重新较正。又将变卖簪钗的银两，赎了几亩好田。单氏得他帮助，安心守节。只有宜男母子，未得了当。与思恒商议，要依丈夫遗命，退还原主。思恒道："须得原媒去说。"单氏道："原媒是五空师太。她因索银惹气之后，再不上门。如今怎又去央她？不若陈舅公与纪家有亲，就烦他去说罢。"思恒道："如此却好。"单氏便请陈仁甫来，央他到纪衍祚家去说知其事，叫他快来领了宜男母子二人去。正是：

不许旁枝附连理，谁知落叶又归根。

话分两头。且说纪衍祚自宜男去后，终日长吁短叹，与强氏夫妻情分渐觉冷淡了。纵然她屡发雷霆，怎当得冻住云雨。强氏气恼不过，害出病来。病中怨恨奉佛无效，遂破素开荤。病势日甚一日，医、祷莫救。不上半年，呜乎哀哉了。临终时还怨恨神佛无灵，吩咐衍祚将这尊铜佛熔化了，不要供养。有一曲《黄莺儿》，单说那强氏平日奉佛，临终恨佛的可笑处：

奉佛已多年，到今朝忽改前，心肠本与佛相反。香儿枉拈，烛儿枉燃，平生真性临终见。听伊言，声声恨佛，誓不往西天。

强氏死后，衍祚不肯从她乱命，仍将佛像供奉。又每七延僧礼忏，超及阴魂。七终之后，便有媒婆来说亲，也有劝他续弦的，也有劝他纳妾的。衍祚只是放宜男不下，想着："这三个月身孕，不知如何下落了？"时常到呼延府前打听消息。原来呼延仰有妾倪氏，小字鸾姨，当呼延仰被逮之时，她乘闹里取了些资财，逃归母家。恰好毕东厓要娶妾，便娶了她去。衍祚打听差讹，把倪鸾认做宜男，只道她做了毕进士的小夫人，十分懊恨。不想陈仁甫来对他说了宜男母子之事，衍祚将信将疑。仁甫道："我感亲翁平日间看顾小女之德，故特来报知。你若不信，可就同到毕家去看。"衍祚便随着仁甫，到了毕家。仁甫唤宜男出来相见。宜男见了旧主，泪流满面。衍祚见宜男手中抱着个孩儿，梳头缠脚，打扮齐整，比前出落得十分好了，又喜又悲。再抱过那孩子来看，只见左足上有一个骈指，衍祚大喜。原来衍祚自己左足上，也有个骈指。当下脱出来与众人看了，都道："这孩子是他养的无疑！"次日，衍祚即取原价十六两送去，分外再加十两，酬谢大娘单氏保全之德。是夜便迎接宜男母子回家，两下恩情，十分欢畅。正是：

去而复来，离而复遇。后主却是前夫，新宠却是旧婢。继父即是亲爹，假儿即是真嗣。这场会合稀奇，真个出其不意。

宜男是夜把上项事一一细述。衍祚方知盗佛的是喜祥，与主母商量，瞒着主人卖宜男的也是喜祥，心中大怒。次日即唤喜祥来责骂了一场，把他夫妇逐出不用。另收个家人叫做来宁，此人甚是小心谨慎，其妻也甚老成得用。又雇一个养娘，专一保抱孩儿。把孩儿唤名还郎，取去而复还之意。

哪知侄儿纪望洪闻了这消息，想道："叔父一向无子，他家私少不得是我的。如何今日忽然有起儿子来？此明系毕家之种，怎做得纪家之儿？"便走到衍祚家中来发话，衍祚只不理他。望洪忿怒，竟将非种乱宗事，具呈本府金判下公案下。衍祚闻知，也进了诉词，引毕家母舅陈仁甫为证。卞公拘齐一干人来审问，衍祚将十三个月产儿的事说了一遍。卞公再问陈仁甫时，也是一般言语。望洪只是争执不服，卞公命将还郎抱来，与衍祚当堂滴血，以辨真伪。说也奇怪，衍祚一点血滴入水盆内，凝在盆底下，先取别个小儿的滴下去，并不调和，及至还郎那点血滴下盆时，只见衍祚这点血冒将起来，裹住了还郎的血并成一块。堂上堂下众人见了，都道两人的是父子，更无疑惑。正是：

> 是假难真，是真难假。
> 一天疑案，涣然冰解。

卞公审明了纪家父子，知纪望洪所告是虚，骂了几句，即时逐出。望洪好生羞愤，心里想要别寻事故，中伤叔父。过了年余，适值朝廷因钱法大坏，要另选好铜铸钱，降下圣旨："凡寺院中有铜铸的佛像，都要熔来应用。民家若有铜佛像，官府给价收之，私藏者有罪。"当时朝臣有奉佛的，上疏说佛像不宜熔毁。周世宗御笔批答道：

> 佛以善道化人，苟志于善，即为奉佛。彼铜像岂所谓佛耶？且朕闻佛在利人，虽头目犹舍以布施。若朕身可以济民，亦非所惜也。

此旨一下，谁敢道个不字。看官，你道朝廷要铸新钱，自当收取旧钱的铜来用，何至毁及佛像？原来那时钱法坏极，这些旧钱纯是铅沙私铸，并没些铜气在内，所以毫无用处。有一篇讥笑低钱的文字说得好：

> 号曰青蚨，呼云赤仄，虽有其名，全无其实。百分不满寸，千分不满尺。亲如兄分用不通，母权子分行不得。杜甫一钱看不来，刘宠大钱拣不出。孔褒见此可无论，和峤对此可无癖。卜式输之宁足奇，崔烈入之何足惜。呼卢刘毅未以豪，日费何曾仍是啬。十万腰缠轻若无，鹤跨扬州不费力。追念太公九府时，岂料凌夷至今日。

当下官府奉旨出示，晓谕民间，凡有铜佛像在家者，亲自赍赴官司领价。私藏不报者，即以抗旨论。纪望洪见了这告示，想起叔父有一尊铜佛在家，便又到金判卞公处，首告他抗旨私藏铜佛。卞公即差人拘纪衍祚到官询问，衍祚禀道："铜佛是有的，但有金子在内，不是纯铜的。又且神灵显应，恐怕熔毁不得。故不敢报官。"卞公道："怎见得神灵显应？"衍祚将毕家换去重来的一段话说了。卞公道："不信铜铸的佛能自去自来。若果能如此，也不被人偷了。可快取来熔化，熔出金子来，你自领去。"说罢，便着原差同衍祚去熔了来回话。衍祚不敢违命，只得同着公差将佛像去熔起来，却并不见有一些金子在内。衍祚惊得木呆。公差即押着衍祚，赍了所熔的铜，当堂禀复。卞公道："我说佛像岂有自去自来之理，这都是你支吾之词。"衍祚叩头道："毕家明明搠换，后来熔化时，却不见有金子。此是实情。"卞公沉吟着："如此看来，一定毕家以假换真之后，又有人偷换他真的去了。"因问："当时铸佛的铜匠是谁？"衍祚说出容三名字。卞公道："只唤容三来问，便晓得那真的下落了！"当晚便差人拘唤容三。次日早堂拏到，卞公再三究问，容三料赖不过，只提招出实情。说道："此皆毕家吉福指使。"卞公道："这佛若当在呼延府中，已经籍没入官，不可追究。今只拿吉福来，问他个欺盗之罪便了！"说罢，正要出差拘提吉福，恰好毕家把叛奴盗逃的事来呈告。原来吉福被毕思恒查出以前许多弊端，料道难以安身，竟于数日前私往乡间，冒讨了一船租米，不知逃往哪里去了。故此毕思恒遣家属来递状，恳求缉捕。卞公看了状词，一面出差缉捕，一面吩咐将容三押赴铸钱局里当官，不许放归，待缉获吉福面质明白，然后发落。衍祚给与铜价，释放宁家。

纪望洪本要中伤叔父，哪知卞公并不曾难为他，一发羞恼。因又起个凶恶念头，思量要去拐盗那还郎，早晓常到衍祚门首往来窥伺。一日，衍祚替亡妻强氏举殡，宜男也同到墓所送葬，只叫来宁夫妇随去，将还郎交付养娘收管，与小厮兴儿一同看家。那时还郎已三岁了，当宜男早起出门时，他正睡熟，及至清晨醒来，不见了母亲，只管啼哭，定要兴儿抱去寻觅。养娘骗他不住，只得叫兴儿抱他去门前玩耍。兴儿与他耍了一回，听得养娘在内叫道："兴儿，你把小官人来与我抱了。你自去邻家取火。"兴儿应了一声，却待抱还郎进去，还郎哪里肯？兴儿只得把他放在门槛上，空身入内，到厨下去寻取引火的纸板。谁知纪望洪那时也假意要来送殡，起早地走来，却见还郎独自一个坐在门前，便起歹念，哄他道："你要寻哪个？我抱你去寻。"那小孩子不知好歹，竟被他抱在怀里，一道烟走了。说时迟，那时快，望洪抱了还郎，穿街过巷，一霎时跑出城外。正走之间，劈面遇着了喜祥，叫道："大舍，你抱这小官人到哪里去？"望洪知喜祥被叔叔责逐，必然不喜欢主人的，便立住了，把心话对他说知。喜祥道："你来得正好。我自被逐之后，便去投靠了毕东厘老爷。他的小夫人鸾姨另居在庄上，离此只一二十里远近。前年那小夫人怀孕将产，恰遇毕爷选了京官，赴京去了。小夫人产了一女，却只说是男，使我到京中报喜。毕爷住在京师二年有余，目下大夫人死了，要接取小夫人到京同住。小夫人急欲寻个两三岁的孩儿，假充公子去骗主人，正苦没寻处。你若把这孩子卖与她，倒可得几两身价，我们两个同分何如？"望洪喜道："如此最妙。"便与喜祥到饭店中吃了饭，抱着还郎一同奔至庄上。喜祥抱还郎与鸾姨看，鸾姨见还郎眉清目秀，年纪又与自己女儿相同，十分中意，便将十两银子买了。喜祥与望洪各分了五两，望洪自回家去讫。鸾姨把所生女儿，命喜祥抱去寄养在庄后开腐店的王小四家，与他十两银子，吩咐他好生抚育，待过几时，设法领回。小四领诺。鸾姨自带了假公子，与喜祥夫妇起身赴京，不在话下。

且说那日纪家的养娘见兴儿空身入来，忙走出去看时，还郎已不见在门前了。慌得养娘急走到街上叫唤，并不见答应。忙呼兴儿到两边邻舍家寻问，奈此时天色尚早，邻舍开门的还少。有几家开门的，都说不曾见。养娘与兴儿互相埋怨，河头井里，都去张得到，更没一些影儿。慌乱了一日，到得夜间，衍祚与宜男归家，听说不见了还郎，跌脚捶胸，一齐痛哭起来。正是：

璧去复归诚有幸，珠还再失待如何。

衍祚写着招子，各处粘贴，哪里有半分消息，眼见得寻不着的了。自叹命中无子，勉强不得。宜男因哀念孩儿，时常患病。看看又过了三四年，更不见再产一男半女。

衍祚因想起亡妻强氏，当初曾许下开封府大相国寺香愿不曾还得，或因这缘故，子息难招，便发心要去还愿。择下吉日，吩咐养娘与来宁妻子，好生伏侍宜男，看管家里，自己却带了来宁，起身往开封府去。在路行了几日，忽一夜，投一个客店歇宿，觉得卧榻上草褥之下累累有物，黑暗中伸手去摸时，摸出一个包儿，像有银两在内，便把来藏过。至天明打开一看，果然是一包银子。里面写道白银十五两，共九锭五件，银包面上有个小红印儿，乃是"毕二房记"四字。衍祚看了，想道："这客人失落了这东西，不知怎样着忙？幸喜是我拾了，须索还他。"当日便不起身，住在店中等了一日，却不见失银的人来。衍祚暗想："我若只顾住在此呆等，误了我烧香的事，如何是好？"沉吟一回，心生一计，把那包银子封好交付店主人，说道："这包银两是一个姓毕的舍亲暂寄我处，约在此间店里还他的。今不见他来，或者他已曾来过，因不见我，

又往近边那里去了。即日少不得就要转来。但我却等他不及，只得把这银子转寄贵店，我自去了。他来问时，烦你替我交还他，幸勿有误！"店主人指着门前招牌道："我这里有名的张家老客店，凡过往客官有什东西寄顿在此，再不差误的。"衍祚大喜，便另自取银三钱，送与店主人，作寄银的酬仪。又叮嘱道："须记舍亲姓毕，房分排行第二，不要认错了别人。"店主人接了银子，满口应承。衍祚临行，又再三叮咛而别。

不则一日，来至开封府。那所在是帝王建都之处，好不热闹。衍祚下了寓所。到次日，那往大相国寺进过了香，在寺中随喜了半晌。回寓吃了午饭，叫来宁随着，带了些银两在身边。到街市上闲行，看些景致，买些土宜。闲步之间，偶然走入一条小巷里，见一个人家，掩着一扇小门，门前挂个招牌，上写道："侯家小班寓"，只听得里面有许多小孩子歌唱之声。衍祚立住脚听了一回，歌声歇处，却闻得一个孩子啼哭甚哀，又闻有人大声叱喝。衍祚正听间，只见对门一个老者扶杖而立，口中喃喃地说道："可怜这孩子也是好人家出来的，若遇个做好事的人收了他去，倒是一场阴德。"衍祚听说，便向老者拱拱手，问其缘故。老者道："有个刑部员外毕老爷，讳东厓，是归德府人。他有个小夫人倪氏，叫做鸾姨，生下个公子，毕爷爱如珍宝。不想近日毕爷病故，鸾姨也死了。他家里大叔说这公子是抱来的，不是亲生之子。因此他家的大公子毕献夫竟自扶柩回乡，把这小孩子丢在京中。恰遇这对门教戏的侯师父，收养在家，要他学戏，他不肯学，所以啼哭。"衍祚闻言，恻然道："我也是归德府人，与毕东厓同乡。待我收留了这孩子去罢。"老者道："客官当真么？这是一件好事体。"衍祚道："就烦老丈替我去说一说！"老者便扶着杖，走过对门，唤那姓侯的出来，对他说知其意。那人道："这孩子既不肯学戏，我留他也没用。但我已白养了他三五个月了。"衍祚道："这不难，我自算饭钱还你。"便向身边取出白银三两奉送。那人接了银子，欢天喜地，就去引出那孩子来，交与衍祚领去。衍祚又将几钱银子谢了那老者。然后叫来宁领着孩子，回到寓所，替他梳洗一番。仔细看他的面庞，却与还郎的面仿佛相似。问他年纪，说是八岁，算来还郎若在，也是八岁了。衍祚甚是惊疑。再细问他亲生父母是何人？孩子道："我幼时失散，不记得了。只听得有人说，我是三岁时被人在归德府城中偷出去的。"衍祚听说，一发惊讶。便去脱他的左足来看，却一样有骈指在上，不觉又惊又喜，抱着孩子哭道："你就是我亲儿还郎了。你认得我父亲么？"遂把以前失散的缘故对他说了。还郎才晓得衍祚就是自己的亲父。正是：

再经失散悲何限，重得团圆喜倍常。

衍祚得了还郎，欢喜无限，即日起身，赶回家中，说与宜男知道。宜男喜出望外，捧着还郎，相抱而泣。一向宜男为思念孩儿，常常患病，今既得还郎之后，身子渐渐好了。倒是还郎因在侯家受了些啾唧，饥饱不时，又长途跋涉而归，身子有病，延医调治，才得痊可。医生又写下个药方，教衍祚合一料丸药与他吃。衍祚依言，便往毕思恒店里去买药。原来思恒与衍祚虽存识面，却不相熟，当下看了药帐，该价银二两。衍祚称银与他，却称错了，称了三两。思恒忙取出一两来奉还。衍祚谢道："难得你这样好人。"思恒笑道："我今还你这一两银子，何足为奇！我前日曾带十五两银子出去卖药，却遗失在一个客店里。两日后才去寻，以为必落他人之手。不想遇着个好人，竟把来寄与店主人，送还了我。可惜不曾晓得那人的姓名！"衍祚便道："可是张家老客店里么？所失之银可是九锭五件么？银包上可是有'毕二房记'一个小红印的么？"思恒失惊道："老丈如何晓得？莫非还银的就是老丈么？"衍祚笑道："然也！"思恒忙跳出柜来，恭身施礼，叫伙计看了店，自己陪衍祚到里面堂中坐下，置酒相款。因问衍祚有几位令郎，衍祚道，"只有一子，年方八岁。"因把向来多蒙令嫂保全，后来失而复遇的话说了一遍。思恒道："此皆老丈盛德之报。"因问令郎曾有姻事否？衍祚道："还未！"思恒道："小弟有一女，恰好也是八岁。意欲与令郎联姻，未识尊意若何？"衍祚道："既蒙不弃，何敢推却。"思恒大喜。当下两人尽欢而别。衍祚回家，对宜男说知其事。宜男想起单氏恩义，也要与毕家联一脉亲，便叫衍祚去央陈仁甫为媒，择日下聘，两家行礼，俱颇丰盛。

却又动了纪望洪凯觎之心，走到陈仁甫家来说道："我叔父一向所认的还郎，已不见了，合当立我为嗣。如何又到外边去寻个来历不明之子为子，岳父又替他做媒定亲？"仁甫素怪女婿无赖，由他自说，便不理他。望洪怀愤，又要到官司告理。原来金判卞芳胤，向已去任，今又恰好升了本府太守。望洪又到他台下告状。卞公道："此事我前已断过，如何又告？"望洪诉出上项情由，卞公即拘衍祚来审。衍祚备言还郎三岁失去，八岁复遇的缘故。卞公道："有何凭据？"衍祚道："有脚上骈指可证。"望洪便道："天下有骈指的人也多，那见得毕刑部的假子就是叔父的亲儿？"卞公对衍祚道："你前番以滴血辨出父子，如今可再与他滴血便了。"当下衍祚与还郎又复当堂滴起血来，却与第一次滴血一般无二。卞公道："你二人是父子无疑了。但不知你的儿子，怎生到了毕刑部家里去。这个缘故，也须根究明白。毕刑部是我同年，待我请他的公子来问，即知端的。"便吩咐衍祚等一干人且暂退门外，待请出公子来问了再审。卞公退堂，随即差人持名帖到毕乡宦家，请他公子毕献夫来会话。此时毕公子才扶柩归来，在家守制，忽闻卞公相请，不敢迟延，即刻来到府中。卞公邀入后堂，相见叙坐，寒

温已毕，问起他所弃的幼弟，何由知是假的，有什凭据。毕公子遂将鸾姨以男易女的事，细述一遍，说道："此皆家奴喜祥经手做的事，后来原是此奴说出，所以治年侄知其备细。只不知此儿是哪家的。"卞公道："如今喜祥何在？待我唤他来问。"毕公子道："此奴近日因盗了先君遗下的一尊佛像，被治年侄追究了出来，现今送在捕衙羁候着。公祖年伯要他时，去提来就是。"卞公便问是何佛像，毕公子说出这尊佛像的来历。真个事有凑巧，原来他家的佛像，就是纪衍祚家那尊渗金的铜佛。当初吉福与容三当在呼延府中，却是倪氏鸾姨把来供在内室。后来嫁到毕东厓家，遂带了这尊佛去。鸾姨死后，这尊佛在毕公子处。喜祥又要偷他到别处去利市，不想才偷到手，却被同辈的家人知觉了，报知家主。毕公子大怒，即时追出佛像，把他送官究治，羁候发落。当下毕公子说出缘故，卞公笑道："原来这尊佛却在足下处。"便也把前年审问铜佛的事说了。毕公子道："治年侄正待把这佛来纳官助铸。今承公祖年伯见谕，即当送来。"言罢，起身告辞而去。卞公即差人到捕衙，立提喜祥到来，与衍祚、望洪等一干人同审。望洪一见了喜祥，惊得呆了。卞公唤过喜祥来问道："你旧主人之子，何由假充了新主人之儿？"喜祥初时不肯说出，后来动起刑法，只得招出纪望洪偷来同卖的缘由。卞公喝问望洪："此事有的么？"望洪料赖不过，只得招承。卞公大怒道："你两人一个以兄卖弟，一个以奴卖主，灭叔之侄，背主之奴，情理难容！"便将望洪重责三十，喜祥重责五十。责毕，又问喜祥道："你既受小主母之托，暗地以男易女，后来为何又对公子说知？"喜祥道："当初小主母原许小人重赏的，后来竟没有赏。小主母与先老爷又都死了，因便将此事说出，指望公子赏赐。"卞公笑道："你这奴才，总是贪心无厌。"因又问道："你小主母把女儿寄在外边，那女儿却是毕老爷亲生的小姐，可曾教公子取回么？"喜祥道："小主母所生小姐，寄养在腐店王小四家。公子曾差小人去取，那王小四已迁往宁陵县去了。及自小人到宁陵县寻着了他问时，不想那小姐已于一年前患病死了。"卞公道："你这话还恐是假的。你旧主人的儿子可以盗卖得，只怕新主母的女儿也被你盗卖了。你可从实说来，真个死也未死？"喜祥道："其实死了，并非说谎。"卞公摇头道："难以准信，待我明日拘唤王小四来面问。"说罢，命将喜祥与纪望洪俱收监，听候复审定罪。衍祚叩谢出衙，只见毕思恒同陈仁甫都在府前探望。衍祚对他述卞公审问的言语，说到王小四家寄女一事，只见毕思恒跌足失惊道："这等说起来，我的女儿就是毕乡宦的小姐了！"衍祚闻言，惊问其故。思恒道："实不相瞒，我这小女乃是螟蛉之女。我因往宁陵县收买药材，有个开腐店的王小四，同着个人，也说姓毕，领着个女儿，说是那姓毕的所生，一向过继在王小四处。今因她母亲死了，她父亲要卖她到别处去。我见此女眉清目秀，故把十二两银子买回来的。"衍祚听说，便道："既如此，不消等王小四来问，只须亲翁进去一对便明。"此时卞公尚未退堂，衍祚同着思恒，上堂禀知此事。卞公随即唤转喜祥来质对。思恒一见喜祥，说道："当初卖女的正是此人。据他说姓毕，又说这女儿是他所生的。哪知他却是毕家的奴子，盗卖主人的女儿！"喜祥那时抵赖不过，卞公转怒道："恶奴两番卖主，罪不容于死了！"喝令将喜祥再重打一百棍，立时毙之杖下。纪望洪问边远充军。发落已毕，至次日，毕公子拿着那尊铜佛，又来候见。卞公收了铜佛，请他入后堂来，对他说道："令弟虽是假的，即为令先尊所钟爱，还该看尊人面上，善处才是。如何辄便抛弃，太已甚了。令妹未死，却轻信逆奴之言，任其私自盗卖，便不留心详察，恐于孝道有亏。今毕思恒收养令妹为女，恰好又与足下的假弟作配。弟虽是假，妹夫却是真。可将银三百两送与令妹作妆奁，以赎前过。"毕公子听罢，逡巡惭谢，连声应诺。辞了卞公，便具名帖到纪衍祚与毕思恒两家去拜候，真个将银三百两送作妆奁。人皆服卞公的明断。正是：

> 有儿既已明真伪，失女还能辨死生。

卞公既审了两家儿女之事，却将那尊渗金铜佛，唤铜匠容三来认，问他可是原佛。容三道："正是原铸的佛一尊。"卞公道："你前日说这尊佛熔化不得，今可当堂熔与我看。"容三依命，就堂安炉举火，熔将起来。真个奇怪，凭你怎样烧他，只是分毫不动。卞公见了，咄咄称奇，吩咐不消熔化了，且放过一边。因对容三道："佛便在此了，只是吉福尚未拿获。据你招称是吉福指使，又被他分了一半银子去，如今没有对证，难以定案。"容三未及回言，只听得府门外高声叫屈，卞公喝问是谁？快拿进来。一霎时，公差押着两个人来跪于堂下，二人未及禀事，只见容三指着内中一人连声喊道："这个就是吉福。"原来吉福一向逃往虞城县，与陶良夫妇同住，改了姓名，投充了本县差役。后竟自恃衙门情熟，白占了陶良的妻子，赶逐陶良出去。陶良怀恨，料道在本县告他不过，等他奉差出外，在府城外伺候着了他，结扭到府前来叫喊。当下卞公先推问偷佛一事，吉福一口招承。陶良又告他目下强占妻子，前日放他逃走，指引他妻子将假人命诈害主人，又拐去租米若干，种种罪状。卞公把吉福打了五十，也问边远充军。陶良昔日同谋，今方出首，也打二十，问了徒罪。其妻官卖。容三罚役已久，只杖二十，免罪释放。吉福去充军，未到半路，棒疮发作，呜呼死了。此亦是欺主之报。有一篇劝戒家奴的歌儿说得好：

靠人家的，心肠休变。试问你头顶谁的屋？口吃谁的饭？主人自去纳房税，完田粮，你只白白地住，白白地啖，还要时常嗟怨。怨道没什么摸，没什么赚，独不思"消灾经"也须念一念。怎的为公便懒，为私便健。有等没良心的，贪求无厌。投了兴头的乡宦，便私扎圈，私诈人，十分大胆。假告示儿金惯，假图书儿用惯，到得事发难瞒，挤着一顿板，再去过别船。若还靠了膏粱子弟，市井富翁，又看他不上眼，公然背叛。管店的将货物偷，管当的把金珠换，管田的落租米，管屋的漏房钱，买办的无实价，收债的开虚欠。成交易，后手多，送人情，抽一半。及至主人有难，并不肯效些肝胆，反去做国贼，替别人通线，趁匆忙把资财诓骗。直待骨髓吸干，方才树倒猢狲散。不知主人与你有什冤仇，这般样将他谋算？如此伤天理，总为着贪，岂知头上那亮亮的难遮掩。几曾见会竞钱的大叔发迹了多年？几曾见花手心的管家得免了灾患？倒不如守着老实，学司马的家奴，万古流传；行着好心，似阿季般义气，千秋称叹。

闲话休提。且说卞公既发落了吉福等一起人犯，即令人请了这尊渗金铜佛，亲自打轿，送到隆兴寺里来供养。此时隆兴寺里，只有静修和尚做住持，那讲经的惠普和尚已不在寺中了。因有人说他与尼姑五空有染，五空产病而死，惠普惧罪，不知逃往哪里去了。正是：

　　本谓五空空五蕴，谁知一孕竟难空。
　　只因惠普慈悲普，却令尼姑沐惠风。

当下卞公到了寺中，静修出来接见了。卞公指着那尊铜佛，对静修道："这尊佛熔化不得，想佛家有灵，要借此感化朝廷。今可权供在此，待我具疏奏闻，候旨定夺。"静修合掌禀道："相公不消题疏。既有圣旨毁佛铸钱，那佛像本是幻形，岂有销熔不得之理，待贫僧熔与相公看。"卞公听说，将信将疑，即命左右安置炉火，看静修熔佛。静修令侍者将这尊佛放入炉内，一面举火，一面合掌宣偈道：

　　佛本虚无，何有色相？假金固是假形，真金岂是真像？咄！真真假假累翻多，从此捐除空碍障。

静修宣偈方毕，只见那铜佛登时熔化已尽。卞公十分叹诧，因问道："请问吾师，如何此像一向熔化不得，今日便熔了？"静修道："向因真假未明，故留以为质。今日真假既明，不必更留形迹矣。"卞公点头称善。便教将熔下来的铜付钱局应用，内中金子给还原主纪衍祚。吩咐毕，即打轿回衙。衍祚要将这金子舍与静修，静修辞谢道："我出家人要金子何用？你只把这金去做些好事，便胜如舍与老僧了。大凡佛心不可无，佛相不可着。只因你将金铸佛，生出无数葛藤。自今以后，须知佛在心头，不必着相。"衍祚再拜领教。回到家中，果然把这金子去做了许多好事。后来纪望洪遇赦而归，抱病身故，衍祚收埋了他的骸骨。又养老了侄妇陈氏。还郎毕姻之后，连生二子，衍祚将一子承继在望洪名下，使哥哥纪衍祉的宗祧不至断绝。毕思恒亦将自己一子承继与嫂嫂单氏，报她不从乱命，一片贞心。又教单氏迎养陈仁甫于家中，终其天年。自此纪衍祚、毕思恒两家，俱各子孙繁盛，亦有贵显者，此是后话。当时好事的，单把辨人辨佛之事，编成几句道：

> 于水验水，于火验佛。验佛验金，验人验血。验血不分，验金不灭。佛有三尊，子唯一尊。究竟幻形，化在转睫。存不终存，合岂终合。人相我相，总为虚设。众生寿者，镜花水月。奈何世人，迷而不达。

看官听说：人有定形，佛无定相。形是无形，无相是相。认起真来，假难混真；看得假时，真亦是假。试看讼假儿，盗假儿，卖假儿，买假儿，弃假儿，与夫铸金佛，怨金佛，偷金佛，换金佛，首金佛，如是种种，总为贪心所使。究竟妒妾之妻，欺夫之妾，灭叔之侄，弃弟之兄，背主之奴，以至忽是忽非之干爷，忽亲忽疏之远族，倚势取财之贵客，趋炎行诈之富翁，不守清规之僧尼，同谋分贿之佃户工匠，枉使贪心，有何用处？不若不贪的倒得便宜。诗云："大风有遂，贪人败类。"故这段话文，名之曰《醒败类》。

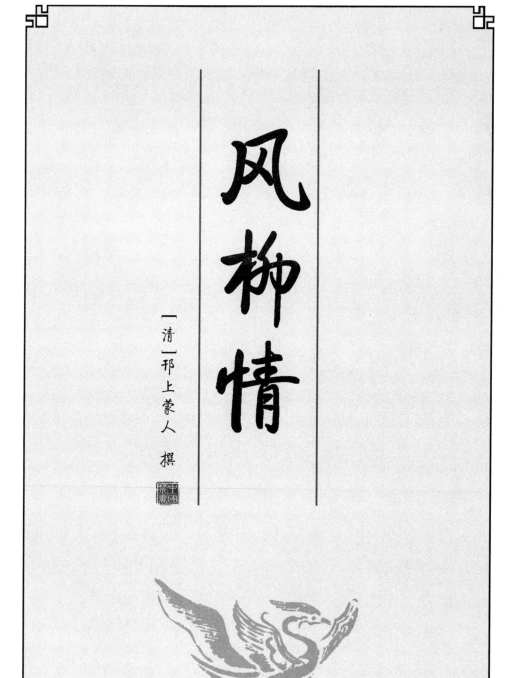

风柳情

[清]邗上蒙人 撰

第一回　浪荡子堕落烟花套
　　　　　　过来人演说风柳情

词曰：

　　惯喜眠花宿柳，朝朝倚翠偎红。年来迷恋绮罗丛，受尽粉头欺哄。昨夜山盟海誓，今朝各奔西东。百般恩爱总成空，风月原来是梦。

　　　　　　　　　　　　　　　　——右调《西江月》

　　话说东周列国时，管仲治齐，设女间三百，以安商旅。原为富国便商而起，孰知毒流四海，历代相沿。近来竟至遍处有之。扬州俗尚繁华，花街柳巷，楚馆秦楼，不亚苏、杭、江宁。也不知有多少人，因迷恋烟花，荡产倾家，损身丧命。自己不知悔过，反以"宁在牡丹花下死，从来做鬼也风流"强为解说。虽是禁令森严，亦有贤明府县颁示禁止，无如俗语说得好："龟通海底。"任凭官府如何严办，这些开清浑堂名的人，他们有这手段可以将衙门内幕友、官亲、门印，外面书差，打通关键。破费些差钱使费，也不过算是纸上谈兵，虚演故事而已。但凡人家子弟，到了十五六岁，出了书房之时，全要仗着家中父兄管教，第一择友要紧。从来近朱者赤，近墨者黑。青年子弟，若能交结良朋佳友，可以彼此琢磨，勤读诗书，谋干功名，显亲扬名。士农工商，各自巴捷，亦可兴家创业。倘若遇见不务正的朋友，勾嫖骗赌，家里上人又溺爱他些，不大稽查，更有不知上人创业如何艰难，只顾自己挥霍，日渐日坏，必致成为下流。赌博的"赌"字虽坏，尚是有输有赢，独有"嫖"之一字，为害非轻。在下曾经目睹有那些少年子弟，仗着父兄挣有家资，他到了十五六岁时，爱穿几件时新华丽衣裳，起初无非在教场下买卖街，三朋四友吃吃闲茶；在跌博篮子上面跌些瓷器、果品、玩意物件。看见天凝门水关里面出来的游湖船上面，间或有人带的女妓，也有梳头的，也有男妆的，红裙绿袄，抹粉涂脂，也有唱大曲的，也有唱小曲的，笛韵幽扬，欢声袅娜，引得这些青年子弟心痒难挠。因此，大家商议，雇只游船追随于后。这还算是眼望，不过破费些船钱、饮食，尚不至于大害。最怕内中偶有一人认得这些

门户，引着他们一进了门，打一两回茶围，渐渐熟识，摆酒住镶，不怕你平昔十分鄙吝，那些烟花寨里粉头，他有那些花言巧语将你的银钱骗哄到他腰里，骗得你将家中妻子视为陌路，疑惑这些地方可以天长地久。

还有可笑的事，家中父母叫儿子做件事，买件衣物，还要回说得闲没得闲，有钱没有线，许多的推托。若是相好的粉头放下差来，要甚衣裳首饰，纵然没有银钱，也要百般的设法挪借，立刻办了送去，以博欢心。那知那些粉头任凭你将差事应一了送去，从来没有一人说过好的。若是衣服，必是说裁料、颜色、身分不好，花边、花色不好，或是长了，或是短了。若是首饰，又说是金子颜色淡了，银子成色丑了，花样不时式，金烧的不好，翠点的不好。簪子长了短了，镯头圈口大了小了，兜索于瘦了肥了，耳挖子轻了重了。正所谓将有益银钱填无穷之欲壑。

人家养的儿子到了长大的时节，纵然不学好，不务正，做错了事件，就是父母也不忍轻易动手就打，开口就骂。任凭怎样气急了，说几句骂几句，有那卜逆儿子还要回言回语。独有在这玩笑场中，被这些粉头动辄扭着耳朵打着骂着、掐着、咬着，还是嘻嘻的笑着，假装卖温柔，说甚么打情骂趣，生恐言语重了恼了这些粉头，就没有别处玩笑了。世间的人若能将待相好粉头的心肠去待父母，要衣做衣，要食供食，打着不回手，骂着不回言，可算是普天世间第一个大孝子了。

还有些朋友，只知终日迷恋烟花，朝朝摆酒，夜夜笙歌，家中少柴缺米，全然不顾。真是外面摇断膀子，家里饿断肠子。常在花柳场中贪恋粉头，在外住宿，忘记家中妻子独宿孤眠。有那贤淑的妇人，不过自想红颜薄命，闷在心里，在人前不能说丈夫不是，因为要顾自己贤名。还有那些不明大义的妇人，因丈夫在外贪玩，等待丈夫回家，见了面就同丈夫扛吵，百般咒骂，寻死觅活。更有那种不识羞耻的下贱妇人，他说丈夫在外玩得，他在家里也玩得，背着丈夫做下许多濮上桑间伤风败俗的事来，被人前指后戳，说甚么卖花钱儿买花带。

殊不知在这些地方初落交之时，银钱又挥霍，差事又应手，这些粉头就百般的奉承，口里说刻刻难离，要跟着住家，也有要从良，恨不同生共死。及至你还坐在他的房里，那边房里来了别的各人，他们亦复也是这等言语。还有那聪明能干的朋友，用尽无限机谋，也不知丧了多少良心，弄了银钱来输心服意的送与这些粉头受用，他又明知这些粉头都是花言巧语灌的米汤，哄骗人的银钱，他偏说是："这些粉头同天下人是灌的米汤，惟独与我是真心实话。"若不是这样想头，人又不是痴呆，怎肯甘心将银钱与他们受用？

这些地方不拘你用过多少银钱，到了你没有银钱的时候，或是欠下镶钱，或是差未应手，这些粉头就翻转面皮，将平日那些恩爱都抛在九霄云外去了，一般的冷眼相看。连那些内外场也是这般势利。莫说没有银钱被那些粉头讥笑，就是身上衣服稍为褴褛，自己也就不好意思去了。更有一种蜜脸，为了一个粉头吃醋争风，甚至打降扛吵，动刀动枪，弄出祸来，跪官见府。还有在这些地方得罪了官亲幕友，或是遇见官府查夜，捉拿了去，问了答杖徒流。这些粉头不拘与你何等恩爱，见你闹出事来，他不是卷卷资财回归故里，就是另开别的码头生意去了。弄下祸来让你一人担当，他竟逍遥事外。

还有许多朋友。在这些地方浪费银钱还是小事，只因平日在这些粉头身上不肯多用银钱，枕席间取这些粉头厌恶，惹下一身风流果子，杨梅结毒，鱼口疮瘵（疳疮），〔轻则〕破头烂鼻，重则因毒丧命。还有些公间朋友，以及把势光棍，平时在这些地方倚势欺压，吃白大花酒，住白大镶。这些粉头惧他威势，明是极力奉承，暗则含恨在心。若能接着上宪委员、幕友官亲，告个枕头状子，送个访案，及至捉拿到官，还不知祸从何起。这正是"明枪易躲，暗箭难防"。

试问贪恋烟花有几人遇见女妓倒贴银钱，或是带些钱财跟他从良？莫说近日绝无这等便宜事情，就作万中出一，竟有个粉头带了若十金银跟你从良，也要想想他是将父母遗体换来的银钱，如今既将身体伴你，又用他的银钱，你自己也要看着家中也有妻子、妹妹、媳妇、女儿，若是贴人银钱陪人睡觉，跟着别人去厂，你心中怎肯干休？

如今"嫖"之一字，有这许多报处，却没有一件益处，那知还有比"嫖"之一字为害更烈。目下时兴鸦片烟，在这些玩笑场中更是通行。但凡玩友到了这些地方，不论有瘾没瘾，会吃不会吃，总要开张烟灯，喊个粉头睡下来代火。那有瘾的不必说了，那没瘾的借着开了灯，来同这粉头说说笑笑，可以多耽搁一刻工夫。今日吃这么一口两口，明日吃这么二四口，不消数日，瘾已成功，戒断不得。这是一世的大累，要到除，死方休，岂不是害中又生出害来？

在下也因幼年无知，性耽游荡，在这些烟花寨里迷恋了三十余年。也不知见过多少粉头与在下如胶似漆，一刻难离，也不知罚（发）多少山盟海誓。也有要从良跟我，也有跟着住家。将在下的银钱哄骗过去，也有另自从良，也有席卷资财回归故里，亦有另开别处码头去了。从前那般恩爱，到了缘尽情终之日，莫不各奔东西。因此将这玩笑场中看得冰冷，视为畏途，曾作了七言律诗一首道：

迷魂阵势数平康，
埋伏多般仔细防。
柳帜花幡威莫敌，

中国禁书文库

风柳情

轻刀辣斧勇难当。

频舒笑脸勾魂魄，

轻启朱唇吸脑浆。

陷入网罗准打破，

能征英若不临场。

　　这日闲暇无事，偶到郊外闲步，忽然想起当日烟花寨内那些粉头，与在下那般恩爱，越想越迷。信着脚步，不知不觉走到一个所在，远望一座险峻高山，怪石峻峨。顺着山根，有一道万丈深潭，波涛滚滚，一望无际。由着潭边行到高山脚下，只见有一块五尺多高的石碣立于山根，石碣上镌有六个大字，凝神细看，是"自迷山无底潭"。但不知山上是何光景，遂扳藤附葛，步上高山。曲曲折折行了数里，只见山顶有许多参天古树，有两位老叟对面坐在一棵大古树根上。一位是鹤发童颜，仙风道骨，一位是发白齿脱，面容枯槁，手里捧了一部不知甚么书籍，两人正在那里一同观看。

　　此时在下走得腿酸足软，又不识路径，向着二位老叟施礼问道："二位老丈，在下因迷失路途，望祈二位老丈指示，前面是甚所在？"只见那鹤发童颜的举首一望道："前程远大，后路难期。问尔自己，何须饶舌。"在下听得言语蹊跷，后又施礼道："敢问二位仙长法号、高寿、是何洞府、所览是何书籍？"那鹤发童颜的道："吾乃月下老人，经历了不知多少甲了。原居上界，职掌人间婚姻。但凡世间男女未曾配合之时，先用赤绳系足，故而千里姻缘全凭一线。吾因怜念下界那些愚男蠢妇前世种有风缘，今生应当了结，或系三年五载，或系一度两度，吾一片婆心，总代他们结了线头，成全美事。不意从此酿出许多倾家丧命、伤风败俗的事来。因此上帝嗔怒，将吾谪贬在此，要待普天下人不犯淫欲，方准吾复归仙界。回在山中闲暇无事，常时同这过老儿盘桓盘桓。"那一位发白齿脱的道："吾姓过名时，字来仁，乃知非府悔过县人也。年尚未登花甲，只因幼年无知，误入烟花阵里，被那些粉头舌剑唇枪、软刀辣斧杀得吾骨软精枯，发白齿脱。幸吾禄命未终，逃出迷魂圈套，看破红尘，隐居于此。昼长无聊，将向日所见之事撰了一部书籍，名曰《风柳情》，今日携来与吾老友观看消遣，不期遇见尔来。"

　　在下复又问道："还要请问仙长，此书是何故事？出自何朝？敢乞再为明示。"过来仁道："若问此书，虽曰'风月'，不涉淫邪，非比那些稗官野史，皆系假借汉、唐、宋、明，但凡有个忠臣，是必有个奸臣设谋陷害。又是甚么外邦谋叛，美女和番，摆阵破阵，闹妖闹怪。还有各种艳曲淫词，不是公子偷情，就是小姐养汉，丫环勾引，

私定终身为人阻挠，不能成就，男扮女装，女扮男装，私自逃走。或是岳丈、岳母嫌贫爱富，逼写退婚。买盗栽赃，若打成招。劫狱，劫法场。实在到了危急之时，不是梨山老姥，就是太白金星前来搭救。直到中了状元，点了巡按，钦赐尚方宝剑，报恩报怨，干部一腔。在作书者或是与人有仇，隐恨在心，欲想败坏他的家声，冀图泄恨。或是思慕那家妻女，未能如心，要卖弄自己几首淫词艳诗（赋），做撰许多演义传奇，南词北曲。那些书籍最易坏人心术，殊于世道大为有损。

今吾此书，是吾眼见得几个人做的些真情实事，不增不删，编叙成籍，今方告成，凑巧遇见尔来，谅有凤缘。吾将此书赠尔，带了回去，或可警迷醒世，切勿泛观。"说毕，将书付与在下。那时也未及检开看视，就拢于衣袖之内。转眼之间，一阵清风，那二叟不知何处去了。赶忙望空拜谢，仍曲日路下了高山，到了潭边，那知不是先前那样荒凉。两岸皆植花柳，绿绿红红，见有许多房舍，又有许多粉头，翠细红裙，抹粉涂脂，将在下请到房舍里面。

那些粉头燕语莺声，扭扭捏捏，也有要首饰的，也有要衣服的，也有要银钱的，也有要玩物的，也有留着吃酒的，也有留着住宿的。不由得情难自禁，同着一个丽色佳人，共人罗帏，覆雨翻云，直睡到红日东升，方才醒来、睁睛（眼）一望，那里有什么房屋，有什么美女，只见睡在荒效，身旁睡了一个白骨骷髅。唬得在下一声大叫惊醒来，却是一场异梦。惟觉衣袖中有物，取出一看，乃是一部书籍，面上写着"风柳情"三字，不觉诧异，揭开书来观看，见有四句写道：

> 胡为风柳情，
> 尽是荒唐话。
> 或可醒痴愚，
> 任他笑与骂。

但不知这《风柳情》叙的些什么人，做的些什么事。看官们若不嫌絮烦，慢慢往下看去，自有分解。

第二回 袁友英茶坊逢旧友
吴耕雨教场说新闻

话说江南扬州府江都县，有一人姓袁名酞，字友英。祖父袁漳，府学廪生。父亲袁寿，中式武举。袁酞幼恃溺爱，读书未成，身体又生的瘦弱，不能习武，祖父代他援例捐职从九品。娶妻杜氏，尚未生育。袁酞为人生得刁滑，性耽花柳，终日游荡，仗倚祖、父威势，惯放火债，总是九折加二，八折加一利息。又交结了一班狐群狗党，捉赌挤娼，搭抬讹诈，无恶不作。到了二十余岁时，奉桌宪行文江都县，访拿收禁。他祖父、父亲不知寻了多少门路，花了多少银钱，总将袁酞从轻革去从九职衔，问拟徒罪，发配苏州府常熟县安置。三年徒满释回，祖父（袁漳）已故，袁酞拜见过父母，与妻子杜氏相见，谢其数年侍奉翁姑一番辛勤。杜氏还礼，各诉别后离情，悲喜交集。家中摆了酒席，骨肉团聚。

过了数日，袁酞与妻子杜氏商议，将家中衣饰折变了些银两，依然又放火债，所得利息足可过活。袁酞本是游荡惯了的人，每日仍是在外交结三朋四友，正是"物以类聚，人以群分"，他所交结之人，无非那些惯放火债以及眠花宿柳那一班好友。

这一日午后，正同盐运司衙门里清书贾铭，扬关差役吴珍在教场方来茶馆，一桌吃茶闲谈。你言我语，总是谈的花柳场中。这个说是那个堂名里某相公人品好，那个说是那个巢子里〔某相公〕酬应好，那个又说是某相公大曲唱得好，某相公小曲唱得好，某相公西皮二黄唱得好，某相公戏串得好，某相公酒量好，某相公台面好，某相公拳划得好，某相公床铺好。

三人正在说得豪兴，只见茶馆之外走进一个年约二十岁的少年人，雪白圆脸，秀眉朗目，脑后一条大辫，约有二两多元（玄）色头条辫线。头带宝蓝大呢盘金小帽，面前订着一个点翠赤金牡丹花，内嵌大红宝石帽花，大红线纬帽结，大红生丝京八寸帽须，铺在小帽后面。身穿一件蛋青虞美人花式洋绘大衫，外加一件洋蓝大呢面、白板绫里、订金桂子钮扣军机夹马褂。钮扣上挂了一个乾绿翡翠龙圈，套着金圈、金索五件头金剔牙杖。大衫岔子外露出松花绿花边镶滚，挂藕色、金、白三色芙蓉带的裤带。秋葵色洋绘面、玉色西庄绸里夹套裤。淡青杭绸双龙抱住夹袜，足下穿一双天青

贡缎镶白羽毛、二十八层毡底时式镶鞋。左手大拇指上戴了个赤金杆乾绿翡翠班指，第四指上戴了一个赤金桶箍式戒指，两个藕节金间指背膊上戴了一只圆埂金镯，约有四两多重。右手拿了一柄真乌木、三十二根骨子、二面洒金、真张子元杭扇。后面跟随一个俊俏小厮。

这少年进了茶馆，到了里面，蓦然看见袁酞，连忙走到跟前作了一揖，笑嘻嘻地说道："友英兄，久违久违，今朝幸会。"袁酞一看不是别人，是他从前问罪，在常熟结盟支好的。此人姓陆名书，字文华，今年尚未足二十岁。他父亲在常熟县承充刑房提牢吏，因为生得精明强干，百伶千巧，历任官府得喜，内外穿插，因此有资饶裕。陆书并无姊妹，乃系独出。他父亲十分溺爱，任他终日在外游荡。前与袁酞在常熟妓院相逢，结拜金兰，朝夕相聚，胜似同胞。后来袁酞罪满释回之时，陆书备席钱行，又送程仪、路菜茶食，亲自送到船上，依依不舍，洒泪而别。

陆书目今因为在家娶了妻子，乃系读书人家的女儿，容貌丑陋，与陆书不甚和洽，时常分房独宿，所以二载有余，并未有孕。陆书的父亲有个姐姐嫁在扬州，因陆书终日在外眼花宿柳，且又望孙子心重，把了五百银子与陆书到扬州买妾，另外又给了数十两银子盘费，叫他到扬州投奔姑母，拜拜姑爹代办这事。陆书因闻得扬州系繁华之地，悄悄又将他母亲的私蓄越出约有千两银子、三四百块洋钱，带在行囊里面，昨日才到扬州。他姑爹家住在钞关门内南河下地方，在盐务商家总理账目。陆书见过姑爹姑母，留在家中书房宿歇。

今日午后无事，带了跟来的小厮小喜子，到教场闲玩，看了几处戏法、洋画、西洋景，又听了一段淮书，又听了那些男扮女装花戳扭扭捏捏唱了几个小曲。此刻口渴腹肌，正走进方来茶馆，不期会见袁酞，遂作了一个揖道："仁兄久违！久违！"袁酞见是陆书，赶忙还礼道："贤弟幸会！幸会！"邀在一桌坐下。小喜子向袁酞请了安，袁酞叫与他们的小厮一桌吃茶。陆书与贾铭、吴珍各道姓名。袁酞向陆书道："老伯父母在家安好？愚见前在贵处请承照拂，铭感五内。不知贤弟今到敝地有甚贵干？"陆书道："家父家母托庇粗安。兄在敝地一切简慢，望乞恕罪。小弟自从仁兄旋里，无日不思。今奉家严之命，来扬探视姑母，昨日才到贵处，尚未躜府拜请老伯父母金安并哥嫂安好，罪甚，罪甚！"袁酞道："说也不敢当。"各谈别后离情。袁酞又问道："令姑丈尊姓大名，府居何所，作何贵业？明早到彼奉拜。"陆书道："舍亲姓熊，讳大经，在盐务司账，住居南河下。小弟明早到府，不敢枉驾。"

正说之间，茶馆外面来了一个青年，约有二十岁，白光面皮，头带藕色洋绉平顶小帽，上灯广翠金托一枝重台芙蓉花、内嵌大红宝石帽花，大红线纬帽结，大红纬须约有二尺多长，拖在脑后。身穿一件蛋青贡绝大衫，外加一件泥金色大花头线绉面、玉色板绫里、金桂子钮扣军机夹马褂。钮扣上套了一个羊指玉嫡虎龙圈，套着一挂金索三件头金剔牙杖、松花绿洋绉面、大红绸机里夹套裤。足下时式元（玄）缎鞋子。手拿了一柄真湘妃竹骨、上白三矾扇面、名人字画大尺方扇子。摇摇摆摆，带着小厮走进茶馆。那些跑堂的就连忙招呼道："少爷来了！"那少年并不答应，一直到了里面。

袁酖看见这少年人进来，遂直（立）起身向那少年道："晴园兄请坐。"那少年见了袁酖，笑容可掬，拱手说道："友英兄请了。"大众让坐，谦让一番，遂在一桌坐下。那少年请问诸位尊姓大名，袁酖指着贾、吴二人道："此位姓贾名铭，字新盘。此位姓吴名珍，字颖士，皆是此地人。"又指着陆书道："这位兄弟姓陆名书，字文华，贵处系常熟县，昨日才到扬州，向在常熟与小弟盟过的。"众人又请问少年姓名，袁酖代答道："此位姓魏名璧，字晴圆，最爱交友。令尊现在两淮候补，公馆在糙米巷。"各道名姓已毕，正在闲谈，有些做小本生意人，拎着蒉篮的，也有捧着托盘的，走到魏璧这桌旁边，将些瓜子、蜜饯等物抓好些放在桌上，喊了一声"少爷"，也不说价钱，各人又到别人茶桌上去卖了。魏璧就将瓜子等物分敬众人。

只见又有些拾着跌博篮子的，那篮内是些五彩淡描瓷器、洋绉汗中、顺袋、钞马、荷包、扇套、骨牌、象棋、春宫、烟盒等物，站在魏璧旁边，哄着魏璧跌成。魏璧在那篮子内拣了四个五彩人物细瓷茶碗，讲定了三百八十文一关。那跌博的拿那夹在夹窝内一张小高板凳坐下，将小苗帚先将地下灰尘扫了几下，然后将耳朵眼状六个开元钱取了出来，在地上一洒，配成三字三模，递到魏璧手内，用右手将魏璧手腕托住。那旁边站有几个拾博的，向着与魏璧跌博这人呶嘴说道："叫着！"这人点头答应。魏璧将六个钱在手指上摆好，望地下一跌。耶恰博人口数，——看清了字模，拾起来又递在魏璧手内，魏璧又跌。共跌了五关，只出了两个成，算是输了二关。魏璧道："不跌了。"那人也不曾问着钱钞，立起身来，拿了小板凳，拎着博篮同那几个抬博的去了。袁酖叫跑堂的买了些葱油饼、鸡肉大包子等物，各人吃过。下午彼此闲谈。总是青年爱玩耍的人，越谈越觉投机，甚是亲热。

忽然邻桌上一个吃茶的人走到袁酖桌旁，挨着袁酖坐下，也不同众人招呼，便说道："你们可晓得两件新闻吗？"袁酖回道："不知。"那人道："钞关对河鸿庆国软下处，有个分帐伙计，名叫爱林，是盐城人，跟了一个成衣有一年多了。这成衣的妻子吃醋，时常吵闹。昨日晚间，爱林关了房间睡觉，不知在那里弄了些生鸦片烟吃下去。今日早间，成衣在妻子房里起来，见爱林房门未开，喊叫不应，心里疑惑，将房门打开，看见爱林已经死在床上了。成衣看了，忙赶紧备了棺衾，将爱林收殓。此刻将棺

材送到盐城去了，不知这爱林家有何人，家里可有话说，如何结局。还有一件，埂子街坠于有新拥下来一个捆帐伙计，名叫秀红，也是盐城人，今年对才十六岁，人品不疤不麻，不足四寸一双小脚，是二十千钱一季连包捆。那知捆价方才兑清，〔这秀红住在楼上，不意前夜池悄悄开了楼窗，不知怎样漫上房屋，〕漫屋过屋，在屋上走到连城巷什么人家，方才跳了下去。那人家唬了一惊，疑惑是贼盗。点起灯笼细看是个女人，大为诧异。问其细底，秀红说是坠子家逼他为娼，朝打暮骂，所以黑夜逃走。那个人家不知在那个衙门里做书缺，家里又有个秀才，就将秀红交与地保，要鸣官究办。那知秀红的父亲将捆价拿去，并未回盐城家去，次日早间就闹到坠子家要人，闹得坠子家家翻宅乱。后来保赤堂董事知道，将秀红带到立真堂去择配，要将他父亲送官，说他卖女为娼，他才抱头鼠窜的去了。他父亲当日原是放鹰，如今弄得人财两主。坠子还亏与个师爷相好，这师爷出来料理，向连城巷那个人家说情免追，又花费了好些钱与他地保、坊快，连从前拿去的捆价，坠子家计算花用若干，险些落了一场官事。据你们诸位看来，这两件事奇与不奇，可算是新闻吗?"众人听了都觉诧异新奇。那人说毕，仍到他原坐那桌吃茶去了。

陆书便问："此系何人?"袁酞道："他叫吴耕雨，是个武童生，惯在龟窝堂名吃白大、揽腿跑、挤鸦于，寻没影儿钱。我们平昔虽然与他认识，不过见了面点头而已，从不与他亲厚。不知他今日平空到我们桌上向我们说这些不伦不类的话，好笑不好笑。"贾铭道："这种人可远可近，他这些话只当没有听见罢了。"众人又闲谈了一刻工夫，渐渐回落。袁酞邀请陆书吃晚饭，陆书道："今日兄弟出来并未留信，恐姑母悬望。明早洁诚登堂，拜谒老伯母请安，再为叨扰。"袁酞见陆书执意不扰，说道："愚兄明早本欲到令亲府上奉拜，既是贤弟说明日光顾寒舍，愚兄在舍拱候。奉屈在坐诸兄明日台间午饭，务望赏光。"贾铭、吴珍、魏璧总各应允："明日定来奉陪。"

陆书辞别众人，带着小喜子去了。袁酞关照跑堂写账。那跑堂的同卖水烟的均皆答应。袁酞同着众人各带小厮出了茶馆，又叮嘱贾铭们三人道："明日务望赏光，小弟在舍专候，不着小价奉邀了。"三个满允，分路各散回家。不知后事如何，且看下回分解。

话说陆书在教场方来茶馆巧遇袁酖，吃茶散后，回到姑爹家中。用过晚膳，同姑母谈了些家常话，安歇一宵。

次日清晨，备了"盟愚侄"、"盟愚弟"两对拜贴，换了一顶朱红贡纬高桥梁时式大呢帽，身穿一件二蓝线绉夹袍，系了一条白玉螭虎钩丝带，挂了洋表、扇套、荷包、小包等物，外加一件元（玄）色线绉夹外褂。小厮小喜子拿着拜帖，捧着小帽，夹着衣包，拎着水烟口袋，跟随出了姑爹家大门，由南河下到了常镇道衙。署前那照壁紧对着钞关门城门，那里是水码头，来往行人拥挤不开。陆书带着小喜子，慢慢的随着众人走。但见那：

门名宝钞，乃水陆之冲途；衙属行辕，辖扬由之关部。连楚接吴，达淮通鲁；络择行人，稠密烟户。税务房稽查越漏，悬虎头牌示以扬威；门兵班严拿奸宄，挂狼牙箭袋而耀武。旅店灯笼，招往夫之过客；铺面招牌，揽轻商之市贾。进城人出城人，呵气成云；背负汉肩担汉，挥汗如雨。街市上兰花担牛脯担，香风堪爱；路途间尿粪担恶水担，臭味难闻。蔬菜担鱼虾担，争先抢后；井水担河水担，逐队成群。七横八竖，担夫之挑柴拥拥；六抬三跟，盐商之飞轿纷纷。缝穷妇女，臂挽蒡篮供补缀；游方僧道，手敲鱼子化钱文。男装女相，抹粉涂脂，人作兔畜受人拘；强讨硬化，乞丐玩蛇。车载驴驮装货物，大商小卖做生涯。真是十省通衢人辏集，两江名地俗繁华。

陆书行过常镇道衙门，转弯到了埂子大街，见有许多戴春林香货店。也有的柜台前许多人买香货的，买油粉的，纷纷拥挤；也有的柜外冷冷清清。陆书初到扬州，不知何故，又不便问人，遂过了太平码头，到了小东门外四岔路口，问了店面上人路径，直向北进了大儒坊，过了南柳巷，到了北柳巷，问到袁酖家门首。进了大门，只见四扇白粉屏门开着。小喜子将屏门敲了两下。里面有个仆人将旁边一扇屏门开了，问道：

"是那位老爷？"小喜子将两封拜帖递与那开门的仆人，道："我们大爷特来拜会，拜托回一声。"那仆人将两封拜帖一看，道："请少待。"转身进去。

片晌工夫，见中间两扇屏门大开，那接帖的仆人道："请。"陆书带着小喜子走进。袁酞已地至大厅檐前，邀至厅上。陆书要请袁酞的父亲出来拜见，袁酞道："家父现有小恙在身，改日再见罢。"陆书又要到后堂拜见伯母、大嫂，袁酞再三谦逊，方才彼此见礼入座。有人献了茶。袁酞道："愚兄实是不知贤弟来扬，尚未到令亲府上拜谒，反沐大驾先临，罪甚罪甚！"陆书道："小弟拜谒来迟，亦望吾兄恕罪。"袁酞请陆书除去大帽，换了小帽，又将外褂脱下，交与小喜子，在衣包内换了一件天青镜面大呢面玉色板绫里夹〔马〕褂，复又入坐。

家人又献了一巡茶。听得厅口家人道："贾老爷、吴老爷来了。"袁酞、陆书才立起身，只见贾铭、吴珍已经走进。上得厅来，彼此见记礼入坐，品茗闲话。不一刻工夫，家人来回道："魏少爷来了。"袁酞们一齐迎至大厅檐前。魏璧上厅与袁酞见过礼，分宾主入坐。家人献茶，茶罢收杯。

袁酞邀请众人到西首花厅里面去坐，众人立起身来。袁酞道："小弟引导。"众人道："请。"随着袁酞但见大厅西首两扇白粉小耳门上，有天蓝色对句，上写着：

风弄竹声
月移花影

进得耳门，大大一个院落。堆就假山邱壑玲戏，有几株碧梧，数竿翠竹，还有十几棵梅、杏、桃、榴树木。此时四月天气，花台里面芍药开得烂熳可爱。朝南三间花厅，上面有一块铺木匾，天蓝大字写的是："吟风弄月"。下款是"古灵王应祥书"。中间六扇白粉屏门，摆列一张海梅香几，挂了一幅堂画，是筠溪陈瑷画的山水。两边挂着泥金锤笺对联，上写着：

风来水面千重绿
月到天心一片青

上款写："佩绅学长先生教正"，下款是"齐之黄应熊拜手"。香几上左边摆着一枝碎磁古瓶，海梅座子，黑漆方几，瓶内插了十多竿五色虞美人；右边摆的是大理石插牌。中间摆了一架大洋自鸣钟，一对钩金玉带围玻璃高手罩。一对画漆帽架分列两旁。桌椅、脚踏、马机、茶几都是海梅的。学士椅、马机上总有绿大呢盘红辫团"寿"字垫子。香几两旁摆列着广锡盘海梅立台。有八张捕木书橱分列两旁，书橱上总有白铜锁锁着，不知里面藏的什么书籍。左边尝山墙挂了六幅画条，是方华和尚画的梅花、虞步青画的山水、王小某画的美人、李某生画的三秋图、倪研田画的月季花、刘古尊画的石榴。右边尝山墙挂了一幅横披，是钱问衫写的《阿房宫赋》。右首尘栏杆摆了一张楠木十仙桌，上面摆了一枝龙泉窑古瓶，紫檀座磨朱高几，瓶内插了五枝细种白芍药。靠着厅后生墙板摆了一张捕木大炕，海梅［炕几］，炕上也是绿大呢坑垫、球枕、炕面前摆着脚踏、痰盒。厅上挂的六张广锡洋灯，大小玻璃方灯。雕栏湘帘，清幽静雅。

袁酊邀请众人至花厅里面坐了，重新烹了上好香茗，摆了四盘点心是。一盘生肉笋包，一盘火腿糯米烧卖，一盘五仁豆沙馒头，一盘螃蟹肉饺。袁酊邀请众人用早点，众人陪着陆书将早点用毕，品茗闲话。

吴珍跟来的小厮发子，拿着一个蓝布口袋，走至花厅右边，将口袋放在炕上。又将那炕上海梅炕几搬过半边，在口袋内拿出一根翡翠头尾、金龙口、湘妃竹大烟枪，放在炕上。又拿出一个紫檀小拜匣样式小盒，揭开摆在炕中间，就像是个灯盘。这厦内有张白钢转珠烟灯，玻璃灯罩，钢千、小剪、斗挖、水池俱全。安放好了，又拿了一个水烟纸煤点了火，来将烟灯点着。吴珍看见灯已开好，就立起身来，走到炕上坐下。在腰间挂的一个戳纱五彩须烟匣袋内，拿出一个珐琅纹银转珠烟盒，盖子上有一个狮子滚球，那狮子的眼睛、舌头同那一个球总是活的。据说这烟盒出在上海地方，扬州银匠总不会打。

吴珍将烟盒用手转开，放在灯盘里面，遂邀请众人吸烟。众人皆说不会。吴珍再三相拉，将陆书拉了睡在炕上左边，吴珍睡在炕上右边。用钢千在烟盒内蘸了些烟，在烟灯上一烧，那烟挂［了］一寸多长，在千子上一卷，在左手二指上滚圆。又在烟盒内一蘸，在灯火上又烧又滚，如此几次，将烟滚圆成泡。拿着枪，就着灯头，将烟泡安在烟枪斗门之上，又用手指捏紧，就灯拿钢千将烟戳了一个眼。自己先将枪吹了一吹，用手将枪嘴一抹，才将枪递在陆书手内。吴珍将枪尾捧着，陆书将枪用劲街在口里。吴珍将枪的斗门对着灯火，叫陆书嗅烟。陆书使劲的嗅了一口，斗门堵塞。吴珍复又将枪就着灯头重新烧圆，又打了一钢干，递与陆书再嗅。如此数起，半吃半烧，才将这口烟吃了，仍将枪递与吴珍。陆书笑道："兄弟不是吃烟，反觉受罪。大哥不必谦了，老实些自己过瘾罢。"吴珍又让众人吃烟，众人皆不肯吃。吴珍慢慢的吃了七八口，请陆书到右边来，吴珍睡到炕左边，又在左边吃了七八口。

书厅上已将桌子摆好，摆了杯箸。袁酞邀请众人入座，吴珍才将烟枪放下，陆书也立起身来。谦逊多时，一定请陆书首坐，魏璧二坐，贾铭三坐，吴珍在上横头，袁酞在下根头斟酒。先摆了十二个小碟，后上了四个小盘。众人问陆书苏州、常熟风景，陆书义问扬州故事、古迹，饮酒闲谈。又上了五个大菜，吃了几壶百花酒。众人道："午间不能多饮，吩咐拿饭。"袁酞又敬了众人每人一大杯，然后上了四个小碟子，众人将饭用毕。家人打了热手巾把子，众人揩过脸，散坐吃茶，各家跟来的小厮另有中席。袁酞家仆人邀在廊房里吃去了。吴珍又睡到炕上吃了十数口大烟。小厮们饭已吃毕。吴珍叫发子将烟具收了，仍将炕几摆在炕上。

袁酞邀请众人仍到方来茶馆吃茶。众人所谈都是评花问柳、买关追欢，五人甚觉意气相投。魏璧道："文华兄与友英兄本是结盟过的，今〔吾〕五人不期相遇，亦属前缘。小弟不揣冒昧，意欲仰攀诸君金兰雅集，个知诸君可能赏光否？"众人见魏璧父亲现在两淮候补，他今欲拜弟兄，谁不情愿？齐声道好。魏璧道："明日我们湖舫在小金山关帝庙进香，大早在多子街金元面馆取齐。一切〔皆〕系小弟主人。不必效那些俗人凑份子做猪头会，惹人笑话。诸公意思如何？"众人先原不肯，你谦我逊，后见魏璧实意，才都应允。吃过下午点心，袁酞要请陆书吃晚饭，陆书坚辞道："小弟今晚要同家姑文说话，相应明早会罢。"袁酞不好强留，关照跑堂、卖水烟的写了账。众人出了茶馆，分路各散回家。

一宿已过。次日清晨，魏璧先着家人到了小东门码头雇一只长篷子大船："我在金元面馆等信。"家人适应去了。魏璧带着小厮，夹了一个五彩洋印花面、玉色绸里衣包，包了一件二蓝线绉面、白纺绫里夹背心，洋印饭单，小白钢面盆，高丽布手中，广锡嗽口盂，兰诺，笔砚等物。又带了一个蓝布口袋，里面装的白钢水烟袋盒、纸煤等物。出了公馆大门，直奔多子街金元面馆。不知后事如何，且看下回分解。

第四回　闹面馆袁酞讨私债
封游船魏璧逞官威

　　话说魏璧带着小厮，夹着衣包，拎着水烟袋，离开公馆。走头巷街，转弯向东，出了小东门，到了多于街，进了金元面馆。走进后厅，早有跑堂的招呼。魏璧遂拣厂正中一张大八仙桌坐下，小厮另在前一进堂里桌上坐下，将衣包、水烟口袋放在桌上。那跑堂的走近魏璧席前请叫了一声"少爷"用抹布擦干净了桌子，泡了盖碗茶来，问道："少爷今日几位尊客老爷？"魏璧道："今日一共五位老爷。"跑堂的就摆了五双牙著，十多张席纸，八九个小菜碟子，站在旁边伺候。一刻工夫，贾铭、袁酞两人走进，彼此见礼入座。尚未坐定，陆书已到。魏璧们三人与陆书招呼礼毕，大众入坐。跑堂的又泡了三盖碗茶来。贾铭们向袁酞道："昨日多扰，谢谢。"袁酞道："简慢，简慢。"正在吃茶，袁酞忽然看见一人走到楼上去了，袁酞立起身来向着贾铭、陆书、魏璧道："三位仁兄，小弟暂违，楼上一走，立刻就来奉陪。"说着就到楼上去了。

　　去未多刻，只听得楼上拍桌敲台，义听得袁酞的声音与人喊吵。贾铭听得，赶忙上楼，看见袁酞与那人正在吵闹。贾铭认得是熟人，他是盐运司里收支房书办，姓郑，名焕，字贯之。贾铭与郑焕彼此招呼，便入席坐下。贾铭问袁酞为着何事，袁酞道："去年腊月，郑大老爷爱厚我，托我代他借了三十两银子，九扣三分钱，原允今年三月归还。那知到期非但银子不还，连人都藏躲，疾滑溜哄。我三番五次跑到他府上请安，他家这盛管随口答应，又说昨日在那个外室小奶奶那里住的，又说是在那个堂名里吃花酒未曾回来。为找他尊驾，不知起了多少早，少睡多少觉，东跑西找，犹如赶掉鞋子都跑坏了，找不着他尊驾。那银主日逐向我吵闹，说我脱骗他的银子。好容易幸喜今日巧意会见郑大老爷，同他要银子，他还要我玩云蛋。老实些说，今日有银子便罢，若没有银子，我同郑大老爷一同到县门首去打滚龙，挑挑县门首届班的朋友，看我中人犯法不犯法！"

　　袁酞说毕，郑焕道："贾大哥，听我告诉你，我同袁大哥相好，共财帛已非一次。去腊，承他的情，代我借了三十两银子，原约今年三月归还。奈因我有件公事尚未就手，所以耽迟到今，累袁老大跑了几回，未曾会见，怪不得袁老大今日生气。如今还要恳情耽到节下，本利一齐归赵。"袁酞道："郑大老爷，不是我太肉，任凭怎样，今日总不得过闸。"贾铭道："袁兄弟，你同郑大哥当日是好上起，还要你代他耽几日，叫他上紧设法归赵就是了，何必为这几两银子说闲话呢？"袁酞道："贾大哥，你不晓得兄弟这苦衷，这个银主是个变种桀纣脾气，你借他的银子约定三个月，到了三个月零一天，就还了他的银子，心中总不舒服。我是不怕弟兄们讥笑，因为事寒，代他经手，落个中资，贴补茶水。他是一弹打个鹊儿，认整不认破。如今被郑大老爷这笔银子打住嘴，连我都叫不响了。今日要说是回日期，断不能行，除非别处腾挪。郑大老爷若是能于吃点苦，才能过闸。"郑焕道："听凭大兄，怎样说怎样好。"袁酞道："如今只有一个方法，除非另觅个银主借笔银子，把这桀纣人的银子还了，不知郑大老爷意下如何？"郑焕道："谨尊台命。"袁酞道："还有句不懂人事的话，还要另外写个凭据，让我好去别寻门路设法。"郑焕道："理该如此。"遂喊跑堂的到简帖店内买了一张印花八行书，又拿了一个黑墨碟子，一枝旧笔，放在桌上。

郑焕正提起笔来要写，袁酞道："老兄请缓，我代你算算。"喊跑堂的拿了一面算盘，袁酞取过来，向着郑焕算道："前借本银三十两，已经过了五十天日期，要认他三两银子转头。莫作三个月，只作两个月，要把一两八钱银子，两个月的利息。现在必得要借五十两银子，扣去五两银子折头，四两五钱银子，三个月的利息，又是一两五钱银子中资，一两五钱银子价费，又要扣一平一色，计银一两。清还前借之项，起除净尽，共去四十八两三钱，还剩一两七钱银子，相应叩光送与兄弟买双鞋子穿穿罢。"郑焕道："这两把银子，哥哥拿去就是了。"郑焕遂提起笔来将八行书写成。上写着：

凭票付曹平关纹银五十两整。
此照。

某年某月某日立期票人郑贯之
包兑人袁友英

郑焕又在自己名字下画了花押，向袁酞道："袁大哥，还要借光呢。"袁酞含笑道："我的名字该派把与老兄与人家垫箱子底的。"也就画了押。

郑焕将八行书递与袁酞，道："一切费心。"袁酞将人行书接过，道："适才言语冒昧。小弟实是不知受了那银主多少气，加之跑了几十天白腿，今日是见了哥哥一肚子气，得罪哥哥，望乞恕罪。"郑焕道："总是小弟不是，有累哥哥。等银子清楚后再为奉谢。"贾铭道："总是相好，不必说这些套话了。"袁酞将郑焕新立的票据收起，约郑焕明日午后在方来茶馆，将那前立的三十两欠票退还。郑焕忙喊跑堂的来，吩咐下面。贾铭、袁酞同道："我们在楼底有朋友呢，相应各便罢。"郑焕见他们不扰，又向贾铭道了谢，说道："今日不恭，改日再为奉请罢。"

贾铭、袁酞辞别郑焕下了楼梯，到了天井内，看见魏璧同着一个家人在厅旁檐前说话。魏璧面上似有怒色，那家人诺诺连声向外去了。贾铭、袁酞复然入坐，魏璧也入了席道："早间小弟着家人到小东门码头雇只大船，他方才来回我，说是码头上人说是芍药市，大船要四块洋钱，外汰化。我的家人还了两块洋钱，那船家说两块洋钱就想叫船，只好扎只船坐坐罢。他们就争论起来，船家仗着人众，就要打我的家人，他所以到这里来回。我此刻叫他回公馆取家父名帖，到甘泉县里去，务必要封小东门码头的大船，看他们敢于不应！诸位兄台，你说可恶不可恶？"袁酞道："这些船家总是喂不饱的狗，倒是装差，他们反伏水龟儿是的。"

正在闲谈，见吴珍方才匆匆来到，与众人见礼入坐。跑堂的又泡了一盖碗茶来。贾铭道："颖土兄到底有几口烟，不能起早。"吴珍道："小弟因诸公今日有约，恐其起迟，昨晚便多吃了几口烟，未曾睡觉。那知今日黎明，舍亲家老太太去世，到合报丧。弟因今日要陪诸公，不能候殓，故而先到那里一拜，急忙赶到这里来。那知来迟，累等，望诸位哥哥恕罪。"袁酞道："不必谈了，我们腹中已经饥饿，快些下面罢。"

魏璧赶忙吩咐跑堂的烫一斤高粱酒，点了四个热炒，下五个一钱二分的面，外面爷们桌上总下六分。那跑堂的问了各人爱吃什么浇头，办面去了。少停，将高粱烫了上来，摆了五个小酒杯，又用好汤烫了一碗干丝，陆续将热炒碟子捧上，然后将面捧在各人面前。

众人吃着酒，将面用毕，揩过手脸，正在［品］茗闲谈，只见先在这里回话的那家人同着一人，头带红缨帽，身穿蓝布袍，足下元（玄）布靴，手拿黑油单纸扇，一同走到厅上。那家人走近魏璧身旁，指着那人道："他是甘泉县里差人。小的回到公馆拿了老爷的名帖，到了甘泉县里。会见门上说了。他那里立即发了封条，叫这差人同着小的到了小东门码头，已将富春游大船封备现成，伺候少爷。"魏璧听了点点头。那差人赶上来，请叫了一声"少爷！"魏璧向着那个差人道："有劳。你明日到公馆，有个茶敬奉酬。"吩咐那家人陪他前厅吃面。—那差人同那家人往前面吃面去了。

贾铭道："如今船已算定，难道今日就是我们五人坐在船上？甚是寂寞无味。我们何不将吴大哥的贵相知请出去玩玩？"吴珍道："他又不会手口，把个哑吧带上船去更是没趣。小弟闻得天凝门外藏经院进三楼新来了一个相公，名叫月香，色技兼优。我们何不将他喊到船上瞻仰瞻仰！"众人道："如此甚妙。回来船出水关，到天凝门码头，一同上岸去喊他就是了。"众人又谈了些闲话，魏璧吩咐了小厮将前后桌子面钱总写过账，邀请众人出了金元面馆。

到了小东门外城门首，早有船家在彼招叫。那甘泉县里弟人引着魏璧众人到了河边，船家赶着搭了扶手。魏璧邀请众人登跳上船，进船人坐。跟去的小厮也有站在船头，亦有偷安躲在艄后的。有一个船家同跟魏璧的小厮说道："二爷，我们装差不管茶水，回声少爷可要买茶叶炭下午。"小厮进舱回了。魏璧吩咐把了几百钱与船家，去买茶叶炭下午，又叫请一份大香烛，一挂旺鞭。不多一刻，买齐回船，问了一声"可等客了？"魏璧道："客已到齐，吩咐开船。"那船家答应，即便解缆掣跳。那甘泉县里差人伺候魏少爷开了船，方才回去。次日，自必同船家到公馆去领差价、领赏，不必赘叙。

魏璧在舱内向着众人道："诸位哥哥，不是小弟敢于冒昧，昨日既承请兄慨诺，允结金兰，请问诸位贵造？"随叫跟来的小厮，在印花布衣包内取出兰谱、笔砚，放在桌上，取水将墨磨浓。众人各道生辰，遂叙次序。贾铭居长，次是吴珍，三是袁酞。陆书与魏璧同庚，生辰比魏璧早两个月，四是陆书，五是魏璧。次序已定，魏璧提笔将兰谱书成，就放在船舱里书架之中，吩咐小厮将笔砚收去。那时大船已出了天凝门水关，魏璧吩咐船家，到天凝门码头将船靠岸。船家搭了跳板，众人弃舟登岸，上了石坡。走过天宁寺，到了藏经院门首，见有块白矾石匾嵌在门头，两个天蓝字，众人看"兰若"二字。大众进内，但见进玉楼的大门开着，他们五人带齐小厮进内。那里早有底下人招呼，喊了一声"客到！"邀请五人上楼。跟去的小厮有人邀在楼下坐了。不知这里可有月香女妓，且看下回分解。

第五回 小金山义结金兰 进玉楼情留玉佩

话说魏璧邀请贾铭们到了进玉楼里面，外场引着他们上了高楼。有人邀请至楼上西首一间，揭开门帘，请至房里坐下。打杂的人献了一巡茶。只见有一个大脚妇，约有二十三四岁，头挽时新松鬓，拴着一根犀碧簪，斜插了一根烧金点翠软翅蝴蝶银耳挖。那蝴蝶翅上有两根颤巍巍的银丝，扣着两颗假珠，一走一抖。耳就烧金翠环，套着白玉三套夹板圈。鹅蛋脸，重眉俊目。淡施脂粉，微微有些雀儿斑。身穿一件漂白绸机元（玄）色缂丝双滚双挂琵琶襟小褂。加了一件苏蓝标布面、白洋里、元（玄）色缎大镶大滚、挂牙辫白芙蓉带、订金桂子扣夹背心，束了一条元（玄）色洋布裙。白水绉布袜套。玉色缎面、桃红兴儿布里、元色（玄）绒情的松竹梅满帮花、白水绉布包底、跳三针跌断桥四块底的鞋子，大红标布元（玄）色缂丝滚挂白柱子栏杆叶拔。腰里系了一条青布围裙。手腕上戴着扭丝银镯，左手第四指戴了个羊脂玉鞍齐鼓戒指，两个烧金藕〔节〕间指。拿了一根白钢水烟袋来装烟。众人见这妇人虽不十分标致，却生得风骚素雅。各人皆凝眸望着这妇人。

那房外走进两个女妓，进房请叫了一声"五位老爷！"就在尝房椅上坐卜，请问众人尊姓、住居已毕。众人又问这两位芳名，一个说叫翠云，一个说叫翠琴，都是盐城人，年纪总有二十卜二岁。翠云是个东家，翠琴是个伙计。

众人正在谈话，那大脚妇人手拿那根白钢水烟袋，将贾铭、吴珍、袁酞、魏璧水烟装过，到了陆书旁边。陆书用右手将水烟袋苗子接在手里，倚着头来唤水烟，就斜望着这妇人，忘记了嗅水烟。那妇人将水烟纸煤吹着，弯着腰将纸煤靠住水烟袋嘴。见陆书望着他，他见陆书青年美品，衣服华现，也就痴呆呆的望着陆书，忘记了点水烟，把个水烟纸煤烧去大半段。

贾铭望他两人这般光景，便喊道："你看烧了手！"陆书同那妇人两下才惊觉了，彼此一笑。魏璧道："陆大哥带了多少蒜瓣子来？"陆书不懂，呆望着魏璧。那妇人道："老爷们初次到此，就拿我们小人开心。"陆书听他这话，更加生疑，追问魏璧道："魏大哥，你说带蒜瓣子是句什么话？"其时那大脚妇人已将他们五人水烟装毕，到房外去

了。魏璧道："陆大哥，你不晓得我们扬州的俗话，但凡大脚妇人总称之曰鲤鱼，像这样妖娆俊俏的，又称之曰钓鲜。你方才见他垂涎，岂不是带了多少蒜瓣子来想吃鲤鱼的。"魏璧尚未说毕，袁酞道："陆兄弟，敝地现在有个朋友撰了九十九首《扬州烟花竹枝同》，内有一首，我念与你听。"袁酞遂念道：

> 不爱姑娘爱大娘，
> 纤纤玉腕水烟装。
> 鲤鱼肥腻高抬价，
> 双倍镶钱留内场。

袁酞念毕，众人道："有趣，有趣。"袁酞又向翠云道："你家有了这位奶奶，可以多添多少生意！"翠云道："老爷们不必拿乡下人开心了。"遂喊人拿琵琶。

只见有个底下人将琵琶送到房里，递在翠琴手里。翠琴接过琵琶将弦和准，向着众人道："唱得不好，诸位先生老爷包含。"众人道："请教。"翠琴弹起琵琶，唱了一个《满江红》。其词曰：

> 俏人儿你去后，如痴又如醉，暗自泪珠垂，到晚来，闷恹恹，独把孤灯对，懒自入罗帏偌大床，红绫被，如何独自睡？越想越伤悲。天边孤雁唳，无书寄。画阁漏频催，反复难成寐。最可恨蠢丫环，说我还不睡，不知我受相思罪！说我还不睡，不知我受相思罪！

翠琴唱毕，众人喝彩。有人将琵琶接过，又有人献了一巡茶。袁酞向着翠云说道："闻得你们这里有位月相公，何不请来谈谈？"翠云便喊那大脚妇人道："张奶奶，将月相公喊来。"那大脚妇人喊了一声："月相公，这边房里有客，过来走走。"少停一刻，只见一个男妆女子，右手揭起门帘走进房来。

众人看时，只见他头上乌云盘了一条辫子有二两多。偌大一条元（玄）色头条辫线，辫须拖在右太阳[穴]旁边。插了四柄玫瑰花，约有三十几朵。斜插了一根纹银烧金点翠三根丝软屈嵌八宝耳挖。两耳带的纹银烧金点翠竹叶环。套着羊脂玉洗琢精工三套夹板圈。身穿一件蛋青百幅流云花式洋绉圆领外托肩周身无（玄）缎金夹绣三蓝四季花花边挂黄绿藕色旗带订金桂子扣三镶三牙长大褂，加了一件绿大呢圆领托肩周围白缎金夹绣五彩西番莲花边挂白旗带三牙辫银红绸里订金桂子扣夹背心，束一条青兴布玉色缣丝双滚双挂裤，系着豆绿色洋绉自缎花边挂三色芙蓉裤带。穿一双大红洋结面元（玄）缎金夹绣三蓝摘枝蓝花边镶滚挂黄绿白三色旗带三牙辫订琵琶带绿兴布里夹套裤。白水绉布袜套。穿了一双美人脸贡缎面金夹绣三蓝芙蓉桂满帮花白线顾袜。五彩西湖景底墙回块底跌断桥灌铃挡木头底的鞋子，订否黄洋结元（玄）缎滚叶拔，订了四个纹银洋蜇烧金扣，和合人鞋鼻，松花绿洋结鞋带。那鞋子不足四寸大，直底周根。生成瓜子脸，柳眉杏目，人品风流，身材袅娜。那一种妖娆妩媚，不由人不一见魂销。这相公进了房，满面堆欢，请叫了一声："五位老爷"，就傍着陆书坐下，逐位请问尊姓住居。众人各转问芳名、年岁，住居。答道："贱字月香，痴长十六，敝地盐城。"陆书又问月香："可曾许过人家？"月香脸一红道："尚未受聘。"魏璧道："久慕芳名，色技兼优，今日一见，名不虚传。意欲请教一曲，不知可赏光否？"月香尚未答应，翠云赶着喊人取琵琶，又道："小孩年轻，粗草小曲，恐诸位老爷见笑。"早有人将琵琶送到房里，递在月香手内。月香将弦和准，唯动歌喉，唱了一个《满江红》。其词曰：

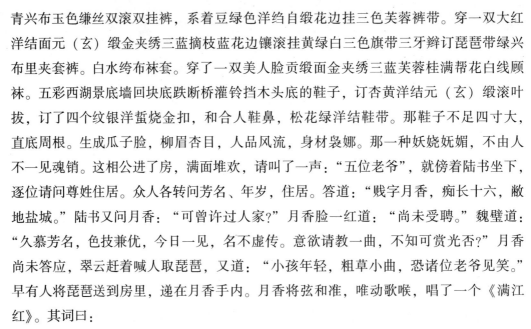

> 俏人儿人人爱，爱你多丰采，俊俏好身才。望着奴嘻嘻笑，口儿也不开，不痴又不呆。拿出对茉莉花，穿成大螃蟹，望奴头上戴。我家杀蠢才，将我怪。花撩地尘埃，不许将你采。奴为你害相思，何日两和谐？才了相思债。何日两和谐？才了相思债。

月香唱毕，有人接过琵琶。众人听他字句铿锵，柔媚可人，不由得齐声连连喝彩。贾铭道："我们今日特来请月相公湖肪一聚，不知可否？"翠云道："诸位老爷爱厚，岂有不去伺候之理。不知船在那里？"吴珍道："我们的船就泊在那里码头，就请同往罢。"翠云便向月香道："你快些收拾，陪诸位老爷游湖，好好伺候。"又问："大小曲先生可在家呢？"只听见楼下有人答应道："都伺候现成。"月香立起身来道："暂违众位老爷。"众人道："请便，快些收拾，我们恭候。"月香眼梢睃着陆书，微微一笑，走出房门。

到了自己房里，重新用粉扑匀脸，嘴唇上又点了些胭脂。换了一件蛋青八宝花式洋绉领外托肩周身元（玄）缎金夹绣五彩《红楼梦》人物山水花边挂黄绿藕色旗带三镶三牙镀金桂子扣新大褂，加了一件佛青镜面大洋羽毛面圆领，外托肩周身白缎金夹绣三蓝松鼠偷葡萄花边，切剻四合如意云头排金银旗带三镇三牙银红极绫里，镀金桂子扣夹马褂。桂子扣上挂了一挂绿鳝鱼骨提头翡翠间指金古老钱，玉色鳝鱼骨打成双燕尾，中有金屉点翠海棠花式嵌大红宝石背云燕尾，须上两个铺金叠翠五瓣玉兰花，擎着两个茄子式碧牙玺，坠脚二弦穿成真戴春林一百零八粒细雕团"寿"字叭嘛萨尔香珠。又挂了一个翡翠螭虎龙圈，套着一个纹银小圈，扣着银索吉庆牌，下坠十二根短银索。挂了十二件纹银洋錾全副銮驾剔牙杖。两手腕戴的烧金累丝嵌八宝玳瑁镯。右手大拇指上嵌了一个玳瑁假指甲。第四指戴着纹银烧金洋錾九连环戒指，上坠二根烧金短银索，扣着钟、铃、鱼三件，一动一抖。左手第四指、小指总戴着纹银洋錾长指甲，约有二寸长。四指又带着一个马鞍式大红玛瑙戒指，两个纹银烧金藕节间指。收拾已毕，又上了净桶，洗了手。右手拿了一柄真乌木嵌银丝百寿图扇，骨上白三矾扇面，一面是时下名人写的蝇头小楷《会真记》，一面也是名人画的史湘云醉眠芍药茵。扇骨上有个螭虎盘寿纹银夹子，一个小银鼻扣了一条绿线绳，两个金大红须下扣一个羊脂玉洗就鸳鸯戏荷扇坠。左手拿了一条大红洋绉金夹绣三蓝风穿牡丹手帕。出了自己的房，到了这过翠琴房里，向着众人含笑道："有劳诸位老爷坐等，请罢。"

众人一齐立起身来，出了房门。翠云、翠琴均道："诸位老爷，游湖后莫嫌蜗居，请到这里玩玩。"众人道："回来送月相公家来，再来取厌罢。"众人下楼，翠云、翠琴伏在楼栏，往下向着众人叮嘱早回。众人答应，带着跟来的小厮出了进三楼大门。陆书挽着月香的手并肩而行。到了码头，陆书挽着月香下了石坡，登跳上了船。贾铭同各小厮也上了船。那跟月香的人，同大小曲污师总皆上船，将一个五彩真洋印洋布面银红兴布里琵琶口袋放在船舱里桌上，他们三人在船头上坐了。贾铭们在舱里坐定，吩咐开船。那跟月香的人复又进舱，献了一巡茶，将琵琶口袋解开，取出一面嵌螺甸平安富贵黑漆退光背四个海梅玉簪花肘琵琶，放在桌上。那人将口袋收在身边，仍到船头。船家忙着解缆掣跳，拿篙开船。

月香拿起琵琶，将弦和准，向众人道："唱得不好，诸位老爷包含。"众人道："洗耳恭听。"月香遂唱了一个《叠落》，其词曰：

> 潇湘馆窗纱窗，潇湘馆茜纱窗，哎哟鹦鹉帘前唤晓妆。愁肠林黛玉，闷恹恹斜倚在雕栏、雕栏上。
>
> 小袭人手捧着，小袭人手捧着，哎约一幅花笺字数行。姑娘咱奉宝玉之命，特地前来，将你，将你望。

月香方才唱着，那船已行至下买卖街，许多茶坊，那里面吃茶的人众多，听见丝弦音声，总对着河边探头探脑。向着船舱里看望。贾铭们因船上有个女妓，恐怕茶坊

里熟人招呼，总将脸向着城墙。大船过了北门吊桥，听得城闉清梵钟上钟声响亮。行过慧因寺，月香《叠落》唱终，将琵琶放在桌上，众人连声喝彩。陆书道："果是词出佳人口，月相公唱来非但声音柔脆，字句铿锵，而且这词曲清新，真令人心旷神怡也。"众人望着陆书、月香两人暗笑。

今日逆风，大船行得慢。众人望着北岸一带荒冈，甚是凄凉。贾铭道："想起当年，这一带地方有斗姥宫、汪园、小虹园、夕阳红半楼、拳石洞、天西园、曲水虹桥，修禊许多景致。如今亭台拆尽，成为荒冢。那《扬州湖上竹枝词》[内]有一首，令人追忆感叹：'曾记髫年买掉游，园亭十里景幽幽。如今满目埋荒冢，草自凄凄水自流。'"陆书道："小弟因看《扬州画舫录》，时刻想到贵地瞻仰胜景。那知今日到此，如此荒凉，足见耳闻不如目睹。"贾铭道："十数年前，还有许多园亭，不似此日这等荒凉。"

正在闲话，那船已出了虹桥。魏璧吩咐船家先到小金山。船家答应，用力撑篙，大船已抵小金山码头。傍岸扣缆摆跳，大众弃舟登岸。魏璧的小厮棒了香烛、旺鞭、兰谱，跟着进了关帝庙大门。到了大殿，早有道人将香烛接了过去，装香点烛。魏璧将兰谱摆在供桌香炉旁边，请贾铭叩头。两旁钟鼓齐鸣。贾铭盟誓已毕，吴珍、袁酘、陆书、魏璧挨次叩头发誓。魏璧将兰诺取来，与各人换过收起。陆书叫月香也在神前礼拜过了。道人将元花元宝焚化，放了旺鞭。和尚近前问讯道喜，魏璧把了香仪，又把了一文与道人。和尚谢过，邀请众人到厅上[坐下]。道人泡了盖碗茶，捧在各人面前。又有卖水烟的上来装了水烟。魏璧在跌博篮上跌了许多水老鼠。开发了茶钱、水烟钱，又到各处游玩。看过芍药，到了长春岭，在下望上，甚是高峻。月香不敢上去，陆书搀着月香的手，并肩上了高岭。远远一望，见三汊河、宝塔湾两处的宝塔，皆在目前。大众在风亭少歇，一同下岭。回至舟船，日已过午。魏璧吩咐船家将船开到虹桥东岸停泊。

大家上岸，到了德兴居酒馆入内。魏璧拣了后面一张大八仙桌，邀请众人入座。此时是贾铭首座，其余挨次坐了，月香在下横头相陪，跟去的小厮同跟月香的人并污师们另在前面堂里坐下。那开德兴居的店东王二娘，年纪约有五十多岁，走了过来道："诸位老爷。点什么菜?"魏璧向贾铭道："大哥点菜。"贾铭道："你我既是结拜兄弟，聚的日子多呢，嗣后不必拘这些俗套，各人爱吃什么弄什么才有趣味。"谦逊一番，大家议定一碟大瓜子，一碟荸荠，一碟热切厚火腿，一碟高丽肉，一碟炒甜菜头，一碟虾，一碟炒腰子，一碟炒鸡爪，一碗火腿烧克菜，一盘芽笋烧肉，一盘清抽鸡，一碗余乌鱼。月香又点了一个炒面筋，先打二斤百花，跑堂的摆了杯署、小菜，将碟子陆

续捧上。大众饮酒猜拳。

月香输了一拳与陆书，月香请底。陆书道："头一拳挂红作底。"陆书吃了杯酒道："第二拳如意作底。"月香道："谢谢。"陆书道："第三拳请你唱个小曲。"月香递了筹，有人递过琵琶。月香将弦和准，唱了一个《叠落》。其词曰：

> 芦雪庭雪满阶，芦雪庭雪满阶。哎哟簇拥红楼十二钗。开怀贾宝玉被裘立在拢翠庵门、庵门外。水晶瓶抱满怀，水晶瓶抱满怀。哎哟铜环轻扣把门关，善哉望仙姑慈悲把梅花、梅花采。

月香唱毕，众人喝彩，各饮一杯贺曲，重又猜拳。月香又输了拳与贾铭，罚他唱大曲、污师喊到席旁坐下，将笛子准了调。月香唱了一套《翠凤毛翎》。邻桌上吃酒饭的人，总将眼睛望着这桌。月香唱毕，众人喝彩，饮酒贺曲，又各猜拳闹酒。月香又喊污师坐在席旁拉提琴（俗名二虎子）。月香唱了一套二黄，唱毕用饭。饭毕，揩过手脸，月香到王二娘房里走走。魏璧的小厮关照王二娘写账。魏璧邀着众人出了酒馆，上了舟船。

此刻有许多游船方才出来，真是笙歌盈耳，彩袖成行。吴珍在舱里将烟灯开了，月香代他打烟。将船开到桃花庵、法海寺、平山堂、尺五楼各处游玩。看了各处芍药，红白相间，烂漫争妍。月香折了几枝玉楼春芍药，带到船上。各人用水烟纸煤点着，将跌来的许多水老鼠乱放。

用过下午点心，玩到傍晚，将船放回，仍在天凝门码头停泊，扣缆搭跳。魏璧的小厮吩咐船家明日到公馆领赏，船家连声道："是"。魏璧邀众人上岸，船家将空船开回小东门码头去了。

众人同着月香走至进玉楼中。月香邀请众人到他房里。众人看见房中收拾得十分洁净，尝墙挂了四幅美人画条，有一幅粉红槟榔笺对联，写着：

> 月宫不许凡夫履　香味偏占名士衣

上款是"月香校书雅玩"，下款是"惜花主人书赠"。月香邀众人入座。那大脚妇人到房里献茶、装水烟，翠云、翠琴总到房里相陪。吴珍先听见翠云喊那大脚妇人是张奶奶，便望着那大脚妇人道："张奶奶，开张灯来。"那张妈答应，就在月香床上摆了一块小席子，开了灯。吴珍在腰间取出烟盒，便睡下去。翠琴赶着过去代他开烟，魏璧吩咐摆酒，底下人来回道："老爷们五位尊客，家中只有三个相公，还是别处接两位来，还就是三人伺候呢？"贾铭道："就是三人将就些罢，赶紧去办，我们还要进城呢。"那人答应，下楼办去了。

这里陆书与月香坐在一顺椅子上，问月香家有何人。月香道："我自幼父母双亡，并无姊妹弟兄，只有胞叔抚领成人，教习大小曲。前年将我捆到清江二年，他得了多少捆价、私房银两、衣饰。今年又将我捆到扬州，才来了月余日子。"陆书听了，不胜嗟叹。

一刻工夫，已将桌子摆开，摆了碟子杯箸。吴珍还在床上吃烟。翠云邀请入座。众人催促，吴珍才将烟枪放下，立起身来。众人叙齿坐下。魏璧年轻又系主人，就在上横头与翠琴并肩坐下。翠云、月香两人在下横头坐下。陆书坐的是四席，与月香坐的末席靠得最近。大众坐定，翠云们三人轮流敬酒、敬果碟、敬拳、敬菜、唱小曲。

众人只顾欢呼畅饮，那知月香与陆书四目传情，在桌底下捉手捏脚，两情眷恋。陆书又在腰间解下一块丰脂玉琢成车轮佩，那车轮是个活的，可以转动，洗琢精工，悄悄递与月香。月香接过去，收藏好了。陆书与月香猜拳，月香输了请底，陆书罚他出席串《佳期》。月香听了，架筹出席来串，又喊了污师上楼，在旁边吹笛。月香拿了一条大红洋绉金夹绣三蓝蝴蝶穿花汗中在手里，啭动歌喉，唱《小姐小姐多丰采》。唱到"好教我无端春兴倩谁排"，将左手束在衣襟之内，弯着腰，右手拿耳挖于在头上乱挠，那两只秋波斜睨着陆书，那轻狂之态难以形容。陆书此时意乱神迷，那魂已被月香勾摄去了。一曲唱终，众人喝彩。月香入席销了筹，大众贺曲，各饮一杯。

贾铭们总是久走烟花的，看见陆书与月香两情眷恋这般光景，贾铭向翠云道："我们今日替你家月相公与陆老爷做媒。"翠云道："承老爷们盛爱，但有细情尚未奉告。"不知翠云说出什么话来，且看下回分解。

第六回　陆文华议谋妓女
　　　　　吴颖士约聚青楼

　　话说翠云听贾铭说代月香做媒，便说道："承老爷们抬爱，求之不得，那有推辞之理。但是一件，月相公尚未梳妆，他虽无父母，他叔子想在他身上发一注大财，所以耽搁到今。既是陆老爷喜欢他，相应先结个干线头，慢慢同他叔子商议，再为恭喜罢。"贾铭道："如此甚好。"就叫月香与陆书两人吃了个清和合杯，结了线头。众人各吃一杯贺喜，彼此又猜了几拳。翠云、翠琴各唱了两个小曲，月香又唱了一只《裊睛丝》。酒闹席散，吴珍又吃烟。陆书、月香加倍绸缪。大众催着吴珍将烟吃毕，一同下楼。翠云们送至楼窗口，伏在栏杆上。月香叮嘱陆书明日早些来，陆书连声答应。那跟来的小厮已将火把点了，引路出了进玉楼，进了天凝门，到四岔路口分路各散，约定明早仍在教场方来茶馆取齐。

　　陆书回到姑爹家中，在书房内坐下，心中想着：月香人品标致，举止风流。我到扬州原是要买小的，今见如此尤物，何能舍此另寻？但他身落烟花，有这人品技艺，谅必身价甚矩。明日且同贾大哥们商议，定要设法成全，方遂心愿。胡思乱想，睡在床上翻来覆去，一夜未曾安眠。

　　到了次日清晨，赶忙起来，洗漱已毕，带着小喜子来到方来茶馆。这见贾铭、吴珍、魏璧早已到了，陆书向魏璧道过谢，又与众人见礼，入座吃茶。见袁酞同了一个约年二十岁的人，身穿市服布鞋布袜，走进茶馆，同到席前。众人立起身来招呼。袁酞同众人见了礼，又向那少年人道："兄弟，这四位都是我拜过的弟兄，你过来见礼。"那少年脸涨得通红，向众人作了揖。贾铭们忙问此位何人，袁酞道："这是舍表弟，昨日到寒舍来的。"众人连忙还礼，邀请入座。跑堂的泡了两碗茶来。众人请问这少年人名姓住居。那少年答道："我姓穆，名竺，小时候上书房，先生代我起了个号，叫穆偶仁。住在霍家桥南首。"指着袁酞道："他是我的表兄，我是他的表弟。我因为娶亲，我家爹爹叫我扬州买些零碎东西。昨日来了，就住在表兄家里。"众人听他说了这一番，知他是居乡老实人，就不同他深谈。

　　吴珍道："今日奉屈贾大哥同三位兄弟，请在九巷强大家敞相好那里永日一聚，务望赏光。"贾铭、袁酞、魏璧听了，欣然应允。陆书原欲请大众到进玉楼去，见众人都允了吴珍，不便再说，也就答应。向贾铭道："小弟有件心事奉申，小弟在家娶亲三载，并未生育。家君因小弟雁行失序，望孙甚殷，命弟到扬，一则探视姑母，二则觅个小星回去。昨日见月香尚属处女，弟欲将他拔出烟花，带回家下，以慰家君之望。此事仰赖大哥、诸哥弟善为小弟图之，倘能事成，感佩深矣。"贾铭听了这话，望着大众道："愚兄昨日之言，可为先见矣。"吴珍道："若是此事能成，真是佳人得配才子，亦天地向一大快事也。大哥必须尽力为陆贤弟图之。"贾铭道："但凡吃相饭的人，家中必为奇货。况月香有此色技，尚未破瓜，正是摇钱宝树，非得重资，何能轻易放手？昨日翠云之言，可想而知。在愚兄看来，陆兄弟不必性急，先以薄饵买其月香欢心。陆兄弟如此美品青年，月香安能无意？待着两情和洽，月香心有所归，闻彼只有一叔，陆贤弟破费二三百金，愚弟兄四人在月香耳畔再为撮合，何患不成！"众人齐声道："好！"

用过早点，袁酞向穆竺道："贤弟，请到寒舍去罢，愚兄今日有点小事，不能奉陪了。"穆竺立起身来便走，被吴珍拉住，向袁酞道："贤弟，不是做哥哥的怪你，既是你的令亲，我们就不好巴结？请去聚聚何妨。"袁酞道："二哥，你不晓得，这些地方不便与他同去。"吴珍执意不肯，关照了茶钱，拉着穆竺，邀着众人出了茶馆后门。走贤良街转弯向北柳巷，到了天寿庵南山尖，下坡走到河边，过了摆渡，走倒城到了九巷一个人家。

吴珍邀请众人进了大门，见是三间厅房，后面住宅厢房共有五六个房民众人进内，早有底下人招呼，请到东西一间房内。只见湘帘翠幔，绣被绵衾，摆设精雅。墙上挂了四幅美人画条，有一副绿蜡笺对联，上写着：

桂树临风香愈远林花映日色偏娇上款写"桂林校书清玩"，下款是"护花仙史书"。众人才进了房，见有一个女妓，约有十八九岁，挽了发鬓，尚未洗脸，两道细眉，一对水汪汪的秋波。穿了一件白洋布外托肩大镇大滚小裌。加了一件绿大呢面外托肩花边滚银红绸里薄絮背心。大红洋绉夹套裤，青兴［布］辉裤，系了一条玉色洋绉花边滚裤带。有两个银响瓶大红顺袋，须拖在半边。尚未穿裙，有四寸大的脚。白水绉布袜套，鹅黄缎清三蓝满帮花木头底的鞋子在脚上，尚未系鞋带。手腕上带了一副银钮丝镯。其人虽不标致，丰韵甚是可人。坐在尘梳桌椅上，不知何故，默默无言。

见了他们六人进了房来，连忙立起身来迎接道："五位老爷请坐。"袁酞口快，便道："我们六人同来，因何请叫五位？想必是吴二哥的贵相知了。"吴珍笑而不答。袁酞道："还未请教吴二嫂芳名。"吴珍道："他叫桂林。"这桂相公——请问过客人的

姓，早有老妈献茶装烟已毕。桂林吩咐老妈开灯与吴珍吃烟，又向吴珍道："你这几日总不到这里来，我着人日日奉请，贵步难移。今日什么风吹到我们这小地方来走走？"吴珍指着陆书道："这陆兄弟初到扬州，这两日陪他玩玩，所以未到这里。"桂林道："你的鬼话颇多。此刻我要洗脸，没有工夫，回来等没人在这里，再同你算账！"忙喊老妈取水净面。

又见房外来了两个女妓进房，一个约年二十二三岁，梳的苏塌于的鬉，捡了一根绿骨头两头忙簪子，并未戴花。圆圆的脸，两道弯弯的眉，一对双箍子眼睛。脸上有几个浅白细麻子，讨喜不生厌。深深的两个酒窝，一嘴白牙。两耳戴了一副黄不黄白不白的环子，套着一副料玉圈。穿了一件旧白兴儿布玉色缣丝镶滚外托肩小褂。加了一件旧苏蓝布面白布里背心。系了一条元（玄）色洋布裙，露出一双旧三色洋绉套裤。不到四寸一双小脚，穿了一双白布袜套。洋蓝布白绒倩的蝴蝶穿花木头底的鞋子，直底周根，系了一双藕色洋绉鞋带。手腕上并未戴镯。其人虽是布服，素妆雅净，并无烟花俗态。那一个年在二十左右，也是苏塌子鬉，拴了一根烧簪，面前拴了一根烧金双如意，插了两柄玫瑰花，刷着刘海箍。鹅蛋脸，细眉圆眼，焦牙齿。耳朵戴烧金点翠九松亭银环，套着白玉三套夹板圈。瘦苗条身材。穿一件漂白绸机元（玄）色嫌丝镀滚外托肩小褂，加了一件玉色洋绉面外托肩元（玄）缎大镶大浪银红绸里夹背心。束着一条元（玄）色洋绉百褶裙，银红洋绉套裤。有五寸大些脚。白水绉布袜套。白洋线绣五彩花木头底鞋子，订着一团和气银鞋鼻，大红洋绉鞋带。手腕上带着里方外圆洋錾银镯。

两人走进房来，齐声道："五位老爷，一位姐夫。"就在房门那边椅上坐下，请问过贾铭、袁酊、陆书、魏璧、穆竺姓氏住居事业。贾铭道："还未请问二位芳名、年岁、住居。"那穿苏蓝布背心的道："草字凤林，痴长念二。本是扬州人，自幼到清江，今回扬州尚未半月。"那穿玉色洋绉背心的道："贱字巧云，今年十六岁，是盐城人。"

正说之间，听得房外响瓶叮当，又走进一个女妓，约年十六八岁。梳的元宝鬉，戴着金簪、金如意，斜插了一根烧金点翠丹凤朝阳耳挖，玫瑰花箍，带了两柄玫瑰花，又斜插了两柄玫瑰花。圆胖脸，刷着虎爪，柳眉杏眼，贴了两张琳琅银膏药。胖胖身材，穿了一件银红兴布元（玄）色缣丝大镶大滚外托肩小褂，加了一件福紫大呢面外托肩花边滚玉色板绫里夹背心。束着一条五色洋绉月宫裙，大红洋绉套裤。两个金响瓶，大红顺袋，须拖在短裙子旁边。有四寸半脚，白洋布袜套，银红缎倩三蓝满帮花木头底鞋子，蝙蝠银鞋鼻，大红洋绉鞋带。手腕上带着镶金八宝叠金丝玳瑁镯，左手四指带了一个赤金桶箍式戒指。走进房来，满面堆欢，请叫了一声："五位老爷！"就

走到床边坐下，向吴珍道："吴大，你这几日不来，把我家桂姐姐都想坏了。前日有人在这里告诉，说是你又在个地方做下未完来了。"吴珍道："罢了，他适才已经哇咕过了，不要你这红相公来灌隔壁米汤了。"众人听了，都笑起来了，请问这位相公芳名、年岁、住处。只见他答道："草字双林，今年十八岁，敝地盐城。"说毕，那先来的凤林、巧云立起身来道："五位老爷、一位姐夫请坐坐。"都出房去了。

吴珍吃了几口烟，向桂林道："将三子喊来。"桂林叫老妈到外面去喊三子。只见外面走进一个二十余岁的男子，垂手站在房门里，请叫过诸位老爷。吴珍向穆竺道："适才这几位相公，足下欢喜那一位，回来好陪你。"穆竺脸涨得通红，并不喷声。吴珍向三子将眼睛挤了一挤道："穆老爷不开口，想必是你家这几个相公总不如意，你到别处带一个好的来陪穆老爷。你再到藏经院进玉楼去请月香相公，说是陆老爷在这里呢。"陆书道："二哥不必去接。"吴珍道："请来才热闹呢，省得贤弟心悬两地。"陆书道："二哥又说笑话了。"吴珍又向三子道："你代我们中上办八个碟子、四样菜，晚上添两样菜、四个小碗，到大馆里去办。第一要好，不要你家那些例菜。我今日特地将五位老爷请来的，关照家里些相公好好应酬，不可怠慢。"三子连声答应，走出房去了。这里桂林梳洗已毕，带了镯子，插了两柄玫瑰花，穿了裙子、穿好鞋子，系好鞋带，就睡到床上与吴珍对枪过瘾。袁酊们同双林说玩话，嘻嘻哈哈。

穆竺将袁酊拉到房外天井里，向袁酊道："表兄，你同这女人坐在房里说玩话，倘或他家父母、丈夫、哥儿兄弟看见了，不是玩的。表兄你让我走罢。"袁酊听了这话，便笑道："贤弟，你不要怕，尽管同他取笑，他是个婊子，诸事总有哥哥。"穆竺道："你是我表兄，我是你表弟，你说他是表姊，我却不晓得这门亲眷。"袁酊听了，忍不住笑，又不好骂他，仍将穆竺拉到房里坐下。

只听得外有人喊道："文相公来了，请这边房里坐罢。"门帘一启，进来了个女妓，年纪约有二十七八岁。磨刀砖的脸，许多雀儿斑，搽了一脸的粉，把脸都腻青了。穿了一件西湖水洋布褂，系了一条元（玄）色洋布裙。有六寸大些脚，穿了一双洋布鞋子，底小帮大，全仗鞋带着力。进了房来，请叫了一声："诸位老爷！"同桂林、双林彼此招呼。桂林道："姐姐请坐。"贾铭们总不认得，请问他芳名、住处、现在那里。袁酊道："大哥，你当真认不得他？他叫文兰，是兴化人，现在七巷摆渡口庆子家里。我那一日同几个朋友到那里打茶围，看见他家却有四五个伙计，要算这文相公是个尖儿。那些伙计，我不怕文相公见怪，都是些牛鬼蛇神，看不上眼。我听见与文相公相好的一个朋友说，这文相公床铺要算考第一呢。"文兰含着笑道："你老爷虽是面善，我却不知尊姓，见面就拿我细人儿评味，要是吃酒，我要罚你一大碗。"说得众人都笑

起来了。文兰请问过各人尊姓，又问了桂林、双林名字。

正在谈话之时，只见三子走进房来，向吴珍道："中晚的菜总在采霞办的。月相公已经请过，即刻就来。"吴珍点了点头，向陆书道："陆贤弟，我若不把弟兄（媳）请来，兄弟不得适意。回来弟媳来了，早间所谈那话，贤弟须要下点深法，极力谋为。事成之日，我弟兄总要大大的扰你个东道。"陆书道："二哥不必取笑，倘能侥幸成功，何能不请呢？"又谈了半晌闲话。只听得房外大众笑语声，响瓶叮当声，木头底脚步声。不知是什么人来，且看下回分解。

第七回 吃花酒猜拳行令 打茶围寻事生风

话说贾铭们正在桂林房内闲谈，只听得房外笑语、脚步声响，门帘启处，步进一个男妆女妓。众人见是月香，忙道："请坐，请坐。"月香请叫过众人，又与桂林、双林、文兰彼此问名招呼，就在陆书旁边坐下。房里老妈赶忙献茶、装烟。那跟月香来的人拿了一根洋錾银头尾乌木雕花杆子烟袋，上有纹银洋錾荷叶夹银圈银鼻银荷包索玉色缎五彩盘金烟荷包，四根五彩穗须，装好了真仁和青丝烟，递月香手内。月香衔在口里。那人用水烟纸煤吹着，将旱烟点着。月香嗅了两口，就将烟袋送到陆书口里。陆书接着连忙就嗅，觉得清香扑鼻，心旷神怡。他们两人眉目传情，比昨日加倍亲密。

那凤林、巧云听见文兰、月香来了，总到了桂林房里。文兰、月香看见他们两人进房，立起身来招呼入座，彼此道过名字。桂林向凤林道："凤哥哥，过来吃烟。"凤林道："哥哥你请，我过过瘾了。"桂林站起，将凤林拉到床边坐下，道："吃两口玩玩。"凤林睡下去，先打了一口烟敬吴珍。吴珍道："我吃了半会了，你老实些罢。"凤林又请众人吃烟，总说不会。凤林遂吃了两三口，让吴珍调边。凤林睡到这边来，打了一口烟敬吴珍，然后一递一口吃。

穆竺坐在房里，看见他们爬起睡倒，在那小盒内挑的仿佛膏药肉，在灯头烧了吃，不知吃的什么烟，又不好问，痴呆呆坐在房里。看见方桌上摆了一张矮红漆几子，上面摆了一件物事，又不像个木头盒子，又不像个小亭子。顶上同四角共有五个黄亮亮的仿佛小铜蜡烛，面前两根黄亮亮的铜柱子，一块玻璃里面是块錾花贴金黄铜，中间圆圆的一块白瓷，当中一个小洞，有两根针晃晃转转。那白磁周围有些直直弯弯的黑痕子，又不像字，又不像符。又听得那里头滴滴落落，好像是打骡柜声音。穆竺正在心里踌躇，不知是件什么物事，蓦听得那里面叮叮当当响了十一声。

只见三子走进房来，将八仙桌上摆的物件搬到梳桌上，同老妈将方桌抬到中间，捧了四个茶食碟子，进房摆在桌上，重新换了茶，摆好椅座。桂林们邀请月香、文兰并六位老爷随意拈拈。贾铭道："我们腹中尚饱，才吃过早点，相应月弟媳同文相公老实些罢。"桂林们将月香、文兰拉了坐下。桂林抓了些瓜子、蜜枣敬他两人。巧云又将

鸡蛋糕奉敬双林，又敬雪果，凤林睡在床上打烟，拗起身来道："二位姐姐，请老实些，恕我不敬了。"文兰道："姐姐请过瘾，不要打岔。"月香道："凤姐姐是有福气人，吃的万寿膏。"凤林道："姐姐说笑话了，我们被这件东西总坑死了。"说着又睡下去打烟去了。月香剥了些瓜子仁，趁众〔人〕不防备时，悄悄递在陆书手内。他们用过茶食，碟子有人收过。文兰就坐到床边。吴珍看见他的脸色，知道他是吃烟的，遂起身来道："文相公，我这里让你吃两口。"文兰也不推辞，就睡下去，与凤林对枪。贾铭们与双林们谈笑诙谐，只有穆竺一人呆立不言。此刻钟打两下。三子进房回吴珍道："吴老爷，菜已来了，还是摆，还是缓些？"吴珍道："既来了，就摆罢。"三子答应，同打杂的抬了一张圆桌面于摆在八仙桌上，摆了十二张椅座，十二双杯箸，摆好围碟，烫了两自斟壶百花酒放在桌上。

吴珍邀请众人入座。贾铭道："圆桌不分上下，陆兄弟是月相公相陪，不必说了。穆兄弟是远客，文相公是请来的，相应就陪穆兄弟。袁兄弟、魏兄弟欢喜那位就同那位坐。"他就拉着凤林道："我同你坐罢。"魏璧道："巧相公同我坐罢。"袁酞道："桂嫂子是有主顾了，双相公是坏蚕豆，同我坐罢。"贾铭道："不是我们不巴结双相公，怕他太红。要烙人呢。"双林道："今日初会就拿我细娃子评味，回来再说罢。"桂林向吴珍道："我们老夫老妻没有谦逊了，老实些坐罢。"大家总入了座。

穆兰还站在那里，文兰道："穆老爷请坐。"袁酞道："兄弟，你请坐。愚兄才在天井里同你说过，我何能把苦你吃呢？"吴珍将穆竺拉了坐下，文兰与穆竺并肩而坐。穆竺脸涨得通红，心里跳跳的，生怕靠着文兰。要想到右边让让，那知右边又是双林，弄得穆竺局促不安。那房里老妈看见穆竺这般伸伸缩缩的模样，道："穆老爷，不是我代文相公说，人粗俗些，你老爷包含，吃过酒，我代你老爷做媒。"穆竺听了，急道："我已经定了，业已看了七月里年庚就娶。如今我就为娶亲才上扬州来买零碎东西，我何能又定一个呢？"众人一听，总忍不住晒笑。

桂林与众姊妹谦逊敬酒，你谦我逊。桂林遂执着酒壶道："在我房里，有僭众位姐姐，我先敬了。"普席斟了酒。桂林端起自己酒杯先饮干了，候着众人将酒干了，才将酒杯摆下，又将普席酒杯斟满。凤林们各将果碟敬过，又各敬了酒。桂林道："还是我僭各位姐姐敬拳。"每人猜了三拳，各有输赢，互相请底，罚酒罚唱。独有穆竺不肯猜拳，连猜瓜子总说不懂，拳到他面前，他情愿吃一杯酒，众人也不好强他。文兰、月香、凤林、双林、巧云总敬过拳，也有输了吃酒的，输了唱曲的。上了一个菜，众人略吃了些。吴珍道："猜拳殊觉没趣，我们行个令玩玩，贾大哥同四位兄弟意下如何？"贾铭道："行令最妙，也要雅俗共赏。但不知还是连他们相公，还单是我们呢？"

吴珍道："我们六人各行一令，比如我的令行终，桂相公敬个小曲；大哥的令行过，请教凤相公一个小曲。照样挨行，岂不有趣？"大众齐声道好。穆竺并不喷声。吴珍道："穆兄弟怎样？"穆竺道："我不识得什么令不令，老实些喝杯酒罢。"众人道："既是穆兄弟不行令，我们公敬一大杯。"喊人取了大杯斟满。穆竺并不推辞，一饮而干，众人赞道："海量。"请吴珍行令。

吴珍饮了一杯令酒道："一个《水浒》人绰号，一句四书，一句六才，要串意。如说不出及说错者，均罚一大杯。"众人道："请教。"吴珍道："玉麒麟子哭之恸，那管衫袖儿揭湿重重泪。"众人赞好。桂林唱了一个《软平调》，其词曰：

> 画梁对对翻新燕，桃红似火，柳绿如烟。对菱花，不觉瘦损如花面。盼归期，雁杳鱼沉书不见。满怀春恨，愁锁眉尖。奈何天，赏心一乐事谁家院？奈何天，赏心乐事谁家院？

桂林唱毕，众人喝彩。吴珍道："这些台面小曲，我们都听厌了，回来那个再唱，罚他一大杯酒。"众人道："有理。"

轮到贾铭说令，贾铭道："圣手书生，威而不猛，笔尖儿横扫五千人。"大众赞好。凤林喊人递过琵琶，将弦和准，唱了一个《叠落》，其词曰：

> 我为你把相思害，我为你把相思害。哎哟我为你懒傍妆台，伤怀我为你梦魂常绕巫山、巫山外。我为你愁添眉黛，我为你愁添眉黛。哎哟我为你瘦损形骸，悲哀我为你何时了却相思、相思债。

凤林唱毕，众人喝彩。有人将琵琶取过。吴珍道："凤相公可算善灌米汤了，不晓得将为那个害的相思，今日在我们贾大哥跟前卖虚情。"凤林道："吴大爷，你不必在这里瞎挑眼，有句话我若告诉桂姐姐，只怕同你就不得好开交了。"贾铭道："不必说这些敲弓击弦的话了，袁兄弟快些说令。"

袁酞道："花和尚先修其身，不礼梁王忏。"众人赞好。双林唱了一个《满江红》，其词曰：

> 俏人儿，我爱你风流俊俏，丰雅是天生。我爱我人品好，作事聪明，说话又温存。我爱你非是假，千真万真，凤世良缘分。易求无价宝，真个少。

难觅有情人，何日将心趁？我有句衷肠话，欲言我又忍，不知你肯不肯？欲言我又忍，不知你肯不肯？

双林唱毕，众人喝彩。吴珍道："双林相公你不必烦，我们袁兄弟肯而又肯，包你今日趁心就是了。"贾铭道："趁心不趁心回来再讲，工夫各自忙。陆兄弟说令。"

陆书道："浪子钻穴隙以相窥，不想姻缘想什么。"众人赞好。贾铭向月香道："你可听见我们陆兄弟的肺腑话了？"月香微微一笑，喊跟来的人递过琵琶，将弦和准，唱了一个《劈破玉》，其词曰：

俏人儿，忘记了初相交时候。那时节，你爱我我爱你，恩爱绸缪。痴心肠实指望天长地久，谁知你半路途中把我丢，你罢休时我不休。贪花贼，负义郎，丧尽良心骗女流。但愿你早旦应了当初咒。

月香唱毕，琵琶有人取过。吴珍道："月相公这个小曲唱的扫兴，我们陆兄弟岂是这等薄情人，要罚你一大碗酒。"月香道："怪我唱的不好，实是量窄。"要求推情。众人道："这人情非陆兄弟不能讲。"陆书道："他唱的不好，再罚他唱个好的。"贾铭道："陆兄弟舍不得把酒他喝，便宜他了。"月香道："诸位老爷不必哇咕，我唱二黄赔罪。"袁酞道："你拣拿手唱罢。"忙喊污师坐在席旁，拉起提琴。月香取过琵琶将弦难准，月香遂唱道：

林黛玉闷恹恹心中愁闷，听窗外风弄竹无限凄凉，唤紫鹃推他窗且把心散。想当初进荣府何等闹热，与宝玉日同食夜同炕枕，他爱我我爱他一刻难离。痴心肠实指望终身有托，到如今均长大男女有别，见了面反说些虚言套话。平白的又来了薛氏姨妈，他有女名宝钗容貌端庄，说什么金玉缘可配驾凤。痴宝玉听人言心生妄想，可怜我苦伶仃早丧爹娘，无限的心中苦难诉衷肠。奴只得常垂泪暗自悲伤，最可恨王熙凤拆散鸳鸯。

月香唱毕，众人喝彩。琵琶有人取过，污师退往房外去了。

众人催着魏璧说令，魏璧道："我不说，吃杯酒罢。"吴珍不肯，再三催促。魏璧道："托塔天王，每月五更清晨起，勾引张生跳过粉墙。"众人笑道："魏兄弟，你要罚多少？"魏璧道："我并未说错，因何要罚？'托塔天王'是晁盖的绰号，'每日五更清

晨起'，难道不是句书？'勾引张生跳过粉墙'，难道张生不是《西厢》上人？"贾铭道："魏兄弟，你不必强辩了。晁盖不在天罡地煞正传之内，然而这系《水浒》人还可将就。这'每日五更清晨起'，是后人撰的《女儿经》，并不是四书，该罚一大杯。这"勾引张生跳过粉墙'，是那唱的《鲜花》上的，并非六才词句，又该罚一大杯。"魏璧道："理当尊命，兄弟实是量窄，不能吃，"巧云道："我代一杯罢。"吴珍道："本来派你一个小曲，如此你又要代酒，你必须串个小曲，我们才能依呢。"巧云道："谨遵台命。"魏璧道："兄弟喝一小杯罢。"贾铭道："魏兄弟执意不肯多饮，相应说个笑话罢。"众人道："如此甚好。"巧云道："串得不好，众位老爷包含。"遂架筹出席，拿了一条绿洋绉金夹绣五彩风穿牡丹手帕，串了一个"二八佳人巧梳妆"。串毕，众人喝彩。巧云入席，销了筹，饮了一大杯。

众人催着魏璧说笑话，魏璧道："说得不发笑，诸位哥哥莫怪。"众人道："玩意儿，那个怪你？快些说罢。"魏璧道："献丑。"众人道："洗耳恭听。"魏璧道：

　　假斯文朋友在路途相遇，一揖之后，这个问道："兄呀，近日有甚佳句？"那个道："前日有个朋友托我撰副对句，他是父母双全，一妻数妾，要在对句内包罗阖家欢的意思。我就将'天增岁月人增寿，春满乾坤福满门'那副春联改了数字，是'爷增岁月娘增寿，妻满乾坤妾满门'，可是将阖家欢包在其内了？"这个人拍掌大笑道："足见斯文有同心。前日家母六十寿辰，各色齐备，只少一副寿联。我兄弟又不屑求人，也是将这副春联改了两字，是'天增岁月娘增寿，春满乾坤父满门'。"

众人听了，哈哈大笑道："好个'父满门'。"魏璧将一小杯酒饮干。众人道："魏兄弟不行令，我们要公敬一大杯，请文相公唱个小曲。"穆竺仗着酒量好，端起大杯一饮而干。文兰道："派到我献丑，唱得不好，诸位老爷包含。"贾铭道："不必说这些了，快些唱罢。"文兰唱了一个《剪剪花》，其词曰：

　　姐在房中闷沉沉，[烟] 瘾来了没精神，真正坑死人。呵欠打了无计数，鼻喷连连不住声，两眼泪纷纷。四肢无力周身软，咽喉作每肚里疼，仿佛像临盆。欲要买土无钱钞，欲要挑烟赊闭了门，烟灰吃了断了根。那位情哥同我真相好，挑个箸子救救我命，残生同他关个门。

文兰唱毕，众人赞好。袁酞道："文相公那一天脱了烟，我挑一大盒子来让你吃，好同我关门。"文兰道："单是你会说。"将眼一瞟。

双林道："你们这个令甚是有趣，我也想了一个，不知用得用不得？"贾铭们听了，诧异道："请教，请教！"双林道："及时雨迅雷，又惊又爱。"贾铭听了连声赞好道："文简意串，敏捷之至。我们肉眼不知你有些奇才，可谓埋没英才，要公敬一大杯。我们大众陪你一大杯。"忙喊人取了些大杯，自己拿过自斟壶来，斟了一杯递与双林。说着立起身来，将大杯接过，又在贾铭手内将酒壶夺过，在各人面前斟了大杯。大众陪着双林饮干。吴珍又吃了一杯令酒，然后贾铭、袁酞、陆书、魏璧每人出了一个令，挨次行终。

凤林、桂林、双林、巧云、月香每人唱了几个小曲。文兰唱了一个《寡妇哭五更》，唱毕，众人喝彩。袁酞向文兰道："我听见人说你有个什么《常随叹五更》，又时新又好，我们今日要请你唱与我们听听。"文兰推说不会。袁酞定要他唱，他叫凤林、月香两人各将琵琶弹起，又嘱污师坐在席旁拉起提琴。袁酞用一双牙箸、一个五寸细磁碟子，在手中敲着，催促文兰［唱］《叹五更》。文兰道："唱得不好，诸位老爷、众位姐姐包含。"众人道："洗耳恭听"。文兰遂唱道：

一更里，窗前月光华，可叹咱们命运差，受波查。跑海投不着主人家，背井离乡远，抛撇爹和妈。悔当初不学耕和稼，南来北往全靠朋友拉，行囊衣服一样不能差。我的天呀！顾不得含羞脸，只得把荐书下。

二更里，窗前月光辉，可叹咱们武艺灰，派事微。初来吃的合漏水，问印无我分，马号没我为。流差问了充军罪，押解囚徒上下跑往回，犯人动想，笑脸相陪。我的天呀！就是长短解，我也不敢将他来得罪。

三更里，窗前月光寒，可叹咱们跟官难，好心烦。百般巴结派跟班。烟茶新手捧，弯腰带笑颜。有种官府爱嬉玩，朋友都耻笑，哇咕言烦杂。自己心中气，不好向人谈。我的天呀！说什么少屁中龟老讨饭。

四更里，窗前月光圆，可叹咱们抓不住钱，碰官缘。派了门印有了权，衣服时新式，书差做一联。五烟都要学周全，女妓、小旦日夜缠绵。浪费银钱，忘记家园。我的天呀！碰钉子，即刻就把行李卷。

五更里，窗前月光沉，可叹咱们不如人，苦难伸。打了门干派差门，接帖回官话，时刻要存神。差来差往间纷纷，终朝忙碌碌，四处喊掉魂。门印寻银子，看见气坏人。我的天呀！不是大烟累，久已别处滚。

天明窗前月光迟，可叹咱们落台时，苦谁知。住在寓所怎支持，行囊都当尽，衣服不兴时。烟瘾到了没法施，想起妻和子，不觉泪如丝。寻朋告友，没处打门子。我的天呀！难道跟官人，应派流落他乡死？

文兰唱毕，众人齐声喝彩："妙极，妙极！"凤林、月香的琵琶有人接过。袁酞将牙箸、围碟仍放桌上。污师拿着提琴退往房外去了。众人斟了一大杯酒，公敬文兰，每人又吃一大杯贺曲。凤林、月香每人又唱了一只大曲并西皮二黄。

众人总有几分醉意，说道："我们拿饭吃，晚间再闹罢。"大众用了饭，揩过手脸，散坐吃茶。吴珍、桂林仍睡到床上过瘾。穆竺定要先走，吴珍款留不住。袁酞道："他既要去，二哥让他去罢。"穆竺听了，也未辞别众人，连忙去了。吴珍见穆竺已去，就拿出一张六折票子代文兰把了江湖礼，又把了一张二千文钱票与文兰，辞别去了。袁酞向吴珍代穆竺道谢。

凤林悄悄将贾铭拉到他房里。贾铭看见虽没什么摆设，收拾得十分洁净。壁上挂了四幅美人画条，一副黄蜡笺纸对联，上写着：

凤鸟和鸣鸾率舞
林花烂熳蝶常飞

上款是"凤林女文雅玩"，下款是"爱花生书赠"。凤林邀请贾铭坐下，喊老妈烹了一壶浓茶来，亲自取了一个五彩细磁茶缸，斟了大半茶缸子，恭敬贾铭。又叫老妈将灯开了，请贾铭吃烟。贾铭道："不会。"凤林道："吃一两口解解酒。"将贾铭拉到床上睡下，凤林打了一口烟，敬贾铭吃了。贾铭道："我不会吃烟，此刻吃了一口，觉得比桂相公房里的烟香些，是何道理？"凤林道："找是前日有个客送我些大土，我挼着煮的，故而香些。你再吃一口。"贾铭又吃了一口，觉得酒竟散些。问凤林道："你家有何人？"凤林默然不答。贾铭再三追问，凤林叹了一口气道："贾老爷，你莫笑。我自幼母亲早丧，我父亲贪酒好赌，将我许与堂名里梳头的蓝四娘家做养媳。七岁将我带到清江教习弹唱，我不肯学，也不知挨了多少打骂。我家婆在清江开门，家里有十几个伙计。十三岁时就逼我做浑生意，也不知代他家寻了多少银子。只因我家大伯同我丈夫又嫖又赌，又吃大烟，乱同家里相公睡觉，闹了许多把戏，打了几场恶官司，累下一千多银子债来，门不能开了，逃回扬州。现在我家婆同我丈夫、大伯租了人家半间技房，每日要四五百文费用。我在这里虽说是分帐，是借的印字钱做的铺盖。我

在清江，首饰、衣服当尽。现在每日要打印子钱吃早茶、戴花、胭脂粉、零用，又有几口倒头烟。家里每日闭着要钱，我来的日子又浅，身上又没有熟客，叫我如何敷衍得过去？"说着，泪珠欲坠。

贾铭道："我看你虽落风尘，却无烟花俗态。不必性急，自有好处。如不弃嫌，我的意思想来巴结，不知你意下如何？"凤林道："你老爷楼子高，我脚大脸丑，恐怕巴结不上。"贾铭道："这些话我都听厌了，如若同我结个线头，一切小件事我还可以帮忙。"那房里高妈正在装水烟，遂道："我们这凤相公人是极好的，但是初来，家累又重，你老爷与他结个线头，就是他造化了。"贾铭道："我们是对面成交，不要你说现成话，明日又要说要谢媒，放我的差了。"高妈道："那有个新娘子走上轿的？"

正在房中谈笑，只见陆书挽着月香的手走进房来。陆书道："大哥谈到好处，我们不该来取厌的。"凤林赶忙起身道："陆老爷、月姐姐请坐。"高妈装烟献茶。贾铭道："我同凤相公谈谈他的家务，说来甚是可怜。"凤林请陆书、月香吃大烟。两人总不肯吃，仍叫凤林睡下过瘾。又谈了些闲话。

三子走来道："吴老爷请贾老爷、陆老爷、月相公们用下午。"凤林叫老妈将烟灯收起，邀请贾铭、陆书、月香到桂林房里。众人用过点心，闲谈取笑。晚间点了蜡烛，摆下杯箸，围碟，仍照各人陪各人原坐入座。

饮到半酣，正在欢呼畅饮之际，只听得房外天井有七八个人脚步声，又有几条火把燎在天井内的声音。又听得三子招呼道："请在这边房里坐。"又听得那些人走进对过房里去了。又见三子到桂林房里来，悄悄将双林、巧云喊了出去。一刻工夫，巧云进房销了筹，入坐，使了个眼色叫凤林出席。过去了片刻，又听得对过房里吵闹之声，茶碗撂在地下。又听得人喊道："你家很不懂事！我们又不常来，拿我们不晓得当做什么人，瞧不起我们！"又听得双林道："诸位干老子，什么事情动怒？诸凡不是，看我干女儿分上罢。"又听得那些人说道："他家只认得睁眼睛金刚，认不得闭眼睛的佛。我们走呀，你家可玩得长就是了！"七言八语，走到天井内将火把点起，唧唧咕咕，忿忿去了。不知后事如何，且看下回分解。

第八回 好勇斗狠搀人抢物
排难解纷设席赔罪

中国禁书文库

风柳情

话说贾铭们在桂林房中听得对过房里不知何人吵闹，月香唬得战战兢兢。听得那些人点了火把去了，吴珍忙将三子喊来问道："适才是些什么人？因何而吵？"三子道："我只认得两个，一个是当过乡勇的尤德寿，人都喊他尤不透。那一个是在茶馆里捏过点心的，名叫燕相，同了几个短打不尴不尬的少年人来打茶围。进了门来就瞎枪瞎棒，赶忙请他们到房里坐下。才倒了茶去，就怪水烟来迟了，有意起毛生气，把茶碗掼碎在地，唧唧咕咕的去了。"吴珍道："你家东家强大到那里去了？他因何不出来会他们呢？"三子道："强大不在家，到澡堂内洗澡去了。"吴珍道："他们去了，未必干休。"三子道："这些没相干的不要紧，由他们去呀！"

吴珍道："月相公的轿子可曾来呢？"三子道："早已来了。"吴珍向月香道："月弟媳你不必怕，早些回去罢。"陆书拿出一块洋钱把与强大家底下人，算江湖礼，又把了两张钱票与跟月香来的污师并底下人，又向月香道："你的局包我明日送来。"月香点点头道："你送我回去。"陆书道："今日迟了，我明日到你那里罢。"月香与陆书附耳不知说些什么言语，叮嘱陆书有日早去。陆书诺诺连声。月香辞别贾铭们众人，又与桂林们作辞，方才出了房门，走到大门外，上了小轿。三子捧了四包茶食，点了两根安息香递与跟月香的人，回进玉楼去了。

这里吴珍们酒也不吃了，各要回去。桂林不肯让吴珍走。吴珍说有要事，不能在外住宿。说之再三，桂林气急脸红的说了许多醋话，才让吴珍同贾铭们出了强大家大门。约定明日早间仍在教场方来茶馆取齐，分路各散，暂且不表。

再说尤德寿们出了强大家门，大众气忿忿的商议主见。尤德寿道："龟是脊背朝天，不吃他们要效尤。我们约些朋友到他家里搀他两个人，挑挑具门首该班的朋友，自然有拦停出来了事，划划他的翅，才晓得厉害，嗣后才瞧得起我们呢。"燕相道："现在江都县皂班是该现班的朋友，与我做过会的，你们尽管办，总是我承担，不叫兄弟们作难。"众人道："好。"遂到兴教寺街约了些初出市的把势，十几位乱神，在杂货店内买火把，腰内拿出二三十文，大钱少，小钱多，带抢带拿点了十几条火把，抓了

米店里十几根米筹，蜂拥来到强大家门首。

他家大门本是一着，遂一哄而进，人声嘈杂，火光冲天。有些玩友同女相公们不知何事，唬得屁滚尿流。尖伶的总躲下漏子去了，还有躲在床后并柴堆里面。只有巧去未曾躲避得及，被同去的两个二等把势，一个姓唐，名叫唐统，一个姓史，混名史肉头，抓住头发、将银簪、耳挖先窟（摘）除了去，安安胆。尤德寿领着众人，将些窗格什物打得乒乒乓乓。前来找寻强大，未曾找着。那双林房里有个人在那里打茶围。此人姓白，名实新，弟兄几个他居长，人总喊他白大，专在清浑堂名里打茶围，吃白食，传签打知单，逢时遇节打秋风。不拘那家堂名闹出事来，他总排着做拦停，两边卖情讨好。今日正在这里打茶围，听得外面喧嚷，赶着出了房来，看见是尤德寿、燕相们，就将尤德寿拦住问道："尤大哥，为着何事？"尤德寿道："白大哥，你不必管！他家拿我弟兄们不打账，过于叫人下不来。今日拼打几十，叫他家这牢门开不成。"白实新听了，就往地下一跪，将众拦住道："尤大哥们暂息雷霆，强大虽是不懂人事，还要看他家照应的庚四老爹分上，他是个朋友，最肯交结人的。如今哥哥们权且将巧相公交与兄弟，此刻茶前酒后不便谇话，明日大早请在教场冷园，我兄弟同庚老四过来，总叫弟兄们过得去。"

尤德寿总不肯依，正欲将巧云搀了出门，却好那素日代强家掌门的庚嘉福同两个差伙王七、赵八，跑得气喘吁吁的赶奔前来。到了里面，庚嘉福见了众人就跪在地下，拦住众人讨情。白实新、王七、赵人再三说合，有那尤德寿同去的人做好做歹，也将巧云放了手，交与白实新。大众执着火把，米筹，洋洋去了。

庚嘉福邀着白实新到巧云房里坐下。那些打杂的先不知躲在何处，如今见人已去了，赶忙进房献茶、装烟。庚嘉福向白实新道："今日倒难为兄弟，若不是大兄弟在这里，不知闹成什么样子了。"白实新道："我是一则到此玩玩，二则想同强大说话，不意到了这里即碰见了他们闹事。你四哥又不在这里，我又不是活死人，何能不管呢？四哥，你是如何晓得的？"三子站在旁边道："我看见他们进门来意不善，我就溜了出去，想到四老爹府上去请四老爹，可巧在路上撞遇，请了来的。"原来这庚嘉福在府里当门户官，名庚仁，排行第四，代强大家照应，每月送他月钱，节下送礼，平时还要放差，很有出息，所以三子一请即到。三子开了灯来与庚嘉福吃烟。巧云哭哭啼啼赶进房里，向白实新、庚嘉福道了谢。庚嘉福道："巧相公，你可曾吃苦？少了些什么东西？"巧云道："多亏白干老子拦着，没有吃什么苦。簪子、耳挖、镯头都没有了，顺袋里还有一块洋钱，二千钱票子也被他们拿走了。"庚嘉福道："你不必哭，明日包管照数还你。"巧云道："总要拜托众位干老子帮帮穷干女儿的忙，我只好多磕两个

头罢。"

庚嘉福叫三子将强大喊来。强大到了房里，跪在地下磕了个头道："谢谢诸位老爹。"立起身向庚嘉福道："四老爷，我这牢门真是不能开了。今日他们来，才到了房里，就赶着喊相公去酬应，装烟献茶，平空起毛生气，将茶碗摔碎，嚷嚷咕咕去了。那时我不在家，我洗了澡回来，方才晓得。那知一刻工夫，他们约了许多人来，外面打到里面来了，亏我眼亮躲的了。被他们将家内窗格什物打坏，还抢去好些东西；若不是白大爷在这里拦着，巧相公已被他们揽去了。这几天一点生意没有，昨日晚上打醋炭盆火，好容易今日摆了一台酒，才吃到半烫，被他们一闹，总散了，还不知开发可弄得到呢，越想越气。如今同老爹商议，县里有几位师爷常在这里，我想同他们打场官司。"

庚嘉福道："你要打官司我也不能拦你，你就要先将巧相公交与白大爷，让白大爷交与他们，你再准备打官司，不然你叫白大爷怎样对他们呢？要说仗着这些师爷的力，他们何能常在这里？千千明日，万万后日，除非你不在扬州打把势，可以打场官司散伙。你自己想想，你现在欠人多少债务，打了官司难道债主就不要钱了？气是好忍的。依我说，明日请白大爷同我到教场去会他们，向他们说，将拿去的东西还你，做个主人，叫他们嗣后照应你些就是了。"三子道："老爹说的话不错。他此刻气昏了，不要睬他，老爹酌量办就是了。"

庚嘉福们吃了一会烟，到了三更多时分才走。约定明日大早在冷园，先到先等，分路回家。

一宿已过。次日清晨，庚嘉福同王七、赵八到了教场冷园茶馆。见白实新早已坐在那里，招呼入席吃茶，各用早点。一刻工夫，尤德寿、燕相同着昨晚去的众人陆续来到。庚嘉福、白实新起身招呼，坐了几桌。众人喊跑堂的下面、买点心、下水饺、做葱油烧饼，有如饿虎争食，吵嚷不清。

庚嘉福等他们各人用过早点，立起身来到尤德寿、燕相们各人席前，斟了茶道："诸位兄弟，做哥哥的今日特来推情。强大不懂人事，一切都要望光看我薄面，所有他的不是，罚他备席赔罪，弟兄们昨日拿的他家东西，也要推情还他。"尤德寿道："我兄弟年轻，出来玩的日子又浅，并不晓得你四老爹在他家照应。我弟兄们实是为强大瞧不起我们，诚心昨日要揽他家两个人，叫他牢门开不成。不意撞见改恶星君白老大在那里拦着，又是你四老爹问了来，我们这些少年弟兄，那个能违拗你老人家？今日又蒙赏脸，到茶馆里来。我兄弟也久慕你四老爹是个大朋友，未曾过来巴结。你四老爹吩咐，理当遵命。无如这样说法并非我们大半，实是叫兄弟们过不去。所有他家的东西，我们也不担这个臭名，照数还他。只叫他唱两本戏，备十桌酒席，就饶他了。再不然，叫他送我们个访，我们领他的就是了。"庚嘉福道："尤大哥，你说到那里去了。强大虽是不懂人事，我兄弟素昔不夯赖忝教，还可以够着交情。原可以遵命唱戏，念强大实是事坏，非我代他哭穷，你们问白老大就知道他的事了。"

尤德寿值意不休，就要往茶馆外跑，被白实新拉住膀臂两捏道："弟兄们，这件事不必把'难'字与庚四哥写。自古道'巧媳妇难煮无米粥'。若论强大素昔不懂人事，我就可恶他。如今不看玩龙灯的，要看投帖的，诸几百事要推四老爹面上。念强大实是事坏，唱不起戏，罚他备四桌席，在北京馆赔罪，弟兄们担担膀子让他们过去罢。"

邻席又有许多常在这些清浑堂名里吃白食的朋友，走过来推现成情，做现成拦停，等了了事，好一同前去吃一顿，总过来原今又有昨晚同尤德寿去的两个人做好做歹，向尤德寿道："不必说了，一千二百桩事都推庚四老爹吩咐罢。"尤德寿委委屈屈的将两个小把势喊过来，关照他们将昨晚所拿衣饰照数送还强大家内，"我们在北京馆等着你们。"

那两个小把势，一人姓钱名贯之，父亲在日，是惯放火债创成家业，一生最喜讨小便宜。买人因房，总要犹豫到除夕几更天方才成交。银色是低潮的，钱色是攙和私船的。可怜那卖主不知多少事件等这回房价偿还，若是嫌他银钱色不好，他就不肯成交了。逼着忍气就他，算是暗中亏折。这钱老翁死后，遗下约有万金。到了钱贯之手内，比他父亲更刁更滑。不知怎样刁滑太过，未到年余，把父亲挣下家资刁滑得干干净净。还亏娶的妻子有几分姿色，暗走个把人。这钱贯之在外结交了尤德寿一班朋友，跟他们跑跑腿，做做粗活。人因他父亲将许多家资丢与他守不住，不喊他钱贯之，总喊他钱串子。那一人姓余名兆，家中母亲同妻子总做媒伴生意。他在县门首做过几天差伙，自己疑惑他是个把势，嫌腔厌调，因此人不喊他余兆，都喊他蛇调。当时钱、余二人听了尤德寿的话，一声答应，匆匆去了。

庚嘉福见强大家三子在旁吃茶，悄悄向他说道："你赶紧回去，看他们将东西送去可少些什么，你赶着到北京馆来告诉我。"三子答应，立即去了。庚嘉福将各桌茶钱算明，关照跑堂的到强大家拿钱。邀请着尤德寿们并白实新同那些学骗的朋友，出了冷园茶馆，到了小东门外北京馆，进内，满满的坐了四桌。庚嘉福喊跑堂的打酒弄菜。只见钱串子、蛇调两人跑得雨汗交流，气喘吁吁到了馆里，回过尤德寿的信，在下横头挤着坐下。又见三子来，悄悄将庚嘉福请到酒馆外说道："他们已将物件送去，家里所少零星不过一二千文的东西。只是巧相公的首饰、腰内洋钱票子未曾送去。"庚嘉福道："此刻说了，还有那个肯拿出来？该应晦气，只好由他去罢。"三子道："东家还请老爹去有要紧话说。"庚嘉福道："我这里散了，就到你家来。"三子答应去了。

庚嘉福复进酒馆，执着酒壶到各桌敬酒。尤德寿众人立起来连称："不敢，不敢!"白实新将酒壶夺了过去道："四哥，你请坐，我代敬罢。"庚嘉福向众人作了一个箍桶揖道："诸位兄弟，一切一切看我面上，嗣后照应强大些罢。"尤德寿们既和又讲礼，将庚嘉福拉了入席。大众猜拳开酒，直吃得酒醉肴饱，方才散席。

庚嘉福将众人送出北京馆，又向白实新道了谢。白实新道："四哥，兄弟昨日因为挤住件事，到强大那里，想找他帮个忙，不意遇见他们一闹，如今拜托哥哥罢。"庚嘉福道："兄弟再我宽一两日会罢。"白实新道："拜托，拜托。"辞别去了。庚嘉福算清了酒饭账，汰化、水烟一齐写了，叫到强大家拿钱。同着王七、赵八出了北京馆，到强大家内。不知强大请庚嘉福说什么话，且看下回分解。

第九回　诸把势传签敛费
众刀笔鸣保兴词

话说庚嘉福同王七、赵八离了北京馆，到了强大家，在双林房里坐下。强大走进房里，向三人道了谢，喊人献茶、装烟，开了灯与庚嘉福过瘾。巧云听见他们来了，赶到房里，请叫过众人。庚嘉福道："为你的首饰，洋钱票子，我同他们吵了一阵，总没人认账。该应你是小破财，改一日我捉个野猪来还你愿罢。"巧云道："费干老爹们的心。"看见床上灯已开了，遂道："我来代干老子打烟。"走近床前睡下，拿千子打烟。庚嘉福也就睡下去过瘾。

强大在旁边坐下，向庚嘉福道："四老爹，我这个门如何开法？生意是日见其坏，这几日把势的知单传签，红白喜事酬应不清。并且有些签上的人的名字，莫说不认识，从来也未曾听见过。更好笑那在过甘泉门首卖过水烟的庐州老，名叫纸老虎，签上名字叫刘诗，传了一条签。昨日来收签份子。我把了八十个钱例分与他，就在这里南腔北调大扛大吵。还是撞见个客家认得他，腰内抓了几十个钱，才拿了去。是人也狠，是鬼也狠，不知他们心里想怎样。昨日地保方尚送了个知会来，说是毕老头子的，尚未曾告诉老爹。今日方尚又送了一个知会来，说是武秀才包琼的。这些事虽不要紧，究竟非钱不行。转眼之间又闹龙船，又到节下，如何办法？"庚嘉福道："你且将知会拿了来。"

强大到里面拿出两张白工单纸写的知会到了房里，庚嘉福叫强大递与王七道："我认不得字，你念与我听。"王七接在手内，将一张先念道：

具知会武生包琼抱告雇仆李升知为侄遭娼诱，恳众逞凶事。窃生胞兄物故，遗侄包静，生领回抚养，现已成丁。读书未成，性耽游荡，屡教不改，竟或彻夜不归。常将家中衣饰携出，已非一次。拟思首忤，奈因蠕嫂珍护。本月初八日，尊侄胆将生妻金环、银镯、金戒指等物潜携往外，数日不面。生四路访寻，知系九巷开窝之强大引诱，藏匿家内。生随往彼找寻，目见生侄在彼，与女妓双林、巧云等同桌饮酒。生当将侄呼叱，不意强大挺身向前拦阻，将侄藏匿，复敢向生凶毒。稍向理论，强大喝令男女仆妇多人，欲奔生殴。生因孤掌，未便私较，急奔方脱。迫鸣该处地保，庇护不理。似此窝娼引诱良家子弟，率众逞凶，均干例禁。不叩究追，生侄必遭伊等毒手。为此具知交保转报。伏乞父台太宗师电赐，差拘强大研讯，交人交物，惩凶肃法。所具知会是实。

王七念毕，庚嘉福问强大道："包琼因为何事同你玩知会？"强大道："那一日在柳巷烟馆里，撞见他在那里吃烟，叫我代他会两个老子烟钱，我却没有代他，想必是因此作怪。"庚嘉福道："吃把势饭，全要眼亮。你就是代他会两箸烟钱，也不过几十文。如今要想几十文了结不掉了。"又向王七道："你将那一张再念与我听。"王七遂将那一张知会念道：

　　具知会候补通判毕庆嘉抱属王顺知为龟棍逞横，迫叩究逐事。窃职原籍徽州，寄居扬都旧城八巷地方。昨晚回归，路由九巷，遇见人光焰识，人语喧哗。职疑系人家失慎，近前查询，始知系积惯窝娼之龟棍强大家女妓桂林、巧云等出局回归，轿夫在门前手持火把打降，路为塞阻。职令伊等让路，该轿夫等恃蛮行凶。强大在旁除不叩阻，反敢竭令轿夫并外场打杂多人，奔职攒殴，火把烧毁职衣，临审呈电，幸遇路人解脱。鸣保不理。伏思窝娼本干例禁，率众逞凶更属不法，不叩究逐，间阎难安。为此具知交保转报。伏乞父台太老爷电赏，饬提究逐，肃法扶风。所具知会是实。"

王七念毕，庚嘉福道："毕老头子又是为甚事呢？"强大道："他节下总拿我的节钱，去岁年节是送灶那日就拿去了，二月里传签，我也酬应过了。前日有一天，在教场里会见我，叫我借几百钱与他，帮他个忙。我说连日没有生意，未曾允他。想必是这个缘故。"庚嘉福道："这又是你不是，你不见亮他既同你开口，你就弄二百文与他，也就没事了，如今要多花几个了。他们这些人先玩个知会，算是块敲门瓦，你若不买他的账，他拿七个钱买个手本，或是到二衙里，或是府经历司里，或是江、曾两捕衙里递进去，那里算是收到一张银票，差出个差人来，不怕你不花钱。至少要用十块八块，还要同原告玩钱，才得了事。这叫做为小失大。开这个牢门，总要识事，顺贷绳子要放松些。俗语说得好，'把势钱把势用'。这碗倒头饭，若是没有这些花消使费，开门的人个个总罢行盐了。这两个知会交与我，明日到教场去会他们，弄几个倒头钱，

把他们买牢食吃。"

强大道："这两件事要多少钱？"庚嘉福道："至少每人两张六折票子才推得下这个情来。还有一件事，我没有告诉你，有个郭学猷，打知单硬要四块洋钱一家。"强大道："郭学猷是个什么人？"庚嘉福道："不知他是个禀生，是个秀才？二年前还是个鸦子，很在清堂名里玩的。好大一砰银子，如今玩十了，假学做坏人，代人写写词状，包揽打个官司。今年春天，在甘泉县里搭了元兴堂一个抬花的，他家许多银子。如今这个知单不能不应，他已经向我说过两次，若再不办了与他，恐怕他自己到这里来。他的烟瘾又大，开张灯来，像你家这样小盒子，不知要吃几盒子呢。稍须恭维不到，又要玩邪术飞兵了。在我的意见，这几件事是不能不办，相应送他两张八折票子，还要我去代你告苦讲难，还不知他可依呢。"强大道："这两日实是没钱，那王侉子的印子钱，我还少他十几个印。前日向他说了找关，他允我后日送钱来。老爹将这几件事耽迟两日，等印子钱过了手开发他们罢。"庚嘉福道："那毕老头子、包琼两个人，炒虾子总等不得红，如何等得？连那郭学猷打知单的事，我总代你垫了，再算罢。"强大道："如此更好，拜托老爹罢。"

庚嘉福道："你适才告诉我那些把势传签，也要看人行事，大的大酬应，小的小酬应，就是那签上名字认不得的，说不得这句话，也要算个例分，省得为这点小事，又生出别的枝叶，岂不是为小失大呢？若说是没生意，今日买只公鸡夜里剪剪牲，打个喜醋炭，打起精神慢慢的往前敷衍。这要托天保佑，生意能够转转头，把身上的债洗洗再说。此刻你身上欠人多少利债，要算是骑在虎背上，欲罢不能。你想想我这话可是的？"强大道："老爹的话原说得不错，只是照现在这样，生意如何过得下去。"庚嘉福道："那个开门的人家不欠人的债？要像你这样愁，还要焦死人呢。"强大又问道："今日茶钱饭钱共用多少钱？"庚嘉福道："约莫七千多钱。"强大道："真正是闭门家里坐，祸从天上来。就像是走路碰死了个老头子一样。"庚嘉福道："险些忘记告诉你，还有好笑的事。白实新向我说，叫你帮个忙，算是暗要谢仪。我心里暗笑，又不便回却，允他过一两日会，也要弄几文汰化他。"

正说之间，那地保方尚来找强大，听见庚四老爹的声音便走进房来，请叫过三人。庚嘉福道："方伙计，你来做什么事？有什话说？"方尚道："我一则为昨日晚间的事，我又不放心，过来问问。二则今日早间毕老头子来找我问信，正同他吃茶，那包琼又送了知会来。我回他们说这里昨晚闹事，等了结了，自然有人过来会你们。吃了几十茶钱去了。我午前将知会送到这里，未曾会见强大，所以此刻又到这里来会他的。"庚嘉福道："昨晚的事已经了结了，难为你担心。那毕老头子、包琼两个人，我到教场去会他们，断不叫你作难。强大，你拿一百个钱来。"强大随即拿了一百文，放在桌上。庚嘉福将钱递与方尚道："你拿去将早间茶钱会的了，宽一天叫强大候你。"方尚道："我同强大也不是一天的交情，不晓得多少事承了的情，帮我的忙，若是件件事同他要钱，倒不成个相好了。"庚嘉福道："你这么说就罢了，这是我的江湖礼，不能不这样说"。方尚将钱拿着，告辞去了。

巧云正在房里代庚嘉福打烟，只见三子走进房来向巧云道："巧相公，魏少爷们来了。"巧云问道："可是昨日在这里吃酒的？"三子道："正是。"庚嘉福道："巧相公快些走罢，昨晚你被他们拿去的洋钱、首饰，今日放他个差，好补补数。"巧云听了，一笑道："干老子们请坐，干女儿少陪了。"强大要另外喊相公来打烟，庚嘉福道："不必了，我自己吃罢。"庚嘉福自己吃了一回，将瘾过足，将两个知会带在身边，同王七、赵八离了强大家。

到了教场竹垆轩茶馆，找着毕庆嘉，入了席。庚嘉福道："老朋友，不是我怪你，强大家你既拿他节钱，又要叫他帮忙，就是他未曾栽培你，也该告诉我，又做这些懒怠事做什么。"庚庆嘉道："我虽是每节拿他那几文，因却不过的情。外日因挤住件事，叫他帮个忙，他把脸打得高高的，故而我才同他玩的。"庚嘉福道："如今长话矮话不必说了。这里有张票子，推我的情罢，嗣后心照。"庚庆嘉接过钱票子一看，见是六八四百八十文，咂嘴道："四哥，太菲了。"庚嘉福道："你莫嫌菲，这还是我垫的呢。"说着，将知会递与毕庆嘉道："又花了一文本钱了。"庚庆嘉将知会收回。庚嘉福同他拱手而别。

又找着包琼，向他说道："包兄弟，你们近日寻钱总不分篮了，又拿人家节钱，又闹知会，叫那开门的人总没路走了。"包琼道："四哥，你莫怪我。强大忘记了当初在人家打杂，如今做了东家，弄到钱了，眼底无人。那一日在柳巷烟馆里，被他拿的那个苗令人过不去，诚心想划划他的翅，也不想节下沾他那点光了。"庚嘉福含笑道："兄弟，你莫见怪，不要这等说法，一家不沾光，两家不沾光，那里打把势？"遂拿去四八三百二十文一张钱票，出那原知会递与包琼道："拿去吃鸦片烟罢，嗣后不必做这些蛇足事了。"包琼将钱票、知会接过去，看了票上数目，向庚嘉福道："莫怪，莫怪。"打恭作揖的去了。庚嘉福又去找寻郭学猷，料理知单事件。不知后事如何，且看下回分解。

话说贾铭昨日在九巷强大家吃花酒，因为尤德寿们一闹，众人临散时约定，今早仍在教场方来茶馆取齐。众人陆续来到，吃过早点，在埂子街头小山园混堂里洗了澡，剃了头，又在潮阳楼饭馆用过午饭。约到埂子街双寿堂、石牌楼天庆堂、洪水汪熊宝玉家、水厩里双庆堂几处清堂名里打茶围。真个是签歌盈耳，彩袖成行。

玩到下午时候，路过左衙街，见钱店会馆门首贴了一张十八印梅红单帖，浓墨书写"红梅馆"三字，下面又贴一张小方梅红纸，写了一个"请"字。陆书不知何故，遂向贾铭道："大哥，这地方是甚所在？贴这几个字做什么？"贾铭道："贤弟，你有所不知，此是钱店公所。敝地有些斯文朋友在里面出社，俗言打类谜。"陆书道："敝地也有这个玩头，我兄弟亦略知一二。我们何不进去瞻仰？"贾铭、吴珍、袁酞、魏璧齐道："既是贤弟豪兴，我们奉陪。"一声说"请"，众人进了大门。

到了里面，远远望见厅房檐口并两廊檐柱上，皆牵着麻钱，上用竹夹儿夹着数百张有一尺多长一寸多宽白杭连纸条，上面皆手写的七个大字，下有注脚小字，又有红图书并一个小红戳，印着笔、墨、字、画、笺、砚、茗、香等字。有许多人在里看望，也有点头趑趄，也有三三两两交头接耳。贾铭们走近厅房檐下，那厅上有人秉手招呼，贾铭们亦拱手答礼。站定在中间阶沿石上，向上观看。但见这条麻线上挂的纸条上写着：

精镌书法价高昂《礼记》砚　那样生涯似昔年成语笺　檐铎之声古寺中重读茗　扫清海面车兵齐言香　赏玩青山画航停成语字　那有情怀临胜境红楼人画邢上梅花两度看六才笔　多子何能恨丈夫《四书》墨　莫贪色欲少冤牵言笺　杏花天气上妆楼《尔雅》砚　脸皮近日有些呆香食　爱这梢头数点疤人事笺　关隘重重隐画船幼学笔　行过上界神仙府言墨　闭起熏笼检曲牌物二茗　燕子桃花满上方言香　情郎送别任苏州《四书》字　秀士衣彩似古时《毛诗》画　终日无聊饮最高《四书》笔　素日盈余皆费去言笺　内庭消

息谁传出新书茗　　烟锁长堤傍野村幼学砚　　揪扦再摆依棋谱言香　　不觉寒门

诰敕奖幼学笺　　自家步入幽篁径焰口茗　　相知复又往京都《易经》墨　　黄金

方可救燃眉新书笔　　姓字标红第一圈幼学笺　　而今不喜于邗江地《诗》字

赘婿方能像已儿祗茗　　闲来恋看妾傲扦算法香　　偷情常想同相见市招笺

贾铭们望了半晌，陆书凝神思想。见那一条："黄金力'可救燃眉'，注脚是'新书'二字。"悄悄问贾铭："新书是何书籍?"贾铭道："就是时宪书。"陆书听见有人喊道："听商"，他遂也喊着："听商。"厅上有人答应，陆书高声道："'黄金方可救燃眉'，可是'寅不祭祀'"。那厅上社主人答道："正是。"遂将这一条竹夹下了，将这社条违在陆书手里，又照那红小戳"笔"字，递了一枝笔与陆书收了。随即又换了一条新社，仍用竹夹夹好。陆书正在观看，只听得贾铭喊道："'莫贪色欲少冤牵'，可是'无营无业?'"那社主人答道："是。"将社条下了，一同卷笺纸递与贾铭手里，又另换一条新社挂上。陆书还在那里揣摩思想。吴珍因为不知强大家昨晚那些人曾否复来闹事，不放心桂林怎样，他又不知谜理，拉着贾铭、陆书道："大哥、兄弟，不用在此打这闷葫芦，我们走罢。"贾铭不便回却，向社主人秉手道："承教。"那社主人拱手道："恕笑，恕笑。"

众人出了会馆大门，沿路走着谈着。贾铭道："昭阳格最好不过是'伤心细问儿夫病。"陆书道："心赋格莫妙于'一片丹心后代传'。"贾铭道："曹娥格后人做的那里能及'黄绢幼妇，外孙莽臼'，如今做曹娥格的已少了。"陆书道："苏黄格再好的也不能及那'齐人有一妻一妾'了。"贾铭道："敝地近日做那反照传神的俱多。贤弟适才商的这一条，要算是反照。总而言之，谜者迷言也，乃系游戏偏才，不是实学，不能如何考较。"谈谈说说，不觉日已将落，已到强大家门首。

吴珍邀着众人进内。三子看见他们来了，赶忙请叫"众位老爷!"仍请到桂林房里坐下，老妈献茶、装水烟。三子将相公总喊过房来，请叫过了，桂林喊人开灯，与吴珍过瘾。吴珍道："今日饭后，我只在天庆堂吃了四五口烟，也就罢了。"贾铭们问及昨晚的事，桂林道："不必提了。昨晚你们散后，约有顿饭工夫，外面来了有几十个人，火把不计其数，打到家里来，打毁了许多窗格物件，我们局高都躲下漏子了。魏老爷的贵相知巧姐姐未曾躲避得及，被他们抓住，簪子、耳挖、镯头、顺袋里洋钱钱票，都被他们抢去了。还亏有个姓白的在这里打茶围，跪在那尤德寿跟前，才将姐姐丢下来。今日庚四老爹到教场办席招赔他们，东家花去七八吊钱，才得了事。巧姐姐从昨日夜里哭到此刻，可巧魏老爷来，弄几两银子打些首饰，代你家相好的压压惊。"

魏璧看见巧云鬓发蓬松，还未梳头，遂说道："风吹鸭蛋壳，财去人安乐。所少的首饰，我明日办了来，你欢喜什么样式？"巧云道："只要你欢喜，我是不拘什么样式，只要有得戴就是了，那个还讲究呢。"

他们正在这里闲谈，贾铭使个眼色与凤林，走出房门。凤林会意，也就跟随向外。贾铭道："你房内可有客？"凤林道："没有人。"遂邀请贾铭到了自己房里坐下，高妈献茶、装水烟。贾铭等高妈装着水烟到房外去的时候，在腰内取出六块洋钱，向凤林道："我不怕你见怪，你耳朵上戴的谅必是副铜环料三圈。你把这洋钱拿去，叫你家里人代你换副银环，烧烧金，买副玉夹板圈，先包他一副银镯架着势。多余几文，买两把土煮煮，慢慢的敷衍罢。只要我手里宽余，做得来，可以常常帮你的忙。"凤林将洋钱接了道："贾老爷，我同你萍水相逢，承你盛情，你前算是雪中送炭了。我倘能稍有好处，绝不想忘。"贾铭道："些微小事，何必挂齿，不必在别人跟前提及。"凤林道："我又不呆。贾老爷你可吃烟？我喊人开灯。"贾铭道："不必开灯，我不吃。"两人又谈了些闲话，仍同到了桂林房内。

只见三子走进房来道："诸位老爷，今日是东家的主人，请老爷们在这里便晚饭。"贾铭道："昨日被那些混帐王八蛋一闹，玩得不畅快。今日我的主人，你照昨晚的一样办法，快些将月相公请来。"三子答应去了。众人在房内谈笑诙谐。

过了好一刻工夫，月香来了，走进房里，请叫过众人，入坐。房里点上蜡烛，摆下杯箸。各人总有主顾，照旧坐定，请拳行令，饮酒唱曲，欢呼畅饮。大众比昨旧玩得豪兴，直饮到酒酣兴尽，方才散席。陆书开发了两个局包与月香，又代月香把了江湖礼。月香辞别众人，定要陆书送他回去。陆书口说不肯，心里要送得很。贾铭道："陆兄弟，既是月相公要你送回去，你就送他回去罢。明日我们仍在方来，先到先等。"陆书辞别众人，带着小喜子，等待月香上了小轿，跟着轿子到进玉楼去了。

这里吴珍还在桂林床上吸烟，桂林留吴珍在那里住宿。袁酞已有几分酒意，说是今日不走了。巧云留魏璧，先原不肯，后来已答应这里住了。吴珍道："我们三人今日总不走了，贾大哥谅必也在这里了。凤相公因何不开口呢？"凤林道："我是姜太公钓鱼，愿者上钩。贾老爷若是爱厚我，我就不留他，他也不走。若是不爱厚我，我就再留他些他也不在这里。"贾铭道："三位兄弟在此，愚兄理当奉陪，实因有件要事未曾关照家里，定要回去。吴兄弟不必敲弓击弦，我同凤相公的爱情要算是心照，不在于住不住。"凤林道："贾老爷这话说得在理。心照心照，时辰未到，日子长得很呢。贾老爷既有正事，我也不敢强留。"贾铭道："这话才碰我的心肺呢。"遂与众人作辞。吴珍因贾铭未带小厮，吩咐自己跟来的小厮发子道："你点火把送贾老爷回府，你不家去

罢，家中门户、火烛小心。"发子答应。执着火照着贾铭去了。袁酞、魏璧也叫小厮回去。吴珍睡在床上过瘾、双林邀着袁酞、巧云请着魏璧，各到自己房里。

魏璧看见巧云房中收拾得十分雅静，挂了六幅美人画条，有一副苹果绿蜡笺纸对联，上写着：

文回织锦堪称巧

梦入巫山不见云

上款是"巧云女史雅鉴"，下款是"梦花居士书"。巧云邀请魏璧坐下，着人买了四碟茶食款待魏璧，又将灯开在床上，请魏璧吃烟。魏璧勉强吃了一口，道："真正不吃了。"巧云遂自己过了瘾，洗过手脚，卸去钗环，重新用粉扑匀匀脸，嘴唇上搽了胭脂，收拾睡觉，暂且由他。

再说袁酞到了双林房中，看见只挂了几幅美人画条，问道："双相公因何不挂对联？"双林道："我是粗人，没有人送我对子。"袁酞道："你不用谦了，我明日办了送来。"因有了几分醉意，又吃了两碗热茶，觉得脸上红红，仿佛像似要呕吐的光景，遂倒在双林床上，说是心里难过。双林叫老妈烧了一碗醋汤与袁酞喝了下去。双林自己本不吃烟，因袁酞吃多了，又开了灯来打了一口烟，劝袁酞吃了，更觉得头晕眼花，道："我真不能吃，要吐得很呢，你相应收拾床铺，让我先睡罢。"双林忙喊老妈将烟灯收过，把袁酞拉起来。老妈掸了床，将薄絮被铺好。袁酞到房外跟跟跄跄小解过了，解衣就寝，一上了床呼声如雷，竟自睡熟。双林慢慢地洗过手脚，除卸簪环，重新匀了脸，嘴唇上又搽了些胭脂，掩房门，也就睡了。直到二更多时分，袁酞一觉睡醒，酒已散了，那被窝里事不消细说。

双林起来用水后，又上床蒙胧睡熟。只觉得同着袁酞挽手并肩一同游玩，到了一所花园，园中景致十分幽雅。见有一座假山，山石嵯峨，古树参天。旁有一座高楼，两人挽手同登。上得楼来，见中间有一块匾，上有"风月楼"三个大字。有一副对联分列左右，那对句是：

暮雨朝云堪笑烟花情不厌

黄金白镪可怜风月债难偿

双林同袁酞两人凭栏赏玩。只见楼下是宽阔池塘，一池绿水，红白荷花，绿叶青

莲。有许多并蒂的，开得芬芳烂漫，清香扑鼻。有一对鸳鸯，在池内交颈而眠。两人正在赏玩，只听得假山背后弹弓声响，有几个弹子打到鸳鸯身上，将一对鸳鸯双双打死。

双林被那弹弓响声一唬，惊醒来浑身是汗。听得街坊上更夫锣声，正是三更。袁酞正在酣睡，不便惊动。心中思想梦中光景，恐非佳兆。胡思乱想，蓦然想起："昨日北门外白衣观音里尼僧大空，在这里化缘，说他庵内观音菩萨的签灵应。我今做此异梦，不知主何吉凶，明日喊乘小轿，到那庵里求条签问问菩萨，看我终身如何结局。"翻来覆去，一夜未曾合眼。到了天明，红日方升，即便起来。

袁酞已醒，穿好衣裳下床，洗漱已毕。双林将莲子壶里偎的湘莲拿茶缸子盛了，递与袁酞吃。袁酞因昨晚酒多，未曾吃着晚饭，此刻腹中觉得有些饥饿，正用得着。正在吃莲子之时，魏璧同着巧云、吴珍同着桂林，一齐来到房里，各道恭喜，互为嘲笑，催着袁酞穿好衣裳，同到教场吃茶去了。桂林、巧云亦各回自己房里梳洗。

双林在房中梳好头，洗了脸，换了两件新衣，同强大说明出去烧香。叫三子喊了一乘小轿，带着王妈到北门外白衣观音庵。到了庵门首，王妈用手去敲庵门。双林下了小轿，只见有个老佛婆开了庵门，迎接双林进去。到了大殿，那位持女尼法名大空，迎着双林问讯。双林还了礼，向他请了香烛，就在观音大士座前点烛烧香。

双林在蒲团上跪下，拜了几拜，又向女尼要了签捅，捧在手里，默默通诚祝告："女弟子生长名门，自冷薄命，堕落烟花，年已十八，飘泊无偶，不知终身如何结果。昨夜偶得异兆，未卜吉凶，今特虔诚顶礼，求菩萨指示。倘能脱离苦海，发条上上签；如若应派女弟子终老烟花，亦求菩萨发条下下签，从此死心实意，削发为尼，断不在这风月场中久恋。"祝告已毕，遂将手中签桶摇了几摇，只见那签桶里有一根签条落于地下。双林用手抬起，又拜了几拜，立起身来将签桶、签条总递与女尼。大空接过了，将签条一看，在签盒里查出一条签来，递与双林。大空道："恭喜姑娘，是条上上签。"双林接过签条一看，只见上写着：

第八十一签上上
不是姻缘也是缘，
前生注定总凭天。
求官谋利皆成就，
六甲生男病可痊。

双林将签句看过，随即收起。

　　大空邀请双林至客堂入座，道婆献了茶，摆了桌盒，谈了几句套话。双林取出香钱把与大空，又把了一百文钱封与老佛婆。大空道："姑娘轻易不到小庵，今日光降，我这里预备粗素面，望姑娘赏个光。"双林道："多谢师太，改日再来叩扰。"起身告辞。大空送至庵门外，候着双林上了小轿，大空将庵门关闭。

双林带着王妈回至强大家内，开发了轿钱，换了家常衣服，在房中坐定，将签条取出细细参详。心中想道："我去求签，原是为我终身。如今菩萨发的灵签，首句就说姻缘。独巧我昨夜留的是个姓袁的，我就得此异梦，这'也是缘'三字，莫非是我终身要应在这姓袁的身上？但是鸳鸯原是比着夫妻，既是我若同这姓袁的有姻缘之分，因何又被一弹子将一对鸳鸯双双打死？"踌躇了半晌，又回想道："夫妻本是同生共死，我若终身有托，就是同这人像那鸳鸯死在一时，我也情愿，强大在这苦海，何日才得脱离。但不知这姓袁的可曾娶妻，家道若何？此是我终身大事，不可轻忽，且慢慢的留意试探，再作道理。"

不说双林心中有何事，亦不知月香要陆书送他回去有何事件，且看下回分解。

第十一回　议梳妆浪子挥金　做媒妁虔婆索谢

话说陆书送月香回至进玉楼，在月香房里坐定，说了些笑话。月香叫人买了四碟茶食，恭维陆书。月香将瓜子咬出仁子，递与陆书吃。陆书同月香捏手捏脚的闹笑。因见月香膀臂上带的是银镯，陆书道："你因何不带金镯？"月香道："你还要呆呢，我若有金镯，怎么不带着架势呢？"陆书道："我明日弄副金镯把你，你可要不要？"月香道："我说同你是线头，我穿得好，戴得好，也是你的脸面。别人还要向线头说要衣服，首饰，名为放差。像我这样拙口钝腮碍口识羞的，不会同人要这样那样。如今承你厚爱，弄了金镯来把我，我若是个要，我岂不是要呆了？"陆书道："只要你欢喜，我明日定办。"月香道："你弄金镯把我，我有什么不欢喜呢？我若是不欢喜，我岂不是真要呆了！但有一件，那耽名不耽利，包的我是不要，你要弄就弄副实的，至菲要八两重罢，也是多谢你。"陆书道："包你如意。"两人又说说笑笑，玩玩闹闹。此时已近四更时分，陆书才立起身来说走。月香又拉住他说了许多闲话，才让陆书走。月香送至楼口，陆书才下了楼梯，月香又将陆书喊上楼来，陆书道："你有什么话说？"月香并不喷声，过了半晌才说道："你明日早些来，同你有要紧话说。"陆书连声答应，下楼带着小厮出了进玉楼。他那里有人跟着他主仆到了天凝门城门首，那个人将城门喊开，让陆书主仆进了城，那个人才回到进玉楼去了。

陆书回到姑爹家门首，小喜子敲开大门。那看门的仆人向陆书道："陆大爷回来了。太太因你大爷每日回来得迟，不知大爷在何处，屡次盘问我，小的们怎敢在大大面前说什么呢。"陆书道："难为你们，我明日重重地谢你。"那仆人道："大爷是自家人，说到那里去了。"陆书由他说着，匆匆回至书房宿歇。

一宵已过。次日黎明，即便起来，洗漱已毕，带了银子，同小枣子走到多子街金珠店里，换了八两赤金，将银兑清。拿着金子，送到新胜街首饰店里打金镯，讲定工价，当时付讫。又把了一百钱与小喜子吃，叫他在那里等着。陆书进松风巷走参将署前到了教场方来茶馆。因来得太早，贾铭们尚未来到，遂先在那里泡茶。

等候了多大一刻工夫，贾铭来厂，彼此招呼，入席坐定，泡了茶来。贾铭道："昨晚贤弟送月相公回去之后，他二个人总在那里住的，今日到了此刻还不曾来。等他们来了，今日要罚他们做个东，请请我两人。"陆书含笑答应。又等了半晌，吴珍、袁酞、魏璧一齐来到。才入了座，贾铭道："三位贤弟，昨夜辛苦了，睡到此时方才起来。今日还是我同陆兄弟代你们贺喜，还是你们请我两人呢？"袁酞道："大哥不必取笑，今日我兄弟的主人。"贾铭道："我只要有得吃就不说了。"大众一笑，各自用过早点，谈了些闲文。

日将交午，袁酞邀着众人到了强大家内。才进了门，袁酞就叫三子去请月香。三子答应去了。众人仍到桂林房里坐下，有人献茶、装水烟，又开灯与吴珍过瘾一刻工夫，月香已到，进了房来，彼此招呼入座。大众在那里用过中酒、午饭，散坐谈笑。到了太阳将落的时候，陆书看见小喜子站在房门外。陆书赶着走出房外，将小喜子喊到无人之处。小喜子将金镯递与陆书道："小的在钱店里央人比过分两，丝毫不少。"陆书点点头，将金镯一看，拢在袖内，仍到房里坐在月香旁边，挽住月香的手，悄悄地将金镯递与月香。月香会意，赶忙收藏好了。

到了晚间席散之后，贾铭、魏璧各自回家。吴珍、袁酞仍在那里住宿。月香仍要陆书送他回去，到了进玉楼，陆书将昨晚送他到城门首四城的那人喊至月香房内，说道："昨晚难为你。"赏了他一块银子。那人道了谢，进楼去了。陆书叫月香将银镯除了，换了金镯。在那里谈谈笑笑。又玩到四更时分，方才起身。仍是昨晚送他的那人跟到城门首叫城，让陆书进城回去。

次日，陆书义请众人在强大家，将月香带来，摆了中、晚两台酒，玩了一日。酒阑席散，也有在那里住的。他们是朝朝摆酒，夜夜笙歌，不必赘叙。

且说袁酞因允了双林送对联，自揣这笔墨之事不甚通彻，做不出对句，恳求几位斯文朋友代撰对句。因"双林"两字难以对仗，过了数日，那朋友胡乱撰了两副对句送与袁酞。［袁酞］也不知好歹，买了两副裱现成了的对联，送到字馆内，将对句写好，落了上下款，兴冲冲带到双林这里。双林将对联展开一副，只见上写着：

> 霜管画眉春睡足
> 菱花照面晚妆迟

双林看了对句，冷笑了一笑道："把我的名字改掉，这也罢了，我们吃相饭的人，谁人不知是残花败柳。你如今明明的露在对句上，可算是嘲笑足了。"袁酞道："我实不瞒你，我因笔墨生疏，不能自撰对句，请人代做的。我若有心嘲笑你，叫我不逢好死！如今反要请教你，如何将你比做残花？"双林道："你不必假着急。我且问你，那菱花经了霜岂不是残败不堪了？"袁酞听了这话，连忙将这副对联撩过半边道："怪我太粗，未曾想到，你不必气了。"又将那一副对联展开与双林一看，只见上写着：

　　雪满双峰高士卧
　　月明林下美人来

　　双林看了这一副对句，话也不说，近床前睡倒，呜呜咽咽地哭起来了。袁酞不解何故，坐在床边，追问双林为着何事，双林总不肯说。袁酞急道："不拘什么事，你不说，叫我如何晓得？真正要急死人呢！"

　　双林道："袁大老爷，你不必在我面前假着急，千不是，万不是，怪我不该混要脸。你大老爷送对子，怪不得你人老爷拿我开心了。"袁酞道："那一副对句，'霜菱'两字，据你说将你比做残花。如今这一副对句，我虽是才粗学浅个大懂得，看这对句是现成的两句《千家诗》，那撰对句的人因我嘱托将你芳名嵌在里面，故将'山中'两字改作'双峰'。我不知怎样就与你有什么大关碍，你就气成这般模样！"双林道："我气的就是这'雪满双峰'四字，我如今说了，你自己思想，若不是你在人前瞎嚼蛆，那代你做对句的人如何晓得这隐情，将那一首'曲径通幽处，双峰夹小溪'的诗句嘲笑我呢。"说毕又哭。袁酞仍是个解，将'雪满双峰'四个字在口里念来念去，抓耳挠腮，只是说不懂。双林扭着袁酞耳朵，附耳说了几句，袁酞方才明白，立起身来，将两副对联撕得粉碎。向双林拱拱作揖。再三劝慰，赌了多少咒，发了多少誓，双林方才住哭。袁酞挽住他的手，同到桂林房里。贾铭们众人总在那里，说是摆酒，又叫三子将月香喊来。大众吃了晚酒，月香仍是陆书送了回去。

　　他们朝朝相聚，不觉多日。月香向陆书也不知要了多少衣服、首饰。陆书是无一个不办，不知花费了多少银钱。那进玉楼东家萧老妈妈子同翠云、翠琴以及内外场，不知放了多少差。月香见陆书年纪又轻，人品又好，说话又温柔，银钱又挥霍，自思年已十六，且在烟花数年，知识已开，心中岂不爱慕。但凡陆书见了面，他就百般亲热，相偎相依，只恨有人碍眼不得成就。陆书本来爱着月香，那里经得起他如此挑逗，越加弄得心痒难熬。

　　这一日，陆书们正在月香房里闲谈，只见萧老妈妈子来到房里，请叫众位老爷。月香忙立起身道："老干娘请坐。"萧老妈妈子道："不必拘礼。"遂坐下道："难得诸

位老爷总在这里，我老妈妈子有句话奉中。"众人道："老东家有甚话说？"萧老妈妈子道："昨日陆老爷为月相公恭喜的事托我，恰好月相公的叔子昨日来了，我再四同他商量，他如今开了个盘子，要五十两银子开苞。另外要一根金簪子，一副金戒指，一件洋绉大褂，一条洋绉百褶裙，一件杭罗大褂，一条机罗百褶裙，好让相公改装。还要做一顶洋印帐子，人红洋绉帐额，新被褥。若陆老爷肯照他的话，听择日期恭喜，这一边我费了多少唇舌，捏合妥了，不知陆老爷意下如何？"陆书听见他业已说成，心中十分喜悦，也不划算要用多少银子，即便满口应承。

萧老妈妈子道："陆老爷，我老妈妈子说了千言万语，好不容易才将月相公的叔子劝妥了。如今如了你老爷的心愿，罢罢的月相公在我们这里恭喜，你老爷酌量怎样汰化我就是了。"陆书道："听凭你要什么，我总办就是了。"萧老妈妈子道："我老妈妈已将近七十岁了，前年我女儿身上有个客，是粮船上旗丁，带了一副枋子把与我，合了一个对拼的寿材，漆过两三次了。如今你老爷做个圆满，把三十两银子与我老妈妈子，趁着今年是个闰月，做几件寿衣。罢罢的也是苦了一辈子，落个好收成，保佑你老爷同我家月相公好一世。"陆书们听他这些话，均笑起来了。"陆书道："这点小事，掌在我身上就是了。"萧老妈妈子听了，呵呵大笑道："陆老爷真称得个大玩友，我权且谢谢。"

陆书又向月香道："那衣服、铺盖，你自己向成衣司务说，爱什么花色做什么，讲明了共要多少银子，我明日将银子带来，把与你交代他。所有首饰，我自己办了带来。"又喊人取了历日过来，选定五月初一黄道吉日，向萧老妈妈子道："我已看定五月初一日期。到那一日你代我叫疱人多备酒席，连他们众男女班子总要办席。只要精致，又要丰盛，不可顾省钱钞，用多少钱都是我开发。"又向贾铭们道："初一日，务望哥哥们同众位嫂嫂并巧弟媳赏光，永日一聚。"贾铭们道："这又何消说得，我弟兄们总是要来贺喜的。"谈谈说说，已点上蜡烛。陆书又摆了一寻席酒，留众人吃毕，大众出了进玉楼，进了天凝门，到四岔路口。陆书辞别众人，带着小喜子由北柳巷那条路回去。

贾铭、吴珍、袁酰、魏璧同到九巷强大家内。进得门来，吴珍便问那个房空着。三子道："个个房总没客，听老爷们爱在那个相公牢军，就在那位房里坐。"吴珍听得桂林房里笑语声，就邀着众人到了桂林房里。一进房门，就看见桂林、双林、凤林、巧云四人在那里看纸牌，见他们进来，各人将纸牌掼在桌上，各将钱文收起，立起身来招呼。贾铭道："你们还看呗嗄，让我们来看敬头。"凤林道："我们在这里别棍，小玩意儿，老爷们来了，何能还看呢？"早有老妈忙忙将纸牌收起，将桌子搭在原处，请

众人坐下，献茶、装水烟，问道："诸位老爷，用过晚饭呢?"吴珍道："适才在月相公那里吃过了，你快些开灯，让我过瘾。"老妈答应，赶着将烟灯开了。吴珍睡下去，桂林就去代他开灯。贾铭同凤林叽叽咕咕不知说些什么。袁酞同着双林、魏璧同着巧云总各在那里逗趣。不觉工夫，只听得窗外雨声沥沥，越下越大。三子进了房来，向众人道："外面已交三鼓，雨又下大了，老爷们今日总不能回去了。"吴珍道："凤相公同我们贾大哥至今还是干线头，可巧今晚天做媒人，我们陪大哥今日总不去了。"贾铭听得雨已下大了，不便推辞，也依允了。吴珍叫了三子吩咐各家跟去的小厮各自回去。众人将贾铭送到凤林房里，闹了半会，方才各归各房去了。

凤林叫人将灯开了，请贾铭吃烟。贾铭道："薛司务代你做了两件小褂，两条裤子，可曾送来呢?"凤林随即在脚篮内拿出一件漂白细机嫌丝镶滚外托肩小褂，一件白嫌丝玉色镶滚外托肩小褂，一条青兴布裤，一条元玄色缣丝裤，送与贾铭看，说道："今日午后薛司务才送来的，他说是你叫他做了送来的。我承你各种周全，叫我如何过意?"贾铭道："些微小件，嗣后这些俗套话个必说了。"仍叫凤林将在服收起。凤林将贾铭拉了睡在床上，打了两三口烟敬贾铭吃了，然后自己过了瘾。在梳桌抽屉内拿出一碟鸡蛋糕，一碟百果糕，贾铭略吃了些。凤林洗过了手脚，将烟灯起，铺床叠被，催促贾铭解衣上床去，凤林关掩房门，陪着贾铭睡了。不知他二人在被窝里做些什么事情，且看下回分解。

中国禁书文库

风柳情

第十二回　燕相硬写龙船分
月香初试云雨情

　　话说凤林因贾铭把了几回洋钱买了几间上，又做了许多衣服与他，心中十分感激。今日贾铭初次在这里住宿，凤林就卖弄床铺秘术，这一夜是百种恭维，直到金鸡三唱，才相偎相依，相搂相抱睡熟。

　　次日清晨，魏璧先起，跑到凤林房门首，推开门，悄悄走至床前，揭开帐子。见凤林将右臂胳肘露在被外，搂住贾铭项颈，两人面对面睡得正熟。魏璧轻轻喊了一声："好恩爱呀！"凤林惊醒，将眼睛抹了一抹道："魏老爷为何不睡睡，起这么早做什么？"贾铭听得凤林说话，也就醒了。魏璧道："我同巧相公是'春王正月，天子万年'老对了，睡老实觉，比不得你同我们贾大哥是新婚宴尔，夜里辛苦，所以睡到此刻，还不曾醒。"贾铭道："兄弟不必闹了，将帐子放下，让我们起来。"魏璧将帐子放下，贾铭、凤林穿好小衣下床。

　　吴珍、袁酞已都闹到房里，互相嘲笑，催着贾铭洗脸，穿了衣裳。凤林捧了一碗煨莲子在手内，向着吴珍们道："你们三位姐夫谅必总用过了，我也不敢虚邀。"遂将莲子送到贾铭手内。袁酞道："你这莲子是为我们大哥煨的，我们也没有福气吃你的，大哥请老实些罢。"贾铭道："有偏三位兄弟。"遂将莲子吃了一半，将碗递与凤林，同着吴珍们出了房门，走到天井内。贾铭又回头进房，腰内拿了两块洋钱，递与凤林换钱零用。才出了房门，凤林又将贾铭喊了回来。贾铭道："你有甚话说？"凤林欲言不言，凝了半晌道："你早些来再说罢。"贾铭诺诺连声，出了房门，同着吴珍们一齐出了强大家大门，到教场方采茶馆吃茶去了。

　　贾铭们去后约有一个时辰，那前次在这里闹事的燕相、尤德寿同着四五个人雄赳赳地到了强大家内。三子看见他们来了，敢怒不敢言，赶忙笑嘻嘻的招呼，请在双林房里坐下，献了茶，喊老妈装水烟。把家中几个相公总喊到房里，请叫众位干老子，请问众人尊姓，众人又问各相公芳名已毕。三子拿了一只琵琶递在凤林手内道："凤相公拣好小曲唱一个奉敬众位十老子。"凤林接过琵琶，将弦和准，向着众人道："唱得不好，众位十老子包含。"众人道："请教，请教。"凤林弹动琵琶，唱了一个《南京

调》，其词曰：

　　　　春色情人眼不得，满腔心思，独伴银河。听声声狸猫，叫得人心愁闷。薄情人，狠心一去无音问。欲睡不稳，好梦难成。恨苍天，求签问卜全无准。

　　凤林唱完道："献丑，献丑。"众人道："好。"琵琶有人取过。

　　燕相喊道："把你家东家喊了来，我们来同他说话。"三子道："东家往外吃茶去了。老爹们有什么话说，吩咐下来，等东家回来代老爹们道达就是了。"燕相道："没有别的事，我们大众在天寿庵码头玩了一条五色金龙，写你家八块洋钱份子，我们要算是在这本碾儿卜，比不得别条船，一千、八百就可以过去了。办与不办，等你家东家个信。"三子道："等东家回来，告诉他，自然是许办的。"燕相道："要会，我们明日在竹炉轩，不会就罢了。"立起身来，同着那几个人去了。

　　三子同几位相公骂道："前日的事花的多少钱，墨迹还未曾干，亏他们有这副老脸，赶大早跑到这里耀武扬威。不晓得那一大凑巧弄个访案同他们玩玩，才晓得喇叭是铜打的呢"。双林因他们坐在他的房里，等他们出了房门，烧了两张草纸。三子等强大回转，将燕相们说的话告诉强大，自必仍请庚嘉福料理不提。

　　再说贾铭们到了方来茶馆，只见陆书早已坐在那里，立起身来招呼，见礼入座，谈谈闲文，用了早点。陆书请众人同到多子街金珠店换了金子，送到新胜街银匠店打簪子、戒指，仍叫小喜子等着。陆书邀着众人同到进玉楼月香房里坐下。翠云、翠琴总来相陪。月香向陆书道："成衣业已讲明共总多少银了，他还要先付银子。衣服、铺盖可以赶月底送来。"陆书向月香道："有两包银子在小喜子腰内，此刻我叫他看着打金首饰，回来到这里，我叫他将银子交与你。那一包轻的是二十两，你先把与成衣，所少的我明闩找付。那一包重的是五十两，你拿去把与你叔子，让他早些回去罢。那银子总是好关纹，曹平足兑，总是我自己比过的，分厘不少。"月香道："我不晓得轻重，回来再说。"陆书一笑，留住贾铭们，众人又在那里吃了一日酒，人才各散。

　　光阴迅速，不觉已到五月初一。这一日早间，陆书同着贾铭们在方来茶馆用过早点，到混堂里洗了澡、剃了头，一同到了进玉楼，请在翠琴房里。贾铭们与陆书见礼贺喜，各叫小厮送了贺礼。萧老妈妈子同翠云、翠琴公送大蜡烛、安息香。内外场送的大宝盖五彩须，一个大香珠，一轴睡美人。那强大家桂林、凤林、双林、巧云各送了礼来。陆书将礼收下。陆书发过力钱，忙赶着喊人去请桂林们四人去了好一刻工夫，只见凤林、双林两人坐了小轿来到。下轿上了楼下。向陆书道了喜，又与人招呼入座，

说是桂林、巧云今日有事，不能过来道喜，托我二人转致，陆老爷莫怪。陆书道："他们不来，明日再请罢。"遂将各款银子总交与萧老妈子，所有他同翠琴并内外场送的礼，另外又回了银子。萧老妈妈子千欢万喜将银子收起来。

众人用过午饭，萧老妈妈子喊了梳头的妈妈代月香梳了一个时新鬏髻，换了簪环，带了时鲜花卉并鲜花箍子，透体换了新衣，这些衣饰总是陆书现办的。打扮已毕，萧老妈妈子带头月香来到房里。贾铭道："这才标致，真如嫦娥降世，俨似仙女临凡。但凡女子到底是梳头好看，纵有十分姿色，男妆也要减去几分。"月香见着众人，反觉有些腼腆。凤林们挑逗他说玩话，月香总不喷声。

到了傍晚，陆书们邀至月香房内。众人一看，虽不似新娘洞房，收拾得十分华丽。锦衾绣被，兰麝香浓，梳桌上点了几对大蜡烛，帐子内挂香一轴睡美人，壁上持了几幅美人条并对联。又有贾铭新送来的一副黄绢边裱成万年红对联，上写着：

月窟惟延攀桂客
香闺喜遇探花郎

上款写"撰句书贺月香女史吉席"，下款写"翠琅书屋主人赠"。房中间摆了一张圆桌，陆书邀请众人入座，摆下酒席，饮酒猜拳，又闹了一回喜字流觞，众人将陆书已灌得有几分醉意，直到兴尽酒闹，方才散席。贾铭、袁酞代凤林、双林开发了江湖礼。凤林、双林辞别众人上了小轿。陆书叫人买了茶食点心、安息香，交与跟来的人捧着，随着小轿回去了。贾铭们四人辞别陆书，送着凤林们到强大家去了。

这里老妈将房里残看收过，揩抹过桌子，泡了浓茶来，又烧了醋汤递与陆书解酒。老妈又递了一块白绢与陆书道："恭喜陆老爷，这是状元印。"陆书接过，揣在床席边卫。

此时漏已三催，老妈收拾床铺，陆书与月香解衣就寝。一个是惯走烟花浪子，一个是久在风尘少女，陆书花去许多银子，此刻醉里糊涂，也不知他是个处女不是处女。今日初次落交，你贪我爱，直到兴尽情浓，方才云收雨散。

欢娱夜短，早已红日高升。两人穿好衣裳下了床来。老妈道过喜，取水与陆书净面，月香漱口。老妈捧了两碗冰糖煨湘莲与他二人吃了，陆书赏了老妈一块银子。那梳头的妈妈走进房来向陆书、月香道喜，陆书也赏了一块银子。那妇人谢过，代月香理开头发疏松。又有卖花的送了一条花箍，四柄鲜花，到房里道喜，陆书也赏了他一块银子。月香将头梳起，洗了脸，搽了胭脂和粉，戴了鲜花并花箍，穿好衣裙，陪着陆书用过早点。只见贾铭、吴珍、袁酞、魏璧四人一齐来到。进了月香房里，各道恭喜。陆书邀请众人入座。贾铭们与月香说了许多玩话。陆书又着人到强大家将桂林、巧云请了来，备了酒席，请众人用过午饭，洗过手脸。

桂林、巧云要到大凝寺、东园等处去玩耍。贾铭、吴珍、袁酞、魏璧还带着桂林、巧云、翠云、翠琴出了进玉楼，先到天凝寺前后殿宇，总随喜过一厂。又到放生堂，把了许多钱与看堂的和尚，方才将堂门开了，让他们进内。看见有许多老牛、老猪以及许多羊、鹅、鸡、鸭，又赶着叫人买了许多烧饼、馒头，望着这些畜生乱撩，纷纷抢着争食。桂林们呵呵大笑，玩了好一回，方才出了寺门。又到东园、史公祠各处游玩过了。出了史公词，到了大门外，桂林挽住吴珍的手仍要向东去玩耍。吴珍道："向东去并没有好玩的所在，沿河边一直就到了便益门，你们在家坐船到扬州，那里就是住船的码头了。"说毕，同着众人回至进玉楼，用了下午点心，晚间仍在那里吃了酒饭。吴珍、魏璧代桂林、巧云把了江湖礼，辞别陆书。四人送着桂林、巧云回去。

陆书仍在月香这里住宿，俨然新婚宴尔，同月香如鱼得水，似漆如胶。也曾将要带他回去的话告知月香，月香也赌咒发誓情愿跟他从良，说是等他叔子这一次来扬，讲明身价，即便跟他回去。因此陆书为色如迷，一连三日未出着进玉楼的大门。

看看节近端阳。扬州俗尚繁华，龙舟竞渡。月香要看龙船，向陆书道："我今年才到扬州，未曾看过龙船，你同我去看看。"陆书允了，雇船同主观看。初四日早间，萧老妈妈子上楼向陆书道："有句话同你老爷商议，现在过节，各款使费，又要送礼，又要一切节账，想同你老爷讨笔银子过节。"陆书点点头。月香道："老干娘，你莫提过节，我的未完才多呢。我欠成衣多少，欠卖花的多少，欠做鞋子的多少，欠银匠店多少，欠卖玉器的多少，欠卖果的多少，还要买几样菲礼孝敬你老人家，还要选干娘家节礼，还要开发家里众人节钱，共要多少银子才得过去。"陆书道："这些小事，你们总不必焦心，等小喜子来，我叫他回去拿银子来，与你们过节就是了。"萧老妈妈子道："喜三爷已经来了，现在楼下呢。"陆书道："你将他喊上楼来，让我吩咐他的话。"萧老妈妈子随即下楼，将小喜子喊上楼来。陆书道："你去将贾、吴、袁、魏四位老爷立刻请了来，说我在这里候着呢。"又向小喜子耳边吩咐了几句话，小喜子答应，下楼去了。

过了好一刻工夫，贾铭、吴珍、袁酞、魏璧四人一齐来到。陆书立起身来招呼。月香请叫过众人，邀请众人入座。老妈献茶、装水烟已毕。陆书向众人道："小弟请哥哥们到此，非为别事。月相公明日要看龙船，小弟不知贵处风俗，特地将哥哥们请来商议，要雇一只大船，还要请嫂子、弟媳们一同出去玩玩。"贾铭道："扬州游湖船还

比龙船热闹。六月十八、七月十五这几个日期，价钱甚贵。还有一件，"指着月香们道："有了他们在船上，那玩龙船的人看见他们，必要斗标，贤弟这一玩，非数十金不可。"陆书道："罢，小弟在贵处逛个端午，如此胜景，不可不去瞻仰瞻仰。小弟只图热闹，多花几两银子何妨！"贾铭听他这话，遂不便阻拦。吴珍道："既是陆贤弟豪兴，"遂向袁酞道："三弟，我同你先到码头将船雇定，省得明日没有船叫，那才扫兴呢。"陆书道："费二位哥哥心。"

吴珍同着袁酞下楼，离了进玉楼，出了藏经院大门。吴珍向袁酞道："这玩笑场中，要做大老官，原要挥霍。我看陆兄弟这般玩法，竟有些傻。他代月相公梳妆，连衣服、首饰糜费，我代他算算，将近要用二百银子。不知要他从良还不知要多少银子呢。我想他到扬州无非是探亲，又不做生意买卖。那里有这些银子花的？"袁酞道："自从陆兄弟来了，结拜之后，每日总是摆台玩笑，我也未曾同他细谈。"

二人走着谈着，已到了天凝门吊桥口。早有素识的船家向前招呼道："二位老爷，出去玩玩罢。"吴珍道："今日不玩，明日要只大船，要多少钱？"那船家道："你二位老爷来，我也不能三厘绕九厘的，老实些，把十二块洋钱，外汰化。"吴珍还了四块洋钱，船家不肯。再三再四讲定了，连下午茶果炭共总六块洋钱，另外汰化伙计。那船家又道："论理不该，无奈明日初五，是满盘红的日期，此刻讲定了，回来再有人来雇，就是把紫金子也不能答应，先要同老爷们付几块钱定钱。还有一说，风雨总无更改。"吴珍道："那是自然，即刻叫人先送两块钱来做定准就是了。"那船家点答应。

吴珍向袁酞道："兄弟，我同你说话。"将袁酞拉到天凝寺内僻静所在，说道："我看小陆这样玩法，必要玩出汤老爹来。我们两人自从他到了这里，天天陪大老官玩耍，算是酱油碟子跟着蹄子，拖拖就拖干了。我们把势局比不得贾大哥、魏兄弟两人，总是盐务来头大，我们那有这些闲钱在外面玩笑？强大家那里过节，不无所费，现在手头又拮据，我想何不将船钱同明日撩标，多算他几两银子，我们两人贴补过节。不知贤弟意下如何？"袁酞听了，心中踌躇：我在常熟，多少事件承他父子的情。今陆兄弟在扬州，我何能赚他银子？若说不行，吴二哥既说出口，恐他无趣；若是依他，自觉居心有愧。因又回思道：横竖他迟早总是要坏事的，明日倘若坏干了，没有盘缠回去，我多送他几两银子，补这个数罢。遂向吴珍道："这也罢了，兄弟跟着你说就是了。"两人商议已定，复至进玉楼，到了月香房里。

陆书看见他二人来了，赶忙立起身来道："费心累步。不知船可曾雇定？"吴珍道："这些弄游湖船的人都趣糟了，不知说了许多话，再三再四才讲定了，是十六块洋钱正项，茶叶炭下午、伙计汰化在外，还要先送十块洋钱做定准。明日若是下雨不上船，也要照数把钱，一文皆不得少。"陆书听了，作揖道："兄弟贪玩，有费二位哥哥的心。"遂在腰内拿出十块洋钱，交与吴珍。吴珍随即下楼，把了两块洋钱，悄悄叫他小厮送到码头，交与船家算定钱，复又上楼。

陆书道："大哥说龙船要斗着撩标，小弟不懂，还要拜托哥哥们开发呢。"吴珍道："还是我同袁三弟效劳。你今日包些钱封，明日好把吊艄的孩子。"陆书道："明日务必请嫂子、弟媳们一同出去玩玩。"贾铭们均各依允。陆书赶忙喊人开灯，与吴珍吃烟，留众人吃过午饭，方才告辞，约定明早仍在进玉楼取齐。

众人离了这里，同到强大家内，各人向相好的告知，明日陆书请看龙船。凤林、桂林、双林、巧云听了，都欢欢喜喜，忙着料理衣裳、首饰，准备明日起早去看龙船，且看下回分解。

第十三回 贺端阳陆书看龙船 庆生辰月香开寿宴

话说陆书因月香要看龙船，初四日已将各事办齐。初五日清晨，拜过姑爹、姑母节，假说朋友家请赏午饭，赶到进玉楼来。萧老妈妈同着众人总道过喜，上楼到了月香房里。月香接着道喜，老妈献茶、装水烟。月香叫老妈剥了一盘粽子，又拿了一个五彩细磁碟，盛的是上白洋糖腌的玫瑰花膏，请陆书吃粽子。陆书吃了一个。月香用牙箸戳起一个粽子，蘸了些玫瑰花膏，衔了半个在口内，那半个粽子靠着陆书的脸送到陆书的口内。

两人正在闹笑，只见贾铭、吴珍、袁酞、魏璧等进了房门，忙将粽子咽下，彼此见礼道喜。月香邀请众人吃了粽子，叫人开灯，让吴珍吃烟。月香忙着梳妆打扮已毕。贾铭道："我们到船上去，诚恐他们轿子来，不晓得上那只船呢。"大众起身。月香请着萧老妈妈子、翠云、翠琴一同出了厦门。到了码头，下了石坡，众人登跳上船。看见那艄后有些疤人宰鸡杀鸭，备办筵席。

众人坐在舱里闲谈，半晌工夫，只见凤林、桂林、双林、巧云备乘小轿，到了码头歇下。三子同老妈妈在轿后。贾铭们四人忙忙上岸，各将相好的攒上船来。今日众人总打扮得金翠辉煌，衣衫华丽。互相道喜入座，吩咐船家开船。那船家赶着解缆掣跳，撑篙将船开出虹桥。到了小金山，大众弃舟登岸，前后游玩。但见榴红似火，艾绿如旗。陆书、魏璧在跌博蓝子上跌了许多水老鼠、黄烟儿带回船上，吃酒赏午。用过午饭，那些大小游船纷纷来往，又听得锣鼓喧天，远望旌旗蔽日，各色龙船在水上如飞而至。

有两条龙船上有洋楼，旗伞总是簇新，龙船尾上挂的像生人子。那站龙头的朋友穿着华丽衣服，腰里挂着洋表、小刀、荷包、扇套、手帕等物，头戴时式缨凉帽，足穿时式缎靴。年纪又轻，衣服又新，站得又稳，出色好看。

还有几条龙船，旗伞虽不簇新，也还颜色鲜明。龙船尾上扣有一幅颜色布，扣着一根小红木棍，上面坐着一个十一二岁小男孩，头上扎了两个小髻，大红须子拖在两旁。身上穿了一件银红兴儿布小褂，玉色嫌丝裤，赤足凉鞋，那站龙头的朋友，有穿着二蓝线绉单袍，有穿着沉香茧单袍，有穿着苏蓝布单袍，还有穿年大褂系着带子的。

　　还有一条龙船是五彩旗帜，红色已经黑了，白色已经黄了，大约是在典当内赎出来的，玩了几日，尚有徽州纹没有舒开。那艄后小孩，辉裤也是半新半旧。那站龙船朋友，年纪约有二十多岁，歪戴着一顶红缨凉篷，身穿银红兴儿布袄，元（玄）色缣丝周身滚灯草边相思核桃结小褂，加了一件半新旧二蓝官绸面白洋布里夹背心。白兴布辉裤。系着银红兴布胆玉色线绦，穿了一双旧松花录洋绉面大红绸机布里夹套裤。那套裤脚上还有拆去宽滚条芙蓉带的痕迹。白标布窄桶倒剥皮夹袜。天青缎聋八宝班尖薄底颖鞋。左手大拇指戴了一个假翡翠扳指，手腕上戴了一只绿磁镯头。右手拿了一柄棕竹骨黑油纸扇子，上面画的《水浒》一百单八将。这少年人站在龙船头上，手中扇子不住的扇着，看见来往游船上人，满口招呼斗标。

　　共是九条龙船。后面有一只没有篷子小船，上面摆了两个蔑笼，内里有十几只活鸭。又有几只大船，船头上摆着一对黄纸糊的高蕙灯，上画五彩龙，剪贴红字，是敕封息浪侯送子什么颜色龙。那舱内摆设香案花供，供奉太子神像。也有清音十番，也有六苏，俗名马上戳，在舱内吹吹打打，唱着大曲、西皮、二黄。这九条龙船在小金山至莲花桥一带划来划去，那些游人的划船跟着龙船或来或往。

　　陆书们坐的大船，本是住在小金山东山尖地方。早有一条龙船上站头的朋友，看见他们的大船停泊这里，知道月香身上开苞，好客现在舱里，赶忙叫划头桨的捺了两桨，将龙船靠住陆书们大船，招呼过贾铭们众人，敲起吊艄的锣鼓。艄后那小孩在邓小红木棍上吊艄，玩的什么红孩拜观音，蝗鱼三跌子，张飞卖肉……各样花色总玩过了。袁酞们将钱封把与他们。随后凡有吊艄小孩的龙船，总靠着他们大船。

　　吊过艄，那只鸭子船也就划近大船，跳上两个人来，站在他们的船头，望着船里招呼过众人，向着月香道："月相公，特地为你送标的。"就将鸭子船内两个蔑笼提上大船，摆在船头。那九条龙船总敲起抢标锣鼓，在他们大船前划来划去，那些游船听见这里撩标，总纷纷赶来，团团［围］绕。

　　那站在陆书们船头上两个人，见有只青龙划近大船，就将蔑笼内鸭子抓了一只，往河里一擦。那青龙船上早有一个划船的朋友，精赤着身体，只穿了一条裤头儿，发辫绕了一个咸菜把子，蹬在龙头。见鸭子一撩，他就跳下去，将鸭子抢起，复跳上龙船，这条龙船就划了过去。后面那条绿龙又划了上来。那船头两人，又抓了一只鸭子撩下河去。那绿龙船头上的也就跳下河去，将鸭子抢起，将船划了过去。后面是紫金龙、老乌龙、银红龙、玉色龙、黄龙、白龙、五色龙，鱼贯而来。那撩鸭子的人，也有将鸭子撩在河内，也有将鸭子撩在那抢的人手内，才往河内一跳，冒起来的。九条

中国禁书文库

风柳情

龙船来来往往，每船抢过两只鸭子，那两个人仍将蒐笼拎下小船。吴珍们向着那两人道："我们明早在教场冷园会罢。"那两人答应，拱一拱手，跳上小船，开到别处斗标。那龙船总划到莲花桥一带去了，那些游船也就纷纷散开。袁酞吩咐船家将大船闸放，也就跟着龙船观看人景。

今日是端阳佳节，扬州风俗，八蛮聚齐，两岸游人男男女女，有搀着男孩，有肩着女孩。那些村庄妇女，头上戴着菖蒲、海艾、石榴花、荞麦吊挂。打的黑蜡，搽的铅粉，在那河岸上颖着一双红布滚红叶拔倩五彩花新青布鞋子乱跑，呼嫂唤姑，推姐拉妹，又被太阳晒的黑汗直流。还有些醉汉吃得酒气熏熏，在那些妇女丛中乱挤乱碰。各种小本生意人趁市买卖，热闹非常。时人有《端阳看龙舟》五言律诗道：

> 序届端阳节，龙舟五色鲜。
> 棱旗光蔽日，锣鼓响喧天。
> 吊屈传今古，夺标龙后先。
> 顽童真壮胆，水上打秋千。

陆书们大船跟着龙船，在莲花桥那里又看了别的游船上撩了两趟标；又看见有人蹬在龙船头上，一个筋斗跳下河去，多远才冒了上来，名曰跳水头，比抢鸭子还热闹。到了太阳将落时分，龙船纷纷划回。陆书们在船上吃了晚酒，将船放回到天凝门码头，早有接凤林们的小轿在那里等候。凤林四人向陆书、月香道了谢，要贾铭们四人送他们回去。吴珍道："你们先回去了罢，我们送陆兄弟回去，回来一齐都来就是了。"凤林们各同相好的附耳，不知说些什么，方才各上小轿进城去了。

陆书挽着月香，邀请众人弃舟登岸，回至进玉楼。月香进房，忙喊老妈开灯。吴珍吃了一口烟，向陆书道："兄弟，你把我的六块钱船［钱］，另外汰化伙计作六块钱，把与我们去开发，省得他们到这里争多较少。你另外秤二十四两银子，让我同袁兄弟明早到冷园开发龙船上人，你兄弟不必露面，仍在方来茶馆等我两人。你若露了面，他们不知要多少呢。"陆书千欢万喜，将银子照数秤了，并洋钱总交与吴珍，道："诸事拜托二位哥哥，小弟同贾大哥、魏兄弟明早还在方来等候。"吴珍将银子、洋钱收起。

正欲告辞，只见翠云、翠琴换了家常衣服，到了房里，向陆书道了谢，又道："姐夫今日破费大了。还有一件事，我们不能不告诉你，初十日是月姐姐生日。"贾铭道："亏你两人告诉，不然我们如何晓得？我们四人公送一班杂耍、八角鼓、隔壁像声、冰

盘球棒，大小戏法、扇子戏，热闹一天。"陆书道："他的小生日，何能又破费兄弟们？"贾铭道："好兄弟，不必说这些客套话。"陆书不便再辞，遂将萧老妈妈请上楼来向他说道："初十日是月相公生日，你代我喊厨子中上下面，办冷荤小菜碟四个、小碗红白卤。晚间备几桌酒席，连他们男女班子总要款待，又要精致，又要丰盛。"萧老妈妈子答应下楼去了。

贾铭们辞别陆书，进城同到强大家内。凤林们先在船上曾向他们说明，将别的容辞去，因此他们来了就各奔相好的房里坐下。会吃烟的吃烟，不会吃烟的吃茶，谈谈笑笑，收拾睡觉。

欢娱夜短，早已天明。吴珍大早起来，将袁酞喊起，洗漱毕，离了强大家，先到熟钱店换了几两银子，写了十多张八折九扣票子，同到冷园茶馆里面。只见有十多桌总是玩龙船的朋友，见他二人总立起身来，举手相呼。吴珍、袁酞看见总是府县门朋友，以及武职营兵、文武秀才、十二门大小把势，彼此招呼过，另在一个堂里坐下泡茶。那昨日撩鸭子两个朋友走近吴珍、袁酞席上坐下，端起茶碗，在二人面前斟了。吴珍忙喊泡茶。那两人道："前面有茶，不用再泡。"吴珍遂先拿出两张票子递与二人道："你兄弟两人买个饮食吃吃。"二人接过，赶忙收起。吴珍又拿出十张票子道："九条龙船同鸭子船，拜托二兄开发罢。"那两人道："二位哥哥，太菲了些，我兄弟两人做不来。"、袁酞又添了两张票子道："推分些罢。"二人方才拿去。吴珍把了两碗茶钱，才出了茶馆，有两三个有头脸的把势闪出来，向他二人道："这么一个鸦苗落在你们手内，把势钱没有分过家，我弟兄们要沾你弟兄光呢。"吴珍不好回却，每人把了一张票子，他们复进茶馆去了。吴珍、袁酞同去将玩杂耍的约定日期，说了路脚，方才回到方来茶馆。

见贾铭、陆书、魏璧俱已到了，见礼入席。吴珍向陆书道："大亏贤弟未曾同去，他们将你当个大财主，不晓得胡打乱说要多少银子。我同袁兄弟再四推情，才开发清了。"陆书道了谢。众人各用早点。陆书又拉到进玉楼，吃了午饭方散。

次日，陆书到姑母家取银子，午后到了进玉楼。上得楼来，见月香房门帘放着，又听得房内笑语声。陆书疑是房内有别的客，不好揭门帘进去。那老妈见陆书站在房门首，便说道："陆老爷，房里没人，尽管进去。"陆书揭起门帘进内，看见月香坐在床边，面泛桃花，两颧通红。床面前斜了一张椅子，坐了一个年约二十余岁的男子，雪白净红面皮，乌油油一条大辫子有二两多，辫线拖在背后。身穿漂白绸机小褂，元（玄）色缣丝裤，束着一条银红兴布二十四个头五色丝绦。鱼白布袜，元（玄）缎袜带，元镶元薄底镶鞋。坐在那里，代月香捏腿。陆书进房，两人总未看见。那老妈跟

着陆书进房，喊了一声："陆老爷来了。"月香忙望那少年将眼一挤道："不捏了。"那少年人赶忙立起，在桌上将刀包拿着，匆匆去了。老妈赶忙将床前那张椅子端在原处，献茶、装烟。陆书向月香道："你才十几岁，就要捶腿，将来上了年纪怎样呢？"月香道："我喊他刮脸，因身子困倦，叫他捶捶，那个时常捶呢？"陆书不便再说，仍在那里迷恋，几日皆未回去。

初十日清晨，月香梳洗毕，周身换了陆书送的生日礼新衣裙。萧老妈妈子并底下人各送酒、烛、桃、面。陆书总收下，把了银子算回礼。房里点了一对大蜡烛，一张长寿烛。月香下楼，在家神灶君前焚香点烛，礼拜过了，又与萧老妈妈子、翠云二人拜过寿，上楼与陆书见礼。正在闹笑，翠琴也来拜寿。众底下人上楼道喜。随后贾铭、吴珍、袁酞、魏璧陆续来到。挑杂耍担子人，将担人送到楼上。凤林、桂林、双林、巧云各乘小轿到进玉楼门首下轿。上楼拜过寿，摆下点心，众人用毕。月香向凤林四人道："小生日，又破费四位姐姐。"凤林们道："些微薄礼，何必挂齿。"

正在闲谈，只见那玩杂耍的八九人总带着红缨凉篷，穿着袍套上楼道喜。吴珍问他们吃什么点心，那些人道："在下买卖街抱山茶馆吃过。"要了四百钱去会茶钱。就在楼下中一间，将一张方桌移放中央，铺了红毡。有两个玩杂耍人，捧了一个小漆茶盘，上盖绸袱，放在红毡上。那个人站近方桌，说了几句庆寿吉利话，将细袱揭起，里面盖的是个坎着的细瓷茶碗。那人用二指捻着碗底，提起又放在茶盘内，将左右手交代过了，将茶碗提起，里面是一个金顶子。又将茶碗将金顶盖起，又说了几句闲话，将茶碗提起，那金顶又变了一个车渠顶子。复将茶碗一盖，又复提起，那车渠顶变了一个水晶顶。仍用茶碗盖起，那水晶顶又变了一个蓝顶子。又用茶碗盖起，又变了一个大红顶子。说道："这叫做步步高升。"又将大红顶用茶碗盖起，又说了许多话，将茶碗提起，那大红顶变做一颗黄金印，说道："这叫做六国封赠，将军挂印。"将茶碗仍用细袱盖起，收了过去。站在旁边那人走至中间，又玩了一回仙人摘豆，又是什么张公接带。玩毕，将方桌抬过半边。

又换了两个人上来，手里拿着一条红毡站在中间，两人斗了许多趣话。那一人将两手、两腿、胸前、臂后拍着，交代过了。那人将红毡递了过来。翻来覆去，将红毡又交代过了，望左边肩上一披，往楼板一铺，中间撮高了起来，又说是吹气，画符了。将红毡一揭，里面是一大盘寿桃馒头，一大盘花糕，代寿星上寿。陆书代月香赏了两块洋钱。那两人复将红毡拿起，重新交代一番，望下一铺，又变出一大碗水，里面还有两条活金鱼。众人喝彩。那两人退下。

换了三个人上来，将桌子摆在中间。有一个人拿着一担大鼓弦子坐在中间；那一人拿着一面八角鼓站在左首；那一人抄着手站在右边。那坐着的念了几句开场白，说了几句吉祥话，弹起大鼓弦子。左边那人敲动人角鼓。那坐着的唱着京腔，夹着许多笑话。那有首的人说闲话打岔，被坐着的人在头顶里打了多少手掌，引得众人呵呵大笑。这叫做斗缠儿，扬州不行，北京城里王公大臣宴客总少不了的。三人说唱了一回，退下。

又换了一个人，手拿一柄纸扇，先学了各色鹊鸟声音并猪、鸭、狸猫、鸡鸣、犬吠，又学推小车、大车、牛车、骡车，轻重、上下各种声音。然后挂起一顶小绸帐，那人走进帐子里面。众人先听得两个狸猫赶着叫春。有一个七八十岁老妇人哮嗽，喊了声"媳妇！"有个泰州口音青年妇人自言自语道："我家大爷出去了，几天未曾回来，也不知是恋嫖，还是恋赌，把我一个人丢在家里。这好春天叫我孤眠独宿，如何睡得着觉？此刻软略呛的。你听那不知趣的猫子尽管在这里乱叫，越加叫得人不知如何是好。"

又听得那老妇人挣着喉音喊道："媳妇，快些来呀！"那青年妇人道："老妈妈子又在后面叫魂了。来了，来了，太太喊我做甚的？"那老妇人道："媳妇，我想睡睡中觉，睡也睡不着。浑身疼痛，叫你到后面来代我捶捶。"那青年妇人道："你坐好了，我代你捶。"又听得捶背响声。老妇人道："上些。"青年妇人道："就上些。"那捶背声或上或下。老妇人道："媳妇，乖乖，你唱个小调儿我开开心。"青年妇人道："青天白日唱小调儿，邻居家听见要笑呢。"老妇道："乖乖，你低些唱，那里就被人听见了。"青年妇人道："唱得不好，你老人家莫要笑呀！"老妇人道："好不好无非玩的，那个笑你。"青年妇人捶着背，唱了一个《南京调》，其词曰：

> 风月二字人人恋，不贪风月除是神仙。恋风月，朝欢暮乐情不厌；恋风月，千金买笑都情愿。贪恋风月，比蜜还甜。怕只怕，风狂月缺心改变！怕只怕，风狂月缺心改变！

那青年妇人唱毕，老妇人道："乖乖，你捶着唱着，就像拍板，真唱得好。我少年时候最喜唱个小调，如今唱不动了。你歇歇去罢，我到房躺躺去呢。"青年妇人道："太太，你在后面房里睡睡，我也到前面房里躺一躺，弄下午你老人家吃。"老妇人道："乖乖，你去罢。"

青年妇人低言道："老厌物睡觉去了，等我到门首耍子耍子。"听得拔栓开门响声。青年妇人道："我们这条街上冷清清，倒要出鬼了。你看那两边来的小和尚，背着盏斋饭篓儿，生得眉清目秀，比我家大爷俊俏多呢。等他到我家打斋饭，让我引诱引诱他，不知他可知趣呢。"

又听得有个少年男子道："大奶奶，斋饭，阿弥陀佛！"青年妇人道："小和尚，你师父因何不来？"少年男子道："他的小肠气发了，睡在寺里，叫我来的。"青年妇人道："小和尚，你跟我家来。"少年男子答应了一声，又听得关门上栓声音。少年男子道："大奶奶，我收了斋饭就走，不用关门。"青年妇人道："掩门的贼多得很呢，关起来谨慎些。小和尚，你将斋饭篓子放下来，同你说话。"少年男子道："大奶奶，你把斋饭把与我，让我早些回家去。倘迟了，师父要骂我呢。"青年妇人道："今日早得很呢，斋饭篓儿就放在桌上罢。我问你今年十几岁了？"少年男子道："我今年十六岁了。"青年妇人道："小和尚，你可曾定亲呢？"少年男子道："阿弥陀佛！我们出家人不晓得什么定亲不定亲。"青年妇人道："小和尚，跟我到房里来，把斋饭与你。"少年男子道："阿弥陀佛！斋饭不放在厨房里，为何放在房里？不当人子花花的呀！大奶奶，你怎么倒睡在床上去了，斋饭在那里呢？"青年妇人道："哎哟，我肚里痛得很！小和尚，你做点好事，来代我揉一揉。"少年男子道："我是个出家人，怎能代你揉呢？"青年妇人道："不妨事，你快些来。"少年男子道："我不能代你揉。"又听得那妇人将和尚抓住的声音道："乖乖，你快些来呀！"少年男子喊道："哎哟歪！"那老妇人喊道："前面是那个喊呀？"青年妇人道："不相干，我在这里同小猫子玩的。"少年男子道："大奶奶，你让我走罢。"青年妇人道："你来得，还去不得呢！"少年男子道："咳，你莫拉裤子！"青年妇人道："我偏要拉。"

听得正在拉扯之时，忽听得叩门声音。少年男子道："大奶奶，不好了，外面敲门呢！"青年妇人道："莫喷声，等我问是那一个。那个敲门呀？"听得是个三十余岁山西侉男子声音道："是咱，快些开门呀！"青年妇人慌道："不好了，小和尚，我家当家的回来了！你快些躲在床底下，莫要喷声。"少年男子道："我今日是那里晦气。不好了，碰了头了！"青年妇人道："快躲好了，莫喷声呀！"

听得连连叩门，侉男子喊道："为什么不来开门？咱拿脚踢了！"青年妇人道："来了，来了！偏偏有这种巧事，我坐在马桶上站不起来。"听得开门声音。青年妇人道："你回来了。"侉男子道："回来了，快些把门关好了。"又听得关门声音。侉男子道："斋饭篓子是那里来的？因何放在咱家桌上？"青年妇人道："是打斋饭的老和尚寄在这里，他说有点事去，即刻就来拿了。"侉男子道："咱看了两夜十湖子牌，咱要睡觉了！"青年妇人道："你到后面太太房里去睡罢。"侉男子道："咱自己的床不睡，反到后面去睡做什么？大娘，这床帏动呀动的，是什么东西在床下动呀？"青年妇人道：

"你睡你的，想必是猫子捉老鼠的。"侉男子道："我倒不相信，等我揭起床帏看是什么呀？你是那个？还不滚出来呢！"少年男子道："斋饭，阿弥陀佛！"侉男子道："好好打斋饭，玩到人家床底下来了。打你这秃驴！"听得拳打脚踢之声。少年男子道："施主老爷，冤枉呀！"

那老妇人喊道："前面为甚事吵闹？"侉男子道："你只顾睡觉，家里有了人了！"老妇人道："那个要临盆了？快些请稳婆去嘎！"侉男子道："你莫瞎牵，你媳妇房里捉住人了！"老妇人道："王树仁到我家来做甚的？我家里又不过生日、满月，要他这唱隔壁戏的来做甚么？"只见帐子一揭，那人将头向外一伸，走了出来。原来这人就叫王树仁，他自己打趣自己，引得众人哄然大笑。这人将帐子收起。

此刻钟打二下，陆书吩咐摆杯箸、面碟、酱油、醋、小碗，邀请众人用酒、用面。那些玩杂耍的人酒面吃毕，又要了四百钱去洗澡。洗了回来，又玩冰盘球棒，软硬工夫，又变了好几套大小戏法。众人用过下午点心，那唱隔壁戏的又唱了一套《调姨》。晚间，先摆酒席与玩杂耍的众人先吃过了，后才摆酒款待众人。贾铭们猜拳行令，那些玩杂耍的又变了许多灯彩戏法。还有一对玻璃高手照，里面点着蜡烛。又变成了一个大玻璃金鱼缸并九大碗水。众人连声喝彩，总赏了票子。又唱了几出扇子戏，什么寿星上寿、张仙送子、跳财神、跳魁星、打连相、打花鼓，唱到和尚烧肉香，众人又赏了钱文钱票。扇子戏唱毕，陆书赏了他们八块洋钱。那些人谢过，收拾杂耍担子，挑着散去。

陆书、月香将酒敬劝贾铭们。众人欢呼畅饮，又闹寿字流觞，直至钟打二下，方才辞别陆书去了。老妈同打杂的将房内收拾清楚，将床上薄棉被铺好。陆书、月香解衣上床。陆书自然要与月香拜生日，礼尚往来，月香又要谢寿，两人忙了一夜，到黎明方才睡熟，直［睡］到日上三竿起来。不知后事如何，且看下回分解。

第十四回　月香偶染风寒疾
　　　　莫场乱逞虎狼威

话说陆书终日在进玉楼迷恋，不觉又是一月有余。这一日早间，陆书出去，在教场方来茶社吃过茶，又同贾铭们在饭馆内吃了午饭。散后到了进玉楼，进了月香房里。看见月香和衣睡在床上，尚未梳洗，见陆书进房，并未起身招呼。陆书不觉诧异，遂问道："你为何到此刻还不梳头洗脸？"月香道："我今日有些头眩目胀，身体发寒，早间吃了几个点心，登时就吐的了，此刻还是作恶心要吐。四肢无力，中饭也没有吃着，何能梳头洗脸呢？"陆书摸他头颅、身上，并不觉得很热，赶着叫人去请医生。

一刻工夫，请了一位先生来了，姓任名叫万林。上了楼，到了房里，陆书与他招呼，邀请人坐。老妈献过茶，谈了两句浮话，又用耳枕垫着，代月香诊过脉。任万林道："寒暑夹滞，要饿一两日，将表邪解了才好。缠绵下去，恐生别事。"有人取过笔砚同纸，放在桌上。任万林要提起笔来开了药方。陆书开发了药金跟封轿钱，医生辞别去了。陆书看那药方，上写着：

> 某日初诊，寒暑夹滞，呕恶作吐。速以祛邪解表，延防生变。
> 柴胡，钱五分；青皮，钱二分；桔梗，钱五分；霍香，三钱。
> 荆芥，钱五分；枳壳，钱五分；香茹，钱五分；防风，钱五分。焦查，
> 三钱；引灶心土，五钱代水；生姜一片。

陆书者毕，赶着叫人配了药来，配了药引，望着底下人煽着风炉用炭将药煎好，捧放桌上。

月香不肯吃药，陆书百般哄他，只是摇头不吃。陆书十分着急，遂自己捧着药碗先吃了一口，哄着月香吃了两口，摇头道："我真不能吃了，再吃就要吐。"赶着用水漱口。陆书又将冰糖与他过嘴，服侍月香脱了衣服，睡上床去。陆书坐在床边代他抹抹胸口，招招被头，没精没神吃了点晚饭，也就睡了。

次日，陆书起来问月香："你今日可曾好些？"月香道："今日略觉好些，只是头晕

得很。"陆书正在洗漱，萧老妈妈子上楼到了房里，向陆书道："老爷，我告诉你句话，月相公自从恭喜之后，月事未曾来过。昨日见他呕吐，莫非是个人病？在我老妈妈子意思，不要胡乱吃药。"陆书道："今日将任先生请来，将这话告诉他，看他说可是恭喜不是恭喜。"萧老妈妈子道："话说不错。"下楼去了。陆书随即着人将任先生请来，就将月香经水未到的话告知。任万林将脉细细诊过道："今日寒暑稍解，有点积滞未清。再净饿一日，有了大解就没事了。若说是喜脉，尚在数十日之间，此时脉尚未现。我兄弟学浅，不敢妄拟，另请高明斟酌。"将昨日原方上荆芥、防风勾去，加了一钱五分半夏，三钱莱菔子。任万林辞别去了。

　　陆书又将萧老妈妈子请上楼来，向他说道："我看这任先生言语含糊，也分不清是喜脉不是喜脉。此地可有好名医呢？"萧老妈妈子道："扬州第一名医，他那姓就奇怪，不在《百家姓》，他姓'光明'的'明'字，名叫明驰远，也不知看好了多少奇奇怪怪的症候。去年，南京不晓得什么武职大官，有位小姐得了膨胀，不知多少医生未曾医治得好、差了四个带白顶的委员，坐了一只大船到了扬州，将明先生请到南京。到了衙门，这面隔着帐幔代小姐诊了脉，请到厅上来开药方。明先生向那武官说：'小姐不是蛊胀，是恭喜了，是个男胎，已有七个月了'，遂开了一个保胎药方。那武官听了不动声色，清官亲、师爷陪着明先生在书房饮宴。那武官拿了一把宝剑走到小姐房里，不问清白，用剑将小姐肚腹剖开，果然有个四肢长全的男孩。那武官到书房向明先生道：'先生高明之至，拜服，拜服。'便将剖腹见胎之事告知，明先生唬得魂不附体。那武官道：'先生不必惊慌。'遂喊家人拿了五百银子出来相谢，仍差那四个委员坐船将明先生送回扬州。这个名传扬开去，生意拥挤不开。人家请他看病，药金跟轿线封要比别的医生多着几倍。俗语'荐贤不荐医'，你老爷自己斟酌。"陆书道："只要他脉理精通，不在乎花多少银子。你快些着人去将他请来，看他如何说法。"萧老妈妈子答应下楼，着人去请。

　　直到傍晚时分，明驰远方才坐轿来到。下轿上楼，陆书［迎］接，邀请入座，老妈献茶。陆书将月香月事未至，呕吐头晕告知，又将任万林开的药方与他看过。明驰远代月香诊过脉，向陆书道："贵相知的寒暑表邪已解，任敝友用的药并不错。若说是恭喜，但凡妇人受胎，一月如滴露，二月似桃花，三月分男女，总要交到三个月，那脉象才分得清白。贵相知尚在四五十日之间，脉尚未现，总宜寒暑自知，饮食均匀，那劳力之事，谅来他是不做的，一切小心要紧。"遂在任万林药方上写了"妄加连翘一钱五分"，写毕，辞别陆书去了。那药金跟封轿钱，陆书又花用若干。从此陆书心中总疑惑月香是怀了孕了。

赶忙着人将药配来煎好。正在哄着月香吃了下去，只听得对过翠琴房里来了一人在那里喧嚷。此人姓莫名爱，字虚友，父亲在日是个弄笔杆子的朋友，写起数千两银子家资，只生莫爱一人同一个女儿。莫爱到了十六岁，他父亲就亡故了。无营无业，眠花宿柳，将家产败得罄尽。亏得有银钱的时候交结了一班纨绔子弟，因为莫爱善于谈笑诙谐，故而在花柳杨中离他不得，犹如帮闲一般。从前在进玉楼看见月香尚未改妆，姿色颇佳，心中十分爱慕。知他尚未破瓜，又无钱钞，只好想想空头心思罢了。后来弄得无可奈何，将胞妹卖到苏州，讲明身价，莫爱跟去，得了二三百银子身价。在苏州嫖兴复发，将银子花用若干，只剩了几十两银子。回到扬州还了些欠债，赎出几件衣服。

因听见人谈说月香业已梳妆留客。莫爱听得不胜欢喜，带了二三两银子，兴冲冲走来，要想留月香的镶。有人请在翠琴房里坐下。翠琴、翠云总来请叫过了，老妈献了茶，装过水烟。莫爱问道："你家月相公呢？"翠云道："月相公有病睡了。"莫爱立起身来道："我到对过房里看看他呢。"翠云拦住道："他房里有客。"莫爱遂生气道："好红相公，老爷来了他假装有病，不过来请安。既有大病，因何又将客留在房里？老爷今日定要留他的镶，叫他快些来！"翠云道："莫老爷，你不必生气，月相公实是有病，他房里是个熟客，因他有病，在这里住于镶的日子多，是檬松雨。你老爷改日访过来罢。"

莫爱听了愈加气恼，拍着桌子喊道："什么三只眼睛王灵官，混帐王八蛋留得镶，我老爷难道没有钱？"就在腰间取出一个银包子，往桌上一扔，道："我这不是银子？今日偏要住镶！有好老不服气，快些出来与老爷斗口气，不是躲在房里不出来的。"陆书在月香房里，听见对过房中这些语句，不由得无明火发，又不知是个什么人，说的话句句关碍着自己，十分忍耐不住，就要出去同那人打降。月香才吃了药下去，见陆书生了气，软呜呜的，赶着将陆书膀臂抓住道："你要出去同他斗气，我就一头撞死。"不肯让他出房。陆书因月香有病，又怕他闪动胎气，不便挣脱，也在房里乱骂。

那进玉楼的外场姓花，因他为人热闹，会说笑话，人都喊他花打鼓。在楼下听见楼上扛吵，赶忙上楼，先走进月香房里，向陆书道："陆老爷，你老人家不要生气，在这些玩笑地方，难保没是非口舌。这个人不晓得是你老爷在这里，他若是晓得是你老爷，他也不敢放肆。谅必他是吃醉了，等我到对过房里三言两句打发他出门。你老爷如此动怒，岂不把月相公急坏了？"陆书听他这话，气才渐平，道："你快些过去看看，究竟是个什么人？"

花打鼓答应，走到翠琴房，见翠琴将那个人按着坐在床边。花打鼓近前一看，认得是莫爱，便道："莫老爷吗？你老爷许久不到我们这小地方来了，今日是什么风吹到这里来玩玩？"莫爱见是花打鼓，遂道："你家好红相公，我老爷带了银子来留镶，连面也不出来一见，瞧不起老爷！他是仗着什么大玩友的势力，我倒要会会他呢！"花打鼓道："莫老爷你说到那里去了。你老爷平昔那一回来，月相公不来恭维？无奈他今日实是有病，方才吃下药去睡了。他房里是他身上一个熟客，在此服侍他的。就是他没有病，他既有了镶，他房里也不能再留你老爷。将心比心，你老爷在这里留了镶，后来又有别的人来要住，你老爷可能让他呢？凡事总有个先来后到。今日你老爷不知在那个相好的那里多用了一杯。诸事看我分上，改一日来，包在我身上，代你老爷做媒。与月相公明日玩好了，要大大的谢我呢。"莫爱听了，微微一笑。花打鼓又拿过水烟袋，要装水烟与他吃。莫爱站起身来道："我们再说罢。"花打鼓将桌上银包递与莫爱，道："莫老爷将银包收好，我送老爷下楼。"又喊楼下人点着火把。莫爱将银包收起，下了楼来。花打鼓拿着火把送到大门首，将火把递与莫爱道："莫老爷好生走，不送你老爷，改一日请过来玩玩。"莫爱接过火把，嚷嚷咕咕去了。

花打鼓复又上楼，到了月香房里。陆书道："那王八蛋滚了？他姓甚名谁，是个什么人？"花打鼓道："陆老爷，大人不记小事，不必追问，由他去罢。"陆书再三追回，花打鼓道："他叫莫爱，又叫莫虚友，是个无营业之人。平时同些老爷们来，他就像是个帮闲，俗称蓑骗的光景。这种不堪的人，你老爷抬抬膀子，让他过去罢。"陆书道："我晓得了，你下楼歇息去罢。"花打鼓下楼去了。

陆书服侍月香一同睡上床去，心中十分懊恼，想道："真是在家千日好，出外一时难。想我在家里，在这些玩笑地方，只有我闹标劲翻相公，再不然是为争风与别的客家斗气，从未曾像今日吃这闷蛋。明早定要同贾大哥们商议，找这姓莫的出这口气。"胡思乱想，等到天明，起来洗漱毕，吃过莲子，吩咐人请医生代月香诊治，遂离了进玉楼，到方来茶馆来会贾铭们，商议要与莫爱斗气，不知后事如何，且看下回分解。

第十五回　送花篮虾蟆打秋风
做喜乐虔婆收贺份

　　话说陆书离了进玉楼，到了方来茶馆，只见贾铭、吴珍、袁酞、魏璧齐在那里。陆书与他们见礼入座，泡了茶来，吃着茶。陆书道："三位哥哥、一位兄弟要代兄弟出气，兄弟昨晚被人欺负。"众人慌问何事。陆书将昨晚莫爱在进玉楼如何要留月香的镶，如何骂他，后来还是花打鼓劝去，"兄弟气闷了一夜。我在贵处人地生疏，要仰仗弟兄们大力。"贾铭、吴珍、魏璧听了这话，道："这还了得！陆兄弟在我们敝地被人欺负。我弟兄们怎么过得去？不要陆兄弟出面，我们约几个朋友先将这小莫子找寻着了，一打一拖，将他搭到县门首，拼着花几两银子，总要看他个样子，他才晓得利害，嗣后才不敢得罪人呢。"

　　袁酞没有等他们说完，立起身来，走近陆书面前深深一揖。陆书赶忙立起道："三哥这是何故？"袁酞道："贤弟，你不知道，那莫爱是我的姨弟，他与贤弟素不相识，并无芥蒂，谅非有心冒犯，大约也是酒后狂言。贤弟不必生怒，诸事包含，看愚兄分上，我将这言生找着，带到弟媳那里负荆请罪。"陆书听了这话，忙道："三哥请坐，既是令亲，不必说了。"贾铭们道："就是袁兄弟的令亲，也不该得罪陆兄弟，礼是要服的。若不服礼，我们也不依。"袁酞道："茶后，哥哥们先请到进玉楼，我去将这畜生找了去服礼。"陆书再三拦阻，贾铭们催着袁酞先出茶馆去了。众人又谈了许多闲话，同着陆书出了方来茶馆。

　　到了进玉楼月香房里，见月香的病尚未全好，和衣睡在床上。见他们来了，赶着立起身来招呼过众人，邀请入座。陆书向月香道："医生可曾来过？"月生道："适才来诊过脉，叫我吃点清米汤，再吃一两剂药，就没事了。"陆书将药方要过来一看，喊人拿去配药，喊老妈将灯开了与吴珍们过瘾。

　　到午初时候，只见袁酞同着莫爱上了楼来，到了月香房里。才进了房，袁酞向陆书道："贤弟，我们莫舍亲昨晚实因酒后，不知贤弟在此，言语冒犯，今日特地过来赔罪。"陆书们看见他两人进来，赶忙立起身来招呼，又见莫爱在那里打拱作揖，陆书赶着还礼道："总是自家弟兄，袁三哥何必如此蛇足，反叫兄弟过意不去。请坐，请坐！"

翠云、翠琴总请叫过了莫爱，又与贾铭们施礼入座，各道名姓，彼此说此套话。莫爱喊外场吩咐摆酒。陆书道："在敝相知这里，何能要哥哥作东？今日我的地主，改日再扰哥哥罢。"谦之至再，仍是陆书做了东，吃了一台酒。用过午饭，莫爱谢过陆书，辞别先行。吴珍在那里过了瘾，才同着贾铭、袁酡、魏璧去了。陆书仍在这里服侍月香的病，未曾回去。

次早起来，月香的病已全好。那梳头的老妈来到房里，正代月香梳头。陆书站在梳桌旁边，装水烟与月香吃。两人正在逗趣，有那素昔在教场里拎跌博篮子的王小虎子，知道陆书与月香相好，拿茉莉花穿成一个大花篮，周围有许多蝴蝶，想打陆书的秋风。王小虎子将花篮送到月香房里，说道："陆老爷在这里呢，特地送来与老爷同月相公闻香的。"月香忙将花篮抬过来一看，穿的十分工巧，将近有二千多个茉莉花朵。遂喊老妈将花篮接过，挂在帐子里面。陆书在银衣内拿出两块洋钱递与王小虎子道："难为你，拿去打个酒吃吃罢。"王小虎子道："多谢陆老爷。"拿着洋钱去了。

陆书见月香病已痊愈，百般样好饮食弄与月香滋补调养。这一日，陆书请贾铭们四人在月香房里吃酒，用过午饭，过瘾的过瘾，闲谈的闲谈。只见萧老妈妈子上楼到了房里，请叫过众人，遂坐下道："五位老爷，我有句话奉申。我家年例要做平安喜乐会，前日因月相公身体不爽，我老妈妈子在家神灶君前也不知磕了多少头，祷祝保佑月相公病体痊愈，赶紧做会还福。莫道无神却有神，果然菩萨有灵，第二日月相公的病就好了。如今我已择定日期，六月十一日安坛，十二日一天一夜大会，两事上并谢谢菩萨。我家的事不能叫陆老爷一人破钞，陆老爷你大大的出我老妈妈子个贺份，其余牲礼、香烛一切糜费，总是我老妈妈子包足。十二日，还要请诸位老爷同贵相知众位相公赏脸，来看会玩玩。不知诸位老爷可赏我老妈妈子光呢？"陆书听见代月香还福，他也不知扬城做喜乐会不消多少银钱，便说道："我诸事不管，贴你十两银子罢。"萧老妈妈子道："就这样，那里同你老爷较量呢。"贾铭、吴珍、袁酡、魏璧道："我们四人定来道喜。风相公们也是要来的，你不必打发人去请，我们代你道达罢。"萧老妈妈子道："人熟礼不熟，那有不请之理。"又叮嘱几句，下楼去了、贾铭们要请陆书到强大家摆酒吃晚饭，月香不肯让陆书出门。贾铭们将陆书、月香嘲笑了一阵，辞别去了。

时光易过，到了六月十一日期。这日午后。有四五个端工，杨城俗名香火，挑了一担所用物件，以及神牌、画轴，到了进王楼里。在楼下中一间挂了东岳天齐仁元圣帝、消灾降福都天文王大帝、泰山娘娘神像，又摆了各部神祇画像牌位，挂起长幡榜文。又向萧老妈妈子要了许多米，并红扎辫扣的本命钱，结一杆小秤，一面把镜。安

风柳情

设斗案，设了香炉、炉台，摆好坛场。锣鼓喧天，开坛酒静，召将请神。安了坛，吃了晚饭，端工散去。

次日黎明时候，有八九个端工早已来到，敲锣击鼓，开坛请神。又用一根长木缚着竹枝，扯起大纸幡。端工念了一回，各用早点、早面。陆书、月香听那锣鼓声敲，也就早早起来。月香忙着叫人梳头，打扮完毕。到了午初时候，贾铭、吴珍、袁酞、魏璧一齐来到，每人一块洋钱贺份。萧老妈妈子收下谢过，邀请众人到月香房里。陆书、月香招呼人坐，吃烟闲谈。还有别的客家，各人总有贺份，另在翠云、翠琴房里起坐。凤林、双林、桂林、巧云早间就着人送了贺礼。萧老妈妈子又着人去邀请。到了午正时候，凤林们四人方才各乘小轿到了进玉楼，下了小轿进来。翠云、翠琴接着，看见凤林们总皆打扮得花团锦簇，邀至里面贺喜已毕，请到楼上与贾铭们一处起坐，摆过点心，总请到楼下看会。

只见那些端工头上用元（玄）绸包头，扎着纸帽子，身上穿着道士法衣，口里不知念些什么，说是申文上表。又有一个端工，将发辫扣了红头绳同几个青铜钱，捧着辫于，赤着膊，系着青布裙子，拿了一把厨刀，说是开财门。在那膀臂划出血来，有茶碗接着，又将那些血汰在各人房门框上，在那各人房里乱绕乱跳。又将红竹箸放在各门坎上，用厨刀一剁两段，那凶恶之像，唬得这些女相公各人抓住相好的藏藏躲躲。端工跳毕，放了旺鞭。

月香邀着众人上楼用过午饭。那些端工们将一张方桌抬放天井之中，摆设香案，又摆了一盘猪大肠、小肠，敲着铜鼓，转着方桌，哼着、念着，叫做转花盘。又有一个端工，敲着一面在锣，坐在神前，唱的什么"张祥买嫁妆，被白寡妇谋害。"那些相公听了。疑是真事，吁嗟感叹。这端工唱毕，又有一个端工穿起青布褂裙，戴起娘娘帽儿，胡言乱语跳娘娘，引着凤林们笑不住口。

晚间摆了酒席，翠云邀请众人入席，欢呼畅饮。席散之后，贾铭、吴珍、袁酞、魏璧代凤林、桂林、双林、巧云开发票子汰化端工，又把了江湖礼，大众告辞，翠云、翠琴、月香留他们看夜会，众人不肯，辞别去厂。别的房里，客家摆了晚酒，汰化过端工，也各散了。只有陆书在月香房里未走。

到了夜里，那些端工们又跳五十三参，装神装鬼翻筋斗，佘蜡烛台变戏法，各种玩意。又装了几个烧肉香的和尚，打趣众人要钱。陆书、月香又赏了两张票子，翠云、翠琴也赏了钱文。那《扬州烟花竹枝词》九十九首内有一首道：

百计千方哄客银，

藉名喜乐说酬神。

财门开过娘娘跳，

便宜端工看女人。

一夜锣鼓喧天，直闹到天明，方才结坛了会。陆书又代月香把了喜钱，那些端工们挑了担子散去。

陆书为色所迷，只顾朝欢暮乐，竟忘记了来扬所做何事，也不划算带来的银子已经花用若干。月香看龙船那时，听见贾铭说是扬州六月十八日湖上大为热闹，遂问陆书道："我前日患病，曾允下往观音山烧香。这两日睡觉，才合上眼就梦见观音菩萨站在面前。菩萨是十九日圣诞，我同你商议，十八日雇一只船同我去烧香了愿。"陆书道："我闻得六月十八日扬州湖上甚是热闹，我们两人前去烧香，寂寞无趣。不如叫一只大船，将贾大哥们同凤相公们总请了出去，一则让你烧香了愿，二则大家热闹一日，见识些扬州风景，岂不好吗？"月香道："如此甚妙！"陆书随叫小喜子去请贾铭们商议雇船。不知后事如何，且看下回分解。

第十六回　百子堂和尚化缘
大雄殿马披斗法

　　话说陆书因月香要到观音山烧香了愿，随即着小喜子将贾铭、吴珍、袁酞、魏璧请来商议雇船。吴珍道："陆贤弟，你欢喜热闹，必须雇一只大船，我们同弟媳们在上面起坐。另外雇一只灯船，喊半班清音十番，让他们在灯船里吹唱。罢罢的六月十八日，湖上是个满盘缸日期，我们夺个趣，才有玩头。"陆书听了，欢喜非常，道："二哥这话说得碰兄弟心肺，就拜托哥哥去办。"吴珍向袁酞道："兄弟，还是我同你去叫船。"两人一同离了进玉楼，到天凝门码头。船雇定。复到月香房里回了陆书信，付了定银。陆书又吩咐摆酒，众人扰了午饭。临行之时。吴珍向陆书道："十番孩子我同袁兄弟喊定了，十八日早会罢。"陆书又叮嘱他们请凤林、桂林、双林、巧云同去游湖。贾铭们均皆答应，辞别去了。

　　到了十七日，陆书就忙着叫人请了香烛、大香，备了香仪、钱封，喊了疱人明日船上办席，一应预备齐全。十八日清晨起来，月香梳洗已毕，穿的是新做的淡青杭罗褂裙，白纱小褂，大红纱裤。正与陆书吃早点之时，只见贾铭、吴珍、袁酞、魏璧一齐来到。陆书、月香招呼人坐，请吃点心。贾铭们业已吃过。陆书向贾铭道："凤嫂子们可快来呢？"贾铭们道："你兄弟豪兴，带累我弟兄们作了多少难。"陆书忙问道："何故？"吴珍道："大哥说的玩话，不过是他们因为要游湖，放差做衣服，此刻总忙着梳头呢，大约也来得快了。"陆书道："我们还是同到船上等他们罢。"贾铭道："坐在船上等人甚是没趣，不若先着小厮们上船，等他们来了，送信与我们再上船去，岂不好吗？"陆书道："如此甚妙。"遂向小喜子道："你们先上船去，看见凤相公们轿子来子，立即送信。"小喜子答应，同着各人跟的小厮去了。

　　陆书叫人将烟灯开了。贾铭因与凤林常在一起，现在也有了几口烟，就与吴珍睡下去对枪过瘾。一刻工夫，只见小喜子匆匆走上楼来，站在月香房门首，向陆书道："大爷，四位相公的轿子总到了码头，小的请他们总上船坐了。那十番孩子也都来了。"陆书听了点点头。吴珍们将烟具收了，用口袋装好，叫小喜子带着上船。陆书邀请众人下楼，月香邀着翠云、翠琴一同出了进玉楼。

到了天凝门码头，下以石坡，凤林、桂林、双林、巧云在船上看见，早已迎出舱来，彼此招呼。贾铭们同月香、翠云、翠琴总登跳上船，那十番五个小孩总上来请叫过了，众人入座。陆书看见大船旁边泊着一只划船，已将船篷抬去，搭了红油竹架，上面绿油绸篷，挂着许多玻璃花篮，以及琉璃荷花、果品、虫鸟各式小灯，连栏杆上总是五色玻璃风灯，约有一百多个灯头。

船家上来请问尊容齐是未齐，陆书道："客总到了，就此开船。"那十番孩子总上了划船。那大船、划船一齐解缆，荡桨的荡桨，撑篙的撑篙。划船在前吹唱，大船紧随在后。由下买卖街经过，那些茶馆里吃茶的人，听见丝竹声音，总向着河边看望。有些年长老成人，说是这些浪子如此耗费，今日这一玩非几十两银子不可。有那些浮躁少年人说道："人生在世，像今日这个日期，必须如此玩法才算款式。"恨不能也像他们这样玩才如心愿。无奈力不从心，又舍不得今日这般热闹，赶忙在各茶馆里纠约了十一二个朋友，雇了一只两桨有蓬子的小渔船，挤挤的在舱里坐，仿佛似搭人载划子到瓜州邵伯去的光景。又买了些鲜荷花灯，用长线串子绑在船栏杆上，省吃俭用，玩了一天半夜。次日算帐，每人派了数百文，内中还有拿不出钱来的朋友，也不知吵了几次，被船家逼着当了几票小押，才将这场案了结。

闲文不必赘叙。且说陆书们大船。灯船出了虹桥，此时尚早，游船才出来不多几只。陆书吩咐船家先将船开到观音山码头停泊，扣缆搭跳，大众充舟登岸。跟月香的人捧了香烛、元宝、大香，引着月香先在土地祠里进了香，把了香钱。众人到了功德林前，见左边墙上挂了一块木板，上贴告示。贾铭们立定观看，只见上写着：

钦加升衔江苏扬州府甘泉县正堂加十级记录十次某为查案严禁以昭诚敬事。照得功德林乃翠华巡幸之地，为淮南名胜之观，每年六月十九日恭逢慈航大士圣诞之期，各处远近男女，烧香祈福，络绎不绝。间有不法棍徒，拥挤喧哗，借端滋闹，以及剪绺扒匪，乘机剪扒银钱物件，亲有各衙门小班白役，硬抢中要货摊卖物，稍不遂意，即肆行凶。更有乞丐花夫，强讨硬要。种种不法，历经拿究，示禁在案。兹将届期，诚恐若辈故智复萌，除饬差查拿外，合行查案示禁。为此示仰该山住持、地保、坊快、里头人等知悉：如有前项不法棍徒，仍蹈前辙，故违不遵者，许即扭禀赴且，以凭严究枷示。地保人等倘敢容隐，一并重究。言出法随，决不姑宽。各直凛遵毋违，特示。

后面年月印信，朱标日期。那右边墙上贴的是扬州营城守副府并西南汛总厅及甘捕厅告示。众人无心观看。

进了功德林，两旁坐山坡有许多男女乞丐，携男抱女，以及哑臂痴瘫、烂头破鼻、老弱残废，在那里喊着要钱。又见有许多提着朝山进香灯笼，点得亮亮的，引着拜香的男男女女，发辫打着在大红头绳，穿着青兴布褂裤，捧着小红板凳，几步一拜。

大众挤挤挨挨，到了大雄宝殿。只见烛影辉煌，香烟飘缈，男女纷纷礼拜，钟鼓响声不断。早有道人将香烛、大香接了过去，装香点烛。凤林、桂林、双林、巧云、翠云、翠琴各人向和尚买了香烛，两边撞钟擂鼓。月香们七人在慈航大士座前总礼拜了，那五个十番孩子各请了香烛磕了头。

和尚邀请众人至后殿百子堂各处烧香礼拜。大众见送，塑着许多童儿泥像，有带着红布黄布帽子的，也有光着头的，也有骑马的，也有打伞的，也有玩龙灯的，也有打秋千的，也有翻筋斗的，也有敲锣鼓的，共有一百多个。贾铭望着凤林们道："你们那个想养儿子，偷个小帽子回去，就包管有孕了。"凤林、桂林、双林、巧云、翠云、翠琴听了这话，各人笑嘻嘻的走到龛子面前，抢着拿那小帽子，惟有月香站在那里声色不动。桂林道："月姐姐不偷帽子？我明白了，姐夫多早晚把蛋我们吃呢？"月香、陆书总笑着不言。

他们正在这里嘲笑，只见又有许多妇女也到送子观音座前烧香。内中有一妇人，年纪尚不足二十岁，是新开的脸，衣饰总是簇新，磕过了头，站在那龛子面前，鬼鬼祟祟的偷帽子，又像怕人看见的光景，羞羞怯怯偷了一个帽子，同着那些妇女嘻嘻笑笑，又到别殿上烧香去了。贾铭道："诸位贤弟，看这新开脸的妇人大约是个新娘，嫁之未久，方才偷帽子这种羞怯光景，甚是有趣。愚兄口占一绝赠之。"众人道："请教，请教。"贾铭遂口吟一绝云：

> 女娘新嫁尚含羞，
> 送子观音默默求。
> 伸手欲偷罗汉帽，
> 通红粉面几回头。

众人道："妙极，妙极！"

和尚邀请众人到客堂里面坐下，道人献了茶。那两张桌上摆了桌盒，和尚将桌盒内茶食、果品敬过众人，向那道人使了个眼色。道人随即捧了一个册页，递在和尚手里。和尚向着众人复又问讯道:"荒山后楼,蒙各位施主老爷、太太重建,尚少油漆粉饰、神像装金,望诸位老爷、各位小姐随缘功德,百子千孙,福寿绵长。"说着将那册页摆在桌上。道人取了笔砚过来。贾铭们看那册页是楠木面子,贴着白纸衬的梅红签,写着"福缘善庆"四字。揭开一看,无非是些俗套蔬引,后面贴着许多红签,写着:"张老爷喜助若干","李太太喜助苦干",还有许多红签未曾有字。贾铭道:"我们也不必写了,相应现开发罢。"陆书就在钞袋查出三千文钱票,同封现在的香仪,送与和尚道:"这票子算我们大众功德,你收着添补罢。"和尚接过钱票,看了数目、店号道:"还要请众位小姐作作福。"陆书又把了二千文钱票。和尚接了道:"请将各位台衔登簿,等圆满了,代众位老爷、各位小姐视忤。"陆书道:"些须小事,不足登簿。俗事说得好,'钱入山门,功归施主'就是了。"和尚喊道人摆碟子,下素面。贾铭道:"我们船上饭已现成,改日再来扰罢。"立起身来,同着众人出了客堂。和尚送至大殿。

众人看见此刻比先更觉拥挤,不知那里来了两班观音会,有两架香亭摆在大殿,两个人精身赤足,用银红兴儿布系着青兴布裤,有二尺多长铁锥穿通臂膊、手腕,手里各持铁鞭,在大殿天井里热烘烘香堆子旁边乱跳。那一个人将竹节铁鞭放在香火堆里烧得通红,右手用一张元(玄)花在这烧红了的铁鞭尾一抹到头,但见一缕青烟,手上皮肉毫未伤损。那一个人将一双赤足跳到香火堆里,又跳出堆外,脚上皮肉毫未伤损。这却不知是甚邪法。

凤林们见这两人吃吃喝喝,跳来跳去,唬得战战兢兢。双林向袁酞道:"这两人因为何故乱跳?"袁酞道:"他们名为马披,自称帅爷。这是阴犯阳谴,将父母遗体锥上这么些锥子,在他自己说,有冈为父母有病,也有为着自己有病,许下来的心愿。殊不知圣人云:身体发肤,受之父母,不敢毁伤。他们这种人要算世间大忤逆儿子了。"双林道:"他们身上这些锥子疼与不疼?"袁酞道:"据说有符不疼。我却没有挨过锥,疼与不疼,你该自己晓得。"双林听了,就要用手来拧袁酞的嘴,因碍着人众,不好意思,遂道:"让你说得快活,回来家去同你再说。"只见那两个人跳上大殿香亭前,等会上各人磕了头,又跳到大井引路。众人将两架香亭抬起,跟着两人出了山门去了。

贾铭们在前后保护着凤林们离了大殿,出了二山门。两旁许多要货摊子,摆列着各种玩意东西。这七位女相公、五位男相公看见这些货,这个说这样好玩,那个说那样好玩,恨不能将各样买全。那卖要货的人见他们要买,故意高抬价钱。这些男女相公,你买这样,他要那样,各人拣了许多要货,算明共是七块半钱。总是陆书把钱当了洋钱,找了数百文。各人携着要货到了山坡,那些男女乞丐见他们烧过香下来,总各喊着老爷、太太、相公、姑娘讨要钱文。陆书叫小喜子散给他们钱文。那知善门难

开，小喜子才拿出钱来开发，这些乞丐就将小喜子团团围住，拿过又要，喊喊吵吵，开发不清。小喜子周身是汗，急得推倒一人，方才跳出圈子。后面还有许多男妇小孩跟着到厂码头。小喜子跳上了大船，那些乞丐扳住船头不容解缆。又把了许多钱文，方才解缆开舟。将船放过莲花桥，紧对云山阁停泊。见阁上有许多人在那里斗牌。贾铭们在船上用过午饭，过了瘾，凤林们手脸洗毕，大众上岸，各处游玩。

正在云山阁凭栏远眺，只听得远远锣声，来了一班观音会，到了莲花桥这里，那马枝在香亭前烧符上锥。此刻凤林们以高视下，又不害怕，又看得清楚，看见那些马披每人上了许多锥，跳过桥去了。随后又有几班会接踵而来，听见有人说是瓦窑铺、洼子街、黄泥沟、董家在、三里桥、三茅庵各处的。

众人看过了会，贾铭着人将弦于、笛子、笙、鼓板、琵琶取来，放在云山间桌上，十番孩子唱了两套大曲。凤林豪兴，叫十番孩子做家伙，他唱了一套《想当初庆皇唐》，声音洪亮，口齿铿锵，宛似男子声音。月香等凤林唱毕，他唱了一套《只为你如花美眷》，声音柔脆，细腻可人，引得那些游人丛聚在那里做蜜脸。那些看十壶牌的朋友，抓了一张二条，没人开招碰，他将手内一张一万、一张九饼，摆下来吃老虎，连牌都看错了。凤林、月香唱完，众人喝彩。桂林、双林、巧云、翠云、翠琴等每人唱个小曲。船家送了茶食碟子上来，众人用过。魏璧：陆书在跌博篮子上又跌了许多校茉莉花、夜来香、水老鼠，送到船上。

此刻下午时分，只见大小游船纷纷出来，有许多灯船，还有些划船，已将篷子抬去，三桨如飞，划来划去。船上也有人曲，也有小曲，真是笙歌盈耳，彩绸成行。那一只绑着鲜荷花灯的小渔船，两把桨也跟在后面。舱里那些朋友挤得汗流流的，黄腔走板，唱着西皮二黄。时人有《六月十八日扬州湖上游》七言律诗一首，云：

> 不分男女约同寿，
> 半为烧香半玩游。
> 山色菁葱云上下，
> 水光荡漾月沉浮。
> 接天灯火摇兰桨，
> 彻夜笙歌醉酒楼。
> 赛会迎神人辏集，
> 繁华端的是扬州。

贾铭们开发了云山阁那里泡茶、卖水烟的钱，大众上船，又到小金山、桃花庵各处游玩。

早已金乌西坠，大小游船总各点了蜡烛，满湖灯光映着水内，好似千条火炼，犹如力道霞光。贾铭们将大船停泊在热闹处所，摆下酒席，猜拳行令。那灯船上十番孩子用过晚饭，在船舱里吹唱，绕着他们大船打招。别的游船也吹起笛子，弹起琵琶，赌赛歌喉。灯船打了十几个窝招，傍着他们大船。有唱生唱旦的两个十番孩子走上大船，到席前敬酒，敬拳，又唱了两个小曲。陆书赏了四块洋钱。一番孩子退上划船，那船家仍将划船划来划去，直玩到将近四更时分，那些游船才渐渐地过虹桥回去。

贾铭们此刻已玩得疲倦了，吩咐船家慢慢将船放回了天凝门码头傍岸。那接凤林们的小轿，早在那里伺候。凤林、桂林、双林、巧云搭住贾铭、吴珍、袁酞、魏璧送他们回去。贾铭们点了头，各人方才检点，将要货、茉莉花、夜来香总交与跟的人拿着，辞别陆书、月香，各乘小轿，同着贾铭们到了天凝城门首。看见门兵房外摆着两张扬州营便北汛总厅洋灯，有个武职官带着几个兵在那里弹压，今日不关城门。众人进城到强大家去了。

陆书、月香检清物件，同着翠云、翠琴弃舟登岸。那岸上来往行人络绎不绝。天凝城首搭着施茶芦篷，挂了四个广结茶缘篾丝灯笼。许多乡村男妇朝山进香，也有站在茶篷前吃茶的，也有走倦了席地捧着西瓜、干粮吃的。陆书也无心观看，挽着月香手，同着翠云、翠琴回到进玉楼，仍在那里迷恋，未知后事如何，且看下回分解。

第十七回　月香吃醋闹鲥鱼　魏璧争风打肉鳖

话说陆书同着月香、翠云、翠琴回至进玉楼，仍在那里迷恋，朝欢暮乐，已非一日。初到进玉楼的时候，见那大脚妇人张妈生得风流俊俏，便有心要同张妈落交，常时同他说些戏谑趣话。后来因代月香梳妆，又恐月香吃醋，未能如愿。张妈见陆书青年美品，银钱挥霍，但凡陆书与他说戏话，也是恐怕月香，惟以眉目传情，不敢十分逗搭，只背地里也不知向陆书要了多少银钱、衣饰。陆书是他放的差，无一不应。他两人算是心交，因人碍眼，未得下手。

这一日，陆书正同月香在房中逗趣玩笑，楼下翠云房里来了一起生客，喊月香下楼。月香向陆书道："又不知来了什么野种，大呼大叫。你且稍坐一刻，让我下楼三言五句打发他们滚蛋，再来陪你。"月香将陆书安慰定了，方才转身下楼酬应去了。

随后张妈拿着白铜水烟袋，到月香房里装烟与陆书吃。陆书正坐在月香床边，见张妈走近身来，将水烟袋苗子递在他的口里。楼上并无别人，陆书一时豪兴，就将张妈拉了，与他并肩在床边坐下，向张妈道："伙计，你把我的病都想出来了！今日无缘凑巧，却好此刻他在楼下，我同你偷个嘴，任凭你要什么，我总依你。"说着，就向张妈对了一个"吕"字。张妈赶忙闪让，便要立起身来。早被陆书捺住，水烟袋撩在楼板上。张妈道："你只图口里说得快活，倘若他走上楼来撞见了，叫我这个脸放在那里？"陆书道："他才下楼去，有好一刻才上来呢。你做点好事罢！"就伏在张妈身上，用手来扯张妈的辉裤。

不意月香悄悄的蹑着足步上了楼来，站在房门外，听见他两人这些语句，忍不住心头怒起，揭开门帘，走到房里，跑近床前，将陆书耳朵揪住，哭道："你这下作东西！你既要同他相好，我又不曾阻拦着你，你们那里不好做混帐事，偏偏要糟蹋我的床铺！"忙喊王妈："来，代我将铺盖快些拿去浆洗，我不能盖别人哇乌打乌的脏被！"张妈见月香跑进房来，赶忙将陆书一推，挣脱了身子，跑下楼去。

王妈进房，将床面前那根水烟袋拾起，放在桌上。月香抓住陆书碰头、撒泼，哭闹不休。翠琴到房里来劝解，月香不依。萧老妈妈听见楼上吵闹，赶忙上楼，将月香劝到对过翠琴房里。月香还是哭着喊着，骂张妈下贱，勾他的客，许多蠢话。

张妈在楼下听见月香哭骂不休，也就恼羞成怒，遂在楼下喊道："我在楼上装水烟，陆老爷同我说了个玩话，将我拉了坐下床边，你就硬说我们有事。你也不必假正经了，你同剃头的偷关门，我们总明白，不肯说破了你罢了！我们在人家做底下人，声名要紧。你如今将我的名说坏了，别处难寻生意。再者我家丈夫是个蛮牛，倘若听见我在扬州有甚风声，我的命就没了。如今你既把我的脸撕破了，我也不要命了，还怕你这红相公偿不起我的命呢！"说着也就碰头砸脑、寻刀觅剪，唬得萧老妈妈子、翠云同翠琴并男女班子，楼上劝到楼下。

月香、张妈妈两个愈吵愈凶。陆书趁着萧老妈妈子将月香拉到翠琴房内，他就悄悄的欲想走下楼去。又被月香听见脚步声响，走出房来将陆书抓住，哭道："你往那里走？你图开心取乐漂肺子，如今他闹起来了，你就想走，好脱干净身子，累我一人受气，如今死也要死在一处！"又将陆书拉到房里吵闹。

那外场花打鼓见月香、张妈两人总不依劝说，料想这事家里人说不了结，赶至强大家。却好贾铭、吴珍、袁酞、魏璧四人齐在那里，花打鼓向四人告知。贾铭们听厂，一齐到了进玉楼。

才进月香房里，陆书看见他们来了，连忙起身招呼，邀请入座。众人看见月香鬆总散了，头发披在半边，眼睛哭肿，泪痕满面，倒在床上呜呜咽咽的啼哭。又听得张妈在楼下吵闹。贾铭们故作不知，向月香道："陆弟媳为什么事不睬我们了？想必是我们常时来取厌了。"月香连忙在床上拗起身来道："贾老爷，你这话我细娃子就耽受不起了。适才正与他淘了两句气，四位老爷来了，我细娃子未曾请叫得及，望四位老爷恕罪。"贾铭道："那个来怪你，就是要怪你，也要看陆兄弟分上。你两个人因什么事玩恼了斗嘴，告诉我们，代你两人评评理。"

月香并不言语，陆书也不喷声。贾铭们追回至再，翠云道："陆姐夫、月姐姐不肯说，我来告诉你们。方才月姐不在房里，陆姐夫与张妈在房里说玩话，被月姐姐撞见，骂了张妈几句，张妈急了，要寻死觅活，正在这里吵闹。老爷们来得正好，代他们调处清白，省得瞎扛瞎吵。"贾铭笑道："陆弟媳吃点酱油罢了，又吃什么醋呢？那个猫儿不吃腥？看我们分上，不必说什么了。"正说之间，萧老妈妈子走上楼来，悄悄将贾铭们四人请到楼下翠云房里，道："四位老爷，令友陆老爷一时豪兴，弄出这种事来。月相公的话又过于叫张妈过不去。如今张妈要寻死拼命。我老妈妈子鹊儿头广没多大的脑子，要拜托四位老爷代他们说清结了。"

贾铭们将张妈喊到房里好言劝说，张妈不依。说之至再，张妈道："四位老爷，我这里生意已被他将我的脸撕破了，我也不能再在此地，叫他还我一个好好的生意。他既说我同陆老爷有事，我也说不得了，叫他把笔银子与我，算遮羞礼。不然，听凭他官了、私休，我总候着就是了!"贾铭道："凡事要依人劝，人是旧的好，衣服是新的好。我们代你把话说清白了，将就些还在这里罢。"张妈执意不肯。吴珍道："张妈妈既是实意不肯在这里，事又凑巧，强大家尤奶奶在他家三四年了，从未告假回家去过，平空的不知怎样有了身孕，要回去生养，辞了生意。如今我们将你荐到强大家去，包管一说便成。另外，叫陆老爷瞒着月相公送你几两银子。看我们分上，不必说什么了。"贾铭们商议，允了张妈十两银子，张妈方才依允。

　　贾铭们复又上楼，到了月香房里，吩咐摆酒，代陆书、月香和事。陆书道："在这里，何能要兄弟们作东?"谦之至再，仍是陆书的主人，摆下酒来。席间翠琴有心想勾搭魏璧，弹着琵琶唱了几个米汤小曲。魏璧亦有意爱他，两人调谑。魏璧已有了几分醉意，席散之后，翠琴要留魏璧在那里住宿。魏璧因与贾铭们同来，恐怕他们到强大家告诉巧云，不能在此，要一同进城，向翠琴道："既承你厚爱，你我心照，改一日我一人来罢。"翠琴才让他同着贾铭们一同进城去了。

　　这里月香虽是贾铭们劝了许多言语，心中怒犹未息，上了床来，陆书被他揪着，咬着恨着，骂着掐着，气着哭着，说着百般刁话蛮话。陆书是各种恭维，也不知赌了多少咒，发了多少誓，枕席间用了多少工夫，才将月香哄住了。暂且不表。

　　再说贾铭们四人到了强大家内，在桂林房里坐下。凤林、双林、巧云听见他们来了，总来到房卫，问道："你们可曾吃过晚饭?"贾铭就将在进玉楼因为甚事做拦停，陆书留吃晚饭这一席话告诉。众人听了笑不住口。吴珍将强大喊到房里，公荐张妈做生意。强大答应，退出房外了。三子到房里问道："老爷们今日可回去了?"魏璧躺在桂林床上，先说道："我今日醉了，不回去了。"贾铭道："既是魏兄弟不回去，我们总在这里陪你就是了。"三子退出房外。巧云悄悄向魏璧道："在这里躺躺，我房里有个熟客，许久未来，今日才来的。等我打发他走了，请你到房里去坐。"魏璧道："你快些叫他滚罢，我少老爷要困觉了。"巧云道："我晓得。暂违三位姐夫了。"说着，走出房外。

　　那巧云房里这个姓宓名圣漠，年纪二十余岁，生得头大脸大，一脸大麻子，身材又胖又矮。人因他个子生得胖矮，说话又有些肉气，排行第一，都喊他宓大脸，又送他一个混名叫做肉鳖。父亲在日，盐务生意挣有许多田地房产，遗卜许多借券。宓圣漠并无生业，只靠着房钱、租子以及人欠的债务过日子。曾在这里与巧云相好，巧云得过他许多银钱、衣饰。因出外索债，许久未来。今日到了这里，在巧云房里坐了好一刻工夫。巧云意欲留他住宿，又怕魏璧到此要住，所以并未留他。宓圣漠今日蓄意是来与巧云叙旧，拿准了到了这里巧云必要留他。那知到了这里坐下半晌，巧云声总不喷。且又到别的房里去了好大一刻工夫，将他一人坐在房里，心中就有些不自在了。今见巧云进房，坐在椅上不言不语，宓圣漠忍耐不住，就将三子喊到房里道："三子，我今日在这里住呢。"三子道："宓老爷，今日不凑巧，巧相公有了镶了。"

宓圣漠听了，越加生气道："他既然有了镶，为何不早说，将我搁到此刻，叫我如何回去呢？"三子道："宓老爷，你这话说错了。你老爷到这里，并未说着要住的话，巧相公何能平空告诉你说是有镶呢？若说是坐到这时候，是你老爷自己未走，我们何能催你老爷走呢？"宓圣漠道："不管是那个留的镶，总要代我回的了，我老爷今日要住呢！"三子道："这不讲理的话，我小的不会说。凡事有个先来后到。我老爷许久不来挑挑我家，今日不必打闹儿了。"宓圣漠道："我若是不挑你家，我倒不留镶了。如今我要留镶，你又拿这些话搪塞。你还是怕我不把钱你家是怎样？你查查账，我在你家住了那么些镶，连半文开发总不欠你家的。今日故意要支我走路，如今我偏不走。看你家是个什么三头六臂的人敢在这里住，我就算他是个好汉了！不服气叫他到这里来同老爷斗口气，斗得过我，我就让他在这里住了。"三子再三俯就，宓圣漠越说越气，大喊大叫的吵闹起来。

魏璧因有了几分醉意，躺在桂林床上。吴珍因要过瘾，就同贾铭到凤林房里吃烟去了。桂林〔勺〕他三人同行。袁酞是被双林拉到他房里谈心。魏璧独自躺在桂林床上。此时更深人静，魏璧听得巧云房里有人喊叫，句句话总关碍着他。酒后生怒，将长衣脱去，跑到巧云房里。见有一人坐在那里，口里南腔北调扛吵。魏璧出其不意，奔到宓圣漠面前，将衣领揪住，望下摔。宓圣漠未防备，被魏璧掼在房内地板上。魏璧就势骑在宓圣漠身上挥拳就打。据圣设仍是骂不绝日。三子赶忙抱住魏璧手腕，跪在旁边哀求。

贾铭、吴珍、袁酞听见此信，一齐跑到巧云房里，问魏璧因为何事。魏璧道："哥哥们不必问，帮我打这瞎眼王八糕子！"贾铭将宓圣漠一望，并不认识，遂向魏璧道："兄弟你请息怒，权且将他放起来。我们兄弟在此，不怕他飞到那里去。三人抬不动一个'理'字，放他起来，让他自己说。如不在理，我们一齐动手就是了。"吴珍将魏璧的手擘开，拉了站起身来。宓圣漠被三子拉起，口里还嚷嚷咕咕道："好呀，好呀！"贾铭将他拉了坐下，问他姓名。宓圣漠道："我姓宓，叫圣莫。"贾铭道："足下因甚事同敝友口角？"宓圣漠含糊不语。三子道："宓老爷要留巧相公的镶，小的回他有人留了。宓老爷就在房里乱骂，被魏少爷听见到，到了房里，不知怎样将宓老爷碰倒了。"

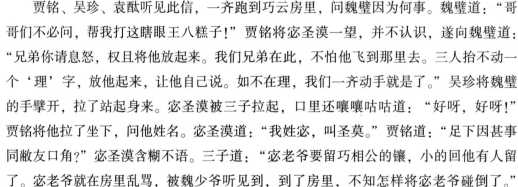

贾铭们道："宓哥哥，非是我们庇护魏兄弟，这么谈起就是你的不是了，凡事总有先来后到，就是你先留了，我们魏兄弟后到要留，你也不能让他。总是在玩笑场中，没有什么气斗。若不是你出口伤人，我们魏兄弟何能造次动手？自古道'相骂没好言，相打没好拳'，算是魏兄弟年轻鲁莽，看我们分上，拉［倒］了罢。"贾铭、吴珍、袁酞向宓圣漠作了一个揖，宓圣漠还了一揖，心中原想同魏璧较量，因见他们人众，孤掌难鸣，没奈何忍气吞声，立起身出了强大家大门。回家气了一夜。

次日欲想约人到强大家去搀魏璧、巧云，同他们打场官事。再为打听，魏璧是盐务候补的少爷，自揣势力不及，闷在心里，气成一场大病，险些丧命，发誓再不到玩笑地去了。幸亏挨了魏璧几拳，却保住宓圣漠的家财，后文略过不提。

贾铭、吴珍、袁酞将宓圣漠劝走，各自归房安歇。次日叫陆书把十两银子与张妈，将行李拿到强大家里做生意。过了数日，贾铭过小生日，吴珍、袁酞、魏璧商议在强大家公分庆寿。因这两日未曾会见陆书，袁酞写信来约陆书，不知到与不到，且看下回分解。

第十八回 苦口良言贾兄劝友
寻根究底陆姑询仆

话说陆书终日在进玉楼迷恋。这一日清晨尚未睡起，王妈在帐子外喊道："陆老爷醒醒，袁老爷叫他管家送书信来，要等回信呢。"陆书惊醒，赶着穿了小衣下床。陆书接过来一看，只见信套红签写着："即呈陆友华老爷工展"，旁有两个小字"立候叫示"，后面写着："车已立秋日封发。"陆书将信套拆开，将里面两张六行书摘出来，只见上写道：

海棠逞艳，梧叶初调，伏稔又华四棣大人起居迪吉，福履亨嘉，定符私颂。忆刍棣台初临祁郡，再结金兰，时与诸友朝夕盘桓，殆无虚日。孰意吾棣种有凤缘，走入蓬莱，坐拥仙姬，陶情丝竹，恰性风月，意无暇念及故人耳。兹因新盘贾兄华诞，兄与颖士二兄，请国五弟，拟假强大处公设寿筵，小日一聚。敢望移玉，即至方来茶吐取齐。但恐仙姬不使刘郎离桃源洞口亦祈示知，专此布达，伏希霁鉴，兼候最佳。不宣。

愚盟兄袁酞拜缄

陆书看毕道："可是顺子送来的？"王妈道："是他。"陆书道："你下楼去向他说，我候候他家老爷同各位老爷，说我立刻就到。"老妈答应，下楼回覆顺子去了。取了水来，与陆书净面、漱口。便喊月香道："月相公起来罢，陆老爷起来半会了。"月香道："我今日因倦得很，还要睡睡呢。"陆书道："你不要喊他，我到教场去呢，由他睡罢。"陆书洗漱毕，吃了莲子，离了进玉楼。在北柳巷捧遇小喜子，跟着到了方来茶馆，见贾铭们俱坐在那里。

陆书赶近贾名面前行礼道："大哥，兄弟未曾到府祝寿，望乞恕罪。"贾铭答礼道："小生日。何敢惊动贤弟大贺？请坐。"陆书又与吴珍、袁酞、魏璧见礼入座，泡了茶来。吴珍道："陆兄弟，不是哥哥怪你，这连日恋住妙人，不会我弟兄们氏今日贸人哥华诞，不是袁兄弟写信到，你连大哥生日总忘记了。该罚不该罚？"陆书道："实是兄

弟昏了，今日罚兄弟做东。"吴珍道："我们早已议定，今日公分代大哥庆寿，不要你一人做东。"陆书道："明日我请众位哥、弟在进玉楼中、晚两顿，替大哥补馔，又算赔罪，望哥哥们饶恕兄弟罢。"众人一笑，忙喊跑堂的下了面来，众人用毕，一同到门虽人家，中晚两台酒，至一二更余方散。

陆书到了进玉楼月香房里坐下，月香道："你今日玩到那里去的？此刻才来？"陆书道："今日是贸大外生辰，公分在凤相公那里代他做生日的。"月香道："你只图开心取乐，把我一个人撂在家里。"陆书道："贾大哥们却要叫人来接你，我因你早间说困倦，怕你去劳神，假说你身体不爽，所以未曾来接。那知此刻你反怪我。"月香冷笑道："好日子好时辰，你平空咒我有病。你不必之乎者也了，你若把我接到他家去，你倒不能同心上人大放花灯的玩了。"陆书急得赌咒发誓，月香冷言冷语，只是哇咭。忽然对过房里来了一人，王妈悄悄将月香喊去。

陆书独自坐在房里，心中烦闷，倒在床上。只听得对过房里笑语声，过了一刻，房门响声，又听得帐钩响声。又过一刻，听得脚盆响声。又过了一刻，听得月香悄悄送那人走出，又叮嘱明日早来。那人脚步声响下楼去了。

月香到了自己房里。陆书见他鬓发蓬松，问道："你的头怎样蓬的？"月香道："翠琴姐姐同我打了玩，被他一抓，将头并蓬了。"陆书道："我在这房里，并未听见翠琴声音，好像是个男人家说话，我也明白，你也不必瞒我了。"月香道："你这人陡然变了，乱起疑心。明日你在家卫，我连房门总不出，免得你乱疑惑。"说着将脸往下一沉。陆书道："你不必着急，我告诉你句话，我看见你们这里《扬州烟花竹枝词》内有一首道得好：

　　　相公能于住双镶，陪过张即伴李郎。熟客关门生客住，让他生客刷锅忙。

你如今比他更加烘干，反其所为：生客关门熟客住，让他熟客刷锅忙。"

月香听了，登时呜呜咽咽哭道："我们吃相饭的人虽是下贱，也还有贤愚不等。我虽落烟花数载，仍系处女。自你梳妆之后，并未留过别客，痴心肠尚指望你将我提出火坑，从一而终。那知你同我相交数月，尽是花言巧语，今日平空的冤赖我，将我说得下贱不堪，我这日子还有什么过头？那里还有出头日子呢！"倒在床上哭泣。陆书反用好言百般安慰，才将月香劝住了嘴，仍在那里迷恋。

他是由四月里到扬州，通共带了一千多两银子，三四百块洋钱，怎样经得他如此挥霍浪费，已将银两用得罄尽，现在欠下许多镶钱。萧老妈妈子道："月相公，我看小

陆连日失魂落魄，我同他要过几次银子，他总是含糊答应，不像从前那样豪爽，一说就有。我想他是外路人，在此地又无生意买卖。我代他划算，这些时在这里用的银子也不少了，倘若他玩干了，尽管留他在这里，日累日重，将来如何起结？"月香道："老干娘，你不说我却忘记告诉你了，有半个月头里，我看见他的金戒指、金间指不在手上，我问他那里去了，他说是在澡堂里洗澡除下来擦皂角，忘记在凉池板凳上，未曾戴起来，过后去找就没有了。我还疑惑他把与那坏东西，同他吵了一夜。那知他前日出去一走，回来时膀子上金链锁连控的那副金剔牙杖总没有了。我问他，说是亲戚家借去当了。我想他姑爹在盐务管账，家道饶裕，未必同他借当，想必是他自己当的。这两日那手上翡翠班指也不看见了。"

萧老妈妈子道："我有个主见，你大大的放他一个差，试探试探再作道理。"月香应允。等陆书来了，加倍奉承，向他道："翠琴姐姐前日接了一个外路客，打了一根金兜索子把他，在我跟前尽管摆方子，我如今同你要根金兜索子，要一两六钱重，瘦的我不要。你一两日就代我办了来，让我也气气他。"陆书平普凡是月香所要之物，从未回过。今日听见他要金兜索，须要二三十两银子才够，自己的银子用尽，那里去办？又不能回却，只好含糊答应。过了两三日，月香催促时要，陆书道："我已经着人回家去取银子，等拿了来代你办就是了。"月香冷笑了一笑。从此陆书的光景比前冷淡得多了。萧老妈妈子听得月香说陆书差未办到，料想他已经玩了，更加追着要银。陆书总说银子未曾拿来，今三明四的推诿。

这一日早间，陆书到了方来茶馆，只有贾铭一人在那里。彼此招呼入座吃茶，谈了几句闲文。贾铭道："愚兄有几句话，贤弟不必见怪。"陆书道："大哥有话尽管说，小弟何能见怪呢。"贾铭道："贤弟初到敝地之时，曾经谈及系奉老伯之命，来扬州纳妾。因见月香姿色可爱，意欲买他为妾。愚兄们不合教贤弟以薄铒钓之。孰知贤弟在彼挥金如土，竟忘了正题。愚兄暗为贤弟划算，这数月间费用，已不下数百余金。这些地方重在银钱，前日愚兄在彼，见月香待贤弟不似从前那般亲热。贤弟今在异乡，倘若将银钱用尽，非独这粉头冷面相看，就是贤弟口府，亦难对老伯。贤弟须当早为斟酌，月香可图则图之，如彼高抬身价，贤弟则当速为另觅小星，早回尊府，以慰老伯父母悬望之心，切勿等待人财两失之时，那就难了，贤弟今在迷恋之际，愚兄忝有一拜之交，岂能缄默不言？冒昧渎陈，幸勿见怪。"

陆书听了，面色通红道："大哥金石之言，弟懵懂，焉敢见怪。但弟已向月香谈明，看他并非无意于弟，屡次写信喊他叔子，说是八月准到。谅他来时，一言可就，故此小弟痴痴坐待，未曾别觅。今日兄言及此，真使小弟茅塞顿开。小弟现在亦欲早为打算。"正谈之间，吴珍、袁酞、魏璧陆续来到，各用早点已毕，贾铭邀约众人到强大家吃午饭去了。

话分两头。且说陆书的姑丈熊大经在盐务司账，日日匆忙，无暇料理家务。陆书到扬州，他只说是来探视姑母，留在家中，自有妻子管顾，故未过问。前因六月十八日东家请账房众同事游湖，座中有人谈及陆书来扬如何挥霍，又将远远船上陆书同着许多女妓指与熊大经看视。大经望，不由得怒从心起道："这畜生如此浪荡，总是舍舅过于溺爱。今在扬州这般狂为，弟实不知。早晚定然着他回去。"那人道："非弟冒昧多言，诚恐令亲惹出事来，累及阁下受气。"大经道："承蒙关切，心感之至。"陆书在船上只顾快乐，那里料得他姑父也出来游湖。

熊大经游了湖回归，将这件事记在心里。今日偷闲早早回家，用过晚饭，就将陆书这些行为向妻子陆氏告知。陆氏听了不胜诧异。次日熊大经起来，仍到店里办事去了。陆氏将司阍王福叫到坐面来问道："王福，你可知道陆大爷终日在外面所交何人？所作何事？每日是多早晚回来？"王福道："陆大爷初到这里，是清早出去，晚间或是二更，或是二更回来。由五月初间，或是隔二四日回来住一宿，或是五六日才回来一次。小的已曾问跟陆大爷的小喜子，说他主人在这里结拜了几个弟兄，每日在天凝门外藏经院什么人家玩笑。太太要问细底，将小喜子叫进来一问就明白了。"陆氏道："小喜子此刻可在家里？"王福道："他每日是晚间吃了晚饭才回来呢。"陆氏道："今日他回来，你同他到里面来。我有话问他。"王福答应退出。

等到三更多时分，小喜子吃得酒气醺醺，敲开大门就要到书房睡觉。王福将他拦住道："兄弟缓些去睡，太太着你进上人认问你。"小喜子听了，吃了一惊，想道："姑太太喊我问话，必是主人在外所做的事有了风声，故此问我。我还是瞒与不瞒？若是瞒藏，又恐姑太太究罪；若是直说出来，主人又要嗔怒，事在两难。"自己踌躇半响，想道："纸也包不住火。如今主人已将银子玩完了，我再隐瞒不说，明日还不得回常熟去呢。就是主人知道了，我只推着是姑太太听见外人说的就是了。"主见想定，跟着王福到了后面。

此时熊大经未回来，陆氏坐在堂屋里灯下，拿了一副象才牌，在那里闯五关斩六将。王福走到檐前道："太太，喜子来了。"小喜子赶忙请叫了一声："姑太太"，垂手站立。陆氏小喜子来了。就将象才牌推开，问道："小喜子，我有句话问你。你主人在此交结何人？平日所做何事？何日夜不归？你是贴身服侍他的，从实告诉我。若代他含糊瞒藏，我叫姑大爷拿帖把你送到衙门里打着问你，不怕你不说。"小喜子听了，连忙打了一个抢千，道："姑太太不必动怒，小的不敢隐瞒。小主人到了扬州，回到教场问玩，到茶馆里会见当初问罪到常熟去的个姓袁的，另外一个姓贾、姓吴、姓魏的。"陆氏道："这些什么人？"小喜子道："那姓袁的据说靠着放债过日子。那姓贾的是运河军清书。姓吴的是杨关差役，姓魏的是盐务候补的少爷。他们五人在小个山拜了弟兄，终日吃花酒玩笑。小主人在大凝门外藏经院里看中了一个女妓，名叫月香。小主人打了金镯子，做了好些衣裳与他。初次在那里住宿，又花了一百多银子。端午看龙船，代月香做生日，后来月香害病，做喜乐会代月香还福，六月十八。一灯船问月香们游湖，常在那里住宿。将家里太爷［把与的］五百几十两银子，大爷在家又私自拿了太太几白两银子、几百块洋钱，现在总花用完了。义将带的金镯、金戒指、金牙杖、许多衣服，总当了银子，在哪里花用。小的是句句实言，不敢瞒藏。"

陆氏听了诧异道："你主人到扬州，无非是到我家看看我。带这许多银子做什么？"小喜子道："姑太太难道不知，我家小主人与家里大奶奶不大和睦，未曾生相公。家里太爷把了银子，叫大爷到扬州买个小姨她回去的。这话小主人可曾与姑太太谈过？"陆氏道："呆娃子，他若是将这些话告诉过我，我何能计他在外如此乱闹？你是他贴身侍，跟随到扬州来的，他在外面如此浪费，你因何不早来问我？如今他将银子花用完了，叫我如何对你家太爷、太太呢？你主人今日可曾回来？"小喜子道："今日还是在那里住宿，叫小的回来。"陆氏道："你明日到那里将你主人请了回来，就说我有话同他说呢。"小喜子答应，同着王福退了出来，仍到书房宿歇。

熊大经归来，陆氏将问小喜子这些话逐细告知。熊大经听了，埋怨道："我因店事羁缠，刻难分身，家务各事，倚托有你照管。你的侄儿到了这里，住在我家多日，他竟日夜不归，你在家中毫不觉察。如今他将带来许多银两、洋钱浪费罄尽，虽说是他不成材，不学好，叫我夫妻如何对他父母呢？"陆氏道："事已如此，追悔不及。"收拾安寝。

次早，小喜子起来洗过脸，到教场方来茶馆，只见贾铭、吴珍、袁酞、魏璧在那里吃茶，陆书并未曾到。小喜子请叫过众人，就同跟贾铭们的人一桌吃茶。用过点心，茶敬之后，小喜子到进玉楼来请陆书。不知后事如何，且看下回分解。

第十九回 倒酱罐姑侄参商 泼醋瓶夫妻反目

话说陆书正在月香房里，站在梳桌旁边，看着有个妇人代月香梳妆。陆书手里拿了个白铜水烟袋，弯着腰装水烟与月香吃。小喜子到了进玉楼，上了楼来，站在月香房门首才揭起门帘，陆书看见了他，自觉不好意思，脸一红，问道："你有何话说？"小喜子道："大爷，姑太太请大爷回去，有要紧话。"陆书听了，眉头一皱道："我晓得了，饭后回去。"

小喜子答应下楼，坐在那里等候。陆书等月香梳洗毕，吃过中饭。小喜子上楼催促数次，陆书方才带着小喜子到了熊大经家内。

王福看见陆书，急忙立起身来道："大爷。"陆书答应一声，直至后堂拜见了姑母，坐在旁边。仆妇献过茶，陆氏说："贤侄到舍数月，你姑爹奈国事冗习不能分身，你表弟年纪又轻，未曾陪伴贤侄往外游玩，怠慢之至。但不知贤侄在敝地另有那几问亲戚？那些朋友？何日夜不归？昨日你姑爹回家问我，我觉无言可对。今日特烦尊纪将贤侄请口谈谈。"陆书道："小侄到扬，因会见从前问配到敝地与小侄交好一个姓袁的。还有几个朋友与小侄结盟，常同他们盘打，间或迟了，留个侄在那里下榻。故此人未曾回来。"陆氏听了，目中垂泪道："哎呀，陆门有何失德，出了你这不肖子弟！贪玩游荡，浪费银两，还将这些谎言搪塞我。想你父亲将银子与你到扬州买小，谅来是问你在家中乱闹，想买个人回去收收你的心。你全到了这里，理当就将这话告诉我夫妻，自必赶紧代你办个人，让你带了早些回去。那知你半字未提，在外面结交些狐群犬党，在那些没相干的地方，将带来的银子、洋钱浪费罄尽。我且问你，回去有何颜面对你父母！罢是也罢了，你系咎由自取。只是你父母必要怪我夫妻，好说自家的内侄，带了银子去到扬州买个人，又不要姑爹、姑妈花钱，那知他们除不代我儿子办人，反让他在扬州乱玩，把银子花用完了，他们袖手旁观，不闻不问。凭心而论，就是我的儿子到你尊府那里，事未办成，将一千多两银子白白花用完了，我也要怪嗔，我也要这样说法。那里知道，你这畜生到了这里并未告诉我夫妻，如今落了一个不白之冤。"说着号嗥恸哭，唠唠叨叨，犹如倒酱罐，三不了四不休，不住嘴的言讲。

那知陆书自幼父母溺爱娇养，骄傲性成，在家时不论犯了什么大过，浪费了多少银钱，父母从来未曾高声重语训斥辱骂。今见陆氏这番言语，自己不知愧悔，反恼羞成怒道："横竖侄儿玩的是自己事的银子，并未曾向姑母借过一文半钞。姑母恐怕我父母见怪，侄儿明日回去，将未曾告诉过姑爹、姑母这话禀明父母，断不有累姑爹、姑母遭怪就是了。"陆氏听了，越加生气道："我不过说了你两句，你就如此动怒，少年人太不懂人事！明日这里写封书信到你父母，我着家人送你回去，任凭你在家乡怎个闹法，省得在我这眼睛头里，带累我生气。"忙着老妈将王福喊到里面，吩咐道："王福，今日先到码头雇一只船，明日着你送陆大爷回去。"王福答应道："是。"陆书道："不消姑母费心。姑母是恐侄儿住在尊府，明日没有银子，要向姑母腾挪借贷。小侄就此告辞。小喜子，快些收拾铺盖，喊挑夫来挑行李。"陆氏听得这话，气得四肢发冷，连话总说不出口来了。

王福正劝陆书，那知小喜子已将挑夫喊来，将行李收拾好了，将与挑夫挑着。陆书气忿忿的带着小喜子，押着行李出了大门去了。王福恐其主人回来查问，悄悄跟着他们，看将行李挑到那里。再说陆书同小喜子押着行李，到了梗子街，过了太平码头，进了怡昌号客寓。王福站在门首等了一刻，见那挑夫拿着扁担、绳子、空身出来，知道是住在这里，就回来禀明。陆氏又气又悲，气的是陆书不成材，不学好，语言无知；悲的娘家只此一脉，如此行为，料难守业兴家。等到二更多时分，熊大经回来，陆氏将这些话逐细告诉一番。熊大经道："这小畜生固然不好，但是你家令兄也太荒唐，你既把了许多银子叫他到扬州买小，何妨写封书信到我，我知道此事，万不能不代他早为办个人，让他回去，何致任他在扬耽搁这些时。如今银子已花用完了，说也无益。明日等我到怡昌号去请他来家住三朝五日，劝他回去，省得他在寓所越住越坏，明日玩的不像个样子，我两人如何对你家哥嫂呢？"陆氏道："我看这畜生必不肯来的。"熊大经道："他若不来，再做道理。"

一宿已过。次日清晨，熊大经到怡昌号，只见小喜子在寓所，向熊大经道："姑太爷，我家大爷昨日未曾回来。"熊大经微笑了一笑，道："你向主人说，我亲自过来请他，还到我家里去住。我家太太白甚闲言，望你家大爷诸事看我面上，好亲戚不可参商。你代我说到了。"小喜子答应。熊大经仍到店里料理己事。一连到怡昌号去了三日，总未会陆书一面。问小喜子可曾向陆书说过，小喜子道："小的已将姑太爷的话向

主人说过几次，他并未言语。"熊大经回家，将陆书在扬所做各事，不听教训，现在赌气搬住寓所，一切细情写了一封书信，专人送到常熟陆书家去了。

再说陆书因姑母说了他几句，赌气将行李发到怡昌号客寓，赁了一个单房，讲明主仆二人每日二百文房饭钱。陆书将寓所讲定，又到进玉楼来。在月香房里坐了好一刻工夫，月香才来。陆书道："你做什么事，到此刻才来？"月香道："楼下翠云姐姐房里来了起把势，打白大茶围，吃白大鸦片烟，喊我到那里。若不稍为酬应酬应，又要乱起毛，扛扛吵吵，回来又要办席招赔。不如敷衍他们出门，省事无事。"

正说之间，只见萧老妈妈子走进房来。月香立起身来道："老干娘请坐。"萧老妈妈子坐下，向陆书道："陆老爷，我前日向你说付几十两银子，今日带来了？"陆书道："我前日已曾向你说过，我着人家去拿银子，尚未曾到。一面来了，一面就把与你。"萧老妈妈道："陆老爷，我说回去拿银子，知道几时才来？我这里迫不及待，不晓得多少事等着银子用呢。请你老爷不拘在那个银号里先花那（些）银子，我等着要用呢。若不是急需，也不尽管向你老爷说了，还怕你老爷少我银子呢？拜托你老爷明日帮我个忙罢。"陆书见他絮絮叨叨，遂道："是了。"萧老妈妈子千叮咛万嘱咐，下楼去了。月香道："我的金兜索子呢？"陆书道："就在这两日代你办就是了。"月香冷笑了一笑，弄得陆书局促不安。吃了晚饭，住了一宿。

次日清晨到了方来茶馆，会见贾铭、吴珍、袁酞、魏璧，一桌吃茶。用过点心，陆书将袁酞拉到旁边道："小弟现在银子用完，萧老妈妈子盯着要银子。如今同哥哥商议，暂借二三十两银子，听凭哥哥要什么利钱。明日等拿了银子本，本利一并奉上，决不有误。"袁酞道："愚兄虽有几两银子，都借在人身上，一时不能索本。前日有两处利银，因我常在强大家贪玩，不曾会见我，总送到家里你嫂子那里收着，大约也只得十几两银子。等我今日回去将这银子拿出来，明日仍在这里会你，拿去就是了。若说利息，成为笑话了。"陆书道："拜托，拜托。"两人复又入席，谈了些闲话，方才各散。

却说袁酞的妻子杜氏，因袁酞在外眼花宿柳，时常在外住宿，与袁酞扛吵已非一次。公姑劝说不听，如今习以为常，只好由他夫妻两人吵了。袁酞又是接连三夜未曾回来。今日因为光了陆书借银子，傍晚就回至家内。吃了晚饭，到了房里向杜氏道："某人某人送来利银拿出来把我。"杜氏道："你要这银子做什么事用？"袁酞道："陆兄弟同我借银子，我已允准了他，所以要这两处银子凑着借与他的。"杜氏听了"陆"

字，知是同丈夫在上玩的朋友，不由得心中生气道："这姓陆的是异乡人，他在扬州又不做生意买卖，终日饮酒宿娼，你将银子借与他，拿什么抵头还你呢？"袁酞道："我在常熟，许多事情承他父子的大情。今日他在这里，初次开口同我借几两银子，我怎好意思回说不借？况且他说已经着人回家去拿银子，拿了来就还我了，就是借去不还，我也是该派借与他的。"杜氏道："你这话说得才多款式，你也不想想，家中并无田地房产，全是我将些赔奁衣服、首饰折变的银子，原说在外面生息生息，贴补家内薪水。你这连口玩得失魂落魄，连利钱总没心肠去要了，还亏得借户信实，将利银送到家里。你不知在婊子那里一连住了几夜，也不知欠下多少银子，家里来扯谎，想将银子赚哄出去，好做大老官。就算是姓陆的借银是实，这般肉馒头打狗有去无来的银子，我也不借。我还要摇摇你，从今以后，我也不想这利钱街口垫被子，你着连代我将两牢瘟银子本钱要了家来。横竖你既拼得死，我也拼得理，我将本银收回，看你在那里这空心大老〔官〕到做得长久不长久？那一日我把弄急了，闹到婊子那里，将这狐狸精撕开来，让我出出气！"袁酞道："妇人家须要晓得三从四德，像你这些醋话，也不怕人家听见笑你？"

杜氏见袁酞说他吃醋，戳了他的心，便号啕恸哭道："你终日打成坑、眠成塘，睡在婊子那里，我何尝管？你今日家来，又想把银子哄了出去，到婊子那里开心漂肺了。你玩穷了不怕，可以靠着婊子吃饭去了，我们妇道家没脚蟹，往那里跑去？我不过劝说你两句，你就说我吃醋。但凡女人嫁了丈夫，总是要望丈夫好的。像我这样苦命，那几年你生事闯祸，遭了访案，收在牢里，把我唬得肉跳心凉，昼夜无眠。后来问罪出去，我在家里煮粥熬汤，巴山巴海，巴得你罪满回来。怎样同我说，从今以后再不贪玩乱闹，打起精神想日子过了。我只说是败子回来金不换，哄得我将赔嫁来的衣服、首饰折变了银子，把与你在外生点利息，贴补家内薪水，敷衍过穷日子。准知你自从这姓陆的到了扬州，就是我家对头星，你又吃了昏迷汤，把魂掉到婊子那里，我也由你去了。你今日又想哄我的银子，我这日子还有什么过头？我也不要命了！"就将头望着袁酞怀里撞来。

袁酞听见杜氏絮絮叨叨，心中已经动怒，正要立起身来，想打杜氏，适值杜氏将来撞来。袁酞将身子一偏，趁势就将杜氏头发抓住，那玉簪跌断在地，银耳挖掼在半边。杜氏更加急了，用手来抓袁酞发辫，不断手指在袁酞左腮颊上抓了两道指痕。袁酞气上加气，将杜氏头发揪住一摔，掼跌在地。袁酞骑在杜氏身上，正欲挥拳殴打，

家中仆妇老陈妈赶着进房，将袁酞手腕抱住。袁酞骂不绝口。

　　袁酞的父母见他夫妻经常扛吵，劝说不听，气闷在心。他夫妻两人先在房里口角，老夫妻只当不知。此刻听得袁酞将杜氏掼地要打，恐怕弄出事来，老夫妻赶着前来，将袁酞呼叱了两句。袁酞不敢向父母辩白，将手一松，立起身来，向外去了。袁酞的母亲将杜氏拉起，劝说了番。杜氏赌了一番气，倒在床上和衣而睡，夫妻从此愈加不睦。欲知后事如何，且看下回分解。

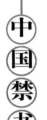

第二十回 袁友英蓄意纳宠 甄双林矢志从良

　　话说袁酞在家内，因拿银子与妻子杜氏口角打降，又被父母说了几句，不敢向父母辩白，忍着气离了家内，气勃勃的到了强大家里。却好双林房里没客，发子请他到房里坐下。老妈赶忙进房献茶、装水烟。双林看见袁酞满面怒色，不言不语，又他左边腮上有两道指痕，不知他与何人淘气。等袁酞坐下来有好刻工夫，先谈了许多闲话，才从容问道："你这脸上是怎么样的?"袁酞又气又愧道："再不要提起。因为有个至好朋友同我借几两银子，我不好意思回他，允约明日借给与他。今回家去拿银子，我知我家这不贤的妻子，除将这连日人送去的利银藏匿起来，反叽叽咕咕说了许多不讲理的蛮话。说起我的气来，抓住他的头发要打，那知他用手来搪隔，他的手指误碰在我脸上。我更加生气，一时性起，将他攒跌在地，拳头巴掌打了不计其数。还是我家老翁同我家老太说了几句，我才将他放了起来，我就到你这里来了。从今以后，我只当这不贤是死掉了，相巧我弄个人，另外寻一处房子在外而居住。倘若托天庇佑，该应我家不绝，一样养个儿子传宗接代，看这不贤同谁打吵!"说着仍是怒气勃勃。

　　双林听了这番言语，心中沉吟想道："我自从那夜得那异梦，次日到白衣观音庵烧香求了那么一条签句，我就时刻留心试探这姓袁的。看他性格甚是温存，年纪又只比我大了十岁。若论他的家道，虽不富足，听他逐日言语，看他人又能干，也呼以敷衍过活。想我今年已十八岁了，这碗相饭吃了四年，想起那初到扬州来的时候，在人家做捆账，日里关上几个门，晚间还要留镶，不拘那人老少好歹，总不能个留。留个好客还罢了，若留下个坏客，他那里顾你生死，累下许多暗病。吃了年余的苦，好容易哄张骗李，才改了分帐，这些酸甜苦辣，那样没有经历过了。如今外面玩友越过越刁，除没有股浪银钱花用，恨不能倒贴他些才好。更可笑扬州风俗，相公身上总要落个把势，这把势之中十人倒有九人不好，又要吃醋，又要放差，一百二十分的恭维，若是一点不如他的意，就凸出凹进做坏事，受不了这些瘟气。若是不落把势，这个也要相好，那个闹着落交，弄得瞎打瞎吵。日今新出来的这一班把势，二个成群五个结党，

耀武扬威，不知他们有什么狠处，来到这里就想吃白大酒，回鸦片烟吃。曾记得那一日，有几个把势在这里摆台，我被他们灌了几大碗的酒，过后那一吐，险些儿醉死了。想我父母俱故，又无弟兄姊妹，孑身一人，尽管在这是非场中贪恋，有何益处？倘若运丑弄出点毛病来，连命送掉了还不晓得呢。我苦了这几年，侥幸没有吃上鸦片烟瘾，自己省吃俭用，些须积聚了几两银子，落了些衣服、首饰。［幸］喜我未曾许配过人家，没有丈夫，可以由得自己做主。久欲从良，脱离苦海，正是俗语说得好：'易求无价宝，难觅有情郎'，这几年来也没有个知心合意的人儿。我久已有意想跟这姓袁的从良，只因闻得他的妻子太妒，所以从未启齿。今日听他这些言语，大约他弄人是弄定了。好在他说是另外寻房在外面另住，我若跟了他，他妻子任凭怎样妒忌，好在他在里，我在外面，他不能日日跑到我这里来吵闹。况且菩萨签句说我终身派是个姓袁的，如今我不可将机会错过。光阴迅速，我眼睛里曾经看见许多吃相饭的人，到了下桥时候，猪不闻狗不睬，弄得在街坊上沿门叫化，那才难呢。我看见那《扬州烟花竹枝词》九十九首内有一首：

> 钱财易得不为奇，
> 几个存留防后资。
> 鸦片瘾成颜色老，
> 有谁眷恋下桥时？

到那光景，后悔无及。此刻趁他夫妻反目，他要弄人，一团豪兴之时，我且慢慢的探他口气，将我终身大事弄定，省得到那人老花残，下轿的时候，没有收成结果。"

主见已定，遂假意劝道："不是我批评你，你家大奶奶说的也是些正经话，怕你在外贪玩，费银钱。但凡妇人家嫁了丈夫，谁人不望丈夫好呢？你在外面，常不家去，妇人家心路最窄，那里没有几句闲话？你就该忍耐他些。千不是万不是，结发夫妻你也不该动气打他，这就是你的不是。趁早歇歇，息息气，依我劝。张奶奶，来装水烟与袁老爷吃。这里玩一刻，我今日不留你，早些家去，夫妻无隔宿之仇。"又道："坏死了是家内夫妻，外面再好些，究竟是露水之情，一朝缘尽，就各走各的路了。"袁酞听了，冷笑道："罢了，罢了，不要你说这睡假道学的话了。自古道：'穿青的护黑汉'，不是我此刻在你面前说，从今以后，我要再同这不贤睡觉，我就不是人生父母养的。你今日另有了好客，拿这些话来撵我了。除了灵山别有庙，到处有香烧。除了你

这里我还怕没有地方住呢？"

张妈正在旁边装水烟，听见袁酞这话，便说道："袁老爷，趁早不用说这些话，那家夫妻不淘气。我家双相公劝你老爷，也是为好，说的好话，你老爷倒看反了。你们相好也不是一天了，莫说相公今日没得客，就是有了客，你老爷来了，也不能留别人的。"

双林听见袁酞说这些话，就坐到袁酞怀里，将袁酞耳朵揪住道："我倒不晓得你这个人不宜吃好草。我不过因你家夫妻淘气，劝你息息气回去，你反说出这些凸出凹进话来。你在这里住，无非你家大奶奶背后多骂我几句罢了。"袁酞道："你丢下手来，我要问你，他怎么又骂起你来了？"双林道："你不必哄我了，骂了还要骂，就是我也是要骂的。"

双林与袁酞闹笑了半会，袁酞的气才渐渐的平了。双林道："说了半日话，你可曾吃过晚饭呢？"袁酞道："晚饭早已吃过，上了些瞎气，此刻腹中觉得有些饿了。"双林赶忙叫人买了些茶食来与袁酞吃。双林笑着向袁酞道："我倒看不出，你这个人倒会打堂客呢。"袁酞道："你今日才晓得我厉害，你若是跟了我，也是一样打法。"双林道："打？打我们前过，你只好说了玩玩罢。"袁酞道："你不要强嘴，那一天弄个结实家伙与你尝尝，你才知道厉害呢。"双林道："罢了，罢了，不要惹人笑了。你那结实家伙，我也领略过了，不过是银样蜡枪头！"两人谈谈说说，收拾睡觉。

到夜里，双林将要跟他从良心腹细情向袁酞告知，袁酞道："我虽然晓得你父母俱故，并无弟兄姊妹，又未许配过丈夫，只有一个母舅，但不知他要多少银子？我不瞒你说，虽说有几两银子，总是借在人的身上，一时难以收拾得起来。若是你跟我，还要另寻房子，置备家伙什物，暂时恐怕来不及。此事只好缓缓的商议。"双林道："我虽是舅舅领带了我几年，我也代他寻的银钱不少。等他来了，我早已打算多则八十，少则七十块洋钱与他，依也罢，不依也罢，横竖要我情愿，难道派我吃一世相饭不成？我也不能寻一辈子银钱与他用。他若是刁难不行，我上立贞堂内，叫他人财两空呢。"

袁酞道："立贞堂容易进去，只是到了夜里要人陪你睡觉，一时找不出个人来，那才难过呢。"双林道："我同你相好已几个月了，连你也不知道我么？醋也不过这样酸，盐也不过这样咸，难道这几年相饭还没有吃得够呢？我如今巴不得有个清净地方，让我享这么几年清福，就死也瞑目了。"袁酞道："此刻说得好听的很，只怕口是心非。若是跟了我，明日同我家那个不贤一般见识，吃起醋来，那岂不是我命里遭逢呢？"双林道："口说无凭，我同你拍个手掌。"

遂将右手伸出被外，袁酞将左手伸出，两人对拍了手掌，复又各自发誓。一切讲明，专等双林的母舅到了扬州，把洋钱与他，立了凭据，就跟袁酞从良。双林又叮嘱袁酞先将房屋觅定，省得临时没有房屋居住。两人说了一夜，直至天明，方才睡熟。

中国禁书文库

睡到红日东升，袁酞起来洗漱毕，吃过莲子，离了强大家，到了教场方来茶馆。只见贾铭、吴珍、陆书、魏璧早已到了那里，坐在一桌吃茶，见袁酞到了，招呼入座。跑堂的泡了茶来。吴珍看见袁酞面上有两道指痕，心中已有几分明白，大约是夫妻淘气，遂问道："袁兄弟，你同谁人较量，被谁欺负？告诉我，弟兄们代你出气。"不知袁酞如何回答，且看下回分解。

第二十一回 床头长跽青楼冷面 梦里情浓浪子痴心

话说吴珍看见袁酞面上有两道指痕，追问袁酞与何人淘气。袁酞叹了一声道："家丑不可外扬。小弟因有个朋友，昨日向我借几两银子用，我昨晚回家去取银子，不意我家不贤除将银子藏匿起来，反说了许多蛮话，触恼小弟一时性起，揪住他的头发要打。他与小弟手舞足蹈，碰在小弟脸上，抓了两道指痕，被小弟将他掼在地下，打了多少拳数。还是家父拦阻，小弟才放了手。把小弟整整气了一夜。告诉弟兄们，不要耻笑。"吴珍道："袁兄弟说那里话，那家夫妻不伤和气？不是哥哥说你，你我在外贪玩，常不回去，自己先担了几分不是，但凡妇道心路最窄，弟媳因贤弟在外贪玩，将银子勒住，恐你在外浪费，也是好事。贤弟也不该造次动手就打，这就是你的错处。坏死了是结发夫妻，贤弟下次千万不可。"贾铭们亦将善言相劝，袁酞唯唯答应。

各人用过点心，袁酞将陆书拉到旁边道："贤弟昨日所谈之话，稍迟两三日，等我在外面有两处利银凑与贤弟用就是了。"陆书道："因为小弟之事，累及哥嫂有伤和气，实是如何过意得去。"袁酞道："贤弟说那里话来，这不贤与我淘气已非一次，岂是因贤弟才说闲话的。"两人复又入座，又谈了些闲话，出了茶馆，各自分散。

陆书因袁酞的银子未曾借得到手，回到怡昌号客店吃了午饭，将几件衣服叫小喜子拿到当典内当了十几两银子，在钱店内换了几千钱，叫小喜子把房饭钱留些零用。陆书带了十两银子到了进玉楼。

在月香房里方才坐下，萧老妈妈子看见陆书来，随即跟着上楼，到了房里向陆书要银子。陆书将十两银子取出道："这十两银子你先收了，等我银子来再找你。"肃老妈妈子将银子接过道："陆老爷，我同你说了几次，原想你付几十两银子与我，这里也不晓得有多少事情抵住你的银子。谁知弄到今日，你把十两银子，锯不成葫芦改不成瓢，够做什么事呢？"陆书道："你将这银子权且收了，随后我再把与你就是了。"萧老妈妈子左也拜托，右也拜托，唧唧哝哝下楼去了。

月香道："我要兜索子呢？"陆书道："我的银子还未曾拿了来，你要兜索子如何能有呢？"月香道："本来是我不是，也不该同你说这些白话。你就有银子弄东西玩，要送到那知心合意相好的那里去呢。我们无非是混巴结，担个名罢了。"陆书急道："你这话真正要燥（躁）死人！若说我在家里时，或者这里那里乱玩是有的。如今在扬州，除了你与我相好，真是发得誓的。你不必哇咕（挖苦）我。"月香道："陆大老爷，你也不必假着急，你是个正经人，如今我冤赖了你，我只晓得离了我一刻就鬼鬼祟祟，何况今日到了别处呢。你是心满意足，自必拣他心爱的差应了去恭维。论理我也不该说你，我同你要东西，横竖是任凭怎样说，办与不办要在你。俗话说得好，'任凭风浪起，只是不开船'。从今后我再也不提了，你大老爷也不必生气了。"

陆书听了，心中十分气恼，又不便同月香说什么，恐被人笑话。没精打采倒在月香床上，假装睡觉。月香也不似平昔与他那般皮玩闹笑，由他一人睡在房里。月香衔了一根旱烟袋，到翠云房里说闲话去了。及至晚饭摆在房里桌上，老妈喊了月香几次，才到房里胡乱陪着陆书吃了晚饭。月香洗过手脸，重新用粉扑了脸，又衔着旱烟袋到翠琴们房里去了，将陆书丢在房里一人独坐，冷冷清清。张妈看不过意，勤来装烟献茶，寻些闲话同陆书谈谈说说，打打岔。

到了二更多时分，陆书自觉没有兴趣，遂叫老妈收拾床铺让他先睡。听得鸡叫二遍，月香方才归房宿歇。陆书略为向他挑逗，月香怒言以拒，竟致同床两不相靠。又过了数日，袁酞借了十两银子与他。陆书把了二两银子与月香零用，那八两银子把与萧老妈妈子，[萧老妈妈子]收过去道："不是我老妈妈子不懂人事，仅管催逼你老爷。我们家里月相公是你老爷常在这里，不能另外留客。我家女儿翠云现在怀孕，不能过于留人。翠琴虽说是个捆帐，一个月能住几关镶？现在房钱欠下著，房东追着要钱，若再不把，就要辞房，那一来连住处全无。柴店、米店、肉店、鱼摊、槽坊、酒馆、水果杂货各店，逐日追逼要钱。还有各户利钱、垮子的印子、差语使费、人情分子、知单等件，开着这两扇牢门，每日要几千钱才得过去。还有个大心思，翠琴相公不久就满了季，他家要来拿捆价。我原指望你老爷付几十两银子，让我将些碎事弥补弥补，留几两银子凑凑，好把翠相公的捆价。那晓得你老爷过上几天把这么十两八两。若要同你老爷算帐，你倒又住了这么些镇数，吃了多少顿数便中、晚饭，这叫做阴天驮稻草，越驮越重。如今要费你老爷的心，大大的代我老妈妈子设个法，同我清下了账，帮助我一下子，不然我就过不去了。我老妈妈子被人逼住，你老爷是我家门里一个好长客，那个不知道，连你也不好意思。陆老爷，你想想可是这个话呢？"又向月香道："月相公，不是我来怪你，你是找家里人，晓得我这连日光景，你就该望陆老爷说，请他帮我个忙，你说一句，要抵我十句呢。"月香道："老干娘，你却不要怪我，我是那一日不向他说呢？"陆书见他们絮絮叨叨，心中好不耐烦，遂道："你不必尽管说这些

穷话，宽一两日我把账算清了把你就是了。"萧老妈妈子道："阿弥陀佛！保佑你老爷多养几个大头大脸的儿子。"立起身来复又叮咛嘱咐，方才下楼去了。

陆书坐在房里，月香同他犹如初来生客，连戏话总不说一句。在房里坐的时辰少，在别人房里闲玩的时辰多。晚间才睡上床，月香道："你把几两倒头银子把与老骚货吧，省得他说这些穷话。你前脚出了门，他同我咭咭呱呱，说我不帮着他同你要银子，说多少熬不生煮不熟的话。我听不惯他那些厌语，你明日做点好事，将银子把与他，罢罢罢你我相好，省得带累我受气。"陆书听他这些言语，自己知道银子业已用尽，现在那里有银子开发，又说不出口来，只好含糊答应。

次早起来，洗漱已毕，月香道："昨日我没有零钱，未曾叫人买莲子煨。相应你到教场茶馆里吃了点心，回去取了银子再来罢。"陆书听了这话，心中大不受用。离了月香房里，才下了楼，萧老妈妈子迎住道："陆老爷，那事今日拜托你帮个忙，我等着开发人呢。"陆书唯唯答应，出了进玉楼，到了教场方来茶馆。

见贾铭、吴珍、袁酞、魏璧总在那里，彼此招呼入座吃茶。陆书闷悒悒的，不似往常光景。众人见他没精没神，这般模样，追问他为着何事。陆书将萧老妈妈子如何追逼要银，月香待他如何光景，怎么样冷落他，说些什么言语，逐细告诉众人。贾铭道："贤弟，你今日信了愚兄那日劝你的话了？你若再不相信，你三天不到那里去，到第四日空手再去，看他那里是什么样子待你，你就明白了。若说是萧老妈妈子、月香现在待你的光景，但凡这些地方要同客家打账，总是这些玩头，才好起结呢。"陆书将信将疑，心中仍是眷恋着月香。只因萧老妈妈子追逼要银，现在囊囊萧萧，没有银子，不能到那里去，行止两难。

各人用过早点，贾铭知道陆书心意，邀着众人到强大家吃午饭。进了门来，因桂林房里没客，请到房里坐下。老妈装烟、献茶。吴珍、贾铭在那里开烟过鹑。贾铭将三子喊到房里道："你到进玉楼去带月相公，说是陆老爷在这里等着呢。"三子答应，去了多时方才回来，向贾铭道："月相公不在家，到金公馆出局去了。"贾铭冷笑了一笑，心中早已明白，晓得是怕陆书没有银子开发局包，恐其越累越重，故此推托不来，点点头就不追问了。

众人在那里吃了午饭，晚间又是魏璧作东，仍在那里摆酒。贾铭、吴珍、袁酞、魏璧各人皆有相好的陪酒，皮玩闹笑，开怀畅饮。惟有陆书想起这数月逐日与月香朝夕不离，今日一人独坐（自）在席间坐，没谈没说，吃了几杯闷酒，不觉有些醉意。席尚未散，他就辞别众人要走。众人知他心意，不便强留。让他带着小喜子先走，约定明日仍在方来再会。陆书去了，贾铭们送了陆书去后，重新入席闹酒不提。

再说陆书带着小喜子离了强大家，因没有银子，不能到月香那里去。回到怡昌号客寓，进了房，对着一盏孤灯，无情无绪。叫小喜子将铺盖代为铺好，叫他去睡。陆书独坐房中，越想越闷，越思越迷，和衣倒睡在床。想起："到扬时候，每日在月香那里，他与我百种恩爱绸缪，何等热闹。今日孤眠独宿，就这般凄凉。"

翻来覆去，方才合眼，朦胧看见月香向着他道："伙计，恭喜你如了心愿了！我的叔子今日到了这里，我已经同他说明，他要二百块洋钱身价。我晓得你现在没有银子，我将平昔积聚私蓄凑与叔子收去，写下一张凭据，听凭我自己配人，与他无干。你可择选个好日期，将我带出去，同你动身回常熟就是了。"陆书听了，喜出望外道："改（选）日不如撞日。"忙叫小喜子雇了一只船，喊了一乘小轿、几名挑夫，到了进玉楼。月香满面堆欢，忙将铺盖、箱笼总查交与挑夫挑着。月香辞别众人。萧老妈妈子向陆书道："陆老爷，我所少的银子总是月相公还清了。我老妈妈子恐有不好之处，望你老爷同月相公包含。"陆书听得银已还清，更加欢喜。月香上了小轿，陆书同小喜子押着行李，到了码头，下轿登舟，将行囊物件总皆搬到船上，将轿钱挑力开发清楚。

正欲开船，忽然来了个年约二十余岁的少年男子，手持利刃，跳进船舱，揪住陆书道："你把我的妻子拐到那里去？"陆书道："月香并无丈夫，我是用银子买他的。你是什么光棍，平空到此持刀行凶，想抢我的人吗？"转眼看着月香坐在舱里冷笑，并不言语。陆书向月香道："你因何在这里嘻笑，口也不开，是何道理？"月香道："他是我的丈夫，我是他的妻子，你叫我怎样说呢？论理我要帮着他，何能顺着你呢？"

陆书听了，急道："你平昔向我说你没有丈夫，并未许配过人家，只有一个叔子。今日这丈夫是那里来的？"月香道："你是个聪明人，怎么这般糊涂？当初你有银子，我就没有丈夫。今日你的银子完了，我何能不跟着我丈夫过日子呢？我们吃相饭的人，接着一个客，总是哄他说是没有丈夫，要哄骗着他。若不这样说法，那客家怎么肯把银钱任意在我们身上花用呢？若是当真说是从良跟他，今日说跟这个，明日说跟那个，就把我碎剐开来，还不够分呢。"陆书道："就算他是你丈夫，你同我何等恩爱，今日如何对我呢？"月香道："你这话更是好笑，你难道连'露水夫妻，钱尽缘尽'这句话总不晓得？你玩到今日，银子玩的若干，还是这样迷迷糊糊的。"陆书道："这些话不说了，现在你身上怀孕，……"月香也未等他说完，嗤的一笑道："你这个人真正是迷了！莫说我现在并未曾有孕，就是我当真的有了身孕，我们吃相饭的人，但凡有了身孕，总要拣一个有银钱的好客，硬栽说是他的。等到临时足月的时候，总好叫他拿出银钱来生产做月一切费用。你如今银钱已用完了，你还管我有孕没有孕做什么？就依我说我是怀孕了，养个女儿我是自然留着，抚养大了，好接手寻银子。就是生个儿子，我也不能空手白脚的把你。就算我肯把与你，难道你还能将这娃子带着家去好好抚养吗?"

陆书听他这些话，犹如浑身落在冷水里面，连心都凉透了。心中百般恼怒，欲想与月香再为理说，被那揪住他的少年人道："你这人要算是个糊涂王八蛋！我的妻子将父母遗体陪你睡觉，你不过花用了几个臭钱，如今还要哇酸，说这许多白话，想霸占我的妻子吗?"右手的刀望着陆书当胸就刺，唬得陆书一声喊叫。

不知性命如何，且看下回分解。

　　话说陆书被月香的丈夫揪住，右手持刀当胸刺来。唬得陆书一声大叫，惊醒来，却是一场大梦，周身汗如雨下。但见房中残灯微明，窗外月光如纸，好不诧异。因想："我看月香与我百般恩爱，万种绸缪，曾经发多少誓，赌多少咒，何能像这梦中这些言语如此薄情？这总是我自己疑惑，故有此梦。"忽又转念想道："月香从前待我虽好，只因自从同我要金兜索子我未曾与他，现在待我的光景不似从前，或同这梦一样，亦未可知。"胡思乱想，一夜何曾合眼。天色才明，就将小喜子喊起。小喜子道："大爷，今日有什么事，起这么早？"陆书道："你不必问，快些取水净面。"小喜子赶忙取了面水与陆书，洗漱完，出了怡昌号客寓，直奔教场方来茶馆。

　　今日过于来早，贾铭们尚未曾到。陆书泡了碗茶，等了好一刻工夫，贾铭、吴珍、袁酕、魏璧方才陆续而来，彼此招呼，一桌坐下吃茶，各用点心。正在闲谈，只见进玉楼的外场花打鼓走近他们席前，请叫过众人，走到陆书身旁，呵着腰低低向陆书道："老爷昨日打发人去带月相公，理应过来伺候，无奈出了局不在家里，老爷同众位老爷莫怪。月相公散了局回来，进门就问你老爷，见你老爷昨日未曾去，哭了一夜。今日黎明就催着小的来请老爷。"陆书道："我在那里几个月，你家月相公总未曾出过局，偏是昨日我不在那里，就有什么金公馆、银公馆出局了。你也不必掩饰，我已明白了，无非是怕我带局，没有银子开发同包罢了。"花打鼓道："陆老爷，你说到那里去了？想起来也难怪你老爷生疑，偏偏有这巧事，实在昨日是金公馆带局出去的。你老爷倘若不信，也可问得出来。你老爷同月相公相好已非一日，趁早不必生这些疑。就是你老爷带局没有局包，也要过来伺候的。"

　　贾铭听了，知是花打鼓做词，遂道："你也不必哆唆了，陆老爷回来到你家来就是了。"花打鼓道："诸位老爷赏个脸，就请到那里去玩玩。"又向魏璧道："家里翠相公请老爷千定过去走走，说是同你老爷有要紧话说呢。"魏璧含糊答应。花打鼓走了数步，复又转身向陆书道："家里老东家前日同老爷说的话，拜托老爷，今日要抵用呢。"

陆书道："我晓得了。"花打鼓再三叮嘱，方才出了茶馆去了。

贾铭道："陆贤弟，你可晓得花打鼓先说月香记挂着，他请你是真是假呢？"陆书道："或者是月香打发他来请我，亦未可知。"贾铭道："贤弟，我劝你不必迷了。昨日带局不来，我们就知道那里要远你了。今日花打鼓请你那些话都是假的，只有同你要银子这句话是真的。你今日有了银子，到那里去开发，他们仍是照常一样恭维你。若没有银子，未必不冷眼相待，况且你自己若是没有银子，也就没意思空手去了。我昨日已曾谈过，但凡吃相饭的人家要与客家打账，总是这般光景。"

吴珍道："吃相饭的能有几个好心肠？总是只认得银子不认得人。"袁酞道："这也难说，自古道：'色不迷人人自迷'，这些吃相饭的一般也有被客家迷住的。总在一句话，少张三不还李四。这些玩笑地方，也是前世注定了的孽缘。"魏璧道："我看陆哥哥待月嫂子不错，在他身上也不知花了多少银子，月香未必能十好意思暂时变脸，如此薄情。"贾铭道："你我不必乱议，再望后看就知道了。"

陆书听他们这一句那一句，又想起夜来梦中光景，恨不能插翅飞到进玉楼，试看月否真假。又因没有银子，怕萧老妈妈子唠叨，心中十分着急，坐立不安，行止两难。袁酞懂得陆书心意，邀约众人同到饭馆里吃了午饭，仍在方来吃茶。至晚，又约到强大家摆酒。

散后，陆书回到怡昌号客寓，叫小喜子泡了一壶浓茶，闷恹恹的坐在房里品茗，小喜子侍立在旁。陆书道："你去睡罢，我稍坐一刻也就睡了。"小喜子道："小的该死，有句话到了今日不能不说了。"陆书道："你有话为何不说呢？"小喜子道："老爷在家里把银子与大爷到扬州来，原是办姨奶奶的。那知大爷到了这里，人也未曾看着一个，把那带来的许多银子花用完了。小的看月相公那里，近日待大爷的光景比从前大不相同，大爷还是痴呆呆的恋在那里。大爷的银子已花用完了，金器是换掉了，衣服是当的了。小的呆想，月相公那里也不能不要身价，白白的把个人送与大爷。尽管在此地住一日累一日，若再过几天，秋风一起，那岂不是个笑话呢？大爷如果欢喜月相公，舍不得他，在小的愚蠢主意，不如赶紧回去将这话禀明老爷，拿几百银子到扬州来，将月相公买回去就是了，何必在此空耽搁呢？大爷想想，小的话是与不是？"

陆书叹了一日气道："呆娃子，我怎么不想回去？如今银子已用完了，人也未曾办得，现在又将些金器换掉，衣服当了许多在这地方，回家去如何对得住老爷、太太？再者，进玉楼欠他许多银子，他那里何能让我就走？三来，连盘缠总没有分文，如何

中国禁书文库

风柳情

四六四三

回去呢?"小喜子道:"大爷若说是回去对不住老爷、太太,大爷到了扬州就该办个人早早回去。如今银子已用完了,说也无益。自古道'丑媳妇免不得见翁姑',况且平昔大爷在家中比这事大的也不知多少,老爷、太太又何曾说过大爷的不是。在小的看,这却不消忧虑,若说是欠进玉楼的银子,大爷在他家花了若干,如今就少他几两银子,他敢不许大爷回去?若说没有盘缠,大爷可同袁大爷们商议。小的看他们与大爷朝夕不离,又是结拜过的,自然要设法让大爷回去的。"陆书道:"我自有道理,你去睡罢。"小喜子答应,先去睡了。

陆书吃了几碗茶,和衣倒在床上,越想越烦,一夜无眠。待至天明,将小喜子喊了起来,取了面水。陆书洗漱毕,到教场方来茶馆泡了茶等候。贾铭、吴珍、袁酕、魏璧陆续来到,招呼在一桌坐下。正在闲谈,只见花打鼓走进席前,请叫众位老爷,就向陆书要银。今日的话不似昨日婉转,勒逼要了带着走的光景。陆书当着众人,不好回说没银,遂道:"你不必哆唉了,今日午后我一定送银子到你家来就是了。"花打鼓不肯,尽管站在旁边。贾铭们说之至再,花打鼓方才去了。

陆书此刻要想到月香那里去,又没有银子,不能前去;欲想回家,又无盘川,进退两难。将袁酕约在另席道:"小弟欠进玉楼的银子,你看他如此催逼,小弟竟不好意思回他。欲想返舍取了银子,再到扬州归给他家,但是没有盘川,又有些衣服当在这里,如何回去?思维至再,还望哥哥代小弟筹划,帮扶小弟回去。改日来扬,连哥哥那一项一并归赵。"袁酕道:"愚兄那几两银子,贤弟还提他做什么?至于那进玉楼的事,早知道你在他家花用不少了,就是欠他几两银子,也不为亏负他家。但是盘川、赎当约莫要多少方可敷衍呢?"陆书道:"小弟些金器不必说了,所有衣服当了十几两银子,怡昌号欠该几千钱房饭,再加盘川,需得二十余金,才可将就动身。"袁酕道:"贤弟且请稍坐,让我向大哥们说,代你打算。"陆书道:"一切拜托。"

袁酕入席,将陆书所谈的话向贾铭、吴珍、魏璧告知。吴珍道:"不是我出头船儿先烂底,帮朋友要谅谅自己,不必拉狮子,相应是各尽其道。"贾铭、魏璧均道:"如此甚好。"袁酕道:"如今事不宜迟,今日就要叫船,明日好让陆兄弟回去。你们看花打鼓盯着要银那般光景,若是明日遇见了,大家总不好看。"贾铭道遂将陆书拉入了席,向众人道:"我们今日还在强大家公份玩一天,代陆兄弟饯行。明早各备程仪,好让陆兄弟取当,雇船回府。"陆书道:"承诸位哥哥、兄弟盛情,心感之至。今日不必再破钞了。"贾铭们定然要请。各用早点之后,邀请着陆书同到强大家里。吩咐小喜子先到码头将船雇定。众人在强大家中、晚摆了两台酒。临散之时，众人商议，约定次早在埂子街太平楼茶馆取齐，省得到方来撞见花打鼓又要唠叨。

　　陆书辞别众人，回到怡昌号住了一宿。次早起来，洗漱毕，将房饭算清，带着小喜子到了太平楼，泡了茶来。随后袁酞到，招呼入席。等了好一刻工夫，贾铭、吴珍、魏璧方才陆续到齐。吴珍道："陆兄弟不要嫌菲，我这连日实是拮据。"拿出两块洋钱递在陆书面前。贾铭送了三两银子，魏璧是四千钱一张钱票，递在袁酞手里。袁酞心中想道："我原打算他三人每人送四五两银子，我今日带了八两银子凑着，就可以敷衍让他回去。那知他们如今凑算起来还不足十二千文，连赎当尚且不够。怪不得人说'酒食朋友朝朝有，急难之中无一人'。他们昨日吃两台酒，每人派三千多钱，何妨昨日不请他，添在今日帮助朋友，岂不好呢？"心中虽是如此，又不能向他三人增添，只得转递与陆书，向三人道过谢。

　　各人用过点心，袁酞会了茶钱，众人同到怡昌号内。先叫小喜子将钱票取了钱来，拿银子、洋钱凑着向当典里将所当的衣服赎了出来，又将房饭钱开发清楚，并无余剩钱文。袁酞道："大哥们同陆兄弟叫人发行李。请先上船去，等兄弟再为设法，即刻就来，好开发船钱，让陆兄弟开船。"众人答应。袁酞带着自己小厮，赶到平昔共交易的钱店内，再三言说，暂借了十千钱，叫小厮肩着出了钞关，到了河边。小喜子站在船头招呼，袁酞同着小厮上船，到了舱里，将十千钱交与陆书道："兄弟，你可以敷衍够回去了。"陆书感激不尽，当将船钱开发清了，又叫小喜子将零星物件买齐上船。陆书向众人道："弟在贵处，诸蒙哥哥、兄弟雅爱，今日又蒙厚赐，足感盛情。小弟返舍，大约早只半月，迟则一月，即到贵地，再为奉谢罢。"众人道："一切简慢，望勿嗔怪。回到贵府，代请老伯父、伯母金安。沿途顺风，保重要紧。"

　　陆书又向袁酞附耳道："小弟去后，拜托老仁兄到月香那里，向他说我家内有信来，有件要紧事情赶回去一走，不久便来。所有欠项我来时归给，断不短少。叫他自己保重，不必记挂着我。至于我同他说的那句话，待我来扬定办，叫他不必焦愁。"袁酞道："贤弟但放宽心，那里自有愚兄照应。所有贤弟这些话，定当转达。"陆书千叮咛万嘱咐。袁酞心中虽是好笑，不便当面说他，只是唯唯答应。贾铭、吴珍、袁酞、魏璧向陆书作辞。陆书送至船头。四人上岸，望着陆书开船去了。贾铭们带着小厮进城，分路各散。他们四人照常仍在强大家聚会。

　　花打鼓找寻两日，未曾看见陆书，后来问贾铭们，才知道陆书已经回家去了。花打鼓回去，将这话告诉。萧老妈妈子同月香听了，道："罢了，罢了，算是打发冤家离了眼前，省得他在这里胡牟。"从此月香又接别的客家，且自不表。

再说那前次在教场方来茶馆向袁酞们说新闻的吴耕雨，住家相离强大家不远，他与强大家分账伙计桂林相好。在那里住宿不把镶钱是不消说了，他凡到那里，总要桂林恭维他的鸦片烟，还要放个差，借个当头，常时同桂林要银钱使用。桂林俱他威势，敢怒不敢言。这几日因在摊局上输多了，见吴珍是桂林身上长客，又是个关鸦子，遂同桂林商议，想同吴珍借个当包。桂林听他这话，心中原不喜欢，又不好拦阻，凝了一凝道："你自己同他去说，我是不管。"吴耕雨也未喷声，去了。

又过了两日，这一日午后，吴耕雨到了强大家内，适值吴珍在桂林房里开灯吸烟。吴耕雨就揭起门帘进了房来，向吴珍拱拱手道："宗兄请了，请了。"桂林见他进房，赶忙立起，请叫了一声"吴大爷"。吴珍也就立起身来答礼，邀请入坐。老妈献茶、装烟。吴珍请问过吴耕雨姓名，吴耕雨又谈了些世务套话，遂向吴珍道："久慕你亲兄是个大朋友，我兄弟有件小事，特来同你相商。"吴珍道："请教，请教。"吴耕雨道："没有别的事，我兄弟这连日输滑了脚，同你宗兄相商，挪借二三十千钱，不拘什么利息，大约两个月归赵。宗兄如不委心，我兄弟请贵相知同强大做个包（保）还中，断不有误。"吴珍听了，不好当面回绝，遂道："是了，稍宽两日再为覆命。"吴耕雨又拱拱手道："拜托，拜托。"出了桂林房门，到别的相公房里坐下。

桂林瞒着吴珍，送了一盒子鸦片烟与吴耕雨过瘾。吴珍仍又睡到床上吃烟，向桂林道："我在外面玩也不是一年了，不是自己摆脸，我也不鸦，还有三分把势气味。可笑这吴耕雨不知把我当作什么人看待，好容易的钱，开口就是二三十千，你说好笑不好笑？"桂林道："他们这种人要算是糊粘粘，靠打把势过日子。如今他既向你开口，据我说，不拘多寡，弄几文栽培他，省得为这点小事恼个人呢。"吴珍道："像你这样说法，除非我不在外面玩笑。今日你借，明日他借，我还没有这些钱借与人呢！像他这种把势，这号光棍，我眼睛里也不知见过多少，我就是不栽培他，看他能怎样奈何我？若说是赌狠，那前次在你家闹事的尤德寿、燕相，不知被那家堂名里送了个访，前日被府大老爷差人捉了去，每人打了几百下小板子，总是一面大枷，现在在枷在教场里示众呢。我劝他放文静些，不要碰到巧意头上，不是玩的。"桂林道："你既没钱借与他，方才因何不当面回绝他呢？"吴珍道："适才我若当面回他，怕他过不去，所以含糊答应。他明日必来问你，你向他说，就说我说是这连日没钱，无处腾挪，叫他

莫怪。"桂林道："你却乖巧，把这'难'字与我写了。"吴珍道："横竖他不是同你借钱，你就照我这话回他就是了。"桂林答应。

两日后，吴耕雨到强大家，向桂林道："我前日向吴珍说的那句话，他如何说法？"桂林就将吴珍背后所说的话一字不瞒总告诉。吴耕雨听了，冷笑了一笑道："我却把他作个朋友，那晓得是个半吊子。"气勃勃的出房去了。桂林等吴珍来时，将吴耕雨生气的话告诉，吴珍并不介意。那知吴耕雨因此怀隙，要想设谋陷害吴珍。不知有何计策，且看下回分解。

第二十三回 公差大闹烟花院
契友私探死囚牢

话说吴耕雨同吴珍借钱，吴珍既未借给，反在桂林面前说了许多狂话。桂林又不瞒藏，逐细告知吴耕雨，因此怀恨在心，欲思算计吴珍泄忿。却好事有凑巧，适值上宪行文各属，查拿吸食鸦片之人，扬州府江、甘两县皆差了许多衙役，在扬城四处搜拿，也不知有多少殷实富户遭差扰害。

甘泉县里有个差役名叫包光，与吴耕雨素昔大好。吴耕雨因要算计吴珍，知他每日晚间总要到强大家桂林房里过瘾，遂找着包光，向他说道："兄弟有个盒子送与哥哥吃吃。"包光道："什么事？"吴耕雨道："扬关差人吴珍，家里有数千两银子家资，每天晚间总在强大家过微，你带几个伙计，约莫二更分，闯进强大家，到桂林房里，将吴珍同烟枪、烟具获信住赃现获，不怕他跑到那里。我在他家别的相公房里坐着，等你们声张起来，我假装不知，岔出来做拦停。他怕打官事，至菲也要弄他几百银子。大哥你同我怎么分法？"包光道："大行大例，拦钱是二八，如今我同你三七分。但是一件，你可拿得稳呢？"吴耕雨道："瓮中捉鳖，拿不稳也不来同你说了。"两人商议明白，约定今晚办事。吴耕雨又向包光道："你可晓得桂林房间在那里？"包光道："强大家我去过几次，在那里吃过几台花酒，那桂林的房就在厅后堂屋东首那个房间，可是与不是？"吴耕雨道："真正不错，晚间再会罢。"辞别包光，回家吃过晚饭，就到强大家内。

其时桂林房里有一起客坐在那里打茶围，吴耕雨就在桂林对过双林房里坐下。桂林听得吴耕雨来了，又送了一盒鸦片烟，与吴耕雨在双林床上开灯过瘾过了一刻，桂林房里那起客方才去了。事有凑巧，恰好吴珍随后来到，就坐在桂林房里，开了灯在那里过瘾。

到了二更多时分，包光纠约了合手的伙计项光、胥光，又另外带了四五个伙计，在酒馆里吃了晚饭，点了两三条火把，来到强大家里。强大在正厅前迎着，请叫过众人。包光悄悄问道："关上吴珍可曾来呢？"强大道："来了，现在桂相公房里。老爹找他说话呢？"包光道："你不要送信把他。"遂关照那些伙计坐在前面，包光同着项光、

胥光走到后面桂林房门首，揭开门帘，三人进了房来。

吴珍正在桂林床上，开着灯与桂林对面睡着，对枪吸烟。吴珍听得房外脚步声起，又见门帘揭开，有人走进房来，疑惑是熟人到此来找寻他的，赶忙立起身来。桂林也就站起来，看见是包光们，赶忙迎着请叫了一声："三位干老子请坐。"包光遂走到桂林床边。吴珍将手一拱道："请坐。"就在床边坐下。项光、胥光在两旁椅子上坐了，老妈赶忙进房献茶、装水烟。包光向吴珍道："尊姓是吴？"吴珍道："不敢，贱姓是吴。还未请教三位尊姓。"包光道："我姓包，叫包光。"指着那二人道："他叫项光，他叫胥光。"又指着灯盘道："吴大兄，你请过地。"遂在烟灯旁睡下。吴珍只认他是要吃烟，向项光、胥光道："请过来吃烟。"二人道："我们不会，老实些罢。"吴珍遂睡下去，打了一口烟安好在枪上，将枪递与包光，包光接在手内，并未向灯上去嗅，道："足下有多大的瘾？"吴珍道："现在戒烟，还剩了几口了。"包光道："无事不敢惊动，我们是甘泉县里皂班，敝上人打发我们过来奉请。"吴珍听了，诧异道："小弟不知有何人告犯，为着何事？借光将票子与我看看。"包光道："现在并没有告犯，是奉旨查拿人赃现获，还要什么票子看呢？"

吴珍听了，才晓得是因为鸦片烟。正欲向包光们讲说，只见房外走进一个人来，向着众人拱手招呼。众人请他入坐，那人道："因晚饭后无事，到这里来玩玩，坐在对过房里。适才听风兄弟到此，又听说为的公事。我们这吴大哥是个朋友，小弟既在这里听见这裂，不能不过来问问。诸凡百事，小弟要想要脸推情。但小弟是个外行，不请公事，不知弟兄们可有个商议？"包光道："这吴大兄，我们也久慕他是个朋友，只要对得住我们，就把几个坏门户、几条腿相与朋友，也可以送得来。"那人道："弟兄们请坐一刻，我同吴大哥到对过房里谈句话，再过来奉申，不知弟兄们可放心呢？"包光道："这有何妨，请过去谈就是了。"那人拉着吴珍就走。

吴珍早已看见那是吴耕雨，心中明白，知道他因为借钱不遂，纠约这些人来，欲想唬诈银钱，恨不啻碗凉水将他吞在肚里。所以任他在房里与包光们讲说，总未招呼睬他。此刻拉到双林在中坐下，吴耕雨道："宗兄，非是小弟造次多言，我看这事必须趁撕掳，说不得破费几两银子，省得到了县门首，那就懊悔迟了。"吴珍冷笑道："我该应造化，碰见你出来调停。你酌量叫。叫我出多少钱就是了。"吴耕雨道："小弟与他并无深交，今日偶遇，冒昧多事。宗兄必须说个尺寸，小弟才好向他们说呢。"吴珍道："我虽在扬关当差，那有司里事丝毫不懂。据他们说，也不过是个海巡查拿的签票，也没我的姓名。如今算我晦气，送他们二十千钱，拜托你去说就是了。"吴耕雨道："宗兄且请稍坐。"

遂起身到了桂林房里，向包光们道："诸位哥哥，小弟有句话，诸位不要见怪。适才同吴老大谈了半会，他说有个菲敬，吃酒不醉，吃饭不饱，送你们众位二十千文。小弟是清水拦停，并不沾光，诸位可否赏个脸？"胥光道："轻人轻己，二十千钱还不够把小伙计呢。"吴包道："若论公事，派个流罪，就是纳赎也要花上千的银子。如今既是你大哥出来为好，只要他识便宜，至菲送我们五百银子。不然连桂林、强大带到门首去，看他们要费多少银子，还要问罪，叫他自己划算划算就是了。"

吴耕雨又到双林房里，向吴珍道："他们的话你可曾听见？"吴珍道："我又不聋，如何不听见。像这样捉风捕影的事，要几百银子。若是我打死人做凶首，还不知要多少银子呢。不瞒你说，看我身上穿得华丽，不过是几件骗衣，关上门户是个总名。我如今说是没钱，人也不信。我若稍有家资，也不做这关花交易了。既是朋友找到兄弟，说不得我没钱，我送四十千钱，大众弟兄买个饮食吃吃吧！若再不行，只要听你们办罢，该应命里要问罪，也是逃不脱的。"吴耕雨道："宗兄，你说他们无签无票，说真就真，说假就假，你不趁此时商议，弄到门首去，你再要花钱，那就难了。"吴珍道："不是我太夯，实是拆借不出。你向他们说去，倘若不成，只好跟他们到门首去罢。"

吴耕雨又到桂林房里问众人道："吴珍只肯出四十千钱，多一文不得。"包光们听了大怒道："叫他留着添补铺监罢！"忙喊伙计到后面来，身边取出铁绳，到双林房里先将吴珍锁起；又拿了一条铁绳，将强大锁了，说他窝留吴珍上家吸食禁烟。又要将桂林锁起，带着同走，唬得桂林哭哭啼啼道："吴老爷，你坑死我了！我几百里出来，出乖露丑吃相饭，家里多少人靠我养活。我同你相好，你自己问心，我得了你什么大钱大钞？今日被你带累我抛头露面的受罪，你心又何忍？你如今说不得没钱，加增点钱请诸位干老子做点好事罢。"吴珍恐怕带累桂林，又托吴耕雨添他们二一十千钱。包光们仍是不依。

先前包光们初来的时候，三子见来势不好，恐其有事，就赶忙去请庚嘉福。此刻来了，听风强大已被锁起，逐到了桂林房里。包光们见他来了，彼此招呼入座。庚嘉福问了细底，到双林房里悄悄将吴珍再三开导，劝吴珍加添钱文，买静求安。吴珍道："承你四老爹的情，为的是我，劝我添他们几文。非是我太肉麻，实是并无拆措，允多了没处设法。"庚嘉福道："我因为好，怕你吃苦。你既说是并无拆措，我也不好深劝，但累及贵相知同强大，怎么好呢？"吴珍向庚嘉福附耳道："我是因为吴耕雨向我借钱未遂，纠约他们来，想唬诈分肥。冤有头，债有主。强大、桂林同差人并无仇隙，你四老爹代他两人多少允几个钱，找到堂时不扳着他两人，就可以不带他们去了。"庚嘉福道："好，你这话说得降气。我同他们说去。"

又到桂林房里，向包光们道："适才向这姓吴的说了半会，据他说实是拆措不出。你们诸位能于方便，就照吴耕雨兄说的好句话推点情罢。你们若是实不能行，他说只好直着膀子穿衣服，叫你们公事公办，他情愿一人随着你们带去打官事。如今我同诸位想要个脸，这强大、桂林两人尽个情，可以不把他们带去罢?"包光道："你四老爹所谈，理当总要遵命。无如吴珍看不起我们，不把个式样他看看，他何肯善眉善眼的玩钱? 你莫见怪，他连你总关在门外，你不必管他。若说这强大、桂林，你四老爹怎么说怎么好，只要对得住我们就是了。"

庚嘉福向强大、桂林道："你们放明白些，做个主人，我代你两个赖他诸位的情。"强大道："你老人家晓得我的事，请你转恳他们诸位老爹，做点好事罢。"桂林道："庚干老子，你老人家虽是常到这里，却不晓得干女儿的苦处。我在这里做的捆帐，到一季捆价总是家里拿去不必说了。我家婆同我丈夫除拿捆价之外，一年来此几回，他们一到，也不晓得我在这里有多少私房，那一回不是吵着闹着非要十千就是八吊。还要买这样那样，盘缠、礼物，住在这里的房饭钱、零用钱。前日来了告诉我，说是家里被水淹了，要收拾房子，要买粮食吃，七七八八又弄了十几吊，方才回去。我没有钱，借的是陈干老子的十千钱，九扣扣一，三个月一转。我身上又没有客，自己每日又要戴花，又要零用，又要两口倒头烟。"又向庚嘉福附耳道："这吴耕雨冤家，一年到头不知要栽培他多少。如今累下几十千钱债务，衣服是一季抵一季，总穿不周全，此刻又弄出这件事来。干老子，怎样好呢?"说着哭着。

庚嘉福道："阎王顾不得鬼瘦，此刻你说没钱，人也不相信，弄到县门首去，弄了丑，还要玩钱。依我说，顾不得你没钱，只好允下来再设法。"桂林道："拜托干老子，望省俭里允罢。穷干女儿没得孝敬，只好多磕几个头罢。"庚嘉福道："你这呆娃子，我难道还拿你两个人的钱送盒儿呢?"遂向包光们代他两人告苦讲难，再三再四说定了，共是六十千钱。此刻先把四十千钱，等吴珍若是问罪，到解府时再找二十千; 若不问罪，到一月后交代。包光们要这四十千钱现把。庚嘉福[求]允宽三日。包光依允，向庚嘉福道："情是推你四老爹的，但强大、桂林两人要你保的，并非我们难玩，恐吴珍到堂供出他两人人来，我们同你老人家要人。"庚嘉福道："认我，认我。"

包光方才喊伙计，将强大项颈上铁绳开了，点了火把，将吴珍锁着，带了烟具就走。临行之时，吴珍将吴耕雨痛骂道："吴耕雨，我与你无仇无隙，你因借钱未遂，纠约人来捉我。我到了堂，断不饶你!"吴耕雨只装未曾听见，悄悄走了。包光们将吴珍带到县前，写了禀帖，缴了烟具，伺候官府升堂审讯。

再说袁酞，今日因在亲戚家拜寿，吃了晚酒才到强大家里。双林就将吴珍的事告

风柳情

知。袁酞听了，跌足道："二哥好不见亮，这种事是到不得官的。差人在这里的时候，贾老爷、魏老爷可在这里？"双林道："若有一个人在这里，倒可以没有事了。"袁酞道："独巧今日我有个，他们义不在这里。咳！合当有事。"赶着离了强大家，到甘泉县前，寻着熟人探信。那人道："适才官府坐堂，将吴珍打了三十个嘴掌，收了禁了。"袁酞听得，心中虽是着急，此刻已将近三更，不能进监去了。又到强大家，将这些话告诉双林。那桂林听见袁酞是从县门首回来，赶着来向袁酞道："姐夫，你在县门前来，吴老爷的事是怎样？"袁酞逐一告知，桂林听了大哭，到自己房中去了。

袁酞住了一宿，次日清晨，赶忙到甘泉县衙门头门里，到了监门首。他因从前曾收过江都县禁，所有监规他都晓得。找着禁卒、名叫葛爱，袁酞向他道：

"我要进去会会吴珍，好代你们众位润色。"葛爱见他说话在行，就放袁酞进去，引着过了狱神堂，到了号房前。但见吴珍周身别具，幌在号房廊檐口，两边肋脸红肿，满嘴血迹。袁酞见吴珍这般形容光景，好不凄惨，走近前道："吴二哥。"吴珍见是袁酞，不觉泪下道："兄弟，愚兄只因一点小事未曾酬应，被那砍头的下此毒手。此仇今生谅亦难报，只好等到来世罢！"

袁酞道："二哥虽说被人暗算，然而也是自己流年月建。且放宽心，好想法出罪要紧。"吴珍道："祸已临身，还有什么法可想？如今收在监里，我又有两口烟，昨日这一夜那里是人过的日子？此刻心如火焚。要像这等光景，不消三五口，我就没有命了。"袁酞听了，就在腰间荷包内取出几片高丽参，送到吴珍口里道："二哥，你本身体不大健壮，加之又有几口烟，昨晚收到这里又受了刑，又懊恼，又没有烟吃，如何不难过呢？如今先要将刑具松了，另想戒烟的方法，然后徐图出罪方妙。"吴珍道："我的小儿年尚幼小，族中的人素与愚兄不睦，我今弄出事来，正趁他们胸怀。亲戚也没有能办事的，无人出来料理。如今贤弟只作与我同胞，费你的心代我调停料理，倘若要用银钱，你到我舍下同敝房说，叫他设法拆措就是了。"袁酞答应，辞别了吴珍，向葛爱道。"葛大哥，请到茶馆里去谈谈。"葛爱就同着袁酞出了监门，同到茶馆。

不知说些甚话，且看下回分解。

第二十四回　贿禁卒私松刑具　嘱经承翻改口供

话说袁酞邀约禁座葛爱监门，走到到西茂涛茶馆里面，拣了张僻静桌子坐下。跑堂的泡了两碗条来。袁酞道："上想替吴敝友开一开刑具，特请足下来商议。约莫要几义呢？"葛爱道："这件公事我一人不能做主，必须将提牢吏段晴耕先生约了来，才好说呢？"袁酞道："我在这里候着，拜托你将段先生请来。一切望裨原谅，不必挑剔。格外白仍菲敬。"葛爱道："好说，好说。你且请稍坐，我去找他，立刻就来。"葛爱急出了茶馆。

等了好一刻工夫，同着一人进来。袁酞看见，赶忙立起身来。葛爱指着那来人，向袁酞道："袁大爷，此位是我们家刑房提牢吏段晴耕先生。"又指着袁酞向段晴耕道："这就是袁酞袁大爷。"彼此见礼入座。跑堂的又泡了一碗茶来。谈了几句套话，袁酞道："敝友吴珍因烟案收禁。他家内无人，小弟冒昧想代他松一松刑具，费二位哥哥的心，一应不开包要几个钱？"段晴耕道："令友吴大爷财名在外，连捕衙老爷总想他的钱。既是你袁大哥出来［干］预这件事，你先将捕衙老爷的话说明白了，其余上下管监爷们、笼头众犯、水兵、更夫、三班上宿的朋友，以及头、二门巡风那些行当，我同葛敝友两人总可效劳。"袁酞道："求官要从地头求起，今日我兄弟既来找着你二位，不必推辞，一切总要费心。你我说完，不拘什么行当，我都不管。"段晴耕、葛爱道："袁大爷，你把'难'字我们两人写了。若说是包与我两人去办，大约算起来，非三百洋不可。"袁酞道："理当遵命，奈因吴敝友的家道，你们也打听得出来。包光们捉他的时候，他若有一百银子，也不致到你们这里来了。如今也说不得他没钱，一应在内作五十千文，另外你二公每人送十千文外敬。"

段晴耕尚未开口，葛爱便道："袁大爷，你拿我们两人开心。不瞒你说，昨日他收进监来，我将前年的当票总查了出来，爽利些说，我个人就要想他五十千钱。好容易扳着一个大鱼头，他们扬关大头儿轻易跌不到我们这里，如今你说这几十千钱，还是够把那个行当呢？"袁酞道："葛头翁，我不消生气。这种事秤也称不得，斗也量不得，有句俗语，'家资多大祸多大'。不怕你二位见怪，若是精穷的收到禁里，没有钱开家

伙，难道你们把他活活的幌死了不成？我们这吴敝友，不是我代他哭穷，实是空有虚名，拿出钱来。我也已不能代他多允几两银子，我还可以从中沾光呢。此刻是清水拦停，望你二位推推情罢。"

段晴耕道："并非葛头儿发急，你大哥说的这几个钱实是派散个来，你不要见怪。"袁酞道："不瞒二位说，我兄弟上年因为访案，收在江都禁里，我通共花了二十千钱。并不是我不肯代他多允，实是拆措不出。你二公原谅些罢。"段晴耕、葛爱两人赌咒发誓不行。袁酞同他们说之至再，方才讲定共是八十千钱正项，他两人每人格外十千外敬。段晴耕道："你大兄虽是委我两人，我们尚不敢满允，先要将捕衙老爷的话说明，其余就总好说了。我们相应饭后余罢。"袁酞道："我适才的话已是纸尽笔下，就算是定局了。你大兄不必再挂了钩子，添一文总不能的。"段晴耕道："我今日总遇见你这狠手搓停，你的话真是斩钉削铁，行与不行，总是饭后定局罢。"

两人说毕，辞别了袁酞欲走。袁酞道："且请稍缓，还有一点事，要你二位作个小弊。"二人忙问何事。袁酞道："又敝友是有瘾的人，如今我同那位到烟馆里去烧两个泡带进去，让他好掯一阵，不知二公可肯相与我兄弟呢？"葛爱道："任凭什么难事，你袁大爷既开了口，也不好意思回你。段先生不吃烟，先请到司房里坐坐，我同袁大爷一走就来。"段晴耕向袁酞秉秉（举举）手，先出茶馆去了。

袁酞会了茶钱，出了茶馆。葛爱引着袁酞到了茶馆南首一家烟馆。进入里面，葛爱请袁酞在烟床坐下，喊了一声"拿烟。"早有烟奴递过潮烟，问："拿几个？"葛爱道："拿四个罢。"烟奴答应，拿了四个箸子烟，摆在盘里，又倒了两碗茶来。葛爱睡下去向袁酞道："袁大爷请用烟。"袁酞道："我不会，你老实些吃罢。"葛爱遂打了四个烟泡，用篙子包好，剩的烟总是葛爱吃的。袁酞将烟钱会过，葛爱将那竹长的烟泡拿在手内，同着袁酞出了烟馆。

才走到县门首，看见跟吴珍的小厮发子在那里鬼张鬼智的访信，见了袁酞赶近前面问道："袁大爷，可晓得我家大爷在那里？"袁酞道："这是吴敝友家小厮，我要同他到监里去，让他主人吩咐他，回家去设法办实。"葛爱应允。袁酞向发子道："你跟着我们去见你家大爷。"发子答应，跟随在后。

葛爱引着他二人到了监里。发子看见吴珍站在号房檐下，满嘴血迹，周身刑具，不由得一阵心酸，落下泪来，道："大爷，你是怎么样的？"吴珍看见发子，也不觉泪下道："呆娃子，你也不必问了，你问袁大爷就知道细情了。"袁酞将会葛爱、段晴耕的话向吴珍告知，却将所允数目含糊未曾说明。吴珍道："拜托贤弟向他们说，以速为佳。"袁酞向葛爱道："请你拿个碗取些开水来。"葛爱拿了碗到厅上取了开水，端在手

内，在箸子里取出两个烟泡放入开水，用手指将烟泡和开，就着吴珍的口，叫他喝下去。吴珍犹如得了甘露，两三口喝干。葛爱道："还有两个烟泡，存在我身边，回来再与你吃罢。"吴珍点点头，将发子喊到身边，附着发子的耳不知说了些甚么，发子点头答应。

袁酥辞别吴珍，又叮嘱葛爱饭后在茂涛茶馆，先到先等。遂同着发子出了监门，叫发子回去吃饭，午饭后到茂涛茶馆听信。袁酥也就回家，吃了午饭，便到茶馆等候段晴耕们回信。

再说葛爱找着段晴耕，两人商议明白，先到捕衙里将老爷同门上爷们、书办、皂头、马门皂、茶房、中班、伞轿夫各行总皆讲明。又到监里将上下管监爷们、笼头众难友，还有那一位提牢吏以及各禁卒一切小行当，说得明明白白。然后同到饭馆吃了酒饭，葛爱到烟馆过瘾。段晴耕先到茂涛茶馆泡茶等候。葛爱也到茶馆，两人吃茶闲谈。

袁酥已到，招呼入坐。段晴耕道："我两人会过大兄之后，到了捕衙里会见老爷，开口想令友二百千钱。我再三再四说了八十千钱，门包随礼，一切外费，还有上下管监爷们、监里各款使费还要在外。你大爷酌量就是了。"袁酥道："我午饭前已曾说过，实是无出，不能加增了。"段晴耕、葛爱摇首道："若照饭前那句话，实是效劳不来。算我两人办事不力，你大兄相应另找别人罢。"立起身来要走。袁酥将他两人拉住道："请坐，请坐。你二位拿我作蜜脸了。我同你二位说过话，你二公不行，我就再找一千二百个人也无用处。如今也说不得了，罢罢我同吴珍有个交情，我除不赚拦钱，腰包里添十千钱，将来他认也罢，不认也罢，你二公推个情，打伙儿看破了些，只当这个猪没有长头，原全些罢。"段晴耕、葛爱只是摇头不允。又趄趄了有两个时辰，袁酥又加添了十千钱，才讲定。约定傍晚时分在县前交钱办事。段晴耕、葛爱辞别去了。

适值发子前来讨信，袁酥道："你午前回去，你东家奶奶如何说法？"发子道："家里奶奶说是一切拜托大爷办就是了。"袁酥道："铺监各费业已说明，不知你家可曾设出法来？"发子道："奶奶请大爷到我们家里当面谈呢。"袁酥会了茶钱，同着发子到了吴珍家内，请在厅房坐下。发子献茶、装烟，到后面送信。

吴珍的妻子王氏由后进出来，到了厅上，与袁酥见了礼，另在一旁坐下，道："诸事费了爷爷的心了。"袁酥道："二嫂，愚小叔与二哥交好已非一日。今二哥被人暗算，弄出事来，愚小叔理当出力效劳。今又再三嘱托，现在已代二哥将铺监正项讲定了是一百千钱，一切杂费偏手外敬，又是八十千钱。允定今日傍晚时分交了钱，二哥的家伙就可以开了。"

王氏哭道："不瞒老爷爷说，我家大爷是个空架子，搭的好看。虽是扬关有个门户，有名无实。他向来又在外面贪玩，家里掏得空空。此刻平地生风，又出这件事来。你的侄子年纪又轻，族中众人素昔又与我家大爷不甚和睦，如今不管还罢了，他们还在背地里讥笑。亲戚中也没有能办事的。昨日我听见这个信，急得叫天不应，叫地不鸣，全无主意，我整整哭了一夜。今日午饭前，发子回来告诉我，说是费爷爷的心，在这里忙呢。我就赶忙将家中首饰衣服拿去送到当典里当了一百千钱的银子。"忙喊老妈将银包拿了出来，放在桌上。王氏道："爷爷，这是一百千钱银子，请你收了。所少的话我适才已经向我娘家的兄弟商议借贷，请爷爷耽到明日，还要累步到舍下来交代。千祈拜托爷爷同他们商议，今日就要代他将刑具开了才好。你知道他身体本来生得瘦弱，加之又有两口烟，如何受得住这般苦楚呢？"袁酥道："二嫂但请放心，愚小叔任凭怎样，今日总要叫他们代二嫂将家伙开了，不能再受这一夜的苦了。你这里叫发子送些饮食同烟泡到监里去要紧。"王氏道："这些事我就叫发子送去，门首公事拜托拜托。"袁酥道："放心，放心。"王氏道："还有句话要请问爷爷，我耳闻我家大爷这件事是因为在什么没相干的地方，有人借钱未遂，串合起来的。爷爷，你可在细底？如今可有什么想法，救他出来呢？"袁酥道："二嫂说得不错，等稍停一日，慢慢再告诉你细情。我此刻赶着去将铺监的事料理清楚，先将二哥刑具松了，明日早间去会承行的书办，同他商议，看他可有法想，再来回覆。"王氏往地下一跪，道："一切费爷爷的心，家大爷若能侥幸出罪，回来再为叩谢。"袁酥忙道："二嫂请起，我不便回礼。我同二哥是至好弟兄，二嫂不用说这些套话，我是尽力办就是了。"遂将银包收起，辞别王氏，离了吴珍家。

先到钱店里半银子比过分开，合了个七十千钱九二串，用皮纸包好，余多的银子收在腰内。到了县前，看见段晴耕、葛爱两人站在头门首。袁酥将两人约到僻静处所道："那里来了七十千钱的银子，所少的认我，明日午饭前交代。望在今日就要将他的家伙开了。"段晴耕、葛爱道："诸事遵命。"袁酥取出银包，三人同到钱店，重新央店内人一比交过。段晴耕接了道："袁大爷怎么玩起九二串？"袁酥道："非是我做混帐事，他们关上，大市都用九二串，这点小意思算我沾了光罢。"段晴耕、葛爱道："你大爷过狠，叫我两人作难。"袁酥道："委屈些罢，现在相案捉得纷纷，恐其捉过野猪来还你们的愿，也未可定。"段晴耕、葛爱哑了一阵嘴，将银包收起，道："此刻将晚，官府快下来收封，不便请你进去。我们要赶着到里面将吴大爷的家伙开了。明日你到监里去问令友，才把我两人作人呢？"袁酥拱手拜托，又问他二人此案是何人承行。段晴耕道："是敝人同事卞冶池承行。"袁酥问了卞冶池住址，辞别二人，仍到双林那里

住宿。次日清晨，袁酞到了卞冶池家，将卞冶池邀约至茶馆，泡了茶，谈了几句套话，袁酞道："敝友吴珍的案是阁下承行，小弟特来奉恳，要求设法救他，自有菲敬。"卞冶池道："令友昨日到堂，说是包光们听信什么姓吴的挟隙串合，栽枪陷害。敝上人听了这话就生了气，将令友打了三十嘴掌收禁。不瞒你大兄说，现在包光们要算是些红人，官府是言听计从。令友这个案，除非内里有路，才可出脱。若没有钱索，莫说不是栽枪，就真是他们栽害，官府也不听的。要照这样口供，令友零碎苦吃不了呢。"袁酞道："全仗鼎力，敝友托兄弟有个不恭菲敬，送阁下八千文，另外书工拜托设法周全。"卞冶池道："自古杖不收禁，令友若想干干净净出来却难。如今只好向令友说，覆市之事，叫他认是从前因病吸烟，现在听闻严禁，业已渐减，不意被访拿获。如此供认，可以少受些零碎刑法。大约这些现获各犯，若能办个徒罪，就算造化了。令友之事，既是大哥吩咐，我兄弟尽力帮忙。所允厚赐，不敢领情。"袁酞知他嫌菲，又添二千文，卞冶池依允。袁酞道："还要叫光将差禀批示，同前日讯的堂谕赐了底稿。"卞冶池道："今日着清书抄好送上。"两人用过早点，袁酞会了茶钱，约定卞冶池明日仍在这里交钱。出了茶馆，分路各散，不知后事如何，且看下回分解。

中国禁书文库

风柳情

四六五七

中国禁书文库

海外藏禁书

话说袁酞与经承卞冶池将话说毕，同出茶馆。分路之后，袁酞到了监里，只见发子早已送了衣物到了。那吴珍看见袁酞来，连忙立起身来，向着袁酞跪下道："兄弟一切费心。"袁酞赶忙还礼道："二哥请起，你我弟兄，何必拘这些套礼。"将吴珍搀扶起来，问吴珍的刑具果是昨晚开的。葛爱走到号里，向袁酞道："袁大爷，你问过令友，我们说的话可是如白染皂？"袁酞作揖道："承光，谢谢。"

葛爱退出去了，袁酞遂将会见经承卞冶池谈的话向吴珍逐细告知。吴珍听了，叹道："前生冤家，今生聚首，大约劫数难逃，只好听天由命罢了！"袁酞安慰了许多言语，辞别吴珍，出了监门。发子跟着出来，请着袁酞同到吴珍家内，仍在厅房入座。发子送信至后，王氏遂将十千钱划成钱票，交与袁酞收了。袁酞又将会见卞冶池所谈之话告诉。王氏听了，大哭一场，向袁酞道："爷爷，你才允经承的二十四千钱，等我今日再向人告贷，叫发子明日送与爷爷罢。"袁酞道："就到明日把他也不迟。"王氏道："我还同爷爷商议，我想到监里去看看我家大爷，可能去否？"袁酞道："监中各费我总谈明，二嫂如要去，只管同发子进去，并没有阻拦的。"

袁酞辞别王氏，将钱票划了五十千文九二串，送与段晴耕、葛爱。次早又到茶馆会见卞冶池，彼此招呼，谦逊入座。泡了茶来，谈了几句闲话，袁酞将昨日允的承行礼、书工，划成十平文九二串一张，二千文九二串一张，共是两张钱票交与。卞冶池接过，看了数目收起。拿出一个梅红签小白封套，内里装的抄来底稿递给袁酞。［袁酞］接过来略看了一看，收了。吃过点心，袁酞会了钱，出了茶馆各散。袁酞到了监内，将适才卞冶池抄来底稿递给吴珍，［吴珍］接过来仔细观看，只见上写着：

具禀原差包光禀：为查获请讯事。切奉朱票，仰身协同各坊地保，查拿吸食禁烟之人禀究等因，遵即协同各保查拿。令有杨关差役吴珍，特符菉法，吸食禁烟。身协地保方尚往拿，目见吴珍正在开灯吸烟，当将吴珍并烟枪一技，烟灯一张，禁烟一盒，一并拿获。今将吴珍并烟具带辕，为此禀明。伏乞电赏带讯，技示遵行。上禀。某月日批：即将吴珍随堂带讯，该差仍即上紧访拿，本县自当奖赏。亦不得妄拿滋扰，致于重咎。所获烟具，着贮库。票仍发。

　　吴珍供：小的三十四岁，从前曾在扬关充当差役，因误差已奉斥革。小的素有气痛病症，不时举发，吸食两口禁烟就好了。如今闻听各宪查拿，小的就不敢吸食。只因曾经奉访的武童吴耕雨，前月（记不清日子）向小的借几十千钱使用，小的因为没钱未允。不意他由此怀隙，串同宪差包光、项光、胥光多人，自带烟具，平空硬栽的小吸烟。吴耕雨叫小的出几百千钱就可没事，小的不甘，就将小的带案。小的现在实不吸烟，求提吴耕雨到案质讯，就是恩典了。

　　某月日堂谕：查讯得吴珍恃系曾充扬关差役，胆敢藐不畏法，违禁吸烟。今经差保将人具并获，庭讯之下，角不承认，混以无据空言，冀日牵累，殊属习顽。先行收禁，候覆讯研究，照拟详办，取具监收，投查。

　　吴珍看了，默默无言，长吁短叹。袁酞道："在兄弟愚见，二哥这案，除非着人卜控。若没人出头，卞冶池曾向小弟说，若是覆讯时，二哥仍照前次口供，官府断不听信，只怕零碎苦吃不了呢。必得认系从前吸烟，如今戒断，方可定案。倘幸办徒罪，就算二哥造化了。"吴珍道："不拘什么案，只怕问官作对。莫说我现在没人出来告状，就是有人上控，没钱没力也难翻得过来。事已至此，只好听天由命罢了。"两人又谈了些闲话，袁酞辞别去了。

　　过了数比有信覆审。袁酞又代吴珍料理铺堂各费，又赚了许多钱文。县官升堂，将吴珍提出覆审。吴珍仍照前供，官府呼叱，又要掌嘴。吴珍一吓，只得照依卞冶池的话招供。官府并未深追，叫吴珍当堂画了供，还禁，拟了流罪，解府解司守候，转详抚院咨部，发下兵牌起解。此是后话不提。

　　且说包光们将吴珍带到县前，禀明本官，升堂审讯收禁。到了第三日，包光、项光、胥光三人找寻庚嘉福，拿前日所允之钱。庚嘉福约他们在茶馆里坐着守候。庚嘉福就到了强大家里。强大请在僻静地方开灯，让他吃烟。强大向庚嘉福道："我同老爷商议，前日允的那四十千钱，想要总出在桂林身上，老爹帮我个忙，我小人自有孝敬。"庚嘉福应允，将桂林喊来，向桂林道："前日允的差人的钱，派你四十千钱，今日来拿了，你可曾办齐呢？"桂林听了诧异，又不敢细问。可怜一时那有四十千钱拆措！只得将自己些衣服、首饰，连床上摆的作被并自鸣钟，总叫三子拿去，在当典里

风柳情

共当了二十四千钱的银子。桂林交与庚嘉福道："干老子，请你先拿了去，所少的宽三日，让干女儿再想别法。"庚嘉福作难了半会，方才拿去。到茶馆里把了包光们，所少之钱，另约三日找清。

桂林叫三子去请吴耕雨，要托他在那里借贷，好把差人尾项。那知吴耕雨自从纠约了包光们将吴珍捉去，他自己不好意思到桂林这里。过了数日，找着包光们想要分钱。包光向吴耕雨埋怨道："你同吴珍有仇，借刀杀人，叫我们代你出气，将这样好事来挑我们。弄这么一个不吐沙的肉头，如今累我们解府解司，要用一百多千钱。亏得我们额外生枝，在强大那里弄了几个钱。庚四又赚拦钱，算起来还不够领审吃堂食呢，我们不要你认钱就算交情你了，你如今还想来要我们的，真正是不见亮了。"吴耕雨说之至再，内中有人做好做歹把了一千文与他，这才算是害人不利己！

正在心中懊恼，只见三子来找，说是桂林请说话。吴耕雨早已听闻人说，桂林已将衣饰当尽，现在差人的钱尚未清楚。此刻叫三子来请，必是叫我代他设法借贷。想起素昔穿他多少衣服，用他若干银钱，吃他多少鸦片烟，住了多少白大镶，我不该做坏事，将他身上长客捉了去，又累他花差钱。如今算是反害了他了。我自己又没有钱钞帮他，又没处代他腾挪，怎能到他那里？遂向三子道："你向桂相公说，我即刻就来。"三子回覆桂林。

等了两日，吴耕雨并未曾来。各债主见桂林已将衣饰当去，总逼着要钱。差人的找项，又约在明日交代。告贷无门，实无拆措，哭了一夜。次日清晨起来，将些零星物件，叫三子拿了小押典里，押了一千多钱。忙着梳洗已毕，将当来的钱用一条麻布手巾包好，箍在腰内，向强大道："我到吴耕雨家去，找他设法借钱，即刻就回。"吴耕雨因他常时去惯，且又在咫尺不远，并未着人跟随。

桂林独自出了强大家门，顺着城根出大东门，走天凝门大街出城。想起吴珍向日在史公祠首所说的话，遂顺着河边由藏经院史公祠门首一直向东，到了便益门码头。却好遇见一个盐熟船户，将桂林请上船去，问桂林："因何一人至此？"桂林道："我如今累下许多债务，各债主鏖逼要钱，我一时无措，所以逃走，想回家去。"遂将腰内手巾包的一千多钱把与船家道："你送我回去，恐有短少，到了盐城家里算账找结。"可巧他船上货已装满，正欲开船，乐得做个现成人情。听了这话，立刻开船了，送他回盐城去了。

这日午饭之后，庚嘉福到了强大家内，向强大道："那差人的尾项，桂林可曾办现成吗？还告诉你句话，现在府大老爷出示禁娼，又委了许多委员，各处搜拿鸦片烟。你作速将家内伙计下的了，避避风头。鹊子头上没有多大脑子，莫要弄出事来耽受不起。"强大听了，先叫三子到吴耕雨家去找桂林，又向家内伙计双林、凤林道："现在又闹禁娼，要剪几天。巧相公我把他送到他干娘家住几日。你们二位想想，是到那里暂避几日呢？"双林听了，却好袁酞在他房里，遂向袁酞道："他家里剪门，我外日叫你留意找房子，你可曾找寻着呢？"袁酞道："古巷里有所空房，三间两厢，房东同我相好，你可以搬去暂住，随后再押租成交。我再借些家伙，你就可以住了。"双林道："你快些去说，我今日晚间就要搬了。"袁酞答应去了。

三子回来向强大道："吴耕雨告诉我说，桂相公并未曾到他家里。我不相信，在他家找寻，果然不在他家，不晓得到那里去了。"强大听了大惊，叫人分头四路找寻，并无踪迹。只得另外设法拆借了十六千钱，交与庚嘉福拿去，找给差人尾项。庚嘉福自必扣下拦钱，不消赘叙。

再说凤林听得强大说要剪门，正在踌躇没处安身，只见贾铭到了房里。方才坐定，凤林道："你来得正好。今日庚四老爹来，说现在府大老爷禁娼、禁烟，叫强大暂剪门几日。强大将巧姐姐送到他干娘家去了，叫我与双姐姐各寻地方暂避。双姐姐是袁老爷代他寻了房子，今晚就搬了。只有我没处安身。我曾同你谈过，我家婆同我丈夫、大伯租了人家半间披房，只够铺了一张床，我若回去，那有地方宿歇？若说是另上人家，我们这里剪门，天下老鸦一样乌，谅必别的人家也是要剪门的，也没有人家可上。我处此难境，正在这里焦愁，如何是好？早知如此，前日有个机会错过。"贾铭道："前日什么机会，你未曾告诉我呀！"凤林道："前日有人向我说，是上海地方有人在扬州弄伙计，情愿出四十块洋钱代当。他叫我去，我却未曾允他。早晓得，前日允他倒罢了。"贾铭道："你是为何不去？乐得算盘不会打，你拿他四十块洋钱，把二十块与你家婆同你丈夫做薪水；那二十块钱自己添补点衣服、行囊，去走一晌，恐其那里比扬州好些，弄几两银回来，岂不好呢？"

凤林道："我想了几想，有几层不能去的苦衷：第一我同你相好，算是朝夕不离，我何能舍得你就到外路去了？再者，我去玩得好不必说了，若是不好，借下这四十块钱代当还不出去，就算卖在上海了。还有，现在欠人许我债务，他们怎肯让我走呢？"贾铭道："你不必说舍不得离开我，灌这些米汤。你共欠人家多少债务？"凤林道："计算起来，却有三四十千钱呢。"贾铭道："你若告诉人我要到上海去，这些债务，我可以将各债主约来，我代你承认，让我代你偿还，这有何妨。"凤林道："我现在累得你少了？何能又来累你。想我自幼命苦，母亲早丧，父亲将我许配到蓝家做养媳，七岁就被我家婆把我带到清江，叫我学弹唱，也不知受了多少打骂。十三岁上逼我梳妆留客，吃了这几年把势饭，受了万苦千辛。好容易今年回到故乡。我拼着在扬州讨饭，再也不将这几块骨头撩在外路去了！罢里的在扬州与你相好，别人我靠不住还可以倚靠你。如今我再苦几年，稍须聚起几两银子，你再添补我些，代我家魑魅鬼的丈夫买个人把他混饭吃。我情愿跟你家去，就是煮粥熬汤，不拘怎样，我死也甘心。难道派我吃一世的相饭不成？"说着二目滚下泪珠。

贾铭听他说了这一番言语，疑惑凤林真有从良跟他之意，心中暗喜，道："我的亲家有所房子，共是六间两厢，在埂子街，现在空着，未有租房。我去同他商议，可以不把押租，每月认他几千行租。我再同他借些家伙，你就可搬去住了。"凤林道："好伙计，你快些去说罢。"贾铭赶着离了强大家大门，找着亲家，谈明不要押租，每月把四千钱行租，当时将钥匙要了过来，带在身边。又向亲家借了三张桌子，辞别散了。贾铭又到家伙店里弄了一张凉床，一张梳桌，六张椅子，四张机子，脚盆，马桶，讲定价钱，允约节期把钱。立即赶到强大家内向凤林告知。

凤林听了，满心欢喜。随即同强大将账算清，把了出房礼。那里有个高妈情愿跟随服侍，凤林也愿带着他去。遂将房里字画、铜盆、灯台、茶壶零星物件收拾清楚，喊了一乘小轿凤林乘坐，又喊了挑夫挑了行囊、脚篮、物件，贾铭引着到了埂子街空房门首。凤林下轿，贾铭用带去钥匙将大门上的铁锁、木锁开了。凤林进内，贾铭开发过轿钱，挑夫将行囊、物件挑进房来，堆在地板上，拿了挑钱走了。

贾铭先在邻居人家借一张板凳，叫凤林权且坐着。贾铭喊高妈跟随，先到家具店，叫人将凉床，桌椅等物送到空房里面。又到亲家家里，央他叫仆人将借的桌子送去。复又买了锅碗等物，叫高妈拿着回来。央了一个闲人将空房打扫洁净，就将凉床安好，挂起帐子，将桌椅、机子摆设得端正好了。高妈代凤林将铺盖铺得停停当当。贾铭拿了一块洋钱，叫那央求的人拿了换钱。买了柴、米、鱼、肉、蔬菜、作料等件，回来办晚饭吃了。贾铭把了二百钱酬劳那央来的闲人去了。贾铭叫高妈关好门户，就在那里宿歇。

次早，到良媒店内关照，送了一个男仆做饭、打杂。凤林叫他家婆将原住的房子辞去，搬来同住。那知他丈夫蓝二不肯家来，每日要凤林把二百文与他在外面吃鸦片烟、住下处。凤林的婆同大伯蓝大搬来一处同居。虽有熟客往来，凤林恋住贾铭，不肯另留别客，逐日将贾铭留在这里住宿，一切薪水日用总靠着贾铭过活。凤林与贾铭是一刻难离，较之在强大家做分帐，觉得安乐。

凤林闲暇时亲手做了一对耳枕送与贾铭。［贾铭］接过来一看，是大红洋布元（玄）色谦丝线滚挂绿芙蓉带的枕头套子，白洋绉枕头顶，元［玄］色绒倩了十四个字是"情随锦线时交颈，意送金针常并头"，用大红绒倩了两方篆字图章，一方是"同合心意"四字，一方是"凤林持赠"四字。贾铭见这耳枕倩得字迹端方，笔画工整，当为至宝，带回家内珍藏好了。

贾铭道："我有句要话告诉你，又怕你不相信。若是不说，又恐怕弄出事来。"凤林道："你只管说，当信则信，不当信，你再说我也不信。"贾铭道："你坐在家里不晓得外面的事，现在扬城鸦片烟被各衙门差人以及委员不知捉了多少人去，打的打，枷的枷，收禁问罪的问罪，四处搜拿。我是亏了一个朋友送了我戒烟方子，我赶着就合了一料膏子吃下去，就如同吃了烟一样，并不觉得那里难过，如今可以不吃烟了。我代你焦愁，设若被人捉了去，如何是好？我为此事放心不下。我若叫你戒烟，我看你以烟为命，烟是断不肯戒的。"凤林道："你既能戒，怎么我就不能戒的?"贾铭道："我看你这个瘾难戒。"凤林道："凡事只要狠气，我同你拍个手掌，看我能戒不能戒?"贾铭道："你若将烟戒了，我杀只鸡把你吃。"凤林道："你不必说玩话，你合了膏子来，我吃就是了。"

贾铭遂在纸夹内取出一张戒烟药方，上写着：

上高丽参八钱白茯苓一两　上肉桂三钱杜仲一两　川厚朴五钱川续断一两　西党参一两二钱　旋覆花一两　绢包怀山药一两　金狗脊七钱　鹤虱七钱　甘草七钱　淮牛膝一两　右药先煎，去渣，加烟灰五钱取计，红糖五两，生姜五茶匙，煎熬成膏。每于瘾前服一大茶匙，开水和下。三日后将膏渐减，服后并不思烟。瘾大者一月，瘾小只消半月，戒断尽矣。屡服屡效，切勿泛视。

贾铭将药方念了一遍，向凤林道："别的药价钱若干，只有高丽参、肉桂价钱贵些。如今到药店里去买，就出了大价钱，总没有好的。你既诚心戒烟，我到花觉巷药材行里换些好高丽参、肉桂、厚朴。"立起身来去了。

一刻工夫，换了这三样回来。又叫张二将药方拿到药店里配齐了药，买了十几斤头了炭同红糖、生姜回来，将炭炉扇着，将药放在大铜锅内，用水煎了数滚，将药渣去净。秤了五钱烟灰，在锅煮滚，过笼取了汁，加了红糖、生姜汁。也不知用了多少炭，费了多少工夫，方才煎熬成膏，用盖钵盛好。凡是贾铭在这里的时候，凤林总是吃的膏子。贾铭若不在这里，凤林偷偷藏藏仍是吃烟，暂且不表。

　　再说凤林由强大家动身之后，巧云就坐了小轿往他干娘家去了。袁酞来告，听双林房子已经弄定，家伙业已借备现成。双林遂同强大将账算明，把了出房礼。那里有个仆妇王妈情愿跟去，双林应允。王玛代他将房中一切物件收拾清楚，喊了小轿与双林乘坐。挑夫挑着行囊物件，离了强大家。袁酞跟着小轿，到了古巷新觅的那屋门首，双林下了小轿进内。袁酞早已央人将房内打扫洁净，将凉床安好，摆了桌椅。挑夫将行囊物件挑进来，交与王妈，查明收下。袁酞开发了轿夫、挑夫钱文去了。袁酞叫人夫买了些柴米焦肉等物，吃了晚饭，将央的人辞去。袁酞遂常在这里住宿，并不回家。

这一日，双林的母舅到了扬州，先到强大家内，那里指引他到了古巷，问到双林家内，留他吃饭、住宿。次日向双林要六十千钱一年的捆价，若不依允，就要将双林带回家去。双林听了大怒，与他母舅吵闹。不知后事如何，且看下回分解。

中国禁书文库

风柳情

第二十六回　赠金钗姊妹喜重逢　修坟墓姑媳争闲气

话说双林的母舅姓王，行八，到了扬州，在双林家内吵闹，疑惑他跟人住了家，要六十千钱一年的捆价，若不依他，就要将双林带回家去。双林道："你莫疑惑我此刻跟人住了家了，发了大财。实是因府大老爷禁娼，强大家剪门，我没处安身。承袁老爷的情，同朋友借的房子让我暂住，又贴补我薪水，敷衍过活。我在扬州这几年。累下七八十两银子债务。如今你带我回去，我是求之不得。你代我将债还清，跟你回去，免得我在外吃苦现形。"

吵了数日，袁酥做好做歹说合，把一百块洋钱与王八，叫他写一张卖纸，听双林自便，嗣后断绝往来。王八依允。袁酥符代吴珍料理各事所赚的银子拿了出来。凑着换了一百块洋钱把与王八，写下卖纸，将洋钱拿回盐城去了。双林从此死心实意跟着袁酥，遂将自己积聚的私房银子总皆拿出来，交与袁酥生放利息，贴补薪水。袁酥择日备了酒席，请贾铭、魏璧、凤林、巧云。他们知道双林跟了袁酥从良，各人送了贺礼，齐到古巷聚谈了一日，酒阑席散，方才回去，袁酥因双林业已跟他从良，不便仍呼"双大爷""双相公"，因为他乳名四子，故以四娘称之。又到家中将双林跟着从良这话禀明父母。他父亲袁寿因娶媳尚未生育，听了这话十分欢喜，择了吉日，喊了乘小轿将双林带回家内。双林拜见袁酥父母，把了见面礼。双林向仆妇道："请大奶奶出来，让我拜见。"那知杜氏推病不肯出来。袁酥父母将双林留在家里玩了一日，吃过晚饭，方才坐了小轿回来。袁酥从此常在古巷同双林住宿，将家中妻子杜氏视为陌路。逢时过节回家去见见父母，一走就回。双林终身有托，暂且不表。

再说但凡衙门，一切事件皆系虎头蛇尾，好禁娼之事，各家堂名花些使费强大家复又开门，仍将巧云接回。魏璧旧情不舍，还是常在他那里住宿。凤林在埂子街上靠着贾铭贴补薪水，也可过活。隔了些时，外面鸦片烟已经松了，各衙门将差票吊销。凤林又不吃戒烟膏了，照常吃烟，每日要到四更多时分方睡，睡到交午起床。贾铭是常在好里，凡是凤林开灯吃烟，贾铭就睡在那边。凤林将烟烧好安在枪上，将枪递与

贾铭道："你吃一口玩玩。"贾铭道："我已经戒断，不应再吃了。"怎经得凤林逐日闭着、扭着贾铭吃这么一口两口，不消数日，又将烟瘾吃复原了。

这日午饭后，凤林正开了灯与贾铭对枪过瘾，外面忽然来了一个三十一二岁的妇人，身穿旧布褂裙，浆洗得干干净净，带着一个十三四岁男孩子走进门，又到堂屋里。凤林的婆戴氏正在拿了一副纸牌，在桌子拿对子消遣。那妇人走到里面看见戴氏，便喊道："太太，多年未会，你可认得我了?"又叫那带来的男孩子喊婆婆。戴氏凝神望着妇人道："你可是大姨奶奶?"那妇人笑道："真正不错。"戴氏望着凤林房门喊道："二姑娘，你家大姐姐来了。"凤林在房中听了，赶着立起身来，走出房外一看，见是他的胞姐，嫁与林家为媳。因凤林许与蓝家做养媳，被戴氏带到清江，因此十数年未通音信。今日姊妹重逢，抱头大哭一场。

凤林将林大娘请至房内，向贾铭告知，彼此见礼入座。林大娘叫那带来的男孩喊凤林姨娘。凤林向林大娘道："姐姐如今见个娃子?"林大娘道："三个儿子，一个女儿。这一个是第三个，今年十三岁了。"两人各诉离情。贾铭喊张二办中饭，林大娘道："已经吃过中饭了。"贾铭叫人买了点心款待他母子。贾铭立起身来向林大娘道："少陪。姨奶奶请在这里谈谈，吃了晓饭回去。"凤林道："你到那里去?"贾铭道："有点事，办毕就来。"凤林道："早些回来，莫要在别处耽搁。"贾铭答应，辞别林大娘去了。

凤林向林大娘道："姐姐，你如何晓得我回扬州住在这里的?"林大娘道："自从你到清江，那先几年问问清江来的熟人，不晓得你的消息。后来这几年，连信总问不出一个来了。我不怕妹妹见怪，谅必今生难以重逢，做姐姐的是无日不思，无日不想。前日偶然在家门首闲玩，有那从前做过邻居的汪奶奶，他如今在各堂名里做鞋子。他告诉我说是你回了扬州，住在这里，我才知道。晚间你姐夫回来，我将这话告诉与他。你姐夫听见你回来，欢喜的了不得，赶着催我来看看。所以今日带着你的姨侄问到这里来的。但不知妹妹这十数年光景如何? 妹婿可好? 你可曾恭喜生个儿女么?"

凤林叹了一口气道："姐姐，做妹子的苦楚，说来话长。自从七岁，我家婆太太将我带到清江，教习弹唱，也不知挨了多少打骂。到了十三岁时就逼我留客，吃了多少苦，受了多少气。在清江开个堂名，家中却有十几个伙计，生意原不坏。无奈你家妹婿同他哥哥又嫖又赌，又吃大烟，乱同家里伙计睡觉，闹出许多事来。打了好几场恶官事，欠下人家一千多吊债务，牢门关了。今年春间，一家溜上扬州，又把我送到九巷强大家内，借了十千钱印子钱做铺盖，就在他家做分帐。亏得遇见适才在这里姓贾的一切照应。后来外面闹禁娼、禁烟，又是贾老爷寻的房子，买的家伙，叫我们婆媳住在一处。你家妹婿又强着不肯来家，他一个人住在客寓，每日风雨无阻要拿二百钱去吃鸦片烟。他的衣服、鞋袜等物，还不算帐。幸亏我没有现形养一个两个。如今家里开开这两扇门来，柴米零用，我自己又要吃烟，这贾老爷也有两口烟，煮一两士，只好敷衍四天，算起连你妹婿，每日要一千多钱才得过去。现在我常时有病，不能留客若不是遇见这姓贾的，我却不知弄得什么光景了。这些年来未曾会见姐姐，不知姐夫近日光景如何？"

林大娘道："妹妹，再也莫提我的事了。你姐夫考武，下了几回泰州，没有进学。后来我家公死了，殡葬一切，累下好些债来。姐夫丁忧，武又考不成了。良不良，莠不莠，无营无业，坐吃山空，将家中拆措罄尽，又有三男一女，就靠着我代人家浆浆洗洗，做点针指，敷衍过活。前日听见你到了扬州，我就欢喜的了不得，恨不能立刻飞到这里。一则你我姊妹多年未会，同你谈谈，二则来想同你商议借几两银子，与你姐夫做个本钱，好做个什么生意。论理今日才会见你，不该说这些话，实是不得已耳。"凤林道："你我同胞姊妹，今日重逢，理当不要姐姐开口，送你十两半斤才是姊妹情分。无奈我并不是发了财回来，如今算是打败仗溜回来的。到了扬州，若不是遇见这姓贾的。不知弄成什么样子。如今就是靠着他一人，他又不是个财主，只好敷衍度日，现在并无余钱。姐姐，你莫多心，看你现在光景，大约也是拮据得很。"遂在头上拔下一根金如意，递在林大娘手内道："妹子实是并不宽余，姐姐你拿了去换的了，把与姐夫添补做个本钱罢。"

林大娘接过去道："等你姐夫手头稍为宽余，弄了还你。"凤林道："自家姊妹不必说这些套话。但愿妹子做得来，就贴补你些，这有何妨。我还要问你，长山子那魍魉如今在那里去了？"林大娘道："再莫提了，从前他在南京做三尾子，有（在）三年前到了扬州，住在我家有十多日，家里娃子舅舅长，舅舅短，临动身的时候，多谢他每娃子把了一百钱，那知从此一去至今杳无音信。"

凤林叹道："爹娘苦了一世，生我姊妹三人，弄得东抛西散。我在外面漂流了十多年，今幸回了扬州，原指望姊妹可以常常相聚，那知他如今又杳无音信，也不知他死活存亡。他若有个长短，岂不是何氏门中要绝后了。我自从到了扬州，打听不出你两人消息。今日幸喜会见了你，我久欲到爹娘坟去走走呢。"林大娘道："后日清晨，我来与你同去就是了。"遂向他儿子道："三子小伙，我同你回去罢。"凤林道："姐姐，你在这里吃了晚饭回去。"林大娘道："黑晚不好走路，改日再来扰你罢。"凤林又拿了一百钱把与三子道："穷姨娘。这几个钱拿去买糖吃罢。"三子接过道："多谢姨娘。"林大娘辞别了凤林的婆戴氏，带着三子回家去了。

到了晚间，贾铭来了。风林就将"林大娘借银，我将金如意与他去换"告诉，贾铭听了点了点头，并未言语。风林道："后日早间，你代我喊只划子船，同我到我家父母坟上去上坟。还要代我扎个箱子，买些锞锭。"贾铭道："船是我叫，后日我还有事，你自己去罢。"风林道："本是我不是，你贾大老爷是个玩友，何能褒尊到我家父母坟上去呢？"贾铭见风林生气，方才答应同去。次日买了一个黄纸箱子，装满了锞锭。到了后日清晨，贾铭叫人先到太平码头雇了一只划船，放到风林家后门首守候。

风林是黎明时分就起来，梳流方才完毕，林大娘带头三子来了。到了风林房里，贾铭、风林招呼他人坐。林大娘叫三子喊贾铭姨父。贾铭叫人买了点心，四人用毕。风林、贾铭每人又吃了几口烟，将烟枪、烟灯用口袋装好，邀请林大娘母子，带着高妈，拎着水烟袋口袋、大烟枪口袋，拿着黄纸箱子，开了后门，上了划船。贾铭吩咐开船出了天凝门水关，过了北门吊桥，到了虹桥，停舟登岸。

风林父母的坟墓就在江园后边，风林们跟着三子指引到了坟前。贾铭看见只有一个坟冢，坍塌不堪。风林、林大娘见了坟冢，放声大哭。贾铭叫高妈将纸箱放下，同着三子到看坟的家内去喊看坟人。那人姓田，名叫回铳子，听得呼唤，赶着带了火纸煤、拜垫、肩着铁锹到了坟前。请叫过众人，将拜垫、纸煤放下，用锹挖了一个坟帽，摆在风林父母坟冢之上。林大娘、风林、三子总磕了头。贾铭也拜过了，叫三子将火纸煤吹着，将黄纸箱点着，但见火光焰焰，顷刻那箱子同里面装的锞锭总焚化过了。风林向田铳子道："你代我将坟包好；要多少钱呢？"田铳子道："你只把一千钱。"风林道："我也不能少把你，把五百钱与你。"田铳子不肯，贾铭又添了一百钱，田铳子方才应允。又问了风林家住处，言明将坟包好再去拿钱。贾铭又把了七八十文与田铳子接过去，拿着拜垫，肩着铁锹去了。

贾铭引着风林们离了坟墓，到了虹桥东首，走进德兴居酒馆，拣了一张大方桌坐下，此时方才交午，尚未有人来吃酒饭。贾铭同风林先到店东王二娘房里开灯吃烟，吩咐弄菜。等他二人过了瘾，邀请林大娘母子用过酒饭，贾铭、风林又到房里吃烟，叫高妈坐下来吃饭。高妈吃毕，贾铭吩咐高妈将烟具收了，关照王二娘写了帐，同着风林们仍复上船，到桃花庵、小金山、法海寺各处游玩过了，用过下午。到傍晚时分将船放回到风林家后门首上岸，敲开后门，到了家里，开发船钱，汰化船家将空船放回去了。风林留住林大娘母子吃了晚饭，同辞回去。

过了数日。田镜子问到风林家里，说是坟已包好。风林把了六百钱与田镜子，又要几十文酒钱，田铳子拿着去了。

到了晚间，风林正与贾铭在房里开灯吃烟，风林的婆戴氏在堂屋里自言自语道：

"我家老鬼的坟在五台山地方，我们离了扬州多年，未曾上坟。今年回到扬州，我说过几次，想要打几个包子，带几百个钱到坟上去走走，总没人买我的帐。今日自己怎么晓得上娘老子的坟，又去包坟，就有了钱了。自己的父母就要紧了，我说的话就当做耳边风了。"尽管在那里叽叽咕咕。凤林听得不耐烦，在房里道："你家的坟，有两个儿子，你老人家不同他们说，在我跟前叽叽咕咕做甚的。我将父母遗体卖钱养活你一家人口，就是我代我家娘老子包了包坟，也不为犯法。况且现在我身上又没有多客，若不是贾老爷在这跑跑，如今一切事件算是全靠着他。难道他在外面玩，管你家穿吃，还管你家这些事呢？你老人家偌大年纪，说这些不讲理的话。"

戴氏道："我的儿子若是有用能干，寻钱养家活口，倒不能让他堂客陪别人睡觉了。你代娘老子包坟，我原不能拦你。想想到我家来的时节，你从小儿，我家老鬼怎样疼你？你如今有了本事，自己能够寻钱，就一苗扫帚扫得干干净净，我不过见你代娘老子包坟，我想起我家老鬼，他养的儿子没用，我辜负说了这么几句，你就生气，将来我还不能开口呢！"

凤林仍欲与戴氏辩白争吵，贾铭赶忙拦阻，走房来向戴氏道："太太，你也不必说了，总怪没钱。凤大爷若有余钱，上人坟墓那分彼此？他早已办了。如今家内不必有伤和气，明日我带几百钱来，让你老人家上坟去就是了。"戴氏别的了这话，向贾铭道："既是你老爷吩咐，我老妈妈子就遵命不说了。"贾铭仍到房里吃烟。用过晚饭，仍在这里住宿。一宿已过，到了次日午饭时分，忽然听得外面来了一个老妇人找寻凤林。不知为着何事。且看下回分解。

第二十七回　王大娘因贫卖女
　　　　　　　蓝小姑好色勾郎

　　话说贾铭正同凤林在房内开灯吃烟闲谈，忽听得外面有个老妇人声音来找凤林。到了堂屋里，高妈问他的姓，从何处来，找我们家奶奶做甚的？那老妇人道："我姓杨，从前与你家奶奶做过邻居。今日听得他回了扬州，我来看望他的。"

　　凤林在房中听声音熟识，就站在房里将门帘揭开往外一看，认得是从前做过邻居的杨老太，如今约有六十多岁。遂迎出房外道："你老人家可是杨老太？"那老妇人定睛将凤林一望道："你可就是何二姑娘？我的姑奶奶，如今长成这等标致模样了！我老妈妈于若是在别处会见了你，还认不得你呢。"凤林将他拉到房里。杨老太看见贾铭，问凤林道："这可是二姑爷？"凤林道："这是贾老爷，你老人家不必问。请坐。"高妈献茶，装了旱烟。凤林与他两下谈谈多年离情，叫人买了点心来款待，又留他吃中饭。闲谈半日，知道凤林并未生育，遂向凤林道："姑奶奶，我娘家住在乡里，有个邻居姓王，丈夫死了，遗四个女儿。大些的三个总把与人家做养媳妇了。如今还有一个小的，今年六岁，面貌生得不丑，家中养活不起。王大娘要想把与人家养活，只要几千钱。姑奶奶你何不花几吊钱，把这娃子弄家来押押子，明养个大头大脸的儿子，我老妈妈子过来吃蛋。"凤林听了这话，一时豪兴道："杨老太，拜托代我说去，不拘那一日，将那小女儿带来我看，若果然不丑，我要就是了。"杨老太答应道："是了，多谢你姑奶奶。"辞别去了。

　　贾铭向凤林道："你才说要买娃子，倘若这老妈妈子带了来，你看中意了，千万不可在他面前说是你买，只好说是代外路客人买的。你们这等人家，不应花了钱钞代人家白养人。到了日后，才将娃子忙得有了眉目，亲生父母闹来要人，我眼睛里不知见过多少。"凤林道："我晓得。"

　　过了数日，杨老太太同着一个乡村妇人，约年四十余岁，衣衫褴褛，搀着一个五六岁小女孩到了凤林家里。杨老太走进凤林房里，悄悄向凤林道："姑奶奶，外日所谈之事，今日他母女总来了，你到外面去看看。"凤林听了，拉着贾铭走出房外。看见一个乡村妇人，一双大脚，坐在堂屋里。旁边坐着一个小女孩，面上并没疤麻，却生得讨喜，双箍眼，长眼睛毛，面容太瘦，大约是因家中饮食不能依时按顿。那大脚妇人见他们出房，立起身来喊了一声"老爷，奶奶。"凤林道："奶奶请坐。"问那女孩道："你今年几岁？"那女孩道："六岁。"凤林道："你乳名叫做什么？"那女孩道："我叫个转子。"凤林道："你可曾出过天花？"那大脚妇人道："三岁时就恭过喜了，托菩萨，倒是六日红。"凤林看了那女孩，满心欢喜，到房里抓了些果子出来，把与那女孩吃着，又叫人买点心款待他们吃毕。

杨老太太道："姑奶奶看了可中意？"凤林道："娃子倒也罢了，并不是我要，有个外路客人托我买的。断绝往来，不知他要几千钱？"杨老太太道："他向我说要八千钱，一刀两断，白纸做事。"凤林道："与他四千钱。"杨老太太问王大娘。王大娘嫌少不肯。杨老大再三说合，叫凤林把六千钱，王大娘方才依允。到街坊站央了一个测字先生来，写了一张卖纸。上写道：

> 立卖亲生女文契人王门张氏，情因夫故无子，鲜亲乏族，遗有幼女，乳名转子，现年六岁，四月初四日卯时建生。年岁荒歉，家贫无力养活。今情愿挽邻说合，出笔立契，卖与过客老爷名下，当得身价九八大钱陆千文正。自卖之后，断绝往来。如有天年不测，各听天命。买主领回扶养，日后长大成人，听其为女为婢，或自收房，抑另择配，均与王姓无干。此女并未受过他人聘定以及指腹、割襟、换杯、过房、承继情事。如有亲族人等出为异说，皆系出笔人一面承管，与买主无涉。今恐无凭，立此出卖亲生女文契，永远存照。

后面写着年、月、日期，递与贾铭将卖契看过。望着王大娘含着眼泪打了手印。杨老太列名作中，也画了十字。将卖契交与凤林收起。凤林将六千钱把与杨老太，转交与王大娘，用一条破蓝布围裙将钱包裹好了，背在肩上，二目含泪，向着那小女孩道："转子乖乖，在这里玩玩，我上街去买果子来把与你吃。"哪小女孩子不肯让王大娘走，拉着他的衣襟，哭哭啼啼。王大娘硬着心肠，将那小女孩一推，将六千钱肩着去了。凤林留住杨老太吃了午饭，把了一千钱谢仪，杨老太方才辞别而去。

那小女孩见王大娘走了，更加啼哭。凤林将他搂到房里，又抓些果子、茶食百般样哄唬，方才住哭。代他重新将辫子梳梳，换了红扎辫，洗洗脸，搽搽粉。赶着叫成衣做了新衣服来周身换了，将那身上破衣裤收藏好了。又叫高妈替他做双新袜、新鞋。

贾铭代他起了名字，唤做兰仙、从此合家众人总喊这小女孩兰仙。

过了数日，兰仙已熟惯了，并不啼哭，夜来跟着高妈睡觉。贾铭每晚无事，用红纸裁成方块，写字叫兰仙认，教他一两遍。那知他天性聪明，每日可以认一二十个字，次日再把他认，一字不忘。因此贾铭同凤林将他爱如掌上珍珠。那一日，林大娘做了一双鞋子来送与凤林。到了这里，看见兰仙，问其原委。凤林叫兰仙喊大姨娘，诉知来由。又央林大娘代做一双裹脚的布鞋，好代兰仙裹脚。临行之时，凤林瞒着戴氏把了数百钱与林大娘，辞别去了。林大娘是时常来往，凤林是不拘多少总要贴补他些。林大娘代兰仙将鞋子做成，送到凤林家里。贾铭取过历日，择选了黄道吉日，代兰仙裹脚。戴氏因林大娘常来，知道凤林不无贴补，时常寻事吵闹，已非一次。琐事难以赘叙。

这一日午后，忽然外面来了一乘小轿，跟随一个挑夫，挑了一担行李，问到凤林家门首。那小轿内坐着一个女子，年约二十余岁，下了小轿，进入里面。到了堂屋里，那挑夫也将行李挑了进来。高妈赶进房里送信。凤林闻知，走出房来一看，乃系凤林的小姑名叫爱林，向在清江堂名里做生意。如今因凤林们一家儿总离了清江，到了扬州，他趁着便船来扬，在便益门码头叫了小轿来的。凤林与爱林彼此招呼过了，请他到房里去坐。爱林进了房，看见贾铭，便问凤林道："这位老爷尊姓？"凤林道："这是贾姐夫。"爱林遂请叫过贾铭方才坐下。凤林将轿钱、挑夫的钱开发过了，吩咐高妈将行李查点收下。挑夫们拿了钱去了。

戴氏在房中听见爱林来了，也到了凤林房里，母女相逢，各诉别后离情。谈了半会，戴氏出房去了。贾铭看那爱林，年纪却与凤林仿佛，不似凤林风骚。一脸的烟色，一双脚也比凤林大着好些。凤林叫爱林到床上与贾铭对枪过瘾。又吩咐高妈将对过房间收拾洁净，将爱林的行李拿了过去，铺设床帐，好让爱林宿歇。

过了数日，这一日午后凤林在堂屋时与戴氏说话，贾铭开了灯在凤林床上吃烟，见爱林走进房来，贾铭道："爱大爷，你来吃烟罢。"爱林道："姐夫你请。"遂走至床前，并不向那边没人睡的所在去睡，反睡在贾铭身上，将脸靠着贾铭的脸。却好贾铭拿着烟枪，上有安好了的一口现成烟。爱林就将烟枪抢过去衔在他口里，就着烟灯便嗅。贾铭道："你要吃烟睡到那一边去吃，你睡在我的身上，设若醋坛子走进房来看见，岂不淘气？"爱林道："你又不是他买定了的，难道我们就巴结不得你吗？他在清江也不知勾了我多少好客，我从来未曾同他说过什么闲话。我们姑嫂是极好的，只要这放大着胆，你也不好意思吃我的醋。"爱林口里说道，手里就将贾铭腿上左捏右捏，弄得贾铭怕痒，闪让不及，两人滚在一堆。

凤林在堂屋里看见爱林进房，原不介意。此刻听得房中两个嬉笑之声，心中生疑，就不与戴氏说话，揭起门帘，抢一步走到房里。看见爱林在床上伏在贾铭身上，不由得心中大怒，遂向爱林道："姐姐，你不必鬼鬼祟祟，我来代你做媒。"爱林只认他是句好话，微微一笑。那知凤林走到床前将爱林一推，他就骑在贾铭身上，揪住贾铭耳朵道："偷嘴猫儿打不改，平时你在别处地方偷鸡摸狗，我说你两句，你还在我面前赌咒发誓，同我洗清狡赖。今日人赃现获，赖不到那里去了！你们两个既然有心，我也不做恶冤家，你我好来好散。从今日起，你另外寻所房子，将他带了去住罢。罢是也罢了，辜负我的心了。找为你这么一个人，也不知受了我家婆同我丈夫多少问气！莫说别的，单是我月经来的时候，留你在这里过宿，他们说多少闲话？你不在这里的时候，我为你背地里同他们吵多少，闹多少，过要买你的人心。那知你平昔在我跟前说的那些话，总是假的，哄得我信以为真，将别的客总冷落尽了，恭维你一个人。实指望和你天长地久，那知你见好爱好。"说着哭着，将头在贾铭头颅上乱碰，滚来滚去，闹得无休无歇。贾铭百般剖自，凤林怎肯相信，爱林见凤林这般光景，自觉没趣，跑到戴氏房里说了些半边词的言语。戴氏庇护女儿，赶到堂屋里说出凤林许多不是，诬栽凤林看不得他在家里，一派蛮语。凤林听了，更加气闷，哭哭啼啼闹了两日。贾铭赌咒发誓，百般安慰俯就，凤林气才渐平。爱林在这里局促不安，同戴氏商议叫他送下苏州去做生意。戴氏又同凤林吵闹，要盘川动身。贾铭备了数千钱盘川，暗地里又送了爱林几两上，戴氏才同着爱林苏州去了。不知后事如何，且听下回分解。

第二十八回　情切切凤林探病
意绵绵贾铭赠诗

话说戴氏带着爱林，起程往苏州去了。凤林算是拔去眼中钉，才觉安静。贾铭仍是时常在这里住宿。因贾铭家先人周忌，家中延请僧人拜忏，音乐焰口，施食放灯。凤林闻知，定要去玩耍。贾铭不好推阻。到了那日黎明，凤林就起来梳洗打扮，换了簇新衣裙，喊了一乘小轿与兰仙同坐，带着高妈，备了礼物，到了贾铭家门首下，下了小轿，搀着兰仙进入里面。

贾铭同妻子李氏接着。凤林先在供的容像前礼拜过了，与李氏见礼。叫兰仙喊李氏干娘。李氏答应，邀请凤林入座，家中老妈献茶，装烟。高妈将礼物送上，贾铭全收。开发过力金轿钱。摆了四盘点心，款待凤林、兰仙吃毕。李氏知道凤林吃烟，赶忙叫老妈在他房里开了灯，邀着凤林进房过瘾，谈了几句套话。凤林是久在烟花中人，言语岂有不会奉承？因此李氏甚为喜欢。玩了一日，晚间看着那些应福僧人关灯，跑方，变幡，甚是热闹。又看着和尚拜台，上了台，凤林就要告辞，李氏那里肯让他走，再三留着凤林在家内住宿。玩了几日，才让他回家。临行之时，李氏又拿了一个绣花荷包，内里放着一个小银锞锭，计重三钱，把与兰仙。又叫人买了四包茶食，点了几校安息香，喊了小轿，送凤林回家。从此凤林闲时就到贾铭家与李氏叙谈，彼此馈送些时新礼物，往来甚密。

忽一日，凤林正在家中闲坐，外面来了一个年约三十岁的男子，乃系凤林的胞兄，姓何乳名叫长山子，由安徽省回来，林大娘叫儿子将他送到凤林家里。姊妹重逢，悲喜交集。凤林就留着长山子在家里宿歇，管顾他的饭食，还要把钱与他零用，剃头洗澡。凤林此时因出外多年，回到扬州同胞姊妹三人幸得重逢，骨肉团聚，满心欢喜。

那知乐极生悲，贾铭腿上忽然患了湿热流火症候，不能行走，睡在自己家中。凤林听闻此信，心中十分着急，每日清晨就往贾铭家中探视，亲自代贾铭煎药，煎水洗腿，敷擅两腿，不嫌肮脏。贾铭的妻子李氏，素与凤林相得，故而凡是凤林煎药、敷药，李氏更觉放心委服。凤林一片真心服侍贾铭，更比李氏倍加殷勤。只因兰仙弄在

家内，怕带了来贾铭生烦，因此不放心。凤林每日总是早去晚回，一连去了约有十日，贾铭腿患方才渐渐好了，在家调养，凤林才放了心，不日日前去探视。

又过了数日，贾铭腿患痊愈，能于行走。这日在家中吃了午饭，慢慢地走到凤林家里。张二、高妈、何长山子看见了他，总迎着上前，请叫问候。凤林迎至房门外，犹如半天见月十分欢喜，挽着贾铭的手进房入座。高妈跟着进房，献茶、装水烟。凤林道：“恭喜你贵恙痊愈了。曾用过饭呢？”贾铭道：“托福，已经全好了，谢谢。适才在家里吃过午饭。这半个月未曾出门，烦闷的了不得，所以跶到这里同你谈谈，好解解闷。”凤林道：“你腹中可饿？买甚东西来吃？你是患后之人，不要饿了。”贾铭道：“适才吃饭，腹中尚饱，过一刻儿再讲。”凤林赶着喊高妈开灯，与贾铭吃烟。

贾铭道：“我在家中患腿，累你枉顾多次，代我煎药、敷药，不嫌肮脏，殷勤服侍，我心中甚不过意。在家调养数日，昼长无聊，撰了一副对句，六首绝句奉赠。”说毕，就在衣袖内取出裱现成了的一副苹果绿蜡笺对联，另外一副粉红酒金笺纸。将对联打开，但见上写道：

> 凤鸟不栖无宝地
> 伶人常唱有情词

上款写：“凤林仙史雅鉴”，下款写：“太痴生书赠。”又将那一幅笺纸展放开来，皆是写的草字。上写道：

> 丁酉仲春，友人邀聚竹香楼。乍晤凤林女史兄，其丰姿绰约，体态温柔；淡脂轻粉，布衫银饰。严似良家妆束，绝无烟花俗态。及闻筵前清歌妙舞，真令人心悦神恰。与余清谈半晌，承蒙青眼，诉以肺腑，遂与订交。屈指二载，朝夕盘桓，殆无虚日、己亥孟秋，偶因腿患卧榻，凤卿日还枉顾，亲煎汤药，洗敷疮患，不嫌肮脏，不辞劳苦。今幸患痊，在家调养，昼长无聊，戏占六绝以赠，并希雅政。

其一

> 年来生怕惹想思，

邂逅逢卿不自持。
应是凤缘前注定,
岂关一见便情痴。

其二

椿童早逝情谁怜,(凤卿幼;估恃)轻别扬州十二年。(凤卿本扬州人,
为其始带往清江多年方归)若使当初便识面,
累龄尚未整花名队。

其三

梨花如面柳如腰,
莲步轻盈舞袖飘。
最是酒酣羞怯怯,
可人醉目不胜娇。

其四

怜卿镇日唐春山,
常傍妆台泪自海。
底事伤怀无一语?
恰缘家事许多艰。

其五

我嗟患疾苦相磨,
旬日劳卿九度过。
自信待卿情甚薄,
卿何为我太情多。

其六

愧无金屋贮娇娘，
辜负卿卿一片肠。
若果深情真眷恋，
相期来世结鸳鸯。

凤林道："你在家中患腿，我一闻此信，唬得手足无措。虽是每日亲自往你家里去探视，晚间回来我记挂着你，也不知望空烧了多少香，许了多少愿，那有一夜放下心肠睡得着觉！如今托天庇佑，恭喜你息已全好。隔一日我请大香大烛将允下来的福还了，保佑你嗣后无灾无难。承你爱厚，送我的诗同对联，可惜我认不得字，你念与我听。"

贾铭叫人先将对联在房中挂起，就将对句同六首七言绝句，逐一讲解与凤林听了。[凤林]十分欢喜，遂向贾铭道："你快些将这诗句送到裱画店里裱好了来，让我挂在房里，你慢慢的逐句教我念熟，我闲暇时也好念念解闷。我虽不通文理，听你那诗句内有什么'相期来世结鸳鸯'之句，我偏等不得到来世，只要你诚心爱厚我，你不拘弄出多少银子，买一个人把与我丈夫混饭吃，我跟你回家去，岂不是今生结鸳鸯了？何必说此颓丧语句呢。"贾铭道："我因在家调养，昼长无聊，胡诌了这几句大鼓书词，聊为解闷，何能作为诗句浪起来，被人看见还要将牙齿笑下来呢。"凤林道："我不晓得是好是歹，我只听得你念得贯串好玩，你代我送去裱就是了。"贾铭道："你定要叫我献丑，我带去送到裱画店，叫他裱好了再带来，让你开心，让我被人笑骂。"凤林道："挂在我的房里，有谁人看见笑你呢？"

贾铭将兰仙喊到房里道："我十多日未来，你认的字，大约总忘记了。你区将这对联上的字看看，有几个字认得？"兰仙细细一看，凡是曾经认过的字他总认得，这副对联上竟认得有七八个字。贾铭甚是喜悦，道："我只说你将所认的字没有每日盘你，谅必要忘记了，那知你一字未忘。有如此聪明，可惜是个女子。"遂在顺袋内抓了几十钱与兰仙道："拿去买果子吃，用心认字，我才欢喜你呢。"兰仙拿着钱笑嘻嘻的往堂屋里先要去了。贾铭吃了几口烟。凤林叫人买点心与贾铭当下午，晚间就在这里吃了晚饭住宿。

过了数日，戴氏从苏州回来，下了小轿，到了里面，戴氏哼声不止。凤林闻知，赶着出房，到了堂屋向戴氏道："太太因何这般光景？"戴氏道："我把爱林送到苏州，在胥门内船舱巷鸿福堂里做生意，我因为有病才回扬州来的。"凤林代戴氏开发了苏州来的船钱并小轿、挑夫钱文。请医生代戴氏诊脉，无非是受凉停滞，眼药调理一个多月，方才痊愈。

光阴迅速，早又冬残岁底，一切过年费用，皆是贾铭备办。到了除夕这日，贾铭将凤林合家押岁礼，轻重不一，总开发清了。晚间与凤林吃过守岁酒，将这里各事办清，到四更多时分，贾铭方才回归自己家中度岁。新正元旦午后，贾铭就到了凤林家里。高妈、张二二人看见贾铭来了，赶忙点放旺鞭，道了喜。贾铭走至里面，戴氏同他大儿子蓝大，并问长山子总向贾铭道喜。贾铭进房，看见房中地下烘烘的一盆炭火，桌上点了一对大蜡烛。凤林迎着贾铭互相道喜。将兰仙喊到房里，向贾铭磕头道喜。高妈献上洋糖，元宝茶，摆了桌盒。凤林将桌盒内糕糖、桂圆、元枣、花生米、瓜子抓了敬贾铭户说了许多吉利话，什么高高爽爽、甜甜蜜蜜、元元发发、早生贵子、长生不老、瓜蒂绵绵。贾铭吃了一个元枣，拿出几张粉红笺纸钱票与戴氏、蓝大、何长山子、高妈、张二进财，又将一张钱票交与凤林转把与她丈夫蓝二，又把了一块洋钱与凤林进财，又把了一张钱票与兰仙买果子吃。凤林喊高妈将烟灯开了，邀请贾铭吃烟。晚间是十二碟、一锅，凤林陪着贾铭吃了酒饭，就在这里住宿。

到了十三日上灯日期，贾铭到辕门桥买了一张榴开见了包灯，又买了四张秋虫、几张走马灯挂在凤林房里，又买了一张鲫鱼灯与兰仙点了玩耍。元宵这日晚间，贾铭又买了两盒烟火同各色花炮：流星九条龙、垂杨柳线穿牡丹、金盏银台、飞鱼儿、赛月明并几桶花子，与凤林饮酒庆赏元宵。十八日下面落灯。

到了二月中旬，贾铭的眼睛忽然害起，只认是风火，不为介意。那知到了五六日，两眼胞肿得犹如大桃子一般，难以睁闭。延医看视，服药敷药，煎洗调摄，皆无效验。痛极伤胃，连饮食少进。睡在凤林床上，日夜哼呼。凤林着了急，睡到夜静，自己用凉水漱了口，将舌尖代贾铭舔咂眼胞上脓血。直舔到天色将明的时候，贾铭的眼睛稍为定住些疼痛，合眼朦胧睡着，凤林方才不舔。接连舔了三夜，贾铭的眼睛方才定痛消肿，向凤林道："我的眼睛害得那般凶狠，许多脓糊住二目，就是我结发妻子，也不能代我舔眼。亏你不嫌肮脏，一连数夜代我将眼睛舔好。此情刻铭在心，终身不忘。"凤林道："但愿你精神强健，交情长久，我就死也甘心，那个要你说这些感情的话！"又过了数日，贾铭的眼睛痊愈，方能出门行走。

时光易过，已到清明佳节。凤林预前数日叫贾铭雇了一船，邀请林大娘母子同何长山子，同到他父母坟前拜扫。清明这一日，贾铭同凤林带着兰仙去看城隍出巡。到了牡丹、芍药开放之时，又与贾铭雇船同去赏玩。端阳节，贾铭又雇游船同着凤林去看龙舟。他二人真是如鱼得水，一刻难离。

这一日，贾铭正同凤林在房中开着灯对枪过瘾，忽听得房外来了一人与高妈讲话。不知何人，来作甚事，且看下回分解。

第二十九回　背盟誓凤林另嫁
卷资财巧云还乡

话说凤林与贾铭正在房中开着灯对枪吸烟，只听得堂屋里来了一人。高妈问那人尊姓，来做甚事。那来的人道："我姓戈，名叫戈仁，在埂子街禄兴园客寓里挡嘈。我们寓里昨日来了一位老爷，姓卢，是山东人，父亲做过宰相，他是那一部里什么官，水晶顶子。带了许多家人，赁了我们寓所一个独院住着。今日喊我带一个手口俱全的相公过去说说。我们得你家凤相公弹唱俱好，所以过来请他的。"高妈道："我家相公是有包户的，不出去应局。你往别处去带罢。"戈仁道："我是特意到此来的，请你向你家相公说一句，他去与不去，我等你的信就是了。"

高妈进房，将戈仁所说这些话向凤林告知。凤林道："我搬到这里并未到那里出过局，你也不应来告诉我。我不去，你叫他走呀！"高妈正欲转身出房，贾铭将高妈喊住，向着凤林道："你在家内横竖无事闲坐，这种过路客何不到那里去弄他几两银子回来，买几两上煮煮也是好的。"凤林道："并非我不肯去，你在这里，我若是去了，没人陪你，所以我才回他不去。"贾铭道："你不必灌这些米汤了。高妈，你去问他出多少银子局包。"高妈答应。到了堂屋里问戈仁："那姓卢的曾说出多少局包呢？"戈仁道："我已曾向那卢老爷讲明，是五两银子局包。但是我的回手地却不能照例，要大大的沾沾光。"

高妈复又进房，将戈仁所说的话告知。凤林尚在踌躇。贾铭向高妈说："你出去叫那来人先走，说是相公收拾清了就来。"高妈往房外打发戈仁去了。凤林将瘾过足，重新梳洗，换了衣裳，叮嘱贾铭不准回去，坐在房里等他回来。贾铭答应定了，凤林方才坐了小轿，张二拿着琵琶口袋，喊了大曲污师跟随，往禄兴国客离去了。

直到三更时分，凤林局散回来，开发过轿钱，向贾铭道："那卢老爷的父亲做过宰相，他本人是员外郎。家里有几个小奶奶养了几个儿子。那大儿子也是姨奶奶养的，中举、中进士，已经点了翰林。这翰林的生母在儿子进学之后，被这卢老爷不知因为何事，打发出去，配了一个成衣。如今这卢老爷是从北京下来，到清江、扬州、苏、杭各处找他父亲的门生、故旧打秋风。最喜吃酒，那鸦片烟一口都不吃。同我谈了半

日，叫我唱了一套大曲，两个小曲，陪他吃过酒，把了五两银子局包，另外又把了一个小银元宝与我。"遂取出来递在贾铭手里，那小银元宝约有十两多重。贾铭道："你还不肯去呢，如今可以买一包土总够了，省得我想多少心思呢。"凤林道："我留着做衣服呢，买土倒便宜你了。"遂睡下来吃烟。凤林平空笑道："我还告诉你句笑话，他爱我脚小，叫我跟他从良回去呢。"贾铭道："好呀！"只认是凤林说的玩话，并不介意。二人吃了一回烟，收拾睡觉。

到了次日，戈仁又来带局。凤林叫高妈拿了四百钱把与戈仁，算是回手。戈仁拿着钱去了。凤林重新收拾打扮完毕，又嘱咐贾铭在家等他，方才坐小轿去了。直到四更时分才回，吃了一回烟，睡觉。

两个睡在床上，凤林向贾铭道："这卢老爷一定叫我跟他，不拘要多少银子身价，他总情愿出的。我所以家来同你商议，可去得去不得？"贾铭听了这话，沉吟了半晌道："我若说拦你不去，你在扬州现在又没多客，不过我在这里跑跑。论起年纪，我又比你大着十多岁。我家中有妻子、儿女，我又不能要你跟我从良。我也不是个财主，无非是把势局面糊得好看。此刻将你留下，日后你若发达不必说了，倘若弄坏了，不如此日，你必要埋怨，好说我当日有那么一条好头路，生是姓贾的打拦头板不让我去，带累我今朝受苦。我若说是叫你跟他，第一，他是山东人，在京城里做官，那北边的日子，饮食起居皆不及我们南边。你曾住守清江西坝，谅也晓得那些光景。况且你又吃烟，他又不吃。如今他是一时豪兴，要你回去，未必能于容你吃烟。再者，你昨日告诉我，他将养了儿子点了翰林的生母尚且配与成衣，足见此人情性了。承你的情与我商议此事，我却不好决断，你只好自己斟酌。如不决疑，可到那个庙宇里去烧烧香，求条签，问问菩萨，好歹如何便了。"凤林听了并未言语，安睡一宵。

次日清晨，贾铭方才出了门，凤林叫张二将她丈夫蓝二喊了家来。凤林向蓝二并他婆戴氏道："现在有个人叫我跟他从良，你们划算划算，要多少银子身价，才能让我走呢？"蓝二同他母亲商议，要了四百千钱。凤林道："我从七岁到你家来，这十数年里，已不知代你家寻了多少银子。如今总说了，我叫这来人把三百千钱与你们，有了这些钱，也可以另买两个人混饭吃了。"蓝二摇头嫌少不肯，道十太少了。凤林道："你不必糊涂了，我的年纪已离三十岁不远，身上又时常有病，还有几年相饭吃呢？你有了三千钱，加之我去后，家里留下这些家伙什物，我还有些衣裳，算算起来还值两百千钱呢，你还不够过日子吗？你若是执意不肯，我也不勉强你。我从今日起，就不让这姓贾的进门，我也不接别客，不吃相饭了，情愿关起门来跟你讨饭。你们划算划算，那样便宜就是了。"蓝二听了这话，知道凤林心去难留，同他母亲戴氏商议明白，方才应允。

　　凤林又叫张二将他胞姐姐林大娘请来，向他说道："我如今要跟人从良进京。罢罢，你我姊妹一场，送你四十千钱与你夫妇做个忆念罢。"林大娘听了这话，心中虽是割舍不得，又听得凤林把四十千钱与他，因舍不得这钱文，口中足说何忍分离，心里是求之不得。凤林又向他胞兄何长山子道："你送我进京，我代体谋件好事，让你回来。"何长山子听得允他谋事，心中欢喜，满口答应。凤林将各人的话均皆说明。吃过午饭，过了瘾，又喊了小轿，到禄兴国客寓同卢姓将话谈明回来。

　　晚间等待贾铭至此，晚饭吃毕，将烟灯开了，二人过瘾。凤林道："昨夜告诉你那件事，我今日已经与这姓卢的说定，约在明日成事，六月初四日就要动身。费你的心，明日代我将银子拿到钱店里去合成钱数，好把〔与〕我家丈夫同我姐姐。别人我不委心，罢罢你我相好一场，你却不可推辞。"贾铭口中虽是答应，心中犹吃了一块大冷冰，想道："我却看不出这么个人如此狠心！当日初会见我的时候，耳朵上带的是铜环子，我怎么帮扶他。后来外面闹禁烟、禁娼，没处存身，同我怎样告苦讲难，我怎样代他寻房子、买家伙，那一件不是我管得他家盛水不漏？如今弄得成了一个人家，穿吃可以不焦不虑，他是那一天不说跟我从良。只因我暂时拿不出整夏银子把与她的丈夫，带他回去。前日怪我不是，撮他出局。如今这姓卢的不过同他一面之交，就贪图他有银钱，就忘记了同我这两三年在一处发多少誓，赌多少咒，何等恩爱绸缪，一刻难离。如今就要跟他从良去了吓意我昨日送他六首七言绝句诗中有'若果深情真眷恋，相期来世结鸳鸯'之句，那知此言竟无意成诗谶！此刻我明白了，大约烟花中人，任凭什么蜜语甜言，总是假的。我若此时同他评论几句，外人闻知，必要说我因为在他身上用了些银钱，此刻见他跟人从良，我不服气哇酸。"心中一狠："罢罢罢，该应我只少欠他这些，已经还清。若非这姓卢的到此，我两人何能暂时离散？谅是凤缘已清，由他去罢。"一宿已过。

　　次日卢姓着家人送了银子到凤林家里，交与凤林接过，收到房里，那家人去了。凤林几她丈夫蓝二说道："你去喊一个测字先生来家，将卖纸写成。我将银子合成钱与你。"蓝二答应去了。凤林将银子交与贾铭，附耳说了几句。贾铭点点头，将那银子拿到钱店里。央柜内伙计比成一笔三百千钱，一笔四十千钱，拿回家内，摆在桌上，将那比过余剩的银两仍交与凤林收起。

　　蓝二在街坊找着一个测字先生，请到家内，取了笔砚，已将卖纸写成，念与凤林听了。凤林听他太夫蓝二画字。蓝二提起笔杆望着凤林，扑簌簌两泪交流。凤林只作没有看见。蓝二心中一狠，硬着心肠画了十字，打了手模、脚印，放声大哭。戴氏同大儿子蓝大并凤林的胞兄何长山子，胞姐姐何氏，各人总画了字。凤林就将卖纸交与那卢姓家人拿着去了。蓝二、林大娘各将银子收起。

贾铭看见凤林事已做成，细想他既如此负心，我还有什么割舍不得！不如硬着心肠由他去罢。在酒馆里买了一桌酒席，挑到凤林家里，晚间代凤林饯行。今日他两人虽在一桌饮酒，比往日迥不相同。贾铭是闷闷不乐。凤林是喜形于色。酒饮三巡，贾铭向凤林道："罢罢你我相好数年，你这一去，享荣华，受富贵，谅必今生不能重逢。我意欲屈你唱个小曲，不知可赏光否?"凤林听了，喊高妈将琵琶取来接在手内，又叫高妈将脚篮内那一双未曾穿过的白洋绉顾绣三蓝鞋子拿出来，放在贾铭席前。凤林弹起琵琶，转动歌喉，唱了一个《离京调》，其词曰：

洋绉花鞋三寸大，未曾穿过送与冤家。送冤家，留为纪念来收下。我没奈何，硬着心肠来改嫁。你若想起我，只好看看鞋子上花。要相逢，除非三更梦里罢。若要想团圆，今生不能，只好来生罢。

凤林唱毕，将鞋子递在贾铭手内，道："你收起来，做个忆念罢。"贾铭接过去收了，向凤林道："你代我弹个《吉祥草》。"凤林答应，弹起琵琶。贾铭遂唱道：

冤家要去留不住，越思越想越负辜。想当初，原说终身不散把时光度。又谁知，你抱琵琶走别路。我是竹篮的打水枉费工夫，为多情，谁知反被多情误！为多情，谁知反被多情误。

唱毕，凤林将琵琶交与高妈拿过去，斟了一大杯酒，奉敬贾铭道："我自从与你相识，承你百般栽培，我时刻铭心，何忍舍得与你分离？此刻奔这一条路去，晃想借这卢姓的银子，将蓝家割断。多则一年，少则半载，定然回扬，你我再为相聚罢。"贾铭将大杯接过，一饮而干。又斟了一大杯酒，递在凤林面前，道："但愿你此去，白头到老，勿以我为念。数年不周之处，望乞海涵。路途保重。我却有一事甚不放心，你明日过了黄河上了道儿，每日四更时分就要开车，你的烟瘾尚过足，如何是好？"凤林听了这话，方才落了几点眼泪，将酒饮干，即便散席。一宿已过。

次日，凤林拿出银子，托贾铭代他买了许多零星物件，又买了一包土，煮出烟来，准备带了上路。贾铭痴情未断，在真戴春林香店内，买了一挂一百零八粒叭叭吗萨香串，送与凤林。凤林接过去，在裤带上解下一块白玉佩，送与贾铭收起，各自留为纪念。到了六月初三日晚间，贾铭在凤林房里与凤林二人睡在床上，开着烟灯吃了一夜烟。贾铭是长吁短叹，凤林是一言不发。

初四日黎明时分，卢姓家人同着轿子前来。凤林就赶忙梳妆完毕，换了新衣，向着戴氏道："太太，我去了。"那时候，她丈夫、大伯、胞姐、兰仙同贾铭皆在房里，凤林连眼梢总未瞧众人一眼，只向戴氏说了这五个字，就扬扬的走出房门。戴氏同林大娘、兰仙看见凤林走出，各人放声大哭。贾铭向着戴氏、林大娘啐道："他都不哭，你们哭做什么？只当他暴病死了就罢了。"凤林走未多远，装着未曾听见，同着他胞兄何长山子出了大门，上轿去了。贾铭等凤林走后，一肚子烦恼。离了凤林家，回归自己家中去了。

再说魏璧听闻凤林跟人从良，遂到强大家里将这话告诉巧云。巧云听见，道："暖，这就是凤姐姐不是了。贾老爷待他还有那一柱儿不好？当日初到扬州，那般苦况，若非贾老爷扶持，他这一家人口，不知弄成什么光景。若论此刻，日子也可以，穿吃不焦，将就过活，也就罢了。那知他如此狠心，竟不念前情，将贾老爷撇下，另自从良去了。我若是像他有这一个好客，能于寻房子我住家，管我穿吃家用这些好处，任凭别人将紫金子铺满一地，我也不能跟他去的。罢是也罢了，辜负了贾老爷一片好心。只怕凤姐姐去后这两日，贾老爷要恼闷坏了。"魏璧道："我也是这么想，明日约袁三哥将大爷请到这里来摆台酒代他散散心。"

巧云道："你来得正好，我有句话同你商议。"魏璧道："什么话？请教请教。"巧云道："我想那时桂姐姐、双姐姐、凤姐姐同我四人在此，我们心似同胞姊妹，好不热闹。不意桂姐姐因吴老爷弄出事来，他自己又欠人债务，逼着回家去了。双姐姐跟了袁老爷从良终身有了倚托。此日凤姐姐又跟人进京去了。独是我一人久在烟花，想来终非长策。却好我的父亲前日到此来拿季钱，我向他说，叫他放我一条生路。我父亲先原不肯，我同他扛吵了几日，现在已经同他讲定，叫我把二百块洋钱与他，写一张凭据与我，听我自便。我这数年虽积聚了些私房，却没有这些。我想同你商议，帮助我一百块洋钱，你若可以将我带回公馆，我情愿做丫环使女服侍少奶奶。你若是不好带回公馆，听你在外面不拘寻一间半间房子。幸喜我如今烟已戒得一大半，只剩了几口烟了，每日只消数十文就够浇裹我了。你若能将我提出火坑，保佑你养一个大头大脸的小少爷，连中三元。"魏璧听他这话，又可怜，又近情理，只不过要了一百块洋钱，遂满口答应。吃了晚饭，住了一宿。巧云在枕边说了许多蜜语甜言，叮咛嘱咐。次早，魏璧起来，吃了偎莲子，就回公馆取了一百块洋钱送来，交与巧云收起。巧云道："还有一句话要同你说明。"魏璧道："一又是何事？"巧云道："我在我父亲面前，原说是向人借的洋钱与他，并未提出你来。他若晓得你在我身上帮我洋钱，只疑惑你要我从良。你又是个盐务少爷，不知你出了多少银子，他又要奇货可居，这二百块钱又打倒不动他了。这两日你不要到此，你自己斟酌，还是将我带回公馆？还是在外面寻房子另住？让我同我父亲将事做成，打发他回去。你到第三日来，我好跟着你走。

此事你知我知，你勿在外人面前谈及。露了风，强大他们倘若晓得了，又要同你闹什么出堂礼、喜酒等类，不应瞎花钱。"魏璧听了，心中更加欢喜，点头应允，辞别巧云去了。

那知巧云等魏璧离了这里，就同强大算清帐目，将所欠人的零星各帐开发清楚。收拾行囊并房中物件，卷卷资财，同着他父亲连夜雇船回盐城去了。

这两日，魏璧忙着寻了房子，将家伙什物置备现成，又雇了一个老妈，准备服侍巧云。到了第三日，兴匆匆的到了强大家里，三子请他到巧云房中去坐。魏璧才进了房，看见房里字画，床上被褥总是换了。老妈跟随进内，献茶、装水烟，另有几个女妓来相陪。三子道："魏老爷，贵相知同他父亲回盐城去了。我另外代你老爷做媒，不知那位相公有福巴结上你老爷呢。"魏璧听了，十分诧异，大为扫兴。又不便向别人讲说，恐人笑话。虽有几位相公陪着，魏璧那有心肠向他们谈笑，勉强坐了一刻，站起身来道："改日再来惊动。"出了强大门，前往贾铭家，寻着贾铭，约到教场方来茶馆各谈心事。正是：

愁人莫向愁人说，说起愁来愁更多。

不知他二人所谈甚话，且看下回分解。

第三十回　庆中秋袁酞染病
　　　　　　降夜香双林祈神

话说魏璧邀着贾铭到方来茶馆里吃茶闲话。贾铭道："我这数年间代凤林怎么好处，我在家里患腿，凤林每日到我家里来，代我煎药、敷药，怎样服侍我。我害眼睛，他每夜睡在床上，到五更时分，怎样代人舔眼睛。平昔在我耳边怎样发多少誓，赌多少咒。怎样说同生共死，一刻难离。故而我认为以为真，任性将银钱花在他的身上，算起来不知花费了若干银子。那知他遇见个姓卢的，带过两回局，又未落过交，他一旦就跟那姓卢的去了。足见烟花中人，任凭他什么蜜语甜言，总是假的。这几日未曾会见你兄弟，不知贵相知好？"魏璧叹了一口气，道："大哥再莫提起了。"遂将平昔代巧云各种好处，巧云与他何等恩爱绸缪，如今如何将他洋钱赚哄过去，跟他父亲回归盐城这一番话，细细告知。贾铭甚为主诧异。两人谈得又气又恼，越谈越恨。贾铭道："只总怪你我不该在烟花场中贪恋，自意烦恼。已往之事，说也无益，不必谈了。这连日未曾会见袁三兄弟，我们何不到他家去会他谈谈。"魏璧答应，关照写了帐。

二人出了茶馆，到了古巷袁酞同双林住的所在，用手敲门。王妈开了大门，邀请至里面。袁献迎着，彼此见了礼。贾铭请叫弟媳，魏璧称呼三嫂，请出来见礼。双林只在房内回敬了一声"大爷，叔叔"，并未出着房门。贾铭、魏璧心中深为褒赞。袁献因贾铭吃烟，遂邀请他二人至客座里坐下。王妈献茶、装烟。袁酞又叫王妈在炕上开灯，请贾铭吃烟。他三人是几日未会，谈了些套话。袁酞问及凤林、巧云之事，贾铭、魏璧逐细告知。袁酞道："这些玩笑地方，虽说是露情缘，却也是前生注定。他们如今跟人的跟人，回家的回家。贸大哥、魏兄弟若是正看，心中未免有些不舍之处。据小弟愚见，看来你二公少欠他两人的孽债，业已还清。依兄弟劝解，不必懊恼了。"贾铭、魏璧两人听了这话，葛然大悟道："好个前生注定，孽债还清！从今以后，只作他两人暴病身亡，再也不提了。"袁酞道："多日未会，请在这里便晚饭，你我弟兄谈谈。"两人许诺。袁酞叫人到馆里买了几样菜。贾铭、魏璧入座。饮酒之间，贾铭问袁酞道："陆兄弟回府至今曾有信息？"袁酞道："陆兄弟却未曾有信来。前日小弟会见个常熟朋友，问及陆兄弟消息，那朋友向小弟说道，陆兄弟自从扬州回去，被他父亲严

中国禁书文库

风柳情

四六八七

加训责，锁在家内。现在患了一身毒疮，性命尚不知道如何。小弟一听此话，嗟叹不已。"贾铭道："此话不知真假。若果是实，陆兄弟设若因毒损命，如此青年，岂不是这条命送在月香手内？如今月香也不知何往，这种负心人，谅亦歹多好少。"魏璧道："适才袁酞三哥说是这些事皆系前生注定，此言真不谬也。"各自嗟叹。酒饭用毕，告辞，各散回家。

时光易过，已到中秋佳节。这日清晨，袁酞先往自己家中拜过父母的节。又到贾铭家中贺节，适值贾铭在家。彼此见礼，道喜已毕，邀请入坐。仆人献茶、装烟。贾铭向袁酞道："贤弟，想起陆兄弟在扬的时候，你我弟兄几人，朝朝摆酒，夜夜笙歌，追欢取乐，何等热闹！自从陆兄弟动身回家之后，吴二兄弟为人陷害，配罪他乡。桂林回籍。巧云骗了魏兄弟洋钱逃回去了。惟有你兄弟，将弟妇带了为妾，算是如了心意。不怕贤弟见怪，家中弟妇不相和睦，也是美中不足。我那凤冤家不念前情，竟自跟人从良去了。他动身那几日，愚兄却是朝夕思念，如有所失。后在尊府听贤弟所说孽债还清那句话，我就恍然大悟，只作他死了，将这条肠子久已掐断，并不思想。那知昨晚对着一轮明月，不知怎样又想起他来，戏填一词，取来与贤弟斧削斧削。"袁酞道："小弟虽系才疏，倒要瞻仰瞻仰。"贾铭到书房内取出一张洒金蜡笺斗方递与袁酞。[袁酞]接过来细看，只见上写着：

> 蛩声聒耳，桂香扑鼻，孤鸿搅乱心头。忆当初朝夕无限绸缪，倏忽一朝别去，空遗下无那闲愁！铁马声随风断续，无子无休。悠悠！玉人一去，只空楼惟余，遍处闲游。不知卿肥瘦，向月追求。曾见卿卿玩月，心儿里，诉甚情由？可忆及昔时旧友，故国扬州？
>
> 右调《凤凰台上忆吹箫》

袁酞看毕，连声赞好道："词句清新，足见大哥痴情，凤嫂薄幸，妙极妙极！他既如此忘情负义，大哥你也不必想他了。"贾铭道："他要算是薄情中魁首，将这数年我待他的好处，抛在九霄云外，跟了个一面相识的，径自去了，那个还想他呢？昨宵偶然忆及往事，一时戏笔耳。"二人又谈了些闲话。袁酞立起身来作辞道："小弟告辞，还要到魏兄弟公馆贺节，改日再会罢。"贾铭道："既如此，恕不深留，愚兄即刻到府回贺。"袁酞道："不敢不敢。"贾铭送至大门外，一拱而别。

袁酞到魏璧公馆拜过节，回到了双林这里，叫人买了许多果品。晚间，见一轮皓月东升，袁酞摆设花果供献，焚香点烛。同双林敬过月宫夫子、太阴星君，摆了果品佳肴，对酌赏月。饮至半酣，双林道："我自怜命薄，堕落烟花，曾经看见那《扬州烟花竹枝词》九十九首内有一首道：

　　枉自朝朝伴客眠。
　　相逢都是假姻缘。
　　中秋尽说团圆节，
　　独妾团圆不是圆。

　　我每年到了中秋这一日，想起这首诗来，莫不叹惜流泪。偏偏去岁中秋没客，我将这首诗反复吟哦，整整读了一夜，越评越有滋味。我想那作诗人可为体察烟花，无微不至矣。我自料久老风尘，终无出脱之期，且喜你将我拨离苦海，从此终身有托。今宵对此明月，不知能常圆否？"袁酖道："你这话还要呆呢，我虽有正室，如同陌路。你既将终身依附于我，正好朝夕相聚，百年偕老，如何出此不利之言？今宵对着嫦娥，如若负心异念，即如此月。"遂取过大杯，斟满了酒，敬了双林一大杯。双林饮干，斟了一大杯奉敬，袁酖接过去饮干。双林又斟了一大杯，向袁酖道："今宵团圆佳节，奉敬一个成双杯，但愿你我二人如月常圆，白头到老，妻之幸也。"袁酖接过大杯道："诚如卿言。"一饮而干。

　　袁酖向双林道："外日你说的那酒令，文简意串，今又爱那诗句，谅你必能作诗，今日却要领教。"双林道："你把我太说的聪明了，我那里会做诗呢？"袁酖道："你勿以我为门外汉，定要请教。你若不作，罚饮一大碗酒。"双林道："我强不过你，定要叫我献丑，请命题限韵罢。"袁酖道："我不知什么题目不题目，就是今日即景，就用你才念的那首竹枝词原韵罢。"双林略为思索，遂口占一首七绝诗云：

　　曾梦鸳鸯并颈眠，
　　今生应合了前缘。
　　莫将佳节空辜负，
　　满酌香醪庆月圆。

　　双林吟罢，袁献连声赞好，自饮了一大杯，又敬了双林一大杯。
　　二人觥筹交错，谈谈笑笑，不觉饮至更深。袁酖吃得酩酊大醉，双林服侍他先去睡了。王妈将残肴收过，揩抹桌台。双林照应门户火烛已毕，也好解衣上床。今日是

团圆佳节，袁酞睡了一觉，酒已醒了，二人在被窝里干些俗事，不能细说。

一宿已过。次早袁酞起床，就觉得有些咳嗽，尚不介意。到了六七日后，吐出痰来，有许多红星。双林看见，着了急，赶忙叫人请了医生来代袁酞诊视。那医生说是肝肺两亏，谨防久延涌吐生变，立下药方。双林立即叫人配了药来，煽着炭炉，亲手煎好。袁酞服下，并未见效。一连数日，请医煎药。皆系双林殷勤服侍。日重一日，到了半月之后，袁酞又涌吐了许多血。双林更加着急，每日皆是请几个医生来家诊脉，斟酌立方。那知服下药去，如石投水。一月之后，又添了哮喘，饮食渐减，起动无力，身体日渐赢瘦肩势有增无减。

袁酞的父母逐日过来探视，回到自己家中将袁酞患病日重的话向杜氏说知，叫他到双林这里来看视袁酞。杜氏难拂翁姑之意，喊了乘小轿，带着家中仆妇到了双林门首。下了小轿，仆妇送信到了里面。

双林闻知，赶着迎到大门首，看见杜氏遂喊道："大奶奶，请里面坐。"杜氏并不回言。双林邀请杜氏到了堂屋里，双林赶忙进房取出一条红毡铺在地上道："大奶奶请上坐，贱妾甄氏拜见。"说着就拜了下去。杜氏也不答应，也不还礼。那跟杜氏来的仆妇看不过意，将双林搀扶起来。杜氏就在堂屋里椅子上入了座。双林自己献了茶，王妈装了烟。双林赶忙叫王妈拿钱到茶食店里去买四盘细茶食，另外再买四包，王妈答应去了。杜氏看见东首房门挂有门帘，双林才在房内取红毡，谅必是袁酞的卧室，立起身来向房内走进。

袁酞睡在床上，听见杜氏来了，心中本不欢喜，此刻看见他走进房来，袁酞就翻身脸向床里，假装睡着了的模样。杜氏进了房来，看见袁酞面庞比从前瘦了好些，遂走近床前喊道："大爷，你连日病体如何？我今日特来看你。"袁酞作睡熟，并未喷声，杜氏见袁酞这般光景，心中生怒，立即转身走出房来。

却好王妈已将茶食买回，将细茶食摆了四盘，放在桌上，重新献了茶，邀请杜氏入座。双林站在桌旁，恭恭敬敬将盘内茶食敬在杜氏面前，道："大奶奶请用点。"杜氏并未吃着茶食，用手指着双林道："你这狐狸精，将我的丈夫如今缠得这般光景！我今日到此，一则看他病势，二则特来将他交与了你，若是病体好了，与你万事干休。倘若我丈夫有个不测，你这狐狸精也莫想整尸首了。"说毕，立起身来就走。双林款留不住，叫王妈点了两枝安息香，捧了四包茶食，交与那跟来的仆妇。双林送着杜氏到了大门首，望着杜氏上了小轿，带着仆妇回家去了。双休吩咐王妈关好了门，赶紧进内。

袁酣睡在床上，听见杜氏在堂屋里向双林说这好多言语，恨不能走至外面打他一阵。无奈病重，行步艰难，自己在床上又气又急，连声哮喘，险些伸不出气来。此刻听得杜氏已经去了，挣了半晌，才喊了一声"四娘。"却好双林走进，听得喊叫，赶到房里。袁酣向双林道："我家那不贤的，才在这里说了许多不讲理的话，得罪你，诸事还看我的分上，不必忌讳人。"双休道："大爷，你这话说错了。大奶奶到此，适才所说几句话，并非无理，我何敢怪他？平心而论，就是我的丈夫病重，走到床前喊你，你又不睬他，就是我也要生气说这些话的。你赶早不必生怒，保重自己。但愿你病退灾消，我就是日日被大奶奶责骂，我总是情愿的。"袁酣听了这话，愈加敬重双林贤淑。

再说贾铭、魏璧因袁酣病在家中，时常到此问候，与双林见了面，不过互相请叫一声，并不多说一话。袁酣病势日增，双林每日清晨坐小轿到各庵观庙宇求仙方，求签问卜，遍请名医诊视，亲自煎药、煎药，制备各种饮食与袁酣滋补调养。晚间服侍袁酣睡熟，双林等到夜静，在天井内望空摆设香案，焚起檀香，跪倒尘埃，向天祝告道："女弟子自幼薄命，堕落烟花，幸遇袁郎拔离苦海，终身依附。那知他染恙怯症，延医眼药全无效验。女弟子只身一人，上无父母，中无姊妹，下无儿女，绝无挂碍，愿以身代死。只求保佑女弟子夫主病退灾消，好让他上侍父母，下接宗枝，庶不致袁门绝嗣。上苍怜念女弟子一点诚心，女弟子虽死无憾。"一面磕头，一面哭泣。每夜在地上跪求，头颅上面血皆碰出，不顾疼痛。直等到袁酣一觉睡醒，在房中呼唤，双林方才立起身来进房，递茶递汤，真是昼夜无眠。不知袁酣病势如何，且看下回分解。

第三十一回 短命郎检卷遗嘱 痴情妇服毒捐躯

话说袁献的病势日重一日，到了三个月的时候，卧榻不起。双林遍请许多时医、名医来家诊脉，总说是脉象甚少，大事难保。众医生彼推此诿，不肯开方。双林再三跪求哀告，大众商议，勉强拟了一个独参汤的药方，拿了药金、轿钱、跟封，各医生上轿去了。双林赶忙拿出银子，交与袁献的父亲袁寿，到了参店内换了人参回来，用参吊煎好，双林亲手递与袁酞眼下，也无效应。

这一日晚间，袁酞的父母总回家去了，袁酞叫双林将盛券约的拜匣取了出来，放在床上。袁酞喘吁吁的将拜匣揭开，将内里的许多券约逐张查出，向双林道："我因一时糊涂，不合将你带了回来。实指望与你天长地久，那知我禄命已终，使你半途而废。这些券约是我数年辛苦，同你的本银全在这些纸上。所有借出各户，如今计算起来已有五六百金。我已早知病难痊愈，我将这些券约后面总皆注明了各欠户的住居，作何事业，喜得认得字，可以一看便知。今日趁我有口气在，将这些券约查出，一并交付与你。我死之后，谅必我家那妒妇何能容你？凡事总还要你忍耐。等我出殡之后，你趁此青年，另选一个少年诚实之人。你有了这些券约，慢慢的将本银索讨过来，也可以够你下半世过日子了。我这病了数月，可怜你煎药捧汤，昼夜无宁，殷勤服侍，日夜焦愁。枉费你一番辛苦，该应你我只有这点情缘。俗语道得好：'大限难逃'。你须自己保重，不必想念我了。"袁酞正说之间，止不住二目堕泪。

双林听得这话，心如刀绞，哭得噎咽不出声来。又恐过于哭泣，惹得袁酞更要悲伤，只得忍住哭泣道："大爷，你自己须要保重病体。只求皇天有眼，保佑你一个筋斗打了过来，病退灾消，生个一男半女，以接袁氏一脉。倘若你竟有什么不测，想我生来命苦，幼丧父母，堕落烟花。幸亏你将我提出火坑，实指望终身有托，白头到老，那知半路分离，正所谓头醋不酸彻底皆薄。我如此苦命，还想另嫁什么？若说在你们中苦守，不怕你大爷见怪，你家大奶奶怎肯相容？我已想定主意：你若一旦将我抛弃下来，我又无儿女，绝无挂念，我必追随地下，与你同到阴司，百年相聚，岂不胜似在世间受罪吗？"

袁酞听了这话，疑惑是双林怕他伤感，说这几句暖心的话，微微笑道："年纪轻轻的人，不必说这些呆话。你现在年尚妙龄，正好另配一人，享荣华，受富贵的日子还在后呢。快些将这些券约收在拜匣内，我要小解了。"双林忙将券约收放拜厦里面，取了过去。喊王妈进房，两人将袁酞搀扶下了床来。双林代他褪下衬裤，坐在净桶上小解过了，将底衣穿好，扶上了床。只见袁酞哮喘不上，那头脸上汗如雨下。双林赶忙用手帕代他揩汗，叫王妈取了点渗汤与他喝下去，方才气息渐渐平定，服侍他睡下。双林又到天井内焚香祈神，整整哭了一夜。

到了次日，见袁酞的病势有增无减，日渐沉重，大约光景大事难保，悄悄同袁寿商议办后事，代袁酞冲喜。双林拿出银子，交与袁寿到材板店内看妥了折子，讲明价目，合工将棺材合成。又买了裁料，将成衣喊来家内，代袁酸做了寿衣，各事办得齐齐备备。

这一日，袁酞更加沉重，昏晕过去几次。双林是哭得死而复苏。袁寿看见袁酞这般光景，谅无多日缠绵，叫人往自己家中送信与杜氏，叫他前来。杜氏闻知此信，向着那来人道："你回去上覆我家老爷、太太，我家那大爷他也没有我这妻子，我也没有他那丈夫。我前日好意到那里去看他，谁知他佯为不知，反将脸向着床里假装睡熟，连话也不与我说一句。他既无情，也难怪我无义。此刻叫我到那里去，也无甚话说，索性等他咽了气，我去领孝就是了。"那去的人唯唯答应，回到古巷，将杜氏这番言语回覆了。袁寿老夫妇听得，气得瞪目无言。

袁酞睡在床上，双林坐在床边，时刻不离。此刻望着袁酞，看他连话总不能说了，四肢发冷，汤水不能下咽，只剩了微微一丝气息，奄奄待毙。双林看见袁酞光景不得远了，遂向袁寿夫妻道："太爷、太太听禀，我看大爷这般光景，大约难保。你两位老人家趁此时没有事回家去，将家里事件料理清白，再到这里，今夜你两位老人家是不能回去了。"袁寿夫妻听了道："这话不错。"随即回家料理去了。

双林等他夫妻去后，遂假说气疼，叫王妈沽了四两高粱酒拿到房里，向王妈道："我气疼得很，我想喝两杯酒，略在床上歇息，你不必进房惊动我。你在堂屋里照应炭炉上粥吊，恐其大爷醒来要吃。"王妈只道双林日夜辛苦，真要歇息，遂连声答应。双林在房中开了箱子，将自己平昔爱穿的衣服总皆穿换了起来，又换了新裹脚袜套、新鞋。将笔、墨、砚台取来放在房中桌上，将墨磨浓，又取了一张竹纸铺放桌上。自己坐在机上，凝神思索了一回，提起笔来在竹纸上写道：

妾命不辰，生逢恶宿。椿萱早丧，姊妹凋零。悔落烟花，惭言家世。浑如逐浪桃花，宛以随风杨柳。迎新送旧，备尝艰苦。覆雨翻云，填还凤孽。幸遇袁郎，拔离苦

中国禁书文库

风柳情

海。夫与糟糠，仇如陌路。妾虽侧室，宠占专房。人以为乐，安反生愁。恨乏调和之策，甘受诽诉之言。自谓终身有托，满冀白首相期。奈因人难强命，郎染膏肓之疾。徒用参苓罔效，妄思诚可通神。姜秉斋戒之虔，那知天地无灵。谅采共枕同衾，凤缘已满。何妨一棺合殓，梦兆先微。连理枝枯，何须下斧？鸳鸯翼折，不待张弘郎已待毙，安敢偷生？欲践共死之盟，难免轻生之诮。惟虑郎恐仙游，素闻阴界崎岖，我郎病履维难，何堪行走？莫如妾竟先逝，纵然冥途跋涉，贱妾年力正强，尚可扶持挽手共向枉死城中。先将今生孽债勾除，俯首同登森罗殿上，再乞来世姻缘永缔。人与世辞，言无可诉！泪随笔馨，情寄于诗：

永诀行

游丝万丈从何起，
随风飘荡无定止。
妾家本籍住盐城，
弱质无依失帖恃。
宛如柳絮逐狂风，
不啻桃花随逝水。
堪怜薄命犯桃花，
不工针指习琵琶。
一朝随落邗江地，
陷入平康自叹嗟。
无辜打入烟花劫，
见人犹自羞怯怯。
这旧迎新凤世因，
朝云暮雨今生孽。
烟花自谓老终身，
不期而遇脱风尘。
自惭独占专房宠，
愧对家庭结发人。
为他反日妾常劝，
若得联和妾情愿。
奈郎执意不相依，

使妾终朝心愁闷。
夫视糟糠陌路人，
妾被旁人多议论。
暮暮朝朝劝不和，
月夕花辰强笑过。
回意中秋对明月，
我郎饮酒妾吟哦。
人生乐事不可极，
从来乐极必生魔。
欢娱未尽生烦恼，
我郎染病竟难好。
延医服药病转增，
拜斗祈神空祝祷。
满冀白首可齐眉，
梦兆鸳鸯宿水涯。
可怜一弹伤双翼，
犹自同栖尚不离。
眼看榻上呻吟态，
膏肓病重已垂危。
冥路崎岖行走难，
我郎病履怎能移？
莫如先向歧途守，
扶郎挽手入阴司。
任人笑我太情痴，
惟我痴情不是痴。
世人痴情痴不尽，
我今痴尽无所遗。
已效鸳鸯同日死，
来生愿作连理枝。
私嘱良工取大木，
剖一巨棺同郎宿。

妾非不作未亡人，

怕对孤灯守孤独。

吁嗟乎！妾今作此《永诀行》，吟成一字一声哭。

双林题毕，将笔仍放桌上，又低低的吟了一遍，不觉泪如泉涌。又不敢哭出声来，怕王妈听见要问。双林立起身来，将袁酞存在家内的预备贾铭们到此好开灯与他们吃的所剩有四五钱鸦片烟取了出来，和在高粱酒内。望着袁酞仍是昏迷不醒，走近床前用手摸他，四肢冰冷，面上冷汗如雨。遂喊了几声"大爷！"袁酞全不知觉。料想他命已垂危，万无生理，心中说道："大爷，你且缓走，等我这苦命人儿先行，我在门首等候着你。你病体难行，让我搀扶着你一同行走。"就将那鸦片烟和的高粱酒碗端在手内，就着口一气儿吃了下去，将碗弃在旁边，走到床前，睡到床上，与袁酞并头共枕而眠。

王妈在堂屋里静坐，望着火炉，有好一刻工夫不听见双林说话，疑惑是日夜辛苦，此刻睡着了，遂悄悄走进房内。只看见双林周身换了新衣，倒在床上。心中就有几分生疑，忙赶走至床前喊了几声四奶奶，但见双林脸向床里，并不答应。王妈更加疑惑，随即各处搜寻。在床底下寻出一个茶碗，内有鸦片烟痕迹，拿在鼻子跟前一闻，又有高粱酒味。王妈方才明白，知道双林吃下鸦片烟去了。

正在忙乱，却好袁寿夫妻来到这里。王妈忙将这话告知。夫妇二人听了着急叫人去要粪清，买只白鸭去了。袁寿转眼看见房中桌上有张竹纸，上有字迹，赶忙取来一看。他虽是习武，颇通文墨，且善作诗，遂从头至尾看毕，不觉两泪交流，向他妻子道："四娘有如此敏才，今日矢志殉夫，可算烟花中第一人也，亦是我袁门之幸耳！"

正说之间，那去的人已将粪清要了，又买了一只白鸭。当时宰杀，取了鸭血，同着粪清来灌双林。那知他将牙齿咬得紧紧，不肯张开口来。袁寿的妻子同王妈勉强用力，将双林捺住，硬向他嘴里去灌。才到唇边，双林就向外面乱喷，仍是未曾灌得下去。忙乱了半日，可怜双林腹中烟性发作，在床上滚下床来，复又挣着爬上床去。闹了几个时辰，到了傍晚时分，双林呜呼哀哉，周身青紫，七孔流血而死。双林死的那时候，袁酞喉咙里的疾望下一突，两人在一个时刻一齐咽气。正是：

痴情男女同时死，

一对痴魂赴冥司。

袁寿夫妻见袁酞、双林皆故，抚尸大哭。赶着叫人家去喊杜氏，又着人分投送信与各亲友。诸亲友同贾铭、魏璧一闻此信，纷纷前来吊丧。听昨双林殉夫，大为罕异。袁寿又将双林遗笔《永诀行》取出来与众人看了，众人莫不叹惜伤感。内有好事者抄传出去，茶坊、酒肆作为奇谈，且自不表。

再说杜氏见人家去送信，已知丈夫身故，并不伤心，叫人喊了一乘小轿，到了古巷双林这里下轿进内。走进房中，看见袁酞与双林二人尸身睡在一床，心中大怒，赶忙喊人将双林尸首抬下床来，拖放在地板之上。杜氏方才假作悲声，哭道："大爷呀，你将家中妻子视为路人，终朝贪恋着这个狐狸精，将你缠出病来，死在这里，儿女全无，叫我有何依靠？如何是好？"说着，披了麻，领了孝。看见双林周身穿的新衣，遂叫跟他来的老妈将双林穿在身上的衣服全行剥下，赏与这老妈。叫老妈将身上所穿破旧衣服脱下来，代双林重新穿换起来。

杜氏正闹之间，袁寿已叫人往材板店里，将代袁酞合现成了的官材发来，另外又买了一口十二段圆花棺材，抬了家来，准备与双林收殓。两口棺材才抬进门，杜氏看见有口棺材是收殓双林的，就大哭大闹道："这个狐狸精贱人，将我丈夫活活缠死，还不速速将他的尸身抛弃荒郊野外，好让猪狗嚼他的骨头，赖鹰叼他的心肝，还不逞我的心！如今拿许多银子买棺材装他，他还没有这个福气呢！"押着喊人将这口棺财［退］回店里。袁寿夫妻劝说不依，急得又气又哭。亲戚中女眷太太、奶奶们向杜氏道："人死无仇，大奶奶家还买棺材施舍与人，此刻已经买了抬到家内，那有抬出去的道理？你只当做件好事，由他去罢。"杜氏道："若是不依我将这口棺材退去，我就一头碰死，让我先睡在这棺材里面。我眼闭脚直，听凭买杪枋把他，我不看见就不气了。"说着，就在那棺材上碰头打滚，没闹无休。众女眷看见他不贤，不依劝说，他碰闹并不拉阻。

袁寿恐怕杜氏认真寻死，忍气吞声，赶着仍叫抬棺材来的人夫，将这口棺材抬去，退回店里。杜氏的胞兄杜富余硬自做主，叫袁寿在材板店内买了一口五底棺材前来，赶忙先将双林收殓。袁寿怜念双林尽心服侍袁酞，矢志殉夫，本欲将他棺柩与袁酞供在一处，待到出殡之日，一同抬入祖茔合葬。今见杜氏如此泼闹，不便将双林棺柩停供在家，这得叫人送至西门外，在都天庙西首买了一冢之地，先将双林棺柩抬去埋葬，然后喊了僧道阴阳，将袁酞入殓，就停供在古巷房内。亲友候了殓，众人拜毕各散。

时人因双林本系青楼女子，有此烈性，捐躯殉夫，要算烟花中罕有之人、第一奇事，遂作了七言古风诗一首道：

妓女本是章台柳，
纵或从良难得久。
谁见从良能始终，
四娘殉夫世罕有。
可怜昔日落平康，
月媚花娇浅淡妆。
歌声呖呖欺鹦鹉，
舞态翩翩引凤凰。
花枝十五推年少，
花柳场中色艺妙。
狂且爱色兼爱技，
不惜千金买一笑。
囡与袁郎初订情，
矢志从良遂结盟。
欣然超出风尘外，
日日惟闻狮吼声。
娇姿弱质遭凌虐，
无处能求疗妒药。
狂风乱舞柳絮飞，
急雨摧残桃花落。
慵拈脂粉泪双痕，
忍辱含愁岁月昏。
凄凉寒夜难成寐，
寂寞幽窗欲断魂。
红颜命薄薄如纸，
袁部怯病竟不起。
殷殷侍药又侍汤，
拜斗求神愿代死。
苦郎病已入膏肓，
私蓄盈余尽付将。
嘱咐青春须改适，

答说郎亡妾亦亡。

暗将酒酿和鸦片，

吞入咽喉颜色变。

满拼一死不惜身，

惟愿来生作姻眷。

人间竟有两情痴，

生同衾枕死同时。

画桡惊散鸳鸯鸟，

利斧分开连理枝。

鸳鸯惊散连理折，

梦断三更寒月缺。

吁嗟乎！妓女尚知从一终，

愧煞良家人改节。

其时，亦有人以此为题，纷纷唱和，难以赘叙。

再说袁寿因双林为他儿子捐躯殉夫，又未有好棺衾收殓，心中甚是不忍。等待袁酞百日出殡之后，邀请了地保邻佑，开具事实册结，联名具词，同到江都儒学并江都县衙门投递，求代双林呈请旌表。不知准与不准，且看下回分解。

第三十二回

遵国法罪犯发配
沐皇恩烈妇入祠

话说袁寿因双林捐躯殉夫，心中钦敬。遂邀请了地保邻佑，同到江都儒学并江都县衙门递了公呈。学官同知县收下呈词。过了数日批准，加了勘语，备文申详。扬州府、淮扬道。江宁布政司接到详文，也各加了勘语，转详江苏巡抚、江苏学政、两江总督三院会题，请旨。袁寿接得各宪批详，就用黄纸报条写着"三院会题，请旨旌表"八个大字，贴在自己家大门外两旁，专候恩旨消息，暂且不表。

再说吴珍收的甘泉县监狱之内，已经一载有余。这一日，兵部火牌发到江苏巡抚衙门，那里备了文书，转行到了甘泉县里。知县接得火牌，立即叫经承备了长文短文签批，拨了两名解役，无非是张千、李万。次早，委捕衙点解，发了提监票与解差到监狱提人。吴珍昨日已知兵牌到了，预先送信回家。此刻听见提他。就将行李以及衣服带着出监。两名解差将吴珍带到捕厅衙门伺候。捕厅陛堂点了吴珍的名，验过镣铐，给散过口粮、钱文，将兵牌、长短批文封固，发交解差，捕厅退堂。两名解差带着吴珍出了衙门，喊了一名挑夫，代吴珍挑着行李，一同出了南门。

到了城外，吴珍的妻子王氏带着两个儿子，大的今年十二，小的年方十岁，同王氏两个胞弟，早已站在路口守候，迎着吴珍。他两〔个〕妻舅邀请吴珍同两位公差到一个清净饭馆，一同进内。两个妻舅先陪着解差饮酒，吴珍与妻子王氏另在旁边。吴珍向王氏道："拙夫不才，贪恋烟花，因而结怨，被人设谋串害，配罪他乡，累你青年独守孤帏。"又指着两个儿子道："他这两个畜生，年尚幼稚，须要贤妻严加教训，勤读诗书。他日长大成人，须当习正，不可让他们到那些烟花场中走动。他们如若不受教训，贤妻可将拙夫今日这般光景告诉他们，作为榜样。拙夫此去谅必不能还乡，若要相逢，除非等待来世。家中各事，一切拜托，拙夫此刻方寸皆乱，不能多嘱。"说着，二目中纷纷泪落。王氏同两个儿子总哭得天昏地暗。王氏忍着哭泣道："家中各事，大爷不必焦心，做妻子的尽力撑持。但愿你此去，一年半载遇着恩赦回来，好骨肉团圆。路途之间，自己保重。一到了那里务必寄封书信回来，好让做妻子的放心。"说毕又哭。

两个妻舅走了过来劝说，二人方才止哭。安慰了吴珍一番，将吴珍拉入了席。吴珍向他两个妻舅道："二位贤弟，愚姊丈家中一切拜托，两个外甥全仗二公管教。"他二人道："老姊丈但放宽心，弟等无不尽心照应，路途保重要紧。"劝着吴珍同两上解差吃了酒饭，两个妻舅会过饭钱。王氏将四季衣服、盘费、银两总皆交与。吴珍随将银两收在随身，将衣服箱子交与挑夫挑着。吴珍夫妇依依不舍，怎忍分离？两个解差再三催促，吴珍硬着心肠，同着解差押着挑夫出了饭馆。

走未多远，后面贾铭、魏璧二人方才得信，赶来送行。向吴珍说了许多安慰言语，各人送了程仪，洒泪而别。众人望着吴珍上路去了。贾铭、魏璧进城，分路各散。王氏同两个儿子望着吴珍去远，不看见了，又大哭一场。两个兄弟劝住，一同进城回归家内，教子持家，不在话下。

再说督抚学三院接到江宁藩司申文，遂会衔具题请旨，饬下礼、户二部议明覆奏。皇恩浩荡，奉旨依议，准其入祠，给帑建坊。部覆出京，转行下来，文书到了江都县衙门，知县接奉上完公文，差人将袁寿传去，当堂将帑银给交袁寿领回。那建坊的帑银本是三十两，扣去各衙门使费，所余的银两，袁寿具了领状领回家内。自己添了银两，购料雇匠，兴工建造牌坊。又预备了执事仪仗亭子等物，诸事办齐，选择吉期，准备迎请牌位入祠。预期通知亲友。贾铭、魏璧同各亲友闻信，总皆送了贺礼前来。到了这一日早间，街坊上有许多男女观看，挤挤挨挨，热闹非常。

再说袁酞的表弟穆竺，住居霍家桥南首穆家庄，在家务农，娶了妻子，如今又生了儿子，正欲上城到新胜街首饰店兑换银锁、银镯与儿子戴，却好袁寿首着人送迎牌位入祠的日期到他家内。穆竺的父亲随即备了贺礼，就叫穆竺上城，一则到袁府贺喜，二则代孙子兑换锁镯。穆竺欢欢喜喜，更换新帽、新衣、新鞋、新袜，直奔扬州。

进城走到旧城古巷头大街，只见男女纷纷拥挤不开。穆竺不知何故，只得站立在铺面门首。只听得一棒锣鸣，两对纸糊蔑丝高灯上贴着"奉旨旌表，恩准入祠"红黑字。有几对朱红漆的金字街牌，上面是什么候选儒学、某科武举、候选营分府、候选县副堂、例赠孺人。还有两对回避肃静牌，四面清道飞虎旗，文武执事。又有两对红字黄牌，写着"奉旨旌表，恩准入祠。"有许多仪仗：一把金顶黄绫伞，一柄画龙黄遮阳。四首提炉，香烟飘渺。后面八个人，头戴红顶木黄凉篷，身穿黄布号衣，抬着一架黄亭，内设香案。后面又有牢牢、衙役、红伞、绿遮阳，一对银瓜，鼓手苏奏乐吹打。又有营里朋友骑着四匹对马。一个武职小官，头戴金顶纬帽，身穿补褂，骑着引马。后面四首香炉，有许多亲友衣冠楚楚，各持万寿香，摇摇摆摆。又有两名家人，提着一对大圆明角提灯，上写"例赠孺人"。后有四名人夫，头戴没檐红凉篷，身穿青

风柳情

布号衣，抬着一架紫檀雕花亭子，四角挂着小方玻璃灯。内里供着牌位，是捕木天蓝字，上写着："奉旨族表节烈恩准建坊入祠例授登仁佐郎友英袁公淑配甄氏孺人之位"。亭子的后面有许多后拥执事。

这亭子方才抬了过去，就有许多看热闹的闲人纷纷议论。有人说首道："方才这亭子内牌位是个吃相饭的妓女，名喊双林。非独矢志殉夫，且有才情。我读他那《永诀行》。真令人伤心感叹。这要算是烟花场中出类拔萃第一人也。可怜死后，连好棺材、好收成总未曾有。今逢盛世，皇恩浩荡，名传千古，也算是死后风光了。"

又有人说道："世间妇人吃醋，我不知见过多少，从来未有见过这袁酞的妻子。丈夫在日吃醋吵闹，这也罢了。及至丈夫已经死了，他还要迁怒与这双林，将他死身所穿衣服，全行剥脱下来，不与装殓，不许用好棺材。如此的狠毒，普天之下，可算这袁大娘是个醋中之魁首了。今日双林如此风光，这袁大娘将来却不知他怎样收梢结果呢！"

又有人说道："这个姓袁的若不是贪恋烟花，与这粉头迷恋，也不致于将家中结发妻子抛在家内，独宿孤眠。因此杜氏与丈夫终朝扭吵，袁酞与双林赁房另住在外，竟将杜氏弃为陌路人，绝不闻问。如今儿女全无，岂不是袁氏门中从此废宗绝嗣？圣人云：'不孝有三，无后为大'。足见贪恋烟花之人。要算世间大不孝之人了。"

又有人说道："据你们所谈，世人皆说烟花场中断不可有。那些粉头皆系花言巧语，哄骗人的银钱，以致为色所迷，夫妻反目，倾家荡产，损财丧命。这粉头之中，竟没有贤淑似的好人。今日所迎这牌位，不是妓女从良，捐躯殉夫的吗？"

又有人说道："据你说，他是烟花场中出类拔萃贤淑好人。据我看起来，这姓袁的若不是贪恋烟花，将这妓女双林带出来从良，另自住家，终朝贪恋色饮；也不致于身体劳碌，染患痨病，吐血死了。说到病根，这烟花场中，究竟还是不到为佳。"众人你一言，他一语，正在辩白不清。忽见又有一人，年若五十余岁，发白齿脱，面容枯槁，拍着手掌高声作歌道：

> 烟花好，烟花好，
> 三朋四友邀约了，
> 进门只说打茶围，
> 两次三番熟识了。
> 烟花好，烟花好，
> 绿绿红红看不了，

任君平日吝银钱，
一到烟花肯用了。
烟花好，烟花好，
大曲小曲听不了，
朝朝摆酒夜笙歌，
不觉被他迷住了。
烟花好，烟花好，
蜜语甜言差放了，
衣衫首饰与金银，
这样那样办不了。
烟花好，烟花好，
越是情痴越坏了，
昨宵枕上说从良，
今日另跟别人了。
烟花好，烟花好，
被他米汤灌足了，
不拘花费许多银，
谁见粉头嫌多了。
烟花好，烟花好，
恋情刻刻难离了，
朝朝暮暮不回家，
妻子犹如陌路了。
烟花好，烟花好，
囊尽囊空钱尽了，
百般恩爱许多情，
一旦无钱脸变了。
烟花好，烟花好，
风流果儿沾染了。
嘴残鼻烂破头颅，
毒着深时命丧了。
烟花好，烟花好，

我被烟花迷久了，

从今跳出陷人坑，

不受粉头欺哄了。

这人口里歌着，手掌拍着，一面笑着，一面走着，似疯若痴，引得许多闲人跟随在后，越聚越多，那人走过太平桥，到了东首四岔路口人烟转集之处，忽然一阵清风，那作歌之人杳无踪迹。众人不觉诧异。

内中有一人说道："方才这作歌之人，我却认识他，姓过名时，字来仁，平昔最喜在烟花场中摆酒住宿，终朝迷恋。今日不知他因何拍掌作歌，想必是被那个妓女哄骗，气闷急了，得了疯痰。你们可曾听见他歌的什么'好了好了'。我想天下事情，人生在世，总是一好就了。那烟花场中越是要好，越了得早。如今这过来仁不知跑到那里去了，且等我送个信息往他家内。"这人说毕就走，赶忙到过来仁家内送信。

那过来仁的妻子、儿女听了此信大惊，谢过送信的这人。家内赶忙着分投四路找寻多日，并无踪迹。直等待在下月后因迷失路途，误入自述山，才知过来仁隐居深山，已经成仙。赠了在下这一部《风柳情》书籍，那书后页有七言绝句诗四首。

其一

搜肠呕血枉劳神，

风月须知莫认真。

寄语青年佳子弟，

撰书却是过来人。

其二

为何相好喊冤家，

淫孽冤牵报不差。

若再贪淫重作孽，

冤家复又把冤加。

其三

那晓烟花烟里花，
烟花女子竟为家。
一朝花谢客烟散，
怎样收消结大瓜？

其四

卅年日日步平康，
阅遍烟花梦幻场。
编叙书名《风柳情》，
说荒唐又不荒唐。

海外藏绣像绝世孤本

第二篇

风月梦

〔清〕邗上蒙人 撰

第一回　艳娘差韩临寻龟

且说艳娘篡位，更国号曰周，改元天圣。日与李丰、李文等淫媾后宫，弃废国政。庙廊之上，无非贼子乱臣，奏之中，尽是荐阳举壮。武二思承嗣等，肆其凶蚕：来俊臣王明辈，鼓其毒皮，所以正七剑迹，金壬满朝，时宫中有一妃子，家姓韩氏，小字梅兰，父韩峰，楚中人氏，仁唐为上书舍人，因携妻子赴都，尚未一年。不忿武后横乱朝端，上本弹刻表伟，以秃子而出入宫闱，臣民观瞻不雅，是且放极，岂可尊崇，艳娘大怒，发来俊臣追问指使之人，朝峰算得微弱身躯，难当他酷厉刑法，投环而死，梅兰没入掖夜，其母流离是归里。格兰自幼秉性敏极喜之墨，皆最精巧，容貌之美，六宫无比，投入之明，看十四，留宫四载，未沐君恩，总是女启称孤，鸳帏滋味，连魂梦也休想的了。梅兰幸得年尚幼稚，雨云之事，不甚着紧，日夕但以篇什自误，武则天深知梅兰才艺优长，另眼看待，闪暇之时，常至梅兰室中，谈诗讲赋，止有一班淫友，而也不许见的，恐分所爱故也。

梅兰日处深宫，毫无别事，适案头有本王嫱小住，取而阅之，看到奉命和戎，琵琶写恨之处，为之泪浇，掩郑叹曰：“佳人薄命，一到于斯。”到晚奄奄睡去，忽梦昭君明庄艳雅，态度和垂怜，敬此造射。又道：“咳！姐姐，你只知弱质远处胡庭，那知俺梦常依汉阳哩。”梅花未及回言，为贴声惊醒，天明忆梦有感，遂拟明妃梦回汉宫殿，作诗一律曰：

弹指膻国已有秋，相然复向汉宫游。

心依故主希承宠，身深新氛绝好连。

慵抬弦索商离别，忙掷双弯卜去留。

画角数声调怅尽，只余清泪枕函流。

刚才吟完，正好艳娘到来，问道：“韩妃，你手中所写何物？”韩梅兰看昭君传，并人梦题诗之事，细述一遍。

艳娘笑道："明纪身去魂留，岂枕席人不足恋耶！尔莫与古人相愁。且共吾揪枰角胜一回，消此长昼。"梅兰遵旨，命侍女金儿，佛拭棋盘，与艳娘对局、局尚未终，适穿宫内临候仁，进上本曰奏疏，正清票拟。艳娘道："谁家耐烦举举。"候仁跑禀道："内有紧急军机，当候皇上裁决定。"梅兰道："臣妾度我一在言，未识当圣心否？"艳娘道："你也能此，且禀一二联看。"

梅兰拆开封皮，联起一本，乃总管军务大司张一山，为逆贼倾剿远遁，黄勇力截凯旋事。梅兰禀于续签上道：

> 据奏，叛臣马贵，倾剿突围，官兵奋勇堵截，伤颇多，及伤亡官兵，俱
> 着作速查明，以赍叙血，该衙门知道。

又御史大夫冯宝贵一本，为酌百年之大利，济一时之谁危难，以溥皇仁，以衰囊圣治事，梅兰票道：

> 此，请核地亩，变通马政，着各该衙门酌放舀确具奏，屯修巳有旨，未
> 见何人，实望修举，是何故？即首盐政官细心详窟，作速明切画来看。该衙
> 门知道。

又谏议大夫未明仁一本，为微臣遵首纠贪，逮犯横在肆纸蔑，恳刺刑内，严究追拟，以彰法纪，以重谢扬事，梅兰禀道：

> 该县婪默被参，刻揭反噬，殊乖法纪，着刑官作速追究，不得迁徇恶钻
> 谋，着到部衙门严渴务获，朱明仁心迹自明，不必刻了陈好出供职，该衙门
> 知道。

梅兰禀毕，逐本看完，大喜道："甚合腾怀，右称女学士，尔无愧矣。"即命令太监传发本章。梅兰道："对情廖寂，残局将尽，洗子再下何如？"艳娘沉吟道："都又诸彷惶，更无心及此矣。"艳娘道："国之重事，腾固不能务，萦滞圣意。"艳娘道："国之重事，腾固不能去心，然自掌拒轴者持其衡，联所抑洁者，己事耳，非妆能知，可须屡问？"梅兰道："臣妾蒙吾王破格垂青，汤火可蹈，民主忧即忧也，何难身任。"艳娘道："尔素未历欢场，是尚不诸情事，从来妇道象坤，坤即地也，地与天配，太古及

兹；夜无不合，唯事而能孕育群生，日难间隔。我乃既分居坤位，何可离而本合耶？况吾尊居九王，权专生杀，普天之下，谁非臣民？而究不得一忠义者，为吾极遴选之微，畅怀之欲，是以闷闷耳。"

梅兰道："臣妾愚动，固不能愁圣衷，便满朝文武，岂鲜忠良，第以房帏之事，恐放不拘，则千万世后，以陛下为保如生，故隐而不露且近臣当及时，诱有有云：'大丈夫不能留芳百世亦当遗臭万年。'吾以女身，得应大宝，虽曰人谋，亦乃天意，岂古无之，是天付以可为之时也，倘不穷欢极欲，畅此生平，则机事会失矣！时乎时乎，岂再来哉，然吾辈趣兴，孰有过于媾合者，点穴而春意津津，揉心而芳情勃勃，迫台酥融，恍然身在蓬岛间矣！宫中数人，皆腐鼠耳，不过藉以解馋，岂堪大用。据圣人云：'则人固不矣，抑皆固然而未肯尽乃心乎？'"

艳娘道："人则一般，龟多品类，在选之者得真赏鉴，则当之者自有奇情耳，则，徒乱人方寸，何如底帐梅花，请影独对之为愈也。"

梅兰道："敢问选龟之道，其法是甚？"艳娘道："尔外有心研究耶？吾度为你言之。夫龟者，秉造化灵奇至气而成，纯阳之所凝结，筋骨久难拟形，既刚而且寓柔，可直而不能屈，大则搓花破窃窍，承欢丽娇。凡女子年长，而梦遗小便者，得龟而爱；霜妇失之，疾染痿黄，戍妇客妻，旷废多死，夫妇反目，藉龟而生欢喜之心，男如萍逢，交龟而忘死生之见，龟之有功于人，亦云大矣，其名计有七焉。"

梅兰道："其名可得闻乎？"袍娘道："凡男女之分，以阳阴也，有虽具阳体，而宛然阴形者，其物短缩，其形委垂，其名曰瘫痪之龟，为从阴之所深弃者。原体微渺，其冷如冰，虽可怒张，鼎不及百合者，名曰朽腐之龟，历境少而寒色侵也，坚垂而巨细画一，毫无分忽这相殊，则遇牧便尔忘阳身，不能人穴，其名曰躁急之龟，得手而溢者也。此三者龟中之最下矣，若乃手一握而尚宽，身将尺而跳跃，其形美矣，试置鼎中，则其的南如绵。其身微温，虽未泄喷精，早已垂首折足，名曰具员之龟，固有美形，终难犬用，或养而后效者也，若头尖如刀削，体瘦似麻杆，品则了陋矣，犹幸阳气充盈，如火之方燃，皮包便口，千战而不战，无量女流，撄锋胆落，其名曰小试之龟，是未可登于枉席之选者也。形既牡武可观，量复虽久不倦，体甚刚，而质亦甚炎，亦可龟牛之翘楚矣。但当女情正炽之时，不能即举，以合其机宜，女兴已闹之后，复未肯少杀，其强梁猛悍之性，其名曰鲁莽之龟，是未中肯綮者也，此三者，龟中适中，平常之人，皆能有之。必也十指不能握，过膝尚有余，其坚如铁，其热如炉，进化则无微倒，提拽则花屋是求，彻昼夜而无倦容，历三五而少总色，一泄不妨再举，徐疾暗揣女情，此最上一等者矣。千万人中，或有其一耳，是在识者知之，此龟之等级也，更有人焉，术工来炼，妄冀廷岭，龟体本小，养而成大，龟身甚寒，育而犹火，当其入户也，制遏欲心，故徐为进出，忽而三浅一深，忽而五浅，忽而九浅，甚至善于闲精断不轻泄。

懵懵者，因彼久坚，遂目为龟中至室。不知三峰尽来，女之荣卫全柝纵极一时之趣兴，必戕生命于将姐，切宜慎之，未可取也。夫欲知龟更有要法焉，人重衣隐蔽，安得尽人人之龟而递阅之，以定其高之下，必试观其鼻之丰隆尖削，即知龟之巨细精粗。若鼻虽丰厚，而色带微红者，此酒徒也，酣然一醉；但知黑甜乡里生涯，岂解温柔场中滋味，但阳气已汇之外矣，其龟必冷，其败必速，换而勿取，此选龟之大法也。当今少年皆识假骨董入耳，岂能鉴拔真材，而取实效耶？”

梅兰道："臣妾敬闻命矣，圣偷当宝而藏之心骨。"

艳娘道："联现卿才胆德充，性凉辞美，必能副联至望，欲博卿代联海内一行，聘访良鉴数辈，毕我终身之顾，卿外允否？"

梅兰道："臣妾仰蒙青注宏恩，突欲尽忠陛下，但以女身，不便驰驱，望圣衷鉴察。"

艳娘道："内诸臣，联屡托访，堪恨无知小丑，恐别有所进，则自之爱疏，故不之应，联实念焉。卿倘允行，联自别有妙法，差出之时，岂显然一裙钗耶？又岂伊以选龟为名耶？联将你扮着宫监，总理天下重务，毋论穷谷涤山，耕夫牧子，苟龟身合式者，礼送来都，联当与有卿同之，断不有负雅谊。"

梅兰虽在幼年，心颇明敏，甚不喜艳娘宫闱淫纵，有心要与她离远，以免祸起萧墙。初时想来于体不像，又恐做事嫩弱，被人看破。见艳娘若要她去，不敢违旨也，有逸出樊笼之念，纵不然扮作内相，钦差出外，寻山挹水，问候观风。亦胜似深宫纳闷，但选龟一事，岂具人形者所忍轻出诸口，虽奉救命，且自离都，别作商议。

便应允道："臣要命悬陛下，既蒙心膂之托敢辞犬马之劳，但未知能不辱恩旨否？"

艳娘大喜，即赐梅兰名为韩敏，给一，总督天下兵马钱谷，盐铁屯博；兼访隐逸遗贤，募招技勇。赐尚方剑，又拔小监四十人跟随，密者传随行人家，敢有私露本官身系女流者，立即凌迟处死。

梅兰受救，准备起行，一应衣装，打叠女婢鸾仙等四名，一般装束，贴身伏待，陛辞艳娘后，见这人品结束，不禁喜惊，端的是装扮整齐，行止昂耸，正是：

> 堪叹唐家运忽论，俨然孤媚独称尊。
> 一朝欲极阳台趣，强把亘娀作宦臣。

艳娘看了梅兰，俨然衣貌内宫，必能允惬所愿，密密叮咛，速为聘访。梅兰领旨，出得朝门，一众大小官员骤然相见，各各惊骇道："朝中从来未国见内相，真仙品也。"

偶遇艳娘宣后三思进宫，却好撞见，这武三思生平极喜龙阳，大有垂涎之意，问李斗道："这宦官秀色可餐，怎我每出人宫禁许久，从没相会，今匆匆将欲何往？"

李斗道："刻下也才识面，正在此想，怎我每竟无一面，今圣上差出巡方，闻说姓商，系司礼监出身。"三思别过李斗，迳入宫中，见了艳娘，以言挑之道："陛下新差高监出都，恐途中繁扰，莫吉收回成命方妙。

艳娘道："联秉运乘乾，每有不轨之徒，弄兵横池之上，岂果以联不可君临天下了，故作之难，盖由无耻官员，刻剥小民，衣食不济，因而作盗，动以朝廷为口舌，然未统一以靖持，亦未闻有良有可能寓拓徕地托字者，联切恨之，韩敏自幼待腾，忠谨有才，常慨然以天下为己任，联故差任，必能正本请源，奠定黎庶，柔服冠盗，岂忍劳民酿鲜耳？以尔之才气技，悠游帏房，卒此余生足矣，何必强与家国事。"

三思想，艳娘未心便有留回民，烈火已什小乡，与艳娘淫磺一通，怅然回署。

梅兰出朝，径入行署，各役衙参已毕，犹有属辖官员，前来谒见，大有阁下并六曹长，投刺拜候：只得逐一接见，对答之间，大有地郝容，凡备设酒钱送的，一概辞而不赴便在当堂提起墨笔，写出特牌四面，仰值日吏员掌管，于停在衙门张挂，不表。

且说这韩监，甚是怕羞，陛辞之后，不在都中耽搁，发牌起行。凡地方官员，皆所带制，沿迎送不绝，既出京城，便开衙理事，果是一应大小事务，俱出自手裁，又颇廉洁，所以不论官民，甚相敬畏。

韩监行事月余，比前十分老辣，绝无空丈容，时唐时都于陕西西安府之长安县。韩监也并不苟求词讼刑句，大半批发有司审报，救内清理事宜，提州查核，勉应故事，总之韩监比差单为选龟而设，艳娘要假以重权，使官僚不敢扰阴，便于肆意搜求，原非事事责成，所以韩甚着急意。凡案临之地，即挂聘贤脾面，执揭而至者，却以千数，韩监亦期选验，及至试日，连自己也没主见，不知怎样选，方中圣怀，若度以文词，所欲又不在此，或明言注意取龟，又为天下耻笑。

想了想点头道："有计了。"叫衙役放进应试诸人，听点，韩监执笔在手，于唱名点阅之际，见少年而美丰标，其鼻且高耸厚相，暗加一圈于名上，点毕孤坐，传出诗题一首，掩人耳目，竟有终日不成一字者。韩监也不论诗文做与不做，通与不通，但看名册之上，曾有一圈者，即刻疏尾进呈，人府之中共荐有百十余名，艳娘宫娥，试其龟之大小强弱，无一人可中，发回不用，密传敕谕一道，着提塘官马上承与韩监。

上道：

　　天下之中人，岂足以副联文王望，前已面言之悉矣，岂须监尚未究其旨耶，所进百余名，皆斗稍之器，即辇毂之下，可用文不穷，何必选为。今已发回勿论，须速歇尔心力，访取一二极品，星火礼送御，以慰悬悬，倘再濡迟，罪有收归，毋谓联言之不早也，特谕。

　　韩监接敕，彷徨无措。这些发回少年，两两三三，传将开去，人人知道艳娘之差韩监，实为选有那轻薄子弟，做只曲儿，嘲戏他道：

　　貂当势恁豪，奉皇恩赐紫袍，尚方在握夺荣耀。聘贤良要骁，访才能更廉，原来单龟如脖，语儿曹，龟身养大，胜似读书郎。

　　　　　　　　　　　　　　　　　此词黄莺儿

　　渐渐传入韩监耳内，觉得体面不像，即日发牌出行，巡视河南地方，因在陕西受这一场没趣，命巡捕官收了那张求贤告示，来到河南，行涉历了开封彰德，归德忙封，然后来到衙辉府内，各官接见，送入行署，安歇已定。

　　次日出行到文庙行香，既毕，排看全副执事回衙。呛吆喝喝，打从大印中经过，两边茶坊酒肆，各色铺面，开得甚是整齐热闹，韩监细细观看，心中赞美好个去处，真是个太平景象，正看中间，只见傍道人丛内，站着一众五六个长得凶顽汉子，将一流铁炼固锁着男妇二人。这男子年青貌秀，似非下流，再看那妇人时，泪痕盈面，双眉锁辟，却也正在妙龄，面颜娇媚可爱。

　　韩监正是兔死狐悲，物伤其类，甚觉恻然，吩吩住桥，事官唤过轿边问道："你这人为着何事？锁他两个人怎的？"那五六大汉，跪下答道："禀上老爷小的们奸情事的，这一对正是奸夫淫妇，小的们是地方，跟同亲夫当房捉获，如今特送府衙定罪。"韩监道："不必到府间去，带到本监衙门伺候？"众人答应一声，爬起随了轿行，须舆到衙。韩监升堂坐定，排衙已过，放了投文，即着拿好情各犯听审，捕投带至丹墀跪下。韩监道："叫那位亲夫上来。"

　　欲知这二人是否龟大者，且看下回分解。

第二回　韩监建康衙择偶

　　且说韩监升堂，叫道："叫那亲夫上来。"旁边更役，又接应高喝数声，只见众人之中，匍匍匐匐走出一白须老者，上跪一步道："老汉便是亲夫，近来有些耳不好使，老爷说话求响高些，老汉便于答应。"韩监看他老累婆婆，笑了一笑，问道："你多少年纪了，叫甚名字。"这老汉双眼睁圆，见韩监只动口，侧着耳朵细听，却不知讲甚，张开大口，向着上也无可回答，韩监叫他附近公案跪下，重复问了一声，门役再一接应，方答道："老汉名唤王八，今年八十岁了。委实是老汉继娶妻子牛氏，五年前凭媒说合了的，只因老汉未有嗣，指望娶姓马，年方二十五，不意嫌憎老汉方老了些，所以与人通奸。"

　　韩监道："媒人名唤什么，家住何处？"王八道："媒人姓吴名娟，就住在老爷衙后小巷内。"韩监叫过民健，伸出臂来，提争标上，传吴娟上堂，民健得令去了，韩监又问王八道："你既自知年迈，怎又娶这幼妇，那奸夫系何等样人，与你是亲是友，怎样起的奸情？速实招来。"王八道："青天大老爷在上，老汉年庚，虽大八十，意兴却还甚高，况接续宗技，又是万急务，那奸夫乃老汉好友之于聂民，彼此交情契厚，常到吾家来，不知怎么勾搭，背地里便有了首尾，那聂民如今在家冒名若读。"

　　韩监道："胡言，读书便读书，仔甚么冒名，地方上来听言。"这五六名大汉齐齐跪上，答应道："小的查仁等，都是地方保正副。"

　　韩监道："他俩私下奸情，果有此事么？"地方道："果系真正奸情，小的们俱是亲眼所见的，方拿住的。"韩监道："这有讲了，暗地通奸，岂有尔辈尽见之理，有他亲夫，自可捉获，何必要你们地方，况见通奸一节，外人非所宜拿，尔辈岂不知王法，地方来及应。

　　值民健拘到吴娟原煤到来，韩监问道："那王八的亲事，尔可是原媒？"吴娟应道："小人虽是原媒，如今奸情一事，你概为媒约，与人合二姓之欢，岂不闻门户相当，气齿仿佛的话，只图嫌人银两酒食，也不顾人家终身大事，怎的芳年美丽，说合与衰鬓老汉，今日奸情，皆尔酿就。"

韩监道毕，叫行要杖的，拿下去打。两边呐喊。将原媒拖将翻于地，打了二十黄荆，跪于一边。韩监道："再叫地方进前。"这些地方，见行前话头欠佳，甚是着忙，你推我操，不肯上前，民健扯出跪下，韩监道："你这一群乌蛋，专在人家，听隐事，扛帮讥诈，少不遂愿，便背诳官府，贻因无辜，翁媳尚不可拿奸，闪人光许横肆，本监若不重加刨惩，怎能警示将来。"命行仗人各打五十大棍。打毕。

韩监叫牛氏并聂氏上前，问挑战氏道："你怎么不守闺门，与人淫乱？王八虽然年迈，何不慎于未嫁之先，既已成婚，岂不知妇人之道从一面终，作此勾当。"

牛氏羞涩半晌，垂泪回道："小妇人年少无知，被这姓聂人骗了，望青天大老爷垂怜。"

聂氏道："差人小因年长未婚，实是不合设下好骗之心，牛氏虽尔和奸，小人情愿一身认罪，以尚之果。"

韩监微微笑道："好，好，终是斯文不泯情节，怨女旷夫，常相窃贼，自起情余，于汝何尤，本监也不执一定罪。"问王八道："你当日娶牛氏时，共费几许聘认？"

王八道："老汉足足用去四十余金。"

韩监道："那妇人已有外情，难以再留在室，本监于聂名下，追出原聘认系还，牛氏给他合去罢。"

王八道："妻子虽爱少年，老老汉实果舍她不得，求老爷作主，赐归完聚。"韩监道："这妇人发即无心归于你，强留着她，不无余事，若你门风，要她怎的。"王八道："以后纵有他事，老汉只闻不理，自究出丑了。"

韩监道："你老年娶幼妇，坑害人家少女，罪当不赦，本监以尔悬旦夕，不即加刑，若再加烦言，也有竹片五十。"

王八连连磕头道："不，不敢受言，凭老爷公断。"

韩监叫过聂氏吩咐道："你奸人妻小，理会究治，念尔斯文，姑免罪责，可措处原聘银四十两，给还五八，牛氏断发与尔为妻，此务后须改过自新，不可仍蹈前辙，他日成又事犯，别一问官，不能如本监情面了。"

聂氏叩道谢道："多蒙爷台再生之恩，小人粉身难报，钩渝自当铭之心骨，何也有忘，但念小人家徒四壁，聘金得蒙爷台宽限，始终载戴恩。"

王八道："吾妻既与尔去，财机今日要还，吾老年之年，光阴有限，明日还目央媒别娶，耽挼不得。"

吴娟道："此言有理，通着立要付了，若果另娶，吾有一家极巧妙的在此。"

韩监喝道："休得无理，本监自有善法，谁许尔辈多言。"叫左右掌嘴，皂役遵命，各氢打嘴五个嘴巴，韩监叫住，着小监到库取俸银四十两，给与王八，牛氏与聂氏领回婚配，不得争执，遂出审语道：

> 审得王八，一播然叟也，凭媒吴娟，继娶牛氏，年方二旬，而王则已望八旬，牛氏以白头难亦不得而主。
>
> 律以原情，免供逼出。

审语飞笑做罢，掌案使当堂郎续，各犯允服，牛氏聂民感激不胜，一概逐出退堂。

天上闻知，俱称韩监为风月主盟，且赞于长清察，巡历各都，讼狱繁多，一一刻决，人不敢犯。但是奉差年余，自关中浪子做曲讥汕以后，连求贤一节，也不敢动想，何况选龟。

艳娘常常颂诏催促，韩监虽是心慌，计无所出发，只得婉辞回奏，仍自岁月困循，视事又过数月经已抵建康，忽报艳娘招到，韩监巡接天人便进衙，焚香开续，那诏书道：

> 该监领旨，已经再更表葛，忆首以盗虚声者塞责而来，迄今一无选举，本宜招解回朝，从重配拟，姑念事关重大，再宽扭解回朝，从重配拟，务期作速访举，即副联求贤若渴之衷，式复稽廷，加等坐罪，尔其慎之，毋忽。

韩监知艳娘怒已，慌急无措，奈无心腹，可与计议，隆礼赠送大使还朝，犹草伏罪表章并求宽限，相烦载奏，一面时刻焦劳，筹划奇计，只是害羞，不敢向人启齿，暗自埋怨道："当日不合差见，奉诏出都，此事实少良法，谅来万元觅处，且略过捱，只索归朝待罪，一任艳娘处分便了。"暂不表。

邱表建康城中，侨寓着一个才子，乃未扬人氏，姓方名正，字豪中，系商宗朝中书少监方明之子，生得颖异，敏慧绝伦，年方总角，书史过目成诵，无论寒暑阴晴，手中未尝释卷。得到八岁，胸中好生阅博，经类子传、无不通晓，本郡积学长者，俱目为鸿才巨儒。

年未弱冠，乡邑诸臣，屡疏荐举，豪中立志坚贞，不悄身侍女主，概辞不就，恐任在家中，未免有人缠扰，遂收拾行囊，至建康游学，犹豪中生平有一僻性，诗酒外极爱妥童，至于龌龊下贱，又所不屑，因云间少有得意者，此行亦欲乘便访取。

建康与云间相隔不远，郡中文人墨士，暨阀阅冠裳，久修理于生才名，一闻流寓

本城，尽与交游，联盟结社，皆成知己，豪牛寓杜秦何楼之上，留心遍访美结龙，知无有化可人选者。

值韩监安临，众友相邀，到中山街酒楼，观他节城。

李颂到来，人人轿上，坐着一员如花似玉的官寺，豪中不觉心动，觅起朵颐之思，回到寓中，常常想慕。

建康各乡绅，俱来参贺韩监，又设带演戏相延，宴饮汪之次，各各荐场于焚年少多才，韩监颇欲识荆，众乡绅即与豪中遂打劫情肠的，想起日前途中曾见过，众人原非虚誉，一则于情不好固执，一则有意相亲，遂欣然投刺参谒。

韩监外以宾位处之，相见之次，豪中涂讶韩监宛然仙子，岂尔阉怒，比喻人愈觉天然艳烨，吾得窃彼后复，庶不虚此跋涉。

这韩监又喜豪中生面宠俊雅，举止犹闪，存心细观其鼻，却更丰而且直，彼此关情，两下留意，才一会面，便自牵连。

韩监道："风企英名，瘤痳渴望，令业枉玉，实切欣幸。"口中道："鳅生白无一能，辱先达吃嘘，致荷隆厚，不禁愧悚，茅恐有妨公务，便深罪责耳。"

茶罢两巡，略谈数语，豪中不便久延，起身告辞，韩监谆谆款留，立命厨中设席，豪中不忍便去，也坐下了。

须臾酒备，韩监逊坐，止是一宾一主，别无他客，二伤举杯对酌，豪中道："本慕尚公才理剧，听讼若神，不意今日缘众绅士，谬寻齿牙，始获识荆，系招芝颜，更非凡品，诚恨相见之晚。"

韩监道："本监离都以来，亦素仰后才，为当代伟器，今蒙犹见，殊惬鄙怀，尊大人在堂么，贤痳系谁家闺秀？"

豪中道："家严因年力衰迈，退处林泉，晚上虽辱知爱议婚，但私心不愿草就，故尚未聘。"

韩监笑道："足下方志，固自不见，但未识欲得怎样女子，方添姻娅，式有可意之人，本监当执斧柄，茅恐三生石上已订一笑之期，非足下所能择耳。"

豪中亦笑回道："晚辈虽然陋拙，至于室人，若非才而有貌者，誓不婚娶，若不得共偶，虽终身鳏处，所亦甘心。"豪中又问韩监道："进来朝政何如，当公离都未久，必知其详。"

韩监长叹道："朝争至此，敝坏极矣，牧狐肆毒，蛇蝎付和，正人敛迹，奸倭遍要津，志士寒心，英雄切齿，本监虽属训余，日夕为之痛心疾者，足下不慕多紫，达人高蹈，自不可及。"

豪中道："闻言及此，口为此之裂，今日且尽中佳酿，莫强与他家事。"韩监道："此后再谈朝政，罚以斗酒。"

两人相觑而笑，又笑些本朝排律名家，且讲论词家切要，豪中欲取韩监欢心，特把胸中夺问，透彻开陈，韩监大悦，视为知己，语笑不拘，豪中亦觉情怀巨觥连饮，遂至酩酊，离席告止，韩监苦苦相劝，豪生醉眼也斜，力辞不饮，否则听罚。豪中道："这却使得。"韩监出对道：

> 木兰代父从军，凛然节操。

豪中道：

> 记信假生淑楚，俗矣忠贞。

韩监听罢，连声道："好好，果是捷才，还有一对，亦须如前对去，不则仍当罚以谷酒，又出对道：

> 莺藏抑底，只凭声响混雌雄。

豪中道：

> 龙伏泥中，仨看变幻兴云雨。

果是不费思索，徇而出，韩监称赞不置，命人撤席罢饮，豪中欲归旅识，韩监道："既辱惠顾，正欲朝夕以聆玄海，况丈夫四海为家，何地不可栖止，归去则甚？"

豪中道："主人情固重，弟觉汗颜耳。"自此就留在衙中作寓，韩监着夫投打扫西园与豪中安歇，拨四宫临伺候，园中器物，美丽无比，豪中所带小值二名，一唤书红，一唤琴英，发回旧寓看守，单身住在衙中。

忽已数日，无日不会酒谈文，吟诗作赋，两情欢悦、四目迷留，韩监每与豪中接谈，进内即意乱神昏，魂颠梦倒，因豪中才貌几流，色色可人，甚有求配之意，只是不便明白说出。

这豪中酒启，狂兴发时，也常以邪言挑逗，韩监怎么好卒然允许，在豪中还味认定作龙阳，以特命之尊，不敢造次胡弄，遂至时日蹉跎，未成欢好。

时当夏月，炎暑困人，韩监毕了衙中争，脱去冠服，带着四个贴身侍，特到西园纳凉。豪中卧室，原在三阁水阁之上，四面荷香馥郁，抑色阴浓，只余爽气，不觉炎蒸。

韩监就在室中坐下，止着妇侍供役，不时进上瓜果，豪中将平素会课请教，内中也胆诗词歌赋，也胆传记碑铭，韩监捧诵，大加称赏，谈吐之际，每及恢谐，豪中不技痒，暗自作想："我每今日情意甚乎，怎得机会遂此后交愿，快心极颖。韩监又私羡豪生，果是才问子建。貌似潘安，托以终身，可称良配。

偶然荷池之中，一对鸳鸯交颈而卧，韩监向桌间水晶盆内，取起一枚沈李，两眼觑定，轻轻打去，却好正着，那鸳鸯分飞而去，藏于菱荷深处。豪中道："你这不作美的公公，怎惊散他好事。"

韩监道："可怪此鸟，不择地交，在人眼目之下，恐君观之，必生落寞之感，故驱之去耳。"豪中道："衾枕独对，形影自怜，每欲一操求凤，若无文君解心，谁有怜者。"韩监道："若嫌寥寂，明日访一美妓相陪何如？"豪中道："青楼薄草，文人鄙之，敬辞侍佳觊，若有垂邻，腿尺之间，可寻乐地，何必待妓女而后消寂寞耶？"

韩监暗自惊讶道："此人已知吾为女子之身。罢了，萍梗之逢，遂成莫逆，是非天作之合，何以亲昵至此，即以芳和躯付之止生，妇貌郎才，亦非失所。

豪中言毕，觑定韩监以微笑应之，少项日暮，皓月初升，微风袭体。

韩监命掌灯备宴，就在豪中房中夜酌，饮过数杯之后，韩监道："筵中只有我两人，若闷闷递相对饮，岂不怜嫦娥笑为欲子乎？"即令女侍取过色盆，与豪中买快，韩监连输六巨觥，又道："掷色不遂主人敬客之意，猜拳罢。"豪中即便依命对猜，又是韩监两次败北。

当夜韩监兴致甚豪，吃个大醉，撑持不定，倒身便睡豪中床中，零时鼾鼾有声。

豪中却早早存心，又遇色于拳斗争气，一路得胜，毫无酒意，见韩监睡熟，磨掌擦拳，要干此事，碍着女侍四人，齐齐站立不去，豪中心急无措，设词支分道："你家爷酒后醒觉，必需条吃，到去烹些龙团雀舌之类，到来预备。"那女侍里面，名唤仙铭者，心胜巧猾，见两人言语相调，已知主人有意于生，今闻豪中之言，明系多我们几个人在此，丢个眼色与三人，俱出外厢打盹。

豪中急把门闭上，到床中看韩监时，睡意正浓，身却侧卧，豪中情极，不能再待，轻轻用手把韩监翻将转来，覆身睡着，见足下尚穿双靴，欲代为脱去，恐致惊醒，故不敢动，揭起练裙，内中系着一条红纱裤子。

欲知豪中是否对韩监有所为，且听下回分解。

第三回　觅巨龟又盟佳姻

且说豪中揭起练裙，内中系着一条红纱裤子，豪中暗道："内官妆束，何居严密，哪此炎天几自身衣重叠。"遂挽手向前，解开带结，扯下纱裤，露出雪白两股，如脂似玉。

豪中淫心甚炽，不能止遏，肉具已早翘然而起，正是：

> 解带色已战，触手心愈忙。
>
> 那识罗裙内，销魂别有香。

兴不可遏，急急爬上床中，润似律吐，把个具狠顶数下，不能进门。豪中想道：今上下爱男风耶。此监果尔童身耶，又转道："高宗时，他年尚幼小，所以未经御用，当今是个女生，自是完整，我终楚何幸，享此奇童。"

又用力猛顶几下，一滑如入龟头，韩监痛极，梦中惊醒，叫道："是谁无礼？"豪中道："莫要高声，不才酒后兴浓，有犯尊躯，万乞俯就，设齿不怠。"

韩监时欲转身，为豪中紧紧压定，动弹不得，道："何若人一到此耶？将以尔为之才流，必能检束身心，故不避狎呢，今作偷儿行径，何无康如是。"

悄悄又把龟进寸许。韩监道："痛极难忍，君竟不义怜耶，且顺暂缓。"豪中兴发之极，又闻韩监言词和婉科潺，不致变脸，那肯停止，用力数顶，竟而尽根。

韩监不觉失声道："内如刀袭，诚何以堪上，再不略缓，吾其死矣。"豪中少为停止，韩监咬牙熬住，心却暗想道："艳娘其欺我耶，备极痛夺情趣何在，所谓风流，不离痛楚，吾何敢焉，即终身不嫁可也，吾辈既以其后供情事，则前将焉用之，仅给小遗已耶。

韩监因在想，伏身不动，豪中徐徐抽提，韩监道："可已矣，何又作进出计。"豪中道："不如此以尽兴。"韩监道："不堪实甚，尚有何兴可尽。"豪中又加唾沫于根，遂觉不堪滞涩，抽至百合以后，韩监觉痛亦少定，乃忍而不动。

豪中因香肌雪股媚脸妖啼，色色动人心魂，约至三百合，毕事而起，代为拭抹洁净，韩监站起和纱小衣，蹙额道："痛未少减，步尽不能奈，何奈。"

豪中以脸紧贴韩监香腿笑道："不才冒突威严，罪诚重矣，蒙不深责，恩宠无限，铭心镂骨，断不敢忘，深厚今日之情，愿其赐之。"

韩监点头不应，呼女侍取茶，茶罢，豪中道："今夜下榻于此，可否？"韩监道："尔尚无满足之心耶。"豪中道："一创贵躯，心殊怕悚，束日堪长，今宵何敢再犯，将图抵足以谈衷曲耳。"

韩监不知豪中将他认作男身，满拟已露刮妆行往，便应该允道："一发遂你心愿罢。"叫女待，叮咛道："今夜我就宿在此，不得张扬于外，把内外门户，俱依往日照紧密，违则重责。"女侍遵命，旋取浴水进韩监之处，豪生先浴，命女侍为之卸去下衣，这女待虽也假扮宫官，面颜其实惧有几分姿色，况年纪总在二十开外。

豪中见大体周旋，左右本色，胡得陇望蜀之思，其具仍前直竖，坐在浴盆之内，有盆中间立着一个肉棒一般，植立不移，众女侍掩口而退。

韩监看了暗道："据艳娘之言，此具虽不能名列上染，拟打终身之托，送至都中，必惬艳娘仰望。

豪中浴罢，女侍倾去残水，换上兰汤，请韩监净浴，韩监尚有羞色，要豪中出外方净。

这豪中哪里肯去，又把女侍推出房外，又闭门窗，经去与韩监脱靴，可力猛扯，再也不能卸下。

韩监道："待我自去罢。"豪中住手，看韩监先将腹上所缠绸放散，然后脱去皂靴，又解下一二十层缠裹，内中脱出一只三寸金莲。

豪中失惊道："尔乃女身耶，又一奇闻矣。"忙依韩监脱法，代之去此一靴，亦是金莲一只，豪中大喜狂也，将韩监小衣带结，尽皆扯断，替他层层脱净，观被小腹之下。

韩监害羞，以手掩之，豪中亦以手透人相深，小穴通矣，实非阉体，豪中喜极，问道："尔为女子，何做乔妆且旬之间，绝不问我吐露半语，真忍人也。"

韩监道："前次初会时，两对之中，已道真详，尔自不解，况于身已为你取猎矣，沿以此说怨谁。"

豪中道："吾以尔果阉臣，建所为者，乃田子事且，女则交媾于前妙难言罄，具俟浴过，现叩你身始未。"

韩监羞惭满面，反寻衣穿，那有就浴，豪中抱至膝间问道："朝内英才济济，如此重任，岂无强力者宿缘，即抱好外岂别无驱使者，何特注意一女子耶？"

韩监道："儿家幼人掖庭，值国有变，故弱生流离女，后窃住堰赛长门，历岁三载，以为朽质将终永苍，必无于归之日矣，页主拒意艳娘廖录微树，托以重任，庙廊岂受任事人耶，又岂天下事非儿家枢衡，以箬展下缭，爱国阁屏躯，粉脂弱质，岂无愧耻，助后为瑶，淫沼书切责，中心惶惶，今日邂逅，遂至失身。固是远奔，外系娱会，犹幸儿家来沐君恩，仍然处子，君自知交，毋烦齿类，不揣葑菲，欲就片刻之欢，永洁缘梦之好，逃名片铬，窜身五湖，第举案齐眉，较孟光虽在有愧，诅烟波的皓月，比西子辜无惭，未识韩能允否。"

豪中道："予以落魄之身，熬洲四海，诚欲得一全人，主我中馈，今卿劳年丽质，博学长才，寒生得些，此提风月消磨幽泉，终身无恨，更佳人在前，娱心诗酒，何岁月之不可消磨，但恐朝中未肯释然于乡，卿骑偶及，祸一不测，更何计以处交。"

韩监道："予所不足者，非财囊有羡余。不妨四海于家，说从为君为妇，隐处深闺谁敢撸窃，以致败露。"

豪中道："夜已深矣，今农且谐伉丽，明神作证，始成嘉礼，不愧姻期。"韩监道："卿喜即是。"

遂整冠理服，韩监亦命侍女进内，取出梳裹，重挽乌云，再挑蝉鬓，身衣绣服，足蹑凤尖，豪中扶定，同出庭心，明月之下，细观容貌，美艳娇劳，更非昔比。嗣后，韩监称梅兰也。

豪中狂喜不禁，同拜天地，复归卧房，重整杯盘，以为合饮，不过三五巡，豪中命女侍散去，脱衣初寝。

豪中笑道："今日柳底之莺见瞧拓夫矣，木兰尚能复掩其迹否耶？时天气炎热房中氢梅兰衣服尽去，止留两足风头，烛光虽灭，窗外明月，映将人来，观之欲火尚烧。"遂分开两腿，以具凑去，数滑之下，进已逾半，梅兰微痛，亦作娇啼。豪中又道："前之痛苦，少减于后，仰其忍之。"

抱定梅兰劳躯，轻轻又把具入，梅兰疼极了，私以的和探龟之人，穴已开不容发矣。豪中急急抽插，百合之后，穴中淫水溢出，甚便往来。

梅兰始不觉疼，略有趣味，豪中大尽旗鼓，抽至七百余回，梅兰得趣之极始信艳娘之言，果不我欺。直至千合之时，豪中方尔失手，叠股交肱，相抱而睡。

鸾仙各婢，候两人既寝，方分头安歇。

自此，梅兰竟复女妆，在扣衙深处，与豪中朝夕娱乐，连由十名小监也不能见面，各衙门申言方册籍，堆积如山，一概不行批发，二人如漆似胶，倡酬赓和，片刻不暂离。

正在美好之际，忽报艳好有墨救地受到，梅兰心惊，未免又仍扮作太监，前去迎接至衙，跑听喧读，救书道：

> 此监之差，所为何事，亦曾清夜一思及吾。岂巡阅数十郡，蹉跎三载余，竟绝无一人可选举耶，以救到日为始：如或仍前默然，该监开封朱都，以服常乐，腾非聋聩，所爱尔欺，断不在赦，故救。

韩监礼送贸官回朝，将书与豪中看过，秘道："事在燃眉之急，却怎么区外？"

豪中道："我若出衙遍访，必得一二大具者以进，略可解目下之危，但外非久策，为今之计，其若潜身还循，脱此火坑耳。"

梅兰道："计必如此，而后万全。但不关如竟往卿家去，还须暂且寄迹他乡。"

豪中道："子之交游甚欢伙，恐回故里必生不虞，此去系康，湖山秀丽，人物豪华，且往侨居，待事已安妥，再作归计。"

商酌已定，因银钱不便携带，发出十万金来，着铺户兑换珍珠金宝，托言进上朝中，豪中先期陆续运出寓所，往水南门，雇下船一只，扣铺书籍器皿之属，预发下船，着二小僮在船料理，向旧寓主人推说谁扬游学。

一日黎明，梅兰吩咐四女侍，更换青衣小帽，托言私行察访，骗过一家小监，偷出衙门，豪中隔夜期定，吩咐小僮开舱相候，潜身衙门近处守着，迎着同下船中，天色尚早，小手睡在合稍，未曾走赴。

豪中推开舱门，梅兰与四女侍急进，换了装服，豪中原带二僮，参见主母，立命水手解绳，往南进发，过了溪水江，张望金山名胜，不敢露形登眺，好生忧恨进了京口开闸，六七日之间，船抵溪康，豪中登岸往西子湖旁，北山僻径，凭下精舍数间，雇此大轿，将梅兰等，移向山中住下。

山购终菁，湖光潋滟，诗情酒兴，光日不豪，暂不下表。

却说那衙中小监，候过月余，不见本官回暑，飞报各处衙门，一面起身地是朝奏圣候旨，建康各官，亦会本奏闻。

艳娘知得梅兰潜逃，十分大怒，即差内监候仁卿等十员，分巡各郡，密拿梅兰，务期必获，兼访牡具，限以日时，将原随梅兰小监四十名，分给各监，以监各德阉得临安等处，克日到任，分差一二十人，握确逃犯韩梅兰，捕人同着小监作眼，不论乡镇山隅，到处搜索，所在骚扰平民，道路咨嗟，李斗定限已日一月等校一二次，不是掇打，就便穿箭，缉纷人役，忍奈训罚太过。

偶至北山寻访，凡遇有房屋处所，便细心询探，正打听得精舍之中，侨寓着远方八口，站在左道，唱和诗章，朵以嬉笑。

小监侧耳细听，对捕人道："此处人声，倒象有我主介在内。"捕人摇手着："莫露机关，悄悄守他出卢，即见分晓。"遂俱藏于茂草之中，用心等候。

将至日晚，豪中携了梅兰纤手，步出门前，后随女丫侍，小监一一认得，与捕人道："果是一差，可往擒之。"十余捕人一拥上前，把梅兰女侍，一共四人，紧紧锁住。

梅兰等，此惊不小，见有小监在内，已知事发，哑口无言，捕人又进屋内，销锁了僮婢四人，一应资重升物，打成包裹，连夜解进城中，共是男妇八人，器物五扛。

梅兰豪中被捕人锁押着走，羞赫异常，异把衣袖蒙面而行，却喜天色昏黑，无人瞧觑，到得李监衙门，已是更尽，传禀进衙，李监已，传论出来，发在门房羁候。

次日李监欲侍西审口词，回想无后亲论，梅兰原系宫娥，因一时意兴所至，偶尔差出，今已理出原身，恐留审究，耳目昭彰，取人识刺，不如逞自解景系俱以帕各裹其首。

李监亲自封锁是监牢，并取有原带贼衣，一并封填州，差内了二十名，押解回京。一路所过地方，行牌知会，添兵防护，这牌行到姑苏内，尝有武县县发冯当堂接着。看那牌面后，大惊失色，暗自叫苦道："恩人危矣，吾何用生。"

谈到这武县冯，姓其名谁，因何与梅兰有恩，如此着忙。这人复姓闻人，单名一个民字，仡河北省治，衙辉府人我工。

前番梅兰出都之月，在本府行事，适聂民奸淫王八继妻牛氏极获，梅兰免罪释放，理不加刑，反捐资代聘，给与完聚，后夫妻两人，俱感恩德焚香叩天，祝以前程远大，递苦攻细读经史，即以明经及弟第，选授今职。

接看此牌，惊惶失措，忙急退堂，说与夫人牛氏，牛氏垂泪道："当日若非恩救，我等安能今日坐宰荣显，你须救援，方见大丈夫肝胆。"聂民道："我花人行之初，即差人相操，闻已隐去，不料今忽受擒，见牌令人心碎，顷已定下计策，夫人不须焦虑。"

重又升堂，差拔民壮三十名，准备器械。在尹山地方，候冯江县防送逃犯监船只，到时交割自却，系到玉台禀说，洞庭东西两山民户刁顽，税粮拖负至今，四野兵兴，立限起解，特拟人亲往征收，以遵钦期，上台应当面给假半月。

聂民归衙，行发一应人役，另坐一船，东山扫民房，端候亲监，自己密带仆从二十余名，不用外来水手，摆只三檐船，各藏暗器，伏于太湖巷内，凭今人擦得，船解是日泊平于镇上，飞橹望本销的摇来。

看那解船，上插弓刀，民夫梆铃交错，往来巡视闻，聂氏率领众人，头带仓巾，身衣箭服，一声锣响，长刀阔斧，杀人舱中。

李监差了，并中天江县防送了民健，见兵犀剥，人势仓杰，各顾性命，抱头鼠窜，上岸逃命去了。巡检官带着四五十名方兵，不敢登舟，只在门前黑暗中四处叫喊。

聂民见船舱上无囚车，并无人迹，忙到梢上，连舟子也赶遁登岸，在仆人之内，叫出两个会摇橹的，同着自船如飞，仍旧赶人太湖小港中屯住，掌要烛。聂民改换便服纱巾，走过解船，开舱问道："韩老恩人何在？"问过数声，不见答应，随手去了各人蒙头帕子，逐一看过，觉得不甚亲切，无人识认，只取刀斧，打开囚车，见有妇女五人，忽略不看，细认三男并非韩监。

聂氏跌足道："探人误事，此非韩恩人船只，快到泊舟处，取押船寻讨，不得恩死不回船。"

再说这梅兰被擒，自分必死，陷在囚车，计无所出，暗对豪中哭泣道："贱妾违背明旨，一死不惜，但累君家，无幸受戮，于心何忍耳！"豪中道："此亦命切数也，知复怨谁，卿非遇我，安肯逐作遁逸之计，今日之事，必有责焉，不必相尤。"

二人也束手待毙，当晚忽被明火执杖之人，连船抢去，分毫不解来由，及闻叫时舱中，他率又不敢应，去怕之的事，仔细认取相识之人，又已忘记前事，但自退缩。

豪中等，受此惊恐，魂飞魄散，一时不能应对，及闻将要回船再访，梅兰方开口道："尊，尊，尊公，莫非是寻拙荆的么？"聂民道："我与今政没甚干涉，寻他做甚，此行特来救韩监公的。"聂民笑道："兄想是惊慌了，监公怎是尊政。"豪中道："如此，如此外迫及之际，岂敢乱说相，相欺，监公果是贱内。"

聂民道："共有五位姑娘，不知那位是尊台？"豪中指着梅兰道："这便是内人。"聂民仔细详认，有些相像韩监公，但怎又变作女子，问梅兰道："既是夫人即系韩监公，可否认得学生否？"

梅兰又看几眼，实不相识，不知何处曾会台颜，却是记忆不起，聂民道："夫人可记得衙辉府内，因奸被告的聂民么，即是卑职。"梅兰面色通红，低声答道："事虽隔久，约略记引进，但向日不过凭公决断，怎知今日感蒙大恩救拔残喘。"

聂民道："愚夫妇沫旷恩奇怜，得完配偶，安心肄业，辛博微名，时刻感念鸿仁，元缘得会，因接得监道行牌面，始知大人免被缚特出小计，辛离虎口，请教大人，不审可故，却非中监，而系女身。"

梅兰含羞不答，聂氏盘问不已，豪中只得把从前之事，备悉告知。聂民极口称奇，

豪中道："我辈虽蒙救援，但事后身藏何处？"

聂氏道："经在敞开椎寓，谁敢漏风，待事已宁定，再作别计。"

梅兰道："辱大人活命之恩，誓图卸结之报。"聂民请豪中等，过在自己船内，同解物件，也搬发过船，齐下原解船只，发些银两，犒赏仆人，不曾走漏半字。

豪中也打开解来包裹，取出金银。酬劳取民，今连夜放船娄门，趁天未大明之际，八人青衣小帽扮作一色，分为两队。

欲知梅兰豪中聂民一行是否脱难，且看下回分解。

中国禁书文库

风月梦

第四回　假旨暗解除奸贼

诗曰：

蓬莱有奇卉，并蒂复连枝。

北夫轻欲来，花神力护特。

自怜无春到，谁信有路通。

鸳鸯空惊起，羞对两鬓蓬。

且说梅兰一行人，分为两队，聂民各令仆人，身携物件并入口，领进和衙自在船中坐着候复，梅兰等进入衙中，聂民先把梅兰原象女子等因，细对牛氏说知，牛氏惊喜，请进内室，相风叙礼，各自致敬。

牛氏邀梅兰上首端坐，叩谢昔日之恩。梅兰廉让一回，受了半礼，不必繁叙，在家待如悄回骨肉，不表。

却说李监取差防送家丁，直待劫船去主，方敢出头大呼小叫，埋怨兵健，不肯拒敌。嚷乱多时，冯江县护送兵健，才渐齐集。巡检听见家丁发话，双领了方兵，从后墙跳出，在僻处寻着一小船，点起火把，做势摇来，诈说一直追至八尺湖中，方卿家丁，空手无计，四名至冯江县内，坐守堂上，立催谒获，其余回到临安，禀知李监，报知梅兰被劫一事，大惊不已，修下表章，星夜差人进京启奏。

艳娘接本，急深愤怒，把冯江县尹，削革为民，颁旨各郡，用心细查，获着之日，不分首从，本地方枭斩。传首京师，有功员役，分别其赏。

聂民将梅兰等，藏在署中，候经二载，慌恐踪迹不密一朝事露，忽闻报到，也升为谏攻大夫，各官庆贺忙冗月余，，择吉起程，把梅兰等，混百家眷里面，抬人船中，舱门封闭，并无人觉，财到半途，闻得都中有变，聂民忙迎人中宗，艳娘退避，朝中党羽尽受刑诛，聂民住船不进，再候消耗，将及旬日，中宵发出敕书一道：

朕以吵躬，费克重寄，藉尔众臣，复膺大宝，但念涂炭黎民，沟渠赤子，或冒死而弄兵满池，或矢忠而桎桔，保行恤典以答天麻。自本日昧爽以前，毋论十恶大煞，轻重尤罪，及发未觉结迁，概与赦免，其门外大小官员，或经滴隆恶与起用，各郡内监，尽撤回都，如有延摄，王章具有赦之日，佳贤硕士，莫争席子海樵赋子乱臣，亦相期于更始，各尽乃心，毋负朕意。

聂民闻知，深喜度已，拿了赦书，向豪中称庆道："圣上复辟，大赦天上，尊夫人幸得无虞。"豪中道："皆出恩公台赐，真再造之恩，犬马难报万一矣。"

梅兰闻赦，与豪中商酌，就要辞回会间，归宁父母，聂民道："且同至京都，另图相计。"豪中梅兰若辞，聂民不便强留，另雇一舟相送，梅兰与聂民夫妻，泪别而去，不表。

却道聂民议进都，朝君莅任，机务稍暇，写成表章，力荐于豪中才能堪大用，中宗鉴奏大悦道：

这奏足片征中流，谁晋一级，毋使魏无知清卿，明于知人，昧于识生耳。于楚着该府县，即以安车蒲轮礼聘来都，联亲御便殿，朝对即当，不次擢用，该都知道。

再说这豪中，自与梅兰别了聂民，回到云间，见了父母，梅兰拜过家人，夫妻二人，朝夕相守，琴调瑟弄，甚是知乐，不意松江府刺史，华亭县县尹，各奉圣旨，备了礼物，亲到豪中家征聘进京。

梅兰阻丈夫不要应命，豪中亦性甘安石，辞而不就，那发府县奉旨催足，于公知中宗复辟，正士登的庸，力劝儿子前去建功立业，不可守我牖下，豪中无奈，只得拜别父母，携带家小至都，拟作面辞之计，小陆程期，约将二月，始人都门。

豪中劲到聂民谅议衙中暂住，即与谏议商量辞官一事，聂民那里肯从，豪中私下草了一本，候早朝对分，不与聂民知得，前往午门面辞官，兼自梅兰情节。

这日中宗朝，豪中俯伏金阶，近侍接上奏章，放在御案返上，中宗看罢，大称奇异，正法笑将票，忽见武三思，执简当胸，启奏道："圣体初愈，不宜过烦，凡一应疏表，留侯回宫，裁夺未迟。"

中宗见奏，即刻退朝，本日表章，类齐激进。说这武三思，自从艳娘让位以来，夕赖被人弹劾，每遇中宗设朝，时刻不离，探听消息，心是疏奏，必不令中宗面判，

对封宫中，逐一检看，稍有干涉，匿而不进。日夕藏在深宫，与艳娘干弄，甚至不分昼夜，只要艳娘，于中宗处赞扬。

这中宗也成杀好笑，见艳娘亲爱三思，便也非常信任，屡次遇见三思与艳妗在无人之处，双打双出，中宗远坐于旁边，与艳娘点头，至今以为谈谈，三日这日忖过送奏本，细细看观，看到于楚这本，喜掌称奇。

忽然想起，当艳娘差出之时，我曾一面，那时还道果系宫监，当日也曾图他，被艳娘佯梗，今日须下个死工夫，必要人手，以为晚累之娱，吾愿足矣。沉吟半晌道："有计了，除非如此如此，定然落我圈套，却又混然无迹。"

假旨位出，早有人飞报至聂人谏议衙中，梅兰闻召，准备朝衣，单候中宗御殿面驾。

这日五鼓，梳流衣冠已毕，于象中身骑一匹骏马，韩梅兰坐着一乘眷舆，前有仆从待烛，后跟女待护拥，出离谏仪衙中，来到天街之上。

离那午门尚有一里之遥，只见前面壮士二人，结束雄威，身跨雕鞍，手持黄牌，如飞而至，两下撞个正着，壮士问道："来官莫非是内相韩梅兰么？"

豪中只道又有旨来宣召，急密旨："该监假女为男，助艳娘淫纵罪在必诛，特着男士密拿，至坛处决。"言罢，把梅兰扯下轿来，挟持上马，又且加上一鞭，如飞去了。

豪中惊得面骨软，齿斗身摇，呆坐马上，好似半天里落一声霹雳不辨南北东西。那时鸾他也随百途中，对豪中道："相公，这怎么好，快追去，访个消息才好。"

豪中令一二仆人，四女会侍先回，就报闻聂谏议知道，自却骑马，带几个从者，东西寻赶，全无踪迹。正在难于处分之际，望见取谏议，也不带衙役，飞马跑来，问豪中道："尊夫人可有下落么？"豪中放声痛哭道："陡遇风波，虽闻那人说奉旨正法，竟不知在保处所，到临终不猜，略罄心曲，双鹣顿折，怎不令人肠断死也。"聂民谏议道："兄此时痛苦无益也，不须焦急，便做圣上，决人自有常所，再去寻访，定有分晓。"

豪中道："那壮士口中却像说个什么社坛处诀四字，因此心惶乱，未曾探得的实。"聂民跌足道："这事真了，社坛原是戮人之所，兄可曾去一看么？"豪中哭得哽咽，不能出声，道："事若果真，教我于楚何处再去寻个才貌两绝，如尔韩梅兰姐姐的，娱好百年。"谏议道："兄可曾去看不曾？"

豪中道："这倒不曾。"聂民道："如今作速看果否，另作商酌。"两人并辔而行，急急来到坛中，但见烟雾凄迷，人迹罕有，着人问之，居民回云："今早并无一人到此，亦无处再图一面，早知今日仍遭奇祸，莫若当生同赴幽冥，也得死生一处。"

聂民道："这是弟误兄了，夫妻燕婉安处涂居，被弟饶舌，聘来都下，致受此分飞之惨，悔之何及，兄今且回敝署，待小弟至朝房探个的确罢。"

豪中满眼垂泪道："全仗恩人，始终主成，死不忘报。"聂民道："兄莫过伤，心事自有定数或者尊夫人吉人天相，尚在无恙，外未可知。"

聂民遂到了豪中进朝，这于豪中在路，凄凄惶惶，泪停滴，回到寓中，拍案捶胸，又哭多时，女侍再三劝慰，昏昏迷迷，和衣而睡。

未儿，又在梦中哭真是寸心欲碎，柔肠已穿，望眼巴巴，等得聂民署，忙问实者。

聂民道："我适闻往朝，凡问衙门，并决囚班卒辈，俱委内细查，并无奉旨斩犯之事，其中谅必有诈也，弟已有人四下找寻，若再不得音响，当亲奏朝，自见明折耶，兄且宽心，莫气丧。"

豪中虽蒙聂民宽解，心上即放他不下，又捱过了三两日，绝无访处，聂民果于早朝面奏中宗道："臣前所荐臣儒于楚已蒙恩准，欲聘来都，但立身消结，不奉乱命，艳娘将以重法缉之，放弃职在逃遂与于楚克谐秦晋，其中情节，原甚奇幻，于楚不敢冒欺主之罪，故详悉奏闻，复荷皇上洪度包涵，俯赐召见韩氏，以白当日受并之故，不意数日前，漏声末绝，韩即趋朝待，途遇武士二人，口称上有旨，着拿韩氏于社坛过罪，旋得不知所往，若果为皇上所差，形迹诡异，似非帝王公天下之道，或系好人作伪，帝畿之内，尚敢肆无忌惮，地可知，臣故敢冒死上奏。"

中宗道："这事又奇异了，联前虽接于生这疏，从未票发，安得有始而召见继面诛斩之事。"即今内监进宫，查于楚当日奏章，逐号点验，单单没有此本，覆了中宗，又着人往礼尚追进本章来看，果有御此，却非中宗手迹，传旨官见又五相推诿，中宗大怒，把传旨官削职，立着五城兵马，捱家察韩氏。如不即行缴旨，明系同谋，一并连坐。

聂民罢回衙，又细将面奏追查，前属伪旨，令中宗动怒，严敕搜访，备悉对象中说知，悉当豪中终朝只是泪面，茶饭不思，坐立难安，恹恹憔悴，聂民设了计策，叫夫人牛氏，私对女传道："暗诱豪中，收作妾，恹斩是解愁肠，谁料豪中匪石之心，牢不可转，暂不表。"

却道梅兰那日途中，被武士不由张生，抢上飞奇，加鞭疾行，约行三四里，进入一第宅之中，重门深邃，方把梅兰轻轻下马。

梅兰百黑暗时节，不辩路道，也不知是家衙宇，况又惊得慌张，不能作声，但举一看，拿她壮士不见了，周围站着一斑妇女，俱浓妆艳抹，有也互相惊骇们，也有相视而笑的。梅兰定神道："这是甚处所，将我擒捉到此，有何故？我虽女流，非委贱

下，尔等莫要哂笑，快快说个端的。"

这些妇女见梅兰话来，一齐散去。

梅兰不知甚故，只是一味喊叫，却又无人接应，急寻门道逃窜，虽有两处墙门，俱已紧紧闭瞧见侧首房，纱窗朱楹，其是精美，门却开着。

梅兰瞳进看时，兰麝飘溢，捕设华美，牙床锦帐，笙管筝弦，无生不备，仍是不见一人。旁边香儿上纹着湘妃竹金扇数柄，两面都是诗画，偶然拿起一把看，是来人俊臣写的。上填着大即帝武老恩台寿。

梅兰矣失惊道："这等看来，此处是武赋署内了，我已堕入术中矣，于郎谅在不知，两地空悬，难通消息，将欲死休，双守着于郎不得，我闻艳娘还政之日，奸觉虽除，武三思得留，在此地必系他家无疑，但不知骗我人来，心怀何意，圣上君晓得有此异变。"

又道："我抗旨不朝必加之罪了，又见上接着一口宝剑，取又佩在身旁，且自会定，只见一个男子头戴玄巾，身衣排服，有些面善，仓卒记忆不起，后随妇待儿八人，径到房中，笑容可掬，向着梅兰深一揖道："夫人别来无恙否。"

梅兰也不回礼，厉声道："圣主中兴，礼明法备，尔为何等人，擅劫良家妇人，作甚勾当，只迷送我不寓，万事不论，否则同亡剑下。"

言罢，飕的一声把宝剑拔离鞘中，掣在手内，侍女见势头凶恶，跑得不留一人，这男子急退出房，远远地立着，向梅兰道："学生非别，武三思便是，蒙今土圣君，比家姑艳娘，列是十分宠幸，满朝畏惧，天子拱手尊崇，只因当日夫人差出，偶织台从，至今爱慕，但无缘得神款曲，闻夫人已适于姓名乃者，别有本进呈，对上震怒夫人党恶助淫，着力押赴云阳处斩，学生不忍沉灭花容，特令人救回，以了木尽之缘，望夫人垂怜。"

梅兰道："你原来是那漏网的武贼，天下之人恨不能食汝肉，而寝汝皮，妆极死不暇，尚敢估恶不佼，如此狂妄，若我果犯国法，愿服常刑，或朝廷另有宽典，由系亡人妻室，岂与尔狗鼠，偷片刻之欢遗文万年臭哉！罢了，我韩梅兰已被你诱生巢穴，谅难脱离，先为国除了逆贼，待我从容心尽，以全名节。"

便手提宝刀，迳奔三思，三思慌走至处厢躲，仍将原门紧闭，晚到姬亲二十，往后面去劝梅兰回心，三思欲为后图，忽艳娘又传玉旨，宣三思入宫。

再道这般姬妾，奉三思之命，劝韩回心，各人恐已欢爱，都从在卧房，不肯出面，内有一姬候氏，系艳娘进寿州刺史之妻，因在都中，为三思所容装，把刺吏归逆党，处极刑。其妻入宫为奴，被三思娶为妾，这候氏却无不念前夫，虽恬乐地，如坐针毡，是日闻三思抢回一美妇，负烈不辱，着侍女绸停，果见书室一美妇，双娥成辞，手握青锋，候氏道："问夫人何家宅眷，因何受牢笼？"

梅兰道："妹乃豪中之妻，系前宫嫔，因闻谏议荐至都，随蒙召对，到途遇武计抢，不识姐乃武甚人，若有脱穴，原为御结报。"

候氏泪垂，言其所害，恨无久于斯者，今闻妹其言，愿代之以报。兰听后，作数字臻之候代外付差托与聂公府，只见书写道：

　　盖闻，刚直之臣，独立不阿，凡有璧年，尽为锄之，誓不俱生，仆射乃当今之愿也。即三天之童，靡不遥想风采，奈之何，权奸在侧，署而不闻，岂不今志士寒心哉，武三思为故后嫡侄，淫乱官柿，诛戏亡类，当日未正典刑，今复任其恣情，情古闺帏，仆射宁不闻乎下于方妻也，因为民荐聘来都，突遭劫夺，诱入樊笼，情迫于中，冒昧上恩，唯仆射犬振法纪，出之水火之中，一为生民造福，一为弱爱垂援，端有望于仆射耳，倘想然间，顽妄不悄余生，泪舍仆射，其谁怨哉，亦春秋责备者意也，立候佳音，统祈鉴察。

聂公看书，细思武贼强樽不改，安可纵之，再诞岁月，重主韦言，牢不可拔，未必青从臣子谏详，议立赐抄灭贼，非诺君不能了之，即备马前往东宫，路忽见一人，外骑马如飞至，撞公，略不回避，相对冲将。聂公左右道："可认得此人否？"此人役遭："乃武爷亲随。"

聂公下命命下，那人方凌鞍下马，跪倒路旁，聂公道："尔不过甚豪奴，途通天子大臣，公然乘骑对过，好生无礼。"

武仆道："因生有急差，收马不住，求爷宽恕。"聂公道："尔乃实讲，差你做甚，便不加罪于尔。"武仆道："不瞒爷，家爷立等揭被香夜用，权悄差水约至衙内取去。"

聂公道："此赋台合体押"，令衙役把那人锁，带至东宫，遁太子正便殿与监蹴珠，聂公不等宣，径直闯入，对太子道："殿下不正务，却为此戏，悲非仍祖太宗创业之心，唐家社稷终不保矣。"太子回道见是聂公，忙撤宫监谢，聂公民间退各监，对太子道："奸党武三思，积恶甚多，法应寸磔，前已失刑，今复包藏祸心，侈乱禁庭，天子不问，诸臣不言，国事日非，顷又在宫美人，出取淫药，被臣拿住，今特带见皇，皇感于谗言，消乱是非，国家可危，殿下而不力整乾纲，可惜祖宗江山，一朝轻弃，臣何面自见先帝于地下哉！"

太子大怒道："孤家向闻武贼与母后有情，因未获目击，故隐而不发，今仆射之言，料无虚狂，孤即领护卫诸人，往清宫禁之奸，卿速号禁军，杀人武贼衙署，概行抄后没，俏父皇有言，孤家誓不避死。"方即传到一众护卫，从后牢门杀进皇宫，凡遇妃监，穷问三思所在。

回说："同艳娘在花楼上。"暂不表。

再道这武三思，得玉旨，来到万花楼，见艳娘卧在床中，身着薄衣，叫道："三思，吾想死你了，来与吾快活。"三思见此，欲意兴浓。不便礼拜，跳上床中，解下自家衣裤，用手掀开被褥，云雨起来。

艳娘道："美哉，美哉"，三思兴意更浓，抽至数千回，终不从心，与艳娘相拥而卧。

却说太子杀进万花楼，见武贼赤身裸体，措手不及，被太子研为肉泥，艳娘却藏于墙后，贼臣已死，方令聂公杀人武衙，将其家中之物封存。解出监之人，止有梅兰，被一大轿送回取公寓。

梅兰见了豪中，相觑泪滴，相倾心中相思之情，自不待说，自后豪中在朝为官，夫妇快乐余年。

伴花楼

[清] 苏庵主人 撰

第一回　曲夫人拒欲扬威

诗曰：

> 寒梅一树隐空山，独向靖溪弄玉颜。
>
> 劲质从交霜雪妒，姿姿未许蝶蜂攀。

这事在万历年间，日本倭奴关白作乱，侵占朝鲜，夺了王京城，国王逃至我辽江边外。他是文物之邦，向来朝贡不缺，遂上本请救。这时，中国官长有道：朝鲜是我臣伏小国，若不发兵救援，大不能恤小，失了四夷的心，以理当救。有道：中国与倭奴隔绝，全恃朝鲜。若是朝鲜一失，唇亡齿寒，以势当救。又有道：不当劳中国事四夷开边启衅不当救！此是彼非下，廷臣议了几时，定议东征。用都御史杨镐为经略，用都督李如松为大将，调动苏辽宣大延宁甘固川浙兵马，在辽东取齐。这一动，便有一千废间降黜的武官，谋充将领；一千计处转王交官，谋做监纪参谋；一千山人蔑征，优童方术冒滥廪粮，一千偷儿恶少，白棍游手，钻为队峭好笑：

> 鸳鸯皆鹅鹈，猿猱尽虎貔。
>
> 何谋能报国，只是吸民脂。

维时，有个罢间参将，姓方名法坤。宜籍徽州，夤缘了一个营兵游击，领了一支南兵，带了个儿子方勤，又有几个家西方隅、方勇、方忠、方兴、方刚等。总是嚼着国家，做他的仆从。一路出了山海关。因各镇尚未齐，他暂住辽阳城外。当日，国家物力全盛，粮饷充足。大凡行军积弊名曰一千，实只八百，上下通同。就是官来查核，也只循前条旧例，交官个个有财物，兵丁个个有银两，且又加上沿途的赏犒。撞着辽东地区，野食繁多，食物不贵，那些兵丁手中，极其充裕。又不行军对敌，所以，大家没事，将官与

将官敢赌吃酒，军士与军士敢赌吃酒在在皆然。不但方游击一支兵如此也。

中原黎庶悲敲朴，绝塞貔貅正啸歌。

这家丁之内，唯有方兴的小。好只有二十二、三。年少的人，见了众人阆，也不免动心，他却道有些算计。想道'如今辽田阆人的极多，就是似鬼的娼妓，也都长了价钱来了，况且去看时，同伙吹木屑的又甚多，东道又盛，辽阳女人，倒也相应。不若我讨上一个，目前虽多费几两银子，后来却不要日逐拿出钱来。况且，又他炊煮饭食，缝补衣衫，照管行李，想来想去，动了一个娶老小的念头了。常日在一个佟老实冷酒让里打独坐吃。闲话中，与佟老实婆子说起娶老小的事来。这婆子接口道："大人果然你一心要寻个人么？我有一个姑夫，姓曲，他少年的时候极会些武艺，极是有名的人，如今也老了，他有个女儿，唤做云仙，也生得几分颜色，年纪才十八，他要招人，他家事也好过，也有一个儿子，已娶媳，他是养得你的，不必要你养活。大人，你果然要娶，我做替你说这事，没有不成的。只是事成之后，不要忘记了我这门子穷亲戚。"方兴回道："若得成了这样事，你便是我的娘母，我便是你的外甥女婿了。我定然尽心来孝敬你这舅婆。"两个说着，笑了一回遂散去。这方兴也只当作个闲磕牙，解些愁闷。不料这婆子果然用心说去。

全凭三寸舌，结就百年姻。

去时；值老曲不在家中。先与曲大嫂相见，道姑娘年纪大了，到如今不曾有亲，我着实的留心细访，没有如意的。昨日，有浙江方总兵一个亲用的人，年纪也只好有二十岁，人品生得极齐整，方爷也极信用他。他说的就是。所以，有些钱，身边的银子也落动。我想他日后，方爷与他毕竟做些功劳，那一条金带便是稳匕的了。今现在这里，亲自寻亲问壁祖家、黑家都肯把女儿嫁他，我给他两家子破了，说穷得紧，女果又生得丑陋，特来给我外甥女说。两下里年貌相当，若不是出家出征，自在这里了。若是出征，他去了，身边这一块，定然落在你家里。"曲大嫂听了，早已动有二分愿意。正然说话间，老曲走来，曲大嫂便道："姑婆，今日来与姑娘作媒。老曲道："好！好！"叫女儿道："云仙！来陪姑。"他自上外边去，打了几斤茹匕烧，切了几片驴肉、羊肉，一齐在地上坐了。那儿，儿子曲从归也回来，佟婆将从前说的亲事，又对他说。说到人品齐整，曲从规便插口道："这说的不是那五短身材，白围脸儿，不曾有鬓的那后生么？半月以前，我来看姑娘的时候，见他戴着京帽，穿着玄宁箭衣，快鞋简银鞋带，独自一人，在你家吃酒。见你叫他方爷，想必是这人了。这人亦看得过。"佟婆道："自古说谋，若看不过，我自然也不来说了。难道与你妹子不是郎才女貌，天生一对好夫妻么？他这一顶纱帽，将来自是不少的。我看你妹子，生来的像个大小姐。"老曲道："他原是南方人，他要南去，可怎么样？"佟婆道："他又不是方参将的亲生儿子，他往东回来，要在这里住成家的了。"曲大嫂心里，却也要成就这头亲事，忙接口说道："受恩深处便为家。我一家子待的他极好，姑娘又与他也过得恩爱，他自然也不想回去了。"老曲说了这一段话，就把眼儿偷瞧女儿。见女儿只把手去撩鬓，半天一句也不言语。老曲心里想，他女定然意下亦肯了，佟婆又道："千里姻缘一线牵，我说的不差。"老曲便点头应允。一伙人又吃了酒，都散讫。

凭将月下老，馆定足间绳。

佟婆回去，到了店中，巴明不晓，早上的起来，也等不得方兴来，一连屯几个信去，叫他，恰匕的遇着他，正值方参将差他出去送礼，又不得闲。隔了两日，方回来。走到店中，佟婆迎着道："好人！老奴为你费尽了多少心机，费尽了多少唇舌，你却似羊儿马儿。你不要错过了这个喜神！"方兴道："其实是不得闲在家，所以没来。但凭你主张罢。只要人儿略像样些。会得炊煮针线才好。"佟婆道："一表人材，百能百会，只管放心！要是娶了，管叫你一脚跌在蜜缸里，快活到底！"方兴听了，满心欢喜，就从身边取出五七钱银子，买些酒肴，在他家请佟婆起媒，不上三五日间，一撮一成，用不过二三十两，早已成就这段亲事了。两下里择了一个吉日良辰，拜堂成亲。彼此偷睛观看，这方兴看那云仙：

髻绾乌云，脸薄带阴山雪；黛飘柳叶，眼溜秋波。匕腰身，不勾些儿捻，初生月画裙深掩，天瓣莲新折。

右调点绛唇。云仙也看那方兴：

长臂如猿，英姿如虎，磊落赋雄才，更星眸炯炯，丰神奕奕，韬略胸怀，真是儿家好夫婿，年齿甘方才似凤求凰，一双雨好，行乐在秦台。

右调少年游

二人直看得眼里生出欲火，方兴按捺不住，扯了云仙，滚至床上，云仙亦不推阻，任他行事。方兴急急卸下云仙裤儿，露出雪白的臀儿腿儿，方兴看得呆，那话儿早就挺立起，涨鼓鼓的难过，遂又将云仙的衣儿亦解了，抖出一双酥乳。云仙略作豁羞状，一手捂了乳儿，一手遮了那肉松松的牝户。方兴喉于咽沫，急将自家衣掌剥了个干净，恶虎扑食般压将上去。云仙轻轻啊了一声，不禁搂住，肌肤相亲，方兴欲烟陡起，捻住铁硬的尘柄，朝那肉缝里乱戳。云仙气喘吁吁，将个舌儿吐进方兴口中，方兴列欲大炽，用力顶撞，却不得甚门而入。正急恼间，倒是云仙善解人意，探纤手捻住朝牝口导引，籍着些湿答答的淫水，方兴总算拜对庙门，遂没梭没脑往里闯，方兴进了半个头儿，那云仙痛得熬不过，探手将其尘柄阻住，急得方兴汗出，万般哀求，云仙才掣了手，又让了滑进一些。方兴趁势长驱直入，秃的一声尽根。再看那云仙，星眸微展，口不能开，搂住他不肯动，口中呻吟，似那不禁痛状，方兴知破了其处女身儿，心中甚是欢喜，却也用些怜香惜玉手段，轻送慢提，云仙亦渐谙滋味，口中开始咿咿呀呀的叫，将个肥光的臀儿乱耸，方兴见火候已到，遂腾起身，跪于床上，架起金莲，重捣宫门，那云仙牝中早已淫水长流，尘柄一入，唧唧有声，遂勾往方兴的颈儿，心肝肉麻乱叫，方兴耸身大弄，顷刻五百余回，再看云仙，香汗透胸，四肢颠簸，叫快不绝，方兴又发狠，抵住花心，一阵揉戳，不禁龟头酸麻，跳了几跳，身儿跟着一抖，将阳精一泄如注，云仙亦值快处，牡丹着露，春意盎然。不禁连声高叫，也合着丢了个痛快。方兴伏在云仙肚上，喘息片刻，那尘柄又在桃源洞中发起威，云仙亦觉骚痒异常，二人当下又弄了起来，直尽四更时候，方才罢手。取了帕儿，揩个干净，见那床褥上，数点猩红，桃花瓣一般，煞是可爱。方兴紧拥云仙，沉沉睡去。

两下里年纪都大，干柴烈火，自然似胶如漆，老曲的家事也尽过的，不用靠女婿，方兴身下，也有两个铜钱，性又挥洒，老曲与他取个表字，叫旺之。同伙的家了来暖房吃酒，且是热闹，一家们甚是相得。但是云仙作事灵变，手脚也利便，性格又极温厚，不大肯言笑，喜的方旺之虽是个少睥南人，出身军伍，也不过于些被窝中本分实落工夫，不好去嘲风弄月，两下且是浑帐得过。

轻盈女正娇，潇洒郎方少。

相对足生欢，琴瑟自同调。

似此半年有余，各镇兵已齐，朝鲜求救颇急，经略下令，各路择日过了鸭绿江，向平壤城。此时，方游击身边支的月饷，隐落的缺兵缺粮，并所收的军士节献，头除军士的粮犒，总有数千。要带在行囊中，太重滞，要寄在辽阳去处，又没得托相识的，心生了一计，申文总镇道："在燕日父，硝磺、铅弹、弓箭多有损坏缺欠，乞给批回南救买，就差儿子方勤，假作名色把总乘机回家选了六个健丁，拜两个护送，此时，众家子俱各在辽日父，朝日阒赌浪费，到如今，也弄的没有看没得赌了，倒不如方兴，一窝一块，手里还得从容。众人也有些醋他，合口道：方兴年纪少壮，又耐得辛苦，该方兴跟了公子去，方参将听了众人的话，就遂即差了方忠方兴，同他们去，方兴苦苦的推辞不了，回到家下，好生不乐。

> 新婚方燕尔，相得如鱼水。
> 怪煞风浪生，催人别离起。

没奈何，只得对云仙道："我在此处与你甚是相好，挑一家待我甚厚，不料主人差我送公子回南去，目下就要起程，我掉你不下，如何是好？"云仙道："你此去不知何时回来，既放我不下，何不与你同翻"方兴道："我怕你父亲不肯舍你去。"云仙道："嫁鸡逐鸡飞，却不道出出嫁该从夫吗？"次日方旺之果舍不了他，开口对老曲说，老曲摇头道："你自去罢，这女儿我可舍不得。"倒是云仙道："父亲你当不仔细，如今我是他的人，若是他抛了我去不来，岂不累你老人家？"方兴又央佟婆去说道："女大外向，你老却不能管得他到底。叫他跟了去罢。"曲大嫂又怕留下姑娘要他养活，也窜掇道："心去意难留留下结冤仇，姑娘要去，还听他去为是。"撮撮哄哄老曲只得依了。

方兴就去禀明公子道："小人有个妻子，要带了同去，小人有备鞍马行粮。"方公子道："女人同行未免累缒。"方兴道："一路也是男扮，多一个人，路上也壮些观。"公子道："你去自己度量度量，要是带去，须带得方可去。"方兴就卖了匹点子青卷毛鞑马，制些衣服弓刀，买到家中，云仙把刀看了一看，说："这刀只好切菜。"又把弓接在手，看了看，搭上弦，拽一个满弓，道："这弓软，不中用。还得再去寻张弓来。"方兴看见，吓了一吓，说道："以子怕你不会骑马，你且试骑着看这了已有五六个力气，珲说是软。"方兴初意自骑这石子青，拣匹稳的马与他骑，这一番见他曾开弓，就把他的坐骑，给他骑上，看他驾驭。门前是个空地，方兴待过了马来，这云仙一拍鞍子，跳上马夫，加上一鞭撒了一撒辔头，四个锡盏子搅雪的一般飞去。

去苦辞梁燕，自如掠地风。

轻红飞一点，挑泛禹门中。

　　须臾数里，跳下马来，面不改色，方兴咬着指头道："我却看不出你有这样伎俩。"去拿了几张弓，任他挑选，挑选了两张，夫妇佩带，夫妇各一口好刀，这一日就起了程。云仙与方兴一般，带顶绒帽，头顶狐尾围脖玄宁箭衣，白绫里暖腰。脚踏一双快靴，左弓右刀，一壶箭壶中一面小小令部旗，拜别了老曲父子，曲大嫂，飞身上马。

寒口一点伏云阴，不扫峨眉懒插簪。

驱马春纤时露玉，问程絮语欲铿金。

余香挥袖飘犹远，巧态回身弱不任。

疑是木兰归入塞，丰标直可付清吟。

　　老曲在门彰洒泪相送，道："大姐保重前途。"叫他哥骑了马，远送一程赶上大队，总是十骑马，哨马中各带了千金，方兴领妻子见了方勤，他把眼一眨，见他尽有好几分人物，但他一心只顾在银子上，也不去思及女色，一人自河东到河西，过广宁、锦州、宁远，抵山海关，主宰验了批文放进，一路早行晚宿；渴饮饥餐，云仙拴行李，上马快便，不要人服事，方忠还道是个寻常女子，说："嫂子腰疼么？少了琵琶，做不得昭君出塞哩！"云仙也只是不答理他。到了雄县，便有两个不尴不尬的，挽前落后，傍着他，这一千干人同走，众人倚的是人多。彼此也放不到心上，这云仙早已会意，她把弓逐取出袋，绾要右膊上，方忠见了道："嫂子，你也开得弓么？你递这等一枝箭，与咱瞧上一瞧。"这云仙也只笑而不答。

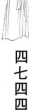

　　离了任丘十余里地，日将沉西的时候，只听见风响了一声，那两匹马从后面撞上前去，云仙见了，将两双脚把马的前足拘了一拘，绳一煞，就落在后边，见那两个人放一枝箭，早从方公子的耳根上擦过来，方公子一声："啊呀！"只见一闪，跌下马来，两个军徒急跳下马来扶时，那两个响马料想，这里云仙一箭已到，强人才提着哨马，左臀上就中了一箭，哨马重一坠也落下马来，那匹马飞也似去了，这强人待来救时，云仙这里又是一箭，也从耳根边擦来。

　　那强人见势不好，就飞马逃生，说的时候迟，做的时候疾，云仙早已赶来了，跳下马将坠马强人按住。众人解稍绳捆了。

弓开秋月圆，箭发朔风劲。

纵是绿林豪，也难逃首领。

看方公子时在地下抖做一堆，两个人搀扶不起，众人撮他上了马，一齐人又喜又愧，喜的财帛不失，愧的是八九个男人没用，还不如一个女子，簇簇拥将强人交付到县里，晚间，方兴道："我枉了合你相处半年，不晓的你有这样手段，今日虽然得了胜，那响马定不死心，我怕他再来翻冤。"云仙道："这事也是有的，总而言之，在我罢保你无事。"

方兴道："云仙，今日你辛苦，我要犒赏于你。"云仙道："如何个犒赏法儿。"方兴道："请至床上。"一头说，一头去拥云仙，云仙道："适间将你唬得失了筋一般，还能弄么？"方兴脸一红道："你莫要笑我，个人有个人的手段。"言毕将云仙抱至床上，去解云仙裤儿。云仙道："我自家解罢。"言毕将衣裤除了。方兴也除了干净，揿身而卧，用手去抚云仙光油油的牝户。云仙亦捻住他的尘柄把玩了一回，二人兴至，方兴翻身面上，扶住粗硬坐柄照准花房就刺，云仙承着，一入至根，快一会慢一会抽送起来，移时，抽送二百余下。云仙淫水流个不停，痒得难过，那方兴白日受了惊吓，渐渐松软了下来，云仙发急，将方兴推下，腾身而跨，扶住尘柄倒桩入牝户之中，使出白日响马的手段，顿套转磨，霎时方兴的尘柄又长了一寸，粗了一围，卜卜急跳，遂没命的迎凑，任这巾帽驰骤。片刻，遂有一千余外。直弄得淫水蜒蜒，顺着肚儿流下，湿粘粘的，方兴愈发兴动，搂住云仙肥白的臀儿乱耸。云仙呼号不绝，渐至佳美之处，不禁乱套乱桩，花心酸麻，禁忍不住，阴精丢泄，方兴觉龟头一阵热辣辣的，跟着几斜，将阳精合着泄出。云仙滚鞍下马，被方兴搂住，睡去不题。

次日，又收拾起身，众人也怕响马再来复仇，都有些皇皇惑惑，方公子道："云仙我这性命在你身上了。这一来他定然伤人。"于是，云仙在献九个人在后，弓上了弦，刀出了鞘，紧紧簇做一团走，云仙笑道："怎这样的慌张？"行的将近景烟，果然七骑又从后跑上前面，云仙叫众人合公子列在一边，他带着马立在当道，他那里下一支箭来被他一弓稍打落草间，又有两枝箭一齐下来，他把那弓一拨，却不得近身，后又四枝箭方发，他一个蹬里藏身躲过，这云仙便高叫道："我曲云仙也，要还礼了！"正待放箭，只见那些人滚鞍下马，喊道："不要放箭咱们不知是女将军冒犯虎威，如今再不敢了！"云仙道："你既知道了，去罢！"言毕，只见那七个响马果然跳上坐骑，向南而去。

猎猎西风日色低，娇眼口只革单骑。

笑来巾帼偏豪杰，羞杀弓刀介胄儿。

原来云仙父亲，当初也做这买卖，云仙十四、五，也随了出来，力敌万夫，百发百中，北地上尽知名的，因老曲年老，家道也好过，不出来了。故此，有这节事。云仙回看公子，正伏在马上，口里喃口里喃的许齐云山真武上帝良愿，云仙道："去了趱行罢。"公子道："也说的有理，还从后边去，是个散讫了，他倒上前去，定是这几个弄你不倒，再去寻几个人做帮手，断你的路。"云仙道："他不敢！他前面有不知道的，怕着我他手，所以前去先送个信。如今，一路上可保没事了，公子道："这些响马怎么都晓得你？"云仙讳言道："我与父亲常送辽东标往南去，故此知名。"这方公子还半疑半信。所喜一路良德州，茌平。献县，直至邹县，一路上这毫没些见阴嗝，宿迁下船入淮，过高宝瓜阳，渡江，到了家中，这番是黄金入柜了，方公子孺人出来恭喜太大的，问他路上平安。方公子道："一路上全亏了方兴辽东新娶来的妻子，两次遇盗，却亏他打退了，路上些毫不失。叫做云仙，是天地下一个英雄女子，令子来见孺。"人此时一到家中，这云仙早已另换衣服，改妆了。

鬓绾乌云宫样梳，狸唇一点似朱涂。

些见不带英雄气，窈窕依然仕女图。

随时人也尊重他，见了云仙道："一路上辛苦了。"不要行礼不叫他叩首，仔细把他一看，说倒也是个轻盈女子，怎做出如许的事功来？自己去取了一枝银簪，一对银环，两套衣服与他，方公子重赏方兴与云仙，犒劳从行军健书写封家书，着他还到父亲军前，一家见初时，听得说云仙甚是凶勇，都有些忌惮，他争强不伏，呼大唱小，不知他却机是温柔气和，绝没些狼肮态度，方兴自见他路上光景，也怕他，却相爱相敬，并不欺侮，一家杓大碗小的，莫不喜他。

只中方公子当初钱财上紧，眠思梦想，怕这主财物不得到家，如今也不怕飞去了，却一出余事来，想道："我孺人生来憨蠢无才，那像云仙，却生得不长不短，不瘦不肥，眉目见极疏朗，心性又极灵变，在方兴身边，是一块好羊肉，落在了狗口里，可惜得紧，若是我得他作妻，出入之间男装相伴，旅邸便不寂寞了，若到了边上，他这般有气力会武艺，同他去：阵去得了功来，岂不是我的么？是我的这顶纱帽还在他身上，但我要持着强去夺他却又不雅，我看这女人，极温和，极善净，好说话，不如在

暗地里去勾搭他，勾搭上了，与他计较，马方兴送到父亲边去，我两人岂不快活？"直至他回来，我先立了他做个二孺人，也高在了他了。方兴要是来说，我与他几两银子，叫他另讨，方兴自然罢了，这才是：

只图自结鸳鸯带，不颈他人连理枝。

主张已定，说云仙灵便，孺人喜他，常叫他穿房人屋，极质朴的人，向来一件紫花布道袍，二十年不换，如今也穿绫着锦，向来二、三十粒一碗粥，两三根臭干菜作肴馔，如今也美酒肥肉，向来半年不虑俗，一载不莅头？那肥皂与面孔再不相会的，如今也鬓抿而又抿，洗脸擦而又擦，玄巾珀结朱履绫袜。恭喜个皮湾三个皮眼钱，一个皮踢头陈桥鞋，也与尊足相别，打扮得漆漆碌碌，要来勾引云仙，孺人是本分人，他就开口央求道："云仙我实在是看上了，他要得到手，也替了你的力气。我日后的功名，还要靠他要，你总承一总承。"孺人道："我也不阻你的高兴怕这个人不是好惹的，你可不是失了体面，日后懊悔晚了。"这公子如何肯听。

好酒遇着香醪，渔色得逢美女；
任你金石之言，只是春风马耳。

可怪这云仙虽是边塞之人，性安淡薄，又极稳重，这一些豪华光景，如同不见一般，公子说些风话，如全不闻一样，这边公子想日着鬼的自模拟道："我某时说甚话，盯我一眼，似乎有情；我某时说甚话，他不答应似乎心照，我且做一做试纪律，看是如何便央求孺夫人装病，要云仙在房中服事，着他在房侧边一间小阁子里，一个二十七、八岁，奇丑小妹同睡，不便，但不得不依他使唤，公子自与孺人小妹设定了局。"只是这小妹：

上灶手腻高一寸，踹街脚泥厚八分；
帚眉螺眼又歪唇，破布袄虮虱列阵。

似这样女子，如何与他同得床？再三要与云仙同榻，云仙到底不肯，自在床侧一张小桌上打盹，道夜间孺人相唤，便干起来。小妹再三来扯他脱衣裳外床睡缠了半夜，小妹瞌睡，自脱得赤条，吹灭灯放倒头，一觉到了更尽，房门轻轻一晌，似乎有个人的脚步响，走，云仙惊醒，侧耳听时，脚步声向床边去了，这公子竟上在床上，拜住了小妹。这原是公子计议的，要云仙在外床上睡，便于来偷公子一到床边，摸着个女人，只道是云仙，纪律的就去下手，小妹也将错就错，不肯做声。

公子见他不做声，已道是云仙顺了，遂将他与上的小衣去了，又卸了自家衣裳，捱着他卧下，抚摩肉鼓鼓的酥乳和肥腻腻的牝户，暗道一声：好东西！遂急将粗硬的尘柄扶住启股就朝那湿浓浓肉缝里入，只听秃的一声，尽数没进。一阵快意陡至，遂急急抽送起来，霎时七百余下。身下的丽人儿竟咿咿呀呀的叫起来。公子愈发春心摇曳，遂跪于床上，将其双腿儿觚在肩上，重新入进。淫水淋漓而出，公子大动，气吁吁的急急抽了一千余下。愈弄愈觉有趣，这宽又宽，紧又紧的好东西着实着令公子魂灵儿散了，狂抽乱插一番后只听公子悄悄的道："好姐姐，我一路上其实亏你，如今你始我体做个二孺人，不强似做人媳妇吧？孺人是烂本分的，家事就是你仇掌了。一头干着一头说，云仙听了道，这斯怀这样狗意！如今他弄错定盘星了，要笑不敢，只听见两个正高兴时，那病的孺人也不装病了，携了盏灯竟进阁子来公子道不妨，孺人许了我的，他不吃醋。"这也是公子设的局。要孺人冲破了捉正他做妾，那孺人一看不是云仙，却是公子与小妹道："差了彼此一笑，把个设盏落在地下。公子满面羞惭，趁这黑影里，走了出房，孺人还笑个不止。

> 轻挪鸭步入兰房，错认刘郎和阮郎。
>
> 咫尺天台难问路，没盏酱醋惹衣香。

云仙却来闩了房门，小妹道："云仙姐，你在那里？"我替你吃了半日苦。"云仙道："怕你也不苦！"仍自和衣打睡，外边孺人笑，公子恼，不肯心死中日用心伺候他。

一日，云仙在房中将要出去，并没个人，公子急上的跟随，上前一把抱住就布过嘴去亲嘴，这云仙手脚极快，轻轻托住下颏，下头就把脚往上勾一勾，左手就用力一肘，只听的"咕咚！"一声，早把个公子跌翻在地下了。

> 不能勾风求凰，呱跌个狗吃屎。

孺人的房中听的房门外似倒的样响了一声，忙走出来看，却是公子倒在地下，云仙恼怒的在前面走，公子见孺人，勉强挣起，抑着屁股道："惜！"孺人道："他的手济你哄又哄不得，强又强不来，仅了心罢！看他光暴，大约恼了。"公子这一跌，反跌得颠撅发狠，道："我不得不狠做了！"赶到房中，取了些物件，去叫方兴，方兴正在房中听云仙屡次夫理，忽然听得公子叫，只得出来看，公子扳着脸道："方兴，方兴，你妻子用多少钱讨的！"方兴道："是自己用二十多两银子讨的。"公子道："这二十两银子，二十两酒器，还你个一本一利，我不嫌他是败叶残花，你另讨一个，把云仙让与我罢！"方兴道："不知他意下如何？"公子道："他是千肯万肯，要你答应了，送到我房里来，你休要作！你原是我的家人，轻则赶你出门，重则装你些罪过送到官，一顿板子监死你，这妇人不怕不是我的，我还在有天理，有人心上做事，我在这房中专等，你快去打发他进来！"说了，自进去了。

芙口碧波中，开花两相倚。

怪他风雨横，分飞落秋水。

方兴也回到房中，把银子放在桌上，道："天下有这样事！前边还是暗做，如今意要明奈。"云仙道："怎么说？"方兴道："小主人把这银子酒器给了我，叫我另娶妻室。要你随了他去。你若是不依，道我原是他家人，轻则逐出我去，重则装我些罪过，送了官监死我，你的意下如何？"方兴道，"果然，这主的银子也装得罪过了，你的意下如何？"方兴道："你是我的结发夫妻，怎忍的叫他夺了去！"一伸手，去壁上拿挂的刀道："我去与他拼命！"云仙一把扯住道："痴子，命没了，争我做什么？"方兴道："你不是他讨的，不是他家人，和你去罢。"云仙道："你逃走了，这便是罪过，他奈何不得我须奈何得你这一结，还是我去解罢。"方兴道："你还是舍了我去吗？"云仙道："也未必舍你，今只要顺着我。"方兴道："你不舍我，终不然一马两鞍！"云仙道："也断然没有这样事情，你只管依从着我，今只管随了他的主意去，自有道理。"方兴道："也罢！"

候门一入深如海，从此萧即是路人。

里边，小妹捧出一件紫丝袖袄，银红线绒衬一条，白线裙道："送来与二孺人装新的。"方兴看了，两眼火发道："晚也不讨了，出家去罢！"云仙道："你要出家，我还与你说这些混话。"方兴也拿不着云仙的主意，只是气的跌脚捶胸，云仙自去开箱，倒笼装束，天色已晚，里边着人连连催促，他便穿了新衣服，方兴一把手捏住道，"娘，你意去了吗？"云仙道："不去待怎生？"方兴两泪交流，牵衣握手，要想聚一聚别，里

四七四九

面妇女又来得多，下不的手。

云仙道："待我去说。"言毕出门去了。顷刻转回道："我已说好，只容一刻。"方兴流泪道："你这一去就是永诀，这一刻岂值千斤！"盲毕拥住云仙。云仙亦流泪不止，方兴替他解卸新衣，云仙亦给他解衣。二人裸裎至于床上，都把那事儿恨不得一下做尽，遂紧紧搂在一起，云仙捻住方兴尘柄启股，引至花丛间，方兴拭了一把泪，硬挺而入。二人闷闷的弄将起来。云仙心里亦难过，见方兴眉儿紧锁，遂强颜曲承尽他欢心，奈何方兴肝肠寸断，这平素里欢畅的事儿倒做成了没油没盐的滋味儿。云仙将方兴轻轻推倒，坐起将头儿眼在方兴腰间，舌一吐，舔住尘柄，须势又吮进，慢慢品了起来。方兴觉尘柄被一层嫩肉包裹，火热无比且酸痒极至，不禁欲火大增，尘柄昂然直立，几欲窜出云仙口外。云仙见他兴起，忙又卧下，将个高迭迭肥光光的牝户耸起，方兴为欲所迷，暂把那悲恸抛在一旁，翻身而起，扶住尘柄，秃的一声直捣重关。云仙呀的一声，将腿儿勾住他的腰儿，尽力迎凑，方兴大力而弄，要时五百余抽。入得云仙双颊晕红，口不能开，只是乱乱的哼。方兴又将金莲架于肩上，奋力而入，尽根没脑又一阵乱抽送，似泄那心中难过。云仙咬着牙儿承着，任他大肆的弄，顷刻已是一千余外。云仙被入得亦花心耐不住痒，遂将小窍含紧，方兴再亦禁止不住，龟头连抖，阳精夺路面出，云仙扳住自家的臀儿，大力迎送，阴精亦至，与他泄合丢了个酣畅淋漓，将那生离死别的滋味亦淡了。当下二人瘫在一处，久久不肯分，忽听有人叫门，二人这才起身。取了帕儿揩个干净，重又着衣。

云仙又对方兴说："我去了，你且在这房中坐地等着我罢。"这一干妇女簇拥着他，竟洋洋而去。

点点青宵更焉长，玉环新进舞衣裳。
管弦咿哑西官乐，寂寞残灯照寿王。

孺人见云仙也是个倔强人，今日曲从，怕他相见害羞，令送进房去，明日相见罢。一进这房，那些妇女暗地里指手画脚道："如今他也不害我做替身，不跌他了。"方公子一见云仙进房，事已十分成了，于是，先到孺人房中安慰温存一会，然后，进房走到踞前，一把搂住云仙吃合忠酒。被云仙一掀，把一领斩新藕合花袖道袍泼了一身。方公子抖了一抖道："二孺人你既来之，则安之，怎么这等自己？"自己要搓挪他，又怕这些人看见不想模样，他便把这些妇人推着道："去，去，去！"撵出房门关了，这些人都伏在房外听他张他，公子见没有人，便捱身过去道："二孺人，你试一试，我比那方兴的大，似风月骨气，高多着哩！"。只见云仙便去解表新衣，方公子见了欢喜之极，道："正是，我们快睡罢！"那云仙把这两件衣服脱下来，往地上一撩，倒剔双眉，大睁星眼，飕的一声，从膝裤里，抽出一把解手刀见，手指公子，大喝骂道："你这忘恩负义的狂徒！我自辽东一路上保护你回来，不但钱财不失，还全了你的性命，我好端端的夫妻，你怎么生折我的，倚着势力要强要占我，也看看我，可是好惹的吗？一马一鞍怎么逼我为妾？你那银子，酒器，全是要设局害我丈夫的，常言道："先下手者为强，且先砍了你这个驴头，然后再剖腹取心，以泄我恨。"话还不曾说完，方公子早已钻到床底下，道："二孺人，饶了我的狗命罢，我再不敢起这样狗心了。"云仙又把刀子敲着道："谁是你的二孺人，快快出来受死若不出来、我把刀子搠你百十个窟窿。"这方公子在床底下大声叫道："云仙姐，我在这里给你磕响头，你大放慈悲，可怜可怜饶了我罢。"

方图琴瑟调，忽见千戈起。

枕席有危机，少年当戒此。

一发动时，外边妇女听见，飞的一样去报孺人，说："孺人！不好了！云仙姐杀公子了。"孺人听见面如土色，两步并作一步赶来，道做出来，不听我。到房前，却听得公子在床底下求饶，孺人道："快开门，还未曾杀哩！"众人打房门似擂鼓的一样，孺人着力喊道："云仙姐、看我的分上，饶了他罢！"又叫两个有力的妇人推倒房门。灯光之下，见云仙姐手拿着明晃晃的一把刀子叫罢，那个敢近前来。只有孺人没奈何，走向前道："云仙姐，千不是，是他的不是。如今已晓得你的贞节你的手段了。只求今日恕他这一交。以后若再有差错，再不要饶他。"去床下扯公子道："你出来陪云仙姐个理。"越往外扯，越缩了进去，道："孺人，你便替我磕两个头，以后我若再要无礼，一百个头住他砍，取笑，取笑，我就生钻喉风；手取笑，我手上生七八个大疔疮，要说谎，天诛地灭。"孺人道："云仙姐看他说的这样极骂，恕他这一次罢。"云仙道："人虽有贵同，一夫一妇自古如此，我当日尽心保护他回家来，我不望报，怎么反要污我的身体拆我的夫妻？他怀心太也无良，如今孺人说了，我也不计较他，但只是今日这一番，他必

持此铁石心，玄都自堪让。

歇后两年，方参将铁交从东征后回家来，方勤到了老曲家中，老曲此时已经死去两个多月，曲从规尚在，与他正在那里叙谈，忽然见两个云水道人，从外面进来，扶棺大哭，曲从规还不知是谁，及至走近前来一看，却是妹夫、妹子。方勤因此也上前去，问他家的消息。方兴说："俺如今辞了公子，出门已经二年有余，那年离家的时候，家下俱各平安无事。"方勤又追问道："你二人想必还在此处双修？"云仙从旁道："云仙这个所在如何住的！我观此地，二十年之后，还要血肉交流，胡坐蔽里。连我哥嫂也当早日入关。我如何在此住得？此言切记，不可忘了，我只因老父去世，故今日特来一哭，不久即往海上去矣。"云仙又对方勤说道："我在家时，承大娘的看顾，我无以报答他，他不久就有产厄，我有药一凡，烦你速速寄去，临时服之，可以免了此难。"方勤接了，又问道："嫂子几时起程？"云仙道："我也不能久居于此，待明日我就去了。"次日早晨，云仙夫妇即速别了哥嫂，竟往海上去矣。及至方勤来送时，曲从规道："他夫妻早已行了。"方勤从此也就回家，果然回家时，大娘分娩艰难，堪堪与死为邻方勤遂将云仙的药取出来，与大娘之，委实无恙。原来此药真是灵凡，还托在小孩见手出来，合家遂饮重如神明一般。二十年之后，阳果然就有努尔哈赤之变。

第二回　凑奇缘媒人赔爱女

词云：

世间欲断钟情路，男女分开住，掘条深堑在中间，使他终身不度是非关，暂深又怕能生事，水满情偏炽，绿波惯会做红，不见御沟出墨痕香。

右调《虞美人》

这首词，是说天地间越礼犯分之事，件件可以消除；独有男女相慕之情，枕席交欢之一，只除非禁于未发生之先；若到那男子妇人动了念头之后，莫道家法无所施，官威不能摄，就使玉皇大帝下了诛夷之诏，阎罗天子出了缉获的牌，山川草木尽作刀兵，日月星辰皆为矢石，他总是拼了一死，定要去遂心了愿，觉得此愿不了，就活上几千岁，然后飞升，究竟是个鳏寡神仙，此心一遂，就死上一万年不得转世，也还是个风流鬼魁，到了这怨生慕死的地步，你说还有甚么法则可以防御得他？所以惩奸些歇欲之事，定要行在未发之先，未发之先，又没有别档禁法，只是严分内外，重别嫌疑，使男女不相亲近而已。

儒书云："男女授受不亲。"道书云："不见可欲，使心不乱。"这两句话，极讲得周密。男子与妇人，亲手递一件东西，或是相见一面，他自他，我自我，有何关碍，这等防得森严？要晓得古圣先贤，也是有情有欲的人，都曾经历过来，知道一见了面，一沾了手，就要把无意之事，认作有心，不容你自家做主，要颠倒错乱起来。譬如妇人取一件东西，递与男子，过手的时节，或高或下，或重或轻，总是出于无意。当不得那接手的人，常要画蛇添足；轻的说他故示温柔；重的说他胆心戏谑；高的说他提心在蜱，保异举案齐眉；下的说他借物丢情，不啻抛球掷果。想到此处，就不好辜其来意，也要弄些手势答他。焉知那位妇人不肯将错就错。这本风流戏文，就从这件东西上做起了。

至于男女相见，那种眉眼招灾、声音起祸的利害，也是如此。所以只是不见不亲的妙。不信，但引两对古人做个证验：李药师所得的红拂妓，当初关在杨越公府中，何曾知道男子面黄面白？崔千牛所盗的红绡女，立在郭令公身畔，何曾对着男子说短说长？只为家主公要卖弄豪华，把两上意侍儿与男子见得一面，不想他五个指头、一双眼孔就会说起话来。及至机心一动，任你铜墙铁壁，也禁他不住。私奔的私奔出去，窃负的窃负将来。若还守了这两句格言，使他："授受不亲"，"不见可欲"，那有这般不幸之事？

今日这回小说，总是要使齐家之人，知道防微杜渐，非但不可露形，亦且不可露影，不是单阐风情，又替才子佳人辟出一条相思路也。

元朝至正年广东韶州府曲江县有两个闹住的缙绅：一姓屠，一姓管。姓屠的曲黄甲起家，官至观察之职；姓管的由乡贡起家，官至提举所得。他两上是一门之婿，只因内族元子，先后赘在家中。才情学术，都是一般，只有心性各别：管提举古板执拗，是个道学先生；屠观察跌荡豪华，是个风流才子。两位夫人的性格，起先原是一般，只因各适所天，受了刑于之化也渐渐的相背起来：听过道学的，就怕讲风情；说惯风情的，又厌闻道学。这一对连襟、两个姊妹，虽是嫡亲瓜葛，只因好尚不同，互相贬驳，日复一日，就弄做仇家敌国一般，起先还是同居，到了岳丈、岳母死后，就把一宅分为两院。凡是界限之外，都筑了高墙，使彼此不能相见。独是后园之中，有两座水阁：一座面西的，是屠观察所得；一座面东的，是管提举所得。中间隔着池水，正合着唐诗二句：

遥知杨柳是门外，似隔芙蓉无路通。

陆地上的界限，都好设立墙垣，独有这深水之中，下不得脚，还是上连下隔的。

论起理来，盈盈一水，也当得过黄河天堑？当不得管提举多心，还怕这位姨夫要在隔水间花之外，窥视他的姬妾。就不惜工费，在水底下立了石柱，水面上架了石板，也砌起一带墙垣，分了彼此，使他眼光不得相射。从此以后，这两分人家，莫说男子与妇人，终年不得谋面，就是男子与男子，一年之内，也会不上一两遭。

却说屠观察生有一子，名曰珍生，管提举生有一女，名曰玉娟；玉娟长珍生半岁，两个的面貌，竟象一副印板印下来的。只因两位母亲，原是同胞姊妹，面容骨格，相去不远，又且娇媚异常。两个孩子，又能各肖其母，在襁褓的时节，还是同居，辨不出谁珍谁玉。有时屠夫人把玉娟认做儿子，抱在怀中饲奶；有时管夫人把珍生认做女儿，搂在身边睡觉。后来竟习以为常，两母两儿互相乳育。有《诗经》二句道得好：

螟蛉有子，式口似之。

从来孩子的面貌，多肖乳娘，总是血脉相荫的原故。

同居之际，两个都是孩子，没有知识，面貌象与不象，他也不得而知。直到分居之后，垂髫总角之时，听见人说，才有些疑心，要把两副面容合来印正一印正，以验人言之确否。却又咫尺之间，分了天南地北，这两副面貌印正不成了。再过几年，他两人的心事就不谋而合，时常对着镜子、赏鉴自家的面容，只管啧啧赞羡道："我这样人物，只说是天下无双，人间少二的了，难道还有第二个人，赶得我上不成？"他们这番念头，还是一片相忌之心，并不曾有相怜之意。只说九分相合，毕竟有一分相歧，好不到这般地步，要让他独擅其美。那里知道，相忌之中，就埋伏了相怜之隙，想到后面做出一本风流戏来。

玉娟是个女儿，虽有其心，不好过门求见，珍生是个男子，心上思量道："大人不相合，与我们孩子无干。便时常过去走走，也不失亲亲之义，姨娘可见，表妹独不可见乎？"就忽然破起格来，竟走过去拜谒。那里知道，那位姨翁预先立了禁约，却象知道的一般，竟写几行大字，贴在厅后道：

"凡系内亲，勿进内室。本衙止别男女，不问亲疏，各宜体谅。珍生见了，就立住脚跟，不敢进去。只好对了管公，请姨娘、表妹出来拜见。管公单请夫人见了一面，连"小姐"二字，绝不提起。及至珍生再请，他又假示龙钟，茫然不答。珍生默喻其意，就不敢固请，坐了一会，即便告辞。

既去之后，管夫人问道："两姨姊妹，分属表亲，原有可见之理，为甚么该拒绝他？"管公道："夫人有所不知，'男女授受不亲'这句话头，单为至亲而设；若还是陌路之人，他何由进我的门，何由人我的室？既不进门人室，又何须分别嫌疑？单为碍了亲情，不便拒绝，所骤有穿房入户之事。这分别嫌疑的礼数，就由此而起。别样的瓜葛，亲者自亲，疏者自疏，皆有一定之理。独是两姨之子，姑舅之儿，这种亲情，最难分别：说他不是兄妹，又系一人所出，似有共体之情；说他竟是兄妹，又属两姓之人，并无同胞之义。因在似亲似疏之间，古人委决不下，不曾注有定仪，所以径渭难分，彼此互见，以致有不清不白之事做将出来。历观野史传奇，儿女私情，大半出于中表，皆因做父母的，没有真知灼见，竟把他当了兄妹，穿房入户，难以提防，所以混乱至此。我乃主持风教的人，岂可不加辨别，仍蹈世俗之陋规乎！"夫人听了，点头不已，说他讲得极是。

伴花楼

从此以后，珍生断了痴想，玉娟绝了妄念，知道家人的言语印正不来，随他象不得，不象也得，丑似我得，好似我也得，一总不去计论他。

偶然有一日，也是机缘凑巧，该当遇合，岸上不能相会，竟把两个影子，放在碧波里面印正起来。有一首现成绝句，就是当年的情景。其诗云：

绿树阴浓夏日长，楼台倒影入池塘。
水晶帘动微风起，并作南来一味凉。

时当中夏，暑气困人，这一男一女。不谋而合都到水阁上纳凉。只见清风徐来，水波不兴，把两座楼台的影子，明明白白倒竖在水中。玉娟小姐定睛一看，忽然惊试起来道："为甚么我的影子，倒去在他家？形影相离，大是不样之兆。"疑惑一会，方才转了念头，知道这个影子，就是平时想念的人："只因科头而坐，头上没有方巾，与我辈妇人一样，又驵面貌相同，故此疑他作我。"想到此处，方才要印正起来，果然一丝不差，竟是自己的模样。既不能勾独擅其美，就未免要同病相怜，渐渐有个怨怅爷娘不该拒绝亲人之意。

却说珍生倚栏而坐，忽然看见对岸的影子，不觉惊喜跳跃，凝眸细认一番，才知道人言不谬。风流才子的公郎，比不得道学先生的令爱：意气我而涵养少。那些童而习之的学问，等不到第二次就要试验出来，对着影子，轻轻的唤道："你是玉娟姐姐么？好一副面容，果然与我一样。为甚么不合在一处做了夫妻？"说话的时节，又把一双玉臂对着水中，却象要捞起影子，拿来受用的一般。

玉娟听了此言，看了此状，那点亲爱之心，就愈加欲劝起来，也想要答他一句，回他一手，当不得家法森严：逾规越检的话，从来不曾讲过；背礼犯分之事，从来不曾做过，未免有些碍手碍口，只好把满腹衷情，付之一笑而已。屠珍生的风流廖窍，原是有传受的。便心调戏妇人，不问他肯不肯，但看他笑不笑。只消朱唇一袭，就是好音。这副同心带儿，已结在影子里面了。

从此以后，这一男一女，日日思想纳凉，时时要来避暑。又不许丫鬟服侍，伴当追随，总是孤凭画阁，独倚雕栏，好对着影子说话。大约珍生的话多，玉娟的话少，只把手后传情，使他不言而喻。恐怕说出口来，被爷娘听见，不但受鞭笞之苦，亦且有性命之忧。

且说珍生与玉娟自从相遇之后，终日在影里盘桓，只可恨隔了危墙，不能够见面。偶然有一日，玉娟因睡魔缠扰，起得稍迟，盥栉起来，已是巳牌时候。走到水阁上面，

中国禁书文库

海外藏禁书

四七五六

不见珍生的子，只说他等我不来，又到别处去了。谁想回头一看，那个影子忽然变了真形，立在他玉体之后，张开两手，竟要来搂抱他。这是甚么原故？只为珍生蓄了偷香之念，乘他未至，预先赴水过来，藏在隐僻之处，等他一到，就钻出来下手。

　　玉娟是个胆小的人，要说句私情话儿，尚且怕人听见，岂有青天白日对了男子，做那不尴尬的事，没有人捉奸之理？就大叫一声"呵呀"，如飞避了埋骈看官，要晓得这番举动，还是提举公家法森严，闺门谨的效验，不然，就有真赃实犯的事做将出来，这段奸情，不但在影似之间而已了。

　　珍生见他喊避，也吃了一大惊，翻身跳入水中踉跄而去。

　　玉娟那番光景，一来出于仓皇，二来迫于畏惧，原不是有心拒绝他，过了几时，未免有些懊悔，就草下一幅诗笺，藏在花瓣之内。又取一张荷叶，做了邮筒，使他下水不孺，张见珍生的影，就丢下水去道："那边的人儿，好生接了花瓣。"

　　珍生听见，惊喜欲狂，连忙走下楼去，拾起来一看，却是一首七言绝句。其诗云：

> 绿波摇漾最关情，何事虚无变有形？
> 非是避花偏就形，只愁花动金铃鸣。

　　珍生见了，喜出望外，也和他一首，放在碧筒之上，寄过去道：

> 惜春虽爱影横斜，到底如看梦里花。
> 但得冰肌亲玉骨，莫将修短问韶华。

　　玉娟看了此诗，知道他色胆如天，不顾生死，少不得还要过来，终有一场奇祸，又取一幅花笺，写了几行小字，去禁止他道：

> 初到止于惊避，再来未卜存亡。
> 吾翁不类若翁，我死同于汝死。

　　戒之，慎之！

　　珍生见他回得决裂，不敢再为佻达之词，但写向句恳切的话儿，以订婚姻之约，其字云：

> 家范固严，纪忧亦甚，既杜桑间之约，当从冰上之言，所虑吴越相衔，朱陈难舍，尚俟徐规动静，巧觅机缘。但求一字之贞，便矢终身之义。

玉娟得此，不但放了愁肠，又全合他本念，就把婚姻之事，一口应承，复他几句道：

> 既删《郑》《卫》，当续《周南》。愿深"窈窕"之求，勿惜"参差"之果。此身有属，之死靡也。倘背厥天，有如皎日！

珍生览皆，欣慰异常。

从此以后，终日在影中问答，形外追随，没有一日，不做几首情诗，做诗的题目，总不离一个"影"子。未及半年，珍生竟把唱和的待稿汇成一帙，题曰《合影编》。放在案头，被父母看见，知道这位公郎是个肖子，不惟善读父书，亦且能成母志，倒欢喜不过，要替他成就姻缘，只是逆料那个迂儒，断不肯成人之美。

管提举有个乡贡同年，姓路，字子由，做了几任有司，此时亦在林下，他的心体，绝无一毫沾带，既不喜风流，又不讲道学。听了迂腐的话，也不见攒眉，闻了鄙亵之言，也未尝洗耳，正合着古语一句"在不夷不惠之间。"故此与屠、管二人都相契厚，屠观察与夫人商议，只有此老可以做得冰人，就亲自上门求他作伐，说："连襟与小弟素不相能，望仁兄以和羹妙手调剂其间，使冰炭化为水乳，方能有济。"路公道，"既属至亲，原该缔好。当效犬马之力。"

一日，会了提举，问他："令爱芳年，曾否许配？"等他回了几句，就把观察所托的话，婉婉转转说去说他，管提举笑而不答，因有笔在手头，就写几行大字在几案之上道：

> 素性不谐，矛盾已久，方著绝交之伦，难遵缔好之言。欲求亲上加亲，何啻梦中说梦。

路公见了，知道他不可再强，从此以后，就绝口不提，走去回复观察，只说他坚执不允；把书台回复的狠话，隐而不传。

观察夫妇就断了念头，要替儿子别娶，又闻得人说路公有个螟蛉之女，小字锦支，才貌不在玉娟之下，另央一位冰人，走去说合，路公道："婚姻大事，不好单凭己意，也要把两个八字合一合婚。没有刑伤损克，方才好许。"观察就把儿子的年庚，就是锦云的八字，路公拆开一看，惊诧不已，原来珍生的年庚，就是锦云的八字，这一男一女，竟是同年同月同日同时的，路公道："这等看来，分明是天作之合，不由人不许了，还有甚么狐疑？"媒人照他的话过来回复，观察夫妇欢喜不了，就瞒了儿子，定下这头亲事。

珍生是个伶俐之人，岂有父母定下婚姻，全不知道的理？要晓得这位郎君，自从遇上玉娟，把三魂七魄倒附在影子上去，影子便活泼不过，那副形骸肢体竟象个死人一般，有时叫他也不应，问他也不答，除了水阁不座，除了画栏不倚，只在那几尺地方走来走去，又不许一人近身，所以家务事情无由入耳，连自己婚姻定了多时，还不知道，倒是玉娟听得人说，只道他背却前盟，切齿不已，写字过来怨恨他，他才有些知觉，走去盘问爷娘，知道委曲，就号吻痛哭起来，竟象小孩子撒赖一般，倒在爷娘怀里，要死要活，硬逼他去退亲，又且痛恨路公，呼其名而辱骂说："姨丈不肯许亲，都是他的鬼话，明明要做女婿，不肯让与别人，我所以借端推托，若央别人做媒，此时成了好事，也未见得。"千乌龟，万老贼，骂了不了。观察要把大义责他，只因骄纵在前，整顿不起，又知道："儿子的风流，原是看我的样子，我不能自断情欲，如何禁止得他？"所以一味优容，只劝他，"暂缓愁肠，待我替你画策。"珍生限了时日，要他一面退亲，一面图谋好事，不然，就要自寻短计，关系他的宗桃。

观察无可奈何，只得负荆上门，预先请过了罪，然后把儿子不愿的话直告路公，路公变起色来道："我与你是何等人家，岂有结定婚姻，又行反覆之理！亲友闻之，岂不唾骂，令郎的意思，既不肯与舍下联姻，毕竟心有所属，请问要聘那一家？"观察道："他的意思，注定在管门，知其必不可得，决要希图万一，以俟将来。"路公听了，不觉掩口而笑，方才把那日说亲，书台回覆的狠话直念出来，观察听了，不觉泪如雨下，叹口气道："这等说来，脯儿的性命决不能留，小弟他日必为'若敖之鬼'矣，故此分拆不开么？"观察道："虽无实事，颇有虚情，两副形骸，虽然不曾会合；那一对影子，已做了半载夫妻，如今情真意切，实是分拆不开，老亲翁何以救我？"说过之后，又把《合影编》的诗稿递送与他，说是一本风流帐。

路公看过之后，怒了一回，又笑起来道："这桩事情，虽然可恼，却是一种佳话，对影钟情，从来未有其事，将来必传，只是为父母的不该使他至此，既已至此，那得不成就他？也罢，在我身上替他出生法来，成就这桩好事，宁可做小女不着，冒了被弃之名，替他别寻配偶罢。"观察道："若是如此，感恩不尽。"

观察别了路公，把这番话语报与儿子知道，珍生转忧为喜，不但不骂，又且歌功颂德起来。终日催促爷娘，去求他早筹良计，又亲自上门，哀告不已，路公道："这桩好事不是一年半载做得来的，且去准备寒窗，再守几年孤寡。"

路公从此以后，一面替女儿别寻佳婿，一面替珍生巧觅机缘，把悔亲的来历在家人面前不提起，一来虑人笑耻，二来恐怕女儿知道，学了人家的样子，也要不尴不尬起来，倒说女婿不中意，恐怕误了终身，自家要悔亲别许，那里知道儿女心多，倒从假话里面弄出真事故来。

却说锦云小姐，未经悔议之先，知道才郎的八字与自己相同，又闻得那副面容俊俏不过，方且自庆得人，巴不得早完亲事，忽然听见悔亲，不觉手忙脚乱，那些唉环侍妾，又替他埋怨主人说："好好一头亲事，已结成了，又替他拆开！使女婿上门哀告，只是不许，既然不许，就该断绝了他，为甚又应承作戏，把个如花似玉的女婿送与别人！"锦云听见，痛恨不已，说："我是他螟蛉之女，自然痛痒不关，若还是亲生自养，岂有这等不情之事！"恨了几日，不觉生起病来，俗语讲得好：

> 说不出的，才是真苦。
>
> 挠不着的，才是真痛。

他这番心事，说又说不出，只好郁在胸中，所以结成大块，政治不好。

男子要离绝妇人，妇人反思念男人，这种相思，自开辟以来，不曾有人害得，看官们看到此处，也要略停慧眼，稍掬愁眉，替他存想存想。

且说管提举的家范原自严谨，又因路公来说亲，增了许多疑虑，就把墙垣之下，池水之中，填以瓦砾，覆以泥土，筑起一带长堤，又时常着人伴守，不容女儿独坐，从此以后，不但形骸隔绝，连一对虚空影子，也分为两处，不得相亲，珍生与玉娟，又不约而同做了几首《别影》诗附在原稿之后。

玉娟只晓得珍生别娶，却不知道他悔亲，深恨男儿薄幸，背了盟言，误得自己不上不下。又很路公怀了私念，把别人的女婿攘为已有，媒人不做，倒反做起岳丈来，可见说亲的话，并非忠言，不过是勉强塞责，所以父亲不许，一连恨了几日，也渐渐的不茶不饭，生起病来。

路小姐的相思，叫做错害，管小姐的相思，叫做错怪，害与怪虽然不同，其错一也，更有一种奇怪的相思，害在屠珍生身上，一半象路，一半象管，恰好在错害，错怪之间。

这是甚么原故？他见水中墙下筑了长堤，心上思量道："你父亲若要如此，何不行在砌墙立柱之先？还省许多工料，为甚么到了此际，忽然多起事来？毕竟是他自己的意思，知道我聘了别家，竟要断恩绝义，倒在爷娘面前讨好，假妆个贞节妇人，故此叫他筑堤，以示雇绝之意，也未见得，我为他做了义夫，把说成的亲事都回绝了，依旧要想娶，万一此念果真，我这段痴情向何处着落？闻得路小姐娇艳异常，他的年痖，又与我相合，又不叫做无缘，如今年庚相合的，既回了去，面貌相信的，又娶不来，竟做了一事无成，两相担误，好没来由。"只因这两条错念，横在胸中，所以他的相思，更比二位佳人害得诧异，想到玉娟身上，就把锦云当了仇人，说他是起祸的根由，时常在梦中咒骂，想到锦云身上，又把玉娟当了仇人，说他是误人的种子，不住在暗里唠叨。弄得父母说张不是，说李不是，只好听其自然。

却说锦云小姐的病体越重，路公择婿之念愈坚，路公不解其意，只说他年大当婚，恐有失时之叹，故此忧郁成病只要选中才郎，成了亲事，他自然勿药有喜，所以吩咐媒婆，引了男子上门，终朝选择，谁想引来的男子，都是些魑魅魍魉。丫环见了一个，走进去形容体态，定要惊个半死，惊上几十次，那里还有魂灵，止剩得几茎残骨，一副枯骸，倒在床褥之间，慨慨待毙。

路公见了，方才有些着忙，细问丫环，知道他得病的来历，就翻然自悔道："妇人从一而终，原不该悔亲别议，他这场大病，倒害得不差，都是我做爷的不是，当初屠家来退亲，原不该就许，如今既许出口，又不好再去强他，况且那桩好事，我已任在身上，大丈夫千金一诺，岂可自食其言？只除非把两亲事合做一头，三个病人串通一路，只瞒着老管一个，等他自做恶人，直等好事做成，方才使他知道，到那时节，生米煮成熟饭，要强也强不去了。只是大小之间，有些难处。"仔细想了一回，又悟转来道："当初娥皇、女英，同是帝尧之女，难道配了大舜，也分个妻妾不成？不过是姐妹相称而已。"

主意定了，一面叫丫环安慰女儿，一面请屠观察过来商议说："有个两便之方，既不令小女二方，又不使管家失节，只是令郎有福，忒煞讨上便宜，也是他命该如此。"观察喜之不胜，问他："计将安出？"路公道："贵连襟心性执拗，不便强之以情，只好期之以理。小弟中年元子，他时常劝我立嗣。我如今只说了立一个，要聘他女儿为媳，他含相与之情，自然应许，等他许定之后，我又说小女尚未定人，要招令郎为婿，屈他做个四门亲家，以终风昔之好，他就要断绝，也却不得我的面，许出了口，料想不好再许别人待我选个吉日，只说一面娶亲，一面赘婿，把二女一田并在一处，使他各畅怀来，岂不是桩美事？"屠观察听了，笑得一声，不觉拜倒在地，说他："不但有回天之力，亦且有再造之恩。"感颂不了，就把异常的喜信，报与儿子知道。

珍生正在两忧之际，得了双喜之音，如何跳跃得住，他那种诧异相思，不是这种诧异的方式也医他不好，锦云听了丫环的话，知道改邪归政，不消医治，早已拔去病根，只等一男一女过来就他，好做女英之妹，大舜之妻，此时，三个病人好了两位，只苦得玉娟一个，有了喜信，究竟不得而知。

路公会着提举，就把做成的圈套去笼编络他，管提见女儿痴危，原有早定婚姻之意，又因他是契厚同年，巴不着联姻缔好，就满口应承，不作一毫难色，路公怕他食言，隔不上一两日，就送聘礼过门，纳聘之后，又把招赘珍生的话吐露出来，管提举口虽不言，心上未免不快，笑他明于求婚，暗于择婿，前门进入，后门入鬼，所得不偿所失，只因成事不说，也不去规谏他。

玉娟小姐见说自己的情郎赘了路公之女，自己又要嫁入路门，与他同在一处，真是羞上加羞，辱中添事，如何气愤得了，要写一封密札寄与珍生，说明自家的心事，然后去赴水悬梁，寻个自尽，当不得丫环厮守，父母提防，不但没有寄书之人，亦且没有写书之地。

一日，丫环进来传话说：“路家小姐闻得嫂嫂有病，要亲自过来问安。”玉娟闻了此言，一发焦躁不已，只说：“他占了我的情人，夺了我的好事，一味心高气敖，故意把喜事骄人，等不得我到他家，预先上门来羞。这番歹意，如何依允得他。”就催逼母亲，叫人过去回复。

那里知道这位姑娘并无殚意，要做个瞒人的喜鹊，飞入耳朵来报信的，只因路公要完好事，知道这位小姐是道学先生的女儿，决不肯做失节之妇，听见诈了别人，不知就里，一定要寻短计，若央别人寄信，当不得他门禁森严，三姑六婆无由而人，只得把女儿权做红娘，过去传消递息。

玉娟见他回复不住，只得随他上门，未到之先，打点一副吃亏的面孔，先忍一顿羞惭，等他得志过了，然后把报仇雪耻的话儿回复他，不想走到面前，见过了礼，就伸出一双嫩手，在他玉臂之上捏了一把，却像别有衷情，不好对人说得，两下心照的一般，玉娟惊诧不已，一茶之后，就引入房中，问他捏臀之故，

锦云道：“小妹今日之来，不是问安，实来报喜。《合影编》的诗稿，已做了一部传奇，目下就要团圆诀了，只是正旦之外，又添了一脚小旦，你却不要多心。”玉娟惊问其故，锦云把父亲作合的始末细述一番，玉娟喜个不了。只消一剂妙药，医好了三个病人。大家设定机关，单骗着提举一个。

路公选了好日，一面抬珍生进门，一面娶玉娟入室，再把女儿请出洞房，凑成三美，一齐拜起堂来，真个好看。只见：

男同叔宝，女类夷光，评吕姿容，却似两朵琼花，倚着一根玉树，形容态度，又像一轮皎月，分开两片轻云，那一边，年庚相合，牵来比并，辨不清孰妹孰兄，这一对，面貌相同，卸去冠裳，碎不出谁男谁女，把男子推班出色，遇红遇绿，到处成牌；用妇人接羽移宫，鼓瑟鼓琴，皆能合调。允矣。无双乐事；诚哉，对半神仙！

拜过堂后，三人被送入洞房，众人皆散去，晚上锦云合玉娟坐在床上，珍生凭盅而立。笑道："二位娘子俱是天仙一般，小生有福。"他二人闻言只是笑。珍生一见，愈发可爱，遂移步而至近前，将他二人左拥右抱，羞得二人急欲脱离。珍生道："拜过堂即是一家人了，何必羞哩？"二人还是不言，只顾扭扯。珍生道："二位娘子安歇了罢。"一头说一头去卸他二人的衣裳，二人执意不肯。珍生道："待我吹熄红烛，你二人就不羞哩！"言毕放开二人，经至案前，将红烛熄了。复又摸至床前，却扑了个空，再往里探，方知他二人俱合衣而卧。珍生笑道："都不顾我！待我与你二人做成一处"，一头说一头朝床里挤，三人混闹成一团。那玉娟合锦云早已春兴勃发，只是碍着脸面，才未肯相就，珍生扯过一人道："你可是玉娟？"问了几句，那人也不理，遂认定是玉娟，急卸他的裤儿，方欲扯下，那人叫道："我是锦云。"珍生笑道："另一个就是玉娟了。"一头说一头放了锦云，又去搂那玉娟，却又扑了个空，摸了几次，才一把搂住，将手揉进裤里，去抚那软如棉的好东西，又听叫道："我是锦云"，珍生生愣了，锦云趁势躲开，珍生一把又扯住道："你且在我身后，待我寻了玉娟遂放你。"锦云诺诺，尾于其后，珍生这才左摸右摸，终将个玉娟搂了个满怀，软玉温香，一偿经久宿耗，嗅那花玉香气，不禁意荡神迷，遂急扯玉娟裤儿，玉娟已被他二人嬉闹惹得春心大乱，朝恩暮想之人就在眼前，亦顾不得甚么，半推半就，让那珍生剥了个赤精条条。忙扯过香被儿盖了。珍生笑着，将衣裤也剥个干净，趋进被中，压在玉娟身上，顿觉先已酥了半边，腰间那物儿早已铁硬如杆，直撅撅的乱跳。珍生急切切启开玉娟双股，扶起尘柄就刺，虽入于穴却浅尝即止，原来那玉娟紧扎扎的妙物儿娇嫩的无比，未经风雨，被这肉具莽莽一撞，自然痛不能禁，遂急挥纤指将那尘柄捻住，不令其再进。珍生正是欲活不得，愈死不能，怎能罢手，遂千般哀求，万般温存，直弄得淫水湿溢，玉娟亦火动，方才允了，令他徐徐而入。珍生焉能不听，挺着尘柄，小心翼翼叩问花径，渐渐而入一半，玉娟连连叫痛，将他肩头猛咬，珍生一痛，身下用力，竟透出重围，直至花心，玉娟呀的一声叫，箍住他的腿儿，不令其动，珍生哪还顾得？乘胜面追，急急抽送起来。玉娟见止他不住，只得咬紧香被一角，任他折腾。珍生初得美味，尝个痛快，耸身大弄，霎时三百余下，玉娟初偿人道，痛乐均有，及丽水繁多，意亦不觉甚痛，遂七斜凤眼，口中呜哑有声，直把个肥臀儿一阵猛撅，珍生受他不过，尘柄跳了几跳，一道水儿泄出，快意无比，那玉娟亦高声叫唤，花心紧张，随即似尿了一般，霎时四肢酸软，二人方才云收雨散。珍生正在喘息，猛闻那床角喘息声更重，这才想起是那锦云在做怪。慌弃了玉娟，竟朝锦云压去。锦云早已卧个平展，珍生挨着，竟滑腻无比，用手摸去，寸楼绝无，才探腿间，早已春水汪汪，珍生方泄，尘柄又被激立。遂扒个他的腿儿，挺身便弄，才至水洼，即滑进一半，锦云亦连连呼痛，珍生急悬住不动，又是一番抚慰，锦云方才放手，任他再进一半。珍生应着，臀上鼓力，遂一下尽根，锦云叱叫不迭，珍生破了他的身儿，遂曲意阿承，轻摇慢研，丽水又盛，竟也抽送易些，只是被含的紧紧。锦云将他的颈儿勾住，竖起腿儿连声叫愉，珍生欲火升腾，遂发力大弄，又令其覆在床上，将臀儿耸起，从后人弄，锦云高一声低一声的叫，珍生快一阵慢一阵地抽送，累加起有二千以外，乃至极快处，锦云乳被殿浪欢抖个不止，珍生知他正在好处，遂大力抽送，锦云一阵肉麻乱叫后，将阴精尽丢，珍生亦洋洋大泄。扒在锦云背上，半晌动不得。约莫过了一刻钟，珍生方起，下床点上红烛，取了白帕儿，二人揩了干净。玉娟道："何这等偏心，未曾替我揩哩。"一头说一头将脸儿蒙住，露出白光光的腿儿。珍生笑道："这就与你揩"一头说一头去揩，又笑道："你这秀水缘何这样多哩!"玉娟笑而不答。珍生揩完，又将红烛移近，见满床俱是桃花血，不禁心旌摇荡，满心欢畅，遂置了烛儿复至床上，将二玉人儿搂在一处，不免又颠凤倒鸾几回，直至红日半窗，方才止了，三人并头而眠。

　　成亲过了三日，路公准备筵席，请屠、管二人会亲。又怕管提举不来，另写一幅单笺，夹在请贴之内道：

　　　　亲上加亲，昔闻戒矣，梦中说梦，姑妄听之，今为说梦主人，屈作加亲创举，勿以小嫌介意，致令大礼不成。再订。

　　管提举看了前面几句，还不介怀，直到末后一联，有"大礼"二字，就未免为礼法所拘，不好借端推托。

　　到了那一日，只得过去会亲，走到的时节，屠观察早已在座，路公铺下毡单，把二位亲翁请在上首，自己立在下首，一同拜了四拜，又把屠观察请过一边，自家对了提举，深深叩过四首，道："起先四拜是会亲，如今四拜是请罪；从前以后，凡有不是之处，俱望老亲海涵。"管提举着："老家翁是个简略的人，为何到了今日，忽然多起礼数来？莫非因人而施，因小弟是个拘儒、故此也作拘儒之套么？"路公道："怎敢如此。弟自订亲以来，负罪多，抉擢发莫数，只求念'至亲'二字，多方原有。俗语道得好，儿子得罪父亲。也不过是负荆而已，何况儿女亲家，小弟拜过之后，大事已完，老亲翁要施责备，也责备不成了。"管提举不解其意，还只说是谦逊之词。

只见说过之后，阶下两边鼓乐一齐吹打起来，竟象轰雷震耳，莫说两人对话，绝不闻声，就是自己说话，也听不出一字，正在喧闹之际，又有许多侍妾拥了对半新人，早已步出画堂，立在之上，俯首躬身，只等下拜，管提举定睛细看，只见女人一个立在左后，其余都是外人，并不见自家女婿，就对着女儿高声大喊道："你是何人，竟立在姑夫左手！不惟礼数欠周，亦且浑乱不雅，还不快走开去！"他便喊叫得慌，并没有一人听见，这一男二女，低头竟跪，管提举掉转起身来。正要回避，不想二位亲翁走到，每人拉住一边，不但不放他走，亦且不容回拜，竟象两块夹板夹住身子一的般，端端正正受了一十二拜，直到拜完之后，两位新人一齐走了进去，方才吩咐乐工住了吹打，听管提举变色而道，说："小女拜堂，令郎为何不见？令婿与令爱，与小弟并非至亲，岂有受拜之礼？这番仪节，小弟不解，老亲翁请道其放。"路公道："不瞒老亲翁说，这位令姨侄，就是小弟的螟蛉，小弟的螟蛉就是亲翁的女婿，亲翁的令婿，又是小弟的东床，他一身充了三役，所以方才行礼，拜了三四一十二拜，老亲翁是个至明至聪的人，难道还懂不着？"管提举想了一会，再辩不清，又对路公道："这些说话，小弟一字不解，缠来缠去，不得明白，难道今日之来，不是会亲，竟在这边做梦不成？"路公道："小束上面已曾讲过，'今为说梦主人。'就是为此，要晓得'说梦'二字，原不是小弟创起，当初替他说亲，蒙老亲翁书台回复，那个时节早种下梦根了，人生梦耳，何必十分认真？劝你将错就错，完了这场春梦罢。"

提举听了这些话，方才醒悟，就问他道："老亲翁是个正人，为何行此暧昧之事？就要做媒，也只该明讲，怎么设定圈套，弄起我来？"路公道："何尝不来明讲？老亲翁并不回言，只把两句话儿示之以意，却象要我说梦的一般，所以不复明言，只得便宜行事，若还自家弄巧，单骗令爱一位，使亲翁做了愚人，这重罪案就逃不去了，如今舍得自己，赢得他人，方才拜堂的时节，还把令爱立在左首，小女甘就下风这样公道拐子，折本媒人，世间没有第二个！求你把责人之念稍宽一分，全了忠恕之道罢。"
提举听到，颜色稍和，想了一会，又问他道："连襟舍了小女，怕没有别处求亲？老亲翁陈了此子，也另有高门纳采，为甚私把二女配了一夫，定要人以不义？"路公道："其中就里，只好付之不言，若还根究起来，只怕方才那四拜，老亲翁该赔还小弟，倒

要认起不是来。"

提举听到此处，又从新变起色来道："小弟有何不是？快请说来。"路公道："只因府上的家范过于严谨，使男子妇人不昨见面，所以郁出病来，一家过到一家，蔓延不已，起先过与他，后来又过与小女，几乎把三条性命断送在一时，小弟要救小女，只得预先救他，既要救他，又只得先救令爱，所以把三个病人，合来往在一处，才好用药调理，这就是联姻缔好的原故，老亲翁不问，也不好直说出来。"

提举听了，一发惊诧不已，就把自家的交椅，一步一步挪近前来，就着路公，好等他说明就里。路公怕他不服，索性说个尽情，就把对影钟情、不肯别就的始末，一原二故诉说出来。气得他面如土色，不住的咒骂女儿。

路公道："姻缘所在，非人力之所能为。究竟令爱守贞，不肯失节，也还是家教使然。如今业已成亲，也算做'既往不咎'了，还要怪他做甚么？"提举道："这等看来，都是小弟治家不严，以致如此。空讲一生道学，不曾做得个完人。快取酒来，先罚我三杯，然后上席。"路公道："这也怪不亲翁。从来的家法，只能痼形，不能痼影。这是两上影子做出事来，与身体无涉，那里防得许多！从今以后，也使治家的人知道，这番公案，连影子也要提防，决没有露形之事了。"又对观察道："你两个的是非曲直，毕竟要归重一边。若还府上的家教也与贵连襟一般，使令公郎有所畏惮，不敢胡行，这桩诧事；就断然没有了。究竟是你害他，非是他累你。不可因令公郎得了便宜，倒说风流的是，道学的不是，把是非曲直颠倒过来，使人喜风流而恶道学，坏先辈之典型。取酒过来，罚你三巨以贵连襟之心，然后坐席。"观察道："讲得有理，受罚无辞。"一连饮了三杯，就作揖赔个不是，方才就席饮酒，尽欢而散。

从此以后，两家释了芥蒂，相好如初。过到后来依旧把两院并为一宅，就将两座水阁做了金屋，以贮两位阿娇，题曰："合影楼"，以成其志。不但拆去墙垣，掘开泥土，等两位佳人互相盼望，又架起一座飞桥，以便珍生来往，使牛郎织女无天河银河之隔。后来珍生连登二榜，入了词林，位到侍讲之职。

第三回　娶双妻反合狐鸾命

词云：

> 一马一鞍有例，半子难招双婿。失口便伤伦，不俟他年改配，成对，成
> 对！此愿也难轻遂！

右调《如梦令》

这首词，单为乱许婚姻，不顾儿女终身者作。常有一个女儿，以前许了张三，到后来算计不通，又许了李四。以致争论不休，经官动府，把跨凤乘鸾的美事，反做了鼠牙雀角的讼端。那些官断私评。都说他后来改许的不是。据我看来，此等人的过失，倒在第一番轻许，不在第二番改诺。只因不能慎之于始，所以不得不变之于终。做父母的，那一个不愿儿女荣华，女婿显贵。他改许之意，原是为爱女不过，所以如此，并没有甚么歹心。只因前面所许者或贱或贫，后面所许者非富即贵。这点势利心肠，凡是择婿之人，个个都有；但要用在未许之先，不可行在既许之后。未许之先，若能够真正势利，做一个趋炎附势的人，遇了贫贱之家，决不肯轻许，宁可迟些日子。要等个富贵之人，这位女儿就不致轻易失身，倒受他势利之福了。当不得他预先盛德，一味要做古人。置贫贱富贵于不论；及至到既许之后，忽然势利起来，改弦易辙，毁裂前盟，这位女儿就不能够自安其身。反要受他盛德之累了。这番议论，无人敢道，须让我辈胆大者言之。虽系末世之言，即使闻于古人，亦不以为无功而有罪也。

如今说件轻许婚姻之事，兼表一位善理词讼之官，又与世上嫁错的女儿伸一口怨气。

明朝正德初年，湖广武昌府江夏县有个鱼行经纪，姓钱号小江，娶妻边氏。夫妻两口，最不和睦，一向艰于子息。到四十岁上，同胞生下二女，止差得半刻时辰。世上的人都说儿子象爷，女儿象娘，独有这两个女儿不肯蹈袭成规，另创一种面目，交象别人家儿女抱来抚养的一般，不但面貌不同，连心性也各别。父母极丑陋、极愚蠢，

女儿极标致、极聪明。

长到十岁之外，就象海棠着露，菌苔经风，一日娇媚似一日，到了十四岁上，一发使人见面不得：莫说少年子弟看了无不销魂，就是六七十岁的老人家瞥面遇见，也要说几声"爱死。爱死"。资性极好，只可借不曾读书，但能记帐打算而已。至于女工针线，一见就会，不用人教。穿的是缟衣布裙，戴的是铜簪锡耳，与富贵人家女儿立在一处，偏要把他比并下来。旁边议论的人都说："络布不换绮罗，铜锡不输金玉。"只因他抢眼不过，就使有财有力的人家，多算多谋的子弟，都群起而图之。

小江与边氏虽是夫妻两口，却与仇敌一般。小江要许人家，又不容边氏做主；边氏要招女婿，又不使小江与闻。两上我瞒着你，你瞒着我，都央人在背后做事。小江的性子，在家里虽然倔强，见了外面的朋友。也还蔼然可亲；不象边氏来得泼悍，动不动要打上街坊，骂断邻里。那些做媒的人，都说："丈夫可欺，妻子难惹。求男不如求女，瞒妻不若瞒夫。"所以边氏议就的人家，倒在小江议就的前面。两个女儿各选一个妇婿，都叫他："拣了吉日，竟送聘礼上门，不怕他做爷的不受。省得他预先知道，又要嫌张嫌李，不容我自做主张。"

有几个晓事的人说："女儿许人家，全要父亲做主，父亲许了，就使做娘的不依，也还有状词可告。没有做官的人也为悍妇所制，倒去了男子汉凭内眷施为之理。"就要别央媒人，对小江说合。当不得做媒的人都有些欺善怕恶，叫他瞒了边氏，就个个头疼，不敢招架，都说："得罪于小江，等他发作的时节，还好出头分理；就受些凌辱，也好走去禀官。得罪了边氏，使他发起泼来，男不与妇敌，莫说被他咒骂不好应声，就是挥上几拳、打上几掌，也只好忍疼受苦，做个唾面自干。难道好打他一顿，告他一状不成？"所以到处央媒，并无一人肯做，只得自己对着小江说起求亲之小江看见做媒的人只问妻子，不来问他，大有不平之意。如今听见"求亲"二字，就是空努足音，得意不过，自然满口应承，那里还去论好歹？那求亲的人又说："众人都怕令正，不肯做媒，却怎么处？"小江道："两家没人通好，所以用着媒人。我如今亲口许了，还要甚么媒约！"求亲的人得了这句话，就不胜大喜。当面选了吉日，要选盘盒过门。小江的主意也与妻子一般，预先并不通知，直待临时发觉。不想好日多同，四姓人家的聘礼，都在一时一刻送上门来。鼓乐喧天，金珠罗列，辨不出谁张谁李。还只说送聘的人家知道我夫妻不睦，惟恐得罪了一边，所以一姓人家备了两副礼帖，一副送与男子，一副送与妇人。所以谓宁可多礼，不可少礼。及至取帖一看，谁想："眷侍教生"之下，一字也不肯雷同，倒写得错综有致。头上四个字合念起来，正含着百家姓一句："叫做赵钱孙李"。夫妻二口就不觉四目交睁，两声齐发。一边说："至戚之外，那里来这两门野亲?"一边道:"我喜盒之旁,何故增这许多牢食?"小江对着边氏说:"我家主公不发回书,谁敢收他一盘一盒!"边氏指着小江说:"我家主婆不许动手,谁敢接他一丝一丝!"丈夫又问妻子说:"在家从父,出嫁从夫。若论在家的女儿,也该是我父亲为政。若论出嫁的妻子,也该是我丈夫为政。你有甚么道理,辄敢胡行!"妻子又问丈夫说:"娶媳由父,嫁女由母。若还是娶媳妇,就该由你做主;日今是嫁女儿,自然由我做主。你是何人,也来搀越!"

两边争竞不已,竟要颇打起来。亏得送礼之人一齐隔住,使他近不得身,交不得手。边氏不由分说,竟把自己所许的,照闾礼单,件件都替他收下,央人代写回贴,打发来人去了;把丈夫所许的,都叫人推出门外,一件不许收。小江气愤不过,偏要扯进门来,连盘连盒都替他倒下,自己写了回帖,也打发出门。

小江知道,这两头亲事都要经官,且把告状做了末着,先以早下手为强。就分付亲翁,叫他快选吉日,多备灯笼火把,雇些有力之人前来抢夺,且待抢夺不去,然后告状也不迟,那两姓人家。果然依了此计,不上一两日,就选定婚期,雇了许多打手,随着轿子前来,指望做个万人之敌。不想男兵易斗,女帅难降,只消一个边氏捏了闩门的杠子,横驱直扫,竟把过去的人役杀得片甲不留,一个个都抱头鼠窜。连花灯彩轿、灯笼火把,都丢了一半下来,叫做"借寇兵而赍盗粮";被边氏留在家中,备将来遗嫁之用。小江一发气不过,就催两位亲家速速告状。亲家知道状词难写,没有把亲母告做被犯、亲家填做干证之理,只得做对头不着,把打坏家的人事,都归并在他身上,做个"师出有名"。不由县断,竟往府堂告理。准出之后,小江就递诉词一纸,以作应兵,好替他当官说话。那两姓人家,少不得也具诉词,恐怕有夫之妇不便出头,把他写做头名干证,说是媳妇的亲母,好待官府问他。

被时太守缺员,乃本府刑尊署印。刑尊到任未几,最有贤声,是个青年进士。准了这张状词,不上三日,就悬牌挂审。先换小江上去,盘驳了一番。然后审问四姓之人,与状上有名的煤妁。只除边氏不叫,因他有丈夫在前,只说丈夫的话与他所说的一般,没有夫妻各别之理。那里知道被告的干证,就是原告干证的对头;女儿的母亲,就是女婿丈人的仇敌,只见人说:"会打官司同笔砚",不曾见说"会打官司共枕头"。

边氏见官府不叫,就高声喊起屈来。刑尊只得唤他上去。边氏拽定了丈夫,说:"他虽是男人,一些主意也没有,随人哄骗,不顾儿女终身。他所许之人,都是地方的光棍,所以小妇人便宜行事,不肯容他做主。求老爷俯鉴下情。"

刑尊听了,只说他情有可原,又去盘驳小江。小江说:"妻子悍泼非常,只会欺凌丈夫,并无一长可取。别事欺凌还可容恕,婚姻是桩大事,岂有丈夫退位让妻子专权之理？"

刑尊见他也说得是，难以解纷，就对他二人道："论起理来，还该由丈夫做主。只是家庭之事，尽有出于常理之外者，不可执一面论。待本厅唤你女儿到来，且看他意思何如，还是说爷讲的是，娘讲的是。"二人磕头道："正该如此。"

刑尊就出一枝火签，差人去唤女儿，唤便去唤，只说他父母生得丑陋，料想茅茨里面开不出好花，还怕一代不如一代，不知丑到甚么地瞳方才底止，就办一副吃惊见怪的面孔，在堂上等他。谁想二人走到，竟使满堂书吏与皂快人等，都不避官法，一齐挨挤拢来，个个伸头，人人着眼，竟象九天之上掉下个异宝来的一般，至于堂上之官，一发神摇目定，竟不知这两位神女从何处飞来，还亏得签差禀了一声说："某人的女儿拿到！"方才晓得是茅茨面开出来的异花，不但后代好似前代，竟好到没影的去地方才底止。惊骇了一会，就问他道："你父母二人不相知会，竟把你们两个许了四姓人家。"及至审问起来，父亲又说母亲不是，母亲又说父亲不是，古语道得好："清官难断家务事。"所以叫你来问："平昔之间，还是父亲做人好，母亲做人好？"

这两个，平日最是害羞，看见一个男子，尚且思量躲避，何况满堂之人，把几百双眼睛盯在他二人身上，恨不得掀开官府的桌围，钻进去权躲一刻。谁想官府的法眼，又比众人看得分明看之不足，又且问起话来，叫他满面娇羞，如何答应得出，所以刑尊问了几次，他并不作声，只把面上的神色做了口供，竟象他父母做人都有些不是，为女儿者不好说得的一般。刑尊默喻其意，思想这样绝色女子，也不是将就男人可以配得来的。如今也不论父许的是，母许的是，只把那四个男子一齐拘拢来，替他比拼比拼，只要配得过的，就断与他成亲罢了。

算计已定，正要出签去唤男子，不想四人犯人一齐跪上来，禀道："不消老爷出签，小的们的儿子都现在二门之外，防备老爷断亲与他，放此先来等候，待小的们自己出去，各人唤进来就是了。"刑尊道："既然如此，快出去唤来，"只见四人去不多时，各人扯一个走进来，禀道："这就是儿子，求老爷判亲与他。"

刑尊抬起头来，把四个后生一看，竟象一对父母所生，个个都是奇形怪状，莫说标致的没有，就要选个四体周全，五官不缺的，也不能够，心上思量道："二女之夫，少不得出在这四个里面，矮子队里选将军，叫我如何选得出。不意红颜薄命，亦至于此。"叹息了一声，就把小江所许的叫他跪在江首，边氏所许的，叫他跪在西首，然后把两个女儿唤来，跪在中间，对他吩咐道："你父母所许的人，都唤来了，起先问你，你既不肯直说，想是一来害羞，二来难说父母的不是，如今不要你开口，只把头儿略转一转，分个向背出来，要嫁父亲所许的，就向了东边，要嫁母亲所许的，就向了西边，这一转之间，关系终身大事，你两个的主意，须是要要定得"说了一句，连满堂之人，都定睛不动，要看他转头。

谁想这两个佳人，起先看见男子进来，倒还左顾右盼，要看四个人的面容，及至见了奇怪形状，都低头合眼，暗暗的坠起泪来，听见官府问他，也不向东，也不向西，正正的对了官府，就放声大哭起来，越问得勤，他越哭得急，竟把满堂人的眼泪都哭出来，个个替他称冤叫苦，刑尊道："这等看起来，两边所许的，各有些不是，你都不愿嫁他的了？我老爷心上也正替你踌躇，没有这等两个人，都配了村夫俗子之理，你且跪在一边，我自有处。""叫他父母上来！"小江与边氏一齐跪到案桌之前，听官吩咐。

刑尊把桌子一拍，大怒起来，道："伤夫妻两口，全没有一毫正经，把儿女终身视力儿戏！既要许亲，也大家商议商议，看女儿女婿可配得来，为甚么把亭瓣的女儿，都配了这样的女婿？你看方才那种哭法，就知道配成之后，得所不得所了，还亏得告在我这边。除常律之外，另有一个断法，若把别位官儿，定要拘牵成格，判与所许之人，这两条性命，就要在他笔底勾消了！如今两边所许的，都不作准，待我另差官媒，与他作伐，定要嫁个相配的人，我今日这个断法，也不是曲体私情，不循公道，原有一番至理，待我做出审单，与众人看了，你们自然心服。"说完之后，就提起笔来，写出一篇献词道：

> 审得钱小江与妻边氏，一胞生女二人，均有姿容，人人欲得以为妇，某某，某某，希冀联姻，非一日矣，因其夫妻异心，各为婚主，媚灶出奇者，既以结妇欺男灾得志，盗铃取胜者，又以掩中袭外为多功，遂致两偿相闻，多生诖误，二其女而四其夫，既少分身之法；东家食今西家宿，亦非训俗之方，相女配夫，怪妍媸之太别，审音察貌，怜痛楚之难胜，是用以情逆理，破格行仁；然亦不敢枉法以行私，仍效引经而折狱，六礼同行，三茶共设，四婚何以并行？父母之命，媒妁之言，二者均不可少，兹审边氏所许者，虽有媒言，实无父命，断之使就，虑开无父之门；小江所许者，虽有父命，实少媒言，判之使从，是辟无媒之径，均有妨于古礼，且无裨于今人。四男别缔丝萝，二女非其伉俪，宁使噬脐于今日，无令反目于他年，此虽救女之婆心，抑亦筹男之善策也。各犯免供，仅存此案。

做完之后，付与值堂书吏，叫他对了众人，高声郎涌一遍，然后众人逐出，一概

免供，又差人传谕官媒："替二女别寻佳婿，如得其人，定要领至公堂，面相一过，做得他的配偶，方许完姻。"

官媒寻了几日，领了许多少年，私下说好，当官都相不中，刑尊就别生一法，要在文字之中替他择婿，方能够才貌两全。恰好山间的百姓拿着一对话鹿，解送与他，正合刑尊之意，就出一张告示，限于某月某日，季考生童，叫生童于卷面之上，就"己冠""未冠"四个字改做"己娶""未娶"。说："本年乡试不远，要识英才于未遇之先，特悬两位淑女，两头瑞鹿，做了锦标，与众人争夺，已娶者以得鹿为标，未娶者以得女为标，肆到手者，既是本年魁解。"

考场之内，原有一所空楼，刑尊唤边氏领着二女住在楼上，把二鹿养在楼下，暂悬一匾，名曰"夺锦楼。"

告示一出，竟把十县拓生童，引得人人兴发，个个心疾痴，已娶之人，还只从功名起见，抢得活启动到手。止不过得些采头，那些未娶的少年，一发踊跃不过，未曾折桂，先有了月里嫦娥，纵不能够大富贵，且先落个小登科。到了考试之日，恨不得把心肝五脏都呕唾出来，去换这两名绝名，考过之后，个个不想回家，都挤在府前等案。

只见到三日之后，发出一张榜来，每县只取十名听候复试，那些取着的，知道此番复考不在看文字，单为选人材，生得标致的，就有几分机遇了。

到复试之日，要做新郎的，先做新娘，一个个都去涂脂抹粉，走到刑尊面前，还要扭扭捏捏，妆些身段出来，好等他相中规模，取作案首，谁想这位刑尊，不但善别人才，又且长于风鉴，既要看他研媸好歹，又要决他富贵穷通，所以在唱名的时节，逐个细看一番，把朱点做了记号，高低轻重之间，就有尊卑前后之别，考完之后，又吩咐礼房，叫到："次日清晨唤齐鼓乐，待人未曾出堂的时节，先到夺锦楼上，迎了那两个女子，两头活鹿出来，把活鹿放在府堂之左，那两个女子坐在碧纱彩桥，停在府堂之右，再备花灯鼓乐，好送他出去成亲"。分付已毕，就回衙阅卷。

及至到次日清晨，挂出榜来，只慛特等四名，两名已娶，两名未娶，以为夺标之先，其余一等、二等，都在给赏花红之列，已娶得鹿之人，不过是两名陪客，无甚关系，不必道其姓名，那未娶二名：一个是已进的生员，姓袁。名士骏；一个是未进的童生。姓郎。名志远，凡是案上有名的，都齐人府堂，听候发落，闻得东边是启动，西边是人，大家都东就西，去看那两名国色，把半个府堂挤做人山人海，府堂东首，止得一个生员，立在两启动之旁，徘徊叹息。再不去看妇人，满堂书吏都说他是已娶之人，考在特等里面，知道女子没分，少不得这两头活启动有一头到他，所以预为之

计，要把轻重肥瘦估量在胸中，好待临时牵取。

谁想那边的秀才，走过来一看，都对他拱供手道："袁兄，恭喜！这两位佳人，定有一位是尊嫂了。"那秀才摇摇手道："与我均匀干。"众人道："你考在特等第一，又是未娶的人，怎么说出'无干'二字？"那秀才道："少刻见了刑尊，自知分晓。"众人不解其故，都说他是谦逊之词。

只见三梆已毕，刑尊出堂。案上有名之人，一齐过去拜谢。刑尊就问："特等诸兄是那几位？请立过一边，待本厅预先发落。"礼旁听了这一句，就声唱起名来，袁干骏之下，还该有三名特等。谁想止得两名，都是已娶，临了一名不到，就是未娶的童生，刑奠道："今日有此盛举，他为甚么不来？"袁士骏打一躬道："这是生员的密，友，住在乡间，不知太宗师今日发落，所以不曾赶到。"刑尊道："兄就是袁士骏么？好一分天才，好一管秀笔是，今科决中无疑了，这两位佳人，实是当今的国色，今日得配才子，可谓天付良缘了，袁士骏打一躬道："太宗师虽有盛典，生员系薄命之人，不能事此奇福。求另选一名挨补，不要误了此女的终身。"刑尊道："这是何事，也要谦让起来？"叫礼房："去间那两个女子，是那个居长？请他上来与袁相公同拜花烛。"

袁士骏又打一躬，止住礼房，叫他不要去唤，刑尊道："这是甚么原故？"袁干骏道："生员命犯孤鸾，凡是聘过的女子，都等不到过门，一有成议，就得暴病而死，生员才满二旬，已曾误死六个女子，凡是推算的星家，都说命中没有妻室，该帮个僧道之流，如今虽列衣冠，不久就要逃儒归墨，所以不敢再误佳具，以重生前的罪孽。"刑尊道："那有此事。命之理微，岂是寻常星土推算得出的，就是几番虚聘，也是偶然，那有见噎废食之理？兄虽见却，学生断不肯依，只是一件：那第四句郎志远，为甚么为到？一来选了良时吉日，要等他来做亲；二来复试的笔踪，与原卷不合，还要面试一番。他今日不到，却怎么处？"

袁士骏听了这句话，又深深打一躬道："生员有一句隐情，论理不该说破，因太宗师见论及此，若不说明，将来就成过失了，这个朋友与生员有八拜之袍，因他贫不能娶，有心要成就他，前日两番的文字，都是生员代作的，初次是他自眷，第二次因他不来，就是生员代写，还只说两卷之内或者取得一卷，就是生员的名字，也要把亲事让他，不想都蒙特拔，极是侥幸的了。如今太宗师明察秋毫，看出这种情弊，万一查验出来，倒把为友之心，变做累人之具了，所以不敢不说，求太宗师原情恕罪，与他一体同仁。"

刑尊道："原来如此，若不亏兄说出，几乎误了一位佳人。既然如此，两名特等都是兄弟的，这两位佳人都该得兄得了。富贵功名，倒可以冒认得去，这等国色天香，不是人间所有，非真正才人不能消受，断然是假借不成的，"叫礼房快请那两位女子过来，一齐成了好事，袁士骏又再三推却说："命犯孤驾的人，一个女子尚且压他不住，何况两位佳人？"刑尊笑起来置："今日之事，倒合着吾兄的尊造了，所谓命犯孤鸾者，乃是单了一人，不使成双之意，若还是一男一女做了夫妻，倒是双而不单，恐于尊造有碍；如今两女一男，除起一双，就要单了一个，岂不是命犯了鸾？这等看起来，信乎有命，从今以后，再没有兰摧玉折之事了。"

他说话的时节，下面立了无数的诸生，见他说到此处，就一齐赞颂起来，说："从来帝王卿相都可以为人造命，今日这段姻缘出于太宗师的特典，就是替兄造命了，何况有这个解法，又是至当不易之理。袁兄不消执意，竟与两位尊嫂一同拜谢就是了。"

袁士骏无可奈何，只得勉遵上意，曲徇舆情，与两位佳人立做一处：对着大恩人深深拜了四拜，然后当堂上马，与两乘彩轿一同迎了回去，出去之后，方才分赐瑞鹿，给赏花红，众人看了袁士骏，都说："上界神仙之乐，不能有此，总亏了一位刑尊，实实的怜才好士，才有这番盛举。"

袁士骏携了两位新人回来，家人喜出望外，当下张灯结彩，三人拜过天地父母及对拜之后被众人拥至洞房，闹毕已是掌灯时候。洞房内红烛明亮，大红罗帐低垂，一团喜气自不待题。袁士骏于灯下看这双美人，禁不住心旌摇曳，暗称艳福着实不浅，好事频来，好不春风得意。姊妹二人坐在牙床之上都羞得抬不起头来。袁士骏看了半天一竟分不出谁是谁来，遂道："如今拜了花堂。遂是一家人了，何必害羞。"二姊妹依旧依头不语，袁士骏春心发动，遂移步至牙床旁，执二姊妹纤手，二姊妹愈加害羞，被袁士骏紧紧搂住，又推倒于床上，放下帐纬，与二姊妹共效于飞之乐。奈何二姊妹初经人道，迟迟不肯卸衣。袁士骏熬按不住，早将自家衣裤卸个精光，赤条条搂住二姊妹求欢，二姊妹皆百朝床里，死也不肯翻过身来看，袁士骏看了一回，急下牙床，将红烛悉数覆灭，摸至床上，又去扯他二人衣裤。他二人又挣了一回，方才卸了。袁士骏大喜，搂了这个抱那个，不知衔在那个身上下手。情急之中道："你二人那位是姐姐？"半响，方听娇音颤颤道："口下有痣者是。"袁士骏闻毕遂去他二人口下摸，摸到一个，光秃秃的，知是妹妹，又摸一个，果有一颗米粒般大小，定是姐姐无疑，遂轻舒臂膀，将其搂住，顿觉温滑凝脂般腻，柔弱不胜骨。袁士骏那阳物早已直蠢蠢立起，卜卜乱跳，扶正遂往玉股间乱塞，横冲直撞，却春路徒迷。这位姐姐被袁士骏调弄得芳心鹿撞，喉干眼湿，牝户花旁之中春水汩汩而出，颐不上矜持，急将袁士骏搂个结实，吁吁而喘。左扭右摆，不耐禁状昭然。久不见袁士骏弄人，遂探纤纤玉指，导引那莽撞迷途的小和尚进至牝门前止住，袁士骏欲心甚烈，奋勇而入，龟头陷进，就被

姐姐用手止住，连连叫痛。袁士骏亦不敢蛮干，遂在牝口游衍，及至丽水重生，方耸身又入，进至半根，姐姐又大呼痛，阻其妄进。袁士骏遂叫稳弄，杂耍一般，搅得姐牝中酸痒横生，低吟浅呻，难耐至极。弄了约半个时辰，亦未直捣黄龙。姐姐忽的将腿儿掰开，低低道："即可再进一半。"袁士骏闻言陡起精神发力插入，一下尽根，遂觉被裹得紧扎扎，润滋滋，犹肋下生风，登及仙境，那姐姐啊的一声紧抠其被，抖个不停。袁士骏徐徐抽插，那姐姐咿呀乱叫，分不出是痛还是爽极力迎凑，二人大弄起来，约摸弄了半个多时辰，方才云收雨散。袁士骏滚落马下，气喘未定，又被一双玉手捻住阳物，那阳物已软儿郎当，素手一抚，霎时又发威挺起，袁士骏知是妹妹的手段；遂腾身将其压在身下，用手去扪牝户，早已淫水淋漓，弄了一手，再细探寻，红门洞开，蚌珠游张，原来妹妹被他二人激得早已春兴勃发。袁士骏挺枪遂刺，秃的一声，攻下一半，心下欢喜，再欲再入柔关，却被妹妹止住，亦连呼带叫，袁士骏被他叫得肉紧，不顾死活，大力而贯。妹妹素手无力久止，遂急扯裙带将阳物勒住，袁士骏欲火中烧，竟不止，妹妹亦骨酥神颤，把持不住，被袁士骏将裙带儿扯去，腰上发力，尽根没脑直抵花心，妹妹惊叫一声，呼叫不止。袁士骏知破了身儿，遂加力温存，徐徐而弄，渐渐阔绰，方紧紧抽送，霎时七百余外。妹妹将双腿儿竖起，叫快不绝，袁士骏战得更狂，猛刺数下，不禁龟头痒极而抖，阳精陡出。妹妹含紧小窍。牡丹着露，香汗透胸，阴精一并而出。袁士骏晕倒在床，未及揩式，一旁姐姐又持了两片明光光大刀杀将过来，袁士骏仓促迎战，阳物早被那姐姐香口含住，一经吸吮，遂橛硬如铁，袁士骏腾身跨马就刺，又大杀了一个时辰，方才两败俱伤。刚放过姐姐，妹妹又滚将而来，将袁士骏跨住，扶住半软阳物往牝门里塞，才一雨遂又粗硬生风，一入至底。妹妹于上颠套不止，口中呜哑乱叫，弄个半个多时辰，方才落马。袁士骏索性下床点了红烛，罢于帐中，方至床上，一旁姐姐又至，袁士骏接住又战。直把个香伟里摆开了万里沙场。又走马灯般战了近两个时辰，袁士骏正扒在姐姐身上大干，一旁莺声又道："郎也偏心，尽在弄妹妹，却不顾我。"袁士骏止住，道："身下不是姐姐么?"一旁又道："被他抢了大回，真是不公!"袁士骏急看身下玉人儿口旁是无痣，遂笑道："你二人长得如此像，我又何能分清，只是妹妹又贪，方才被他夺了几回。"姐姐道："还不顾我?"袁士骏道："就来。"一头说一头放下妹妹，来至姐姐近前，令其覆在床上，将个臀儿耸起，扶住雄伟阳物遂入。一旁妹妹含笑而起，从后楼住袁士骏助其发力。袁士骏前后受用好不快乐，乒乒乓乓弄将起来。待完事后又把妹妹横过，斜刺里入了个痛决，三人又轮流大战一番。及至金鸡唱绝，方才罢战，银盆洗手，揩拭一回，袁士骏这才搂了二美，酣然而睡。

当年乡试，这四名特等之中，恰好中了三位，所遗的一个，原不是真才，代笔的中了，也只当他中一般，后来三个之中，只联捷得一个，就是夺着女标的人。

　　刑尊为此一事，贤名大噪于都澡，后来钦取入京，做了兵科给事，袁士骏由翰林散馆，也做了台中，与他同在两衙门，意气相投，不啻家人父子。古语云："惟英雄能识英雄。"此言真不谬也。

第四回　忍奇痛石女破开荒

中国禁书文库

伴花楼

词云：

> 寡女临妆怨苦，孤男对影嗟穷，孟光难得遇梁鸡，只为婚姻不动，久旷才知妻好，多欢反觉夫庸，某霖不向旱时逢，怎得农人歌颂？
>
> 右调《西江月》

世上人的好事，件件该迟，却又人人愿早，更有"富贵婚姻"四个字，又比别样不迥，愈加望得急切，照世上人的心性，竟该在未曾出世之际，先等父母发财；未经读书之先，便使朝廷授职；世上绝标致的妇人，极聪明的男子，都要在未曾出幼之时，取来放在一处，等他欲心一动，就合拢来，连做亲的日子，都不消拣得，才合着他的芳心；却一件也不能够如此，陶朱公到弃官泛湖之后，才发得几主大财，姜太公到发白齿动之年，方受得一番显职，想他两个，少年时节，也不曾丢了钱财不要，弃了官职不取，总是因他财星不旺，禄运未交，所以得来的银钱散而不聚，做出的事业，塞而不通。以致淹淹缠缠，直等到该富该遗之年，就像火起水发的一般，要止也止他不住。

梁鸿是个迟钝的男子，孟光是个偃蹇足妇人，这边说来也不成，那边缔好也不就，不想这一男一妇，都等到许大年纪，方才说合拢来，迟钝遇着偃蹇，恰好凑成一对，两个举案齐眉，十分恩爱，做了千古上下第一对和合的夫妻，虽是有德之人，原该如此，却也因他等得心烦，望得意躁，一旦遂了心愿。所以分外有情。

世上反目的夫妻，大都是早婚易娶，内中没有几个是艰难迟钝而得的，古语云："若将容易得，便作等闲看。"事事如此，不独婚姻一节为然也，冒头说完，如今说到正话。

明朝永乐初年，浙江温州府永嘉县，有个不识字的愚民，叫做郭酒痴，每到大醉后，就能请仙判事，其应如响，最可怪者，他生平不能举笔，到了请仙判事的时节，

那悬笔写来的字，比法贴更强几分。只因请到之仙，都是些书颠草圣，所以如此，从不曾请着一位是《淳化贴》上没有名字的。因此合郡之人，略有疑事，就办几壶美酒，请他吃醉了请仙，一来判定吉凶，以便趋避；二来裱做单条册页，供在家中，取名叫做"仙贴"。还有起房造屋的人家，置了对联匾额，或求大仙命名，或望真人留句，他题出来的字眼，不但合于人心，式着景致，连后来的吉凶福祸，都寓在其中，当时不觉，到应验之后，始赞神奇。

彼时学中有个秀才，姓姚名戬，字子毅，髫龄入泮，大有才名，父亲是本县的库吏，发了数千金，极是心高志大，见儿子是个名士，不肯就婚，定要娶个天姿国色，直到十八岁，才替他定了婚姻，系屠姓之女，闻得众人传说，是温州城内第一个美貌佳人，下聘之后，簇新造起三间大楼，好待儿子婚娶，造完之后，又置一座堂匾，办下筵席，去请郭酒痴来，要求他降仙题咏，一来壮观，二来好卜休咎，郭酒痴来到席上，手也不拱，管也不拿，只取叫大碗斟酒，"真仙已降，等不得多时，快些吃了，好写。"姚家父子听见，知道请来的神仙，就附在他身上，巴不得替神润笔，就亲手执壶，一连斟上数十碗，与郭酒痴吃下肚去，他一醉之后，就闭口不言，悬起笔来，竟像佛尘扫地一般，在匾额之上题了三个大字，六个小字。其大字云：

十卺楼。

小字云：

九日道人醉笔。

席间有几个陪客，都是子毅的社友，知道"九日"二字，合来是个"旭"字，方才知道是张旭降临，只是一件，"十卺"的"卺"字，该是景致的"景。"。或者说此楼造得空旷，上有明窗，可以眺远，看见十样景致，故此名为"十景楼，"为何写做"合卺"之"卺"？又有人说："合卺"的"卺"字，倒切着新婚，或者是十字错了，不可知，凡人到酒醉之后，作事定有论柿，仙凡总是一理，或者见主人劝得殷勤，方才多用了几碗，故此有些颠倒错乱，也未可知，何不问他一问？"姚姓父子就虔诚拜祷说："十卺"二字，文义不相联属，其中必有论殖，望大仙改而政之。"酒痴又悬起笔来，写出四句诗道：

十卺原非错，诸公枉见疑，

他年虚一度，便是醉人迷。

众人见了，才知道他文义艰深，非浅人可解，就对着姓姚父子一齐拱手称贺道："恭喜，恭喜！这等看来，令郎必有一位夫人，九房姬妾，合算起来，共有十次告竺，所以名为'十竺楼'。庶民之家，那得有此乐事？其为仕宦无疑了，子为仕宦，父即封翁。岂不是个极美之光！"姚胜父以封翁仕宦自期，众人说到此处。口虽谦让，心实欢然，说："将来这个验法，是一定无疑的了。"当晚留住众人，预先吃了喜酒，个个尽欢而别。

及至选了吉期，把新人娶进门来，揭起纱笼一看，果然是温州城内第一个美貌佳人！只见他：

> 月挂双眉，霞蒸两磊，肤凝瑞雪，髻挽祥云。轻盈绰约不为奇，妙在无心入画，袅娜端庄皆可咏，绝非有意成诗，地下拾金莲，误认作两条笔管，樽前擎玉腕，错呼为一盏玻璃，诚哉绝世佳人，允矣出尘仙子！

姚子榖见了，惊喜欲狂，巴不得早散华筵，急归绣幕，好去亲炙温柔，当不得贺客缠绵，只顾自己贪杯，不管他人好色，直吃到三更以后，方才撤了筵席，放他进去成亲。

姚子榖一人绣房，就劝新人就寝，少不得内致温柔，外施强暴，以绿林豪客之气概，遂绿衣才子之心情，替他脱去衣裳。露出那白松松的臀儿，好似藕节一般，观胸前光油油的酥乳儿，如覆玉杯，两点乳头腥红可爱，小小儿一个肚脐，那脐之下，毫无一根毛影，生得肥肥净净，高又高白又白。子榖一见止不住欲火顿贯，遂把唾沫，涂满阳物，启开玉股，款款搠进，新妇身儿一闪，又弄了好一会儿，急切不能耸人，顶得龟头生痛，又发力大弄，亦不得进入丝毫，子榖好生奇怪，披起身细觑，这一觑不意变出非常，事多莫测，忽以人生之至乐，变为千古之奇惊！这是甚么原故？有新小令一阕，单写新妇昔日的情形，一观便晓：

> 好事太稀奇，望巫山，路早迷，遍寻没块携云地，玉蜂太巍，玉沟欠低，五丁惜却些儿费，温惊疑，磨盘山好，何事不生脐？

右调《黄莺儿》

原来这位新妇面貌虽佳，却是一个石女！子毂一团高兴，谁想弄到其间，不但无门可入，亦且无缝可钻，伸手又摸，就吃惊吃怪起来，捧住他问道："为甚么好好一个妇人，竟有这般的锢疾？"屠氏道："不知甚么原故，生出来就是如此。"姚子毂叹息一声，就掉过脸来，半晌不言语。

新妇对他道："你这等一位少年，娶着我这个怪物，自然要烦恼，这是前生种下的冤孽，叫我也没奈何，求你将错就错，把我当个废物看承，留在身边，做一只看家之狗，另娶几房姬妾，与他生儿育女，省得送我还家，出了爷娘的丑，连你家的体面也不好看相。"姚子毂听了这句话，又掉过脸来道："我看你这副面容，真是人间少有，就是无用，也舍不得休了你，少不得留在身边，做一匹看马，只是看了这样的容貌，就像美食在前不能人口，叫我如何熬得住？"新妇道："不但你如此，连我心上也爱你不过，当不得眼饱肚饥，没福承受，活括的气死。"说到此处，不觉掉下泪来。

姚子毂正在兴发之时，又听了这些可怜的话，一发爱惜起来，只得与他搂做一团，多方排遣，到那排遣不去的时节，少不得寻条门路出来，发舒狂兴，那舍前趋后之事，自然是理所必有，势不能无的了，新妇要得其欢心，巴不得穿门凿户，弄些空隙出来，以为容纳之地，怎肯爱惜此脯，不为阳货之献？这一夜的好事，虽不叫做全然落空，究竟是勉强塞责而已。

第二日起来，姚子毂见了爷娘，自然要说明就里，爷娘怕恼坏儿子，一面托几个朋友，请他出去游山解闷。一面把媒人唤来，要究他欺骗之罪，少不得把衙门声势汝在面上，官府的威风挂在口头，要逼他过去传说，欺负那位亲翁是个小户人家，又忠厚不过，从来怕见官府，最好拿捏，说："他所生三女，除了这个孽障，还有两女未嫁，速抬一个来换，万事都休，不然，叫他吃了官司，还要破家荡产！"

媒人依了此言，过去传话，不想那位亲翁，先有这个主意，因他是个衙门领袖，颇有威权，料想敌他不过，所以留下二女，不敢许亲，预先做个退步，他若看容貌分上，拣一个去替换，见媒人说到此处，正合着自己之心，就满口应承，并无难色，只要他或长或幼，自选一人，省得不中意起来，又要翻海。

姚子毂的父亲，怕他长女年纪太大，未免过时，幼女只小次女一次，就是幼女罢了，就乘儿子未归，密唤一乘轿子，把新妇唤出房来，呵叱一顿，逼他上轿，新妇哭哭啼啼，要等丈夫回来，面别一别了去，公婆不许，立刻打发起身，不容少待。

可怜一个如花似玉的人，又不犯七出之条，只因裤裆里面少了一件东西，到三摈于乡，五黜于里，做了天下弃物，可见世上怜香惜玉之人，大概都是好淫，非好色也。

且说姚家的娇子，送了一个回去，就抬了一个转来，两家都顾惜名声，不肯使人知道，只见这个女子与前面那位新人，虽是一母所生，却有研嫱粗细之别，面容举止，总与阿妹不同，只有一件放心，料想一门之中，生不出两个石女，姚子毂回家的时节，已是一更多天，又吃得嚆陶烂醉，倒在牙床，就昏昏的睡去，睡到半夜还不醒，那女子坐不过，也只得和衣睡倒。

姚子毂到酒醒之后，少不得要动弹起来，还只说这位新人就是昨夜的石女，替他脱了衣裳，就去抓寻旧路，当不得这个女子只管掉过身来。一味舍前而顾后，姚子过去伸手一摸，又惊又喜：喜则喜其原该如是，惊则惊其昨夜不然！酒醒兴发之际，不暇问其所以然，又用手摸那肥腻腻的牝户，挖进个指头里晨外外搅弄了一回，直弄得淫水滔滔汩汩，溢了一席，知是真的牝户无疑，遂爱不释手，腰下的物儿早已直楞楞竖起，咆哮紫涨，子毂急扶住阳物掰开腿儿就刺，只听秃的一声尽至深处，竟无拦阻，亦不多想，没棱没脑抽送起来。霎时就是五百余外。新人被入得咿咿呀呀肉麻乱叫，将双股竖起，任他大肆抽送，子毂将金莲架在肩头，狠力大弄，又一阵乒乒乓乓，龟头吃紧，一边几抖，泄了元精，新人亦正值佳境，用手扳住臀儿猛掀了一顿，亦蹈着泄了阴精。意犹未尽，新人又用手合口儿爱抚他那软呆郎当的物儿，顷刻又扬奋怒振，子毂遂令新人覆在床上，下床立地上，扶住硕大阳物从臀后耸入，一气又入了近千回，新人恣情极荡，叫快屡屡，子毂耐禁不住，可一泄如注，搂着新人的肥臀畅快非常且做了一会楚襄王，只当在梦里交欢，不管他是真是假。

及至到去收雨散之后，问他这混沌之物，忽然开辟的来由，那女子说明就里，方才知道换了一个，夜深灯灭之后，不知面容好歹，只把他肤肤一摸，觉得粗糙异常，早有三分不中意了，及至天明之后，再把面庞一看，就愈加憎恶起来，说："昨日那一个虽是废人，还尽有看相，另娶一房生子，把他留在家中，当做个画中之人，不时看看也好，为甚么去了至美，换了个至恶的回来，用又不中用，看又不中看，岂不令人悔死！"终日抱怨父母，聒絮不了。

不想这位女子，过了几日，又露出一桩破相来，更使人容纳他不得！姚子毂成亲之后，觉得锦衾绣幔之中，不时有些秽气，初到那几夜，亏他蘸麝香兰，还掩饰过了，到后来日甚一日，不能禁止，原来这个女子，是有小遗病的，醒时再不小解，一到睡去之后，就要撒起溺来，这虽是妇人的贱相，却也是天意使然，与石女赋形，不开混沌者无异姚子毂睡到半夜，不觉陆地手波，枕席之上，忽然长起潮汛来，由浅而深，几乎有中原陆沉之俱，直到他盈科而进，将入鼻孔，闻香泉而溯其源，才晓得是脏山腹海中所出，就狂呼大叫走下床来、唤醒爷娘，埋怨个不了，逼他速速遣回："依旧取石女来还我。"

爷娘气愤不过，等到天明，又唤捡来商议。媒人道："早说几日也好，那个石女早有人要她，因与府上联姻，所以不敢别许，自你发回之后，不上一二日，就打发出门去了，如今还有个长的在家，与石女的面容大同小异，两个并在一处，一时辩不出来，你前日只该换长，不该换幼，如今换过一次，难道又好再换不成？"姚子赘的父亲道："那也顾他不得，一锄头也是动土，两锄头也是动土，有心行一番霸道，不怕他不依！他若推三阻四，我就除了状词不告，也有别样法子告他，只怕他承当不起！"媒人没奈何，只得又去传说，那家再三不肯，说："他换去之后，少不得又要退来，不如不换的好。"媒人说以利害，又说："事不过三，那有再退之理！"那家执拗不过，只得应许。

姚子赘的父母，因儿子立定主意只要石女，不要别人，又闻得他面貌相似，就在儿子面前不说长女代换的原故，使他初见的时节认出来，直到上床之后，才知就里，自然喜出望外。

不想果应其言，姚子赘一见此女，只道与故人相会，快乐非常，这位女子，又喜得不怕新郎，与他一见如故，所以未寝之先，一毫也认不出来，直到解带宽裳之后，粘肌贴肉之时，摸那件东西，又不似从前混沌，方才惊骇起来，问他所以然的原故，此女说出情由，才晓得不是本人，又换了一付形体，就喜欢不过，与他颠鸾倒凤起来，折腾了一会，子赘欲兴狂荡，遂将早已硬如铁杆的阳物扶住直左牝门而入。此女竟半路用手迎候，捺个正着，秃的一声入进丽水深处，深不及底，犹那扬子江中一时扁舟漂漂荡荡，子赘奇怪此女淫水太多，竟将个阳物泡得酥软脱了骨般，遂拼力抽提，溺水一般乱折腾。此女连连叫唤，声大骇人，子赘愈发欲心炽烈，急将此女双股一分架在肩上，使出老汉报车的手段。吭吭推了起来，霎时几百余下。女子星眸微展，口不能开，那宽又宽，湿又湿的宝物儿咻咻吸动，及至佳美之处，女子浪叫迭迭，子赘知其阴精欲出，遂狠力大弄，又是四百余抽，女子高叫几声，勾住他的颈儿耸了几耸，子赘合他丢在一处，竭尽平生之乐。

此女肌体之温柔，性情之妩媚，与石女纤毫无异，尽多了一件至宝，只是行乐的时节，两下搂抱起来，觉得那副杨柳腰枝，比初次的新人大了一倍，而所御之下体，又与第二番的幼女不同，竟像轻车熟路一般，毫不费力，只说他体随年长，量逐时宽，所以如此，谁想做女儿的时节，就被人破了元身，不但含苞尽裂，藏钤重开，连那风流种子，已下在女腹之中，进门的时节，已有五个月的私孕了。

但凡女子怀胎，玉月之前还看不出，交到六个月上，就渐渐的粗壮起来，一日大似一日，那里瞒得到底！姚子赘知觉之后，一家之人也都看出破绽来。再过几时，连邻时乡亲之中，都传播开去。

姝氏父子，都是极做体面的人，平日要开口说人，怎肯留个孽障在家，做了终身的话柄？以前暗中兑换，如今倒要明做出来，使人知道，好洗去这段羞惭。就写下休书，晚了轿子，将此女发回母家，替儿子别行择配。

谁想他姻缘蹭蹬，命运乖张，娶来的女子不是前生的孽障，，就是今世的冤家，容颜丑陋，性体愚顽，都不必讲起。又且一来就病，一病就死，极长寿的也过不到半年之处。

只有一位佳人，生得极聪明、极艳丽，是个财主的偏房，大娘吃醋不过，硬遣出门。正在交杯合卺之后，两个将要上床，不想媒人领着卖主，带了原聘上门，要取他回去。只因此女出之后，那财主不能割舍，竟与妻子拼命，被众人苦劝，许他赎取回去，各宅而居，所以责聘上门，取回原妾。不然，定要经官告理，说他倚了衙门的势，强占民间妻小。姚家无可奈何，只得受了聘金，把原妻交还他去。姚子毂的衣裳已脱，裤带已解，正要打点行房，不想新人夺了去，急得他欲火如焚，只要寻死。

等到三年之后，已做了九次新郎，不曾有一番着实。他父子二人，无所归咎，只说这座楼房起得不好，被工匠使了暗计，所以如此。要拆去十卺楼，从新造过。姚子毂有个母舅，叫做郭从古，是个积年的老吏，与他父亲同在衙门。一日，商量及此，郭从古道："请问'古卺楼'三个字，是何人题写，你难道忘记了么？仙人取名之意，眼见得验在下遭，十次合晋，如今做过九次了，再做一次，就完了匾上的数目，自然夫妻偕老，再无意外之事了。"

姚氏父听了这句说话，不觉豁然大悟说："本处的亲事都做厌了，这番做亲，须要他州外县去娶。"郭从古道："我如今奉差下省，西子湖头，必多美色。何不教外甥随我下去，选个中意的回来。"姚子毂道："此时宗师按临，正要岁考，做秀才的出动不得。母舅最有眼力，何不替我选择一个，便船带回，与我成亲就是。"郭从古道："也说得是。"姚氏父子执备了聘礼与钗钏衣服之类，与他带了随身。自去之后，就终日盼望佳人，祈求好事。

姚子毂到了此时，也是饿得肠枯、急得火出的时候了。无论取来的新人才貌俱佳，德容兼美；就遇着将就女子，只要胯间有缝，肚里无胎，下得人种进去，生得儿子出来，夜间不遗小便。过得几年才死，就是一桩好事了。不想郭从古未曾到家，有书来报喜，说替他娶了一个是天下无双、人间少二的女子。姚子毂得了此信，惊喜欲狂，及至仙舟已到，把新人抬上岸来，到拜堂合卺之后，揭起纱笼一看，又是一桩诧事！

原来这位新人不是别个人，就是开手成亲的石女！只因小了那件东西，被人推来搅去，没有一家肯要，直从温州卖到杭城，换了一二十次的售主，郭从古虽系至亲，当月不曾见过。所以看了面容，极其赞赏，替他娶回来；又不曾做爬灰老子，如何知道下面的虚实？

姚子毂见了，一喜一忧：喜则喜其得遇故人，不负从前之约；忧则忧其有名无实，究竟于正事无干，姚氏父子与郭从古坐在一处，大家议论道："这等看起来，醉仙所题之字，依旧不验了。第十次做亲，又遇着这个女子，少不得还要另娶。无论娶来的人好与不好，就使白发齐眉，也做了十一次新郎，与"十卺"二字不相合了。叫做甚么神仙？使人那般敬信！"大家狂疑了一会，并无分解。

却说姚子毂当夜入房，虽然心事不佳，少不得搂了新人，与他重温旧好，夫妻二人各自协了衣，子毂见那雪白的身儿，欲火腾起万丈，哪顾了许多，挺着紫涨涨的阳物就在他那粉嫩嫩的腿间一阵乱戳，手亦不曾歇，在两团乳熔揉摩，妇人欲念亦狂，把个子毂箍得紧紧，极力迫凑，奈何方才虽坚却攻城不下，折腾了一个时辰，子毂手抚其乳，龟头摩梭几欲星烟，妇人又舌吐丁香，含在了一处，龟头一阵紧张，遂披靡而逝。一连过了几夜，两下情浓，都有个开交不得之意。男子兴发的时节，虽不能大畅怀来，还亏他有条后路，可以暂行宽解。妇人动了欲心，无由发泄，真是求死不得，欲活不能，说不出那种欲火，合来聚在一处，竟在两胯之间，生起一个大毒，名为"骑马痈"，其实是情兴变成的脓血，肿了几日，忽然溃烂起来，任你神方妙药，再医不好。

一夜，夫妻两口，搂做一团，恰好男子的情根，对着妇人的患处。两下忘其所以，竟把偶然的缺陷，认做生就的空虚，就在毒疮里面，摩疼擦痒起来。在男子心上，一向见他无门可人，如今喜得天假以缘，况他这场疾病，原是由此而起，要把玉杵当了刀圭，做个以毒攻毒！在女子心上，一向爱他情性风流，自愧茅塞不开，使英雄无用武之地，也巴不得以窦为门，使他乘虚而入。与其熬痒而生，倒不若忍痛而死。所以任他冲容，并不阻挠。不想这番奇苦，倒受得有功：一痛之后，就觉得苦尽甘来；焦头烂额之中，一般明肆意销魂之乐。子毂冲突了一阵，泄了一回，遂觉不甚畅意，竟将妇人抱至床下醉翁椅上，令妇人仰卧，也不去看那空虚之处，扶起阳物就刺。及至根处，亦觉阳物暖洋洋的，与先前二女子牝户无二，只是不中看而已，亦不去顾，发力顶撞起来，妇人亦咿咿呀呀的叫，与那交勾声无上，子毂大喜，驰骤愈速，霎时八百余外，再看妇人，粉面更红娇，喘吁吁，哪里还有害病模样，分明欲仙欲死！子毂又大弄了一回，畅美之处搂紧妇人泄个不止，妇人亦淫，叫连声抖个不停，似那丢了阳精的模样，云残雨止，二人揩拭一回，昏然睡去。

这夫妻两口，得了这一次甜头，就想时时取乐、刻刻追欢。知道这番举动，是瞒

着造物做的，好事无多，佳期有限，一到毒疮收口之后，依旧闭了元关，阴自阴而阳自阳，再要想做坎离交之媾之事，就不能够了。两下各许愿心，只保这个毒疮多害几时，急切不要收口。却也古怪，又不知是天从人愿，又不知是人合天心，这个知趣的毒疮，竟替他害了一生，到底不曾合缝。

这是甚么原故？要晓得：这个女子，原是有人道的，想是因他孽障未消，该受这几年的磨劫。所以造物弄巧。使他虚其中而实其外，将这件妙物隐在皮肉之中，不能够出头露面。到此时，魔星将退，忽然生起毒来，只当替他揭去封皮，现出人间的至宝：比世上不求而得，与一求即得的，更希罕十倍。

这一男一女，只因受尽艰难，历尽困苦，直到心灰意死之后，方才凑合起来。所以夫妇之情，真个是如胶似漆，不但男子面眉，妇人举案，到了疾病忧愁的时节，竟把夫妻变为父母，连那割股尝药、斑衣戏彩的事都做出来。可见天下好事只宜迟得，不直早得。只该难得，不该易得。古时的人，男子三十而始娶，女子二十而始嫁，不是故意要迟，也只愁他容易到手，把好事看得平常，不能尽琴瑟之欢，效于飞之乐也。

伴花楼

第五回　远归当新娶偕伉俪

诗云:

　　天河盈盈一水隔，河东美人河西客。耕云织雾两相望，一树绸缪在今夕。双龙引车鹊作桥，风回桂渚秋叶飘。抛梭投标整环佩，金童玉女行相要。两情好登中早。复恐天鸡催晓漏。倚屏犹有断肠言，东方未明少停候。欲渡不渡河之湄，君亦但恨生别离。明年七夕还当期，不见人间死别离。朱颜一去难再归！

　　这首古风，是元人所作，形容女牛相会之时，缠绵不已的情状。这个题目，好诗最多，为保单举这一首？只因别人的诗，都讲他别离之苦；独有这一首，偏叙他别离之乐，有个知足守分的意思，与这回小说相近，所以借他发端。

　　骨肉分离，是人间最惨的事，有何好处，倒以"乐"字加之？要晓得"别离"二字，虽不足乐；但从别离之下，又深入一层，想到那别无可别、离不能离的苦处，就觉得天涯海角，胜似同堂；枕冷衾寒，反为清福。第十八层地狱之人，羡慕十七层的受用；就像三十二天的活佛。想望着三十三天：总是一种道理。

　　近日有个富民，出门作客，歇在饭堂之中。时当酷夏，蚊声如雷，自己悬了纱帐，卧在其中，但闻轰轰之声，不见嗷嗷之状。回想在家的乐处：丫环打扇，伴当驱蚊，连这种恶声也无由入耳，就不觉怨怅起来。另有一个穷人。与他同房宿歇，不但没有纱帐，连单被也不见一条，睡到半夜，被蚊虻叮不过，只得起来行走，在他纱账外面跑来跑去，竟像被人赶逐的一般，要使浑身的肉动而不静，省得蚊虻着体。

　　富民看见此状，甚有怜悯之心，不想那个穷人，不但不叫苦：还自己称赞说他是个福人，把"快活"二字，叫不绝口。富民惊诧不已，问他："劳苦异常，那些快乐？"那穷人道："我起先也曾怨苦，忽然想到一处，就不觉快活起来。"富民问他："想到那一处？"穷人道："想到牢狱之中，罪人受苦的形状，此时上了押床，浑身的肢

体动弹不得，就被蚊虻叮死，也只好做露筋娘娘，要学我这舒展自由、往来无碍的光景怎得能够？所以身虽劳碌，心境一毫不苦，不知少觉，就自家得意起来。"富人听了，不觉通身汗下，才晓得睡在帐里思念家中的不是。

世上的苦人都用了这个法子，把地狱认做天堂，逆旅翻为顺境，黄连树也好弹琴，陋巷之中尽堪行乐。不但容颜不老，须鬓难皤，连那祸患体嘉，也会潜消暗长。

方才那首古风，是说天上的生离，胜似人间的死别。我这回野史，又说人间提死别，胜似天上的生离。总合着一句《四书》要人"素患难行乎患难"的意思。

宋朝政和年间，汴京城中有个旧家之子，姓段名璞，字玉初。自幼聪明，曾噪神童之誉。九岁入学，直到十九岁，做了十年秀才，再不出来应试。人问他何故，他说："少年登科，是人生不幸之事。万一考中了，一些世情不谙，一毫艰苦不知，任了痴顽的性子，卤莽做去，不但上误朝廷，下误当世，连自家的性命也要被功名误了，未必能够善终。不如多做几年秀才，迟中几科进士，学些才术在胸中，这日生月大的利息，也还有里面，所以安心读书，不肯躁进。"

他不但功名如此，连婚姻之事也是这般，惟恐早完一年，早生一年的子嗣，说："自家还是孩童，岂可便为人父？"又因自幼丧亲，不曾尽得子道，早受他人之奉养，觉得于心不安。故此年将二十，还不肯定亲。总是他性体安恬，事事存民惜福之心，刻刻怀了凶终之虑，所以得一日过一日，再不希冀将来。

他有个同学的朋友，姓郁，讳迁言，字子昌，也是个才识兼到之人，与他的性格件件俱同，只有一事相反。他于功名富贵更得更淡，连那日生月大的利息，也并不思量，觉得做官一年，不如做秀才一日，把焚香挥麈的受用，与薄书鞭扑的情形比并起来，只是不中的好。独把婚姻一事，认得极真，看得极重。他说："人生在世，事事可以忘情，只有妻妾之乐，枕席之欢，这是名教中的乐地，比别样嗜好不同，断断忘情不得。我辈为纲常所束，未免情兴索然，不见一毫生趣，所以开天立极的圣人。明开这条道路，放在伦理之中，使人散拘化腐，况且三纲之内，没有夫妻一纲，安所得君臣父子？五伦之中，少了夫妇一伦，何处尽孝友忠良？可见婚娶一条，是五伦中极太之事，不但不可不早，亦且不可不好，美妾易得，美妻难求，毕竟得了美妻，才是名教中最乐之事。若到正妻不美，不得已而娶妾，也就叫做无聊之思，身在名教之中，这点念头也就越于名教之外了。"

他存了这片心肠，所以择婚的念头甚民激切，只是一件，"要早要好"四个字，再不够相兼，要早就不能好，要好又不能早。自垂髫之际，就说亲事起头，说到弱冠之年，还与段玉初一样，依旧是个孤身，要早要好的，也是如此，不要早不要好的，也是如此。倒不如安分守己的人，还享了五六七年衾寒枕冷的清福。不像他扒起扒倒，赶去赶来，央求媒约，受了许多熬拣奔波之苦。

一日，微皇帝下诏求贤，凡是学中的秀才，不许遗漏一名，都要出来应试；有规避不到者，即以观望论，这是甚原故？只因宋坦白的气运，一日衰似一日，金人的势焰，一年盛似一年，又与辽、夏相持，三面皆为敌国，一年之内，定有几次告警，近边的官吏，死难者多，要人铨补，恐怕学中士子把功名视作畏途，不肯以身殉国，所以先下这个旨意，好驱逐他出山。段、郁二人迫于时势。遂不得初心，只得出来应举，作文的时节，惟恐得了功名，违了志愿，都是草草完事，不过要使广文先生规避而已。不想文章的造诣，与棋力酒量一般，低的要高也高不来，高的要低也低不去，乡会两榜，都巍然高列！段玉初的名数，又在郁子昌之前。

却说世间的好事，再不肯单行，毕竟要相因而至，郁子昌未发之先，到处求婚，再不见有天姿国色，竟像西子、王嫱之后，不复更产佳人，根不生在数千百年之先，做个有福的男子。不想一发之后，到处遇着王嫱，说来就是西子，亏得生在今日，不然倒反要错了机缘。

有一位姓官的仕绅，现居尚宝之职，他家有两位小姐，一个叫做围珠，一个叫做绕翠，围珠系尚宝亲生，绕翠是他侄女，小围球一年，恩父母俱亡，无人倚恃，也听尚宝择婚，这两位佳人，大概评论起来，都是人间的绝色。若要在美中择美，精里求精，又觉得绕翠的姿容，更在围珠之上，京师里面有四句口号云：

> 珠为掌上珠，翠是人间宝。
>
> 王者不能兼，舍围而就绕。

为甚么千金小姐有得把人见面，竟拿来编做口号，传播起来？只因微宗皇帝曾下选把之诏，民间女子都选不中，被承下旨的太监单报他这两名，说："百千万亿之中，止见得这两名绝色，其余都是庸材。"皇上又问："二者之中，谁居第一？"太监就丢了围珠单说绕翠，微宗听了，就注意在一边，一所以世人得知，编了这围珠句口号。

绕翠将要入官，不想辽兵骤至，京师闭城两月，直到援兵四集，方得解围，解围之后，有一位敢言的科道上了一本说："国家多难之时，正宜卧薪尝胆，力图恢复，即现在之嫔妃，尚宜纵放出宫，以来远色亲贤之誉；奈何信任谗阉方事选择。如此举动，即欲寇兵不至，其可得乎？"微宗见了，觉得不好意思，只得勉强听从，下个罪己之诏，令选中的妇子，仍嫁民间，故此这两闺佳人，前后俱能幸免。

官尚宝到了此时，闻得一榜之上，有两个少年都还未娶，又且素擅才名，美如冠玉，就各央他本房座师前去作合，郁子昌听见，惊喜欲狂，但不知两个里面将那一个配他，起先未遇佳人，若肯把围珠相许，也就出于望外；此时二美并列，未有舍围就绕之心，只是碍了交情，不好茬夫而厚已，谁料天从人愿，因他所中的名数，比段玉初低了两名，绕翠的年庚，又比围珠小了一岁，官尚宝就把男子序名，妇人序齿，亲生的围珠，配了段玉初，抚养的绕翠配了郁子昌，原是一点溺爱之心，要使前面的做了嫡亲女婿，好等女儿荣耀一番，序名序齿的话都是粉饰之词。

郁子昌默喻其意，自幸文章欠好，取中略低，所以因祸得福，配了绝世佳人，若还高了，怎能够遂得私愿？段玉初的心事，又与他绝不相同。惟恐志愿太盈，犯造物之所忌，闻得把围珠配他，还说世间第二位佳人，不该为我辈寒儒所得，恐怕折了冥福，亏损前程只因座师作伐，不敢推辞，那里还有妄念？官尚宝只定婚议，还未完姻，要等殿试之后，授了官职，方才合卺，等两位小姐好做现成的夫人。

不想殿试的前后，却与会场不同，郁子昌中在二甲尾，段玉初反在三甲头，虽然相去不远，授职的时节，却有内铨外补之别，况且此番外补，又与往岁不同，大半都在危疆，料想没有善地，官尚宝又从势利之心转出个趋避之法，把两头亲事调换过来，起先并不提起，直等选了吉日，将要完姻，方才吩咐媒婆，叫他如此如此。这两男二女，总不提防，只说所偕的配偶，都是原议之人，那里知道金榜题名，就是洞房花烛的草稿！洞房花烛，仍照金榜题名的次序，始终如一，并不曾紊乱分毫。知足守分的，倒得了世间第一位佳人；心高志大的，虽不叫做吃亏，却究竟不曾满愿。可见天下之事，都有个定数存焉，不消逆虑。

且说郁子昌思想绕翠，得了围珠，心下快快，及至拜过花堂送进洞房，郁子昌才把那思想绕翠的心思放在一边，略略说了几句话，便将围珠一把搂在怀里，细看丰面果是十分娇艳，然腻脸晕霞愈是，又伸手摸那东西，酥润光旺，真是牝户珍宝，遂即拙开扭扣，卸下衣裙，只是牝户甚小，阳物甚是粗大，乍合之际，急切不能耸入，虽以吐味涂润，终觉紧涩难容，直待摩弄移时，才见其半，然围珠已颦看皱眉，忙以双手推住道："郎勿再入。"郁子昌知其处女身未破，然欲火上类，思耐不得，兴发如火用力一耸，遂尽根。初时内甚于，十分艰涩，如今淫水冷溢，汩汩有声，围珠到此时，亦乐承受，竟将凤枕推开一边，锦褥衬在臀下，双手抵住了郁子昌的头顶，郁子昌捧起金莲放在肩上，自首自根着实捣了数百，围珠遍体酥麻，口内气喘叫唤不绝，极至美处，身儿乱抖，知他泻了阳精，郁子昌用力抽送，弄得一片声响，龟头麻麻，闭起眼儿，将围珠想成绕翠模样，洋洋大泄，直至三换罗巾，桃红花点，才毕。初婚的时

中国禁书文库

伴花楼

节，未免有个怨帐之心，过到后来，也就心安意贴，彼此相忘，只因围珠的颜色，原是娇艳不过的，但与绕翠相形，觉得彼胜于此，若还分在两处，也居然是第一位佳人，至于风姿态度，意况神情，据郁子昌看来，却像还在绕翠之上，俗语二句道得好：

不要文章中天下，只要文章中试官。

郁子昌的心性原在风流一边，须是赵飞燕，杨玉环一流人，方才配得他上，恰好这位夫人。生来是他的配偶，所以深感岳翁，倒把拂情背理之心，行出一桩合理顺情之事。夫妻两口，恩爱异常，无论有子无子，誓不娶妾；无论内迁外转，誓不相离，要做一对比目鱼儿，不肯使百岁良缘，提误一时半

却说段玉初成亲之后，看见妻子为人饶有古道，不以姿容之艳冶，掩其性格之端庄，心上十分欢喜，也与郁子昌一般，都肯将错就错。只是对了美色，刻刻担忧，说："世间第一位佳人，有同至宝，岂可以侥寺得之！莫谓朋友无缘，得而复失，就是一位风流天子，尚且汉福消受，选中之后，依旧发还。我何人斯，敢以倘来之福，高出帝王之上乎？'匹夫无罪，怀璧其罪'，覆家灭族之祸，未必不阶于此。"所以常在喜中带戚，笑里含愁，再不敢肆意行乐，就是云雨绸缪之际，忽然想到此处，也有些不安起来，竟像这位佳人。不是自家妻子，有些于名犯义的一般。

绕翠不解其故，只说他中在三甲，选不着京官，将来必居险地，故此预作札人之忧，不时把"义命自安，吉人天相"的话去安慰他，段玉初道："死生有命，富贵在天。万一补在危疆，身死国难，也是臣职当然，命该如此，何足介意？我所虑者，以一薄命书生，享三种过分之福，造物忌盈，未有不加倾覆之理！非受阴灾，必蒙显祸，所以忧患若此。"绕翠问："是那三种？"段玉初道："生多奇颖，谬窃神童之号，一过分也；早登甲第，滥哪青紫之荣，二过分也；浪踞温柔乡，横截鸳鸯浦，使君父朋友想望而不能得者，一旦攘为已有，三过分。三者之中有了一件，就能折福生，何况兼逢其盛，此必败之道也，倘有不虞，夫人当何以救我？"绕翠道："决不至此。只是幸福之心，既不宜有；弭灾之计，亦不可无，相公既萌此虑，毕竟有法以处之，请问计将安出？"

段玉初道："据我看来，只有'惜福安穷'四个字，可以补救得来，究竟也是希图万一，决无幸免之理。"绕翠道："何为惜福？何为安穷？"

段玉初道："处富贵而不淫，是谓借福，遇颠危而不怨，是谓安穷，究竟'惜福'二字，也为'安穷'而设，总是一片虑后之心，要预先磨炼身心，好撑持患难的意思。

衣服不可太华，饮食不可太侈，宫室不可太美，处处留些地，以资冥福，也省得受用太过，骄纵了身子，后来受不得饥寒，这种道理，还容易明白，至于夫妻宴乐之情，衽席绸缪之谊，也不宜浓艳太过，十分乐事，只好受用七分，还要留下三分，预为别离之计，这种道理，极是业微从来没有知道，为夫妇者，不可不知，为乱世之夫妇者，更不可不知，俗语云：'恩爱夫妻不到头'。又云：'乐莫乐兮新相知，悲莫悲兮生别离'。夫妇相与一生，终有离别之日，越是恩爱夫妻。比那不恩爱的，更离别得早，若还在未别之前，多事一分快乐，少不得在既别之后，多受一分凄凉，我们惜福的工夫，先要从此处做起，假红倚翠之情，不宜过热，省得欢娱难继，乐极生悲钻心刺骨之言，不宜多讲，省得过后追思，割人肠腹。如此过去，即使百年偕老，永不分离，焉知不为惜福所生，倒闰出几年的恩爱？"

绕翠听了此言，十分警省，又问："铨补当在何时？可能够侥天之幸，得一块平静地方，苟延岁月？"段玉初道："薄命书生，享了过分之福，就生在太平之日，尚且该有无妄之灾，何况生当乱世，还有侥幸之理？"绕翠听了此言，不觉泪如雨下，段玉初道："夫人不用悲姜，我方才所说'安穷'二字就是为此，祸患未来，要预先惜福，祸患一至，就要立意安穷，若还有了地方，无论好歹，少不得要携家赴任，我的祸福，就是你的安危，夫妻相与吾年，终有一别，世上人不知深浅，都说死别之苦，胜似生离，据我看来，生离之惨，百倍于死别，若能够侥天之幸，一同死在他邦，免得受生离之苦，这也是人生百年第一桩快事，但恐造物忌人，不肯叫你如此。"

绕翠道："生离虽是苦事，较之死别，还有暂辞永诀之分，为甚么倒说彼胜于此，请道其祥。"段玉初道："夫在天涯，妻在海角，时作归来之想，终无见面之期，这是生离的景象，或是女先男死，或是妻后夫亡，天辞会合之缘，地绝相逢之路，这是死别的情形，俗语云：'死寡易守，活寡活煞。'生离的夫妇，只为一念不死，生出无限煞煎，日间希冀相逢，把美食鲜衣，认做糠秕桎梏，夜里思量会合，把锦衾绣缛，当了瓦刺针毡，只因度日如年，以致夫衰先先。甚至有未曾出户，先订归期，到后来一死一生，遂成永谬，这都是生离中常有之事，倒不若死了一个，没再思量，孀居的索性孀居，独处的甘心独处，竟像垂死的头陀，不思量还俗，那蒲团上面就有许多乐境出来，与不曾出家的时节纤毫无异，这岂不是死别之乐胜似生离？还有一种夫妇，先在未生之时，订了同死之约，两个不先不后，一齐终了天年，连永诀话头都不清说得，眼泪全无半点，愁容不露一毫，这种别法，不但胜似生离，竟与拔宅习升的无异非惨上几十民者，不能有此奇缘，我和你同入危疆，万一遇了大难，只消一副同心带儿，就可以合成正果。俗语云：'牡丹花下死，做鬼也风流。'这句话头，平常是单说私情，

与'纲常'二字无涉，欠若得如此，一个做了忠臣，一个做了节妇，合将扰来，又做了一对生死夫妻，岂不是从古及今，第一桩乐事？"

绕翠听了这些话，不觉蕙质兰心，变作忠肝义胆，一心要做烈妇，说起危疆，不但不怕，倒有些羡慕起来，终日洗耳听佳音，看补在那一块吉祥之地，这日无事，段玉初与绕翠相对饮酒，及至掌灯酒兴已消，灯光之下，段玉初微醉，绕翠半醉，阳情大动，阴怀已舒，段玉初燥体，绕翠涤身，二人解裳裤，情穴顿露，阳物直挺，段玉初忙卧褥而等，俯肌以搂，绕翠辩份，花心早吐，段玉初阳物跳跃，柄进牝内。这个恨不得全身都进方好，那个巴不得尽根吞没更好，绕翠牝内被火熔着，着实美快。段玉初阳物逢紧的，满身珍畅，运功龟形一钻，绕翠得趣，将身一惊，段玉初阳物一刺，柳腰两扭，体不动而阳物自灵。而四肢颤美，四哼大妙，情弦被抚，淫浪褐渭，捣顶之声愈闻，深浅任投，兴情大作，女畅男欢百般恩爱，一自交身，四更已后，情兴莫止，软酥津滑，云布四更，雨洒半夜，方才徐徐雨散云收，二人双散鸳枕而酣。

不想等上几月，倒有个喜信报来，只为亦职缺员。二甲儿十名不够铨补，连在三甲之前也选了部属，郁子昌得了户部，段五初得了工部，不久都有美差，捷音一到，绕翠喜之下胜段玉初道："塞翁得马，未必非祸，夫人且慢些欢喜，我所谓造物忌人，不肯容你死别者，就是为此。"绕翠听了，只说他是过虑，并不提防，不想点出差来，果然是一场祸害！只因微宗皇帝听了谏臣，暂罢选妃之诏，过后追思，未免有些懊悔，当日京师里面，又有四句口号云：

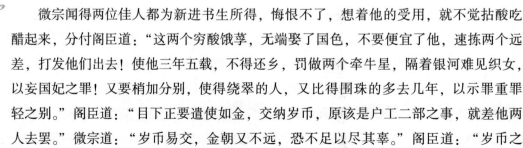

城门闭，言路开；城门开，言路闭。

这些从谏如流的好处，原不是出于本心，不过为城门乍开，人心未定，暂掩一时之耳目，要待烽火稍息之后，依旧举行，不但第一位佳人不肯放手，连那陪贡的一名，也还要留做备卷的，不想这位大臣没福做皇亲国戚，把权词当了实话，竟认真改配起来。

微宗闻得两位佳人都为新进书生所得，悔恨不了，想着他的受用，就不觉拈酸吃醋起来，分付阁臣道："这两个穷酸饿莩，无端娶了国色，不要便宜了他，速拣两个远差，打发他们出去！使他三年五载，不得还乡，罚做两个牵牛星，隔着银河难见织女，以妄国妃之罪！又要梢加分别，使得绕翠的人，又比得围珠的多去几年，以示罪重罪轻之别。"阁臣道："目下正要遣使如金，交纳岁币，原该是户工二部之事，就差他两人去罢。"微宗道："岁币易交，金朝又不远，恐不足以尽其辜。"阁臣道："岁币之

中，原有金帛二项，为数甚多，金人要故意刁难。罚他赔补，最不容易交卸。贵金者多则三年，少则二载，还能够回来覆命，贵帛之官自十年前去的，至今未返，这是第一桩苦事！惟此一役，足尽其辜。"微宗大喜，就差郁延言贵金，段璞贵帛，各董其事，不得相兼，一齐如金纳币。

下了这道旨意，管教两对鸳鸯，变做伯劳、飞燕。

宋朝纳币之例，起于真宗年间，被金人侵犯不过，只得创下这个聘规，每岁输银若干，为兵秣马之费，省得他来骚扰，后来逐年议增，增到微宗手里，竟足了百万之数，起先名为岁币，其实都是银两。解到，又被中国之人教导他个生财之法，说布帛出于东南，价廉而美，要将一半银子买了绸缪布匹，他拿去发卖，又有加倍的利钱，在宋朝则为百万，到了金人手里，就是百五十万，起先贵送银两，原是一位使臣；后来换了币帛，就未免盈车满载，充塞道途，一人照管不来，只得分而为二，贵金者贵金，纳币者纳币，又怕银子低了成色，币帛轻了分两，使他说长道短，以开边衅，就是贵金之使预管征收，纳币之人先期采买，是他办来就是他送去，省得换了一手，委罪于人。

初解币帛之时，金人不知好歹，见货便收，易于藏拙，纳币的使臣倒择有些利落，刮浆的布匹，上粉的纱罗，开了重价，蒙蔽朝廷，送到地头，就来覆命，原是一个美差，只怕谋不到手，谁想解上几遭，又被中国之人教导他个试验之法，定要洗去了浆，汰净了肠，逐匹上天平弹过，然后验收，少了一钱半分，也要来人赌补，赔到后来，竟要这项银两做了定规，不论人货真货假，凡是纳币之臣，定要补出这些常例，常例补足之后，又说他蒙蔽朝赞赏，欺玩邻国，拿住赃证，又有无限诛求，所以纳币之臣赔补不起，只得留下身子，做了当头，淹滞多年，再不能够还乡归国，这是纳币的苦处。

至于贵金之苦，不过因他天平重大，正数之外要追求羡余。虽然成费不也还有个数目，只是金人善诈，见他赔得爽利，就说家事饶余还费得起，又要生端索诈，所以贵金之臣，不贫富，定要延捱几载，然后了局，当年就返者，十中不及二

段、郁二人奉了这两个苦差，只得分头分事，采买的前去采飞翔，征收的前去征收，到收完买足之后，一齐回到家中，拜别亲人，出使异国，郁子昌对着围珠，十分着蛮，想在枕上饶行，被中作别，把出怪后，返掉以前的帐目，都要预支出来，做那"一刻千金"的美事。二人这这差事言来语去竟春勃然，相抱上床，郁子昌挺枪上马，围珠牝相凶郁子昌紧搂围珠香肌，毫不鼓舞，未半刻运用户其法，果然胀满牝内，如滚火一般，围殊美趣畅乐，四肢早已舒爽，郁于昌阳物坚硬，在内自伸自缩，如鹅鸭

呕食，把个珠射得个浑身爽快，若热暑凉风，满腔欲火，在此一弄而消，一连丢了无数，围珠叫将阳物入进，围珠昏迷浑然，忙迎展望凑，相交四鼓，这围珠道："就死了，今夜不放你出牝。"绵如春蚕真如醉酒，牝户翕翕，阳物昂昂，早已又花房吐露，阳物倾液，雨收云散，拥衾同卧，郁子昌干得心满意得，忖道："不惧云月不知肉味亦熬得住了。又想自己虽奉苦差，有嫡亲丈人可恃，纵有些须赔补，料他不惜毡上之毫，自然送来接济，多则半年，少则三月，夫妇依旧团圆，决不像那位连襟，命犯孤鸾，极少也有十年之别。

中国禁书文库

海外藏禁书

绕翠见丈夫远行，预先收拾行装，把十年以内所用的衣裳鞋袜，都亲手置办起来，等他采买回家，一齐摆在面前道"你此番出去，料想不是三年五载，妻子鞋弓袜小，不能够远送寒衣，放此窃效孟姜女之心，兼仿苏蕙娘之意，织尽寒机，预备十年之用，烦你带在身边，见了此物，就如见妻子一般，那线缝之中，处处有指痕血迹，不时想念想念，也不枉我一片诚心。"说到此处，就不觉涕泗涟涟，悲伤欲绝。

段玉初道："夫人这番意思，极是真诚，只可惜把有用的工夫，都费在无用之地，我此番出去，依旧是死别，不要认作生离，以赤贫之士，奉极苦之差，赔累无穷。何从措置？既绝生还之想，又何用苟延岁月？少不得解到之日，就是我绝命之期，只恐怕一双鞋袜。一套衣裳还穿他不旧，又何必带这许多？就作大限未满，求死不能，也不过多受几年困苦，填满了饥寒之债，然后捐生，岂有做了孤臣孽子，囚系外邦，还想丰衣足食之理！孟姜女所送之衣，苏蕙娘所织之锦，不过寄在异地穷边，并不是仇邦敌国，纵使带去，也尽为金人所有，怎能够穿得上身？不如留在家中，做了装箱叠笼之具，后来还有用处，也未可知。"绕翠道："你既不想生还，留在家中也是弃物了，还有甚么用处？"

段玉初欲言不言，只叹了一口冷气，绕翠就疑心起来。毕竟要盘问到底，段玉初道："你不见《诗经》上面有两句伤心话云：'宛其死矣，他人入室。'我死之后，这几间楼屋里面，少不得有人进来，屋既有人住，衣服岂没有穿？留得一件下来，也省你许多辛苦，省得千针万线，又要服事后人，岂不是桩便事？"

绕翠听了以前的话，只说他是肝隔之言，及至听到此处，真所谓烧香塑佛，竟把一片热肠付之冷水！不由他不发作起来，就厉声回覆道："你这样男子，真是铁石心肠！我费了一片血城，不得你一句好话，倒反傍起人来！怎见得你是忠臣，我就不是节妇？既然如此，把这些衣服都拿来烧了，省得放在家中，又多你一番疑虑。"说完之后，果然把衣裳鞋袜叠在一处，下面放了些薪，竟像人死之后烧化冥衣的一般，不上一刻时辰，把锦绣绮罗，变成灰烬。

段玉初中口虽劝，教他不要如此，却不肯动手扯拽，却像要他烧化，不肯留在家中与别人穿着的一般，绕翠一面烧，一面哭，说："别人家的夫妇，何等绸缪，目下分离，不过是一年半载，尚且多方劝慰，只怕妻子伤心；我家不是生离，就是死别，并无一句钟情的话，反出许多背理之言，这样夫妻，做他何用！"

段玉初道："别人修得到，放此嫁了好丈夫，不但有情，又且有福，不至于死别生离，你为甚么前世不修，造了孽障，嫁着我这寡情薄福之人，但有死灾，并无生趣，也是你命该如此，若还你这段姻缘，不改初议，照旧嫁了别人，此时正好绸缪，这样不情的话，何由入耳？都是那改换的不是，与我何干？焉知我死之后，不依旧遂了初心，把娥皇、女英合在　处，也未可知，况且选妃之诏，虽然中止，目下城门大开，不愁言路不闭，万一皇上追念昔人，依旧选你入宫，也未见得，这虽是必无仅有之事，在我这离家去国的人，洋得不虑及此，夫人听了，也不必多心，古语道得好：'死生有命，富贵在天。'又道：'一饮一啄，莫非前定。'若还你命该失节，数侮重婚，我此时就着意温存，也难免红丝别系，若还命该失节，该做节妇，此时就冲撞几句，你也未必介怀，或者因我说破在先，秘密的天机不肯使人渗透，将来倒未必如此，也未见得。"

说完之后，竟去料理轻装，取几件破衣服，叠入行囊，把绕翠簇新做起，烧毁不尽的，一件也不带，又把所住的楼房，墙上一个匾额，题曰："鹤归楼。"用了令威化鹤归来的故事，以见他决不生还。

出门的时节，两对夫妻一同拜别，郁子昌把围珠的面孔看了又看，上马之后还打了几次回头，恨不曾画幅小像，带在身边，当做观音大士一般，好不时瞻礼，段玉初一揖之后，就飘然长住，任妻子痛哭号吻，绝无半点凄然之色。

两个风餐水宿，带月报星，各把所费之物解人邻邦，少不得金人验收，仍照往年的定例，以真作假，视重为轻，要硬逼来人赔补，段玉初道："我是个新进书生，家徒四壁，不曾领皇家的俸禄，不曾受百姓的羡余，莫说论万论千，就是一两五钱，也取不出，况且所之货并无浆粉，任凭洗濯。若要节外生枝，逼我出那无名之费，只有这条性命，但凭贵国处分罢了。"金人听了这些话，少不得先加凌辱，次用追比，后设调停了，总要逼他寄佳还乡，为变产赎身之计。

段玉初立定主意，把"安穷"二字，做了奇方，又加上一个壁法，当做饮子，到了五分苦处，就把七分来相比，到了七分苦处，又把十分来相衡，觉得阳世的折磨，究竟好似阴间，任你鞭笞夹打，痛楚难熬，还有"死"字做后门，是个退步，到了万不得已之处，就好寻死。既死之后，浑身不知痛痒，纵有刀锯瞰镀，也无奈我何！不

像在地狱中遭磨受难。一死之后，不能复死。任你扼喉绝吭，没有逃得脱的阴司，由他峻罚严刑，总是避不开的罗刹只见活人受罪不过，逃往阴间，不见死人摆布不来，走归阳世，想到此处，就觉得受刑受苦，不过与生疮害疗一般，总是命犯血光，该有几时的灾晦，到了出脓见血之后，少不得苦尽甜来，他用了这个秘诀，所以随遇而安，全不觉有拘恋爱桎梏之苦。

郁子昌亏了岳父担当，叫他"凡有欠缺，都寄信转来，我自然替你赔补。"郁子昌依了此言，索性做个畅汉，把上下之人都贿赂定了，不受一些凌辱，金人见他肯用，倒把好酒好食不时款待他，连那没人接济的连也沾他些口腹之惠。不及五月，就把欠帐还清，别了段玉初预先回去覆命。

宋朝有个成规：凡是出使还朝的官吏到了京师，不许先归私宅，都要面圣过了，缴还使节，然后归家，郁子昌进京之刻，还在已牌，恰好微宗坐朝，料想覆过了命，正好回家，古语道得好："新娶不如远归。"那点追求欢取乐的念头，比合晋之初更加激切，巴不得三言两语回过了朝廷，好回去重偕伉俪，不想朝廷之上，为合金攻辽一事，众议纷纷，定议之后，即便退朝，纵有紧急军情，也知道他倦怠不胜，不敢入秦，何况纳币还朝，是桩可缓之事，郁子昌熬了半载，只因灾星未退，又找了半夜的零头，依旧宿在朝房，不敢回宅，倒是半载易过，半夜难烈，正合着唐诗二句：

似将海水添宫漏，并作铜壶一夜长。

围珠听见丈夫亚军朝，立刻就要回去，竟是天下掉下月来，那里欢喜得了，就去重熏绣被，再烫罗裳，打点一夜工夫，要叙尽半年的阔别，方便想从日出望起，望到月落，还不见回来，不住在空阶之上走去走来，竟把三寸金莲攒磨得头穿底裂，及至次日上午，登楼而望，只见一位官员，簇拥着许多人马，摇旗呐喊而来，只说是过往的武职，谁想走到门前，忽然住马，围珠定睛一看，原来就是自己的丈夫，如飞赶下楼来，堆着笑容接见，只说他久旱逢甘，胜似洞房花烛，自然喜气盈腮，不想见了面反掉下惶泪来，问他情由，只是哽哽咽咽讲不出口。原来覆命的时节，又奉了监军督饷之差，要邓日登程，不许羁留片刻，以误师期，连进门一见，也是瞒着朝廷，不可使人知道的，这是甚么原故？只因他未到之先，金人有牒文先到，要与宋朝合兵攻辽，宋朝主意不定，担搁了几时。金人不见回话，又有催檄递来，说："贵国观望不前，殊失同仇之义。本朝不复相强，当移伐辽之兵转而伐宋，即欲仍遵前约，不可得矣。"微宗见了，不胜悚惧，所以穷日议论，不能退朝，就是为此。郁子昌若还迟到一日，就

也就差了别人，不想冤家凑巧，起先不能决议，恰好等他一到，就定了出期之期，领兵的将帅隔晚已经点出，单少贲饷员一员，要待次日选举，郁子昌擅幻原犯了微宗之忌，见他转来得快，依旧要眷恋佳人，只当不甑离别，故此将计就计，倒说他："纳币有方，不费时日，自能飞挽接济，有裨军功。"所以一差甫定，又有一差相继，瑞不使他骨肉团圆。

围珠得了此信，把一副火热的心肠激得冰冷，两行珠泪竟做了三峡流泉，那里倾倒得住？扯了丈夫的袖子正要说些衷情，不想同行的武职，一齐哗噪起来，说："行兵是大事，顾不得儿女私情，那家没有妻子？都似这等留连，一个担迟一会，须得几十个日子才得起身，恐怕朝廷得知，不当稳便。"郁子昌还有因迟半刻，稍一思忖，遂道："待我出去通容一番。"言毕而出，顷刻就回。忙道："只有片刻之欢，快些弄罢。"一头说一头去扯围珠衣裤，围珠急急替他宽衣，二人赤精条条滚至床上，郁子昌掇开两只小脚，跨上身去，阳物昂然高举，照准花房，秀的一声刺入，急急入将起来，霎时就有七百余外，围珠两条手臂勾了郁子昌仰首承受，郁子昌放出久畜的手段，尽力抽送，弄得下面唧唧有声，围珠娇声屡唤，媚态呈妍，其畏闪闪缩缩，其贪恋处迎凑不迭，郁子昌满怀欲火，积而未发，遂狠力深深提顶，研研擦擦，弄得围珠酥痒异常，淫水滋溢汩汩其来，频把玉股掀起，迎凑阳物，柳腰扇摆，郁子昌欲火更炽。一口气又有七八百抽，围珠气喘吁吁地道："我已头目森然，即倒驰驱太甚？"郁子昌道："久旱逢雨，不觉痴狂！"今是又发力大抽，其乐无极，又弄了一会，方才双双丢了个痛快，正歇息间，外面敲门，二人忙揩了干净，穿了衣裳。扯妻子进房，略见归来的大意，听了这些恶声，不觉高兴大扫。临行之际，取出一封书来，说是姨丈段玉初寄回来的家报，叫围珠递与绕翠。

绕翠得书，不觉转忧作喜，只说丈夫出门，为了几句口过。不曾叙得私情，过后思过，自然懊悔，这封家报无非述他改过之心，道他修好之意，及至拆开一看，又不如此，竟是一首七言绝句，其诗云：

文回织锦倒妻思，断绝恩情不学痴；
云雨赛欢终有别，分时怒向任猜疑。

绕翠见了，知道他一片铁心，久而不改，竟是从古及今第一个寡情的男子！况且相见无期，就要他多情也没用，不如安心乐意做个守节之人，把追欢取乐的念头全然搁起，只以纺织，治生，趁得钱来又不想做人家，尽着受用，过了一年半载，倒比段玉初在家之日肥胖了许多，不像那丈夫得决心之人，终日愁眉叹气，怨地呼天，一日瘦似一日，浑身的肌骨，竟像枯柴硬炭一般，与"温香软玉"四个字全然相反。

却说郁子昌尾了大兵料理军胸之事，终日追随鞍马，触冒风霜，受尽百般劳苦，俗语云："少年子弟江湖老"，为商做客的子弟，尚且要老在江湖，何况随征通敌的少年，岂能够仍其故像？若还单受辛勤，止临锋镝，还有消愁散闷之处；纵使易衰易老，也毕竟到将衰将老之年，那副面容才能改变，当不得这位少年，也生平不爱功名，止图快乐，把美妻当了性命，一时三刻，也是丢不下的，又兼那位妻子极能体贴夫心，你要如此，她早已如此，枕边所说的话，被中相与之情，每一思起，就令人销魂欲绝，所以郁子昌的面貌，不满三拥，就变做苍然一叟，髭须才出，就白起来，纵使放假还乡，也不是当年娇婿，何况此时的命运，还在驿马星中，正没有归家之日，攻伐不止一年，行兵岂在一处？来来往往，破了几十座城池，方才侥幸成功，把辽人灭尽。

班师之日，恰好又遇着纳币之期，被一个仰体君心的臣子，知道此人入朝，必为皇上所忌，少少是又要送他出门，不如在未归之先，假意荐他一本，说："郁廷言纳币有方，不费时日，现有与效观观：又与金人相习多年，知道他的惰性，不如加了吕级，把岁币一事，着他总理，使本旨金纳币之官，任从提调，不但重费可省，亦能使边衅不开，此本国君民之大利也。"此本一上，正合着微宗吃醋之心，当日就下了旨意："着吏部写融敕，升他做户部侍郎，总理岁币一事，闻命之后，不必还朝，就在边城受事，告竣之日，另加升赏。"

郁子昌见了邸报，掠得三魂入地，七魄升天，不等敕命进来，竟要预寻短计。恰好遇着便人，与他一封书札，救了残生。

你道这封札，是何人所寄，说的甚么事情？原来是一位至亲瓜葛，同榜兄弟，均在患难之中，有同病相怜之意。恐怕他迷而不悟，依旧堕入阱中，到后来悔之无及，故此把药石之宫，寄来点化他。只因灭辽之信，报入金朝，段玉初知道他系念室家；一定归心似箭，少不得到家之日，又肩别样祸。此番回去，不但受别离之苦，不怕有性命之忧。教他飞疏上闻，只说在中途患病，且捱上一年载，徐观动表，再做商量。才是个万全之策。

书到之日，恰好遇了职报。郁于昌拆开一看，才知道这位连襟是个神仙载世，说来的话，句句有先见之明。他当日甘心受苦，不想还家，原有一番举动意，吃亏的去处，倒反讨了便宜。可惜不曾学他，空受许多无益之苦。就依了书中的话，如飞上疏。不想疏到在后，命下在先，仍叫他勉力办事，不得借端推诿。

郁子昌无可奈何，只得在交界之地，住上几时，待赍金纳币的到了，一齐解入金

朝。金人见郁子昌任事，个个欢喜，只道此番的使费，仍照当初。当初单管赍金，如今兼理币事，只消责成理处，自然两项俱清。那些收金敛币之人，家家摆筵席，个个送下程，把郁老爷、郁侍郎叫不绝口。那里知道这番局面，比前番大不相同：前番是自己着力，又有个岳父担当，况且单管赍金，要他赔补，还是有限数目，自然用得松爽。此番是代人料理，自己只好出力，赔不起钱财。家中知道赎他不回，也不肯把有限的精神，施于无用之地。双兼两边告乏，为数为不资，纵有点金之术，也填补不来，只得老了面皮，硬着脊骨，也学段玉初以前，任凭他摆布面已。金人处他的方法，更比处段玉初不同，没有一件残忍之事，不曾做到。

此时的段玉初。已在立定脚跟的时候，金人见他熬炼得起，又且弄不出滋味来，也就断了痴想，竟把他当闲人，今日伴去游山。明日同他玩水，不但没苦难，又且肆意逍遥。段玉初若想回家，他也肯容情释放。当不得这位使君要将沙漠当了桃源，权做个避秦之地。

郁子昌受苦不过，只得伏玉初劝解，十分磨难，也替他减了三分。直到二年之后，不见有人接济，知道他不甚有余，才渐渐的放松了手。

段、郁二人，原是故国至亲，又做了异乡骨肉，自然彼此相依，同休共戚。郁子昌对段玉初道："年兄所做之事，件件都有深心，只是出门之际，待年嫂那番情节，觉得过当了些。夫妻之间，不该薄幸至此。"段玉初笑一笑道："年兄所做之事，件件都有深心，只是出门之际，待年嫂那番情节，觉得过当了些，夫妻之间，不该薄幸至此。"段玉初笑一笑道："那番光景，正是小弟多情之处。从来做丈夫的，没有这般疼热，年兄不察，倒说我薄幸起来？"郁子昌道："逼他烧毁衣服，令他日后嫁人；相对之时，全无笑面，出门之际，不作愁容。这些光景，也寡情得够了，怎么还说多情？"段玉初道："这等看来，你是个老实到底之人！怪不得留恋妻奴，多受了许多磨折。但凡少年女子，最怕的是凄凉，最喜的是闹热；只除非丈夫死了，没得思量，方才情愿守寡。若叫他没原没放，做个熬孤守寡之人，少不得熬上几年，定要郁郁而死。我和他两个，乎日甚是绸缪，不得已而相别。若还在临行之际，又做些情态出来，使他念念不忘，把颠鸾倒凤之情，形诸梦寐，这分明是一剂毒药，要逼他早赴黄泉。万一有个生还之日，要与他重做夫妻，也不能勾了。不若寻些事故与他争闹一场，假做无情，悻悻而别。他自然玲了念头，不想从前的好处，那些凄凉日子就容易过了。古人云：'置之死地而后生。'我顿挫他的去处，正为要全活他。你是个有学有术的人，难道这种道理，全然悟不着？"

郁子昌道："原来如此，是便是了，妇人水性杨花，捉摸不定。他未曾失节，你先

把不肖之心待他，万一他记恨此言，把不做的事倒做起来，践了你的言语，如何使得？”段玉初道：“我这个法子，也是因人而施，平日信得他过，知道是纲常节义中人，决不敢做越礼之事，所以如此。苟非其人，我又有别样治法，不做这般险事了。”郁子昌道：“既然如此，人临别之际，也该安慰他一番，就不能够生还，也说句圆融的话，使他希图万一，以待将来，不该把匾额上面题了极凶的字眼。难道你今生今世就拿定不得还乡，要做丁令威的故事不成？”

段玉初道。“题匾之意，与争闹之意相同。生端急闹者，要他不想欢娱，好过日子；题匾示诀者，要他断了妄念，不数归期，总是替他消灾延寿，没有别样心肠。这个法子，不但处患难的丈夫，不可不学，就是寻常男子，或是出门作客，或是往外求名，都该用此妙法。知道出去一年，不妨倒说两载；拿定离家一月。不可竟道三旬。出路由路，没有拿得定的日子。宁可使他不望，忽地归来；不可令我失期，致生疑虑。世间甚爱妻子的，若能个个如此，能保白发齐眉，不致红颜薄命。年兄若还不信，等到回家之日，把贱荆的肥瘦，与尊嫂的丰腴，比并一比，就知道了。”郁子昌听了这些话，也还半信半疑，说他：“见识虽高，究竟于心太忍。若把我做了他，就使想得到，也只是做不出。”

他两个住在异邦，日复一日，年复一年，到了钦宗手里，不觉换了八次星霜，改了两番正朔。忽然一日，金人大举入寇，宋朝败北异常。破了京师，掳出徽、钦二帝，带回金朝。段、郁二人见了，少不得痛哭一场，行了君臣之礼。徽宗问起姓名，方才有些懊悔，知道往常吃的，都是些无益之醋，即使八年以前；不罢选妃之诏，将二女选入宫中，到了此时，也像牵牛织女隔着银河，不能够见面，倒是让他的好。

却说金人来得二帝以前，止爱玉帛子女，不想中原大事，所以把银子看得极重，明知段、郁二人追比不出，也还要留在本朝做个鸡肋残盘，觉得弃之有味，及至此番大捷以后，知道宋朝无人，锦绣中原唾手可得，就要施起仁政来。忽下一道旨意，把十年以内宋朝纳币之臣，果系赤贫、不能赔补者，俱释放还家，以示本朝宽大之意。徽、钦二宗闻了此信，就劝段、郁还朝。段、郁二人道：“圣驾蒙尘，乃主辱臣死之际。此时即在本朝，还要奔随赴难，岂有身在异邦，反图规避之理？”二宗再三劝谕，把“在此无益、徒愧朕心”的话，安慰了一番，段、郁二人方才拜别而去。

郁子昌未满三十，早已须鬓皓然，到了家乡相近之处，知道这种面貌难见妻子，只得用个点染做造之法，买了些乌须黑发的妙药，把头上脸上都装扮起来，好等到家之日，重做新郎，省得佳人败兴。谁想进了大门，只见小姨来接尊夫，不见阿姐出迎娇婿。只说他多年不见，未免害羞，要男子进去就他，不肯自移莲步。见过丈人之后，就要走入洞房，只见中厅之上有件不吉利的东西高高架起。又有一行小字贴在面前，其字云："宋故亡女郁门官氏之枢。"郁子昌见了，惊出一身冷汗，扯住官尚宝细问情由。

官尚宝一面哭，一面说道："自从你去之后，无一日不数归期，眼泪汪汪，哭个不住。哭了几日，就生起病来。遍请医生诊视，都说是七情所感，忧郁而成，要待亲人见面，方才会好。起先还望你回来，虽然断了茶饭，还勉强吃些汤水，要留住残生见你一面；及至报捷之后，又闻得奉了别差，知道等你不来，就痛哭一场，绝粒而死，如今已是三年。因他临死之际，吩咐不可入土，要隔了棺木会你一次，也当做骨肉团圆，所以不敢就葬。"

郁子昌听了，悲恸不胜，要撞死在枢前，与他同埋合葬，被官尚宝再三劝慰，方才中止。官尚宝又对他道："贤婿不消悲苦，小女此时就在，也不是当日的面目，不但骨瘦如柴，又且面黄肌黑，竟变了一副形骸，与鬼物无异。你若还看见，也要惊怕起来，掩面而走，倒不如避入此中，还可以藏拙。"郁子昌听了，想起段初昔日之言，叫他回到家中，把两人的肥瘦比并一番，这条性命，岂不是我害了他！就对了亡灵，再三悔过说："世间的男子，只该学他，不可像我。凄凉倒是闹热，恩爱不在绸缪。'置之死地而后生'，竟是风流才子之言，不是道学先生的话。"

却说段玉初进门，看见妻子的面貌胜似当年，竟把赵飞燕之轻盈，变做杨贵妃之丰泽，自恃奇方果验，心上十分欣喜，走进房中，就陪了个笑面，问他："八年之中，享了多少清福？闲暇的时节，可思量出去之人否？"绕翠变下脸来，随他盘问，只是不答。段玉韧道："这等看来，想是当初的怨气至今未消，要我认个不是，方才肯说话么？不是我自己夸嘴，这样有情的丈夫，世间没有第二个；如今相见，不叫你拜谢，也勾得紧了，还要我赔起罪来？"绕翠道："那一件该拜？那一件该谢？你且讲来。"

段玉初道："别了八年，身体一毫不瘦，倒反肥胖起来，一该拜谢。多了八岁，面皮一毫不老，倒反娇嫩起来，二该拜谢。一样的姊妹，别人死了，你偏活在世上，亏了谁人？三该拜谢。一般的丈夫，别人老了，我还照旧，不曾改换容颜，使你败兴，四该拜谢。别人家的夫妇原是生离，我和你二人已经死别，谁想捱到如今，生离的倒成死别，死别的反做生离。亏得你前世有缘，今生有福，嫁着这样丈夫，有起死回生的妙手，旋乾转坤的大力，方才能够如此，五该拜谢。至于孤眠独宿，不觉凄凉，枕玲裳寒胜如温暖；同是一般更漏，人恨其长，汝怪其短，并看三春花柳，此偏适意，彼觉伤心。这些隐然造福的功劳，暗里钟情的好处，也说不得许多，只好言其大概罢了。"

绕翠听了这些话，全然不解，还说他："以罪为功，调唇弄舌，不过掩饰前非，那几句是由衷的话。"段玉初道："你若还不信，我八年之前，曾有个符券寄来与你，取出来一验就知道了。"绕翠道："谁见你甚么符券？"段玉初道："姨夫覆命之日，我有一封书信寄来，就是符券，你难道不曾见么？"绕翠道："那倒不是符券，竟是一纸离书，要与我断绝恩怀不许再生痴想的。怎么到了如今，反当做好话，倒说转来？"段玉初笑一笑道："你不要怪我轻薄。当初分别之时，你有两句言语道：'窃效孟姜女之心，兼做苏蕙娘之意。'如今看起来，你只算得个孟姜女，叫不得个苏蕙娘，织锦回文的故事全不知道。我那封书信是一首回文诗，顺念也念得去，倒读也读得来。顺念下去，却像是一纸离书；倒读转来，分明是一张符券，若还此诗尚在，取出来再念一念，就明白了。"

绕翠听到此处，一发疑心，就连忙取出前诗，预先顺念一遍，然后倒读转来，果然是一片好心，并无歹意。其诗云：

疑猜任向怒时分，别有终欢赛雨云；
痴学不情恩绝断，思妻倒织锦回文！

绕翠读过之后，半晌不言，把诗中的意思咀嚼了一会，就不觉转忧作喜，把一点樱桃裂成两瓣道："这等说来，你那番举动，竟是有心做的，要我冷了念头，不要往热处想的意思么？既然如此，做诗的时节，何不明说，定要藏头露尾，使我恼了八年，直到如今；方才欢喜，这是甚么意思？"

段玉初道："我若要明说出来，那番举动，又不消做得了。亏得我藏头露尾，才把你留到如今。不然也与令姐一般，我今日回来，只好隔着棺木相会一次，不能够把热肉相粘，做真正团圆的事了。当初的织锦回文，是妻子寄与丈夫，如今倒做转来，丈夫织回文寄与妻子，岂不是桩极新极奇之事？"

绕翠听了，喜笑欲狂，把从前之事，不但付之流水，还说他的恩义，重似丘山，竟要认真拜谢起来。段玉初道："拜谢的也要拜谢。负荆的也要负荆，只是这番礼数，要行得闹热，不要把难逢难遇的佳期，寂寂寞寞的过了。我当日与你成亲，全是一片愁肠，没有半毫乐趣；如今大难已脱，愁提尽丢，就是二帝还朝，料想不也念旧恶，再做吃醋拈酸的事了。当日已成死别，此时不料生还，只当重复投胎，再来人世。这一对夫妻竟是簇新配就的，不要把人看旧了。"就吩咐家人，从新备了花烛，又叫两班鼓乐，一齐吹打起来，重拜华堂，再归锦幕。绕翠竟霞满面，低首视胸，段玉初红光盈腮，昂笑灯前，情兴如炽，那段玉初将绕翠搂抱，怀中，见依旧窕玉质，娇羞柔遂解晓翠香罗带，除去翠环宝钗，脱的光身赤体，斜散珊枕之上，绕翠又惊又爱，只见檀口香腮，半推半就，凭他阳物直刺花蕊，那段玉初是久旷的，焉能不淫兴火炽，顾物硬提，遂将绕翠金莲两分于麾肩上，阳物硬入牝户，绕翠早已液粘滑拙，遂一下尽根，段玉初奋力相抽送，急争深投，重重狠突，把个绕翠弄得月缺花残，喘声喃喃，畅乐无比，这绕翠亦是久旷的，口内淫言俏语，这快活不知是哪里来的春光！被中翻淫浪，牝内波涛涌，两下如漆投胶般，连有两个时辰，玉鸳户内如吞，连丢数次，方才云收雨散，无限恩情难尽，一宵之事，竟解多年之渴。才知道云雨绸缪之事，全要心上无愁，眼中少泪，方才有妙境出来。世间第一种房术，只有两个字眼，叫做"莫愁"。街头所卖之方，都是骗人的假药。

后来段玉初位至太常，寿逾七十，与绕翠和谐到老，所生五子，尽断书香。郁子昌断弦之后，续娶一位佳人，不及数年，又得怯症而死。总因他好色之念，过于认真，为造物者贪要颠倒英雄，不肯使人满志。后来官居台辅，显贵异常，也是因他宦兴不高，不想如此，所以偏受尊荣之福。可见人生在世，只该听天由命，自家的主意，竟是用不着的。

中国禁书文库

伴花楼

第六回　痴情客一跪得双娇

诗云：

> 闺中隐祸自谁萌？狡婢从来易惹情。
>
> 代送秋波留去客，惯传春信学流莺。
>
> 只因出阁梅香细，引得窥园蝶翅轻。
>
> 不是红娘通线索，莺莺何处觅张生？

这首诗与这回小说，都极道婢子之刁顽，梅香之狡狯。要使治家的人，知道这种利害，好去提防觉察他，庶不致内外交通，闺门受玷，乃维持风教之书并不是宣淫败化之论也。

明朝有个嫠妇，从二八之年守寡，守到四十余岁，通族迫之不嫁，父母劝之不转，真是心如铁石！还做出许多激烈事来。忽然一夜在睡梦之中，受了好人的玷污，将醒未醒之际，觉得身上有个男子，只说还在良人未死之时，搂了奸夫尽情欢悦，直到事毕之后，忽然警醒，才晓得男子是个奸人，自家是个寡妇。问他："何人引时，忽然到此？"奸夫见她身已受染，料无他意，就把真情说出来，原来是此妇之婢，一向与他私通，进房宿歇者，已非一次，诚恐主母知觉要难为他，故此教导奸夫，索性一网打尽，好图个长久欢娱。说："主母平日喜睡，非大呼不醒，乘他春梦未醒，悄悄过去行奸，只要三寸落肉，大事已成，就醒转来，也不好喊叫地方再来提获你了。"奸夫听了此话，不觉色胆如天，故此爬上床来，做了这桩歹事。此妇乍闻此言，虽然懊恨，还要顾惜名声，不敢发作，及至奸夫去后，思想二十余年的苦节，一旦坏于丫鬟之手，岂肯甘心？忍又忍不住，说又说不出，只把丫鬟叫到面前，咬上几口，自己长叹数声，自缢而毙。后来家人知觉，告到官屋，将奸夫处斩，丫鬟问了凌迟。那爱书上面有四句云：

仇恨虽雪于死后，声名已玷于生前。

难免守身不固之愆。可为御下不严之戒。

另有一个梅香，做出许多奇事，成就了一对佳人才子费尽心死撮不拢的姻缘，与一味贪淫坏事者有别。看官们见了，一定要侈为美谈，说："与前面之人，不该同年而语。"却不知做小说者，颇谙《春秋》之义，世上的月老人人做得，独有丫鬟做不得。丫鬟做媒，送小姐出阁，就如奸臣卖国，以君父预人，同是一种道理。故此这回小说，原为垂戒而作，非示劝也。

宋朝元右年间，有个秀士，姓裴，名远，字子到。因他排行第七，人都唤做"裴七郎"。住在临安城内，生得俊雅不凡。又且才高学富，常以一第自许。早年娶妻封氏，乃本都富室子女，奁丰而貌啬，行卑而性高，七郎深以为耻。未聘封氏之先，七郎之父曾与韦姓有结，许结婚姻。彼时七郎少，声名未著。及以弱冠之岁，才名大噪于里中，素封之家，人人欲得以为婿。封氏之父，就央媒妁来议亲。裴翁见说他的妆奁较韦家不止十倍，狃于世俗之见，决不肯取少而弃多，所以撇却韦家，定了封氏。

七郎做亲之后，见他状貌稀奇，又不知其丑，偏要艳妆丽服，在人前卖弄，说他是临安城内数得着的佳人。一月之中，定要约了女伴到西湖上游玩几次。只因自幼娇养，习惯嬉游，不肯为人所制。七郎是个风流少年，未娶之先，曾对朋友说了大话，定要娶了绝世佳人。不然宁可终身独处。谁想弄到其后得了东施、嫫姆，恐怕为人耻笑，任他妻子游玩，自己再不相陪，连朋友认得的家僮，也不许他跟随出去。贴身服事者，俱以内家之人，要使朋友遇见，认不出谁家之女，那姓之妻。就使他笑骂几句，批评几句，也说不到自己身上。一日。偶值端阳佳节，阖郡的男女，都到湖上看竞龙舟。七郎也随了众人，夹在男子里面。正看到热闹之处，不想飓风大作，浪声如雷，竟把五月五日的西湖水，变成八月十八日的钱塘江，潮头准有五尺多高，盈舟满载的游女，都打得浑身透湿。摇船之人把捺不定，都叫他及早上岸，再迟一刻，就要翻下水了。那些女眷们听见，那一个不想逃生？几百船的妇人，一齐走上岸去，竟把苏堤立满，几乎踏沉了六桥。

男子里面，有几个轻薄少年，说道："看这光景，今日的风潮，是断然不住的了。这些内容，料想不得上船，只好先行回去。我们立在总路头上，大家领略一番。且看这一郡之中，有几名国色。从来有句旧话说：'杭州城内，有脂粉而我佳人。'今日这场大雨，分明是天公好事，好待我辈文人，品题高下的意思，不可负了天心，大家赶上前去。"众人听了，都道他是不易之论，连平日说过大话，不能应嘴的裴七郎，也说眼力甚高，竟以总裁自命。大家一齐赶去，立在西泠桥，又各人取些石块垫了脚跟，才好居高而临下。

方才站立得定，只见那些女眷如蜂似蚁而来，也有擎伞的，也有遮扇的，也有摘张荷叶，盖在头上，像一朵落水芙蕖，随风吹倒的。又有伞也不擎，扇也不遮，荷叶也不盖，像一树雨打梨花，没人遮蔽的。众人细观容貌，都是些中下之树，并没有殊姿绝色。看过几百队，都是如此。大家叹息几声，各念书一句道："甚难，不其然乎。"

正在嗟叹之际，只见一个朋友从后面赶来，对着众人道："有个绝世佳人来了，大家请看？"众人睁着眼睛，一齐观望：只见许多婢仆簇拥着一妇人，走到面前，果然不是寻常姿色，莫说他自己一笑，可以倾国倾城；就是众人见了，也都要一笑倾城，再笑倾国起来。有《西江月》一词为证：

> 面似退光黑漆，肌生冰裂玄纹。腮边颊上有奇良，仿佛湘妃泪印。指露
> 几条碧玉，牙开两片乌银。秋波一转更消魂，惊得才郎倒褪！

你道这妇人是谁？原来不是别个，就是封员外的嫡亲小姐，裴七郎的结发夫人。一向怕人知道，丈夫不敢追随，任亲戚朋友背后批评，自家以眼不见为净的。谁以了今日，竟要当场出丑！回避不及起来，起先那人看见，知道是个丑妇，故意走向前来，把左话右说，要使人辩眼看神仙，忽地逢魑魅，好吃惊发笑的意思，及至走到面前，人人掩口，个个低头，都说："青天白日见了鬼，不是一桩好事。"大家闭了眼睛，待他过去。

裴七郎听见，羞得满面通红，措身无地，还亏得鱼先识窃，远远地见他来，就躲在众人背后，又缩短了几寸，使他从面前走过，认不出自己丈夫，省得叫唤出来，被人识破，走到的时节，巴不得他脚底腾云，快快的走将过去，省得延挨时刻，多听许多恶声。

谁想那三寸金莲有些驼背，勉强曲在其中，到急要走在时节，被弓鞋束缚住了，一时伸他不直，要快也快不来的，若还信意走去，虽然不快，还只消半刻时辰，当不得他卖弄妖娆，但是人多的去处，就要扭捏扭捏，弄些态度出来，要使人赞好，任你大雨贫倾，他决不肯疾趋而过，谁想脚下的烂泥与桥边的石块，都是些冤家对头，不替他长艳助娇，偏使人出乖露丑，正在扭捏之际，被石块撞了脚尖，烂泥糊住高底，一交跌倒，不免四体朝天，到这仓皇失措的时节，自然扭捏不来，少不得抢地呼天，情人扶救，没有一般丑态不露在众人面前，几乎把上百个少年一齐笑死，起先的裴七

郎，虽然缩了身子，还只短得几寸，及至到了此时，竟把头脑手足，缩做一团，假装个原壤夷俟，玩世不恭的景，好掩饰耳目。

正在哗噪之时，又有一队妇人走到，看见封氏吃跌，个个走来相扶，内中有好有歹，媸妍不一，独有两位佳人，年纪在二八上下，生得奇娇异艳，光彩夺人，被几层湿透的罗衫粘在玉体之上，把两个丰似多肌，柔若无骨的身子，透露得明明白白，连那酥胸玉乳，也不在若隐若现之间。

众人见了，就齐声赞叹，都说："状元有了，榜眼也有了，只可惜没有探花，凑不完鼎甲，只虚席以待，等明岁端阳，再来收录遗才罢了，"裴七郎听见这句话，就渐渐伸出头来，又怕妻子看见，带累自家出丑，取出一把扇子，遮住面容，只从扇骨中间露出一双饿眼，把那两位佳人，细细的领略一遍，果然是天下无双，世间少二的女子，看了一会，众人已把封氏扶起，随身的伴当，见他衣掌污秽，不便行走，只得送人寺中，暂坐一会，去唤轿子来接他。

这一班轻薄少年，遇了绝色，竟像饿鹰见兔，饥犬闻腥，那里还丢得下他？就成群结队，尾着女伴而行，裴七郎怕露行藏，只得怯了妻子，随着众人同去，只见那两位佳人，合擎着一把雨盖，缓行几步，急行几步，缓又缓得可爱，急又得可怜，虽在张皇急遽之时，不见一毫丑态，可见纯是天姿，绝无粉饰，若不是飓风狂雨，怎显得出绝世佳人？及至走过断桥，那些女伴都借人家躲雨，好等轿子出来迎接，这帮少年，跟不到人家里面去，只得割爱而行。

且说裴七郎自从端阳之日，见妻子在众人面前露出许多丑态，令自己无量藏身，刻刻羞惭欲死。众人都说："这样丑妇，在家里坐上罢了，为甚么也来游湖，弄出这般笑话？总是男子不是，不肯替妇人藏拙，以致如此，可惜不知姓名，若还知道姓名，倒有几出戏文好做，妇人是丑，少不得男子是净，这两个花面，自然胆拆不开的，况且有两位佳人做了旦脚，没有东施、嫫姆，显不出西子、王嫱，借重这位功臣点缀点缀也好。"内中有几个道："有了正旦、小旦，少不得要用正生、小生，拼得费些心歌曲，去查访姓字，兼问他所许之人，我们肯做戏文，不愁她的丈夫不来润笔！这桩有兴的事，是落得做的。"又有一个道："若要查访，连花面的名字，也要查访出来，好等流芳者流芳，贻臭者贻臭。"

七郎闻了此言，不但羞惭，又且惊怕，惟恐两笔水粉要送上脸来，所以百般掩饰，不但不露羞容，倒反随了众人，也说她丈夫不是，被众人笑不足为奇，连自己也笑骂自己，及至回到家中，思想起来，终日痛恨，对了封氏，虽然不好说出，却了一点异心，时时默褥神明，但愿他早生早化。

不想丑到极处的妇人，一般也犯造物之忌，不消丈夫咒得，那些魑魅魍魉，要寻他去做伴侣，早已送下邀贴了，只因游湖之日，遇了疾风暴雨，个感寒症来，况且平日嘉妆标致，惯弄妖娆，只说遇见的男子，没有一个不称羡他，要使美丽之名，扬于通国，谁想无心吃跌，听见许多恶声，才晓得自己的尊容原不十分美丽，"我在急速之中，露出本相，别人也在仓卒之顷，吐出真言，"平日那些扭捏工夫，都用在无益之地，所以郁闷填胸，病上加病，不曾睡得几日，就呜呼了，起先要为悦己者容，不意反为憎己者死。

七郎殁了丑妻，只当眼中去屑，那里畅快得了，少不得把以前的大话又从新说起，思想："这一次续弦，定要娶个倾城绝色，使通国之人赞美，方才洗得前羞，通国所赞者，只有那两位女子，料想不能全得，只要娶她一位，也就可以夸示众人，不但应了如今的口，连以前的大话都不至落空，那戏文上面的正生，自然要让我做，岂止不填花面而已哉！"

算计定了，就随着朋友去查访佳人的姓字，访了几日，并元音耗，不想在无心之际，遇着一个轿夫，是那日抬他回去的，方才说出姓名，原来不是别个，就是裴七郎未娶之先与他许过婚议的，一个是韦家小姐，一个是侍妾能红，都还不曾许嫁。

说话的，你以前叙事，都叙得入情，独有这句说话，讲脱节了！即是梅香小姐，那日湖边相遇，众人都有眼睛，就该识出来了，为何彼时不觉，都说是一班游女，两位佳人，直到此时，方才查方得出？

看官有所不知，那一日湖边遇雨，都在张皇急遽之时，论不得尊卑上下，总是并肩而行，况且两双玉手，同执了一把雨盖，你靠着我，我挨着你，竟像一朵并头莲，辩不出谁花谁叶，所以众人看了，竟像同行姐妹一般，及至查问起来，那说话的人决不肯朦胧答应，自然要分别尊卑，说明就里，众人知道，就愈加赞美起来，都说："一分人家，生出这两件至宝，况是一主一婢，可谓奇而又奇！"

这个梅香，反大小姐二岁，小姐二八，他已二九，原名叫做桃花，因与小姐同学读书，先生见他姿颖出众，相貌可观，将来必有良遇；恐怕以"桃花"二字见轻于人，说他是个婢子，故此告过主人，替他改了名字，叫做能红，依旧不失桃花之意，所谓"桃花能红李能白"也。

七郎访着根蒂就不觉颠狂起来说："我这头亲事，若做得成，不但娶了娇妻，又且得了美妾，图一得二，何等便宜！这头亲事，又不是劈空说起，当日原有成议的，如今要复前约，料想没甚疑难。"就对父母说知，叫他重温旧好。

裴翁因前面的媳妇娶得不妥，大伤儿子之心，这番续弦，但凭他自家做主，并不相拗，原央旧时的媒的过去说亲。

　　韦翁听见个"裴"字，就高声发作起来，说："他当日爱富嫌贫，背了前议，这样负心之辈，我恨不得立斩其头，剜出心肝五脏，拿来下酒，还肯把亲事许他！他有财主做了亲翁，佳人做了媳妇，这一生一世用不着贫贱之交，糟糠之妇了，为甚么又来寻我？莫说我这样女儿，不愁没有嫁处，就是折脚烂脚，耳聋眼瞎，没有人要的，我也拼得养他一世，决不肯折了饿气，嫁与仇人！落得不要讲起。"媒人见他所说的话是一团道理，没有半句回他，只得赔罪出门，转到裴家，以前言奉覆。

　　裴翁知道不可挽回，就劝儿子别娶，七郎道："今生今世若不得与韦小姐成亲，宁可守义而死！就是守义而死，也不敢尽其天年，只好等一年半载，若还执意到底，不肯许诺，就当死于非命，以赎前愆。"父母听了此言，激得口呆目定，又向媒人下跪，求他勉力周全。媒人无可奈何，只得又去传说。

　　韦翁不见，只叫妻子回覆他，妇人的口气更比国子不同，竟带讲带骂，说："从来慕富嫌贫，是女家所做之事，那一本戏文小说，不是男家守义，女家背盟？他如今倒做转来，却像他家儿子是珑下没有的人，我家女儿是世间无用之物，如今做亲几年，也不曾见他带挈丈人，丈母做了皇亲国戚！我这个没用女儿，倒常有举人进士央人来说亲，只因年貌不对，我不肯就许，像他这样才郎，还选得出，叫他醒一醒春梦，不要思量！"说过这些话，就指名道姓咒骂起来，比王婆骂鸡更加热闹，媒人不好意思，只得告别而行，就绝口回覆裴翁，叫他断却痴想。

　　七郎听了这些话，一发愁闷不已，反覆思量道："难道眼见的佳人，许过的亲事，就肯罢了不成！照媒人说来，他父母的主意是立定不移了，但不知小心心上喜怒若何？或者父母不曾读书，但拘小忿，不顾大体，所以这般决裂，他是个读书明理之人，知道从一而终是妇人家一定之理。当初许过一番，就是夫妻之义，天节不嫁，要归原夫，也未可料，待我用心打听，看有甚么妇人常在他家走动，拼得办些礼物去结识他，求他在小姐跟前探一探动静，若不十分见绝，就把'节义'二字去欲动他，小姐肯许，不怕父母不从，死灰复燃，也是或有之事。"

　　主意定了，就终日出门打听，闻得有个女工师父叫做俞阿妈，韦小姐与能红的绣作，是他自小教会的，住在相近之处，不时往来，其夫乃学中问斗，七郎入泮之年，恰好派着他管路，一向原是相熟的，七郎问着此人，就说有三分机会了，即时备下盛礼，因其夫而竭其妻，求他收了礼物，方才启齿，把当日改娶的苦衷，与此时求亲的至意，备细陈述一番，要他瞒了二人，达之闺阁。

　　俞阿妈道："韦家小姐是端庄不过的人，非礼之方，无由入耳，别样的话，我断然

不敢代传，独有'节义'二字，是喜闻乐听的，待我就去传说。"七郎甚喜，当日不肯回家，只在就近之处，坐了半日，好听回音。

俞阿妈走入韦家，见了小姐，先说几句闲言，然后引归正路，照依七郎的话，一字不改。只把图谋之意，变做撺掇之词，小姐回覆道："阿妈说错了。'节义'二字，原是分拆不开的，有了义夫，才有节，没有男子不义，责妇人以守节之礼。他既然立心娶我，就不该慕富嫌贫，悔了前议；既悔前议，就是恩断义绝之人了，还有甚么瓜葛！他这些说话，都是支离矫强之词，没有一分道理，阿妈是个正人，也不该替他传说。"俞阿妈道："悔盟别娶之事，是父母逼他做的，不干自己之事，也该谅他一分。"韦小姐道："父母相逼，也要他肯从，同是一样天伦，难道他的父母，就该遵依，我的父母，就该违拗不成？四德三从之礼，原为女子而设，不曾说及男人，如今做男子的，倒要在家从父，难道叫我做妇人的，反要未嫁从夫不成？一发说得好笑！"俞阿妈道："婚姻之事，执不得古板，要随缘法转的，他起初原要娶你，惑于媒的之言，改娶封氏，如今成亲不久，依旧做了鳏夫，裴姓郎君该你有分的了，况且这位郎君，又有绝美的姿貌，是临安城内数一数二的才子，我家男子现在学里做斋夫，难道不知秀才好歹？我这番撺掇，原为你终身起见，不是图他的谢礼。"韦小姐道："缘法之有无，系于人心之向背。我如今一心不愿，就是与他无缘了，如何强得？人生一世，贵贱穷通，都有一定之数，不是强得来的，总是听天由命，但凭父母主张罢了。"

俞阿妈见他坚执不允，就改转口来，倒把他称赞一番。方才出去，走到自己门前，恰好遇着七郎来讨回覆，俞阿妈留到家中，把小姐的话对他细述一番，说："这头亲事是断门绝路的了，及早他图，不可误了婚姻大事。"

七郎呆想了一会，又对他道："既然如此，我另有一桩心事，望你周全，小姐自己不愿，也不敢再强，闻得他家有个侍妾，唤做能红，姿貌才情不在小姐之下，如今小姐没分，只得想到梅香，求你劝他主人，把能红当了小姐，嫁与卑人续弦，一来践他前言，二来绝我痴想，三来使别人知道，说他志气高强，不屑以亲生之女嫁与有隙之人，但以梅香塞责，只当羞辱我一场，岂不是一桩便事？若还他依旧执意，不肯通融，求你瞒了主人，把这番情节，传与能红知道，说我在湖边一见，蓦地销魂，不意芝草无根，竟出在平原下土，求他鉴我这点诚心，想出一条门路，与我同效鸾凰，岂不是桩美事？"说了这些话，又具一副厚礼，亲献与他，不是钱财，也不是币帛。有诗为证：

钱媒薄酒不堪斟，别有程仪表寸心。

非是手头无白镪，爱从腾下献黄金。

七郎一边说话，一边把七尺多长的身子，渐渐的矮将下去。没到说完的时节，不知不觉就跪在此妇面前，等他伸手相扶，已做矮人一会了。

俞阿妈见他礼数殷勤，情词哀切，就觉动了婆心，回覆他说："小姐的事，我决不敢应承，在他主人面前也不好说得，他既不许小姐，如何又许梅？说起香梅，倒也愈增其怒了，独有能红这个女子，是乖巧不过了，算计又多，口嘴又来得，竟把一家之人，都放不在眼里，只有小姐一个，他还忌禅几分，若还看得你上，他自有妙计出来，或者会驾驭主人，做了这头亲事也未见得。你如今且别，待我缓缓的也，一有好音，就遣人来相覆。"

七郎听到此处，真个是死灰复燃，不觉眉欢眼笑起来，感谢不已，起先丢了小姐，只想能红，还怕图不到手，如今未曾"得陇"，已先"望蜀"；依旧要藉能红之力，希冀两全，只是讲不出口，恐怕俞阿妈说他志愿太奢，不止任事，只唱几个肥喏，叮咛致谢而去。

且说俞阿妈受托之后，把七郎这桩心事，刻刻放在心头。一日，走到韦家，背了小姐，正要与能红说话，不想这个妮子，竟有先见之明，不等他开口，就预先阻住道："师父今日到此，莫非替人做说么？只怕能红的耳朵比小姐还硬几分，不肯听非礼之言，替人做暧昧之事。你落得不要开口。受人一跪，少不得要加利还他。我笑你这桩生意做折本了。"俞阿妈听见这些话，吓得毛骨悚然，说："他就是神仙，也没有这等灵异灾甚么我家的事，他件件得知？连受人一跪，也瞒他不，难道是有千里眼、顺风耳的不成？"

中国禁书文库

伴花楼

既被他识破机关，倒不好支吾掩饰。就回他道："我果然来做说客，要使你这位侍人，配个绝世的才子。我受他一跪，原是真的，但不知你坐在家中。何由知道？"能红道："岂不闻：'人间私语，天闻若雷；暗室亏心，神目如电？'我是个神仙转仙，你与他商议的事，我那一件不知？只拣要紧的话，说几句罢了。只立一件：他托你图谋，原是为着小姐；如今丢了小姐不说，反说到我身上来，却是为何？莫非借我为由，好做'假途灭虢'之事么？"俞阿妈道："起先的话句句被你讲着；独有这一句，却是乱猜。他下跪之意，原是为你，并不曾讲起'小姐'二字，为甚么屈起人来？"能红听了这句话，就低头不语，想了一会，又问他道："既然如此，他为我这般人，尚且下跪；起先为着小姐，还不知怎么样求。不是磕碎头皮，就是跪伤脚骨了。"俞阿妈道："这样看起来，你还是个假神仙。起先那些说话，并没有真知灼见，都是偶然撞着的。

他说小姐的时节，不但不曾下跪，连喏也不唱一声。后来因小姐不许，绝了指望，就想到你身上来。要央我作伐，又怕我畏难不许，放此深深屈了一膝。这段真切的意思，你也负不得他。"

能红听到此处，方才说出真情。原来韦家的宅子，就在俞阿妈前面。两家相对，止隔一墙。韦宅后园之中，有危楼一座，名曰"拂云楼"。楼窗外面，外面之人，却看不见里面的。那日俞阿妈过去说亲，早被能红所料，知道俞家门内定有裴姓之人，就预先走上露台，等他回去，好看来人的动静。不想俞阿妈走到，果然同着男子进门，裴七郎的相貌丰姿，已被他一览而尽。及至看到后来，见七郎忽然下跪，只说还是为小姐，要他设计图谋，不但求亲，还有不图苟合之意，就时时刻刻防备他。这一日见他走来，特地背着小姐，要与自己讲话，只说这个老狗自己受人之托，反要我代做红娘，那有这等便宜事！所以不等开口，就预先说破他。正颜厉色之中，原带了三分醋意，如今知道那番屈膝，全是为着自己，就不觉改酸为甜，酿醋成蜜，要与他亲热起来，好商量做事。

既把真情说了一遍，又对他道："这位郎君，果然生得俊雅。他既肯俯就，我做侍妾的人，岂不愿仰攀？只是一件；恐怕他醉翁之意终不在酒，在预先娶了梅香，好招致小姐的意思。招致得去，未免得鱼忘筌，'宠爱'二字，轮我不着。若还招致不去，一发以为物相看，不但无恩，又且生怨，如何使得？你如今对我直说，他跪求之意，还是真为能红，还是要图小姐？"

俞阿妈道："青天在上，不可冤屈了人！他实实为你自己。你若肯许，他少不得央媒说合，用花灯四轿抬你过门。岂有把丫头做了正妻，再娶小姐为妾之理！"

能红听了这一句，就大笑起来道："被你这一句话，破了我满肚疑心。这等看来，他是个情种无疑了。做名士的人，那里寻不出妻子？千金小姐也易得，何况梅香？竟肯下跪起来！你去对他说，他若单为小姐，连能红也不得进门；既然要娶能红，只怕连小姐也不曾绝望。我与小姐其势相连，没有我东他西，我前他后之理。这两姓之人，已做了仇家敌国，若要仗媒人之力，从外面说进里面来，这是必无之事，终身不得的了。亏得一家之人，知道我平日有些见识，做事的时节，虽不服气问我，却常在无意之中，探听我的口气。我说该做，他就去做；我说不该做，就是议定之事，也到底做不成。莫说别样，就是他家这头亲事，也吃亏我平日之间替小姐气忿不过，说他许多不是。所以一家三口，都还这句说话，讲在下跪之先，我肯替他做个内应，只怕此时的亲事，都好娶过门了。如今叫我改口说好，劝他去做，其实有些烦难。若要丢了小姐，替自己说话，一发是难上加难，神仙做不来的事了。只好随机应变，生出个法子

来，依旧把小姐为名，只当替他划策。公事若做得就，连私事也会成，岂不是一举两得？"

俞阿妈听了这些话，喜欢不了。问他计将安出？能红道："这个计较，不是一时三刻想得来的。叫他安心等待，一有机会，我就叫人请你。等你去知会他，大家商议做事。不是我夸嘴说，这头亲事，只怕能红不许；若还许出了口，莫说平等人家图我们不去，就是皇帝要选妃，地方报了，抬到官府堂上，凭着我一张利嘴，也骗得脱身，何况别样的事！"俞阿妈道："但愿如此，且看你的手段。"

当日别了回去，把七郎请到家中，将能红所说的话，细细述了一遍。七郎惊喜欲狂，知道这番好事，都由屈膝而来，就索性谦到底，一对着拂云楼深深拜了四拜，做个"望阙谢恩"。

能红见了，一发怜上加怜，惜中添惜。恨不得寅时说亲，卯时就许，辰时就偕花烛。把入门的好事，就像官府摆头踏一般，各役在先，本官在后，先从二夫人做起，才是他的心事。当不得事势艰难，卒急不能到手，就终日在主人面前窥察动静。心上思量道："说坏的事，要从新说他好来，容易开不得口。毕竟要使旁边的人忽然挑动，然后乘机而入，方才有此头脑。"

怎奈一家之人，绝口不提"裴"字，又当不得说亲的媒人，接疆而至，一日里面极少也有三四起，所说的才郎，家声门第，都在七郎之上；又有许多缙绅大老愿出聘，要娶能红做小，都不肯羁延时日，说过之后，到别处转一转，就来坐索回音，却像迟了一刻，就轮不着自己，要被人抢去的一般。

为甚么这一主一婢都长到及笄之年，以前除了七郎，并无一家说起；到这时候，两个的婚姻，就一齐发动起来？要晓得韦翁夫妇，是一分老实人家，家中藏着窈窕女儿、娉婷侍妾，不肯使人见面。这两位佳人，就像璞中的美玉、蚌内的明珠外面之人，何从知道？就是端阳这一日，偶然出去游湖，杂在那脂粉丛中、绮罗队里，人人面白，个个唇红。那些喜看妇人的男子，料想不得拢身，极近便的，也在十肯之外，纵有倾城美色，那里辨得出来！亏了那几阵怪雨，替这两位女子，做了个大大媒人，所以倾国的才郎都动了求婚之念。知道七郎以前没福，坐失良缘，所谓"秦失其鹿"，非高才捷足者不能得之。故此急急相求，不肯错过机会。

能红见了这些光景，不但不怕，倒说裴七郎的机会就在此中。知道一家三口，都是极信命的，故意在韦翁夫妇面前假传圣旨，说："小姐有句隐情，不好对爷娘说得，只在我面前讲。他说婚姻是桩大事，切不可轻易许人，定要把年纪生月预先讨来，请个有意思的先生推算一推算，推算得好的，然后与他合婚。合得着的，就许；若有一

毫合不着，就要回绝了他，不可又像裴家的故事，当初只因不曾推合，开口便许，那里知道不是婚姻！还亏得在未娶之称，就变了封，万一娶过门去，两下不和，又要更变起来，怎么了得？"

韦翁夫妇道："婚姻大事，岂有不去推合之理！我在外在推合，他那里得知？"能红道："小姐也曾说过，婚姻是他的婚姻，外面人说好，他耳朵不曾听见，那里知道？以后推算，都要请到家里来，就是他自己害羞，不好出来所得，也好叫能红代职，做个过耳过人。"又说："推算的先生，不要东请西请，只要认定一个，随他判定，不必改移。省得推算的多，说话不一，倒要疑惑起来。"韦翁夫妇道："这个不难，我平日极信服的是个江右先生，叫做张铁嘴，以后推算，只去请他就是。"

能红得了这一句，就叫俞阿妈传语七郎："叫他去见张铁嘴，广行贿赂，一托了他，须是如此如此，这般这般，方才说到七郎身上。有我在里面，不怕不倒央媒人过去说合。初说的时节，也不可就许，还要他如此如此，这般这般，方才可以允诺。"七郎得了此信，不但奉为圣旨，又且敬若神言，一一遵从，不敢违了一字。

能红在小姐面前又说："两位高堂恐蹈覆辙，今后只以听命为主。推命合婚的时节，要小姐自家过耳，省得后来埋怨。"小姐甚喜，再不疑是能红的愚弄他。

韦翁夫妇听了能红的说话。只道果然出自女儿之口。从此以后，凡有人说亲，就讲座了年庚来合，聚上几十张，就把张铁嘴请来，先叫他推算。推算之后，然后合婚。张铁嘴见了一个，就说不好，配做一对，就说不合。一连来上五、六次，一次判上几十张，不曾说出一个"好"字。韦翁道："岂有此理，难道许多八字里面，就没有一个看得的？这等说起来，小女这一生一世；竟嫁不成了。还求你细看一看，只要夫星略透几分，没有刑伤相克，与妻宫无碍的，就等我许他罢了。"张铁嘴道："男命里面不是没有看得了。倒因他刑伤不重，不曾克过妻子，恐于令爱有妨，故此不敢轻许。若还只求命好，不论刑克，这些八字里面，那一个配合不来？"韦翁道："刑伤不重，就是一桩好事了，怎么倒要求他克妻？"

张铁嘴道："你莫怪我说，令爱的八字，只带得半点夫星，不该做人家长妇，倒要娶过一房，头妻没了，要求他去续弦的，这样八字才合得着。若还是头婚初娶，不曾克过长妻，就说成之后，也要反悔；若还嫁过门去，不消三朝五日，就有灾晦出来，保不得百年长寿。续弦虽是好事，也不便独操箕帚。定要寻一房姬妾，帮助一帮助，才可以白发相守；若还独自一个坐在中宫，合不着半点夫星，倒犯了几重关煞，就是寿算极长，也过不到二十之外。这是倾心唾胆的话，除了我这张铁嘴，没有第二个人敢说的。"

韦翁听了，惊得眉毛上竖，半句不言。把张铁嘴权送出门，夫妻两口自家商议。韦翁道："照他讲来，竟是个续弦的命了。娶了续弦的男子，年纪决然不小，难道这等一个女儿，肯嫁个半老不少的女婿，又是重婚再娶的不成？"韦母道："便是如此，方才听见他说，若还是头婚初娶、不曾克过长妻的，就说成之后也要翻悔。这一句话，竟被他讲着了！当初裴家说亲，岂不是头婚初娶？谁想说成之后，忽然中变起来，我们只说那边不是，那里知道是命中所招。"韦翁道："这等说起来，他如今娶过一房，新近死了，恰好是克过头妻的人。年纪又不甚大，与女儿正配得来，早知如此，前日央人来议亲，不该拒绝他才是。"韦母道："只怕我家不允。若还主意定了，放些口风出去，怕他不来再求？"韦翁道："也说得是，待我在原媒面前微示其意，且看他来也不来？"

说到此处，恰好能红走到面前，韦翁对了妻子做一个眼势，故意走开，好等妻子同他商议。韦母就把从前的话，对他述了一番道："丫头，你是晓事的人，替我想一想看，还是该许他，不该许他？"能红变下脸来，假妆个不喜的模样说："有了女儿，怕没人许，定要嫁与仇人？据我看来，除了此人不嫁，就配个三四十岁的男人，也不折这口恶气！只是这句说话，使小姐听见不得。他听见了，一定要伤心。还该到少年里面去取，若有小似他的便好。若还没有，也要讨他八字过来，与张铁嘴推合一推合，若有十分好处，便折了恶气嫁他；若不是个秀才，终身没有甚么出息，只是另嫁的好。"韦母道："也说得是。就与韦翁相议，叫他分付媒人，但有续娶之家、才郎不满二十者，就送八字来看，只是不可假借。若还以老作少，就是推合得好，查问出来，依旧不许，枉费了他的心机。"又说："一面也使裴家知道，好等他八字过来。"

韦翁依计而行。不上几日，那些做媒人的，写上许多年庚，走来回复道："二十以内的人，其实没有；只有二十之外、三十之内的。这些八字送不送由他，合不合由你。"韦翁取来一看，共有二十多张，只是裴七郎的不见，倒去问原媒取讨。原媒回复道："自从你家回绝之后，他已断了念头，不想这门亲事，所以不发庚贴。况且许亲的人家又多不过，他还要拣精拣肥，不肯就做，那里还来想着旧人。我说'八字借看一看，没有甚么折本。'他说：'数年之前，曾写过一次，送在你家。比小姐大得三岁，同月同日，只不同时，一个是午末未初，一个是申初未末。'叫你想就是了。"

韦翁听了这句话，回来说与妻子。韦母道："讲得不差，果然大女儿三岁，只早一个时辰。去请张铁嘴来，说与他算就是了。"韦翁又虑口中讲出，怕他说有成心，也把七郎的年庚记忆出来，写在纸上，杂在众八字之中，又去把张铁嘴请来，央他推合。

张铁嘴也像前番，见一个，就说一个不好，才捡着七郎八字，就惊骇起来道："这

个八字,是我烂熟的!已替人合过几次婚姻,他是有主儿的了,为甚么又来在这边?"韦翁道:"是那几姓人家求你推合,如今就了那一门?看他这个年庚,将来可有些好处?求你细讲一讲。"张铁嘴道:"有好几姓人家,都是名门阀阅,讨了他的八字送与我推。我说这样年庚,生平不曾多见,过了二十岁就留他不住,一定要飞黄腾达,去做官上之官、人上之人了。那些女命里面,也有合得着的。莫说合得着的,见了这样八字不肯放手;连那合不着的,都说只要命好,就参差些也不妨。我只说这个男子被人家招去多时了,难道还不曾说妥,又把这个八字送到府上来不成?"

韦翁道:"先生这话果然说得不差。闻得有许多乡绅大老,要招他为婿,他想是眼睛忒高,不肯娶将就的女子,所以延挨至今,还不曾定议。不瞒先生说,这个男子,当初原是我女婿。只因他爱富嫌贫,悔了前议,又另娶一家,不上一二年,那妇人死了,后面依旧来说亲。我怪他背盟,坚执不许。只因先生前日指教,说小女命该续弦,故此想到此人身上。这个八字,是我自家记出来的,他并不曾写来送我。"张铁嘴道:"这就是了,我说他议亲的人,争夺不过,那里肯送八字上门!"韦翁道:"据先生说来,这个八字是极好的了,但不知小女的年庚,与他合与不合?若嫁了此人,果然有些好处么?"张铁嘴道:"令爱的贵造,与他正配得来!若嫁了此人,将来的富贵,享用不尽。只是一件,恐怕要他的多,轮不到府上。待我再看令爱的八字,目下气运如何,婚姻动与不动,就知道了。"说过这一句,又取八字放在面前,仔细一看,就笑起来道:"恭喜!恭喜!这头亲事决成,只是挨延不得,固有个恩星在命,照着红鸾,一讲便就;若到三日之后,恩星出宫,就有些不稳了。"说完之后,就告别起身。

韦翁夫妇听了这些说话,就慌张踊跃起来,把往常的气性,丢过一边,倒去央人说合,连韦小姐心上也祖了一把干系,料他决妆身分,不是一句说话讲得来的,恨不得留住恩星,等他多住几日。

独有能红一个,倒宽着肚皮,劝小姐不要着慌,说:"该是你的姻缘,随你甚么人家抢夺不去,照我的意思,八字虽好,也要相貌合得着,论起理来,还该男子约在一处,等小姐过过眼睛,果然生得整齐,然后央人说合,就折些恶气与他,也还值得,万一人不像人,鬼不象鬼,倒把个如花似玉的女子上门去,送与那丑驴受用,有甚么甘心?"韦小姐道:"他那边妆作不过,上门去说尚且未必就许,那里还肯与人相?"能红道:"不妨,我有个妙法。俞阿妈的丈夫是学中一个门牛,做秀才的,他个个认得,托他做个引头,只说请到家中说话,我和你预先过去,躲在暗室之中,细看一看就是了。"小姐道:"哄他过来容易,我和你出去烦难,你是做丫环的,邻舍人家还可以走动,我是闺中的处子,如何出的大门?除非你去替我,还说得通。"能红道:"小姐既不肯支，我只得代劳，只是一件，恐怕我说得好，你又未必中意，到后面埋怨起来，却怎么处？"小姐道："你是识货的人，你的眼睛，料想不低似我，竟去就是。"看官，你说七郎的面貌，是能红细看过的，如今事已垂成，只该急急赶入去做，为甚么倒宽胸大肚，做起没要紧的事来？要晓得此番举动，全是为着自己，二夫人的题目，虽然出过在先，七郎虽然口具遵依，却不曾亲投认状，焉知他事成之后，不妄自尊大起来？屈膝求亲之事，沁是簇新的家主肯对着梅香做的，万一把别人所传的话，不肯承认起来，依旧以梅香看待，却怎么处？所以又生出这段波澜，拿定小姐不好出门，定是央他代相，故此设为此法，好脱身去见他，要与他当面订过，省得后来翻悔，这是他一丝不漏的去处，虽是私情，又当着光明正大的事做，连节翁夫妇都与他说明，方才来对俞阿妈去约七郎相见。

此番相见，定有好戏做出来，不但把婚姻订牢，连韦小姐的头筹，都被他占了去，也未可知。

且说能红约七郎相见，俞阿妈许便许了，却提着许多干系，说："干柴烈火，岂是见得面的？若还以口调情，弄些眉来眼去的光景，背人遣兴，做些捏手捏脚的工夫，这还使得，万一弄到兴高之处，两边不顾廉耻，要认真做起事来，我是图吉利的人家，如何使得？"所以到相见的时节，夫妻两口，着意提防，惟恐他要瞒人做事。

那里知道，这个作怪女子，另是一种心肠，你料他如此，他偏不如此，不但不起淫心，亦且并无笑面，反做起道学先生的事来，七朗一到，就要拜谢恩人，能红正颜厉色止住他道："男子汉的脚膝头，只好跪上两次，若跪到第三次，就不值钱了。如今好事将成，亏了那一个？我前日吩咐的话，你还记得么？"七郎道："娘子口中的话，我奉作纶音密旨，朝夕拿来温颂的，那一个字不记得？"能红道："若还记得，须要逐句背来！倘有一字差论，就可见是假意奉承，没有真心向我，这两头亲事，依旧撒开，劝你不要痴想。"

七郎听见这句话，又从新害怕起来，只说他有别样心肠，故意寻事来难我，就把俞阿妈所传的言语，先在腹中温理一遍，然后背将出来，果然一字不增，一字不减，连助语的字眼，都不曾说差一个。

能红道："这等看起来，你半截的心肠，是真心向我的了。只怕后面半截还有些不稳，到过门之后，要改变起来，我如今有三桩事情，要同你当面订过，叫做'约法三章'，你遵与不遵，不妨直说，省得后来翻悔。"

七朗问是那三件，能红道："第一件，一进你家门，就不许唤"能红"二字，无论上下，都要称我二夫人，若还失口唤出一次，罚你自家掌嘴一道，就是家人犯法，也

伴花楼

要罪坐家主，一般与你自账，第二件，我看你举止风流，不是个正经子弟，榆香窃玉之事，一定是做惯了的，从我进门之后，不许你擅偷一人，妄嫖一妓，我若查出踪迹，与你不得开交，你这付脚膝头跪过了我，不许再跪别人，除日后做官做吏，即拜朝廷，参谒上司之外，擅自下人一跪者，罚你自敲脚骨一次，只除小姐一位，不在所禁之中，第三件，你这一生一世，只能娶我两妇人，自我之下，不许妄添蛇足，任中了举人进士，做到尚书阁老，总用不着第三个妇人，如有擅生邪念，说出"娶小'二字者，罚你自己撞头，直撞到皮破血流才住，万一我们两个都不会生子，有碍宗桃，且到四十以后，别开方便之门，也只许纳婢，不容娶小。"

七郎初次相逢，就见有这许多严政，心上颇觉胆寒，因见他姿容态度，不是个寻常女子，真可谓之奇娇绝艳，况且又有拔乱反正之才，移天换日之手，这样妇人，就是得他一个，也足以歌舞终身，何况自他而上，还有人间之至美，就对他满口招承，不作一毫难色。

俞阿妈夫妇道："他亲口承认过了，料想没有改移；如今望你及早收功，成就了这桩事罢。"能红道："翻云覆雨之事，他曾做过一道，亲尚悔得，何况其他？口里说来的话，作不得准，要我收功完事，须是亲笔写一张遵依，着了花押，再掘你公婆二口做两位保人，日后倘有一差二错，替他讲起话来，也还有些见证。"俞阿妈夫妇道："讲得极是。"就取一副笔砚，一张绵纸，放在七郎面前，叫他自具供状。七郎并不推辞，就提起笔来写道：

> 具遵依人裴远，今因自不输心，误庸媒之惑，充前妻而不要，致议之纷然，犹幸篡位者天亡，待年者未字，重敦旧好，虽经屡致媒言，为易初盟，遂尔频逢岳怒，赖有如妻某氏，造福闺中，出巧计以回天，能使旭轮西上，迷奇谋而缩地，忽教断壁中连，是用设计酬功，剖肝示信，不止分茅锡上，允宜并位于中官，行将道寡称孤，岂得同名于臣妾？虞帝心头无别宠，三妃难并双妃，男儿膝下有黄金，一屈岂堪再屈悬三章而示罚，虽云有挟之求；秉四德以防微，实系无私之奉，永宜恪守，不敢故违，倘有跳梁，任从执朴！

能红看了一遍，甚赞其才，只嫌他开手一句，写得糊涂，律以《春秋》正名之义，殊为不合，叫把"具遵依人"的"人"字加上两画，改为"夫"字，又叫俞阿妈夫妇二人着了花押，方才收了。

七郎又问他道："娘子吩咐的话，不敢一字不依，只是一件：我家的人，我便制得也服，不敢呼你的尊名；小姐是新来的人，急切制他不得，万一我要称你二夫人，小姐倒不肯起来，偏要呼名道姓，却怎么处？这也叫做家人犯法，难道也罪及我家主不成？"能红道："那都在我身上，与你无干。只怕他要我做二夫人，我还不情愿做，要等他求上几次，才肯承受着哩。"说过这一句，就别了七郎起身，并没有留连顾盼之态。

回到家中，见了韦翁夫妇与小姐三人，极口称赞其才貌，说："这样女婿，真个少有！怪不得人人要他，及早央人去说，就赔些下贱，也是不折本的。"韦翁听了，欢喜不过，就去央人说亲。

韦母对了能红，又问他道："我还有一句话，一向要问你，不曾说得，如今迟不去了，有许多仕宦人家要娶你做小，日日央人来说，我因小姐的亲事还不曾着落，要留你在家做伴，如今他的亲事央人去说，早晚就要成了，他出门之后，少不得要说着你，但不知做小的事，你情愿不情愿？"能红道："不要提起，我虽是下贱之人，也还回答有些志气，莫说做小的事，断断不从，就是贫贱人家要娶我作正，我也不情愿去！宁可迟些日子，要等个像样的人家，不是我夸嘴说，有了这三分人才、七分本事，不怕不做个家主婆，老安人不信，辩了眼睛看就是了。"韦母道："既然如此，小姐嫁出门，你还是随去不随去？"能红道："但凭小姐，他若怕新到夫家，没有人商量行事，要我做个陪伴的人，我就随他过去暂住几时，看看人家的动静，也不叫做无益于他，若还说他有新郎做伴，不须用得别人，史就住在家中，也没有甚么不好。只有一件事，我替他甚不放心，也要在未去之先，下个主意才好。"

说话的时节，恰好小姐也在面前，见他说了这一句，甚是疑心，就同了母亲，问是那一件事，能红道："张铁嘴的话，你们记不得么？他说小姐的八字，止带得半点夫星，定要寻人帮助，不然，恐怕三朝五日之内，就有宵晦出来，他嫁将过去，若不叫丈夫娶小，又怕于身命有关，若还竟叫他娶，又是一桩难事，世上有几个做小的人，肯替大娘一心一意？你不吃他的醋，他要拈你的酸！两个争闹起来，未免要有些小气，可拎这位小姐，又是慈善不过的人，我同他过了半生，重话也不曾说我一句，如今这时节，倒有我在身边，替他消愁解闷，明日有了个吻气的，倔生没人劝解，他这个娇怯身子，岂不弄出病来？"说到此处，就做出一种惨然之态，竟像要啼哭的一般，引得他母子二人悲悲切切，哭个不了，能红说过这一遍，从此以后就绝口不提。

却说韦翁央人说合，裴家故意相难，不肯就诈，等他说到至再至三，方才践了原议，选定吉日，要迎娶过门，韦家母子被能红几句话触动了心，就时时刻刻以半点星为虑，又说能红痛痒相关，这个女子断断离他不得，就不能够常相倚傍，也权且带在

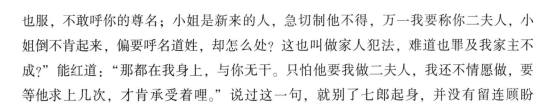

身边，过了三朝五日，且看张嘴铁的说话验与不验，再做区处，故此母子二人，定下主意，要带他过门。

能红又说："我在这边，自然该做梅香的事，随到那边去，只与小姐一个有主婢之分，其余之人，我与他并无统属。'能红'二字，是不许别人唤的，至于礼数之间，也不肯十分卑，也要嫁好脸做好事的，要求小姐全些体面，至于抬我的轿子，虽比小姐不同，也要与梅香有别，我原不是赠嫁的人，要加上二名轿夫，只当送亲的一样，这才是个道理。不然，我断断不去！"韦氏母子见他讲得入情，又且难于抛撇，只得件件依从。

到了这一日，两乘轿子一齐过门，拜堂合卺的虚文，虽让小姐先做，倚翠偎红的实事，到底是他筋节不过，毕竟占了头筹，这是甚么原故？只因七郎心上原把他当了新人，未曾进门的时节，就另设一间洞房，另做一表陈伺候，又说良时吉日，不好使他独守空房，只说叫母亲陪伴他，分做两处歇宿，原要同小姐睡了半夜，到三更以后托故起身，再与二夫人做好事的，不想这位小姐执定成亲的古板，不肯趋时脱套，认真做起新妇来，随七郎劝了又劝，扯了又扯，只是不肯上床，那里知道这位新郎是被丑妇惹厌惯的，从不曾亲近佳人，忽然遇见这般绝色，就像饿鹰看了睡鸡，馋猫对着美食，那里发极得了？若还没有退步，也只得耐心忍性，坐在那边守他，当不得肥鸡之旁现有壮鸭，美食之外另放佳肴，为甚么不去先易而后难，倒反先难而后易？就借个定省爷娘的话，托故抽身，把三更以后的事情，挪在二更以前的来做。

能红见他来得早，就知道这位小姐毕竟以虚文误事，决不肯蹈人的覆辙，使他见所见而来者，又闻所闻而往，一见七郎走到，就以和蔼相加，口里便说好看的话儿，叫他转去，念出《诗经》两句道：

> 雨我公田，遂及我私。

心上又怕他当真转去，随即用个挽回之法，又念出《四书》二句道：

> 既来之，则安之。

七郎正在急头上，又怕担阁工夫，一句话也不说，对着牙床扯了就走，所谓忙中不及写大"壹"字，能红也肯托熟，随他解带宽衣，并无推阻，同入鸳衾，七郎看那能红，白玉相似，似无半点瑕疵，一貌如花，却有万千娇态，香乳汗腰，粉颈朱唇，荐芎云股，色色可人，七郎看得十分兴动，拔开他两双玉笋，把阳物抵将过去，能红一眼瞟着，口气一大惊，唬得香汗如珠，紧戚双眉，摇头道："偌大的东西，怎生容得进去，再使不得。"七郎多方哄肯，再云解骗，划开两只小脚，骑上身去，把腿扑着两边，将阳物刺入其中，虽觉艰窄，已挺进了大半，又用力一顶，能红叫声"暖哟"，把身一闪，七郎又是一顶，能红又是一闪。七郎挺身狂弄，渐入佳境，能红亦渐得趣，竟不娇啼，津律水流出花间，呼呼气微从口喘，柳腰轻荡，凤眼含斜，须臾缝缝情浓，溶溶露滴，恍若梦中，俯卧移时，以白使巾的拭取无红，七郎爱若珍宝。做了第一番好事。

且说七郎完事之后，即时转向，走到新人房内，就与他率领容揖逊起来，那一个要做古时新人，这一个也做古时新郎，暂且落套违时，以待精不料力复，直陪他坐到三更，这两位古人都做得不耐烦了，方才变为时局，两个笑嘻嘻的上床。七郎欲心又如火般，将小姐抱到床上，扯落小衣，按定了，捧起两足，扶住铁硬阳物凑在那紧紧窄窄粉嫩雪白绵软的小东西里面，拉将进去，小姐半推半就，渤脸通红，柳眉颦颦，捱了半响，止进了半个头儿，七郎只觉里面紧暖裹住，十分有趣，淫兴大发，乃捉阳物用力一顶，小姐只因调笑了半响，牝中早已津水横溢，道履艰难，亦不致十分痛楚，七郎款款独送，小姐竟咿呀有声，渐得佳趣，七郎提起金莲，架于肩头，从新又干起来，小姐也不推阻，两条手臂勾了七郎，仰牝承受，七郎放出本领，尽力独送，弄得一片唧唧声响，小姐也斜俏眼，娇声低喉，十分主动，引得七郎神魂无主，抵住花心，狠狠抽了几十抽，不觉泄了，小姐亦至美处，高叫几声，身儿拌个不停，亦丢了阴精，二人睡卧移时，七郎起身又以白绫帕拭取了元红，见那桃瓣红乱，不禁欲心垒卢，捧住小姐，又做了几次江河日下之事，做完之后，两个搂在一处，酣然睡去。

不想睡到天明，七郎在将醒未醒之际，忽然大哭起来，越哭得凶，把新人越搂得紧，被小姐唤了十数次，才惊醒转来，啐了一声道："原来是个恶梦！"小姐问他："甚么恶梦？"七郎只不肯讲。望见天明，就起身出去，小姐看见新郎不在，就把能红唤进房来，替自己梳头刷鬓。

妆饰已完。两个坐了一会，只见有个丫鬟走进来问道："不知新娘昨夜做个甚么好梦，梦见些甚么东西？可好对我们说说"。小姐道："我一夜醒到天明，并不曾合眼，那有甚么好梦？"那丫鬟道："既然如此，相公为甚么原故清早就叫人出去，请那圆梦的先生？"小姐道："是了，他自己做个恶梦，睡得好好的，忽然哭醒，及至问他又不肯说，去请圆梦先生，想来就是为此。这等那圆梦先生可曾请到？"丫鬟道："去请好一会了，想必就来。"小姐道："既然如此，等他请到的时节，你进来通知一声，引我

到说话的近边听他一听，且看甚么要紧，就这等不放心，走下床来就请人圆梦。"

丫鬟应了出去，不上一刻，就赶进房来说："圆梦先生已到，相公怕人听见，同他坐在一间房内，把门都关了。还在那边说闲话，不曾讲起梦来，新娘要听，就趁此时出去。"小姐一心要听恶梦，把不到三朝不出绣房的旧例全不遵守，自己扶了能红，走到近边去窃听。

原来夜间所做的梦甚是不样，说七郎搂着新人同睡，忽有许多恶鬼拥进门来，把铁索锁了新人，竟要拖他出去，七郎扯住不放说："我百年夫妇，方才做起，为甚么原故就提起他来？"那些恶鬼道："他只有半夫之分，为甚么搂了个完全文夫？况且你前面的妻子又在阴间等他，故此央了我们前来提获。"说过这句话，又要拽他同去，七郎心痛难过，对了众鬼，再三哀告道："宁可拿我，不要捉他。"不想那几个恶鬼，拔出刀来，竟从七郎脑门劈起，劈到脚跟，把一个身子分为两块，正在疼痛之际，亏得新人叫喊，才醒转来，你说这般的恶梦，叫人惊也不惊，怕也不怕？况又是做亲头一夜，比不得往常，定然有些干系，所以接他来详。

七郎说完之后，又问他道："这样梦兆，自然凶多吉少，但不知应在几时，那圆梦的道："凶便极凶，还亏得有个'半'字，可以解释，想是这位令正，命里该有个帮身，不该做专房独，所以有这个梦兆，起先既说有半夫之分，后来又把你的尊躯剖为两块，又合着一个'半'字，叫把这个身子分一半与人，就不带他去了。这样明明白白的梦，有甚么难解？"七郎道："这样好妻子怎忍得另娶一房，分他的宠爱，宁可怎么样，这是断然使不得的！"那人道："你若不娶，他就要丧身，疼他的去处，反是害他的去处，不如再娶一房的好，你若不信，不妨再请个算命先生，看看他的八字，且看寿算何如，该有帮助不该有帮助？同我的说话再合一合就是了。"七郎道："也说得是。"就取一封银子，谢了详梦先生，送他出去。

小姐听过之后，就与能红两个悄悄归房，并不使一人知道，只与能红商议道："这个梦兆，正合着张铁嘴之言，一毫也不错，还要请甚么先生，看甚么八字！这等说起来，半点夫星的话，是一毫不错的了，倒不如自家开口，等他瑞娶一房，一来保全性命，二来也做个人情，省得他自己发心，娶了人来，又不知感激我。"能红道："虽则如此，也还要商量，恐怕娶来的人未必十分服贴，只是换着的好。"小姐听了这句话，果然捱过一宵，并不开口。

不想天公凑巧，又有催？送来，古语二句说得不错：

阴阳无耳，不提不起。

鬼神祸福之事，从来是提起不得的，一经提起，不必在暗处寻鬼神，明中观祸福，就在本人心上生出鬼祸福祸福来，一举一动，一步一趋，无非是可疑可怪之事，韦小姐未嫁以前，已为先人之言所感，到了这一日，又被许多恶话触动了疑根，做女儿的人，有多少胆量，少不得要怕神怕鬼起来，又有俗语二句道得好：

日之所思，夜之所梦。

裴七郎那些说话，原是成亲之夜与能红睡在一处，到完事之后，教道他说的，第二日请人详梦，预先吩咐丫鬟，引他出去窃听，都是做成的圈套，这叫做巧妇勾魄，并不是痴人说梦，一到韦小姐耳中，竟把假梦变作赵魂，耳闻幻为目击，连他自己睡去，也做起极凶极险的梦来，不是恶鬼要他做替身，倒说前妻等他做伴侣，做了鬼梦，少不得真有鬼病上身，恍恍缠缠，口中只说要死。

一日，把能红叫到面前。与他议道："如今捱不去了，我有句要紧的说话，不但同你商量，只怕还要用着你，但不知肯依不肯依？"能红道："我与小姐，分有尊卑，情无尔我，只要做得的事，有甚么不依，"小姐道："我如今现要娶小，你日下就要嫁人，何不把两极事情并做一件做了，我也不消娶，你也不必嫁，竟住在这边，做了我家第二房，有甚么不好？"

能红故意回覆道："这个断使不得！我服事小姐半生，原要想具出头日子，若肯替人做小，早早就出去了，为甚么等到如今？他有了银子，那银子不出人来，定要苦我一世！还是别娶的好。"小姐道："你与我相处增生，我的性格，就是你的性格，虽然增了一个，还是同心合胆的人，就是分些宠爱与你，也不是别人，你若生出儿子来，与我自生的一样，何等甘心，若叫他外面去寻，就合着你的说话，我不吃他的醋，他要拈我的酸，吻起气来，甩些甚么好处？求你看十六年相与之情，不要推辞，成就我这桩心事罢！"

能红见他求告不过，方才应许，应许之后，少不得又有题目出来，要小姐件件依他，方才肯做。小姐要救性命，有甚么不依？议妥之后，方才说与七即知道，七郎受过能红的教诲，少不得初说之际，定要学王莽之虚谦，曹瞒之固逊，有许多欺世盗名的话说将出来，不到黄袍加身，决不肯轻易即位。

小姐与七郎说过，又叫人知会爷娘。韦翁夫妇闻之，一发欢喜不了，又办了一份嫁妆送来，与他择日成亲，做了第二番好事。

能红初次成亲，并不妆作；到了这一夜，反从头做起新妇来，狠推硬扯，再不肯解带宽衣，不知甚么原故，直到一更之后，方才说出真情，要他也像初次一般，先到小姐房中假宿一会，等他催迫几次，然后过来，名为尽情，其实还是他欠帐。七郎拗不过他，只好依了，去至小姐房中小姐诧道："何不与新人乐？"七郎道："能红让我先乐。"小姐道："却是为何？"七郎道："你是大，他是小，合该让你，"一头说一头便过求欢，小姐半推半就道："使不得。"七郎亦不搭言，将小姐衣裤卸个干净，眠在床上，又急卸了自家衣服，扶住阳物，觑住牝户下入，小姐仰牝而受，秃的一声尽根，小姐紧紧搂住，七郎大肆抽送，直把个小姐当做能红，零时八百余独，遂一泄如注，小姐亦至酣美处，腿儿绷紧，口中哦哦，亦丢了一回，七郎伏在小姐肚上睡了，小姐推他道："新人在等，还不快去！"七郎方才起身，取了帕儿揩拭干净，穿好衣服，坐在醉翁椅上，单等能红来叫，小姐正又催，能红叩门，小姐笑道："新人等不及了。"七郎笑笑，遂起身启门往外走，正遇能红，相偎相依，重入沿房，七郎兴有起，乱将能红剥得七缕不余，此时，月上纱窗，照在身体之上，光艳润泽，浑如一团软玉，有趣之极，下面阳物直举，不管三七廿一，跨上能红，捧起金莲，轻车熟路，挺着就入，一下尽底，能红玉户中瘙痒不过，狠命将双手抱住七郎，把屁股乱摇乱迭，趋把金莲乱蹬，七郎有些把持不住，觉得酥麻无比，尽力攘了七百余抽，能红鸣哑乱叫，淫水兆兆汩汩，亦至佳境，七郎又和百余抽，遂大泄，能红勾住他的颈儿，高叫不止，亦合着丢个痛快，两下温存了半晌，抚玩移时，绸缪倍至，方才昏然而睡。

成亲之后，韦小姐疑心既释，灾晦自然不生，日间饮食照常，夜里全无恶梦，与能红的身子一齐粗大起来，未及一年，各生一子，夫妻三口，恩爱异常。

后来七郎联掇高魁，由县令起家，屡迁至京兆之职，受了能红约束，终身不敢娶小。

能红之待小姐，虽有欺诳在先，一到成亲之后，就输悃服意，畏若严君，爱同慈母，不敢以半字相欺，做了一世功臣，替他任怨任劳，不费主母纤细气力。

世固有以操，莽之才，而行伊，周之事者，但观其晚节何如耳！